rororo

Maria Regina Kaiser, 1952 in Trier geboren, arbeitete und forschte von 1976 bis 1986 an der Universität Frankfurt am Main und ist seitdem als Autorin historischer Romane, Kriminalromane und Jugendbücher tätig. Sie lebt in der Nähe von Frankfurt a. M. Im Rowohlt Taschenbuch Verlag ist bereits ihr Roman «Der Sänger und die Ketzerin» (rororo 23499) erschienen.

Maria Regina Kaiser

Die Abbatissa

Historischer Roman

Rowohlt Taschenbuch Verlag

Originalausgabe
Veröffentlicht im Rowohlt Taschenbuch Verlag,
Reinbek bei Hamburg, Juni 2008

Umschlaggestaltung any.way, Barbara Hanke/
Cordula Schmidt (Abbildung: Lucas Cranach der Ältere,
National Gallery, London, UK)
Satz Fleischmann PostScript, InDesign,
bei Pinkuin Satz und Datentechnik, Berlin
Druck und Bindung CPI – Clausen & Bosse, Leck
Printed in Germany
ISBN 978 3 499 23500 9

Außerdem sind morgen wir die Toten, dann sind unsere Zukunftsträume nichts weiter als alte Geschichten.

Arno Borst

Vorspiel

Die drückende Nachmittagshitze des Sommers lag über dem Fluss. Kein Lüftchen regte sich. Imma beugte sich auf ihrem Sitz im tiefliegenden Heck des Lastschiffs vor. Sofort hob der Hund mit dem goldenen Fell, der zu ihren Füßen lag, den löwenähnlichen Kopf mit den hängenden Ohren und sah aus unbewegten dunklen Augen zu ihr auf.

Der Sardonyx in Immas Hand war warm von der Wärme ihres Körpers und fühlte sich an wie ein lebendiges Wesen. Ihre Fingergelenke streiften jetzt die Oberfläche des Wassers, ihr Atem beschleunigte sich. Die Reliquie gehörte der Vergangenheit an, aber der Fluch war noch nicht gebannt: Sie erhöhte die Familie ihrer Besitzer und stieß sie dann in Not und Verzweiflung. Dem, der sie besaß, brachte sie den frühen Tod.

Nur Imma allein konnte den Bann brechen. Gott hatte sie auserwählt, Adas Kameo für immer zu versenken. Nie mehr sollte sich jemand in den schimmernden Reflexen des Edelsteins widerspiegeln.

Imma umklammerte den Stein fester. Da war sie wieder, die schwarze Katze Angst in ihrer Brust. Nein, sie konnte den Gemmenstein nicht loslassen. Sie hielt ihn nur kurz in die Fluten, so wie der Priester den Täufling eintaucht.

Imma starrte auf das Wasser.

Sie liebte diesen Stein. Und sie hasste ihn. Er war nicht tot, er lebte, er redete. Sie hielt ihn immer noch fest, während die Flut ihn umspülte, ihn reinigte. Dann hob sie ihn langsam zu sich empor. Vergangenheit und Gegenwart hatten sich in ihm vereint. Wassertropfen fielen auf die blaue Seide ihres Gewandes, und sie wusste plötzlich, dass sie ihn zurückbringen musste. Nur deswegen hatte sie den Rückweg auf sich genommen. Der endgültige Platz des Kameos war auf Adas Evangeliar, umgeben von Edelsteinen und Gold.

Ada, Karolus, Ludwig, Gisela, Pippin. So schuldbeladen wie die Dynastie des Kaisers Konstantin. Die Geschichte wiederholte sich von Generation zu Generation.

In dem Geschehen hatte sie selbst ihren Platz, sie, Imma, so wie Yussuf, so wie Ada, so wie Einhard. Sie alle waren nicht nur Menschen, denen die Geschichte geschah, sondern Beobachter am Rand, Deuter und Übersetzer.

Sie sah zum Himmel auf. Über ihr im tiefen Blau des hochsommerlichen Himmels kreisten zwei Adler, riesige Raubvögel, wie Wächter über dem Flusstal der Mosel.

Wo war er jetzt, der Eine, der Einzige, der sie beschützte? Sie war wieder da, wo man den Einen als dreifaltige Gottheit verehrte. Der Glaube an die Dreieinigkeit Gottes erschien ihr in diesem Moment weder wahr noch falsch, Spiegelfechtereien gelehrter Narren und Theologen, über die der Eine mitleidig lächelte. Für die meisten Menschen war das Geheimnis der Dreieinigkeit zu kompliziert, um es mit dem Verstand zu durchdringen.

Imma lehnte sich zurück und schob den Edelstein in die eingenähte Tasche ihres Gewandes. Ja, sie war schuldig.

Die roten Sandsteinfelsen reichten näher an den Fluss heran. Mühsam kämpften sich die Bootsmänner auf dem Lastkahn mit den langen Stangen stromaufwärts von Mulinheim nach Trier. Der Ältere, Beowulf, der Kapitän, vertraut seit der Kindheit. Nur sein Gesicht war mit den Jahren härter, kantiger geworden. Graublonde Haarsträhnen hingen ihm verschwitzt über die buschigen Augenbrauen.

Und der schlaksige Junge mit den frechen Augen und dem halblangen braunen Haar. Immer wieder blickten sie forschend zu ihr her und zu ihren beiden schwarzgekleideten Dienerinnen, deren Gesicht bis auf die Augen verhüllt war und die sich in einer fremd klingenden, kehligen Sprache unterhielten. So als fragten sie sich, was diese edle, orientalisch anmutende Dame in ihrem langen blauen Gewand, mit den goldenen Fußreifen und mit dem Edelsteinnetz über dem blonden Haar wohl vorhatte.

Auf dem Pfad am Ufer zogen die massigen Treidelpferde ihre Last voran. Die Peitschen der Treidelknechte knallten durch die Luft. Das vom Mast her straff gespannte Seil flimmerte in der Luft über dem Wasser. Der Junge stand am Bug und stakte mit dem Langpaddel ins Wasser. Die Treidelpferde hätten das Schiff aus der Bahn zum Ufer gezogen, und er musste mit seinem Ruder an Bord dagegenhalten.

Wegen der Felsen unter der Oberfläche war die Strömung stark und die Strecke hier unten gefährlich. Man wusste nie genau, wo die Sandbänke wirklich waren. Jedes Hochwasser veränderte ihre Lage. Flüsse fließen nicht an allen Stellen gleich schnell. Im Tiefland werden sie träge, es entstehen Mäander, und im Flussbett selbst bilden sich nebeneinander verlaufende Arme. Zu jeder Jahreszeit führt der Fluss einen anderen Wasserstand.

Gegen Abend war der Lastkahn am Ufer der alten Kaiserstadt Trier vertäut und ausgeladen worden. Knarrend wiegte sich das Schiff am Kai im niedrigen Wasser. Plötzlich tauchten Scaramänner auf, fünf junge Kerle mit gezückter Klinge. Die Dienerinnen schrien auf, als ihre Herrin den rohen Kerlen die zarten Hände entgegenstreckte. Sie legten ihr Eisen darum. Der Hund knurrte und fletschte die Zähne, doch seine Herrin sprach besänftigend auf ihn ein. Mit eingezogenem Schwanz schlich er hinter ihr her.

Klirrend schleiften die Ketten über den von Wagenspuren zerfurchten Boden am Kai.

«Aggo.» Eine der Dienerinnen war zu dem jungen Bootsmann getreten. Sie hatte zierliche Hände mit gepflegten Fingernägeln und schmale Fesseln, an denen schlichte Kupferringe klirrten.

«Die Saida gibt dir dies.» Sie sprach jetzt Tiudsk, wenn es auch fremdländisch klang, und reichte ihm einen kleinen Beutel.

«Für dich als Belohnung. Und hier die Botschaft, die du überbringen sollst.»

«Was muss ich tun?»

«Nicht viel. Sieh nur zu, dass du schnell zu Einhard nach Mulinheim kommst. Für ihn ist der Brief bestimmt.» Die Kupferreife an ihren Füßen klirrten zart.

«Du sollst sofort aufbrechen. Warte nicht, bis das Schiff neu beladen ist.» Sie sprach hastig, so als hätte sie Angst.

«Ich weiß nicht –» Seine Augen blickten jetzt besorgt, nicht mehr so frech wie zuvor.

«Da hinter uns auf dem Kahn werden gerade die Taue gelöst. Spring auf, flussabwärts geht die Reise schnell.» Die Dienerin sah ihn flehentlich an und hob die Hände. «Tu es. Auch Einhard wird dir eine Belohnung geben.»

«Es ist nicht wegen der Belohnung», murmelte der Junge.

Der Lastkahn schwankte unter seinem Gewicht, als er aufsprang.

«Allah wird dich segnen», rief die Dienerin hinter ihm her.

Dann schlossen sich die Eisen um Immas Handgelenke.

Kein Lüftchen wehte durch das Moseltal, als sie Imma ins Kloster brachten. Es war Hewimanoth, die heißeste Zeit des Jahres, wo die Hirsche am fettesten sind. Imma liebte die Wärme des Sommers, die den Körper geschmeidig und das Atmen und die Gedanken schneller werden ließ als in der kalten Jahreszeit.

Die schwere Eichentür fiel hinter Imma ins Schloss. Neben ihr stand Vigil, ihr treuer Hund. Sie blickte zu ihm hinunter, auf sein weiches goldenes Fell und seinen Löwenkopf. Wie tröstlich, dass sie ihn bei ihr gelassen hatten. Das dumpfe Geräusch der Tür klang in ihrem Kopf nach und machte die Stille in der kleinen, kargen Zelle noch lastender. Sie stand in dem weiß gekalkten Raum, in dem es nur eine Pritsche, ein Betpult und einen harten Holzstuhl gab. Dann trat sie an das hölzerne Betpult in der Mitte des kleinen Raumes. Vor ihr lag das Buch mit dem Prachteinband aus Leder und den goldbeschlagenen Ecken. Die Stelle, wo der Kameo das Evangeliar geschmückt hatte, schaute ihr entgegen wie die verschorfte Augenhöhle eines Geblendeten. Sie holte den Stein aus ihrer eingenähten Tasche unter der Achsel und drückte ihn ruhig und feierlich in die Fassung. Jetzt prangte auf dem Einband wieder das Kleinod mit den Büsten des Römerkaisers Konstantin und seiner Familie. Die weißen Figuren des geschnittenen Steins traten einen Augenblick lang hervor, als wären sie lebendig. Es war, als würden die Gesichter sie vorwurfsvoll ansehen: die Frau hinter dem Schleier, der Kaiser mit dem Lorbeerkranz, die drei Söhne und darunter, auf der Brüstung des Triumphwagens, mit ausgebreiteten Schwingen, flugbereit, die braunen Adler. Sie hatte den Kameo zurückgebracht, den Zauberstein, den Talisman mit dem Geheimnis. Generationen von Menschen hatte er überdauert. Noch Jahrtausende später würde er die Menschen einer fernen Zukunft entzücken. Gelehrte und Könige würden sich über ihn beugen und versuchen, die Botschaft seines Bildes zu enträtseln.

Durch ein hohes, vergittertes Fenster fiel das fahle Licht der Abenddämmerung herein und ließ die Dinge im Raum aussehen wie Schattenrisse. Imma hatte ihr seidenes Gewand gegen ein leinenes aus dem Bestand des Klosters vertauscht und über ihr Haar einen Schleier gelegt. Sie unterschied sich jetzt nicht mehr von einer der Nonnen. Vor dem Kloster am Fluss lag auch jetzt, am Abend, noch die drückende Hitze des Sommers, doch hier in der Zelle war es kühl, und es roch nach Kalk und Moder. Es roch nach Tod, selbst jetzt noch. Imma erinnerte sich. In diesem Raum hatte Himiltrud ihr Ende gefunden.

1. Buch

Lilias Schülerin

Ein neuer Anfang

Immas früheste Erinnerung war eine verschneite, baumlose Ebene und der wiegende Trab des Pferdes, das sie trug, sein Schnauben, sein Getrappel. Die Luft war kalt und klar. Sie war damals kaum ein Jahr alt, und doch erinnerte sie sich noch jetzt an diesen Ritt, der sie zu Begga und Ubbo, ihren Pflegeeltern, gebracht hatte, auf den Wirtschaftshof, der dem Kloster in Trier gehörte, und zu Ulfberth, ihrem gleichaltrigen Bruder.

Die Jahre ihrer frühen Kindheit erschienen Imma im Nachhinein als die längsten und intensivsten ihres Lebens. Jede Jahreszeit dehnte sich ins Unendliche. Die Tage nahmen kein Ende. Die Farben des Herbstwalds hinter dem Haus waren von feuriger Pracht. Die Äpfel schmeckten süßer als alle, die sie später aß.

Die schwere Eingangstür des langgestreckten Walmdachhauses, in dem die Verwalterfamilie wohnte, war in leuchtendem Rot und Grün gestrichen. Ein Meerwesen, halb Fisch, halb Mensch, zierte den Fries ganz oben. Die Tür war das Erste, was sie sah, dann kam Begga, die sich, weich und wohlriechend, über sie beugte. Das Eichhörnchenfell, das als Schmuck von ihrem Gürtel herabhing, streichelte Immas Gesicht. Auch wenn sie noch ganz klein war und nicht begriff, was die Figur darstellte, bewahrte Imma die Erinnerung an die Tür mit ihren fröhlichen Farben und dem seltsamen Untier. Noch Jahrzehnte später war Begga für sie die Frau in leuchtend roten und grünen Gewändern, die sie in Wirklichkeit gar nicht trug.

Begga war eine sanfte, kleingewachsene Frau mit rundlichen Formen und feinem, dünnem Blondhaar. Ihre Stimme war leise und zart, selbst dann, wenn sie den Mägden im Hof Anweisungen gab. Zugleich wusste sie, wo ihr Platz war und was sie getan haben wollte. Ubbo schwieg meistens, wenn sie ihm etwas auftrug, und führte es aus. Er liebte Begga, und er schlug sie nicht. Er prügelte die Knechte und Tagelöhner wie ein rechter Verwalter. Auch seinen Sohn erzog er in der Furcht des Herrn, Begga aber galt ihm als unantastbares höheres Wesen. Sie war das Bastardkind aus der Verbindung einer Grafentochter mit einem umherziehenden Kirchenmaler. Ihr Großvater, der Graf, hatte seine Burg am Rhein. Nachdem er die Tochter ins Kloster geschickt und ihren Liebhaber von einem Felsen gestürzt hatte, fasste er große Zuneigung zu dem elternlosen Enkelkind und ließ es von Ammen sorgfältig aufziehen.

Sie kannte viele Arten der Zubereitung von Speisen und wusste, wie man das Fleisch am besten pökelt, wie Wunden versorgt werden, konnte ihren Namen schreiben und verstand, Rechnungsbeträge zusammenzuzählen. Die meisten dieser Kenntnisse verdankte sie den zwei Jahren Klostererziehung, die ihr Großvater ihr hatte zukommen lassen, bevor er sie in die Ehe mit Ubbo gab.

Am Webstuhl war Begga eine Meisterin. Sie dachte sich neue Muster aus für die Borten und Gewandstoffe, Muster, wie man sie hier in der Gegend noch nicht gesehen hatte. Begga hatte eine Vorliebe für farbige Streifen und wagte sich an schwierige Motive von Tieren und Pflanzen. Selbst die älteren Frauen holten sich Rat bei ihr. Die jungen Mädchen betrachteten sie als ihre Lehrmeisterin. Leinentücher mussten in großer Zahl hergestellt werden, weil sie zu den jährlichen Abgaben gehörten. Beggas Art, sie am Rand zu verstärken oder ein winziges rautenförmiges Muster einzufügen, machte selbst diese mühselige Arbeit kurzweiliger.

Imma spielte immer mit den farbigen Wollknäueln. Manchmal knotete sie aus Wollresten Tiere und Figuren zusammen. Begga hatte ihr einen kleinen Webrahmen gebaut, an dem sie zur Übung Bänder und Borten weben konnte. Mit Rheinfarn ließ sich die Wolle gelb färben, mit Krapp wurde sie rot. Imma konnte sich nicht losreißen vom Anblick der Wollbündel in den Färbeschüsseln. Ihr größtes Vergnügen war, verschiedenfarbige Fäden miteinander zu verflechten und neue Muster zu erfinden. Das Gelb sah immer anders aus, je nachdem, ob man es mit Braun, Grün, Rot oder Blau zusammenwand. Anerkennend betrachtete Begga die Flechtmuster ihrer Ziehtochter.

«Du wirst bald so gut weben wie ich.»

«Niemand wird es so können wie du. Wo hast du das alles gelernt?»

«Meine Amme war eine Sklavin aus dem Norden», sagte Begga mit ihrer leisen Stimme. «Sie kannte aus ihrer Heimat andere Muster als die Frauen hier.»

Es war das erste Mal, dass Imma sie von ihrer Amme sprechen hörte.

«Und deine Mutter?»

«Über meine Mutter gibt es nichts zu sagen.» Begga drehte die Schnur, die Imma geflochten hatte, in den verkrampften Händen. «Frag mich nie mehr nach ihr.»

Imma liebte es auch, mit Ulfberth draußen und in den Ställen herumzutoben, wo die Jungen spielten.

«Für ein Mädchen bist du zu wild», sagte Ubbo immer wieder. «Jeden Tag verkratzt du dir die Beine in den Brombeeren oder fällst hin.»

«Sie ist eine Kämpferin», berichtete Ulfberth stolz. «Man merkt gar nicht, dass sie ein Mädchen ist. Alle nennen sie Immo.»

Sein Vater setzte an, wie um etwas zu antworten, überlegte es sich aber anders und schwieg.

«Madelgard ist anders», sagte Begga. «Sie ist stiller, mehr wie ein richtiges Mädchen.»

Ubbo, ein kleiner dunkelhaariger Mann mit schütterem Haupthaar, von gedrungenem Körperbau, war von morgens früh bis abends spät damit beschäftigt, die Arbeiten auf dem Hof voranzubringen. Den Knechten teilte er die zweigriffigen Sensen zu, wenn sie zur Heumahd gingen, und sammelte sie abends wieder ein. Das bäuerliche Handwerksgerät, die Äxte für die Holzbearbeitung, die Rebscheren für die Weingärten, die Sensen und Sicheln, die Pflüge und Eggen für die Felder, war ihm das Liebste, viel lieber als die Jagdhunde oder die Schafe und Rinder, die er den Knechten überließ. Die Schweine trieben sich ohnehin halb wild in den Wäldern herum und wurden kaum beaufsichtigt.

Ein großer Teil des Hauses mit dem Walmdach war nur dem Weben und den Wollarbeiten vorbehalten. Neben dem großen Raum gab es noch einen kleineren, in dem sich Spindeln befanden, mit denen die Wolle zu Fäden gesponnen wurde. In dem größeren Raum, der mit dem kleineren durch eine Tür verbunden war, standen zwei gewaltige Webstühle, alte Erbstücke aus Ubbos Familie. Die seitlichen Holme aus Eichenholz, wo man sich bei der Arbeit abstützte, waren dunkel und abgegriffen. Der Rahmen vor der Wand war für die Wollstoffe bestimmt. Er stammte noch aus den Zeiten, als die Merowingerkönige auf ihren Ochsenkarren durch das Land fuhren, um es zu regieren. Begga war beim Erzählen der Geschichte die leise Verachtung für die langhaarigen Könige anzuhören, die ganz in der Hand ihrer Hausmaier standen. Sie konnte schauerliche Untaten grausamer Königinnen aus dieser Zeit erzählen, als sei sie selbst dabei gewesen.

Der andere Webstuhl war nicht ganz so alt und wurde für die leichten Tuche aus Flachs und Leinen verwendet. Wann immer Begga Zeit hatte, beschäftigte sie sich mit der Webarbeit und zeigte Imma, wie man das Holzschiffchen durch die Fäden führt und mit dem Kamm das Gewebe festdrückt. Es war eine Lust, die blauen, roten und grünen Fäden auf die hölzernen Schiffchen aufzuspannen und sich auszumalen, wie man sie in das Gewebe einfügen würde. Begga und Imma entwarfen zusammen Muster für den Stoff, indem Begga auf ein Holzbrett mit den Farbklümpchen die Streifen, Vierecke und Linien aufmalte und Imma bat, die eine oder andere Farbe hinzuzufügen. Manchmal saß sie still da, an einem Platz, wo das Licht gut war, ein Holzbrett auf den Knien, und zeichnete mit einem solchen Stück Farbe Tiere und menschliche Gestalten, Gesichter, einen Fuchs, einen Schmetterling.

Beggas Lieblingsfarben waren Rot und Grün, Imma bevorzugte Gelb und Dunkelblau.

«Mein Vater hat Heilige gemalt.» Begga sah bei diesen Worten nicht vom Webstuhl auf. «Seine heilige Thekla hat eine blinde Frau wieder sehend gemacht. Sie stand vor dem Bild und schrie plötzlich auf, weil sie die Heilige vor sich erkannte.»

«Hat er jeden Tag Heilige gemalt?», wollte Imma wissen.

«Damit hat er unsere Familie ernährt. Er zog von Ort zu Ort. Es war die Zeit, als überall neue Kirchen entstanden. Viele junge Maler kamen zu ihm, um von ihm zu lernen.»

«Ich möchte auch Kirchen ausmalen.»

«Das ist eine schwere Arbeit. Man muss auf Gerüste steigen, um auch ganz oben an der Decke zu malen.»

Imma überlegte. Sie war durchaus in der Lage, auf Gerüste zu klettern.

«Man braucht viel Kraft und Ausdauer, um ganze Wände auszuschmücken. Nein, Kind, das ist keine Arbeit für Frauen.»

«Könnten wir Heiligenfiguren weben?»

«Wir? Heilige? Das ist schwierig.» Begga lachte auf.

«Wir könnten einen Teppich für Hilmars Kirche machen», schlug Imma vor.

«Wenn du größer bist», sagte Begga. «Wenn du zehn bist, fangen wir damit an. Vorher müssen wir herausfinden, wie die Heiligen aussehen, die wir einweben wollen.»

«Warum?»

«Damit man sie wiedererkennen kann», erklärte Begga. «Es gibt welche mit rotem Mantel und andere mit einem grünen. Die vier Evangelisten haben jeder ein eigenes Zeichen. Zu Lukas gehört der Stier, zu Matthäus ein Mensch, zu Johannes der Adler und zu Markus der Löwe.»

«Und warum hat Markus einen Löwen als Zeichen und Johannes einen Adler?»

«Das musst du den Pfarrer fragen. Dazu muss man die Schriften lesen können.»

Imma zog die Stirn kraus. «Dann will ich die Schriften lesen, damit ich weiß, warum Johannes den Adler hat und wer der mit dem Stier ist.»

«Ach, Kind, welche einfache Frau kann denn schon Bücher lesen? Du lernst vielleicht deinen Namen zu schreiben und ein paar Wörter lesen. Alles andere ist für die Adeligen und für die in den Klöstern, die Nonnen und Mönche. Nur dort gibt es auch die Bücher und die heiligen Schriften.»

«Dein Vater, der die Kirchen ausgemalt hat, musste doch auch wissen, wie das mit dem Stier und dem Adler und dem Löwen ist.»

«Ja, wahrscheinlich», sagte Begga zögernd. «Aber er war ein Mann, der sein Handwerk ausübte.»

«Ich will auch ein Mann sein, der ein Handwerk ausübt», sagte Imma entschlossen.

Begga lachte in sich hinein. «Sei froh, dass du nicht so schwere Arbeiten machen musst. Hilf mir lieber beim Weben. In der Webstube ist es immer warm und trocken.»

Ulfbert und Imma teilten sich ein Bett in der Kammer neben dem Schlafzimmer der Eltern, später wurde noch Madelgard zu ihnen gelegt. Wie die Hofhunde schliefen die Kinder dicht aneinandergedrängt unter der großen Federdecke und wärmten sich gegenseitig, wenn die Winterstürme über die Höhen bliesen.

Ubbo war streng zu Ulfberth, doch nachsichtig gegen Imma. Ulfberths Charakter war schwierig und widersetzlich. Was auch immer Ulf fand, einen Stecken, einen glatten runden Stein, er baute sich ein Geschoss oder ein Schwert daraus und versuchte, kleine Tiere zu jagen. Kein Vogel, kein Hase im Umkreis des Hofes war vor seinem Jagdtrieb sicher.

Als Imma alt genug war, erklärte Begga ihr, dass sie und Ubbo nicht ihre leiblichen Eltern waren. Es sei nicht schlimm, solch ein Kind zu sein, fügte sie hinzu, denn alle Menschen seien Gottes Kinder. Gott sorge für jedes auf wunderbare Weise. Sie, Imma, habe allen Grund, der Äbtissin Ada aus dem Hause der Karolinger für immer dankbar zu sein. Ada nämlich kümmere sich persönlich um ihr Wohl.

«Sie hat dich vor der Kirche gefunden. Und sie hat dich auf ihren Armen zur Taufe getragen, damit du kein Heidenkind mehr bist.»

«Wenn man ein Kind einfach so findet –», begann Imma, doch sie konnte den Gedanken nicht in Worte fassen. Sie wollte sagen, dass eine besondere Verbundenheit entstand, wenn man von einem Menschen gefunden wurde, nachdem einen die eigenen Eltern bei Nacht und Kälte ausgesetzt hatten.

«Und sie ist meine Patin?»

«Ja, und du weißt ja, sie schickt manchmal Geschenke für dich mit, wenn jemand vom Kloster kommt, um die Abgaben abzuholen.»

Einmal war die Äbtissin sogar selbst da gewesen, um zu sehen, wie es ihrem Patenkind ging, doch Imma konnte sich nicht an den Besuch erinnern. Als sie älter wurde, begriff Imma allmählich, dass Ada eine bedeutende Frau war, die Schwester des Königs. Zwar war sie großmütig und wohltätig, aber sie stellte auch strenge Forderungen an alle, die auf dem Wirtschaftshof lebten. Einmal im Jahr wollte sie die fälligen Abgaben erhalten. Oft genug fluchte Ubbo, wenn er im Herbst seine schönsten Hühner, die fettesten Schafe und die beste Milchkuh ablieferte. Und er musste einen Teil der Ernte und des Geschlachteten in den Vorratshäusern liegenlassen, um vorbeiziehende Abgesandte des Königs und die Abteilungen der Scaramänner zu verköstigen, die immer einmal wieder ein, zwei Tage hier rasteten, bevor sie weiterzogen. Diese Truppen waren nur mit wenig Verpflegung und Tross unterwegs, weil sie sich auf den Hofgütern des Königs überall im Lande versorgen konnten, und das machte die Sicherheitstruppen leicht beweglich.

In den folgenden Jahren brachte Begga zwei Kinder zur Welt, die wenige Tage nach der Geburt verstarben, kaum dass der Pfarrer sie taufen konnte. Sie betrauerte die verstorbenen Säuglinge sehr. Erst nach der Geburt der kleinen Madelgard ging es ihr besser. Anders als ihre schwächlichen Geschwister überstand diese die ersten Kinderkrankheiten und wuchs zu einem gesunden Mädchen heran. Begga hing mit überschwänglicher Liebe an dieser jüngsten Tochter. Sie war ängstlicher im Umgang mit ihr als bei Ulf und Imma und geriet außer sich, wenn irgendwo eine Wespe auftauchte, und schrie die Kleine an, sobald sie sich dem See näherte, in dem eines der Kinder vom Klostergut im letzten Jahr ertrunken war.

«Hörst du die Wölfe?», flüsterte Ulfbert.

Die Winter waren furchtbar, mit langen dunklen Nächten und Kälte, die sich über alles legte und alles absterben ließ; mit schwerverdaulicher Nahrung und Schimmel an den Wänden, der sich täglich höher fraß. In den Nachbarhäusern starben Kinder und Alte. Einmal trampelten Wildschweine durch das Hofgut und zerwühlten alles auf ihrer Suche nach etwas zum Fressen.

Jede Nacht kamen die Wölfe näher.

«Sie sind hungrig. Sie haben alles Wild in der Gegend gerissen und sogar die Schafe. Sie kommen bis zu den Häusern, selbst am Tag.»

Sie hatten auch schon einen der Haushunde geholt, und der Hunger machte sie jeden Tag wahnsinniger. Mit offenem Mund lag Madelgard neben ihnen im Mondlicht und schnarchte leise vor sich hin.

Am Tag darauf kehrte Ubbo mit einem erlegten Grauwolf zurück. Vor dem Haus wurde ihm das Fell abgezogen und die Bauchhöhle ausgenommen.

Begga beriet mit der Nachbarin darüber, wie er am besten zuzubereiten sei, und kam mit ihr überein, das Fleisch des Wolfes auf Eisenspießen im Feuer zu braten.

Als sie sich hinterher hungrig auf die Mahlzeit stürzten, kauten sie lange an dem zähen, bitteren Fleisch. Madelgard spuckte die Brocken weinend wieder aus. Auch Begga hatte Tränen in den Augen. Sie aß mit sichtlicher Anstrengung, um die Kinder anzuhalten, es sich ebenfalls schmecken zu lassen. Es schmeckte niemandem.

«Er war schon alt.» Ubbo wischte sich den Mund mit dem Ärmel ab. «Alt und fast verhungert. Aber die jüngeren sind schwer zu erjagen.»

Schnee lag über dem Land, so weit das Auge sah. Das helle Weiß, auf das die Wintersonne herabstrahlte, blendete und machte schwindlig, wenn man länger unterwegs war. Die vereisten Äste der Bäume brachen unter der Last. Raben fielen tot vom Himmel in den Schnee. Es gab nur noch Hunger und Kälte. Der große Versorger im Himmel hatte beschlossen, die Welt zu bestrafen. Er hatte Winter auf ewig über das Land verhängt. Die Schneemassen drückten die Dächer ein. Jeder Tag, klamm, kalt, bedrückend, war Schrecken und Angst. Zu erschöpft, um wilde Spiele zu spielen, hockten die Kinder vor dem Herdfeuer, starrten in die aufzüngelnden Flämmchen und träumten von duftenden Broten und fetten Würsten, malten sich Speckschwarten aus und Honigkuchen, Leckereien, die sie vor langer Zeit gegessen hatten. Die ausgemergelten Tiere in den Ställen brüllten vor Hunger, kauten das letzte Stroh und gaben längst keine Milch mehr.

Teilnahmslos saß Ubbo auf der Bank vor dem Tisch, an dem Begga arbeitete, und murmelte seltsame Segenssprüche in altertümlicher Sprache.

«Lass das», fuhr Begga ihn an. «Nicht vor den Kindern.»

«Was willst du? Wir sind verhext.» Ubbo schlug mit der Faust auf den Tisch. «So ein Jahr hatten wir noch nie. Erst die Trockenheit im Sommer und jetzt einen Winter, wie Gott ihn nicht gewollt hat.»

«Du weißt genau, dass es keine Hexen gibt.»

«Weil der König jeden mit dem Tod bestraft, der an sie glaubt? Du siehst doch, was geschieht. Es gibt Hexen, so wie böse Geister und Dämonen. Sie haben uns fest in den Klauen.»

«Ubbo, denk an deine Stellung. Wir sind Christen. Für uns gelten nur Gebete und das Kreuzzeichen. Geh auf die Jagd mit den anderen Männern und hör auf, Unsinn zu reden.» Obwohl sie fast nichts mehr hatten, stand Begga am Tisch vor einer runden Knickwandschüssel aus rötlichem Ton, als ginge es darum, die üppigste Mahlzeit zu bereiten.

«Es ist ein Fehler, die Hexen weitermachen zu lassen und die bösen Geister nicht zu bekämpfen», sagte Ubbo düster. «Man darf die Augen nicht verschließen. Jetzt ist es zu spät.»

«Ich glaube, ich werde immer kleiner», stellte Ulf fest. «Meine Arme sind ganz dünn geworden. Haben das auch die bösen Geister gemacht? Kann ich damit ein Krieger werden?»

«Der Frühling wird kommen», sagte Begga leise und bestimmt. Sie stampfte mit einem Mörser Baumrinde und Eicheln zu Mehl, aus dem, mit Wasser vermischt, täglich das dunkle faserige Brot gebacken wurde, das sich kaum kauen ließ.

«Müssen wir alle sterben?», fragte Ulf und hüpfte um den Tisch wie früher. Bei seiner Mutter blieb er stehen und schaute in die Schüssel.

«Alle Menschen müssen sterben, Gott bestimmt ihre Todesstunde, aber wir –», Beggas Stimme wurde noch dünner, «ich glaube nicht, dass er uns schon jetzt sterben lässt. Vorher schlachten wir die letzten Kühe. Und dann kommt der Frühling.»

Eines Morgens wurden die Kinder wach durch Beggas wütende Schreie.

Ulfberth und Imma sprangen auf und öffneten die Tür der Kammer. Über dem Eingang war ein gewaltiger Eisenhammer befestigt.

«Nimm ihn sofort herunter!», schrie Begga.

«Der Hammer wird uns retten! Im Haus meines Vaters war einer über jeder Tür und bei meinem Großvater auch.»

«Es ist der Hammer der Heidengötter. Es ist –»

«Aber er beschützt uns.»

«Der Teufel wird uns holen, wenn du ihn da lässt. Es ist der Thorshammer, früher hatten ihn alle im Haus. Aber jetzt haben wir den Christengott, Ubbo, komm zur Vernunft.»

«Er bleibt da.» Ubbo sprach in einem Ton, wie Ulfberth und Imma ihn noch nie mit seiner Frau hatten sprechen hören. «Er bleibt da und du, du –»

«Der Hunger hat dir den Verstand geraubt.» Begga blickte hoch zu dem Symbol des Heidengottes. «Thors Zeit ist um.»

In diesem Jahr des Hungers ließ der Frühling sich Zeit. Im März lag immer noch Schnee auf den Wiesen. Die Kinder im Dorf husteten. Einige ältere Leute waren gestorben. Im Januar hatte sich ein Wagen vom Kloster in Trier durch die Schneeverwehungen gekämpft und eine Ladung Weizenkörner für alle Bewohner verteilt und zwei große Schinken. Der Hunger wütete im ganzen Land links des Rheins. Auf der anderen Seite war es kaum besser, berichteten die beiden Mönche, die das Gefährt begleiteten. Sie waren fahlhäutig und mager. Auch in Trier gingen die Vorräte zur Neige. Die unerwartete Spende wurde streng eingeteilt und half allen Familien, die nächsten Wochen zu überstehen. Aber schon im Februar war sie völlig aufgezehrt.

Eines Tages kam Ubbo mit einem Rebhuhn heim, das er in der Schlinge gefangen hatte. Es war ein kleines mageres Tier, kaum größer als ein Krammetsvogel. Mit zittrigen Händen halfen die Kinder, den mit kochendem Wasser übergossenen Vogel zu rupfen, und stopften die Federn in einen Sack.

Begga ließ das ausgenommene Huhn in das brodelnde Schmalz auf dem Boden des eisernen Kessels gleiten, goss etwas Wasser an und legte den Deckel auf. Madelgard, Imma und Ulfberth wichen nicht von ihrem Platz vor dem Feuer und sogen den Duft des im Sud schmorenden Rebhuhns ein. Im gegarten Zustand war es erstaunlich wenig. Alle saßen am Tisch und starrten auf die Platte mit dem angerichteten Fleisch. Es war ein Duft wie im Paradies, und zugleich war klar, dass keiner von der Mahlzeit wirklich satt werden würde.

«Du zuerst», stieß Begga hervor. «Iss nur, Kind.»

Mit brennenden Augen sahen die Geschwister zu, wie Imma das Bruststück zum Mund führte.

«Iss langsam», mahnte Begga, «damit du kein Bauchweh bekommst.»

«Und du?», fragte Imma erschrocken. «Hast du keinen Hunger, Mutter?»

«Ich bin satt», sagte Begga, und alle wussten, dass sie log.

Imma wandte sich von ihr ab, umklammerte den Holzteller mit der linken Hand und verzehrte mit der rechten die Fleischbrocken in der Soße. Sie bemühte sich, nicht zu Ulfberth hinzuschauen, dem Tränen über das Gesicht liefen, während sie hastig kaute, bis alles verzehrt war. Es war die köstlichste Mahlzeit, die sie je zu sich genommen hatte. Sie spürte auch Beggas Zustimmung und wusste, dass es richtig war, alles zu essen.

Hinterher schämte sie sich. Ihr Blick fiel auf die dünnen weißen Handgelenke ihres Ziehbruders. Kein Wunder, dass ihre Füße schon so groß waren und Madelgard klein und schmächtig blieb.

«Du bist auserwählt», sagte Ulfberth leise. Er sah sie lange an. «Aus dir wird einmal etwas Großes.»

An einem dieser Tage, an dem Begga dreimal aufgekochte Geflügelknochen ein viertes Mal im kugeligen Topf über dem Feuer aufbrodeln ließ und Madelgard sich erbrach, weil sie das Baumrindenbrot nicht vertrug, stand Hilmar, der Pfarrer, in der Tür. Grau im Gesicht, die Hände fahrig knetend. Sein weißes Priestergewand war schmuddelig und nachlässig gebunden mit dem ebenso schmutzigen Gürtel, dessen vergoldete Riemenzunge seitlich herabhing. Neben ihm stand ein blasser, magerer Junge mit blondem Haar, die Augen in dunklen Höhlen.

«Ist Ubbo da?», fragte der Pfarrer.

«Der ist draußen und versucht, ein Wild zu jagen.»

«Weit und breit gibt es kein Wildschwein mehr und keinen Hasen, da ist nichts Lebendes mehr. Die Wölfe haben nichts übrig gelassen.»

«Ich weiß», antwortete Begga matt, «aber irgendetwas müssen die Männer tun. Kommt doch herein und wärmt Euch in der Stube vor dem Kamin.»

«Ganz allmählich wird die Luft hier draußen lauer. Die Spitzen der Buchen in den Wäldern sind schon rot. Das Schlimmste ist überstanden», sagte Hilmar. «Ihr dürft nicht aufhören, zu Gott zu beten.»

«Wen habt Ihr da mitgebracht?» Begga warf einen müden Blick auf die ausgezehrte Jammergestalt an der Seite des Ortsgeistlichen.

«Arme Leute haben ihn im Wald ausgesetzt. Ein Wunder, dass die Wölfe ihm nichts getan haben.»

«Um Himmels willen.» Begga griff nach dem Kleinen und zog ihn an sich.

«Es hat keinen Sinn, ihm Fragen zu stellen, er kann nicht

sprechen. Er knurrt nur wie ein Wolf.» Der Pfarrer lachte verlegen.

Begga ließ den Jungen los und warf dem Pfarrer einen misstrauischen Blick zu. «Er wird doch getauft sein?»

«Ich habe ihn zur Sicherheit noch einmal getauft. Es geht ihm nicht gut, er ist sehr schwach. Er kann sich kaum auf den Beinen halten.»

«Und weswegen bringt Ihr ihn zu uns?»

«Hier gibt es immer etwas zu essen. Das Rindenbrot ist besser als nichts. Wenn Gott will, wird der Junge bei euch überleben. Behaltet ihn in Gottes Namen.»

«Ubbo wird ihn nicht fortjagen.»

«Das weiß ich, Begga.»

Der Pfarrer setzte sich an den Tisch, der Findeljunge mit seinen stöckchendünnen Armen ließ sich erschöpft an seine Schulter sinken. Begga stellte den Topf mit der Wasserbrühe vor die Gäste und schenkte einen Napf für sie voll mit der Suppe, auf der kaum ein paar Fettaugen schwammen.

«Sie ist gesalzen», sagte Begga, betrübt, den Gästen nichts Besseres anbieten zu können.

Hilmar brach ein Stück Brot ab und begann zu essen, während Begga sich neben dem Jungen niederließ und versuchte, ihm etwas Brühe einzuflößen. Ohne Freude oder Appetit zu zeigen, ließ er es geschehen. Nach mehreren Löffeln schloss er den Mund, presste die farblosen Lippen aufeinander und sah sie lange und intensiv an. Es war der Blick eines Gespenstes. Das Menschenwesen neben Begga hoffte auf nichts mehr, es war bereits in einem Zwischenreich, irgendwo zwischen Himmel und Erde.

Schützend legte Begga den Arm um den kleinen Fremdling.

«Du bleibst bei uns», sagte sie und küsste ihn behutsam auf sein verfilztes Blondhaar. «Gott schickt dich zu uns.»

«Er muss schon älter sein», sagte Ubbo, zum Pfarrer gewandt, der noch immer auf der Eckbank saß, und drehte den Jungen hin und her. Begga hatte ihn im Badezuber gewaschen und abgeschrubbt, was der Findling klaglos über sich ergehen ließ. Pobacken und Oberschenkel des Kindes waren faltig wie bei einem Hundertjährigen. Dank der Kälte der letzten Zeit war sein verfilztes Haar frei von Läusen.

«Er ist sehr klein, aber nach den Zähnen zu urteilen, könnte er elf oder zwölf Jahre sein. Er ist verkrüppelt, seine Beine und Arme sind verwachsen.» Nachdem Begga ihn gebadet hatte, empfand sie den Neuankömmling als ihr zugehörig. Er brauchte dringend sorgfältige Pflege, Essen, Kleidung. Man sah, dass er harte Jahre hinter sich hatte. Bei ihr würde er es auf alle Fälle besser haben.

«Und warum spricht er nicht?», wollte Ubbo wissen.

«Jesus Maria, vielleicht versteht er uns nicht. Vielleicht braucht er ein paar Tage und redet dann. Wer weiß, wo er herkommt und was er erlebt hat.»

Ulfberth brachte Unterzeug, Kniehosen, ein wollenes Wams, wärmende Beinstrümpfe aus naturbelassenem Hanf und Beinbänder aus der Truhe. Widerstandslos ließ der Junge sich in die neue Kleidung hineinstecken. Er sah jetzt aus wie eine Vogelscheuche im Sonntagsstaat. Immerhin war seine Haut nach dem Bad rosig, und seine Augen leuchteten.

«Wie habt Ihr ihn getauft, Pfarrer?», wandte Ubbo sich an den Pfarrer.

Begga erhitzte jetzt Wein in einem Topf. Es war schließlich ein besonderer Tag. Wein hatten sie noch genug, und man konnte sich daran stärken, wenn man nicht zu viel davon trank.

«Ich habe ihm keinen Namen gegeben, im Vertrauen darauf, dass er schon einen hat.»

«Aber wir müssen ihn irgendwie rufen.»

«Namen sind Schall und Rauch. Ich freue mich, dass ihr ihn behalten wollt. Nennt ihn doch, wie es euch gefällt.» Der Pfarrer lehnte sich auf der Bank zurück.

Ubbo überlegte. «Er soll Beowulf heißen, weil er im Winter der Wölfe zu uns gekommen ist.»

Im Laufe des Sommers, einem Sommer voller Früchte, in dem das Korn gut ausreifte und das Vieh wieder Fett an den Flanken ansetzte, wuchs der schwächliche fremde Junge, als wollte er alles Versäumte nachholen. Ständig wurden ihm Hosen und Schuhe zu klein und zu eng. Bei der Feldarbeit half er mit wie ein Erwachsener; liebevoll kümmerte er sich um die neugeborenen Zicklein; die Schafe schor er, als hätte er sein Leben lang nichts anderes getan. Inzwischen gab er einfache Worte von sich, die Begga ihm wie einem Kleinkind beigebracht hatte.

Beowulf sprach sie mit großer Anstrengung, sein Gesicht verzog sich, während er Lippen und Kiefer bewegte.

«Ubbo», stieß er dann hervor, fast wie ein Tier, und «Begga».

Manchmal, wenn er schwierigere Laute bilden wollte, verformten sich seine dünnen blassen Lippen, und die Augen traten ihm fast aus den Höhlen. Er war keineswegs dumm oder schwachsinnig, wie anfangs alle auf dem Klosterhof gedacht hatten.

Begga hatte sich in den Kopf gesetzt, ihn das «Vaterunser» zu lehren. Nach einem halben Jahr brachte Beowulf die Sätze des Gebets immer noch nicht verständlich hervor. Trotzdem hörte er nicht auf, sie Begga nachzusprechen. Es klang hohl und dumpf wie das Gebet eines Gespensts. Begga und Beowulf aber waren stolz.

Im Frühjahr, ein Jahr später, hatte Beowulf sich zu einem muskulösen Jungen entwickelt, der einige kurze Sätze sprechen konnte. Er war freundlich, arbeitsam und hilfsbereit. Sobald Hilmar, der Pfarrer, auftauchte, sprang Beowulf ihm entgegen wie ein Hund und fiel ihm um den Hals.

Aber immer noch war er ein Geschöpf aus einer anderen Welt, rätselhaft und unbegreiflich. Die jüngeren Kinder fürchteten sich vor ihm und rannten fort, wenn er mit ihnen spielen wollte. So hielt Beowulf sich an die Erwachsenen und an die beiden Haushunde, die neben seinem Strohsack schliefen. Wenn es nichts zu arbeiten gab, saß er oft mit geschlossenen Augen zwischen den zotteligen Kötern, die ihm die schutzlosen Bäuche mit der rosigen, schwach behaarten Haut entgegenstreckten und nicht genug bekommen konnten von seinen Zärtlichkeiten.

Bei den ländlichen Arbeiten war er anerkannt und wohlgelitten. Anders als die gleichaltrigen Kinder auf dem Klosterhof jammerte er nicht, sondern packte zu und arbeitete, ohne je ein Zeichen von Ermüdung oder Verdrossenheit zu zeigen.

Ubbo, der dem fremden Jungen von Anfang an keine Gefühle entgegengebracht hatte, allenfalls sachliches Interesse und wohlwollende Neugier, behandelte ihn härter als die Kinder, die schon im Hause lebten. Er verbot Beowulf auch, in der Kammer mit Imma, Ulfberth und Madelgard im Bett zu schlafen, wo Begga ihn eigentlich einquartieren wollte. Stattdessen musste der Findeljunge mit einem Strohsack bei den Hunden neben der Haustür vorliebnehmen. Doch es machte ihm nichts aus, wenn ihm die ungestümen Tiere morgens über das Gesicht leckten.

So unterschiedlich sie waren, die redegewandte Imma und der knurrende Beowulf, entstand doch gerade zwischen ihnen etwas wie eine Freundschaft. Beowulf suchte die Nähe seiner Ziehschwester. Beim Essen ließ er sich neben ihr auf der Bank nieder. Einmal brachte er ihr von der Arbeit auf dem Feld Schneckenhäuser zum Spielen mit und ein anderes Mal einen Salamander, den er am See gefunden hatte. Imma wiederum webte eine warme wollene Decke mit blauen und roten Streifen für ihn. Bei dieser Arbeit half Begga ihr. Rot vor Freude brachte sie Beowulf die Decke, die er sich sofort über die Schultern hängte.

Einmal nahmen die Männer vom Klosterhof Beowulf mit, als sie Holzstämme die Straße entlang bis zum Fluss auf der anderen Seite der Berge zogen. Auf Ochsenkarren brachten sie die riesigen Eichenstämme fort. Bei der Rückkehr der Männer bemerkten alle auf dem Klosterhof, dass der Junge verändert war. Keiner wusste, was in ihm vorging, aber jeder sah, dass Ubbos Ziehsohn nicht mehr der Alte war.

«Er ist verhext», flüsterten sich die Mägde zu und gingen schnell in den Schutz des Hauses, wenn der Wolfsjunge sich sehen ließ. Ruhelos lief er hin und her. Er holte sich Werkzeug aus dem Geräteraum und begann Holz zu bearbeiten. Ubbo erwischte ihn dabei, wie er Äxte und Holzspatel heimlich an sich nahm, schrie ihn an und hieß ihn, die Geräte zurückzutragen. Beowulf verzog wütend das Gesicht und hob die Axt drohend in die Höhe.

«Gottverdammte Bestie», schrie Ubbo auf. «Leg die Axt auf den Boden.»

«Nein», sagte Beowulf und trat einen Schritt auf ihn zu.

«Tu, was ich dir sage. Ich bin dein Vater!»

«Nein», wiederholte Beowulf, immer noch die Axt in den erhobenen Händen.

Die Frauen und Kinder waren auf dem Platz vor dem Langhaus zusammengelaufen. Mit angehaltenem Atem stand Imma zwischen Ulfberth und der kleinen Madelgard.

Beowulf hielt die Axt, als wolle er Ubbo erschlagen. In seinen Augen lag kalter Hass.

«Was tust du, Wulf!» Begga rannte aus dem Haus auf ihren Zögling zu, ihr Gesicht weiß vor Schrecken.

«Bleib stehen!», schrie Ubbo mit sich überschlagender Stimme. «Er bringt dich um.»

Furchtlos ging Begga auf Beowulf zu und griff nach der Axt. Sie packte sie an dem metallenen, scharf geschliffenen Blatt, als sei es ein Stück Brot. Keuchend beugte sich Beowulf vor. Ulfberth kreischte schrill, und Madelgard schluchzte auf. Nur Imma stand ruhig da; sie hatte weder Angst um Begga und Ubbo noch um Beowulf.

Beowulf knurrte drohend wie ein Leithund, der einen Ast oder ein Stück Fleisch verteidigt, aber er lockerte seinen Griff. Und Begga, die sein Knurren nicht zu hören schien, nahm ihm die Axt aus den Händen.

«Brav, Beowulf», sagte sie und tätschelte ihm den Arm. Ängstlich verzerrte er das Gesicht und lief hinter ihr her.

Ubbo hielt ihn zurück. «Hol die Hundepeitsche», herrschte er Ulfberth an, der sofort lossprang und die Peitsche aus dem Hausflur herbeibrachte. Ubbo zerrte Beowulf das Wams vom Leib, und dann schlug er so gnadenlos zu, als wäre Beowulf ein tollwütiger Hund.

«Lass ihn in Ruhe», schrie Begga mit ihrer Kleinmädchenstimme, und Ubbo fuhr hoch und starrte sie an. Blutige Striemen zogen sich über Beowulfs Rücken. Er sah jetzt aus wie Jesus am Kreuz.

«Hör sofort auf. Er ist ein Mensch. Er ist unser Sohn.»

«Das ist er nicht», erwiderte Ubbo und warf die Peitsche auf den Boden. «Er ist gefährlich. Er darf nicht hierbleiben.»

Doch Beowulf blieb. Er sprach noch weniger als zuvor und verschwand täglich viele Stunden lang im Wald. Ubbo prügelte ihn nicht mehr, obwohl ihm nicht entging, dass der Ziehsohn weiterhin Werkzeug verschwinden ließ. Beggas wachsame Blicke hielten ihn davon ab.

Beowulf antwortete nicht mehr, wenn Ubbo ihn etwas fragte. Sobald etwas von ihm verlangt wurde, sprang er auf und lief davon. Er war schnell, und es gelang nicht, ihn einzufangen.

Wenn er abends endlich heimkam, stahl Imma sich manchmal zu ihm und steckte ihm einen Honigkuchen zu, ein gekochtes Ei oder eine Möhre. Dass manche Leute auf dem Klosterhof ihren Ziehbruder für gefährlich hielten, hielt sie nicht davon ab.

Es war ein Kahn, wenn auch noch einige Planken fehlten, weil er nicht genug Nägel hatte.

«Beo – wo kommt das Schiff her?»

Beowulf drehte sich um. Imma hatte ihn schon einige Zeit beobachtet. Schwer atmend lehnte Beowulf sich an den Stamm einer hochaufgeschossenen jungen Buche. Hier zwischen den Büschen und Bäumen des Hochwalds war er sicher.

«Da, da, das ist es», stieß er hervor.

«Hast du das gemacht? Du?»

«Ich», sagte Beowulf, «ich gebaut.»

Noch nie zuvor hatte er «ich» gesagt.

Imma ging um das Boot herum, dann stieg sie hinein und ließ sich auf dem Holzsitz nieder. Ihr Ziehbruder knurrte und jaulte vor Freude.

«Ich», schrie Beowulf auf, «ich, gebaut.» Dann kletterte er zu Imma in den Kahn, kauerte sich neben sie auf den Boden, drückte sie an sich und begann sie zu streicheln, so wie er es bei den Hunden tat. Manchmal war sie dazugekommen, wenn er mit den Hunden am Boden lag, den Kopf in ihr Fell geschmiegt. Imma gefiel es, von Beowulf am ganzen Körper liebkost zu werden. Es war wie ein neues Spiel, ein Spiel, bei dem sie selbst nichts tun musste. Die einzige Angst, die sie hatte, war, Beowulf könnte das Spiel langweilig werden.

Nach einer Weile nahm Beowulf Immas Hand und führte sie vorsichtig über seinen Körper. Mehr neugierig als zärtlich tastete Imma über seine nackte Haut, seinen Bauchnabel, seine Brustwarzen, die hervorstehenden Rippen.

Er führte ihre Hand tiefer. Sein Atem ging jetzt schneller, und er stieß zärtlich knurrende Laute aus. Dann beugte er sich über sie und leckte ihr über das Gesicht, wie die Hunde es zur Begrüßung taten. Imma umfasste ihn, auch in ihr kam ein seltsames neues Gefühl auf, ein Gefühl von schnellem Laufen und Atemlosigkeit. Beowulfs Griff wurde fester, er schmerzte fast, dann begann er zu zittern, und Imma empfand eine ungeheure Liebe zu ihm. Er war ihr so nah und hatte sie so zärtlich angefasst, wie es in ihrem ganzen Leben noch niemand getan hatte.

Wutentbrannt schlug Ubbo mit der Axt die Bordwände entzwei. Splitter flogen durch die Luft. Dann wandte er sich Beowulf zu, der schluchzend vor den Trümmern stand.

Ubbo ließ die Axt sinken.

«Verschwinde, elender Wolf», keuchte er, «verschwinde für immer. Wenn du dich je wieder bei uns am See blicken lässt, drehe ich dir den Hals um.»

Beowulf warf ihm einen langen, furchtlosen Blick zu, doch Ubbo zögerte nicht. Er musste ihn töten, diesen tollwütigen Hund. Es war seine Pflicht – diesmal war Begga weit weg. Ehe er zuschlug, jaulte Beo auf, als sei das Tier in ihm hervorgebrochen, und rannte davon.

«Bestie», murmelte Ubbo. «Bestie.»

Fest packte er Imma an der Hand und zerrte sie davon.

«Wenn er noch einmal auftaucht, sagst du es mir sofort! Hast du gehört?»

«Wirst du ihn dann umbringen?»

«Ich muss es. Er ist gefährlich, er ist ein Tier.»

Auf dem Klosterhof fragte niemand mehr nach Beowulf. Auch Begga erwähnte ihn nie wieder. Obwohl Imma ihn schmerzlich vermisste, wagte sie nicht, seinen Namen auszusprechen. Sie und er waren von ihren richtigen Eltern verraten und ausgesetzt worden. Manchmal überlegte Imma, ob er und sie vielleicht gemeinsame Eltern hatten. Sie malte sich aus, dass er auf der Suche nach Vater und Mutter war. Dann, wenn er sie gefunden hatte, würde er hierher zurückkommen, groß und stolz auf einem Pferd, und sie nach Hause holen zu ihnen, die schon sehnlichst auf ihre Imma gewartet hatten. Und da war das Schiff, das er baute. Wahrscheinlich war es eine lange Reise über große Flüsse, bis sie die Eltern erreicht hatten.

Die Äbtissin

Die Wälder an den Berghängen lichteten sich jedes Jahr mehr, sie wichen gerodetem Land und schließlich grünen und goldgelben Flächen, auf denen Gemüse und Korn reiften.

Imma war inzwischen acht Jahre alt, und die durchdringende Wärme des Hochsommers machte sie mutig und unternehmungslustig. Jetzt, in ihrem neunten Lebensjahr, gab es den undurchdringlichen schwarzen Wald mit den Ungeheuern und den bösartigen Zwergen nicht mehr. Da waren nur noch einige Stämme, an denen vorbei man über raschelndes Laub auf dem sandigen Untergrund zu den Feldern ging. Zwischen den Feldern schlängelte sich die alte steinerne Straße aus den Zeiten der Heiden dahin. Die Fremden, die manchmal ins Klostergut kamen, sah man lange vorher schon, auch die Händler und Mönche und die Krieger des Königs. Die Krieger der Scara des Königs kehrten ab und zu im Klostergut ein, doch meist zogen sie nur vorbei auf ihrem Weg nach Trier. Imma wusste, dass Beowulf sie eines Tages abholen würde. Es war klar, dass er auf der alten Römerstraße daherkommen würde.

«Da. Siehst du sie?», fragte Ulfberth.

«Ein Bischof mit Gefolge?»

«Nein. Es ist die Abbatissa aus Trier.»

«Bist du sicher?»

«Hast du den Boten nicht gesehen, der bei uns war, um sie anzukündigen?»

Imma musste gestehen, dass sie ihn nicht bemerkt hatte.

«Ada? Die mich vor der Kirche gefunden hat?» Freude und Schreck durchzuckten Imma. «Will sie mich besuchen?»

Ein von Pferden gezogener Wagen kam die Straße herauf, und die Eile, das begriffen selbst die Kinder auf der Höhe, bedeutete Wichtigkeit und Würde. Dem Wagen folgten Bewaffnete in raschem Gleichschritt. Man hörte das Klappern ihrer nägelbeschlagenen Schuhe auf dem unregelmäßigen Pflaster der Straße und den hellen Hufschlag der Rösser.

«Sie kommt nicht deinetwegen. Sie kommt zu unseren Eltern.»

«Was will sie hier?»

«Sie wird nach den Abgaben fragen und uns vielleicht

alle bestrafen.» Ulfberth sah besorgt aus. «Ehrlich gesagt, sie besucht unser Hofgut nur ganz selten.» Sorgenvoll fügte er hinzu: «Es ist bestimmt nicht gut, dass sie kommt.»

Wie angewurzelt blieben die Kinder an der Türschwelle stehen. Die rot-grüne Eingangstür schwang in den Angeln hin und her. Ada hatte das Haus betreten, und weder Imma noch Ulfberth wagten, sich ihr weiter zu nähern.

Begga stand der Äbtissin gegenüber, einer großen, kräftigen Frau mit breiten Schultern in einem knöchellangen Gewand aus blauer Seide mit einer purpurfarbenen Borte. Mit entschiedener Stimme sprach Ada auf Begga ein. Begga hielt den Kopf gesenkt. Unschwer war zu erkennen, dass es um nichts Angenehmes ging.

«Wir gehen lieber nicht hinein.» Ulfberth hielt Immas Hand. Das war der Moment, in dem der Blick der Äbtissin auf die Kinder fiel. Aus eigenartig stechenden blauen Augen starrte sie die beiden an. Dann huschte ein schwaches Lächeln über ihr teigiges Gesicht.

«Kommt her», befahl sie mit einer Stimme, vor der es kein Entkommen gab.

Imma trat langsam näher, schutzsuchend hinter Ulfberths magerem Kinderkörper, der zögernd voranging. Beide knieten nieder und küssten die purpurne Borte am Gewand der Besucherin. Die Äbtissin zog Imma langsam an beiden Händen hoch.

«Wie geht es dir?», fragte sie.

«Es geht mir gut.» Imma war erstaunt, dass sie überhaupt einen Satz hervorbrachte.

«Fehlt dir hier etwas?»

Erschrocken darüber, schon wieder antworten zu müssen, überlegte Imma nur, wie sie möglichst schnell wieder hinauskommen konnte.

«Dir fehlt hier sehr viel», sagte Ada, «du weißt es nur nicht.»

«Was fehlt mir?»

«Dir fehlt Unterweisung in den Künsten und im Wissen. Du kannst nicht lesen und nicht zählen.»

«Ja, so ist es», sagte Begga. «Deswegen wird dich die Äbtissin mit sich nach Trier in ihr Kloster nehmen. Dort lernst du die richtigen Gebete und Buchstaben und Zahlen und noch viel mehr.»

«Warum soll ich das?», entfuhr es Imma, die nur begriff, dass es mit ihrem Leben im Wald und mit den Tieren vorbei war.

«Weil das Wissen uns zu Gott führt», sagte Ada nun mit sanfter Stimme. «Du kannst es noch nicht ausdrücken. Aber das Leben eines jeden Menschen besteht darin, sich Gott zu nähern.»

«Ich bete und ich gehe in die Kirche, sonntags und an den Festtagen. Ich faste vor Ostern –», begehrte Imma auf.

Doch Ada war entschlossen, Imma mitzunehmen. Es war wie der Tod, der sich sein Opfer holt, sosehr es sich auch wehrt.

«Ich kann nicht», sagte Imma hastig. «Begga und ich müssen erst noch den Teppich für die Kirche weben.»

«Das habe ich ihr versprochen», sagte Begga, an Ada gewandt, «aber ich werde es allein tun.» Beggas Stimme klang gepresst, und Imma begriff, dass es kein Entkommen gab.

«Ich will nicht weg», schrie Imma. «Ich will hierbleiben. Ich kann auch hier beten und in die Kirche gehen!»

«Du kannst nicht hierbleiben, Kind.» Begga legte den Arm um sie. «Wenn du groß bist, wirst du zurückkommen und uns besuchen. Jetzt musst du gehorsam sein. Du wirst ein gutes Leben haben. Dort im Kloster bekommst du zu essen, soviel du willst, Eier und Milchbrei jeden Tag, Kuchen, Schweinefleisch und Hühnchen, ach, Kind, du stellst dir nicht vor, wie gut du es haben wirst.» Imma dachte an die Zeiten des Hungers und an das Rebhuhn, das sie damals allein aufgegessen hatte, während die anderen mit hungrigen Augen zusahen. *Du bist auserwählt*, hatte Ulfberth gesagt. *Du bist etwas Besonderes.*

Imma heulte auf, als Begga sie mit aller Kraft nach draußen zog und auf den Wagen hob. Mit hängenden Armen folgte Ulfberth.

«Ich will nicht weg!»

«Imma, ich suche mir Eisen und mache ein Schwert, dann komme ich und hol dich zurück», schrie Ulfberth zu ihr hoch.

«Ich will nicht.» Imma trat nach der Nonne, die sie festhielt.

«Ich mache ganz viele Schwerter!»

Die Hände, die sie zogen und zerrten, waren stärker als Imma und Ulfberth. Eilig setzte sich das Pferd in Bewegung. Ulfberth rannte noch eine Weile neben dem Wagen her. Seine halblangen braunen Haare flatterten im Wind. Dann wurde er langsamer und blieb schließlich stehen. Die Räder des Wagens drehten sich immer schneller, Ulfberth rief noch etwas, doch Imma verstand es nicht mehr. So wie geheimnisvolle Mächte bestimmt hatten, dass sie bei Begga und Ubbo aufwachsen sollte, so war jetzt beschlossen, dass es damit vorbei war. Imma biss in die fleischige Hand, die ihr über das Gesicht strich. Es war Adas Hand. Die Wunde war tief und würde eine unschöne rote Narbe hinterlassen, wie ein Brandmal. Als wollte sie Ada zwingen, immer an sie zu denken.

Eine böse Fee hatte sie an sich gerissen und nahm sie mit sich in ihr Reich.

Mit einem Ruck hielt der Wagen vor einem riesigen altersschwarzen Tor aus klobigen Steinen. Der Eingang zum Himmel. Imma erstarrte vor Schreck.

«Ist das das Kloster?», fragte Imma die junge Nonne neben ihr, die die Hand nicht von ihrer Schulter nahm, als sei sie besorgt, die ungebärdige Kleine könnte jeden Moment herunterspringen und für immer verschwinden.

«Es ist nicht das Kloster, es ist nur das Stadttor an der Brücke, die Porta Inclyta», sagte die Nonne gleichmütig. «Das Kloster St. Irminen liegt weiter unten am Fluss, aber wir müssen einen Umweg durch die Stadt machen.»

Sie hieß Lilia, erzählte sie Imma. Sie hatte ein schönes, ebenmäßiges Gesicht und sprach ganz anders als die Menschen im Hofgut, fast wie Hilmar, der Pfarrer, in längeren Sätzen und mit eingestreuten lateinischen Ausdrücken. Nicht so streng wie die Äbtissin, sondern so, dass Imma es verstand. Imma begriff, in der Stadt Trier gab es noch mehr Menschen, die in dieser neuen Sprache redeten. Zu dem neuen, unbekannten Leben dort gehörte es wohl, so miteinander zu sprechen. Sie hatte Hilmar für eine Art vom Himmel gesandtes Wunderwesen gehalten, weil niemand sich so gewählt ausdrücken konnte wie er. Hilmar wusste, was in der Heiligen Schrift stand, er kannte die Geschichten von Jesus und wahrscheinlich alle Gebete auf Erden.

Schwerfällig rumpelte der Wagen durch das hohe Gewölbe über eine breite, gepflasterte Straße, an deren Seiten steinerne Häuser standen, und auf einen Marktplatz. Imma weinte nicht mehr. Sie konnte nur noch schauen und staunen. Überall Menschen, die aneinander vorbeihasteten, Fremde, Krieger, friesische Kaufleute mit gleichmütigen Gesichtern neben einer Schar gefesselter halbnackter Sklaven. Dann wieder Mönche, Nonnen, Geistliche. Du lieber Gott, warum war sie so verzweifelt gewesen. Jetzt schämte sie sich.

«Es ist gut, dass ich mitgekommen bin.»

«Was hast du gesagt?» Lilia mit den sanften Gesichtszügen sah Imma verwundert an.

«Es ist alles so prachtvoll.» Immas Mund blieb vor Staunen offen stehen. So hatte sie sich das Paradies vorgestellt. Ein unüberschaubarer Markt in der Stadt und überall Menschen. Obst, Gemüse, Getreide und Gewürze aufgehäuft, Schinkenkeulen, Felle und Häute. Glockengeläut war von dem Kirchturm herab zu hören, auf den sie nun zufuhren.

«Ich wusste nicht, dass die Stadt so schön ist», sagte Imma verlegen. «Lilia, ist das die Kirche, auf deren Eingangsstufen ich gefunden worden bin?»

Lilia nickte. «Ja, ich denke schon.»

Imma sah ergriffen auf die Stufen. Hier hatte ihr Leben also begonnen. Auf dieser Schwelle hatte alles seinen Anfang genommen. Genau da hatte die Frau gestanden, die wahrscheinlich ihre Mutter war, bevor sie für immer in der Dunkelheit verschwand. Ja, es war gut, dass sie wieder dorthin zurückkam, wo ihr Leben einmal angefangen hatte.

«Es wird dir jeden Tag besser gefallen, je länger du bei uns bist. Ich habe zuerst auch geweint, aber jetzt bin ich froh, dass meine Eltern mich nach Trier geschickt und für den Dienst im Kloster bestimmt haben.»

Noch als sie unter dem Stadttor in die Stadt eingefahren waren, war Imma entschlossen gewesen, bei der ersten Gelegenheit, die sich bot, aus dem Kloster zu fliehen. Aber nun war sie willenlos geworden. Sie war so damit ausgefüllt, zu sehen und zu schauen, das Neue in sich aufzunehmen, dass ihr Widerstand gebrochen war. Die Stadt und das Kloster waren ein besserer Ort. Mit den riesigen Häusern und Türmen aus Stein waren die Lehmhütten und Fachwerkhäuser des Klosterguts nicht zu vergleichen. Das Kloster hob sich von den anderen Bauten der Straße durch die rot gestrichene fensterlose Außenfassade ab. Über der Mauer erhob sich der Glockenturm einer Kirche, und neben der zum Kloster gehörenden Mauer ragte ein Ziegelbau mit einem Kuppeldach auf.

«Was sagst du jetzt?», fragte Lilia, nachdem sie das Klostergebäude durch das rundbogige Eingangstor betreten hatten.

Der Gang, durch den Imma geführt wurde, war säuberlich gefegt. Ein zarter Weihrauchduft lag in der Luft und hüllte sie ein wie in der Kirche.

«Ulfberth und Madelgard würde es hier gut gefallen. Und Begga erst. Glaubst du, Begga kann mich bald besuchen?»

«Vielleicht», sagte Lilia.

Sie betraten einen großen, gemauerten Raum, in dem ein langer Tisch stand, über den weiße Leinentücher gebreitet waren wie zu einem Fest.

Imma hatte angenommen, sie werde im Kloster ein Leben in der Nähe der Äbtissin führen.

«Wo ist Ada?», fragte sie Lilia, die ihr bedeutete, sie solle sich neben ihr auf der Bank vor der langen aufgebockten Tafel niederlassen.

«Ich weiß nicht. Es geht mich nichts an.»

«Wann kommt sie wieder zu mir?»

«Vielleicht heute Abend, vielleicht erst in einigen Wochen.»

«Aber sie ist meine Patin.»

«Das hat nicht viel zu bedeuten. Die Äbtissin hat viele Patenkinder.»

«Wie viele?»

Lilia dachte nach. «Ich weiß nicht genau. Vielleicht zwanzig.»

«Alle hier im Kloster?»

«Nein, nur einige von den Mädchen sind hier. Viele leben in der Stadt oder außerhalb.» Imma sah Lilia fassungslos an, und Lilia fügte schnell hinzu: «Die Äbtissin ist die Schwester des Königs.»

«Wie kann es sein, dass sie so viele Kinder gefunden hat?»

«Die meisten der Patenkinder sind Söhne und Töchter aus angesehenen Familien, die Ada gebeten haben, die Patenschaft zu übernehmen.»

Imma kämpfte gegen etwas an, das sie nicht verstand. Es war empörend, es war ungerecht, dass Ada so viele Patenkinder hatte und sie nur eines von vielen war. Sie kam sich vor wie entehrt.

«Du musst nicht weinen deswegen.» Unbeholfen streichelte Lilia der Kleinen übers Haar. «Aber wahrscheinlich bist du das einzige Kind, das sie selbst gefunden hat.»

Das Kloster war aus Stein erbaut wie für die Ewigkeit. Auch die Kirche war aus glatt behauenen Sandsteinquadern errichtet. Im Eingangsbereich des Klosters wurden sie von der Schwester Pförtnerin begrüßt und in einen kargen Raum geführt. Auf Steinbänken an der Wand saßen einige Menschen, die aussahen, als warteten sie auf etwas, und in dem angrenzenden Speiseraum saßen zerlumpte Gestalten um einen länglichen Holztisch und löffelten Suppe aus Holznäpfen. Wieder andere hockten auf Schemeln, während eine Nonne vor ihnen kniete und ihnen die Füße wusch.

«So, jetzt hast du unser Hospitium gesehen. Als Nächstes kommen wir in die Klausur, in den inneren Bereich», erklärte Lilia mit leiser Stimme, und Imma begriff, dass im Kloster nicht mehr laut gesprochen werden durfte.

Die Pförtnerin schloss eine schwere eichene Tür auf und ließ Lilia und Imma ein.

«Die Klausur darf eine geweihte Nonne nur mit Erlaubnis der Äbtissin verlassen», sagte Lilia. «Und Fremde dürfen ihn nur mit ihrer Erlaubnis und nur unter Aufsicht betreten.»

Die Wände im Inneren waren weiß getüncht. Es gab weder Schimmel an den Wänden noch Ungeziefer. Und die Kirche war sogar bunt ausgemalt. Die brennenden Wachskerzen verbreiteten mildes Licht und einen sanften Duft. In der Kuppel über dem Altar schwebte Christus als Herrscher, ein Schwert in der Hand, umgeben von goldenen und blauen Farbtönen. In den Ecken saßen Löwe und Adler. An den Gestalten der Heiligen und Märtyrer, die die Seitenwände des Kirchenschiffs verzierten, konnte Imma sich nicht sattsehen.

Überall roch es frisch und sauber. Jeder Raum, den man betrat, war aufgeräumt und angenehm eingerichtet, nirgendwo es gab Schmutz.

Am meisten beeindruckte Imma der Kreuzgang neben dem Kirchenbau mit seinem Säulengang, in dem man bei Regen gut aufgehoben war. Er war in der Mitte der Anlage gelegen, sodass die Klosterbewohnerinnen von dort aus in alle Gebäude und in die Kirche gelangen konnten. In dem mit Blumen überwachsenen Innenhof befanden sich die Gräber der verstorbenen Nonnen und ein sprudelnder Brunnen unter einem gemauerten Gewölbe mit Fenstern an den Seiten. Vom Kreuzgang aus führten Türen zu den übrigen Klostergebäuden, zur Küche neben dem großen Speisesaal, zum Schlafsaal, zum Versammlungssaal und zu den Werkstatträumen, wie Lilia weiter erklärte. Es gab feuchtkühle Gewölbe unter dem Boden, durch hölzerne Falltüren verschlossen, und im ersten Stock über den Schlafräumen eine Bibliothek, wo der kostbarste Besitz des Klosters gehütet und gehegt wurde, große, in Leder eingebundene, mit Edelsteinen verzierte Bücher, in denen man das Evangelium und die Psalmen, die Apostelgeschichte, Gebete und Schriften der Kirchenväter lesen konnte. Von der Bibliothek aus führte eine schmale Holzstiege hoch zu einem kargen Raum, von dem aus man auf die Kirche oder auf den Fluss blickte.

«Wir sind jetzt auf dem höchsten Punkt des zweiten Turms, den du von unten aus sehen kannst», erklärte Lilia. «Ursprünglich befand sich hier eine Glocke. Jetzt ist es ein Raum, in den sich die Äbtissin zurückzieht, wenn sie mit der Priorin oder dem Bischof eine Besprechung hat und sicher sein will, dass sie nicht belauscht wird.»

Imma hörte aufmerksam zu, doch sie verstand nicht alles, was Lilia ihr wortreich erklärte.

Alles war im Überfluss vorhanden. In der Küche hingen neben dem Kaminfeuer, der Größe nach aufgereiht, Tiegel und Pfannen an der Wand. Riesige Kochtöpfe standen auf einem Tisch, und eine Katze mit geflammtem Fell leckte Milch aus einem Napf.

«Was ist das?» Imma deutete auf Kerben und Markierungen an der Wand.

«Das sind die Markierungen der Überflutungen seit der Gründung des Klosters», sagte Lilia fast gleichmütig.

«Überflutungen?»

«Das Kloster liegt nah am Fluss, und die Mosel bringt ein- oder zweimal im Jahr Hochwasser. Dann müssen alle schnell helfen, die Vorräte und die Möbel in den ersten Stock zu bringen. Zuerst müssen die Reliquien und die Hostien aus der Kirche gerettet werden.»

«Ist das Hochwasser gefährlich?»

«Mach dir keine Sorgen deswegen. Es ist nur selten jemand aus dem Kloster dabei ertrunken. Und das war immer dann, wenn die Fluten unerwartet und plötzlich hereingebrochen sind.»

In den ersten Tagen von Immas Aufenthalt ließ Ada sich nicht sehen. Sie sei mit wichtigen Aufgaben außerhalb des Klosters beschäftigt, tuschelten die Mädchen. Imma war fest entschlossen, sich mit diesen anderen Patenkindern der Äbtissin nicht abzugeben. Mit starrem Gesicht ließ sie sich im Refektorium, dem großen Speisesaal, an dem langen Holztisch nieder, wo die Mädchen das Essen einnahmen. Es waren etwa zwanzig Mädchen in Immas Alter und etwas älter, die Lilia betreute. Kichernd musterten sie die Neue.

Am Ende der Tafel befand sich ein erhöhter Sitz, zu dem eine ältere Schwester geleitet wurde. Eine junge Novizin legte ein Buch in einem kostbaren Ledereinband vor sie hin. Zuerst wurde ein kurzes Gebet gesprochen, um das Essen zu segnen. Dann schlugen alle das Kreuzzeichen über den Löffel. Imma sah erstaunt um sich, ob auch das Messer gesegnet wurde, aber nein, es war nur der Löffel. Während die Abendsuppe in die Schüsseln aus hellrotem Ton mit zartem Rollrädchendekor am oberen Rand eingegossen wurde, eine kräftige Hühnerbrühe mit Gemüse, wie Imma sich Jahrzehnte später noch gut erinnerte, las Yolanda, die Klosterälteste, von ihrem erhöhten Sitz aus mit zittriger Stimme aus dem Buch des Augustinus über den *Gottesstaat*. Sie trug zunächst ein Stück auf Lateinisch vor, dann folgte eine Übersetzung in tiudsker Sprache, damit auch die Schülerinnen die Worte des römischen Kirchenlehrers verstehen konnten.

Gewiss wird von Bösen vieles gegen den Willen Gottes getan. Er besitzt aber so große Weisheit, so große Stärke, dass alles, was sich scheinbar seinem Willen entgegensetzt, doch zu jenem Ziel und Ende führt, das er selbst als gut und gerecht vorausweiß. Wenn es daher heißt, Gott ändere seinen Willen, er gerate zum Beispiel in Zorn gegen solche, zu denen er mild war, dann sind immer sie es, die sich ändern, nicht er. Sie finden ihn nur sozusagen gewandelt, und zwar in dem, was sie erleiden, so wie sich die Sonne dem kranken Auge verwandelt zeigt, aus einer milden und angenehmen eine schmerzende Sonne wird, während sie selbst doch die gleiche bleibt.

Wie alles, was man zum ersten Mal hört, prägten sich auch diese Sätze für immer in Immas Gedächtnis ein.

Imma saß zwischen einem kräftigen blonden Mädchen mit langen Zöpfen und einer Dunkelhaarigen, die etwas älter war als sie selbst.

«Ich bin Ansgardis», wisperte die Dunkelhaarige.

Ansgardis' Hände waren fast durchscheinend, mit langen schmalen Fingern. Ihre Bewegungen waren vorsichtig und langsam.

Immer wieder meldete sich das blonde Mädchen zu Wort, indem sie lauthals um den Wasserkrug bat und sich eine zweite Portion geben ließ, aber niemand tadelte sie deswegen.

Obwohl Yolanda vor ihrer Lesung darauf hinwies, das Essen sei in dankbarem Schweigen zu verzehren, tuschelten und kicherten die Mädchen aus Lilias Schar. Lilia schaute mit strengen Blicken umher, doch die Mädchen wurden nicht bestraft, wie Imma mit Erleichterung feststellte.

Als nächster Gang wurden Schweinefleischstückchen in dicker Soße gebracht, und es gab frisches Weizenbrot dazu. Während sie aß, fiel Immas Blick auf eine hagere Nonne mit strengen Gesichtszügen und dünnen, blassen Lippen, die allein an einem abgeschiedenen Tisch saß, vor sich nichts als einen Krug mit Wasser. Mit gefalteten Händen murmelte sie leise Gebete. Ihr grobes, wollenes Gewand war verfilzt und schmutzig.

Fragend sah Imma zu Lilia hinüber. «Wer ist das?», flüsterte sie, als Yolanda kurz im Lesen innehielt.

«Das ist Laurentia, die Büßerin», wisperte Lilia zurück.

«Warum büßt sie?»

«Sie büßt für die Sünden unserer Äbtissin. Die Herrin hat wegen ihrer Verpflichtungen nicht die Zeit, es selbst zu tun. Deshalb hungert und betet Laurentia für sie.»

Imma zuckte zusammen. Die Äbtissin eine Sünderin, wie war das möglich? Sie konnte den Blick nicht von Laurentia abwenden.

Wie ein Gespenst saß die Büßerin an ihrem Tisch. Niemand richtete das Wort an sie; selbst Yolandas Lesung schien nicht für sie gedacht. Als sich nach dem Essen alle erhoben, richtete Imma es ein, dass sie an Laurentia vorbeigehen musste, die, halb gebückt, sich ebenfalls zum Ausgang hinbewegte. Imma starrte die Frau an, ein feines Rinnsal aus Blut lief über ihr verhärmtes Gesicht; in ihrem verfilzten Haar saß eine Dornenkrone.

«Wie heißt du?», wandte sich die Büßerin unvermittelt an Imma. «Ja du, dich meine ich.»

Heißer Schrecken durchfuhr Imma. Laurentia hatte ihre Hand ergriffen. Ein säuerlicher, scharfer Geruch ging von ihr aus. Imma würgte vor Ekel.

«Ich bin Imma», stammelte sie, mehr um Laurentias Griff zu entkommen als aus Höflichkeit.

«Ah, die kleine Imma. Du bist Imma. Ich habe es mir fast gedacht. Gott segne dich, du unschuldiges Kind.»

Laurentia schlug ein Kreuzzeichen über Imma und ging davon.

Gleich neben den Mauern des Klosters erhob sich ein seltsamer Bau aus rotem Ziegelstein mit runden Dachkuppeln, fremd und andersartig. Am Abend hatte Lilia die Mädchen aufgefordert, ihre Handtücher über den Arm zu nehmen, dann verließ sie mit ihnen durch einen Seitenausgang das Kloster und ging zielstrebig auf den Kuppelbau zu. Vor einer wurmstichigen, verwitterten Holztür blieb sie stehen und schloss sie mit einem großen, eisernen Schlüssel auf. In der geräumigen Eingangshalle roch es feucht und modrig. Der Putz an den Wänden war abgeblättert, dennoch waren noch Spuren von Malereien zu erkennen. Imma glaubte nackte Engel zwischen Weinreben schweben zu sehen.

Lilia führte ihre Schülerinnen in einen kargen Raum mit rautenförmigen Ziegeln an den Wänden. Ein paar alte, rissige Holzbänke waren darin aufgestellt. Die Mädchen ließen sich darauf nieder, zogen ihre Kleider aus und falteten sie zusammen. Imma zögerte. Nein, sie konnte sich nicht vor den fremden Kindern und vor Lilia entkleiden. Doch niemand achtete auf sie. Kichernd rannten die nackten Mädchen durch die offen stehende Tür zu einem Raum, aus dem Dunstschwaden drangen.

«Ich will nicht», sagte Imma, als Lilia sie erstaunt ansah.

«Dann lass die Schuhe hier und komm mit», antwortete Lilia.

Die Nonne hob mit der Hand ihr bodenlanges Gewand an, als sie langsam über den feuchten Ziegelboden voranschritt. Imma trat hinter ihr in den dampfenden Raum, und dann sah sie das große, in den Boden eingelassene Becken, in dem die Mädchen bis zum Bauchnabel im Wasser standen und sich Bälle zuwarfen. Es war der schönste Ort, den Imma je gesehen hatte, ein Ort der Freude und des Vergnügens. Am Boden des viereckigen Beckens glitzerte ein schwarzweißes Mosaik mit Fischen, nackten Kindern und Schiffen. Mehrere Stufen führten ins Wasser hinein. Durch vergitterte rundbogige Fenster fiel Licht in den Badesaal. Unwillkürlich schaute Imma nach oben. Über ihr wölbte sich eine mosaikgeschmückte Kuppel wie in einer Kirche. Blätter und Vögel glänzten über ihr. Das Paradies konnte nicht herrlicher sein.

Ohne zu überlegen, zog Imma ihr Gewand über den Kopf, gab es Lilia und trat in das Becken. Es war eine Lust, das angenehm warme Nass an den Füßen zu spüren.

Lilia hatte einen Korbsessel an den Beckenrand geschoben und sah ihren Zöglingen beim Baden und Spielen zu.

«Was sagst du jetzt, Imma?»

Imma hatte es sich auf einer bankartigen Wölbung in der Wandung bequem gemacht, während sie die wohlige Wärme des Badewassers genoss. Vor ihr standen die anderen Mädchen und rieben sich gegenseitig Sapo in die langen Haare. Unter ihr schimmerte ein Frauengesicht mit Schlangen in den Haaren. Ob das Bild zu ihren Füßen die heilige Maria war oder eine andere Heilige? Doch da war noch mehr zu sehen. Ein aufrecht stehendes Wesen mit zottigem Fell und mit Hörnern, zweifellos der Teufel. Seine Beine endeten in Bockshufen; in den Händen hielt er eine Hirtenflöte, ein netter Teufel, gar nicht erschreckend und doch unverkennbar.

«Du sagst ja gar nichts.»

«Eines Tages soll Madelgard hierherkommen. Ihr würde es auch gefallen. Glaubst du, sie darf auch kommen?»

«Madelgard?»

«Meine Schwester.»

«Wenn sie alt genug ist und die Äbtissin die Erlaubnis gibt.»

In der Wärmestube prasselte das Feuer. Zwei ältere Nonnen knieten betend vor dem Kruzifixus an der Wand. Lilia war mit der neuen Schülerin gleich nach der Morgenmesse zum Kamin gegangen. Behutsam und entschieden zugleich zog sie den beinernen Kamm durch Immas angefeuchtetes blondes Haar. Die haftengebliebenen Nissen und Läuse strich sie sorgsam ab und warf sie ins Kaminfeuer.

«Nur wenige», sagte sie lächelnd. «Gerswind wird dein Haar heute Abend wieder kämmen. Dann sind sie bald weg. Wir sind stolz darauf, dass im Kloster niemand Läuse hat.»

«Warum ist das so?»

«Überall, wo ein Kloster entsteht, wandert das Ungeziefer davon. Nicht nur die Dämonen, auch Flöhe, Läuse, Wanzen und Ratten weichen vor der Überlegenheit des Kreuzes.»

Imma steckte in dem gleichen kratzigen weißen Leinengewand wie die anderen Mädchen, die mit ihr den Schlafsaal teilten. Das Bad in der Piscina der Heiden verlieh ihr auch jetzt, am Morgen danach, noch ein Gefühl von Leichtigkeit und Beglückung. Das Erlebnis im warmen Wasser mit den anderen zusammen war erhebender als die heilige Messe in der Kirche, beglückender als der Haferbrei zum Frühstück.

Imma ging gerne zur Messe. Es war vergnüglich, mit den anderen Mädchen zu singen. Der Mönch Marso, der die priesterlichen Weihen hatte, nahm die Handlungen vor, die das Brot und den Wein verwandelten, und teilte das Brot an die Klosterbewohnerinnen aus, die die Hand, die den Leib des Herrn entgegennahm, mit einem weißen Tuch verhüllten. Vor der Wandlung aber hielt die Äbtissin die Predigt, und während sie sich jeden Satz einprägte, überwältigte Imma ein Gefühl von Stolz auf Ada, die ihr so nahe stand.

«*Deus Geometra*», erklärte Ada, «Gott ist der Meister der Geometrie, der alles nach Maß, Zahl und Gewicht geordnet hat. Den Kreaturen hat er verschiedene Formen verliehen, den Sternen ihren Lauf zugewiesen und einige an bestimmte Orte gesetzt. Er ist der große Baumeister, der Architekt, der vollkommene Bogen schafft, mit Zirkel und Waage ...»

Nach der Frühmesse gingen die jungen Schreibschülerinnen, von Lilia angeführt, in den Innenhof des Kreuzgangs und ließen sich auf Holzbänken nieder. Lilia reichte jedem Mädchen aus ihrem Weidenkorb eine mit hellem Wachs beschichtete Holztafel und einen metallenen Griffel. Sie selbst nahm in einem Korbsessel Platz. Imma war es nicht gewohnt, still zu sitzen, und ihre Füße und Hände kribbelten ihr vor Ungeduld. Lilia erzählte die Geschichte der Buchstaben. Dass schon die alten Römer sie kannten und benutzt hatten.

«Das Evangelium ist mit Buchstaben geschrieben, schon deshalb müsst ihr alle sie lesen und schreiben können. Nur wenn Gott das richtig gesprochene Wort hört, öffnet sich sein Ohr.» Lilia sagte es mit sanfter Stimme, und doch klang es wie eine Drohung.

Vögel zwitscherten in den Rosenstöcken auf den Gräbern der verstorbenen Nonnen. Zwei Spatzen stritten sich zeternd. Hoch im Himmel kreiste ein Greifvogel.

So leicht es bei den anderen Mädchen auch aussah, es war doch mühsam, den Stift zu halten und die Rundungen der Buchstaben nachzumalen, die Lilia auf einem großen Schieferstein mit einem kreidigen weichen Stein vorzeichnete. Imma brach der Schweiß aus, als sie den Schreibgriffel bewegte und die ersten Bogen und Winkel in das weiche Wachs kratzte.

Ihr Leben begann sich zu verlangsamen. Einen Moment lang hielt sie inne. Eine Eidechse huschte über die steinerne Einfassung des Säulengangs, und Imma schaute schnell weg. Sie musste alles, was ihr durch den Kopf ging oder was um sie herum vorging, daraus verscheuchen, ehe sie sich den Buchstaben zuwendete. Nur so war es möglich, das zu tun, was den anderen Mädchen schon so leicht fiel: zu schreiben. Jeder Muskel ihres Körpers war angespannt, doch sie ließ den Schabestift nicht fallen und führte ihn auf und ab, hin und her. Es war mehr als eine Küchenarbeit oder eine Näherei.

Kein Mädchen ihres Standes durfte so etwas lernen, es war die höchste Kunst auf Erden, es war der Vorhof des Garten Eden. Nur durch das Wohlwollen der Äbtissin war sie hierhergekommen und durfte am Unterricht der hochgeborenen Mädchen teilnehmen. Auch wenn jeder Finger schon jetzt schmerzte – sie wollte nicht aufgeben.

ORA ET LABORA hatte sie geschrieben, und Imma wurde von Stolz erfüllt über ihre Buchstaben, über ihren ersten lateinischen Satz.

Die Schreibhalle

Der Sommer war regnerisch und kühl. Bei schlechtem Wetter fanden Lilias Unterrichtsstunden im Speisesaal statt. Als die Tage kürzer wurden, umwickelten die Mädchen die Beine mit wollenen Beinbändern und durften in der Kirche zum Gottesdienst ihre Wollmäntel überziehen. Zum Frühstück und zum Abendessen gab es jetzt heißen Gewürzwein.

«Weißt du, was mir hier am meisten fehlt?», fragte Gerswind.

Imma schaute sie fragend an.

«Die Pferde», sagte Gerswind träumerisch. «Ohne Pferde zu leben ist grausam. Man kann so viel von ihnen erfahren.»

«Was soll das sein?»

«Wie sie schnauben und in welche Richtung sie sehen, das muss man genau beobachten. Es hängt viel davon ab.»

Imma schwieg verlegen.

«Besonders das Schnauben ist wichtig. Die Götter geben uns Zeichen durch die Pferde.»

«Die Götter?»

«Hier im Kloster wollen sie das alles nicht wahrhaben. Wenn ich doch nur meinen lieben Grani ein einziges Mal wiedersehen könnte.»

Das kräftig gebaute blonde Sachsenmädchen Gerswind war freundlich zu Imma. Sie waren beide Außenseiterinnen, aber trotzdem blieb Imma der Sächsin gegenüber zurückhaltend. An den Gesprächen mit ihren Altersgenossinnen beteiligte sie sich kaum und hielt sich stattdessen an Lilia. Die junge Nonne mit dem ebenmäßig schönen Gesicht und ihrer gleichmütigen Freundlichkeit hatte sie von Anfang an wie eine ältere Freundin behandelt. Imma spürte, dass Lilia sie vor den anderen bevorzugte. Und sie gab sich Mühe, Lilia durch Fleiß und ihre Schreibarbeiten zu beeindrucken. Lilia, das glaubte Imma zu wissen, gab nicht viel auf adelige Geburt und vornehme Ahnen. Sie lebte abgewandt von der Welt, ganz auf den Himmel und seine höheren Erfordernisse ausgerichtet.

Vom Kreuzgang aus konnte man durch rundbogige Fenster in die Schreibhalle sehen, wo der Mönch Marso wie ein strenger Richter vor einigen älteren Nonnen saß, die die Abschriften herstellten. Jede Nonne hatte einen bequemen Sessel und ein Schreibpult mit verschiedenen Gerätschaften vor sich.

«Was ist das?» Imma reckte sich und blieb stehen.

«Davon bist du noch sehr weit entfernt, Kind», sagte Lilia mit einem Lächeln. «Aber sieh nur genau hin. Vielleicht darfst du eines Tages auch hier sitzen, wenn du gut schreibst und liest.»

«Warum sind dort so viele Schreiberinnen?», fragte Imma flüsternd, um nicht zu stören.

«Eine Bibelhandschrift umfasst bis zu fünfhundert Blattseiten. Dafür braucht es Hunderte von Schreibstunden und die Häute von zweihundert, manchmal sogar bis zu fünfhundert ungeborenen Lämmern.»

«Ungeboren?», fragte Imma erschrocken.

«Weil nur die Haut unschuldiger Wesen, die ohne Sünde sind, für die heiligen Schriften benutzt werden darf», wisperte Lilia zurück.

«Warum sind die Frauen alle so alt, die da drin schreiben?»

«Sie sind nicht so alt, wie sie dir erscheinen. Der König hat verboten, dass Knaben oder Mädchen die Bücher abschreiben. Diese Arbeit ist so wichtig, dass sie erst in reifem Alter mit Verstand ausgeführt werden darf.»

«Muss man von Adel sein, um Schreiberin zu sein?» Imma flüsterte immer noch.

«Nein, eher umgekehrt. Von all den Nonnen, die du dort sitzen siehst, ist nicht eine einzige von hoher Geburt.»

«Warum ist das so?»

«Was hier getan wird, ist mühsame Arbeit, vergleichbar mit dem Jäten von Unkraut im Klostergarten. Hoher Mut und Stolz nützen dir dabei nicht. Um Hunderte von Seiten geduldig und gewissenhaft abzuschreiben, braucht man Demut und Geduld. Adlige Frauen haben sie nur selten. Es ist eher ein Werk für arme Nonnen, die ganz für die Buchstaben und für die Schrift leben.»

«Das ist gut», murmelte Imma erleichtert.

«Schon das Lesen der Schriften erfordert Geduld und einen langen Atem. Und schreiben, Fehler korrigieren, illustrieren noch unendlich viel mehr. Wer hier arbeitet, muss sich selbst vergessen und Gott dienen wie eine Sklavin.»

«Ich würde gern dort arbeiten wie eine Sklavin.»

Lilia lächelte, womöglich hatte sie diese Antwort erwartet. «Glaub nicht, die Armen seien arm. Sie sind näher bei Gott als die Reichen, sagt Jesus. Eher geht ein Kamel durch ein Nadelöhr, als dass ein Reicher ins Himmelreich eintritt», wisperte sie, als verriete sie ein Geheimnis.

Imma erfuhr, dass jede Pfarrei mehrere der heiligen Bücher brauchte, das Lektionar und den Psalter, das Sakramentar, das Benediktionale und das Bußbuch.

Marso, ein quirliger, klein gewachsener Geselle in vorgerücktem Alter, diktierte die heiligen Texte mit einschmeichelnder Stimme. Als einer der wenigen im Kloster zugelassenen Männer zog er Imma in seinen Bann. Sie konnte die Augen nicht von ihm wenden. Ein Mann bewegte sich anders, sprach anders und lachte anders als eine Frau. Marso hatte die Erlaubnis seines Abts, der zugleich der Bischof von Trier war, sich außerhalb des Klosters zu bewegen. Manchmal war er ein paar Wochen unterwegs zu anderen Klöstern und Städten im Frankenreich, wo er alte Kodizes erwarb und neu geschriebene verkaufte. Der Bedarf an Evangeliaren und weiteren Schriften religiösen Inhalts war groß. Auch adlige Haushalte wollten wenigstens ein oder zwei der seltenen, teuren Bücher besitzen. Sie waren beliebt als Taufgeschenke und Hochzeitsgaben. Reiche Herren ließen Kodizes für die Mitgift ihrer Töchter schreiben, und die Schreibstuben der Klöster kamen kaum nach. Immer mehr Schreiberinnen und Schreiber mussten neue Werke schaffen, oft bis in die Nacht hinein, noch beim Schein von Kerzen und Unschlittlichtern.

«Marso hat eine Liste mit Bestellungen von heiligen Büchern», berichtete Lilia. «Aber es wird Jahre dauern, bis alle geschrieben sind. Die Äbtissin will weitere Schreiberinnen ausbilden.»

«Das Skriptorium ist das Herz des Klosters», warf Wulftrud ein.

«Das Herz des Klosters ist immer die Kirche», korrigierte Lilia.

«Aber für das Skriptorium werden mehr Edelsteine und

Goldbarren zur Verfügung gestellt als für den Altar und die Heiligen in der Kirche.» Wulftrud liebte es offenbar, der Lehrerin zu widersprechen. Sie war die einzige Schülerin, die Lilia in Verlegenheit bringen konnte.

«Das war nicht immer so, und es wird sich wieder ändern.»

«Marso hat mehr zu sagen als die Abbatissa.»

«Schluss jetzt, Wulftrud. Ich weiß ja, dass du nur Scherze machst, aber Imma glaubt dir am Ende noch.»

«Warte es ab.» Wulftrud zwinkerte Imma zu.

«König Karolus legt großen Wert darauf, dass sauber und korrekt geschrieben wird. Zur Ehre und zum Ruhme Gottes, aber auch für das Land der Franken.»

St. Irminen war einbezogen in die Arbeit weit entfernter Klöster, in denen Mönche und Nonnen ebenfalls an den heiligen Texten arbeiteten. Vorlagen und Urschriften wurden hin- und hergeschickt; manchmal wechselten besonders begabte Schreibkräfte von einem zum anderen Kloster, um die Nonnen und Mönche dort zu unterweisen.

«Es geht nicht um die Eitelkeit einzelner Malerinnen und Maler, Schreiberinnen und Schreiber», sagte Lilia, «sondern allein um das Lob Gottes, wie beim Gesang in der Kirche, in dem sich auch alle Einzelstimmen ununterscheidbar verbinden.»

Gleich nebenan drangen Rauch und Dampf aus dem rundbogigen Fenster. In einem kleineren Raum wurden Metalle in flachen Schalen über zwei Herdfeuern erhitzt, und an einem Holztisch Blüten und Edelsteine im Mörser zerstampft, um die Farben zu gewinnen, die man zum Ausmalen der kostbaren Seiten brauchte. Schwester Ursula, eine behäbige Nonne in vorgerücktem Alter, ging zwischen den Tischen hin und her und überwachte die Arbeiten ihrer Mitschwestern. Ihr Körper war groß und kantig wie ein Wäscheschrank. Fasziniert betrachtete Imma die Nonne, die die Farbherstellung beaufsichtigte.

«Komm, es riecht nicht gut.»

«Es riecht so wie bei uns auf dem Klosterhof, wenn die Farben zubereitet wurden.» Imma verspürte plötzlich Sehnsucht nach Begga, und Tränen stiegen ihr in die Augen.

«Ich will zu diesen Frauen», murmelte sie.

«Auch das ist keine Arbeit für Kinder», wehrte Lilia ab.

«Ich will trotzdem dahin», sagte Imma. «Entweder zu Schwester Ursula und Farben herstellen oder in den Mal- und Schreibraum.»

«Warte noch ein paar Jahre. Erst musst du lesen und schreiben lernen.»

«Dann werde ich mich beeilen.»

«Du darfst nicht ungeduldig sein. Merk dir eins, Imma. Alles braucht seine Zeit. Das, was Gott für dich bestimmt hat, kann dir niemand wegnehmen.»

«Was hat Gott für *dich* bestimmt?», entfuhr es Imma.

«Ich weiß es nicht. Niemand weiß es im Voraus. Aber, wenn es so weit ist, werde ich es geduldig ertragen.»

Imma warf einen scheuen Blick in Lilias ebenmäßiges Gesicht. «Es kann doch auch etwas Gutes sein.»

«Aber Imma, es wird auf jeden Fall etwas Gutes sein. Was Gott uns schickt, kann nicht böse sein. Manchmal begreifen die Menschen in ihrer Unwissenheit es nur nicht.»

Bei gutem Wetter führte Lilia ihre Zöglinge aus dem Kloster hinaus. In Zweierreihen gingen die Mädchen den kurzen Weg zu einer Wiese am Flussufer. Schnatternde Gänse standen am Wasser und sahen zu, wie Lilia Bälle und Federspiele auspackte. Bis zum Mittag durften sich die Schülerinnen austoben. Die Zeit, die sie draußen unter freiem Himmel verbrachten, war Imma zu kurz. Schon zu Hause bei Begga war sie immer gerne draußen gewesen. Sie war eine gute Läuferin, schneller als ihre Altersgenossinnen, und konnte mit ihren kräftigen Armen den Ball weit schleudern.

Die ernste, blasse Lilia blühte in dieser kurzen Zeit auf. Sie spielte mit den Mädchen Fangen und hatte Spaß daran, den Ball zu werfen. Sie war nicht so ungeschickt, wie sie tat.

«Sie lässt uns gewinnen», spöttelte Wulftrud, «sie glaubt, Gott beobachtet uns auch hier auf der Wiese.»

«Junge Menschen, auch wenn sie im Kloster aufgezogen werden, müssen einmal in der Woche für eine Stunde auf einer Wiese spielen und sich austoben», erklärte Lilia auf dem Rückweg, und Imma begriff, dass Lilia, so alt sie war, selbst dieses Bedürfnis in sich spürte.

Gerswind wälzte sich im Gras wie ein junger Hund und hatte hinterher grüne Flecken auf ihrem Gewand. Lilia warf ihr einen gequälten Blick zu und musste dann lachen.

«Könnten wir das nächste Mal vielleicht mit Lanzen auf eine Scheibe schleudern?», schrie Gerswind herüber.

«Ich weiß nicht.» Lilia zögerte. «Bedenkt doch, mit einer Lanze wurde der Herr in die Seite gestochen. Ich bin mir sicher, die Äbtissin wird es nicht erlauben.»

«Oder dürfen wir im Fluss schwimmen?»

«Das», entschied Lilia, «ist zu gefährlich. Kaum ein Mädchen kann richtig schwimmen.»

«Wir sollten es aber lernen», schlug Wulftrud vor. «Jedes Jahr gibt es hier Überschwemmungen.»

«*Gott* schützt uns vor Unheil und Überschwemmungen und nicht unser Übermut.»

«Welcher Übermut?» Gerswind stellte sich neben Wulftrud.

«Es wäre Übermut, wie junge Männer das Schwimmen zu lernen. Klosterschülerinnen sind keine Wasservögel.»

«Aber Gott gibt uns die Möglichkeit, schwimmen zu lernen, damit wir nicht ertrinken, wenn das Hochwasser kommt.»

Lilia blieb stehen und sah Wulftrud nachdenklich an, als prüfe sie den Einwand.

«Ich werde mit der Äbtissin darüber sprechen. Vielleicht können wir ein weiteres Mal in der Woche ins Heidenbad gehen und dort das Schwimmen üben.»

«Und wir sollten doch Lanzen schleudern, wie es die Mädchen in Sachsen tun. Wenn die Stadt eines Tages erobert wird, ist es gut –»

«Aber Gerswind, wer soll sie denn erobern, eine Stadt im Herzen des Frankenreichs?», fuhr Lilia Gerswind an, und alle spürten, dass Gerswind zu weit gegangen war.

Tanz der Farben

Renn nicht so wild durch den Kreuzgang.» Missbilligend stellte Schwester Fides sich Imma in den Weg. «Du hast gestern in der Kirche gepfiffen, als du allein warst.»

«Darf man das nicht?»

«Nicht in Anwesenheit der geweihten Hostien.»

«Danke für die Ermahnung, Schwester Fides», flüsterte Imma. «Es tut mir leid.»

«Du brauchst keine Angst vor ihr zu haben. Sie erzählt es nicht weiter. Sie meint es gut mit dir», beschwichtigte Gerswind.

Schwester Fides genoss das besondere Vertrauen der Äbtissin. Sie hielt sich meist in der Klosterküche auf, wo sie die Aufsicht über die Küchenmägde führte. Von dieser

Arbeit abgesehen, hatte sie ihre Augen und Ohren überall. Sie gehörte zu den Älteren, ohne dass man ihr ansah, wie alt sie wirklich war. Ihr langes braunes Haar, das sie unter dem Schleier zusammengesteckt trug, war noch nicht ergraut und ihr Gesicht fast faltenlos.

Imma hatte sich jetzt, zu Beginn des Winters, an das Klosterleben gewöhnt. Immer noch war das schönste Ereignis der Woche das Bad in der Piscina der Heiden am Samstagabend, in dem man sich für den Tag des Herrn reinigte.

Sie konnte inzwischen einige lateinische Gebete aufsagen, wenn sie auch den Sinn der Worte nicht verstand. Sie konnte die Zehn Gebote auswendig und das Glaubensbekenntnis. Ein paarmal war sie der Äbtissin begegnet, die sie das ein oder andere gefragt hatte und sich nach ihren Fortschritten erkundigte.

Sie hatte sich daran gewöhnt, die strengen Fastenregeln des Klosters einzuhalten. Mit den anderen Mädchen und der Schar der geweihten Nonnen sang sie in der Kirche die Psalmen. Das Kloster war ein Ort der Freuden, zugleich aber auch ein Ort, wo alles geregelt war. Die jungen Schülerinnen genossen einstweilen die Freiheiten der nicht geweihten Klosterbewohnerinnen. Für sie, die die Gelübde noch nicht abgelegt hatten, gab es drei Mahlzeiten am Tag, während die Sacratae nur zwei bekamen.

Jeden Tag war zu beobachten, wie die Äbtissin und die beiden Priorinnen jüngere Nonnen mit einem dünnen Stock züchtigten.

Die Mädchen standen am Brunnen und wuschen sich, und weiter oben im Gang stieß Lilia kleine spitze Schreie aus. Immas Inneres zog sich zusammen.

«Was hat sie getan?» Lilia war erhaben über die üblichen menschlichen Verfehlungen, es konnte nicht sein, dass sie, die Lehrerin, bestraft wurde. Aber sie war es tatsächlich, die vor der Äbtissin niederkniete und gerade zehn Stockschläge erhielt, als wäre sie ein Hund oder eine Küchenmagd.

«Sieh nicht hin, das gehört sich nicht.» Schwester Ursula – mit ihrem ausladenden Körper, fast wie ein Schrank, der unter dem grauen Nonnengewand verborgen war und bei der alles, was sie tat, voller Kraft war – drehte Imma an den Schultern zu sich um.

«Aber – was hat sie getan?»

«Sie ist zu spät zur Kirche gekommen», sagte Schwester Ursula gleichmütig. «Lilia kommt oft zu spät. Es ist schon fast ein Laster.» Und als Imma sie fassungslos ansah, fuhr sie fort: «Auch die Gerechten begehen Sünden.»

Es war schwer, allein in einem eigenen Bett zu schlafen ohne den Trost anderer warmer, atmender Körper dicht neben sich. Imma fürchtete sich in den Nächten und kämpfte gegen die Sehnsucht nach Ulfberth und Madelgard an. Auch wenn sie mit etwa zwanzig anderen Mädchen zusammen in einem Schlafsaal lag, fühlte sie sich einsam. In den langen Nächten stellte Imma sich Beowulf vor, seinen halbnackten Körper in dem Boot, das er gezimmert hatte. Gegen die Angst vor den Dämonen und vor der Dunkelheit streichelte sie ihn wieder und versuchte das überwältigende Gefühl von Liebe zu ihm zurückzurufen.

Gleich neben ihr hatte die etwas ältere Gerswind ihr Lager. Auch Gerswind war noch nicht lange im Kloster, und die Freundschaft zwischen den beiden Mädchen wuchs mit jedem Tag. Die beiden bildeten eine kleine Gemeinschaft gegen die Gruppe der Mädchen, die schon seit Jahren im Kloster lebten.

Gerswind stammte aus einer sächsischen Adelsfamilie, in der es außer ihr nur Brüder gab. Die Brüder, erzählte sie, hatten ihr zu Hause immer alles weggegessen.

«Und deine Mutter? Was hat sie dazu gesagt?»

«Sie fand es richtig so. Jungen müssen mehr essen als Mädchen, damit sie kämpfen und reiten können. Sie brauchen mehr Kraft.»

«Willst du Nonne werden, so wie Laurentia?», fragte Imma behutsam.

«Ich denk nicht dran. Ich will Mutter werden und Pferde und Rinder im Stall haben. Ich bin nur zur Erziehung hier. Ich soll lesen, schreiben und rechnen lernen. Die Gebete sind nicht so wichtig für mich. Wirst du auch Mutter, oder sollst du einmal Äbtissin sein?»

«Ich? Abbatissa?»

«Die meisten Mädchen, die hier sind, werden später Abbatissa», erklärte Gerswind.

«So wie Ada?»

«Nicht so wie Ada. Es gibt auch kleinere Klöster.»

«Haben deine Eltern schon einen Mann für dich ausgesucht?»

«Ich bin nicht von meinen Eltern geschickt worden. Euer König hat mich hierher bringen lassen. Er bestimmt auch, wann ich das Kloster verlasse.» Es klang, als handele es sich um eine besondere Vergünstigung, und Imma, gewohnt, dass ihre Mitschülerinnen außergewöhnliche Kinder aus den vornehmsten Häusern waren, fragte nicht weiter.

«Grani gehörte mir. Nur mich ließ er auf sich reiten. Er ist ein fuchsfarbener Hengst, stark und wild.»

Die beiden Mädchen standen in einer Wandnische im Kreuzgang wie zwei Verschwörerinnen. Imma wusste inzwischen alles über Grani, der in einem stürmischen Winter geboren worden war und sich tagelang nicht aus dem Heu hatte erheben können. Gerswinds Vater hatte ihn schon töten wollen, als Grani sich am neunten Tag plötzlich mit zitternden Flanken erhob und die Zitzen seiner Mutter suchte.

«Ich hatte ihn jeden Tag mit Kuhmilch gefüttert», erklärte Gerswind. «Ich wollte nicht, dass er stirbt. Jeden Tag betete ich zum Herrn der Pferde.»

«Zum Herrn der Pferde? Du meinst Gottvater.»

«Nicht Gottvater. Den Herrn der Pferde. Und er hat geholfen. Er hilft immer.»

Sie hatte Opfergaben für den germanischen Götzen in einem heiligen Hain niedergelegt, weißes und schwarzes Brot und einen Krug Bier.

«Wenn es dir einmal ganz schlecht geht, wende dich an ihn. Er wird auch helfen. Wenn du ein schwarzes und ein weißes Brot –»

«Hör auf», zischte Imma.

«Eines Tages steht Wikbert hier und hält Grani am Zügel. Und dann –»

Imma hörte gebannt zu und wusste doch, dass sie sich eigentlich die Ohren zuhalten musste.

«Die heilige Seherin hat verkündet, dass er mein Mann sein wird. Und das Orakel der Raben wusste, dass wir vier Kinder haben werden.»

Gerswind tat sich schwer damit, Buchstaben zu schreiben, und wieder empfand Imma einen kleinen Triumph. Sie nämlich war weit fortgeschritten. Ihre Buchstaben waren ebenmäßig und schön. Lilia lobte sie immer wieder dafür. Die Mädchen liebten es, abends voreinander mit ihren Vorfahren und deren Taten zu prahlen. Nach dem Abendgebet, wenn Lilia sich entfernt hatte und nur noch eine Kerze den Raum erhellte, rückten sie auf zwei Bettkanten in der Mitte des rechteckigen Raums zusammen und begannen zu erzählen.

«Mein Vater heißt Odo. Er ist einer von Widukinds Ethelingen. Meine Mutter ist Wintrud, die Schwester Widukinds», begann Gerswind allabendlich. Und obwohl Widukind doch der größte Gegner des Frankenkönigs war, war Gerswind in der Gemeinschaft der Mädchen als gleichrangig anerkannt. Auch die Väter der anderen waren Ethelinge, Pfalzgrafen oder Herzöge, und viele der Eltern waren obendrein mit dem Geschlecht der Karolinger verwandt.

«Eine ist unter uns», begann Wulftrud zu vorgerückter Stunde, «ein ganz besonderes Mädchen, stark wie eine Wölfin, mit kräftigen Armen und klug wie eine Schlange. Seid ihr verschwiegen?»

Einige Mädchen schliefen schon, die anderen rückten bei Wulftruds Worten noch enger zusammen. «Sie ist die erstgeborene Tochter des Königs und einer schönen Fee, die ihm in den Wäldern begegnet ist.»

«Unter uns?», fragte Gerswind. «Du willst dich nur damit brüsten, dass du die Tochter der Fee bist.»

«Das habe ich nie gesagt», rief Wulftrud. «Ich bin es nicht. Keiner weiß, wer es ist. Aber sie ist unter uns.»

«Es könnte sein, dass ich es bin», sagte die dunkelhaarige Ansgardis. «Aber ich bin mir nicht sicher. Meint ihr, ich könnte es wagen, den König anzusprechen, wenn ich ihn sehe?»

«Das darfst du nicht wagen», wehrte Wulftrud erschrocken ab.

Bei diesen Gesprächen wäre Imma am liebsten im Boden versunken. Sie hatte keine Helden und Bischöfe in ihrer Verwandtschaft; nicht einmal die Namen ihrer Ahnen konnte sie nennen. Allerdings erwähnte sie Begga und Ubbo als ihre Eltern und Madelgard, Beowulf und Ulfberth. Sie zeigte auch den wollenen Mantel, den Begga ihr zum Weihnachtsfest geschickt hatte, und erzählte, wie gut ihre Mutter weben konnte. Dass sie ein Findelkind war, das behielt sie für sich. Außer der Äbtissin wussten nur Lilia und Gerswind davon.

Mit Gerswind zusammen durfte Imma in der Werkstatt beim Anrühren der Farben helfen. Sie hatte so oft sehnsüchtig vor dem Fensterbogen gestanden und den Nonnen zugesehen, dass Lilia schließlich die Erlaubnis gab.

So wie die Nonnen schlüpften die Mädchen nach der Messe in sackleinene Gewänder und verrührten Krapp und Waid. Außerdem halfen sie, Lapislazulistücke im Mörser zu zerstampfen.

Schwester Ursula zeigte ihnen verschiedenfarbene glänzende Steine, Achat, Lapislazuli, Rosenquarz und andere, deren Namen Imma sich nicht mehr merken konnte.

«Das hier ist Malachitstein», erklärte Ursula. «Daraus wird eine dauerhafte grüne Farbe gewonnen.»

«Warum nehmt ihr keine Pflanzenfarben?», fragte Imma. Ohne die Antwort abzuwarten, schlug sie vor, sie könne Schwester Ursula Blüten und Gewächse zeigen, aus denen man Gelb- und Blautöne erzeugen könne.

Die Nonne lächelte.

«Danke, Imma, dass du uns helfen willst. Die Farben aus Pflanzenblüten und Blättern werden verwendet, um Wolle und Tuche zu färben. Aber diese Farben zerfallen im Licht. Sie halten nicht über Jahrzehnte hinweg, wie es für die kostbaren Bücher notwendig ist. Aus diesem Grund müssen wir für die Buchmalerei teurere mineralische Farben oder das Rot aus den Kermesschildläusen verwenden. Kleidungsstücke halten nicht einmal ein Menschenleben lang. Die Bücher sollen Generationen überdauern.»

Die Farben aus Steinen und Achaten besaßen zudem besondere Leuchtkraft, ein Strahlen, wie es sich für die Gestalten von Aposteln und Evangelisten geziemte.

Jede Farbe duftete anders. Einige stanken, ganz besonders das Gelb, das aus der Galle von frisch geschlachteten Kälbern gerührt wurde. Während Gerswind beim Rühren des Gallengelbs übel wurde, liebte Imma gerade diese Farbe. Sie war so leicht und beschwingt, fast wie das Gold, das in flachen Schalen erhitzt wurde.

An einem Abend, als Imma nach der Arbeit zurück zum Refektorium ging, trat ihr die Abbatissa in den Weg.

Imma verneigte sich tief vor ihr.

«Wo ist Gerswind?»

«Sie ist krank. Sie hat Fieber.»

«Versprichst du mir, Imma, dass du auf sie aufpasst?»

«Ja, das will ich tun.»

«Nicht in dem Sinn, in dem du meinst.» Ada beugte sich zu Imma. «Es geht um Gerswinds Seele. Du weißt es nicht, aber sie hat die Taufe erst vor kurzer Zeit erhalten und ist noch nicht so fest im Glauben wie die anderen Mädchen hier. Man muss ihr helfen.»

Imma schwankte zwischen Angst und aufwallendem Stolz.

«Sie wird dir ihre Geheimnisse verraten.»

«Ich weiß nicht», stammelte Imma.

«Du wirst Dinge hören, über die du erschrickst. Lass Gerswind erzählen, was alles sie auf dem Herzen hat, sprich mit niemandem darüber, mit keinem der Mädchen, aber komm zu mir und lass mich alles wissen. Ich bin die Äbtissin, der du anvertrauen musst, was du erfährst. Die Franken stehen im Krieg mit den Sachsen.»

Imma schluckte. Die große Ada hatte sich mit ihr verbündet. Auf einmal gab es da etwas zwischen ihnen, was ihr, Imma, die Möglichkeit gab, etwas für Ada zu tun.

Die Sachsen seien hinterhältig und wortbrüchig, sie hielten sich an keine Verträge, sie täuschten den Frankenkönig immer wieder und dächten nicht daran, Christenmenschen zu werden und ihren Götzen abzuschwören. Ada sah sorgenvoll aus, als sie Imma über den jahrelangen Krieg berichtete, den ihr königlicher Bruder wider seinen eigenen Willen kämpfen musste. Die Feinde nutzten seine große Milde immer wieder schamlos aus und missbrauchten sein Vertrauen. Der gefährlichste Gegner von allen sei Widukind. Immer wieder sei es ihm gelungen, nach Dänemark zu entkommen.

«Und Gerswind ist seine Nichte. Alles, was sie dir anvertraut, ist wichtig.»

Noch nie hatte die Äbtissin Imma eines so ausführlichen Gesprächs gewürdigt.

«Hab keine Angst vor mir», flüsterte Ada, es klang liebevoll. «Komm in mein Zimmer, wann immer du willst, du brauchst nicht einmal anzuklopfen.»

Das blaue Gewand rauschte auf, als sie sich umwandte und durch den Kreuzgang davoneilte.

Du brauchst nicht anzuklopfen. Komm zu mir, lass mich alles wissen. Flüsternd wiederholte Imma jedes einzelne Wort. Was war die Freundschaft zu Gerswind doch gegen die Zuwendung der Äbtissin zu ihr, Imma?

Roma, Königin der Städte

Zu den Fürbitten in allen Kirchen der Francia gehörten die Bitten um das Gelingen des neuen Feldzugs des Frankenkönigs. Auch Imma und Gerswind beteten, Gott möge Karolus und dem Frankenheer gegen alle seine Feinde beistehen. Der König führte jedes Jahr einen Feldzug an, von jeher war es so gewesen.

Mit metallischer Stimme sprach Ada in ihren Predigten über die Kriege ihres Bruders. Das Handwerk der Könige war der Krieg. Für nichts anderes waren Frankenkönige erzogen, durch nichts anderes konnten sie sich beweisen. Ihre Siege allein gaben ihnen das Recht auf Herrschaft. Der Krieg war das erste Mittel der Politik. Ein Sommer ohne Krieg war vergeudete Zeit. Im Mai wurde auf einem großen Platz das gesamte Heer versammelt, die Sommermonate wurden im Felde verbracht; im Herbst fand eine größere Inspektionsreise statt, im Winter weilte König Karl mit dem Hof meist auf einer der Pfalzen.

Im Frühjahr dieses Jahres, in dem Karolus gegen die Sachsen zu Felde zog, trat eines Vormittags die Klosterälteste, die Vorleserin Yolanda, auf ihren Stock gestützt, in das Rasengeviert, wo Lilia gerade ihre Zöglinge unterrichtete. Die Augen der Mädchen richteten sich gespannt auf die weise Yolanda. Trotz ihres Alters sah man ihrem runzligen Gesicht mit den lebhaften braunen Augen an, wie schön sie einmal gewesen war. Es hieß, sie habe einige Heiratsanträge der tapfersten Edlen abgelehnt und als junges Mädchen darauf bestanden, den Schleier zu nehmen. Es wurde gemunkelt, sie habe diesen Entschluss gefasst, nachdem ihr Vater vor ihren Augen einen sarazenischen Edeling erschlagen hatte, dem ihre heimliche Liebe galt. Natürlich wusste Wulftrud einiges über diesen Geliebten mit den rabenschwarzen Augen. «Nach seinem Tod hat sie nie wieder gelacht.»

Yolanda stammte aus Aquitanien, hatte in mehreren Klöstern gelebt und war barfuß bis nach Rom gepilgert. Es hieß auch, sie sei befreundet mit der Äbtissin Gisela, der anderen Schwester des Königs Karolus, und habe alle Bücher in den Klöstern des Frankenreichs gelesen. Selbst die heidnischen Dichter und Philosophen hatte sie, wenn auch ungern, studiert, um ihr Sprachgefühl an ihnen zu schärfen.

«Danke, dass du gekommen bist», begrüßte Lilia die Ältere und deutete auf den Korbsessel. Yolanda nahm umständlich Platz, während Lilia sich zu ihren Füßen niederkauerte, und Imma überlegte, ob der Geliebte aus Yolandas Jugendjahren wirklich ganz schwarzäugig gewesen war oder eher hellbraun mit dunklem Lockenhaar.

«Unsere Mutter Äbtissin hat mich gebeten, euch von der Stadt Rom zu erzählen», begann die Aquitanierin mit sonorer Stimme. Ihre braunen Augen waren jung und lebhaft, so alt Yolandas Körper sonst auch war.

«Das ewige Rom ist die Stadt, in der die Apostel Petrus und Paulus begraben sind. Nirgendwo, außer in Jerusalem, ist man Christus so nah wie dort.»

Auf den sieben Hügeln der Stadt am Tiber hätten einst Tempel heidnischer Götzen gestanden; alle seien sie inzwischen in christliche Kirchen umgewandelt worden. Der Heilige Vater bewohne den Palast am Lateran, den der römische Kaiser Konstantin ihm vor Jahrhunderten überlassen hatte, als er der Kirche die Stadt Rom und ganz Italien zum Geschenk machte und sich selbst in die neu gegründete Stadt Konstantinopolis am Bosporus zurückzog.

«Welch eine Großmut, welch ein wunderbares Geschenk!», rief Yolanda. «Ganz Italien für die heilige Mutter Kirche!»

«Was war das Schönste, was du in Rom gesehen hast, Schwester Yolanda? Erzähl bitte den Mädchen auch davon», bat Lilia.

«Rom ist voller Wunder und Schönheiten. Da sind die Gräber der heiligen Apostel Petrus und Paulus und vieler anderer Märtyrer. Dann gibt es die Treppe aus Jerusalem, über die Jesus vor seinem Tod das Kreuz hinauftrug. Stein für Stein ließ die heilige Helena, die Mutter des Kaisers Konstantin, sie in Jerusalem abtragen und hat sie zu Schiff nach

Rom gebracht, wo sie wiederaufgebaut wurde und wo man sie noch heute sehen kann. Diese Treppe ist vielleicht das ergreifendste Denkmal in Rom. Gläubige aus allen Ländern rutschen sie auf Knien hoch, beten dabei und gewinnen so einen Ablass für ihre Sünden.»

Überhaupt sei es eigentlich Helena gewesen, die ihren Sohn zum Christentum bekehrt hatte.

Yolanda dachte nach, ehe sie fortfuhr. «Dann gibt es einen Edelstein mit den Bildnissen des heiligen Konstantin und seiner Familie. Er hat mir am besten gefallen damals, und ich dachte mir, dass er eigentlich hierher nach Trier gehört, wo die heilige Helena und Kaiser Konstantin so lange gelebt und gewirkt haben.» Dieses Kleinod werde in der Schatzkammer der Päpste in einer goldenen Schatulle bewahrt. Nur besonders verdiente Fromme erhielten das Privileg, es anzusehen. Überirdischer Glanz strahle von den Bildnissen aus wie von echten Reliquien. Der Edelstein besitze eine so starke wundertätige Kraft, dass jeder, der ihn zu lange anschaue oder in Händen halte, von seltsamen Schicksalen betroffen würde. Es hatte vorwitzige Knaben und Diener gegeben, die sich erfrecht hatten, den Stein in ihre schmutzigen Hände zu nehmen. Allesamt seien sie unmittelbar danach erkrankt und bald verstorben. Deshalb dürfe man die Reliquie, wenn überhaupt, nur mit in Tücher gehüllten Händen anfassen. Es sei nicht erlaubt, sie länger anzusehen, nur einen kurzen Blick dürfe man auf das wundertätige Stück werfen. Solch ein Blick könne andererseits bereits Gebrechen und Leiden heilen.

«Eine Taubstumme begann zu sprechen, nachdem sie die Reliquie sehen durfte, und ein Mann, der seit Jahren gelähmt war, hat sich ohne Hilfe aus seinem Tragesitz erhoben und sich vor dem Kameo verneigt.»

Kaiser Konstantin, ergänzte an dieser Stelle Lilia, sei zu

Recht als dreizehnter Apostel des Herrn in die Geschichte der Kirche eingegangen. Er habe als erster römischer Kaiser die Taufe empfangen und das Christentum im Römischen Reich beschützt und gefördert. Er sei nicht weniger bedeutend als die ursprünglichen zwölf, die Jesus zu seinen Lebzeiten gedient hatten.

Yolanda erzählte weiter, dass es in Rom andere Pflanzen und Tiere gab als in der Francia, Palmen und immergrüne Bäume, weil es viel wärmer war als hier. Auch Heidentempel und nackte Abbilder von Götzen seien allerorts noch sichtbar, ein schrecklicher Anblick für jeden Christen.

«Betet, Mädchen, dass auch ihr Gelegenheit habt, einmal im Leben die Ewige Stadt zu betreten und am Grab des Apostels Petrus zu verweilen», schloss sie ihren Bericht.

«Möchtest du nach Rom?», fragte Gerswind, als sie zum Speisesaal aufbrachen.

«Ja, am liebsten sofort.» Imma stellte es sich angenehm vor, nie wieder zu frieren.

«Und was würdest du dir zuerst ansehen?»

«Natürlich die Götzenbilder und Heidentempel. Heiligenbilder und Kirchen kennen wir ja schon.»

Tagelang später grübelte Imma noch, wie sie wohl aussehen mochten, die Heidengötter und Götzentempel, und ob dort Thorshämmer an den Wänden hingen.

«Vielleicht gibt es gar keine Götzenbilder mehr, wenn wir eines Tages nach Rom kommen», murmelte Gerswind. «Sicher werde ich auf meinem tapferen Grani dorthin reiten. Wikbert kommt auch mit, es wird ihm gefallen in Rom.»

Die Sächsin

Hinter Adas Äbtissinnenzimmer gab es einen Gang mit Türen, die immer geschlossen waren. Die Mädchen durften diesen Gang nicht betreten. Fast wie unter einem Zwang schauten sie dorthin, zu den drei Türen, oder sie blieben ein paar Augenblicke am Anfang des Flurs stehen, um dann schnell weiterzugehen. Imma war einige Male heimlich bis ans Ende geschlichen. Sie war einfach stehengeblieben und hatte ihr Ohr an die Holztüren gelegt. Als sie von drinnen Geräusche hörte, war sie in wilder Angst davongerannt.

Es war ein seltsames Scharren, ein unterdrücktes Stöhnen, manchmal dumpfe Schläge gegen die Wand, so als ob ein Mensch immer wieder den Kopf gegen die Mauer schlug.

«Es gibt im Kloster böse Geister», stellte Gerswind fest, als Imma auf die Türen zu sprechen kam. Sie hob die Arme hoch. «Du musst dir auch solche Knoten binden.» Die Mädchen saßen allein im Dämmerlicht des Abends auf ihren Betten im Schlafsaal. Von draußen war das Kichern und Lärmen der anderen, die sich noch wuschen und im Kreuzgang Fangen spielten, zu vernehmen.

Imma sah, dass Gerswind die Ärmel ihres Gewands in Streifen geschnitten und verknotet hatte, sodass es aussah wie eine Verzierung.

«Was soll das?» Es war bestimmt verboten, die Ärmel des Gewands zu zerschneiden.

«Es ist ein Zauber gegen die Macht der bösen Geister. Soll ich dir auch solche Knoten binden? Ich weiß, wie es geht.»

«Auf keinen Fall, nein.» Imma wich erschrocken zurück.

«Wenn die Geister und bösen Zwerge sogar hier im Kloster Macht haben, muss man ja wohl etwas gegen sie tun», sagte Gerswind.

«Aber die Knoten helfen nicht.»

«Was denn sonst?»

«Die einzigen Mittel gegen das Böse sind Kreuz und Weihwasser.»

Gerswind lachte spöttisch. «Gegen starke Mächte brauchst du starke Waffen.»

«Das Kreuz ist eine starke Waffe.» Imma stellte sich vor, Ada könnte sie belauschen. Sie bemühte sich um Überzeugungskraft und klare Argumentation, so wie Lilia im Unterricht zu sprechen pflegte. Vielleicht konnte sie Ada ja mitteilen, es sei ihr gelungen, die noch zweifelnde Gerswind endgültig zu bekehren. «Wir sind Christen. Die Heidengötter sind besiegt.»

«Ach ja?»

«Du darfst nicht so reden. Wenn Lilia das hört –»

«Ich habe keine Angst vor Lilia. Mein Vater ist ein Etheling.»

«Der von Lilia wahrscheinlich auch.»

«Wir von der Burg Wittekamp sind die nächsten Verwandten von Widukind. Er war oft bei uns zu Gast. Edler kann man nicht sein.»

«Widukind – ist der größte Feind der Franken. Er hat König Karolus betrogen. Du bist doch auf unserer Seite?»

Gerswind wich Immas Blick aus.

«Ich bin getauft, das ist alles.» Es klang so, als bedeute Gerswind die Taufe nicht viel. «Es war nur ein Bad im Wasser.»

Imma zuckte zusammen. Noch nie hatte sie einen Menschen so über das Sakrament der Taufe reden hören. Sie schaute hinaus, aber der Himmel verfinsterte sich nicht. Keine Donnerwolke erschien, kein Blitz erschlug Gerswind für ihre Gotteslästerung. Imma kämpfte mit einem Aufruhr in ihrem Inneren. Was war das nur? Je aufsässiger Gerswind redete, desto mehr fühlte sie sich zu ihr hingezogen. Gerswinds Zutrauen war wie warmer Regen. Mit einer Feindin des Christentums befreundet zu sein war nicht ohne Reiz. Die Sächsin war aus unbegreiflichen Gründen interessanter als all die fränkischen adligen Mädchen.

«Und diese Apostel, die ihren Herrn Jesus verraten haben, waren doch ehrlose Gesellen. Sie haben ihn verlassen, statt für ihn zu kämpfen. Da war kein einziger Held, der die Hand für seinen König erhoben hat. Bei uns Sachsen wäre so etwas nicht vorgekommen. Feigheit kann man nicht entschuldigen.»

Imma trat einen Schritt zurück. Was sollte sie tun? Es war ein Frevel, Gerswinds Worten zuzuhören. Aber da war noch etwas anderes. Es war der Wunsch, noch mehr davon zu hören. Worte, die die Apostel und Heiligen kleiner machten. Es war wie die Lust, immer mehr Honig zu löffeln, obwohl man genau wusste, dass man Bauchschmerzen davon bekam.

«Du darfst nicht so reden. Jedenfalls nicht hier im Kloster.» Immas Stimme klang kläglich.

«Widukind ist der größte Held auf Erden. Eines Tages wird er mit seinen Scharen über den Rhein kommen und die Pfalzen eures Königs zerstören. Und die Eresburg wird wieder uns Sachsen gehören», gab Gerswind zurück.

Imma sah die Freundin fassungslos an. Sie sah so unschuldig aus mit ihren blonden Zöpfen und in ihrem weißen Gewand der Klosterschülerinnen.

«Mein Onkel ist stark und listig. Er wird nie aufgeben.»

«Aber wenn du so denkst, warum bist du hierhergekommen? Wenn du innerlich noch eine Heidin bist, darfst du nicht hier sein.»

«Glaubst du, ich bin freiwillig hier?» Gerswind atmete tief durch. Ihre Stimme ging in Schluchzen über. «Ich bin eine Geisel für das Wohlverhalten meines Vaters. Meine drei noch lebenden Brüder sind ebenfalls in Klöstern untergebracht. Man nennt das bei euch Klosterhaft.»

«Sei froh, dass du getauft bist. So kommst du wenigstens in den Himmel, wenn du gestorben bist.»

«Was soll ich da? Da will ich gar nicht hin.»

«Warum nicht?», fragte Imma fassungslos. Alles, was da aus Gerswind herausgesprudelt war, war wohl genau das, was Ada gern erfahren wollte, aber Imma wusste, dass sie es ihr nie erzählen würde. Gerswind hatte sich auf ihr Bett gesetzt, schlug die Hände vors Gesicht und wurde von unterdrücktem Schluchzen geschüttelt. Imma kletterte neben sie, legte den Arm um sie und streichelte sie.

«Sei nicht traurig, Gerswind. Warum willst du nicht in den Himmel kommen?»

«Da ist niemand von meiner Familie, niemand. Meine Großeltern und mein ältester Bruder sind in der Hölle. Was soll ich da, ganz allein im Himmel bei den Engeln, wenn ich keinen kenne?» Gerswind schniefte.

Imma schwieg betroffen.

«Widukind und Wikbert werden kommen und uns alle von hier wegholen, mich und meine Brüder.» Gerswinds Stimme klang jetzt so zuversichtlich, dass Imma sich unbehaglich fühlte, zumal inzwischen die anderen Mädchen eine nach der anderen in den Saal kamen und sich zum Schlafen fertig machten.

«Wikbert ist der Sohn von Widukind. Ich werde ihn heiraten. Die heilige Seherin –»

«Du willst ihn heiraten?»

«Es steht fest. Schon gleich nach meiner Geburt hat die heilige Seherin bestimmt, er und ich sollten verbunden sein.

Sie hat auch gesehen, dass es Hindernisse gibt und dass das Volk der Sachsen durch gewaltige Leiden gehen muss. Erst nach einem großen Unglück und vielen Schlachten werden wir Mann und Frau sein. Sie irrt sich nie.»

Imma schwieg beeindruckt.

«Viel Blut wird fließen, aber am Ende wird das Kloster erobert sein. Das Kloster und die ganze Stadt.»

«Und was passiert mit mir, wenn die Sachsen das Kloster erobern?»

«Du gehst mit mir», sagte Gerswind großmütig. «Glaubst du, ich dulde, dass dir ein Haar gekrümmt wird? Du bist meine beste Freundin; die verrät man nicht. Wir leben dann alle zusammen auf Burg Wittekamp.»

«Danke», sagte Imma. Ja, bald würden Widukinds Heerscharen an der Porta Nigra stehen. Die sächsischen Feinde mit ihren kriegerischen Göttern waren stark und gefährlich. Sie aber, Imma, musste sich nicht vor ihnen fürchten, weil Gerswind ihre Freundin war.

Arme Seelen

Komm mit, wir müssen unten im Keller neuen Malachit holen.» Ursula sagte es streng, so als sei es unbedingt erforderlich, zu zweit zu sein, um ein paar Malachitsteinchen aus dem Sack im Vorratskeller zu nehmen und die kleinen grünen Stückchen in einen faustgroßen Lederbeutel zu füllen.

«Im Keller?» Imma stellte den glatt geschliffenen Marmormörser zur Seite, mit dem sie Schildläuse zu rotem Farbpulver zerstampft hatte.

Ursula ging nie allein in die Gewölbe unter dem Kloster. Immer nahm sie eins der Mädchen oder eine Novizin mit.

Imma schwankte zwischen Unbehagen und Neugier. Allein hätte sie sich nie hinuntergetraut. Es gab riesige Spinnen dort unten, manchmal huschte eine Ratte vorbei. Nachts beim Schein der Kerzen, wenn im Schlafsaal Geschichten erzählt wurden, hatten einige der Älteren von Gespenstern berichtet, die sich in manchen Nächten dort zeigten. Die Kellergewölbe stammten noch aus der Zeit der Heiden. Ein Totenschädel war dort gefunden worden und bronzene Münzen mit nackten Götzenbildern, außerdem ein blaues Glasgefäß mit wunderbar duftendem Öl.

Gerswind warf Imma einen bedeutungsvollen Blick zu. Geheimnisvolle Gänge führten aus den Tiefen des Klosterkellers zu wichtigen Gebäuden der Stadt. Wikbert würde dann, wenn es so weit war, durch einen dieser Gänge ins Kloster eindringen, und niemand konnte ihn daran hindern.

Imma seufzte tief auf, als sie mit Ursula das Laboratorium der Farben wieder verließ. Als sie den gewölbten Gang hinter Adas Zimmer erreicht hatten, packte Ursula Imma mit festem Griff bei der Hand und zog sie weiter. Imma versuchte mit Ursula Schritt zu halten.

Ein seltsamer, dumpf gepresster Laut hallte ihnen entgegen.

«Was – ist das?», fragte Imma und blieb unvermittelt stehen.

«Lass uns weitergehen.» Ursula zerrte an Immas Hand, doch Imma rührte sich nicht von der Stelle.

«Sag mir –»

«Es gibt nichts zu sagen.»

«Aber warum?»

«Du darfst dich hier nicht aufhalten. Es ist dir streng untersagt.»

Ein Laut wie ein Schrei drang aus der Dunkelheit des Gangs.

«Aber warum?»

«Das Wort ‹warum› möchte ich nicht mehr hören. Es ist ungezogen.»

«Ich habe Angst», murmelte Imma.

Obwohl Ursula das Geräusch gehört haben musste, gab sie auch darauf keine Antwort.

Zitternd stand Imma da.

«Komm, Kind, wir müssen weiter.»

Doch Imma war starr vor Angst. «Sind in den Zimmern Geister?»

«Da sind keine Geister.» Ursulas Stimme war unwirsch.

«Was ist es dann?»

Ursula drehte sich besorgt um, um sich zu vergewissern, ob sie wirklich allein waren.

«Schwör mir beim Leben deiner Eltern, dass du nie über das sprechen wirst, was ich dir jetzt anvertraue», sagte sie dann eindringlich.

Imma hob die Hand zum Schwur.

«Hinter diesen Türen», flüsterte Ursula, «sind Sünderinnen eingeschlossen. Sie bekommen Essen und Kleidung. Niemand darf sie besuchen. Sie sind für immer aus der menschlichen Gemeinschaft ausgeschlossen.»

«Warum?»

«Sie haben Schreckliches getan. Unser gütiger Herr Karolus hat ihnen das Leben geschenkt, doch fortan müssen sie büßen und beten. Die Äbtissin –», Ursula brach ab. «Ach, was rede ich da. Vergiss, was du gehört hast. Du darfst nichts davon wissen.»

Die etwa zwanzig Mädchen saßen nach dem Mittagessen mit ihren Handarbeiten um den Esstisch versammelt, der zuvor abgeräumt und gesäubert worden war. Die verschlungene goldene Linie auf dem naturfarbenen Leinen wuchs mit jedem Stich. Noch konnte sie zu allem werden, zu einer Schlange, zum Körper eines Vogels oder zu einem Gefäß. Imma hielt inne. Die zierliche Arbeit nach einer Vorlage war mühsam und fiel ihr schwer. Mit einem farbigen Stift hatte Lilia ihr eine goldene Schale vorgezeichnet. Immas verschwitzte Finger hielten die Eisennadel mit dem Goldfaden, der ständig aus dem Öhr rutschte oder sich verknotete und sofort riss, wenn Imma daran zerrte.

Die schönsten Ornamente stickte die stille Ansgardis. Schwerelos glitt ihre Nadel mit dem seidenen Faden dahin und hinterließ ein goldenes Flechtband auf dem Leinen, das über ihren Knien lag. Kein Wunder, wenn sie das Kind einer Fee und des Königs war. Der kleine silberne Schlüssel schaukelte an ihrer Halskette. Die meisten Mädchen hatten solche Halsketten mit Himmelsschlüsseln.

Leise vor sich hin summend ging Lilia auf und ab. Ihr Blick war zum Himmel gewandt. In Gedanken verloren sah sie kaum hin, wenn ein Mädchen ihr stolz zeigte, was es fertig gestickt hatte. Mit finsterer Miene stichelte Gerswind, und Imma begriff sofort, dass es ein Thorshammer war. Plötzlich blieb Lilia stehen.

«Gib mir deine Stickerei.» Das blasse Gesicht der Nonne verzog sich unwillig.

«Warum?» Gerswind hielt das Stück Leinen fest.

«Ich muss es verbrennen.» Lilia bemühte sich, Härte in ihre Stimme zu legen. «Du hast ein heidnisches Symbol hergestellt. Aber es ist meine Schuld, ich hätte dir das Musterbuch geben sollen. Zu dumm, dass ich es nicht finden konnte.»

«Es ist ein Thorshammer», sagte Gerswind so laut und frech, dass die Mädchen in ihrer Arbeit innehielten. «Auf Burg Wittekamp waren alle unsere Decken damit bestickt.»

«Du bist nicht auf einer sächsischen Burg. Wir sind in einem christlichen Kloster.» Lilia rang nach Atem. «Du bist getauft und hast den bösen Dämonen abgeschworen.»

«Es ist doch nur ein Bild. Es ist hübscher als Kreuze und Fische. Außerdem vertreibt es die bösen Geister.»

Einige Mädchen lachten. Hilflos sah Lilia auf Gerswinds Stickerei. So schwer es ihr fiel, streng zu sein und Strafen auszusprechen, diesmal musste sie einschreiten. Sie straffte sich, riss der Sächsin das Stück Stoff aus der Hand und knüllte es zusammen.

«Und du – du stickst jetzt zehn Kreuze zum Lobe des Herrn. Vorher siehst du dir die Abbildung im Buch an. Ich konnte das Musterbuch nicht finden. Es muss im Zimmer der Äbtissin sein. Imma, sei so gut und hol es.»

Diensteifrig sprang Imma auf, dankbar für die Unterbrechung.

«Und außerdem musst du deine Sünde beichten.» Lilia blieb vor Gerswind stehen, als erwartete sie eine Entschuldigung, doch das sächsische Mädchen sah sie nur aufsässig an aus trotzigen blauen Augen. Gerswind war hübsch, schon sah man deutliche Ansätze von Brüsten unter ihrem weißen Gewand. Höchste Zeit, dass sie Demut und Ehrfurcht lernte. Einige Male schon hatte Lilia mit der Äbtissin über den Fall der Tochter des Sachsen Odo gesprochen, und beide waren sie zum gleichen Urteil gekommen. Gerswind musste vorerst im Kloster bleiben, womöglich für immer. Die Zeit würde ihren Stolz brechen. Jahre, Jahrzehnte im Schatten des Kreuzgangs und der Kirche, unterbrochen von Lobpreisungen des Herrn und der Jungfrau Maria, hatten noch jede verändert, die hierhergekommen war. Ein trockenes Schluchzen erschütterte Lilias Brust. Bestürzt sah sie um sich. Doch die Mädchen saßen wieder über ihre Stickereien gebeugt. Die stille Ansgardis summte leise vor sich hin.

Es war gut, hier zu sein. Wieder schüttelte es Lilia. Die Freuden der Ehe und das Glück, Kinder zu haben, bezahlten Frauen mit einem frühen Tod. Weder Reichtum noch Schönheit schützten sie. Im Schutz des Klosters dagegen konnten sie in Gesundheit alt werden. Draußen im Land an der Seite ihrer Männer wartete auf sie nur der Tod. Und Gewalt, Hunger, die Versuchungen des Teufels. Doch, Lilia war gern hier, und sie vermisste nichts. Es gab nichts Höheres als das Leben im Kloster. Selbst Frauen wie Gisela und Ada, die Schwestern des Königs, hatten nie etwas anderes gewollt.

Sie hatte ihre Fassung wiedergewonnen. Es war nur ein Hustenreiz gewesen, sonst nichts.

Von der Kirche hallte der Gesang der Nonnen und Novizinnen herüber.

Imma blieb stehen, als sie das bucklige Wesen durch den Gang zu den Zellen der Eingeschlossenen huschen sah. Es musste ein Zwerg sein, auf alle Fälle war er männlich.

Männer hatten zum Inneren des Frauenklosters keinen Zutritt. Nur manchmal kamen Mönche aus dem Kloster St. Maximin vor der Stadt mit einer Nachricht für die Äbtissin oder einer Botschaft des Bischofs, ansonsten waren sie im Alltag der Nonnen nicht zugelassen. Es gab nur wenige Ausnahmen. Den Mönch Marso, der die Aufsicht über die Goldmalerinnen führte, so alt, dass ihn seine Gelübde ebenso wie sein graues Haar vor unkeuschen Gedanken schützten; den Geistlichen, der die Messen in der Kirche las, und den geheimnisvollen Jäger mit der hellen Stimme, der das Wild der Äbtissin persönlich übergab und es für sie zur Vorratskammer schleppte.

Leise ging Imma ein paar Schritte weiter in Richtung der immer verschlossenen Türen. Der Fremde schloss mit einem Schlüssel, den er bei sich gehabt hatte, die mittlere Tür auf und verschwand dahinter. Was für ein Frevel! Imma unterdrückte einen Aufschrei. Was, wenn sie Lilia berichten würde, was sie gesehen hatte? Nein, Lilia würde sie nur tadeln, dass sie sich schon wieder im hinteren Teil des verbotenen Gangs herumgedrückt hatte.

Vielleicht war der Bucklige der Teufel oder ein böser Geist. Imma presste sich gegen die Mauer, plötzlich zitterten ihr die Beine. Sie war unfähig, noch einen Schritt weiter zu gehen.

Plötzlich huschte die kleine Gestalt dicht an ihr vorbei. Auch wenn es sehr schnell und unerwartet geschah, so erhaschte Imma doch einen Blick in das Gesicht. Der Zwerg hatte helles gelocktes Haar und das ebenmäßige Antlitz eines Engels. Auch die vornehme Kleidung passte zu einem himmlischen Wesen. Verwundert sah Imma ihm nach. Ein buckliger Engel mit einem schönen Gesicht, der jetzt floh wie ein Dieb. Oder war es doch ein Junge – oder ein Mädchen in Jungenkleidung?

Ihre Angst hatte sich aufgelöst, jetzt, wo klar war, dass sie nicht dem Teufel oder einem bösen Dämon begegnet war, sondern einem verwachsenen Kind.

Imma klopfte zaghaft an die Tür der Äbtissin. Doch alles blieb still. Sie klopfte ein zweites Mal, dann rüttelte sie an der Tür. Sie war verschlossen.

«Was ist? Warum stehst du hier wie angewurzelt?» Gerswind kam ihr entgegen. «Hast du das Buch?»

«Die Tür ist zu, ich konnte es nicht holen.»

«Umso besser, ich habe keine Lust, Kreuze zu sticken.»

«Ich muss herausfinden, was hinter den Türen dort vorgeht.»

«Hör auf damit, es geht uns nichts an. Sie haben böse Geister eingesperrt.»

«Woher weißt du das?»

«Schwester Lilia hat es gesagt.»

«Da war jemand», murmelte Imma.

«Ein Geist?»

«Es war kein Geist.»

«Die Geister sehen aus wie Menschen. Es gibt sie doch überall.» Mit Gerswinds Forschheit war es vorbei. «Die Geister der Toten können fliegen und durch geschlossene Türen hindurchgehen. Weißt du das nicht?»

Mittagsstille lag über dem Kloster. Das Essen war abgeräumt, die Mädchen griffen zu ihren Handarbeiten. Lilia war nicht da.

«Es sind keine Geister. Es sind gefangene Königinnen», hörte Imma Wulftrud, die sich öfter auch mit Gerswind unterhielt. «Es sind die drei Frauen, die mit Karolus verbunden waren. Sie dürfen keine anderen Männer heiraten und keine Geschichten über unseren König erzählen. Deswegen lässt er sie einsperren.»

«Alle drei?»

«Es sind noch mehr. Einige hat er töten lassen.»

«Aber es gibt auch Geister», erklärte Gerswind.

Während die Klosterschülerinnen die Köpfe zusammensteckten und über die Geheimnisse im Kloster tuschelten, bewegten Imma andere Dinge. Immer wieder kritzelte sie Wesen mit Heiligenschein und langem Mantel auf ihr Schreibtäfelchen. Diesen Zeichnungen fehlte das Wichtigste, die Farbe. In Gedanken versunken kratzte sie die Heiligen wieder weg und zeichnete Pferde und Hunde. Ein weißes Pferd und ein braunes. Einen schwarzen Hund und einen gefleckten. Ihr fehlten Farben. Es war wie ein Schmerz, kein Blau, kein Rot, kein Gelb zur Verfügung zu haben. Imma schloss die Augen und sah sie vor sich, leuchtendes Rot, gelbe Streifen, schwarze Balken, ein tiefes Blau, dunkler und leuchtender als der Himmel. Das Grün aus zerstoßenem Malachit. Das sanfte Rot aus gemahlenem Almandin.

Man musste sie nicht als Farbenbrei oder Tinktur vor sich haben, um sich daran zu erfreuen.

Das Skriptorium war verlassen. Nur der Mönch Marso saß im Kreuzgang auf einer Bank und schnarchte in der Mittagshitze. Die frommen Schreiberinnen waren in der Kirche zum Stundengebet versammelt. Ein paar Tauben flatterten im Innenhof über den Rosenstöcken. Imma sah sich um. Die Versuchung war so groß wie nie zuvor. Einige Male schon hatte sie überlegt, ob sie es wagen sollte. Jetzt war die Gelegenheit gekommen. Imma huschte in den Schreibsaal. Sie sah um sich wie ein gejagtes Tier. Niemand war in dem Raum mit den Sitzbänken und Pulten, und niemand außer Marso, den Schreibnonnen und den geweihten Nonnen durfte ihn betreten. Die kostbaren Schriften standen aufgeschlagen auf Pulten bei den Arbeitsplätzen der Schreiberinnen. Im Raum lag der Geruch von höchster Vornehmheit. Imma atmete den köstlichen Duft der Farben ein. Hier zu sein, inmitten der Schriften und Pergamente, war wie der Moment, wenn Marso ihr in der Messe die Hostie in die verhüllte Hand drückte.

Imma nahm vom großen Stapel in der Ecke eine der glattgeschabten weißen Pergamentseiten und schob sie in den Ausschnitt ihres Kleids. Wieder schaute sie prüfend um sich. Niemand war zu sehen, jetzt war es möglich. Ihr Herz schlug unbändig vor Lust und Angst, als sie sich auf einem der bequemen Sessel niederließ und die angefangene Evangelienseite mit den sauber geschriebenen Buchstaben aufmerksam musterte. Gegenüber auf einem kleinen Holzständer war das Buch aufgeschlagen, das die Nonne gerade abschrieb. Imma beschloss, sich nicht an Buchstaben zu versuchen, sondern die angefangene Malerei auf der Seite, eine Verzierung aus Blattranken, fortzusetzen. Sie hielt die Nase über das Schälchen mit dem Minium. Oft genug hatte sie den Schwestern vom Rundfenster aus bei der Arbeit zugesehen. Sie ergriff einen der zierlichen Pinsel, streifte ihn an dem leinenen Läppchen ab und tunkte ihn in die Schale mit roter Farbe. Behutsam ließ sie das Rankenwerk wachsen. Es gelang ihr gut. Imma säuberte den Pinsel wieder und hob den Kopf. Ihr Blick fiel auf die Tauben, die im Innenhof flogen. Rasch tunkte sie den Pinsel in das Blau im anderen Tiegel, dann in das Grau daneben. Mit Gelb gab sie den Vögeln Schnäbel; schwarze Punkte wählte sie für die Augen. Die zwei Tauben passten vortrefflich zu der Blattranke. Imma atmete tief durch, duckte sich, warf den Pinsel achtlos zurück an seinen Platz und rannte davon wie eine Diebin.

Adas Jäger

Es war Sonntag, der Tag des Herrn. Nach dem Essen im Speisesaal hatte Imma gemerkt, dass sie ihr Haarband in der Kirche auf der Bank vergessen hatte, und lief noch einmal durch den Kreuzgang, um es zu holen.

Fast wäre sie über das Reh gestolpert, sie konnte gerade noch ausweichen. Hingestreckt mit starren Läufen, lag es auf den rötlichen Platten des Kreuzgangs, als wollte es sich ausruhen. Imma bückte sich. Es war lange her, dass sie zuletzt ein Reh gesehen hatte. Behutsam berührte sie die Vorderläufe. Das Tier war schon totenstarr. Da fiel der Schatten eines riesigen Mannes über Imma und verdunkelte den Gang. Erschrocken blickte sie auf.

«Keine Angst», sagte der Riese.

Er war schon einige Male aufgetaucht, dieser hünenhafte Mann mit den breiten Schultern, und jedes Mal hatte er erlegtes Wild bei sich, das er der Äbtissin persönlich übergab, als hätte er es nicht auch vor der Küche abgeben können.

«Hab keine Angst. Ich will nur meine Beute bei der Abbatissa abgeben. Weißt du, wo sie ist?» Die helle, dünne Stimme passte nicht zu der gewaltigen Gestalt mit dem halblangen mittelblonden Haar.

«Sie ist in ihrem Zimmer und betet. Wer – bist du?»

«Ich bin ein Jäger.» Der Riese versuchte ein freundliches Lachen. «Und wer bist du? Sicher die Tochter eines Grafen.»

Immas Gesicht verdüsterte sich. «Ich bin nur Imma. Ich habe keine Eltern», sagte sie leise.

«Imma», wiederholte der Riese.

«Die Äbtissin ist meine Patin», stieß Imma hervor, als müsse sie sich dafür entschuldigen, dass sie im Kloster war. «Deshalb darf ich hier sein.»

Der Riese bückte sich nach dem Reh, hob es hoch und warf es sich über die Schulter. Dann ging er mit raschem Schritt voran. Wie genau er den Weg wusste. Es schien Imma, der Fremde erwarte von ihr, dass sie mitging, und so folgte sie ihm.

Ada warf ihr einen verärgerten Blick zu, als sie hinter dem großen Jäger das Zimmer betrat. Neben der Äbtissin kniete der Bucklige auf der Gebetsbank. Imma seufzte erleichtert, dass er sich unter der Aufsicht der Äbtissin befand. Selbst wenn er ein böser Geist war, war sie offensichtlich für ihn zuständig und beaufsichtigte ihn.

«Seid gegrüßt», sagte der Jäger, «ich bringe Euch ein Abendessen mit.»

Der bucklige Junge erhob sich. «Ave, mein Vater», sagte er. Der Jäger ließ das Reh zu Boden gleiten, trat auf ihn zu und küsste ihn.

«Du bist gewachsen, Pippin», sagte er.

Aus Adas gequältem Gesichtsausdruck schloss Imma, dass der Äbtissin ihre Anwesenheit peinlich war.

«Verlass uns jetzt, Imma. Ich trage dir auf, bis zum nächsten Sonntag nach der Messe zu schweigen», befahl Ada.

Der riesige Jäger lachte hell auf.

«Eine Woche», wiederholte Ada mit strenger Stimme. «Und du, Pippin, ebenfalls. Es gibt einige Dinge, die sie hier lernen werden. Dazu sind sie im Kloster.»

«Er verlässt das Kloster noch heute. Ich wollte Pippin abholen», sagte der Jäger.

«Willst du ihn auf die Jagd mitnehmen?»

«Er braucht Bewegung und Abwechslung, Luft und Licht. Das Kloster ist nicht gut für ihn, nicht über Monate.»

«Für ihn ist es der bessere Ort. Er ist kein Draufgänger, Pippin ist ein sanfter Junge.»

«Genau deshalb nehme ich ihn mit zur Jagd.»

«Ich muss bei meiner Mutter bleiben», widersprach der Zwerg. «Ich kann sie nicht alleinlassen.»

«Hör auf mit deiner Mutter.» Die Stimme des Jägers klang gereizt. «Sie hat hier alles, was sie braucht.»

«Sie ist ganz allein», sagte Pippin leise. «Sie darf nie in den Garten gehen.»

«Es ist besser so», sagte Ada schnell.

«Sie braucht auch Luft und Licht. Mama hat kein Pferd mehr und darf ihre Hunde nicht bei sich haben.»

«Sie braucht hier kein Pferd und keine Hunde. Sie hat ihren Falken im Zimmer, das genügt.»

Imma blickte verwundert auf den Jäger. Warum konnte er über das Schicksal der Eingeschlossenen bestimmen?

«Und sie darf ihre Schwestern nicht sehen. Könnten wir – könnten wir sie nicht mitnehmen? Zu den anderen Kindern?»

«Pippin, es ist unmöglich.»

Der Zwerg begann lautlos zu weinen.

«Pippin, du kommst mit. Ich kann über dich bestimmen, weil ich dein Vater bin.»

Der Buckel zuckte unter dem Schluchzen des Jungen.

«Du gehörst nicht in dieses Kloster. Du sollst ein Krieger werden.» Der Jäger zog Pippin näher zu sich und streichelte sein Lockenhaar. «Du heißt Pippin, und das bedeutet sehr viel, auch wenn du es noch nicht verstehst.»

«Ich will es aber verstehen. Was bedeutet es denn?» Pippin schniefte und sah seinen Vater mit großen Augen an.

«Dass du der Erstgeborene des Königs bist. Deswegen nehme ich dich mit. Alle meine Edlen sollen dich sehen.»

Pippins anfängliches Interesse erlosch sofort wieder.

«Ich kann nicht. Wenn ich nicht wiederkomme, wird sie sterben.»

«Pippin, hör auf, Unsinn zu reden. Ein für alle Mal. Sie wird noch lange leben.»

«Ich habe solche Angst.»

«Pippin, der Erstgeborene darf keine Angst haben.»

Unvermittelt drehte der Riese sich um, sein Blick fiel auf Imma, die noch immer regungslos dastand. Es war wie im Märchen, der Riese hatte einen buckligen Zwerg zum Sohn. Dann wandte er sich Ada zu.

«Wir gehen, Ada. Lasst Euch das Reh schmecken. Demnächst bringe ich einen Hirsch.»

«Tu das, Carissime. Komm bald wieder und vergiss mich nicht.»

Pippin schluchzte laut, als der Mann, der offenbar sein

Vater war, ihn gewaltsam mit sich zog. Es klang so traurig, dass es selbst Imma schwer ums Herz wurde.

In dieser Woche, in der Imma zum Schweigen verurteilt war, verließ auch Ada das Kloster, um sich für unbestimmte Zeit auf Reisen zu begeben. In ihrer Abwesenheit übernahm die Priorin Schwester Rustica die Leitung des Klosters, eine ernste Frau mit einem Goldblechkreuz nach langobardischer Machart am Hals, die den älteren Mädchen Unterricht in Latein und Astronomie erteilte.

«Kommt bald wieder, Mutter Äbtissin», sagte Lilia, stellvertretend für ihre Schülerinnen, mit denen zusammen sie sich am Eingang des Klosters aufgestellt hatte. «Die Zeiten ohne Euch sind für uns nicht gut.»

«Das sagst du nur aus Höflichkeit.» Ada lachte jetzt. Sie sah glücklich aus. Offensichtlich freute sie sich auf die Reise. «In Wirklichkeit fühlt ihr euch alle befreit, wenn ich nicht da bin.»

Einheit

Die königliche Pfalz Diedenhofen lag links der Mosel, nur einen Tagesritt von Metz entfernt, umgeben von ausgedehnten Jagdforsten. König Pippin hatte die «Villa Theodonis» ausgebaut und mit einigen Gästehäusern für sein Gefolge und für hohe Gäste ausgestattet. Es gab auch ein Badehaus und die Empfangshalle des Königs.

Der Gesprächsraum befand sich über der Königshalle. Um den ovalen Tisch war an diesem Nachmittag der König der Franken mit seinen engsten Beratern versammelt. Unumstrittener Wortführer der erlauchten Runde war Alkuin, der geistreiche englische Kleriker, den Karolus mit allerlei Versprechungen erst kürzlich zu sich in die Francia geholt hatte.

Die Augen des Angelsachsen waren von kühlem Grau und erweckten den Eindruck von Unnahbarkeit. Gleichzeitig redete Alkuin hastig in sich überschlagenden Sätzen und konnte von mitreißender Liebenswürdigkeit sein. Das also war Karolus' neuestes Spielzeug, der Mann, den der Herrscher den anderen Vertrauten vorführte wie ein seltenes Tier oder eine neu erworbene Reliquie. Ada war voller Misstrauen und doch auch erleichtert. Aus den begeisterten Briefen ihres Bruders hatte Ada sich Alkuin als eine Art Zauberer vorgestellt. Aber so geschliffen sein Latein auch war, war er doch nur ein Höfling, der sich in der Gunst des Königs sonnte. Ada kaute auf ihrer Unterlippe und betrachtete den neuen Vertrauten ihres Bruders. Die abschätzenden Augen, das hochgereckte Kinn – man sah ihm an, wie gern er sich selbst reden hörte. Alkuin war in sich selbst verliebt. Nichts als ein Höfling, sagte sich Ada. Vor kurzem erst eingetroffen, hatte Alkuin die Regie im Kreis um den fränkischen König übernommen. Ganz selbstverständlich gab er jedem der Anwesenden einen neuen Namen und stellte neue Verhaltensregeln auf, als sei er der Zeremonienmeister. Zurückhaltung und Bescheidenheit waren die Tugenden, die man Alkuin auf der Kathedralschule in York nicht vermittelt hatte. Adas Gedanken schweiften ab. Sie versank in ihren liebsten Tagtraum. Das Furchtbare war geschehen. Karolus war sanft entschlafen. Tränenüberflutet wandten seine Getreuen sich an sie, Ada. Was sollen wir nur tun, Abbatissa? Übernehmt Ihr doch die Amtsgeschäfte des unersetzlichen Königs, wir flehen Euch an.

Ich bin nicht würdig, hörte sie sich antworten. Doch der Ernst der Lage gebietet, mich Eurer Bitte zu beugen. Von heute an –

O ja, Abbatissa. Ihr seid unsere Hoffnung. Die einzige Hoffnung der Franken. Wir werden die Heeresversammlung einberufen …

Ada blinzelte. Fast wäre sie eingeschlafen, während Alkuin redete. Ihr Blick verweilte kurz auf Adalhard, dem gleichaltrigen Cousin des Königs. Äußerlich wie eine gelungene Kopie des Herrschers, jedoch mit der Tonsur, saß er im schlichten Mönchsgewand etwas abseits, die Ellbogen auf den Tisch gestützt. Adalhard hatte sich das Reden abgewöhnt seit jenem folgenschweren Zerwürfnis zwischen ihm und Karolus und hatte sich als Mönch zurückgezogen. Schon bald hatte sein Cousin ihn wieder als Ratgeber und Freund zu sich holen lassen, doch das Verhältnis zwischen den beiden war für immer ein anderes geworden. Sein fünf Jahre jüngerer Bruder Wala fehlte wegen einer Halsentzündung in der erlauchten Runde. Walas Aussprüche und Witze waren das Salz jeder Gesprächsrunde. Niemand vertrat so kühne Ansichten wie er, oft genug das Gegenteil der königlichen Meinung. Wala genoss eine Art Welpenschutz, darin waren Ada und Gisela sich einig. Karolus, Adalhard und Wala waren als Kinder und Jünglinge zusammen erzogen worden. Dieselben Lehrer hatten ihnen mit dem Stock auf die Finger geschlagen. Das verband sie wie Blutsbrüder.

Karolus saß zwischen seinen Schwestern Gisela und Ada, wobei Ada etwas abgerückt von ihm platziert war, um die Reaktionen in seinem Gesicht lesen zu können, während Gisela die Nähe zu dem großen Bruder genoss. Es gab auch zwischen ihr und dem König Unterschiede des Denkens, die Gisela aber nicht wahrnahm. Ada hingegen spürte die wachsende Distanz zwischen ihr und ihm. Schuld daran waren diese Fremden, die er von überall her holte, der Schotte, die Langobarden, vor allem der Engländer, Alkuin. Karolus bewunderte niemanden mehr als diesen Grauäugigen mit der lispelnden Aussprache und den faden lateinischen Witzen, und Ada ärgerte sich über den Wichtigtuer, behielt den Ärger aber für sich.

Den königlichen Geschwistern gegenüber hatte die Dreiergruppe der Kleriker Angilram, Alkuin und Hildibad Platz genommen. Etwas weiter weg saß der Altersgenosse und beste Freund des Königs, der Laienabt Angilbert, ein blonder Hüne mit einem breiten, gutmütigen Gesicht, der die Dichtung liebte und von Alkuin stets mit «Homer» angeredet wurde. Manchmal tauschten er und Adalhard einen stummen Blick des Einverständnisses miteinander.

Zwei Fliegen surrten durch den Raum und durchbrachen die erwartungsvolle Stille. Die eine flog auf den dunklen Eichenholztisch zwischen die Pergamentrollen. Die andere ließ sich auf dem schütteren fahlblonden Haar des Engländers nieder. Als Laienabt hatte er keine Tonsur. Alkuin schlug nach ihr, die aufdringliche Fliege verschwand durch das Rundfenster.

«In unseren Klöstern muss sich einiges ändern», erklärte Angilram herablassend, fast hochmütig. Der grauhaarige Mann war Bischof von Metz. Dem schnell denkenden und noch schneller sprechenden Alkuin trat er mit erkennbarer Zurückhaltung entgegen.

«Was muss sich ändern, Bruder Angilram?», fragte Gisela. Die blasse rothaarige Frau im Äbtissinengewand sah aus wie eine vergeistigte Asketin, ganz anders als ihre ältere Halbschwester Ada. «Ich sehe jeden Tag, wie meine Schwestern sich bemühen, wie sie Kranke pflegen, Arme speisen, Verlassene trösten und das Lob des Herrn singen. In den Klöstern ist ein Zustand erreicht, wie Gott ihn auf Erden will.» Gisela war nicht an Veränderungen der bestehenden Zustände interessiert. Sie neigte dazu, die Einrichtungen ihres Vaters Pippin für ideal zu halten. In ihren Augen war die Welt kein Jammertal, sondern gut eingerichtet. Jeder Mensch war am richtigen Platz. Wenn er sich nur bemühte, das zu tun, was Gott und seine irdische Herrschaft von ihm wollten, würde alles gut werden. Es war ihr ernst mit der christlichen Demut. Gerne bezeichnete sie sich als «famula dei», als Gottesdienerin, was ihrem tatsächlichen Status keineswegs entsprach. Karolus gab auf ihren Rat ebenso viel wie auf den Rat von Ada.

«Verzeiht, dass ich Euch widerspreche», erwiderte Angilram. «Nehmt meine Vorschläge nicht als Vorwurf gegen Eure Amtsführung. Ich wollte darauf hinaus, dass in den Klöstern verschiedene Regeln angewendet werden. Bei den einen gelten die Regeln des Caesarius, bei anderen wieder die des Aurelianus und anderswo die Regula mixta des seligen Abts Waldebert.»

«Ah, ich verstehe. Ihr wollt eine einheitliche Regel für alle Klöster des Frankenreichs einführen.»

«So ist es», sagte Angilram.

«Bonum est», rief Karolus über den Tisch, und Ada warf ihm einen verärgerten Blick zu.

«Nein, ich halte nichts von der Einheit», sagte Ada. Hier ging es auch um *ihr* Kloster. Die Regula mixta des Waldebert war weniger streng als manche andere Regel und bot Raum für Abwandlungen und kleine Freiheiten. Ada hielt nichts von den ganz strengen Regeln mit dem Gebot zu schweigen und mit der strengen Pflicht, im einmal gewählten Kloster zu bleiben. Das Leben zwang auch Nonnen dazu, manchmal eigene Wege zu wählen.

«Und Ihr, lieber Angilram, meint wirklich, das sei möglich? Eine allgemeingültige Regel für das Leben in Mönchs- und in Nonnenklöstern?», erkundigte sich Karl.

«Nur so lassen sich die Klöster wirklich durch die Bischöfe kontrollieren. Nur so ist eine für alle gemeinsame Disziplin aufrechtzuerhalten. Ihr wisst ja selbst, wie es in manch einem Kloster derzeit zugeht.»

«Ich muss nicht alles wissen», versuchte Karl zu scherzen.

«Lieber eine leichtere Regel, die eingehalten wird, als eine ideale strenge, die ständig übertreten wird», gab Ada nochmals zu bedenken. «Lieber Verschiedenheit als Einheit. Weiter im Westen der Francia sehen die Dinge anders aus als hier an der Mosel.» Sie wusste genau, wie schwer es oft fiel, die Gelübde einzuhalten. «Vergesst nicht, dass die Klöster irdische Orte sind.»

«Sie sind schon etwas mehr als irdische Orte», warf Alkuin ein.

«Im Reich der Franken ist bereits vieles vereinheitlicht. Bald werden überall gleiche Gesetze gelten und angewendet werden. In allen Kirchen werden die gleichen Texte gelesen werden, und wie Alkuin mir sagte, wird es demnächst einen fehlerfreien Text des Evangeliums geben. Den einen Text, der die eine Wahrheit enthält.» Angilrams rosige Backen glühten, so sehr hatte er sich in Begeisterung geredet. «Ich lasse gerade Exemplare der Benediktregel abschreiben. Um sie einzuhalten, muss man sie ja geschrieben im Kloster besitzen.»

Ada überkam ein unbehagliches Gefühl. Die Benediktregel regelte zu viel, was sie lieber von Fall zu Fall als Äbtissin entscheiden wollte. Ohnehin gefiel ihr das Denken der Männer nicht, die immer alles endgültig gestalten, am liebsten das Zusammenleben der Menschen ganz und gar in Gesetze gießen wollten. Ihr Bruder neigte dazu, und Angilram und Alkuin dachten wie er. Das Klosterleben war zu vielfältig, um den täglichen Alltag schriftlich zu erfassen. Besser, man ließ gewisse Lücken, besser, man überwachte nicht jede Kleinigkeit im Leben der Sacratae. Sie seufzte. Hätte sie ihre

Gedanken ausgesprochen, man hätte sie verdächtigt, auf besondere Freiheiten aus zu sein. Doch nein, das war nicht der Fall. Ada strafte ihre Nonnen, wenn es nötig war, aber damit war es genug. Ein Kloster war, von gewissen Ausnahmen abgesehen, kein Gefängnis.

«Dem ist ja zuzustimmen.» Sie nahm eine der Schriftrollen und warf sie von einer Hand in die andere. «Und doch dürfen wir nicht vergessen, dass die Menschen im Frankenreich nicht einmal eine gemeinsame Sprache sprechen. Hat Gott die Menschen nicht verschieden geschaffen?»

Sie sah zu ihrem Bruder hin, doch sie konnte keine Zustimmung in seinen Augen entdecken. Seit der Angelsachse bei ihm war, galt ihr Wort bei ihm weniger, seitdem hörte er nicht mehr auf ihre Ratschläge. Ada kaute auf ihrer Unterlippe. Neunmalkluger Schaumschläger, Wichtigtuer. Er und Karolus heckten ein Gesetz nach dem anderen aus, sie wollten alles für den Rest der Zeiten ordnen. Alkuin lächelte der Schwester des Herrschers überlegen zu.

Karolus, der am liebsten alles selbst gekonnt hätte, kämpfen, lesen, schreiben, klug reden, bewunderte Menschen, die das hatten, was ihm fehlte. Ein Herrscher zog immer wieder auch Kriechernaturen und Speichellecker an. Sie waren eine Zeitlang um ihn, dann vergaß er sie und erhöhte Neuankömmlinge in seine Nähe. Gisela und Ada hatten schon so manchen aufsteigen und fallen sehen. Das Leben am Hof hatte seine eigenen Gesetze. Es waren die gleichen Gesetze wie an Pippins Hof. Sie hatten schon bei dem Römerkaiser Konstantin gegolten.

Ada zuckte die Achseln, stand auf und wandte sich zum Gehen.

«Ach, übrigens», rief Karolus, der sich ebenfalls erhob. «Ist Hario schon wieder da?»

Bei der Erwähnung des Bastardsohns der Königinmutter

zuckten die Anwesenden zusammen. Keiner mochte darauf eingehen.

«Ich glaube, ich habe ihn gestern vor der Mauer getroffen, als ich mit dem Pferd unterwegs war», berichtete Angilbert nach einer Weile des Schweigens.

«Seht zu, dass er nicht in der Aula auftaucht. Ihr wisst ja, seine Gesänge sind endlos.»

«Und langweilig und ohne Geist», rief Alkuin.

Alle lachten beifällig.

«Aber wenn ihr ihn vertreibt, dann nicht so wie beim letzten Mal», bemerkte Ada. Angetrunkene junge Scaramänner hatten den verkrüppelten Spielmann mit Tritten und Schlägen aus dem Saal gezerrt, ein unangenehmer Anblick. «Es macht keinen guten Eindruck, einen Blinden hinauszuprügeln.»

«Meine Leute schlagen keinen Blinden», sagte Karolus scharf.

Ada hätte ihm widersprechen müssen, aber sie tat es nicht.

«Lasst ihn doch singen», meldete Gisela sich zu Wort.

«Meine kleine Einfältige», murmelte der König und legte den Arm um seine jüngere Schwester.

«Die Menschen auf dem Land lieben ihn und seine Gesänge, mein Bruder.»

«Kleine Gisela, genau das ist das Problem.»

Sie sah ihn erstaunt an. «Ich glaube, er hat schon zu Pippins Zeiten gesungen.»

«Leider hat er nichts dazugelernt.» Karl nickte Alkuin zu. «Wer bei mir am Hof sein will, muss dazulernen.»

«So ist es», rief Alkuin. «Keiner darf da stehenbleiben, wo er heute steht. Leben ist Lernen. Leben ist Fortschreiten.»

«Hario ist mindestens zehn Jahre zurück und singt die

Geschichten von vorgestern.» Karls Miene verfinsterte sich noch mehr, Gisela löste sich vorsichtig aus seinem harten Griff.

«Tempora mutantur et nos mutamur in illis», skandierte Alkuin.

«Lass ihn doch singen», sagte Gisela vorwurfsvoll. «Es sind ja nur Lieder.»

«Wo kommen wir hin, wenn die Sänger singen, was ihnen einfällt.» Karl zog sie mit sich.

Die Augen des Falken

Es ging auf den Winter zu. Morgens lag Reif auf dem Rasen des Innenhofs und den Rosenstöcken über den Nonnengräbern. Die Mädchen trugen jetzt wollene Kleider und darüber einen braunen Kapuzenmantel, außerdem weiche lederne Schuhe und Beinwickelbänder, die gegen die klamme Kälte schützten. Die vorweihnachtliche Fastenzeit war angebrochen. Es gab bei der einzigen Tagesmahlzeit kein Fleisch mehr, aber ab und zu gebratene Fische, Eierspeisen und dicken Brei aus Wasser und grob gemahlenem Dinkel.

Imma hastete zum Unterrichtsraum. Lilia hatte den Unterricht in die Wärmestube im ersten Stock über der Feuerstelle verlegt. Sie war wieder einmal zu spät; eines ihrer Wickelbänder für die Beine war gerissen, sie hatte kein neues gefunden und hastig das alte zusammengenäht. Lilia, die es selbst mit der Pünktlichkeit nicht so genau nahm, bestrafte die Mädchen, die sich verspäteten, mit einem leichten Stockschlag auf die Finger.

Imma hörte Schreie, die klagend aus dem verschlossenen Zimmer drangen, und sie zerrissen ihr das Herz. Kein Zweifel, es war der bucklige Junge namens Pippin. War er zurückgekommen, um seine Mutter zu sehen? Warum schrie er so jämmerlich?

Sie hielt inne, Lilia würde sie ohnehin bestrafen, jetzt kam es nicht mehr darauf an, wie spät sie kam. Entschlossen ging Imma dahin, von wo die Schreie zu hören waren.

Ohne zu zögern, drückte Imma die Klinke. Erstaunlicherweise gab sie nach, und Imma schob die Tür vorsichtig auf. Durch das offene Rundfenster fegte der kalte Wind herein. Imma erstarrte und unterdrückte einen Aufschrei. Eine Gestalt in einem weißen Gewand mit lang herabfallendem Haar hing an einem Haken von der Decke herab. Der Kopf war vornübergesunken, aus dem verzerrten Mund sickerte Blut. Jetzt sah Imma auch, woher die Wehlaute kamen. In einer Ecke des Raums, unter einem Kruzifixus, stand ein Gerüst aus zusammengebundenen Ästen, auf dem ein Falke angekettet war. Er hüpfte hin und her, flatterte mit den Flügeln und stieß heisere Schreie aus, als wolle er Hilfe herbeirufen. Der weißgrau gesprenkelte Brustkorb bebte unter den Jammerlauten des Raubvogels.

«Pippin?» Wo konnte der Junge sein? Imma blickte sich um. Aber er war nicht da. Nur der Falke klagte wie ein verlassenes Kind. Imma starrte wieder auf den leblosen Körper, der an einem aus Bettlaken gewundenen Strick baumelte.

Der Falke schrie immer noch durchdringend, Imma sah gehetzt um sich.

«Was ist denn hier los?» Mit energischen Schritten kam Schwester Ursula heran. «Bist du wahnsinnig geworden, was tust du hier im –» Ursula brach mitten im Satz ab und schrie auf. Ihre Hände gruben sich in Immas Schultern.

«Jesus, Maria, steht uns bei. Pippins Mutter!» Schwester

Ursula bekreuzigte sich und kniete nieder. Auch Imma ließ sich auf die Knie sinken.

«Wir müssen die Äbtissin holen», sagte Ursula zu Schwester Rustica, die ebenfalls herbeigeeilt war.

«Ja, das müssen wir.» Schwester Rustica betastete den hängenden Körper und das Seil. Dann begann auch sie zu beten.

«Geh du, Imma, beeil dich, hol die Abbatissa aus ihrem Zimmer.» Das war Lilia. Zitternd griff sie nach Schwester Ursulas Hand. «Dir wird sie nicht böse sein. Lauf, Kind, mach schnell.»

Aus dem Zimmer der Äbtissin drangen laute, heftige Worte. Imma verharrte vor der Tür. Sollte sie es wagen zu stören? Manchmal verstummte Adas Stimme für einen Augenblick, dann hob sie wieder an. Zornig, wütend, immer von neuem.

«Du musst jetzt hineingehen.»

Lilia versuchte an Imma vorbei die Tür aufzustoßen.

«Ich kann nicht. Da ist jemand und spricht noch mit ihr.»

«Nein, sie ist allein.»

Mit sanfter Gewalt schob Lilia Imma in den Raum und zog sich dann schnell zurück.

Imma fühlte sich schuldig und blickte zu Boden. Wenn sie nur die verbotene Tür nicht geöffnet hätte. Hätte sie sie nur nicht vorwitzig geöffnet! Wahrscheinlich würde Ada sie sofort mit dem Stock schlagen.

«Ich – ich wollte nicht», stammelte Imma.

Imma hob den Blick. Lilia hatte recht, da war niemand außer der Äbtissin. Sie saß an ihrem schweren dunklen Eichentisch und fuchtelte wütend mit dem Abtzepter, das Gesicht verzerrt, und schimpfte.

Imma schaute sich verstört um.

«Ich spreche mit mir selbst», sagte Ada unvermittelt und

lächelte kurz. «Gibt es eine klügere Gesprächspartnerin im Kloster?»

Vor ihr auf dem Schreibtisch leuchtete der edelsteingeschmückte goldene Behälter, in dem sich die Nägel des heiligen Josef befanden.

Auf einem hölzernen Regal an der Wand standen schlichte, in Rindsleder gebundene Kodizes. Neben dem Fenster hing ein Kruzifixus.

Ada musterte Imma mit ihrem stechenden, durchdringenden Blick. Es war, als schaute sie gewaltsam in Immas Seele hinein. Imma versuchte, ruhig zu atmen. Sie hatte ja nichts getan. Sie hatte nur die Tür geöffnet. Das würde sie bekennen.

«Warum schickt man dich zu mir, Imma?»

«Die Frau ist tot. Ihr sollt – Ihr müsst – und ich, ich habe die Tür geöffnet. Aber sie war nicht verschlossen.»

«Welche Frau ist tot, mein Kind?»

«Die Frau hinter der Tür –», Imma verstummte. Da war nichts, was sie erklären konnte.

«Und deswegen schicken sie dich?» Ada erhob sich so schnell, dass der Stuhl, auf dem sie gesessen hatte, polternd umfiel. «O Gott – Himiltrud.» Sie bekreuzigte sich.

«Ich bin in ihr Zimmer gegangen, obwohl es verboten ist, und habe sie zuerst gesehen», sagte Imma im Bewusstsein, dass nichts sie retten konnte.

«Was hast du?» Ada stand bereits auf der Türschwelle.

«Ich, es tut mir –»

Aber die Äbtissin hörte ihr nicht mehr zu. Sie hastete den Gang entlang, dahin, wo die Tote an dem weißen Strick baumelte. Voller Angst lief Imma hinter Ada her. Ada hatte sie noch nicht bestraft. Es war sicher ungezogen, wenn sie nicht darauf wartete, welche Strafe Ada ihr zugedacht hatte.

«Wie ist das passiert?», herrschte Ada die Klosterfrauen

an, die hilflos im Zimmer standen. «Schneidet den Strick durch und legt sie auf ihr Bett. Holt den Bischof. Sie war einmal Königin.»

«Wer soll die Nachricht dem König überbringen?», fragte Lilia.

«Der Bischof wird einen Boten schicken. Es ist seine Aufgabe.»

«Sollen wir die Glocke läuten?»

«Noch nicht. Es hat Zeit, bis ich mich mit den Ältesten und mit Bischof Weomad besprochen habe.»

Lilia hatte ein Messer gebracht, und die Äbtissin durchtrennte den Strick. Schwester Ursula und Schwester Beata nahmen die Tote und legten sie auf das Bett. Lilia trug ein Waschgefäß und Tücher herbei.

«Geht hinaus, bis wir Himiltrud gewaschen und bekleidet haben», sagte Ada. «Betet draußen, bis wir die Tür wieder öffnen.»

Imma begriff, dass Ada sie vergessen hatte. Dennoch sank sie neben der Äbtissin auf die Knie, als die Nonnen die Totengebete anstimmten.

Ein beißender säuerlicher Geruch drang ihr auf einmal in die Nase, und sie sah auf. Es war Laurentia mit der Dornenkrone im verfilzten Haar, die sich schweigend genähert hatte.

«Du musst dich geißeln, Laurentia», sagte Ada.

«Ich weiß. Sie starb durch Eure Schuld.»

«Für ihren Tod muss große Buße getan werden.»

«Hoffentlich genügt das, was wir hier auf Erden tun können. Sie hat sehr gelitten.»

«Ich will nichts mehr davon hören», sagte Ada unwirsch.

Weomad, ein kräftiger älterer Mann mit fast kahlem Kopf, traf bald darauf ein. Zwei Diakone eilten ihm voran, Weihrauchgefäße schwenkend. Imma musste an den buckligen Pippin denken, der seine Mutter verloren hatte, und Tränen stiegen in ihr auf. Doch immerhin wusste Pippin, so traurig er auch sein würde, wer seine Eltern waren, und hatte einen Grund, um seine Mutter zu trauern. Imma schluchzte auf vor Schmerz um die leere Stelle in ihrem Herzen.

Die Schreie des Falken durchdrangen alle Räume des Klosters. Er schrie die ganze Nacht hindurch. Erst am nächsten Morgen zur Zeit der Matutin verstummte er.

Schatten der Vergangenheit

Ganz unvermutet stand an Immas elftem Geburtstag Begga im Refektorium des Klosters. Sie trug ein Gewand mit roten und grünen Stickereien und geflochtene rote Schuhe. Ein Eichhörnchenfell hing von ihrem Gürtel herab.

«Du bist sehr groß geworden», sagte sie mit ihrer zarten Stimme, und es klang fast vorwurfsvoll. Imma reichte der kleinen, rundlichen Begga nun schon fast bis zur Schulter. Ihre einstige Ziehmutter hatte einen Korb mit farbigen Wollknäueln mitgebracht und einen weiteren Korb voller Esskastanien und anderen Nahrungsmitteln.

«Ich webe hier gar nicht mehr», gestand Imma.

Begga sah sie überrascht an.

«Ich übe schreiben und darf in den Schriften des Klosters lesen», erklärte Imma.

«Du kannst richtig schreiben und lesen? In so kurzer Zeit hast du es gelernt?» Beggas Stimme klang ungläubig.

«Es ist nicht so schwer, wenn man sich jeden Tag damit beschäftigt.»

Begga ließ sich an der Tafel des Refektoriums nieder, und Imma schenkte ihr Wasser ein.

«Pass nur auf, dass du das Weben und Spinnen nicht verlernst. Später, wenn du verheiratet bist und Kinder hast, brauchst du es, sonst machen sich die anderen Frauen über dich lustig.»

«Sie werden sich hüten, über eine Frau zu lachen, die die heiligen Schriften lesen kann. – Wie geht es Ulfberth und Madelgard?»

«Sie lassen dich grüßen. Es geht ihnen gut. Ulfberth arbeitet beim Schmied und lernt, wie man Waffen herstellt und silberne Ketten.» Begga lächelte. Man sah ihr an, dass sie stolz auf ihn war.

«Und das da?» Imma wühlte in Beggas Korb mit den Esskastanien und den anderen Lebensmitteln.

«Ein paar Würste für dich und Beowulf. Ich gehe nachher auch bei ihm vorbei. Er freut sich immer, wenn ich ihm Schinken und Würste bringe.»

«Beo?»

Begga sah sich um. «Nicht so laut.»

«Wo ist er?»

«Er ist in Trier, aber ich darf dir nicht sagen, wo er wohnt.»

«Ich will es wissen.»

«Wenn Gott es will, wirst du ihm irgendwann begegnen. Hab Geduld.»

«Wie geht es ihm?»

«Er ist ein Mann geworden, und wenn er mich sieht, nennt er mich Mutter und küsst mir die Hände. Er betet für mich, so wie ich für ihn.»

«Weiß Ubbo, dass du zu ihm gehst?»

«Nein, er würde es nicht verstehen. Ich sage ihm, dass ich Besorgungen mache und Wolle kaufe.» Beggas Gesicht verfinsterte sich. «Ganz gleich, was Ubbo ihm vorwirft, ich habe ihn aufgezogen, als Gott ihn damals zu uns geschickt hat, im Winter der Wölfe. Wir haben ihm einen Namen gegeben. Solange ich lebe, werde ich ihm Würste und Kastanien bringen und für ihn beten.»

Als Begga sich verabschiedet hatte, lief Imma wie ein gefangenes Tier durch den Kreuzgang und die Gänge des Klosters. Sie würde Beo nie wiedersehen, sie war hier eingesperrt und hatte nur ihre Mitschülerinnen, die Novizinnen, die Nonnen, den Bischof und den vertrockneten Mönch Marso um sich.

Das Kloster mit seiner Stille, den Gebeten, den Gesängen und Lesungen war wie ein Friedhof. Das Leben war draußen, in der Stadt, ohne sie.

Sie war so außer sich, dass sie sich am Abend nach dem Stundengebet an Lilia wandte.

«Ich will fort», stieß sie hervor.

«Wo willst du denn hin?»

«Ich will in der Stadt leben.»

«Dazu bist du viel zu jung.»

«Hier ist es immer still. Es gibt keine Abwechslung außer Singen und Beten.»

«Vergiss das Essen nicht und das, was du jeden Tag lernst. Draußen, da, wo du das Leben vermutest, hungern viele, obwohl sie hart arbeiten von frühmorgens bis zum Sonnenuntergang. Dir geht es besser als den meisten.»

«Es ist einsam hier», begann Imma noch einmal. «Und nicht lustig. Es wird nicht getanzt und gefeiert.»

«Natürlich wird gefeiert; denk an die Festtage, an Ostern und Weihnachten.»

«Ich fühle mich hier wie lebendig begraben.»

«Sprich leiser, damit die Mädchen dich nicht hören.» Lilia sah bestürzt und traurig aus. «Es ist genau umgekehrt. Das

Leben draußen ist voller Gefahren, ganz besonders für dich. Als Frau wirst du früh sterben, wenn du dich darauf einlässt. Das, was wie Freude aussieht, ist nichts als Betrug. Hier im Kloster wirst du hundert Jahre alt und kommst danach direkt in den Himmel.»

Imma brach in Tränen aus und senkte verlegen den Blick. Lilias Worte hatten sie nicht überzeugt. Lilia hatte nicht verstanden, was in ihr vorging.

«Sei froh, dass du hier bist. Und außerdem – noch ist nichts entschieden. Noch hast du keine Gelübde abgelegt. Vielleicht verlässt du uns ja eines Tages. An diesem Tag wirst du weinen, weil du begreifst, was du zurücklässt –»

«Ich werde nicht weinen, wenn ich das Kloster verlasse. Ich nicht.»

«Imma, begreif doch. Hier im Kloster kannst du zur ewigen Seligkeit kommen. Draußen warten Sünde, Krankheit, Not und Tod. Und die Armut. Die Mädchen, die draußen leben müssen, beneiden dich.»

Lebte Beowulf in Sünde, Armut, Krankheit und Not? Imma wagte nicht, weiterzufragen.

Es dauerte ein paar Tage, bis Immas Aufruhr sich gelegt hatte. Das Kloster war doch der beste Ort auf Erden. Heimlich davonlaufen? Es wäre möglich gewesen. Aber der Duft der Farben, das weiche Licht der Kerzen in der Kirche, der luftdurchwirkte, klare Psalmengesang der Sacratae hielten sie davon ab.

Ihr Glück waren die Tiegel mit den Farben, die Buchstaben und das Gold auf den Pergamentseiten. Der Weg, den sie vor sich sah, war noch weit. Jeden Tag musste sie etwas Neues lernen. Alles andere, Träume von lockenhaarigen jungen Rittern, von Pferden und wilden Jagden, waren nur Träume, die der Sünde bedenklich nahe kamen.

Seit einiger Zeit fühlte Imma ein Ziehen in ihren Brüsten, ein seltsames Gefühl im Bauch. Etwas Neues kündigte sich an.

Imma hatte sich angewöhnt, vor dem Einschlafen Gott zu erzählen, was sie bewegte, Gott, dem großen Architekten mit Waage und Zirkel, der auch für sie da war. Sie erzählte ihm ihre Sorgen und Nöte und bat ihn um Hilfe. Das Wunder geschah sehr oft – in ihren Träumen erschien er ihr, ein freundlicher uralter Riese, der sie auf seine Hand nahm und erstaunliche, kluge Antworten gab, Antworten wie aus einer Lesung der alten Yolanda. Doch wenn sie morgens aufwachte, hatte sie sie vergessen.

Imma wollte keine Sünderin werden. Manchmal träumte sie von einer Zukunft als Heilige, deren Leben fromme Nonnen später aufzeichneten und dazu Bilder malten. Zuerst würde sie Gerswind bekehren. Irgendwann würde sie, Imma, die richtigen Worte finden. Und dann konnte sie auch andere wilde Sächsinnen auf den Weg des Glaubens führen. Sie würde die bekehrten Mädchen alle in einem neu gegründeten Kloster versammeln und mit ihnen gemeinsam Evangeliare und Psalter schreiben und verzieren.

Der Papst würde sie zu sich rufen lassen, nach Rom in den Lateranpalast, und mit ihr gemeinsam am Grab der Apostel beten. Dann würde er sie bitten, Bilder von den Aposteln zu malen und für immer in Rom zu bleiben. Rom war fast der Himmel.

In Rom hatte alles angefangen. Dort lagen die Urschriften der Bibel und der Psalter und auch die Originale der heidnischen Schriftsteller. Die Kirchen dort waren so, dass man sie in der Francia nachbaute. Die Säulen und steinernen Verzierungen standen dort an ihren angestammten Plätzen. Die meisten Heiligen hatten einige Zeit in der Nähe des Heiligen Vaters verbracht. Die Maler und Schreiber im Lateranpalast hatten bessere Farben und spitzere Griffel und feinere Pinsel. Was sie hervorbrachten, war römisch, während sie und selbst die erfahrenen älteren Schreiberinnen immer nur Nachahmungen schufen.

Sie musste nach Rom gehen. Imma schloss die Augen und sprach mit dem großen Architekten. Umgeben von Götzenbildern, Kirchen und Heiligengräbern, würde ihr wahres Leben beginnen, ein Leben als Heilige oder Märtyrerin, oder als Kirchenmalerin. Bei den Hunderten von neuen Kirchen in der Umgebung des Papstes brauchte man viele Maler. Bestimmt kam es nicht darauf an, ob sie Männer oder Frauen waren. Ob Männer anders malten als Frauen?

Diesmal wusste sie Gottes Antwort noch, als sie morgens aufwachte. «Ich bringe dich hin, mein Kind, nach Roma.»

2. Buch

Farben und Umrisse

Die nächsten Stufen

Mittlerweile war Imma zwölf Jahre alt, ein hochaufgeschossenes Mädchen mit blondem Haar und blauen Augen, zu dünn für ihr Alter und so blass wie die meisten Klosterschülerinnen. Einige ältere Mädchen hatten die Klosterschule verlassen, froh und voller Erwartung auf das Leben außerhalb der Mauern. Sie freuten sich auf den künftigen Ehemann, den ihre Eltern schon für sie ausgesucht hatten. Andere hatten sich für das Noviziat entschieden, um sich auf das Leben als Nonne vorzubereiten.

Imma hatte begonnen, Latein zu lernen. Der Unterricht fand bei einer anderen Lehrerin statt, in einem Raum im ersten Stock des Klosters. Bei Schwester Rustica wurden die fortgeschrittenen Schülerinnen in Grammatik unterwiesen. Dieses Studium war zum Lesen und Schreiben des Lateinischen unerlässlich. Rustica lehrte auch Rhetorik, damit die Mädchen fähig wurden, Schriftstücke korrekt abzufassen und sich gewandt auszudrücken. Das dritte Fach war Dialektik. Dabei ging es darum, geschickt zu disputieren und vorgebrachte Argumente zu erfassen. Jede Schülerin, erklärte Rustica, sollte die Gebote des christlichen Glaubens so beherrschen, dass ein Heide schnell und entschieden widerlegt und nach Möglichkeit in den Schoß der allein seligmachenden Mutter Kirche geführt wurde.

Rusticas Haar unter dem Schleier war schon grau. Sie strahlte Sicherheit und Zufriedenheit aus. Manchmal begleitete sie die Abbatissa auf ihren Reisen mit dem König. So kannte sie die gesamte Francia und war auch in Italien gewesen, dem Land ihrer Geburt. Als Langobardin sprach sie Tiudsk mit fremdem Akzent. Auch ihr Lateinisch sprach sie anders aus und, so bemerkte sie stolz, richtiger als die fränkischen Klosterfrauen.

Imma galt inzwischen als die beste Schreibschülerin im Kloster. Ada persönlich hatte sie deswegen belobigt und in Aussicht gestellt, sie eines Tages zu den Schreiberinnen im Skriptorium zu schicken. Noch war es zu früh. Man musste verstehen, was man abschrieb, es war eine Tätigkeit, die Verantwortungsgefühl, Gewissenhaftigkeit und sehr gute Lateinkenntnisse erforderte.

Mehr aus Anhänglichkeit an Imma als aus Interesse an der Sprache lernte auch Gerswind Latein. Für sie bestand keine Aussicht, in der nächsten Zeit das Kloster zu verlassen. So ehrenvoll der Aufenthalt bei Ada auch war, für die junge Sächsin bedeutete er vor allem Klosterhaft. Manchmal stand sie gedankenverloren vor einem Fenster und starrte hinaus.

Die Äbtissin war nach längerer Abwesenheit zurückgekehrt.

«Warum hat niemand die Spinnweben in den Ecken entfernt?» Ihr entging nichts. Mit scharfem Blick erfasste sie die Versäumnisse der letzten Wochen. So bedeutende Dinge sie ansonsten im Kopf hatte, griff sie doch nach dem Besen, der achtlos im Kreuzgang an der Wand lehnte, und trug ihn eigenhändig zurück an seinen Platz in der Besenkammer. Anschließend stieg sie in den Keller und inspizierte die Vorratskammern. Sie ließ sich zwei Säcke mit Walnüssen öffnen und wühlte in den eingelagerten Rüben, als wollte sie sie nachzählen. Schwester Beata schlich hinter der Abbatissa her. Je länger Ada in den Gewölben verweilte, desto unruhiger wurde Beata.

«Es fehlen zwei Schinken.» Ada sah die Kellermeisterin so streng an, dass Schwester Beata nicht gleich antworten konnte.

«Sie wurden ganz normal verzehrt.»

«Ich meine nicht die, die ihr zu Abend gegessen habt, sondern die beiden Wildschweinschinken.»

«Ach die, Marso hat sie von zwei Mönchen nach St. Maximin abholen lassen.»

«Marso hat nicht über die Schinken in unserem Keller zu befinden.»

Die Kellermeisterin wurde rot und stammelte eine Entschuldigung.

«Wahrscheinlich hat er sie für die Küche des Bischofs holen lassen.»

«Was fällt dir ein, ihn zu entschuldigen? Mehlsäcke und ganze Schinken werden nur auf schriftliche Anfrage hin nach St. Maximin gegeben. Hat Marso noch mehr Dinge wegbringen lassen?»

«Ich – ich weiß nicht», stammelte Beata und senkte den Blick.

«Also war es noch mehr?»

«Fünf Fässer Wein, aber sie waren ganz gewiss für den Bischof.»

«Unser Messwein. Fünf Fässer sind eine Menge, meine Liebe. Ich werde der Sache nachgehen.» Ada verzog das Gesicht, kaute auf der Unterlippe und rauschte verärgert davon.

In der Kirche hielt Ada einen kurzen Gebetsgottesdienst und danach eine Ansprache aus Anlass ihrer Rückkunft. Sie strahlte heute Freundlichkeit und Wohlwollen aus, nicht wie so oft, wenn sie verärgert war und das Gesicht verzog, als hätte sie auf etwas sehr Saures oder sehr Bitteres gebissen.

«Sie ist eine Hexe», flüsterte Gerswind Imma zu. Sie hatte als Einzige keinen Respekt vor Ada. Immer noch betete sie zu ihren germanischen Götzen, und Imma fühlte sich mitschuldig. Beschämt wandte sie sich von ihr ab.

«In goldfarbenen Buchstaben erscheinen die goldenen Worte, die das goldene himmlische Reich verheißen», schloss Ada ihre ausschweifende Rede

In diesem Moment stieß die stille, blasse Ansgardis einen Schrei aus, wie man ihn noch nie von ihr gehört hatte. Alle sahen zu ihr hin. Die junge Novizin war aus dem Chor auf die Äbtissin zugetreten, hob die Arme in die Höhe und brach zusammen. Dann erhob sie sich auf die Knie und schrie: «Es wird kein goldenes Reich aus den Büchern kommen. Niemals! Es wird kein Reich aus den Büchern kommen!»

Beklommene Stille breitete sich in der Kirche aus. Es war, als hallten die Wände wider von Ansgardis' klagendem Geschrei. Rustica eilte nach vorn und beugte sich zu dem Mädchen hinunter.

«Satan lebt hier mitten unter uns, Satan!» Ansgardis brach in wildes Schluchzen aus. «In unserer Mitte, er ist unter uns! Ich habe ihn gesehen!»

Auch Imma schlug das Kreuz über ihre Brust, so wie alle anderen, die in der Kirche standen. Nonnen und Schülerinnen hatten sich erhoben und reckten den Kopf.

Ansgardis' Körper zuckte und bebte. Sie wand sich wie in Qualen unter den schützenden Händen der ehrwürdigen Priorin. Mehrere der Älteren waren zögernd zu den beiden getreten. Ada hatte einen Kruzifixus ergriffen und stellte sich zu der Gruppe um Ansgardis, die jetzt wimmerte und klagte. Während Ada das Kreuz über Ansgardis hielt, legte die alte Yolanda beide Hände auf den Kopf des Mädchens und sprach die lateinische Exorzismusformel, den Bannspruch des heiligen Antonius von Padua. «Ecce crucem Domini! Fugite, partes adversae ... – *Sieh das Kreuz des Herrn! Flieht, feindliche Geister ...*»

«Es kommt immer wieder vor, dass Satan leibhaftig vor uns erscheint. Wir fürchten ihn nicht. Das Kreuzzeichen zwingt ihn zu gehen», rief Ada mit lauter Stimme.

«Aber der Satan trägt selbst ein Kreuz und segnet uns mit Weihwasser», schrie Ansgardis.

Es war, als ginge ein eisiger Hauch durch die Kirche. Alle fürchteten sich vor dem Satan, der sich bis hierher in die Klosterkirche gewagt und dessen Dämonen eine aus ihrer Mitte befallen hatten.

«Nein, Ansgardis, das würde er niemals tun.» Ada schwenkte hilflos das Kruzifix über Ansgardis' Kopf. Dann wendete sie sich Lilia zu: «Marso soll den Bischof holen. Er soll unverzüglich hierherkommen, um Ansgardis zu salben und den bösen Geist aus ihr zu vertreiben.»

«Marso?» Lilia zitterte am ganzen Körper. «Er ist nicht hier. Er wollte –»

«Dann geh selbst. Berichte dem Bischof, was geschehen ist.»

Ada schlug das Kreuzzeichen über Lilia, um sie für den Ausgang durch die Stadt zu segnen, und die Lehrmeisterin hastete davon, so verstört wie alle anderen.

Der Chor stimmte jetzt einen Psalm an, und Imma beruhigte sich langsam, während sie den Worten lauschte:

Der Herr ist mein Hirte, mir wird nichts mangeln.
Er weidet mich auf einer grünen Aue und führet mich
zum frischen Wasser …
Und ob ich auch wanderte im finstersten Tal,
ich fürchte kein Unheil, denn du bist bei mir,
dein Stecken und Stab trösten mich …

Ada betete halblaut weiter um göttliche Hilfe gegen die Geister, die in Ansgardis gefahren waren.

Erstaunlich schnell traf der Bischof ein, und alle Klosterfrauen atmeten erleichtert auf.

Im vollen Ornat und mit ernster Miene betrat er durch den Seiteneingang die Klosterkirche. Marso, ein erhobenes Kreuz in den Händen, ging an seiner Seite, und zwei Diakone schwenkten kupferne Weihrauchgefäße.

Ansgardis schrie schrill auf, als Weomad sie unter den Lobgesängen des Chors mit Salböl einrieb, um die bösen Geister aus ihrem Körper zu vertreiben. Mehrmals berührte er sie mit seinem Bischofsstab und befahl dem Satan, aus Ansgardis zu weichen.

Nach der feierlichen Zeremonie geleitete er selbst das Mädchen in eine der Einzelzellen am Ende des Gangs hinter Adas Äbtissinnenzimmer. Auch die Zelle wurde im Beisein aller Klosterbewohnerinnen, die sich im Gang aufstellten, durch die Diakone mit Weihrauch gereinigt.

Endlich schloss sich die Tür hinter Ansgardis. Dumpfe Schläge ertönten, immer wieder, als würde Ansgardis sich mit aller Kraft gegen die Tür werfen und mit den Fäusten dagegentrommeln. Sie stieß Verwünschungen und Flüche aus, wie sie noch nie jemand von ihr gehört hatte. Imma starrte auf die schwere Holztür und atmete unwillkürlich auf, dass Ansgardis nicht aus ihrem Gefängnis herauskonnte.

Noch einmal schlug Weomad das Zeichen des Kreuzes, dann kehrten die Nonnen zu weiteren Bittgebeten in die Kirche zurück, während die Schülerinnen und Novizinnen ihren gewohnten Beschäftigungen nachgehen durften.

«Denkt daran, das Bett von Ansgardis zu verbrennen», befahl Weomad. Beata, die Kellermeisterin, und die Küchenmeisterin Paulina, beide kräftige Frauen mit muskulösen Armen, zerrten Ansgardis' Bett hinüber zum Kaminfeuer unter der Wärmestube. Als sie die Laken und Wolldecken ins Feuer warfen, ging ein Aufschrei durch die Zuschauerinnen. Ada trat vor und hob die Thorshämmer auf, die Ansgardis unter ihrem Kissen verborgen hatte.

«Lasst euch das eine Warnung sein», wandte sie sich an die Nonnen und Schülerinnen. «Wer sich dem Bösen ergibt, wird von Satan und seinen Dämonen befallen, wie ihr es bei Ansgardis gesehen habt.»

Imma war tiefrot geworden, doch Gerswind stand ruhig und ganz unbeteiligt neben ihr.

Nein, Imma würde nicht länger tatenlos zusehen, wie Gerswind ihre Seele mutwillig dem Unheil auslieferte.

Einen Tag später kam Ada auf Imma zu.

«Hat Gerswind Fortschritte gemacht?»

Das Geschehnis vom Tag zuvor hatte alle im Kloster nachdenklich und betroffen gemacht, und Imma zuckte zusammen, als sei sie ertappt worden. Nein, Gerswind machte keine Fortschritte.

Nun, sagte Imma vorsichtig, Gerswind falle es schwer, an einige Verkündigungen des Evangeliums zu glauben. Glücklicherweise sei sie, Imma, in der Lage, Gerswind alles zu erklären. Sie konnte Ada auf keinen Fall die ganze Wahrheit erzählen. Kein Wort über den Thorshammer, den Gerswind unter ihren Sachen versteckt hatte. Es gab durchaus noch Schlimmeres als diesen Hammer und die Zauberknoten. Gerswind bewahrte außerdem eine Holzpuppe auf, die sie mit Eisennadeln durchbohrt hatte und die sie jeden Abend verfluchte. Diese Holzpuppe hieß «Karl». Das hatte Imma ganz genau gehört. Immer wieder hatte Imma sie beobachtet, wie sie den fränkischen König verfluchte, aber auch das gehörte zu den Dingen, die zu schlimm waren, um sie der Äbtissin zu berichten. Wahrscheinlich war es schon strafwürdig, dass sie etwas davon bemerkt hatte. Also zog Imma sich abends die Bettdecke übers Gesicht, sobald Gerswind die Holzpuppe hervorholte und ihre Zauberformeln murmelte. Es war ihr nicht gleichgültig, was Gerswind tat. Sie wollte nicht, dass dem Frankenkönig ein Unheil aus dem bösen Zauber entstand. Aber noch weniger wollte sie Gerswind verlieren. Seit gestern wusste sie, dass es noch Schlimmeres gab, als das Kloster verlassen zu müssen. Das Schlimmste war, wie Ansgardis in eine der Einzelzellen eingesperrt zu werden und mit niemandem im Kloster sprechen zu dürfen. Es bedeutete vergessen zu werden. Wer einmal dorthin gekommen war, war aus der fröhlichen Gemeinschaft von Schülerinnen und Nonnen ausgestoßen, war zum lebenden Gespenst geworden, vor dem die anderen sich fürchteten. Nach den Eingeschlossenen fragte man nicht. Die Abbatissa wünschte es so. Anders als die verstorbenen Nonnen, die im Totengedächtnis erwähnt wurden, über die gesprochen und deren Gräber mit Blumen geschmückt wurden, gehörten die Eingeschlossenen nicht zur Klostergemeinschaft.

«In letzter Zeit?» Ada war die Angelegenheit wichtig.

«Nicht sehr viel.» Eigentlich wollte Imma nicht lügen, aber die Angst schnürte ihr die Kehle zu. Wenn sie Ada die Wahrheit sagte, würde auch Gerswind für immer hinter einer der Türen am Ende des Gangs verschwinden.

«Was könnte man tun, um sie zu gewinnen?»

«Ich – ich weiß es wirklich nicht.»

«Ich werde sie fragen, ob sie bereit ist, den Schleier zu nehmen. Sie könnte die Schuld ihrer Verwandten durch Gebete abtragen.» Ada drehte sich um und rauschte davon, als sei mit dieser Frage das Problem Gerswind gelöst. Imma blieb fassungslos stehen. Gerswind als Nonne, das war Gotteslästerung.

Gerswind bewegte die Lippen beim Gebet, sie sang in der Kirche mit und hörte bei den Lesungen aus der Heiligen Schrift zu, ein spöttisch überlegenes Lächeln auf den Lippen, das Schwester Lilia in ihrer Sanftmut nicht einmal bemerkte.

Nach den Jahren im Trierer Kloster lebte das sächsische Mädchen immer noch so sehr in der Welt von Thor, Freya, Wotan und dem Glauben an Zauberei und heidnische Orakel. Wie sollte je eine überzeugte Christin aus ihr werden?

Gerswind sprach dem Abendessen reichlich zu, ohne dass Yolandas fromme Vorlesung ihr zu Herzen gegangen wäre.

«Fleischliche Liebe endet in Sterblichkeit», trug die Klosterälteste vor, «heilige Liebe ist ewig.»

Imma legte den Löffel nieder und lauschte.

«Das, was Gott in dich gelegt hat und was du nicht lebst, das bringt dich um, sprach Jesus.»

An diesem Abend nach Ansgardis' Zusammenbruch in der Kirche las Yolanda ohne Pause, als wollte sie verhindern, dass die Mädchen anfingen, über ihre Mitschülerin zu reden.

Als sie vor dem Schlafengehen im Brunnenhaus standen, um sich zu waschen, unternahm Imma einen neuen Versuch, Gerswinds Seele zu retten.

«Jesus ist für dich gestorben!», rief sie und hätte Gerswind am liebsten geschüttelt. «Am Kreuz unter Folterqualen.»

«Hör auf, Imma. Lass mich.»

Alle Vorhaltungen und Vorwürfe beeindruckten Gerswind nicht, nein, sie versuchte sogar, ihre fränkische Freundin an den heiligen Worten des Evangeliums irrezumachen. Das war nicht schwer, denn auch Imma konnte die Dreifaltigkeit nicht erklären. Die Geheimnisse des Glaubens waren für sie undurchschaubar und nicht mit dem Verstand nachzuvollziehen. Erstaunlich genug, dass es überhaupt Menschen gab wie Ada und den Bischof, die in ihren Predigten über allem Unverständnis schwebend so taten, als seien das Evangelium und die Briefe der Apostel leicht zu begreifen. Die Geburt des Kindes am Weihnachtstag aus der reinen

Jungfrau Maria, der Heilige Geist, die Dreiheit aus Gottvater, dem Sohn und dem Heiligen Geist, das Wunder der Auferstehung, das Wunder an Pfingsten – es hörte sich beglückend an. Aber es in eigenen Worten nachzuerzählen war für Imma mühsam. Am ehesten verstand sie die biblischen Erzählungen, wenn sie sie gemalt vor sich sah. Auch die Lesungen aus dem Leben von Heiligen wie der heiligen Irmine, des heiligen Maximinus und des heiligen Konstantin waren für sie klar und gut zu begreifen. Irmine, Maximinus und Konstantin waren Menschen, die sie sich vorstellen, die sie sogar malen konnte, weil sie vor ihr erschienen wie Bilder.

Sobald es aber um Begriffe wie «die Heilige Mutter Kirche», die Sakramente, Gelübde und die Auferstehung ging, wusste sie nicht weiter.

Imma hatte manchen Satz von Ada aufgeschnappt, aber wenn sie ihn wiederholte, klang er albern. Was auch immer sie zur Dreifaltigkeit Gottes erklärte, Gerswind weigerte sich, es zu verstehen, oder zog das, was sie sagte, ins Lächerliche.

«Jetzt weine doch nicht. Du bist keine Missionarin wie Bonifatius», sagte Gerswind leichthin und warf ihr langes Blondhaar zurück, nachdem sie es ausgiebig gekämmt hatte.

Nach solchen Gesprächen mit Gerswind musste Imma jedes Mal weinen, weil mancher Einwand ihr vernünftig erschien, vor allem aber weil sie die eigene Freundin nicht überzeugen konnte. Es lag daran, dass für sie selbst so vieles unklar war.

Die anderen Mädchen verließen eine nach der anderen das Brunnenhaus. Die jüngeren Schülerinnen lagen schon in den Betten. Durch die Fenster schien ein großer, silberner Vollmond. Hoch oben im Nachthimmel funkelten die Sterne. Wulftrud ging als Letzte.

«Verschwört euch nur, ihr beiden», sagte sie lächelnd. «Ihr seid beide Heidinnen.»

«Ich bin keine Heidin», murmelte Imma.

«Du willst alles genau wissen, statt zu glauben», erklärte Wulftrud, «deswegen bist du keine richtige Christin. Und von Gerswind wissen wir alle –» Sie kicherte und ging.

«Warum soll Maria eine Jungfrau sein?», fragte Gerswind und lachte aufsässig. «Eine Jungfrau, obwohl sie Jesus geboren hat. Bei den Sachsen gibt es so etwas nicht.»

«Wir müssen es nun einmal glauben. Sonst ist es kein Glaube.» Missionare wie der heilige Bonifatius hatten Tausende von Heiden bekehrt, und ihr gelang es nicht einmal, ein einziges schon getauftes Sachsenmädchen auf den rechten Weg des Glaubens zu führen. Imma wischte sich die Tränen aus den Augen. Sie würde nicht nachlassen. Sie musste es immer wieder aufs Neue versuchen.

Die dickeren wollenen Winterdecken waren schon länger aufgedeckt, die Mädchen hatten, seit es draußen fror, noch eine zusätzliche Wolldecke bekommen, anders als die Nonnen in ihrem Schlafsaal, zu deren Gelübden auch das der Genügsamkeit gehörte.

Imma griff nach ihrer Decke.

«Hast du bei der Äbtissin angedeutet, du wolltest den Schleier nehmen?», fragte sie. Gerswind, die gerade ins Bett gehen wollte, sah erstaunt auf.

«Meinst du die Frage ernst?» Kichernd setzte Gerswind sich neben Imma. «Du weißt ja, ich werde Wikbert heiraten. Dann könnt ihr hier bis zum Jüngsten Gericht für meine Seele weiterbeten.»

«Wer ist Wikbert?»

«Widukinds Sohn, der zweitgeborene.»

«Ich glaube aber, sie wollen dich zur Nonne machen», murmelte Imma.

«Ich, Nonne?» Gerswind lachte.

«Wenn Ada es beschlossen hat, kannst du nichts dagegen tun.»

«Mach dir keine Sorgen um mich, Wikbert wird mich von hier entführen», flüsterte Gerswind. «Du bist die Einzige, der ich es sage. Er kommt schon bald.»

Es war jetzt fast völlig dunkel im Schlafsaal, die Mädchen hatten sich alle unter ihren Decken verkrochen. Für die abendliche Runde bei Kerzenschein war es zu kalt. Nur der Vollmond verbreitete ein beunruhigendes fahles Licht.

Die Neuankömmlinge

Es war kurz vor Ostern im Jahre des Herrn 782. Das fränkische Heer unter Führung seines Königs zog wieder einmal gen Norden, um die Aufstände in Westfalen zu bekämpfen.

Madelgard und ein weiteres Mädchen trafen am selben Tag im Kloster ein. Imma, die sich längst damit abgefunden hatte, ihre Geschwister vom Klostergut nie wiederzusehen, konnte es nicht fassen, als Schwester Lilia ihr eines Morgens im Kreuzgang entgegentrat. An ihrer linken Hand hielt sie ein vornehm gekleidetes blondes Mädchen, etwa so groß wie Lilia. Das sei Rotrud, die älteste Tochter des Königs, erklärte Lilia; an der anderen Hand führte sie die kleinere, rundliche Madelgard. Das Gesicht von Beggas Tochter war vor Aufregung gerötet. Mit einem Freudenschrei fiel sie Imma um den Hals.

«Ich darf auch lesen lernen und jeden Tag Schweinshaxe essen, genau wie du!», rief sie.

«Es ist Fastenzeit. Und auch außerhalb des Fastens gibt es nicht jeden Tag Schweinshaxe», belehrte Imma sie.

«Ich habe dir etwas mitgebracht. Ulfberth hat es geschmiedet.» Madelgard zog eine wollene Kordel mit einem silbernen Kreuz aus dem Ärmel hervor. «Eigentlich stellt er Waffen und Werkzeug her. Aber er meinte, dass du ein Kreuz eher brauchst.»

Die beiden küssten sich überschwänglich, und Imma legte sich die Kette mit Ulfberths Kreuz um den Hals.

«Du warst immer mein Vorbild», erklärte Madelgard. «Ich bin so froh, dass ich endlich herkommen durfte.»

Dann erst wandte Imma sich Rotrud zu. Sie war blond mit einer hellen, fast weißen Strähne über der Stirn, die, nach links und rechts vom Scheitel gekämmt, das ganze Haar zum Leuchten brachte. Selbst für eine Königstochter war das Mädchen übermäßig geschmückt und gekleidet. Ihre Füße steckten in seidenen roten Schuhen. Ihr weißes Gewand war mit purpurnen Borten verziert, und in ihrem offenen blonden Haar trug sie ein Diadem. Das leichte Schielen ihrer strahlend blauen Augen verlieh ihrem Gesicht eine unkindliche Nachdenklichkeit.

«Sind das Perlen?», fragte Imma verblüfft.

«Es sind Perlen aus Byzanz», antwortete Rotrud beiläufig, als werde ihr diese Frage jeden Tag gestellt. «Prinz Konstantin, mein Verlobter, hat mir das Diadem und die Kette geschickt. Mein Vater hat bestimmt, dass ich sie jeden Tag trage.» Es klang wie eine Entschuldigung. Sie zog die Kette hervor, die sie unter dem Gewand verborgen trug. Der kostbare Schmuck und die vornehme Kleidung ließen die Prinzessin älter wirken, als sie wohl tatsächlich war.

«Rotrud wird einige Zeit bei uns im Kloster sein», schaltete Lilia sich ein. «Sie wird am Lateinunterricht teilnehmen, und ihr Eunuch Elissaios wird im Zimmer der Äbtissin für die besten Schülerinnen und für interessierte Nonnen Griechischunterricht erteilen. Du weißt, Imma, Griechisch ist die Sprache, die in Byzanz gesprochen wird. In dieser Sprache wurden auch die Evangelien zuerst abgefasst. Die Äbtissin bittet dich, am Unterricht teilzunehmen. Griechisch lesen und schreiben zu können ist auch wichtig wegen der Schreiben aus Byzanz. Man muss sie lesen und beantworten.»

Von einem Tag auf den anderen war Ansgardis in ihrer einsamen Zelle vergessen. Hatten die Mädchen vorher immer wieder einmal von ihr getuschelt, so waren sie jetzt viel zu sehr mit der Tochter des großen Karolus beschäftigt, ihrem Eunuchen, den beiden Katzen, die mitgekommen waren, und der Dienerin Menna. Keine dachte mehr an Ansgardis und ihre Dämonen. Keine blieb mehr heimlich stehen, um hinüberzulauschen, was sich hinter den verschlossenen Türen am Ende des Ganges tat. Die Schülerinnen fühlten, es wäre unschicklich gewesen, darüber zu sprechen, dass ein so unangenehmer Vorgang sich mitten unter ihnen ereignet hatte. Keine sprach es aus, aber jede dachte, dass die schöne, blasse Ansgardis, still und verängstigt, schon immer anders gewesen war. Der Böse hatte sich ein schwächliches Opfer ausgesucht. Gut, dass sie alle nicht so waren.

Die Tochter des Königs bezog mitsamt ihrer friesischen Dienerin Menna ein eigenes Zimmer gleich neben dem Schlafsaal der Mädchen. Bediente schleppten zwei mit Flechtbändern verzierte Truhen hinein, und schon abends, als sich die Mädchen nach dem Nachtgebet versammelten, um zu tuscheln, führte Rotrud sie hinein und zeigte ihre mitgebrachten Schätze. Außer ihrer Kleidung und zwei Puppen waren die Truhen mit Reliquien und mehreren Gebetbüchern gefüllt.

«Wirklich der Fingernagel des heiligen Johannes?», fragte Wulftrud und hielt einen kleinen goldenen Behälter gegen das Licht der Kerze.

«Ja, wirklich», versicherte Rotrud.

«Darf ich ihn bis morgen ausleihen?»

Rotrud gestattete es, und schon war das Mädchen aufgenommen in den Kreis der Klosterschülerinnen.

Sogar ein richtiges Evangeliar nannte die königliche Kleine ihr Eigen. Menna, ihre Amme, war keine strenge Aufpasserin, wie sich schon an diesem ersten Abend herausstellte. Anstelle der in der Fastenzeit ausgelassenen Abendmahlzeit trank sie zwei Krüge dunkles Bier, und Rotrud konnte an der abendlichen Gesprächsrunde der Mädchen im Kerzenlicht teilnehmen, während die Friesin schnarchend im Bett lag. Rotrud, ohne jede Scheu vor den Größeren, ging davon aus, dass alle mit ihr zu tun haben wollten. Sie kannte Wulftrud bereits, die entfernt mit ihr verwandt war.

Madelgard wurde am nächsten Morgen von Lilia zum äußersten Ende des Tisches geführt, wo sie zwischen den jüngsten Schülerinnen Platz nahm.

«Rotrud darf sich ihren Platz selbst aussuchen», verkündete Lilia, während die Mädchen sich zur einzigen Fastenmahlzeit niedersetzten.

«Ich möchte neben dem großen blonden Mädchen sitzen», sagte die Prinzessin.

«Neben Gerswind?», fragte Lilia ungläubig. «Sie ist eine Sächsin.»

«Ja, neben Gerswind.» Rotrud strahlte glücklich. Imma musste ein Stück von ihrer Freundin wegrücken, während die Neue sich vergnügt zwischen ihnen niederließ. Auch ohne das Diadem im Haar, im rauen naturfarbenen Schülerinnenkleid, war sie noch erstaunlich hübsch. Menna, die Amme, ging inzwischen neugierig umher, schwätzte mit den Küchennonnen und hockte sich auf einen Schemel, um ihre

Mahlzeit einzunehmen, schaute in der Kirche vorbei und blieb an den Rundfenstern vor dem Skriptorium stehen.

Der Eunuch Elissaios war das seltsamste Wesen, dem Imma je begegnet war. Er war weder Mann noch Frau, und doch ging von ihm eine starke Wirkung aus. Ein vornehmer Duft nach Blütenblättern umwehte ihn. An jedem Arm trug er einen goldenen Reif und an den Fingern zahlreiche Goldringe mit geschliffenen Opalen. Seine Stimme war quäkend, aber nicht unangenehm. Das Lateinische sprach er so schnell und mit einem fremden Akzent, dass man genau hinhören musste, um ihn zu verstehen.

Imma blickte ihm nach, wie er, ins Gespräch mit Ada vertieft, durch den Kreuzgang wandelte. Sein Gewand war mit Goldmustern durchwirkt, so kostbar wie Imma sich die Kleidung von Königen vorstellte. Yolanda hatte den Mädchen oft von Konstantinopel, der Stadt am Bosporus, erzählt. Aber jetzt erst konnte Imma sich diese Stadt vorstellen. Konstantinopel musste eine Stadt voller Goldtöne und exotischen Düften sein, eine vornehme Stadt mit verfeinerten Sitten. Die von Gott geschaffene Welt hatte außer Jerusalem und Rom noch diese dritte Hauptstadt, Konstantinopel.

«Nächstes Jahr soll ich nach Byzanz, um Konstantin zu heiraten», berichtete Rotrud. Es klang nicht begeistert.

«Richtig heiraten?», wollte Gerswind wissen.

«Noch nicht richtig. Aber ich soll dort erzogen werden, bis ich das Alter zum Heiraten habe.»

«Freust du dich?»

«Ich weiß nicht. Konstantin schreibt mir Briefe, damit ich ihn kennenlerne. Auf ihn freue ich mich, aber –» Rotrud erklärte mit ernster Miene, sie müsse Konstantin zum Wohl des Frankenreichs heiraten. Ihre Mutter und ihr Vater hatten ihr das gesagt. Die Verlobung beschäftigte Rotrud sehr, und sie fing immer wieder davon an.

Schon bei der zweiten abendlichen Gesprächsrunde erfuhren Imma und Gerswind, dass Rotrud sich vor der Kaiserin Irene fürchtete. Die Byzantinerin war sehr streng zu ihrem Sohn.

«Sie liest alle seine Briefe, ehe er sie abschicken darf. Und meine auch, bevor Konstantin sie ausgehändigt bekommt.»

Und außerdem hatte Rotrud Angst davor, so weit weg von ihren Geschwistern, ihrem Vater und ihren Freundinnen zu sein.

«Würdest du mit mir nach Byzanz gehen?» Sie sah Gerswind vertrauensvoll an. «Du bist doch meine Freundin.»

«Deine Freundin?» Gerswind sah nicht begeistert aus.

«Niemand will mitgehen. Menna möchte auch nicht. Würdest du mich begleiten, Imma?»

«Ich weiß nicht.» Auch Imma hatte keine Lust, Gerswind und Ada zu verlassen. «Nur wenn Madelgard und Gerswind mitkommen.»

«Das ist eine gute Idee», sagte Rotrud erleichtert. «Wenn ihr bei mir seid, bin ich nicht so allein und habe Mädchen bei mir, mit denen ich Tiudsk sprechen kann. Kein Mensch am Hof wird uns verstehen. Ich werde meinen Vater fragen. Er erlaubt es bestimmt. Ich muss auf alle Fälle Dienerinnen und Gesellschafterinnen bei mir haben.»

Der Byzantiner

Der glatzköpfige Schädel des Eunuchen glänzte in den Sonnenstrahlen, die durch das Fenster einfielen. Elissaios sah aus wie ein Zauberer auf einem Jahrmarkt, in seinem bodenlangen Gewand aus gelblicher Seide. Auch wenn er saß, stützte er sich auf einen dünnen Stab aus Ebenholz. Ein großer Stoß mit Pergamenten und Papyrusblättern war auf dem Lehrpult aufgestapelt. Sie dufteten nicht nach Weihrauch und Kerzen wie die Schriften des Klosters, sondern nach den Wundern von Byzanz, nach Kaiserpalast und Meer.

Lilia hatte Rotrud und Imma bis zur Tür des Zimmers im ersten Stock des Klosters begleitet. Kurz begrüßte sie den Byzantiner, der dort schon auf dem Polstersessel thronte. Es war der, den sonst nur der Bischof bei seinen Besuchen im Kloster benutzte.

Fast verlegen murmelten sie die lateinische Segensformel zur Begrüßung. Doch der Eunuch antwortete auf Griechisch.

«Griechisch ist die Sprache des Dichters Homer, des Philosophen Platon und des Kaiserhofs von Byzanz», fuhr er dann auf Latein fort.

Nur Imma und Rotrud hatten vor dem Lehrpult auf der Bank ihre Plätze eingenommen, die Styli und Wachstafeln griffbereit vor sich. Imma erwartete noch weitere Schülerinnen bei diesem besonderen Unterricht, aber offensichtlich galt er nur ihnen beiden. Lilia zog sich bald wieder zurück.

Fasziniert von der seltsamen Aussprache des Lateinischen durch den Byzantiner, lauschte Imma. Er nuschelte und sprach so schnell, dass sie Mühe hatte, alles zu verstehen.

«Die heidnischen Philosophen haben viele Gedanken in der griechischen Sprache entwickelt. Es ist nie wirklich gelungen, diese Gedanken in andere Sprachen zu übersetzen. Um Aristoteles, Platon und einige andere dieser großen Denker zu verstehen, muss man folglich erst die griechische Sprache beherrschen.» Elissaios war sehr groß und breit, und wenn er sich erhob, um etwas zu zeigen oder besser zu erklären, wirkte er fast erschreckend übermächtig. Imma überlegte, ob die Menschen in Byzanz womöglich alle so groß waren wie Elissaios, doch dann erinnerte sie sich daran, was Lilia erklärt hatte. Die Griechisch sprechenden Menschen waren meistens kleiner als die Franken.

Als Nächstes breitete er eine Pergamentseite mit griechischen Buchstaben aus, las vor und ließ die Mädchen ebenfalls ablesen. Das war schwierig und erforderte alle Konzentration.

Elissaios suchte weitere Seiten aus dem großen Stoß von Papyrusblättern und arabischem Papier, einem dünnen, billigen Material, das man in Byzanz und andernorts für Briefe und Geschäftsunterlagen verwendete, wie er erklärte.

«Es ist nicht so kostbar wie Pergament?», fragte Imma.

«Bei weitem nicht. Es wird in Papiermühlen aus Lumpen und Pflanzenfasern schnell hergestellt. Allerdings ist es nicht so haltbar wie Tierhaut, ja noch weniger als ägyptischer Papyrus. Man kann es in verschiedenen Stärken und in unterschiedlicher Qualität fabrizieren.»

Imma war fasziniert von diesem einfachen Material. Sie ließ die Blätter durch die Finger gleiten und schrieb zur Probe Buchstaben darauf. Leicht und flüssig glitt ihr Tintenstylus darüber hin.

Elissaios machte seine Schülerinnen an diesem Vormittag noch mit der griechischen Schreibschrift bekannt, einer eleganten, fließenden Schrift, die schwer zu lesen war. Beim Buchstabieren der griechischen Wörter begriffen Rotrud und Imma, wie schwierig es war, eine neue Sprache zu lernen, deren Schrift man sich vorher aneignen musste.

«Nur mit täglicher Übung lernt ihr die Schrift lesen», ermahnte sie der Eunuch. «Wenn ihr sie aber lesen könnt, habt ihr den Raum aufgeschlossen und könnt die Bilder an den Wänden betrachten, nämlich die Sprache lernen und in Sätzen lesen.»

«Man muss noch einmal ganz neu anfangen und wieder lesen lernen», stöhnte Imma.

«Es ist grausam», sagte Rotrud. «Wir haben uns für klug gehalten, und jetzt sind wir wieder so unwissend wie kleine Kinder.»

«Prinzessin, denkt daran, dass Ihr Euch mit Eurem Ehemann auf Griechisch unterhalten müsst, wenn Ihr ihm nächstes Jahr begegnet. Solltet Ihr dazu nicht in der Lage sein, müsst Ihr Euch für jeden Satz durch Übersetzer aushelfen lassen.»

«Der Prinz spricht doch sicher auch Lateinisch», wendete Imma ein.

«Er kann es gut lesen und schreiben, spricht es aber nicht gut.» Elissaios lächelte hoheitsvoll.

Etwas später klopfte es an der Tür, und der Mönch Marso steckte den Kopf zur Tür herein. Ehrfurchtsvoll und unter mehrfachen Verneigungen begrüßte er den Byzantiner, dann hockte er sich auf einen Holzschemel in der Ecke des Raums, weit entfernt von den Mädchen, und lauschte Elissaios' Ausführungen. Auch Lilia tauchte wieder auf. Sie nahm hinter Rotrud und Imma Platz und stellte manchmal Fragen, wenn sie etwas nicht verstand oder wenn Elissaios zu schnell sprach.

Schweigend verfolgte Marso den Unterricht. Obwohl er kein Wort sagte, empfand Imma seine Anwesenheit als belastend, und auch Lilia war anders als sonst. Einmal, als sie Elissaios etwas fragte, drehte sie sich sogar um, als suchte sie Marsos Zustimmung.

«Ihr habt Geheimnisse vor mir.» Wütend trat Gerswind gegen den Esstisch im Refektorium. «Dauernd tuschelt ihr in der Sprache von Konstantinopel.»

«Du kannst ja auch kommen und Griechisch lernen», schlug Imma vor. «Dann kannst du mitreden.»

«Das würde ich tun – aber dieser Eunuch ist mir nicht geheuer.»

«Elissaios spielt sich nur auf», beruhigte Rotrud sie. Inzwischen hatte auch sie den Klosterduft nach Weihrauch und Haferbrei an sich und nicht mehr den des Königshofs. Wie es Vorschrift im Kloster war, flocht auch sie morgens am Brunnen ihr langes Haar in Zöpfe. Nur die rotseidenen Schuhe trug sie noch.

«Wenn er sich nicht gut benimmt, schickt mein Vater ihn zurück und lässt einen anderen kommen.»

«Er ist kein Mensch», murmelte Gerswind. «Er ist ein böser Dämon.»

Rotrud und Imma waren inzwischen in der Lage, kurze griechische Sätze zu lesen und selbst zu schreiben. Sie verstanden viele Wörter und konnten einfache Gespräche miteinander führen. Lilia, die immer nur kurze Zeit am Unterricht teilnahm, weil sie sich um ihre anderen Schülerinnen kümmern musste, hatte längst aufgegeben. Marso jedoch harrte aus, obwohl er sich schwer damit tat, Griechisch zu sprechen. Im Lesen und Schreiben allerdings war er fast perfekt.

Von Lilia stammte der Vorschlag, mit Hilfe von Elissaios ein Kapitel aus dem Evangelium ins Griechische zu übersetzen.

Also brachte Rotrud ihr Evangeliar mit, das sie sonst nur in der Kirche benutzte, eine besonders schöne Arbeit aus dem Kloster Chelles mit den schönsten Illustrationen, die Imma je gesehen hatte. Der kalbslederne Einband war mit goldgefassten farbigen Edelsteinen verziert, die Ecken waren mit vergoldeter Bronze verstärkt. Dieses Buch gehörte ihrer Mutter, Königin Hildegard, die gut zu lesen verstand, aber wie die meisten Menschen nicht schreiben konnte.

Beim Anblick der farbigen Bilder verfinsterte sich Elissaios' Gesicht.

«Prinzessin», sagte er in schneidendem Ton, «Ihr solltet die Bilder unverzüglich entfernen und verbrennen.»

«Das wäre eine große Sünde.» Rotrud sah ihn erschrocken an. «Mein Vater würde mich bestrafen, wenn ich etwas aus diesem Buch zerstörte.»

«Die größere Sünde ist es, diese Bilder zu betrachten», sagte Elissaios voll Überzeugung. Marso war von seinem Schemel aufgesprungen und nach vorn gekommen.

«Sind die Bilder etwa falsch gemalt?», fragte er.

«Sie sind eine Versündigung gegen den Geist der Schrift. Sie verunstalten das Wort Gottes. Die Heilige Schrift bedarf keiner Illustration. Sie ist aus sich selbst heraus genug.»

Imma zweifelte, ob sie den Eunuchen richtig verstanden hatte. Er sprach noch schneller als sonst und gestikulierte dabei mit den Armen.

«Lasst mir das Buch, Prinzessin. Ich werde mit Eurem Vater darüber sprechen und ihm erklären, warum ich die Bilder heraustrennen muss. Die Herrscher in Byzanz wünschen keine Bilder mehr in den heiligen Schriften.»

Schützend legte Rotrud dic Hände auf ihr Evangeliar.

«Nie und nimmer wird mein Vater zustimmen.»

«Das sollte Euch nicht bekümmern, Prinzessin. Ihr wisst doch, die Kaiser der Rhomäer sind dem König der Franken übergeordnet.»

Hilfe suchend sah Rotrud zu Marso und Lilia hin.

«Im Frankenreich gibt es kein Verbot der Bilder», versuchte Marso den Eunuchen zu besänftigen. «Sie dienen der Belehrung und Vertiefung des Glaubens. Sie werden nicht angebetet wie heidnische Götzen, sodass gar keine Gefahr besteht.»

«Die Grenze zwischen Verehrung und Götzendienst ist rasch überschritten. Unsere Theologen sind besser ausgebildet als die euren. Nicht zufällig wurde ich für die Erziehung der Prinzessin erwählt. Erythro muss die byzantinischen Regeln einhalten.» Elissaios griff nach dem Buch.

«Wir dürfen König Karolus nicht betrüben.» Schützend stellte Marso sich neben Rotrud. Elissaios schob ihn zur Seite, doch Marso stemmte sich ihm entgegen. Blitzschnell hob der Eunuch die Hand und kratzte mit seinen langen spitzen Fingernägeln über die Wange des Mönchs.

«Wir sollten uns nicht schlagen», zischte Marso und rieb sich über die blutige Spur in seinem Gesicht.

«Es geht um die Wahrheit. Für die Wahrheit sind die heiligen Märtyrer gestorben», rief Elissaios außer sich.

«Es ist das Buch meiner Mutter», wiederholte Rotrud und presste das Evangeliar an sich. «Sie hat sich über die Bilder jeden Tag gefreut. Niemand darf sie herausnehmen und vernichten.»

«Hohe Prinzessin, ich bin Euer Lehrer, dem Ihr folgen müsst, wenn der Unterricht einen Sinn haben soll. Ihr gehört bereits zum byzantinischen Hof, nicht mehr an den Eures Vaters. Ihr habt Euch entschieden.»

Rotruds Gesicht verzog sich, doch sie weinte nicht.

«Wenn Ihr mir jetzt schon widersprecht und alles besser wissen wollt, wie wollt Ihr dann belehrt werden?»

«Übergeordnet oder nicht», ließ Lilia sich vernehmen. «Auf keinen Fall darf das Buch der Königin Hildegard zerstört werden. Der König wäre sehr erzürnt.»

«Ich habe den Auftrag der Regierung in Byzanz, dafür zu

sorgen, dass auch hier im Frankenreich keine Bilder angebetet werden.» Elissaios ging zornbebend auf und ab.

«Imma, hol schnell die Abbatissa», sagte Lilia leise. «Es ist keine Frage, die wir entscheiden können.»

Mit steinernem Gesicht war Ada eingetreten. Wie schon so oft bewunderte Imma auch diesmal das flüssige, elegante Latein und den schneidenden Ton, in dem sie dem Eunuchen antwortete.

Die Bilder der Heiligen, der Muttergottes, von Gott selbst und von Jesus, seinem Sohn, würden allerdings im Frankenreich verehrt und geachtet und es sei eine Sünde, sie zu zerstören. Diese Dinge seien von den Bischöfen so entschieden worden; auch der Papst in Rom verehre die Bilder. Bei der Antwort auf Adas Entgegnung wurde die Stimme des Eunuchen laut und schrill.

Adas Gesicht blieb unbewegt. «Es werden keine Bilder zerstört oder herausgeschnitten», stellte sie schließlich fest und verließ mit mühsam beherrschten eckigen Bewegungen den Raum. Elissaios griff blitzschnell nach unten, zerrte sich einen seiner spitzen brokatenen Schuhe vom Fuß, und schon flog das Geschoss wie ein Vogel an Adas Kopf vorbei.

Imma prustete laut los. Elissaios schnaubte auf vor Wut.

«Ich will nicht nach Byzanz», sagte Rotrud auf Tiudsk. «Lieber springe ich vom Turm.»

In den nächsten Tagen kam der Byzantiner nicht mehr auf die Frage der Bilder zurück. Er war zu weit gegangen. Ada ging ihm aus dem Weg. Es wurde gemunkelt, er habe an der Tür ihres Dienstzimmers angeklopft und sich entschuldigt.

Elissaios bewohnte im Gästetrakt des Klosters mehrere Zimmer, genoss aber ebenso wie Marso das Vorrecht, die

Klausur zu betreten. Mit ihm waren zwei dunkelhäutige Diener und ein hochbeiniger roter Kater eingetroffen, auch sie allesamt Verschnittene, wie Elissaios allen erzählte, die sich für Kyros und die Bediensteten interessierten, außerdem die Katze Helena mit einem makellos weißen Fell. Mitgebracht hatte er einige kostbare, mit Schnitzwerk verzierte Sessel und mehrere eisenbeschlagene Kisten mit Büchern. Unter diesem Schatz befanden sich altertümliche Papyrusrollen, die über zwei hölzerne Griffe abgewickelt wurden, und Pergamentkodizes mit kirchlichen Inhalten und Lederkodizes mit Geschichtswerken und Gedichtsammlungen. Einige Amphoren mit Fisch in Salzlake und Wein gehörten noch zu seiner Ausstattung. Sie wurden in einen besonderen Teil der Kellergewölbe gerollt und mit einem verschließbaren Holzgatter vor unbefugtem Zugriff gesichert.

In den folgenden Unterrichtsstunden ging es um den Dichter Homer und um Besonderheiten der griechischen Sprache. Imma und Rotrud lernten Begrüßungsformeln und einfache Redewendungen und erfuhren die Namen der Würdenträger am Hof und ihre Bezeichnungen.

«Der Name der Kaiserin Irene bedeutet Frieden», erklärte Elissaios mit erhobener Stimme. Danach übte er mit den Mädchen Sätze wie «Der Friede ist schön». «Der Friede beschützt Arme und Kranke.» – «Er schützt vor Piraten.» – «Er bekämpft die Barbaren.» – «Er vergrößert den Markt und vermindert die Steuern.»

«Alles in allem», sagte Elissaios, während Imma der Kopf schwirrte von all den komplizierten Wörtern, «Eirene bringt eirenen.»

Das Griechische wurde schneller gesprochen als Latein, klang aber schmeichelnder und geschmeidiger. Auch die temperamentvollen Ausrufe des Eunuchen merkten sich die Mädchen und benutzten sie untereinander.

Es war wie eine Geheimsprache, stellte Imma fest. «Wenn wir wirklich Griechisch miteinander sprechen können, versteht uns kein anderes Mädchen im Kloster.»

Nach dem Streit mit der Äbtissin wegen der Bilder fand der Griechischunterricht ohne größere Ausbrüche des Eunuchen statt. Elissaios, der weder Mann noch Frau war, hatte starke Gefühle. Er sorgte sich um die Gesundheit seiner Katzen und um die der Kaiserin Irene und von Prinz Konstantin, für die er oft betete. Er litt darunter, in der Fremde zu leben. Manchmal ging er zum Fenster und sprach mit Tränen in den Augen von Konstantinopel.

«Schöner gelegen ist keine Stadt auf dieser Erde», sagte er. «Um von einem Stadtteil zum anderen zu kommen, muss man Boote benutzen. Von allen Seiten sieht man das Meer. Die Abende sind lau. Überall wird gesungen und getanzt und Wein getrunken, süßer Wein, nicht vergleichbar mit dem von den Steilufern der Mosel. Prinzessin Erythro, ich freue mich auf den Tag Eurer Hochzeit. Ich kann es kaum erwarten, wieder am Gestade vor dem Palast spazieren zu gehen.»

Die Mutter

Das Jahr des Herrn 783 war kein gutes Jahr. Am Vorabend des Himmelfahrtsfestes verstarb Königin Hildegard in der Pfalz Diedenhofen, wo sie sich immer gern aufgehalten hatte, und das ganze Land trauerte um sie.

Mit Tränen in den Augen sprach Ada in der Klosterkirche die Totengebete für die Verstorbene.

Imma war jetzt vierzehn, und sie war nicht nur körperlich gewachsen. Von Elissaios hatte sie mehrmals arabisches

Papier für ihre Schreibübungen bekommen. Auf diesen Papierblättern zeichnete sie in unbeobachteten Momenten Bilder von ihren Mitschülerinnen, von Ada, Madelgard und Rotrud, außerdem Tiere und Heilige. Es gab immer wieder Pinsel und Farbkreiden, die für die hohen Ansprüche der Nonnen im Skriptorium nicht mehr genügten und die deshalb ausgemustert wurden. Schwester Ursula überließ sie Imma, weil sie die geheime Leidenschaft ihrer Schülerin kannte.

Gerswind, inzwischen sechzehn, und die jüngere Rotrud waren ihre engsten Freundinnen. Sie unterschieden sich von den übrigen Mädchen durch ihre Ernsthaftigkeit. So anstrengend es war, mit Gerswind über die Dreifaltigkeit Gottes zu disputieren, hatte Imma daran doch ein Vergnügen. Gerswind nahm keine der christlichen Glaubenswahrheiten einfach hin, doch Imma spürte, dass es möglich war, sie durch gute Argumente zu überzeugen. Die Sächsin war nicht starrsinnig, ihr Geist war so nüchtern und sachlich, dass es viel brauchte, um sie für die Wunder des christlichen Glaubens zu begeistern.

«Augustinus sagt, dass auch der Geist des Menschen dreifaltig ist, weil er ein Abbild Gottes ist. In allem, was ist, ist die Dreiheit Gottes enthalten.»

«Und wenn Yolanda die Stellen noch zehnmal vorliest, ich werde sie nie verstehen. Warum nicht vierfaltig oder zweifaltig?»

Rotrud war oft abwesend. Denn ständig reiste sie mit Menna und Elissaios dahin, wo ihr Vater sich gerade befand. Karolus legte großen Wert darauf, auf seinen Reisen von Ehefrau und Kindern und den engen Freunden begleitet zu werden. Aus dem gleichen Grund ließ er auch die Äbtissinnen Ada und Gisela immer wieder durch Boten zu sich rufen. Der Hof bewegte sich durch die Weite der gesamten Francia von Hofgut zu Hofgut, von einer Königspfalz zur nächsten.

Nicht nur die Menschen reisten mit; auch alles, was ihm sonst noch lieb und teuer war, zuallererst seine Reliquien und die Bibliothek mit den ledergebundenen Prachtbänden, Evangeliare, Psalterien und antike Schriftsteller, Gesetzessammlungen mit Briefen und Urkunden, dann der Königsschatz, zu dem nicht nur Edelsteine, Gold und Silber, Geschirr und Waffen gehörten, sondern auch Geschenke und Tribute fremder Herrscher, seltsame Tiere. Diese Dinge mussten den König begleiten, sie gehörten untrennbar zu seiner Herrschaft. Nicht auszudenken, wenn irgendein anderer sich in Karolus' Abwesenheit der Schätze bemächtigt, sich unter den Schutz der höchsten Reliquien begeben hätte.

Der Frankenkönig übte sich täglich im Speerwerfen und im Schwertkampf. Er hatte nicht nur die muskulösen Arme eines Kämpfers, er war auch schnell und kampflustig. Es gehörte zu seiner Natur, Gefahren rechtzeitig zu wittern wie das Wild im Wald. Sosehr er Verwandten und Freunden vertraute, so genau wusste er, wo seine Feinde waren. Nie vergaß er, wenn einer seiner Grafen und Herzöge zu spät zum Maifeld im Frühjahr kam oder unter einem Vorwand dem Reichstag fernblieb. Er wusste noch die Namen derer, die sich dagegen ausgesprochen hatten, die Langobardenprinzessin zu verstoßen. Sein Vetter Tassilo, mit der Schwester der Verstoßenen glücklich verehelicht, gehörte zu ihnen. Karolus, von Gott mit einem hervorragenden Gedächtnis ausgestattet, kannte alle die Seinen mit Namen, die weltlichen Edlen und die Kleriker, so wie er die Namen der Flüsse und Orte in der ganzen Francia im Kopf hatte, der Gebirge, der Kirchenpatrone und der Straßen. Selbst die Namen der Sänger und Spielleute waren ihm geläufig. Besonders der blinde Hario, der ihm hartnäckig über die holprigen Straßen des Frankenreiches und durch die Sümpfe des Sachsenlandes folgte. Hario verfolgte den Frankenkönig bis in seine Träume. Es war vorgekommen, dass Karl nachts heimlich einen Aufenthaltsort verlassen hatte, nur um Hario zu täuschen. Aber obwohl der Sänger blind und verkrüppelt war, gab er die Verfolgung niemals auf, als sei es sein Lebenszweck, da zu sein, wo der Frankenkönig gerade residierte.

«Du bist mit immer mehr Tross und Gefolge unterwegs, wenn du umherziehst», sagte Ada bei einem ihrer Treffen und zog Karolus übermütig am Ohrläppchen.

«So bin ich es gewöhnt», brummte er. «Nur so weiß ich, was im Lande los ist, wie es um die Ernte und das Vieh bestellt ist und wie es den Menschen geht.»

«Dir fehlt eine Residenz, ein fester Ort, wo du dich immer aufhältst und wo alles um dich versammelt ist – wie Konstantinopel. Zieht der Papst etwa herum oder die Herrscher von Byzanz?»

«Es wäre ziemlich langweilig, immer an einem Ort zu leben und das Leben eines Müßiggängers zu führen.»

«Es hätte Vorteile.»

«Vielleicht später – wenn alles geordnet ist. Wenn ich die Feinde an den Grenzen zur Ruhe gebracht habe. Wenn ich alt bin.»

«Woran denkst du?», fragte Ada besorgt. Karolus' Züge hatten sich verfinstert.

«Hario wird mir auch dorthin folgen und nie fortgehen.»

«Eines Tages wird er sterben.»

«Das will ich auch nicht.»

«Vielleicht will Gott es.»

«Er ist so lästig wie eine Mücke, und ich will nicht hören, was er singt. Aber wenn er plötzlich nicht mehr da wäre, würde mir etwas fehlen.»

Ada schwieg. Ihr kam der unangenehme Gedanke, dass der aufmüpfige Spielmann nur deshalb noch in Freiheit lebte, weil Karolus ihn vor seinen Leuten in Schutz nahm.

«Ein Herrscher sollte geduldig und sanftmütig sein», sagte sie.

«Die Sanften bleiben nicht lange an der Herrschaft», erwiderte er.

Der Mai brachte warme, sonnige Tage. Die Apfelbäumchen im Obstgarten des Klosters waren von weißrosa Blüten übersät. Rustica schnitt behutsam ein Ästchen ab und ließ es unter den Schülerinnen herumgehen. Sie erklärte, dass aus der Blüte im Frühjahr der Apfel im Herbst würde, den man in einigen Fällen schon ganz klein unter der verwelkten Blüte erkennen konnte.

Nach dem Essen der Schülerinnen tauchte Ada mit ernstem Gesicht aus dem Klausurbereich auf. Vor Imma blieb sie stehen, und alle Blicke wandten sich den beiden zu. Imma errötete bis an die Haarwurzeln.

«Warum erschrickst du immer, wenn ich dich anspreche?», begann Ada. «Du zitterst ja.»

Wulftrud zog hinter Adas Rücken eine Grimasse, um Imma zum Lachen zu bringen.

«Du und Rotrud, ihr werdet mich für einige Tage in die Eifel begleiten.»

«In die Eifel? Zu unserem Hofgut?» Immas Herz tat einen kleinen Sprung vor Freude.

«Nein, nach Mürlenbach. Pack deine Kleidung zusammen und komm zur Pforte. Draußen wartet der Reisewagen des Klosters.»

Die Reise zu Bertradas Hofgut führte hinaus durch die Porta Inclyta an der Brücke über die Römerstraße, die hier noch gut erhalten war, auch wenn sie, wie man nicht übersehen konnte, in letzter Zeit mehrmals ausgebessert worden war. Es war die alte Straße von Trier nach Köln. Am Abend traf der Ochsenwagen mit den Damen vom Kloster auf Ubbos und Beggas Hofgut ein.

Ulfberth stand vor der Einfahrt am Holztor und half Imma, Rotrud und der Äbtissin hinunter. Er war groß geworden, fast ein Mann, und doch sah er mit seinem halblangen braunen Haar und den dunklen Augen dem Jungen von damals noch sehr ähnlich. Der Abendwind wehte den Duft der blühenden Lindenbäume herüber.

Begga, Ubbo und die Leute aus den anderen Häusern hatten draußen im Viereck vor den Walmdachgebäuden einen langen Tisch festlich gedeckt und mit Ehrensitzen für Rotrud und die Abbatissa versehen. Auch Hilmar, der Pfarrer, stand bei dem Begrüßungskomitee und verneigte sich vor Ada und Rotrud.

Ada ließ sich nieder, und die anderen folgten ihrem Beispiel. Aus unerfindlichen Gründen war sie schon seit Tagen schlechter Laune, schroff und wortkarg. Es gab Brei für jeden, danach gebratene Ente und Raukensalat.

Adas Stimmung hellte sich merklich auf, während sie der Ente eifrig zusprach. Den Salat überließ sie den beiden Mädchen. Hatte Gott sie etwa als Hasen geschaffen? Ebenso wie ihr Bruder hielt sie nichts von Gemüse und frischem Grünzeug. Die Karolinger waren leidenschaftliche Fleischesser. Misstrauisch prüfte sie den Wein in dem alten Glaspokal, ehe sie vorsichtig schluckte

«Schmeckt er Euch nicht, Mutter Äbtissin?», fragte Begga, die sich Ada gegenübergesetzt hatte.

«Er hat einen unangenehmen Nachgeschmack. Stampft ihr die Trauben etwa noch mit den Füßen, wie man es früher gemacht hat?»

«O nein, Herrin. Sie werden mit hölzernen Pressen ausgedrückt, so wie Ihr es in Eurem Sendschreiben verlangt habt.»

«Er ist trotzdem unangenehm. Ich finde, er schmeckt nach Männerschweiß.» Ada blickte ungnädig über den Tisch.

«Denk daran, morgen zu mir zu kommen», sagte Begga geheimnisvoll. «Ich will dir etwas zeigen.»

«Warum nicht jetzt?», fragte Imma.

«Es muss hell sein.» Begga lächelte stolz.

Imma, Rotrud und die Äbtissin wurden in ein Gästezimmer im ersten Stock des Hauses unter dem Dach geleitet. Dort standen drei mit sauberen Leinendecken bezogene Betten. An der Wand hing ein Kruzifixus. Imma spürte Enttäuschung, dass sie so wie die hohen Gäste behandelt wurde. Es war seltsam, inmitten des vertrauten Hauses aus ihrer Kindheit in einem Zimmer zu schlafen, das sie noch nie betreten hatte.

In aller Frühe kam morgens eine der Mägde mit einem Tablett, auf dem frisch gemolkene Schafsmilch in kleinen Krügen stand, neben geschnittenen Stücken Brot, das gerade aus dem Ofen gekommen war.

Nach dem Frühstück führte Begga Imma in den Arbeitsraum der Frauen. Nichts hatte sich hier verändert. Kleine Stäubchen tanzten im einfallenden Licht vor den alten Webstühlen. Es roch noch genauso wie früher. Imma hielt den Atem an und bemerkte den kaum sichtbaren waagerechten Riss in der Wand hinter dem Webstuhl. Er erschien ihr etwas länger geworden als damals. Dann erst erblickte sie Beggas neuestes Werk auf dem schweren Eichenwebstuhl zwischen den Pfosten. Es war ein Teppich aus dichtem Wollgewebe. Auf leuchtend rotem Grund waren Heiligenfiguren in verschiedenfarbigen Mänteln zu erkennen und eine Nonne. Die Morgensonne beleuchtete die feinen Schattierungen der pflanzlichen Farben.

«Hast du lange daran gearbeitet?»

«Ich habe mehrere Entwürfe gezeichnet, mit flüssiger Farbe auf ein Stück Leder, bis ich zufrieden war.»

Anerkennend strich Imma über das Gewebe.

«Das ist die heilige Irmine», erklärte Begga. «Ihr gegenüber siehst du Bischof Modoald. Und das Gebäude im Hintergrund ist das Kloster. Das Blaue unter den Füßen von Irmine und Modoald ist der Fluss.»

«Und was willst du mit diesem Teppich machen? Er ist so schön, dass ihn viele Menschen sehen müssen.»

«Er soll ein Geschenk für die Abbatissa werden und das Kloster schmücken, vielleicht die Wand eures Refektoriums.»

«Er würde gut dorthin passen.»

In der Kuppel über den Heiligen erkannte Imma das Dach des heidnischen Badehauses wieder.

«Den Plan für den Teppich hatte ich schon lange. Aber erst im Winter war Zeit zum Weben», erklärte Begga. «Ich musste an dich und das Kloster denken und sah alles ganz deutlich vor mir.»

Am Abend des zweiten Tages hatten sie das Hofgut der Königinmutter erreicht. Es lag inmitten eines Waldes, zwei Bäche rauschten in der Umgebung. Mehrere Mühlen waren entlang des Wassers angelegt.

Auch hier wurden sie respektvoll empfangen und vom Verwalter und seiner Frau in die Eingangshalle zu einem gedeckten Tisch geleitet. Mägde näherten sich mit metallenen Schüsseln über dem Kopf und wuschen den Gästen die Füße.

Ada sprach ein kurzes Gebet, dann erhob sie sich.

«Wir möchten erst die Mutter des Königs begrüßen», sagte sie förmlich.

«Imma geht mit», sagte Rotrud heftig und ergriff Immas Hand, als sei es etwas Unangenehmes, zu dem sie Imma verpflichten wollte.

«Natürlich geht Imma mit», befahl Ada in einem Ton, der jeden Widerspruch ausschloss.

Hohe Wachskerzen brannten in dem kleinen Gemach mit dem Bett, in dem Bertrada schwer atmend lag. Ein säuerlicher Geruch lag im Raum. Das bleiche Gesicht der Kranken war eingefallen, doch die blauen Augen blickten den Ankömmlingen wachsam entgegen. Ein dünnes kleines Mädchen in kostbarer Kleidung kniete vor dem Bett und murmelte Gebete. Es wandte sich nur kurz zu den Ankömmlingen um, dann betete es weiter.

Ada sank auf die Knie und küsste die vom Bettrand schlaff herabhängende Hand.

«Du bist die Zweite, die kommt», murmelte die alte Königin. «Schneller als Gisela und Karl. So warst du immer.»

«Sie haben den längeren Weg.»

«Ach was. Sie fürchten sich vor dem Tod, darum kommen sie nicht.» Ein Lächeln ging über ihr Gesicht.

«Willkommen, Rotrud. Arme Kleine.» Bertrada streichelte Rotruds Haar. «Und sie – ist das Imma?»

«Das ist Imma», bestätigte Ada, während Imma ebenfalls in die Knie ging und die Hand der Alten küsste.

«Wer bist du, mein Kind?» Ada zog das kniende Mädchen zu sich hoch.

«Ich bin Cotani, die Tochter von Herzog Tassilo und Liutberga.»

«Ach ja, das Langobardentöchterchen.»

«Ada.» Zitternd hob Bertrada ihren Arm zu Ada.

«Setzt euch hinüber auf die Bank», befahl die alte Königin dann mit leiser Stimme den Mädchen und ergriff Adas Hand. Der Besuch zauberte neues Leben in ihre Züge.

«Warum ist Cotani hier?», fragte Ada.

«Pippin kommt auch, Himiltruds Sohn. Er soll sie sehen.»

«Wann hörst du auf, Politik zu machen?»

Bertradas Mund verzog sich.

«Ich muss. Karolus ist auf dem falschen Weg.»

Unbeeindruckt von der Unterhaltung kniete Cotani nieder und setzte ihr Gebet fort.

«Du bist hässlich, Ada, aber das macht nichts», begann Bertrada halblaut und nur an Ada gerichtet. «Wie dein Vater Pippin. Wenn er sich ärgerte, verzog und verzerrte er das Gesicht, genau wie du. Wie alle hässlichen Männer wollte er schöne Frauen um sich haben.»

Ein Hustenanfall schüttelte die alte Königin. Ada reichte ihr den Becher, der auf einem Schemel neben dem Bett stand. Bertrada schlürfte in langen Zügen, mit einer Hand stützte Ada ihren Oberkörper ab, mit der anderen half sie ihr, den Becher zu halten.

«Sei froh, dass du nicht die Schönheit deiner Mutter geerbt hast. Swana war zu schön, unerträglich schön. Und sie bildete sich etwas darauf ein. Pah –», Bertradas Augenlider flatterten. «Ich habe sie damals vergiften lassen, weil ich es nicht ertragen konnte, dass sie Kinder zur Welt brachte. Ich habe es gebeichtet und bereut.»

«Ich weiß», sagte Ada fast unhörbar.

«Keine Angst, ich verlange nicht, dass du mir verzeihst. Es gibt Dinge, die der Mensch nicht verzeihen kann.»

«Wir müssen alles verzeihen, sagt Jesus, siebenmal siebenundsiebzigmal», sagte Rotrud.

«Nicht, wenn eine andere Frau unsere Mutter getötet hat. Betrada hat Swana getötet, versteh doch.»

Rotruds Hand umklammerte jetzt die von Imma. Sie war eiskalt.

«Gott hat mich dafür bestraft. Ich musste Karlmann verlieren, nachdem Karl ihn –»

«Sprecht nicht weiter», unterbrach Ada sie. «Karlmann war längere Zeit krank, und Karolus war weit entfernt. Es hatte alles seine Richtigkeit.»

«Die kleine Ada. Immer eine gute Lügnerin.»

Bertrada murmelte etwas, doch dann konnte man sie wieder verstehen. «Ich habe dich immer gehasst, Ada. Du warst hochmütig und stolz, obwohl du nur ein Friedelkind warst. Ohne jeden Respekt vor mir. Pippin brachte dich immer wieder mit, im Glauben, ich wüsste nicht, wer du warst. Er erwartete, dass ich für dich sorgte.»

«Das war grausam von ihm», sagte Ada und streichelte die welke alte Hand. «Aber ich war gern bei Euch, es war schön. Es gab gut zu essen und es war warm. Ich hatte aber auch Angst vor Euch. Ein- oder zweimal habt Ihr mich geschlagen.»

«Mehr Angst hatte ich, wenn du da warst», stöhnte Bertrada auf.

«Vor mir? Ich war ein Kind.»

«Angst, du könntest an einer Krankheit sterben und Pippin würde es mir nicht verzeihen. Immer wenn du krank warst –»

«Ich weiß, du hast den langobardischen Arzt gerufen, auch wenn ich nur etwas gehustet habe.»

«Meine eigenen Kinder sind gestorben. Weißt du noch, der kleine Pippin –»

«Kein Arzt konnte ihn retten.»

«Hildebad sagte, sein Tod sei Gottes Strafe für die vergifteten Pilze, die Swana gebracht wurden. Hildebad war mein Beichtvater.» Bertrada krallte die Hand in Adas Oberarm. «Karolus wusste nicht, wer du warst. Pippin war zu feige, es ihm zu sagen. Und als er es endlich erfuhr, war es zu spät.»

«Erst mit über zwanzig habe ich begriffen, dass Pippin nicht mein Onkel, sondern mein Vater ist», sagte Ada. «Er war ein tapferer Krieger und ein kluger König, aber –» Nein, sie wollte sich nicht über ihn beklagen, nicht vor Bertrada.

«So wie es aussieht, war Gott mit allem einverstanden. Könige dürfen mehr als gewöhnliche Menschen.» Bertrada sank zurück in ihr Kissen und richtete den Blick an die Decke des Zimmers, so als habe sie für heute genug geredet.

«Wir Menschen können Gott nicht verstehen. Wir sollten nicht einmal versuchen, ihn zu verstehen. Manchmal sind seine Wege für uns unbegreiflich.»

Bertrada hatte wieder Kraft geschöpft und begann noch einmal. «Aber du meinst doch auch, dass den Königen mehr gestattet ist als den einfachen Menschen, Ada?»

«Ich weiß nicht, wem Gott welche Schuld nachlässt. Ich werde für Euch beten und Messen lesen lassen.»

«Ich habe eine Stiftung errichtet, für die Armen – und dann, du weißt, der Kasten mit dem Gold und den Juwelen in meiner Schatzkammer, er ist für dein Kloster. Für das Evangeliar –» Bertradas Stimme erstarb.

«Danke. Es wird ein prächtiges Buch werden.»

«Das schönste von allen. Den Einband soll ein Bild von Karolus schmücken, von Karolus und mir und den Kindern.» Bertrada schloss die Augen, das Sprechen hatte sie angestrengt. Dann hob sie die mageren Hände und streckte die Finger aus. «Alle Kinder», stöhnte sie.

Ein guter Gedanke, die Familie des Königs in einem Bild festzuhalten, dachte Ada, allerdings kaum zu verwirklichen, da die Familie zu groß und zu zerstritten war, um alle Mitglieder zu vereinigen. Sowenig Karl mit allen Frauen, Kindern und Geschwistern an einem Tisch zusammensitzen konnte, so undenkbar war es, ihn mit allen Angehörigen auf einem Bild zu verewigen.

«Verlasst Euch auf mich. Ich werde es schreiben lassen.»

Ada schüttelte die verrutschte Decke kurz auf und breitete sie sorgsam über den ausgemergelten Körper der Königinmutter. Sie tat es mit so viel Selbstverständlichkeit, als hörte sie jeden Tag Geständnisse, wie Bertrada sie gerade abgelegt hatte.

Schreckensstarr saßen Imma und Rotrud auf der Bank in der Ecke. Mit ernstem Blick bedeutete Ada ihnen, es sei Zeit zu gehen.

«Du auch, Cotani.»

Die Kleine erhob sich, sichtlich erschrocken, und verließ mit Ada und den Mädchen den Raum. Einen Moment lang trafen sich ihre tränengefüllten blauen Augen mit denen von Imma. Doch Imma empfand kein Mitleid mit dem Herzogskind in seinem seidenen Gewand und den perlenbestickten blauen Seidenschuhen. Ihr blondes Haar war leicht gelockt, ihr Gesicht zart und ebenmäßig. Die etwas zu kurze Nase verlieh ihr etwas kleinkindhaft Niedliches. Imma begriff, dass es zwischen diesem Kind und dem buckligen Pippin einen Zusammenhang geben musste. Dem buckligen Zwerg, dessen tote Mutter sie entdeckt hatte.

«Geh weg», murmelte Imma.

In dem düsteren Flur wartete eine Dienerin, die Ada einen finsteren Blick zuwarf, und Cotani drückte sich an sie. Die beiden entschwanden mit eiligen Schritten.

Ada fletschte die Zähne wie ein wütender Hund.

Rotrud und Imma bewohnten ein Gästezimmer im oberen Stockwerk der Burg, neben dem von Ada.

Staunend ging Imma um das gewaltige Bett mit der gewebten Zudecke aus einem Stück herum.

«Da schlafe ich sonst immer mit Menna zusammen», erklärte Rotrud. Sie war immer noch blass von dem, was sie bei Bertrada gehört hatte.

Imma hatte kaum das Abendgebet fertig gesprochen, als es auch schon aus Rotrud herausbrach. «Hast du gehört, was meine Großmutter gesagt hat?»

«Sie war schwer zu verstehen.»

«Sie hat gesagt, mein Vater hat meinen Onkel vergiftet.»

«So hat sie es nicht gesagt.»

«Sie hat gesagt, sie selbst hat Adas Mutter umgebracht.»

Imma schwieg.

«Dabei ist sie eine fromme Frau. Sie hat viele Klöster gegründet. Sie betet jeden Tag.» Rotrud saß im Untergewand auf der Bettkante und blickte starr vor sich hin.

«Das eine hat mit dem anderen nichts zu tun.»

«Wenn sie Adas Mutter vergiftet hat, wenn sie das wirklich getan hat, muss man sie anklagen.»

«Wer soll sie denn anklagen? Sie, die Mutter des Königs?»

«Soll sie ungestraft davonkommen?»

«Leise. Sie ist sehr krank. Die Äbtissin hat gesagt, sie wird bald in den Himmel eingehen.»

«Bestimmt nicht in den Himmel.»

«Wer so viele Klöster gegründet hat, kommt in den Himmel. Vielleicht wird sie sogar eine Heilige.»

«Hör auf, Imma.»

Imma verkroch sich unter der Decke, entschlossen zu schlafen. Was verstand sie schon von den Dingen, die Frauen vom Rang Bertradas und Adas beschäftigten? Begga und Ubbo waren ganz anders, viel einfacher. Und ihre armen Eltern, Tagelöhner oder Bettler, würden auch nie jemandem nach dem Leben trachten. Es war gut, nicht von vornehmer Abstammung zu sein.

«Ich will nicht, dass sie in den Himmel kommt, wenn

sie solche Dinge getan hat», murmelte Rotrud und blies das Talglicht auf dem kleinen Tisch neben dem Bett aus. «Imma, glaubst du, dass ich auch so werde wie meine Großmutter und Ada?»

Von irgendwoher war die heisere Stimme eines Spielmanns zu hören.

Imma achtete nicht mehr darauf, sie schlief ein.

Karolus

Ein für diesen Januartag des Jahres des Herrn 784 zu warmer Wind blies tiefdunkle Wolken über den Himmel. Immer wieder brach die Sonne kurz durch und verschwand dann wieder für längere Zeit. Manchmal regnete es, doch die Wolken trieben schnell weiter und machten ausgedehnten Flecken von blauem Himmel Platz.

Die alte Bertrada war auf ihrem Hofgut in der Eifel am 12. Juli des Jahres des Herrn 783 gestorben. Zu diesem Zeitpunkt kämpfte Karolus erneut gegen aufständische Sachsen. Nach einer Schlacht bei Detmold, die für die Franken siegreich ausging, sammelte er sein Heer in Paderborn. Er setzte den Feldzug fort, da die Sachsen sich wieder zusammengeschlossen hatten, und schlug die Schlacht an der Haase, die ebenfalls mit dem Sieg der Franken endete.

Auf dem Rückweg in die Francia hatte Karolus in Worms Station gemacht, wo er sich mit der Tochter des Grafen Radulf vermählte. Die junge Fastrada war eine dunkelhaarige Schönheit, des Lesens und Schreibens kundig. Sie gehörte der neuen Generation von Adelstöchtern an, die im Kloster erzogen worden waren und die alles besser wussten und konnten als ihre Mütter und die Latein geläufiger sprachen als Tiudsk.

Anfang Dezember war Ada mit Rotrud und Imma zur Königsvilla Herstal aufgebrochen, wo Karolus mit der restlichen Familie und seinen engsten Vertrauten das Weihnachtsfest feierte. Auch Elissaios mit Dienern und Katzen sowie die Amme Menna waren mitgekommen.

Die Pfalz Herstal lag auf sandigem Boden, von Wasserläufen umgeben, etwas erhöht an der Maas. Gut und solide in Stein ausgebaut, mit allen Annehmlichkeiten einer herrschaftlichen Pfalz ausgestattet, war dieser Ort einer der Lieblingsaufenthalte von Karl. Auch Ada war immer gern hier. Manchmal ritt sie mit ihrem Bruder und seinen Gefolgsleuten auf die Jagd nach Wasservögeln. Inmitten der Meute kläffender, gescheckter Hunde vergaß sie ihre Klostersorgen. Als kleines Mädchen hatte ihr Vater Pippin sie an seiner Seite reiten lassen. Sie hatte die Augen nicht abwenden können von dem Falken, den er auf der mit einem Lederhandschuh geschützten Hand trug. Pippin war von untersetzter Gestalt gewesen, auch im Wesen anders als sein Sohn Karl, mit dem er sich nicht besonders gut verstand. Pippin war vorsichtiger und langsamer.

Schon damals, bei der Jagd im Schilfrand der Maas, hätte sie sich denken können, dass Pippin ihr Vater und Karolus ihr Halbbruder war. Warum sonst hätte der König der Franken ein zwölfjähriges Mädchen auf einem Pony an seiner Seite reiten lassen?

Doch an solche Dinge hatte sie damals nicht einmal im Traum gedacht. Ein einziger Gedanke erfüllte sie. Ada, so jung sie war, hatte nur noch Augen für Karolus, den Fünfzehnjährigen, der sich benahm wie einer der Älteren. Sie wollte nicht, dass er ihr Bruder war. Sie war verliebt in ihn. Ein paarmal lachte er ihr zu, und ihr Herz hüpfte vor Freude darüber, dass er sie beachtete. Am Abend speisten sie in der Aula der Pfalz an einem langen Tisch. Ihre Amme rief nach ihr, um sie zum Schlafen zu bringen.

«Lass sie doch noch bei uns bleiben. Wir müssen morgen früh aufbrechen», rief Karolus unwillig. Fides, die Amme, trollte sich schimpfend davon. Fides konnte der gesamten Königssippe den Tod von Adas Mutter Swana nicht verzeihen. Überhaupt war es seltsam mit diesem Tod. Niemand betrauerte Swana, niemand außer Ada und Fides. Bertrada pflegte leichthin zu sagen: Swana hat uns verlassen. Sie wollte es so. Gerade so, als sei Swana, ihre Ankleiderin, auf Reisen gegangen.

Bertrada war eine leutselige, lustige Person. Meistens lachte sie, und Ada begriff schon damals, dass sie nicht auf Fides' Murren hören durfte. Ada hielt zu Bertrada, Fides war eine Spielverderberin mit ihrem Geschimpfe und der schlechten Laune.

Die treue Fides hatte natürlich recht, und Bertrada unrecht. Aber Fides war nur eine arme Amme, Bertrada hingegen war umgeben vom Glanz der Königin. Niemand war so dumm, es sich mit ihr zu verderben.

Swana war zu einem Zeitpunkt, als Ada kaum zwei Jahre alt war, nach einem Abendessen lautlos in sich zusammengesunken. König Pippin war gerade weit entfernt. Ungewöhnlich schnell trug man Swana zu Grabe. Die kleine Ada wurde fortan ihrer Amme überlassen und der Name Swana kaum noch einmal ausgesprochen. Als Pippin zu Anfang des Winters zurückkam und nach seiner Liebsten fragte, bekam er ausweichende Antworten. Die kleine Bastardtochter konnte ihm nichts über den plötzlichen Tod der jungen Mutter berichten; die treue gute Fides durfte es nicht.

Der Tod einer jungen Frau war nichts Ungewöhnliches. Pippin, ohnehin mit Kriegszügen und der Politik beschäftigt, wandte sich neuen Friedelfrauen zu. Nur wenn die Kleine ihm unvermutet über den Weg lief, erinnerte er sich an die hellblonde Swana mit dem ebenmäßigen Gesicht eines Engels und der reizvoll unregelmäßigen Reihe weißer Zähne. Es erschien ihm merkwürdig, dass gerade sie tot war, die ihm immer so lebendig, so jung erschienen war. Manchmal, wenn er sie in den Armen gehalten hatte, war er sicher, sie werde ihn überleben.

Ada wurde keineswegs schlecht behandelt. Bertrada nahm sie ab und zu auf den Arm und küsste sie überschwänglich. Meine kleine Süße, nannte sie sie und sorgte dafür, dass Swanas einziges Kind mit ihrer und Pippins einige Jahre später geborenen Tochter Gisela zusammen aufgezogen wurde. Die Mädchen hatten gemeinsam Unterricht und knieten nebeneinander in der Kirche. Sie trugen Kleider aus ein und derselben Stoffbahn. Bertrada machte der Gespielin ihrer Tochter ein kostbares Gebetbuch zum Geschenk und goldene Ringe. Wie gütig, wie großmütig die Königin Ada gegenüber war. Ada liebte diese wunderbare Frau wie niemanden sonst auf der Welt, mehr als Fides, mehr als Pippin. Und doch vergaß Ada nie, dass sie nur die Freundin der Prinzessin Gisela war. Gewiss, da waren Fides' böse Reden, aber Ada wollte weiter dazugehören und sich keinesfalls Bertradas Gunst verscherzen. Es war Bertrada, von der ihr Leben abhing.

Jahrzehnte lagen zwischen diesen ersten Aufenthalten in Herstal. Was Ada auch tat, wohin immer sie ging, beim Gebet in der Kirche, beim Lesen der heiligen Texte, in Besprechungen mit Bischof Weomad und Angilram, immer war er gegenwärtig. Dabei sah sie ihn nicht oft, ihren älteren Halbbruder. Karolus war ihre erste Liebe gewesen. Danach war es ihr nie mehr gelungen, sich länger in einen anderen Mann zu verlieben. Da gab es noch Adalhard, verwandt mit

Karolus und ihm ähnlich wie ein Zwilling, aber der hatte sich als junger Mann mit Karolus zerstritten und für Jahre in ein Kloster zurückgezogen. Adalhard war mutig und Karolus ebenbürtig, genau das hatte Ada an ihm gereizt. Sie verabscheute Katzbuckler und Leisetreter.

All diese Pfalzgrafen und Herzöge, die Äbte und Bischöfe und die anderen Edlen, die den Frankenkönig umgaben, trugen das Haar wie ihr Herr und schnitten sich den Schnurrbart auf die gleiche Weise. Sie ahmten seine Art zu sprechen, zu lachen und sich zu schnäuzen nach. Es war unmöglich, sich in einen von ihnen zu verlieben.

Karolus hatte es gern, wenn sie ihn David nannten. In Wirklichkeit war er Goliath, riesig groß, mit einem gedrungenen Schädel und einem stechenden Blick. Goliath, der Kämpfer gegen die Sachsen. Goliath, der lieber David sein wollte.

Ada sprach es nicht aus. Es gab inzwischen immer mehr Dinge und Worte, die man vor Karolus nicht mehr sagen durfte oder nicht sagte, aus dem Gefühl heraus, er werde sehr verärgert sein. Immer wenn Ada sich über ihren Bruder ärgerte, fiel ihr ein, dass er eigentlich Goliath war.

Im Schatten der Ummauerung der Pfalz gingen Ada und ihr königlicher Bruder am Fluss auf und ab. Sie waren in lange wollene Mäntel gehüllt, beide trugen außerdem einen Zobelpelz um den Hals und eine Fellmütze zum Schutz gegen die Kälte. Sie waren ein schönes Paar. Untergehakt, wie sie gingen, hätte man sie für ein Liebespaar halten können.

«Es regnet hier zu oft», sagte Ada.

Das Wasser des Flusses stand hoch. Karolus blieb stehen und warf einen Kieselstein hinein. Dann drehte er sich zu Ada um. Eine Schar Enten flatterte aus dem Schilf hoch über die Strömung.

«Du warst dabei, als sie gestorben ist. Hat sie – hat sie von mir gesprochen?»

«Ja, natürlich. Du sollst für sie beten und Messen lesen lassen.»

«Das war doch nicht alles?»

«Sie war sehr schwach, das Sprechen fiel ihr schwer.»

«Hat sie – hat sie Karlmann erwähnt?»

Ada zögerte kurz. «Das Übliche.»

«Du verschweigst mir etwas.»

«Sie hat geklagt, er sei zu jung gestorben.»

Beide tauschten einen wortlosen Blick. Ada war ihm jetzt wieder so nah wie damals als Mädchen und als junge Frau. Seine Schmerzen waren auch ihre. Sie empfand so etwas wie Scham und Furcht vor ihm und schlug die Augen nieder. In ihren jungen Jahren hatte sie nicht unterschieden zwischen Dingen, die nur ihn, und solchen, die sie allein betrafen. Sie war rot geworden für ihn und hatte für ihn geweint. Jahre später entdeckte sie, dass sie an vielen Dingen im Leben ihres Bruders ganz und gar nicht teilhatte. Erst in den letzten Jahren war sie zu eigenen Ansichten und einer gewissen Kritik an Karolus gelangt. Anders als die sanfte Gisela widersprach sie ihm ab und zu laut, auch vor seinen Getreuen. Manchmal, allein in ihrem Äbtissinnenzimmer, wo sie sich vor Lauschern sicher sein durfte, führte sie laute Streitgespräche mit ihm. Nein, Carissime, das, was du mit Himiltrud gemacht hast, war nicht gut. Die Gesetzgebung den Sachsen gegenüber ist viel zu streng. Siehst du denn nicht, wohin du diese Menschen treibst? Sei kein grausamer König, hab Erbarmen mit den Schwachen, den Armen …

Es gibt Dinge, Carissime, die ich dir sagen muss, denn außer mir wagt es niemand von all den Schleimern und Heuchlern, mit denen du dich neuerdings umgibst.

«Und der andere?»

«Welcher andere?»

Dann begriff sie plötzlich.

«War – er da? Bei meiner Mutter, als sie starb?»

Ada zog es vor zu schweigen.

«Der räudige Hund, du weißt schon.» Er umklammerte jetzt ihre Hand so fest, dass sie schmerzte.

«Ich habe nicht auf die Leute vor dem Tor geachtet.»

«Willst du damit sagen, dass man ihn nicht hereingelassen hat?»

«Hör auf.» Ada riss sich los. «Hör endlich auf, dich und mich zu quälen.»

«Er war immer ihr Liebling», sagte Karolus. «Er hat ihr mehr bedeutet als ich und Karlmann.»

«Vergiss ihn.»

«Er ist ein Nichtsnutz. Karlmann und ich haben gebetet und gekämpft, und er – hat nur auf seiner Laute geklimpert.»

«Was hätte er sonst tun sollen?»

Karolus ließ Adas Hand los.

«Gib ihm endlich die Güter in der Eifel, die ihm zustehen. Dann wirst du ruhig schlafen.»

«Das ist unmöglich. Er ist gegen mich. Er ist wie ein böser Geist. Er verfolgt mich.»

«Dann gib ihm endlich, was ihm zusteht.»

«Nichts steht ihm zu. Gar nichts.»

«Sei vorsichtig, Carissime. Das Volk liebt ihn.»

«Ich wollte, er wäre tot», sagte er langsam.

«Ich warne dich.»

«Du – warnst mich?»

«Gisela und ich schützen ihn.»

«Sag doch gleich, dass ihr gegen mich seid.»

«Du bist ein Narr.»

Sie blieben stehen. Mit Betroffenheit sah sie, dass ihr Bruder weinte. Behutsam streichelte sie seine Hand.

«Und die Kinder? Hat sie etwas gesagt?»

«Sie hat sie nicht erwähnt. Das mit Karl war eine gute Lösung, sie hat dir deswegen nie einen Vorwurf gemacht.»

«Ich behandele ihn wie meinen Ältesten, besser als den Buckligen. Die meisten wissen nicht, dass er Karlmanns Kind ist. Ich bin ihm ein guter Vater.»

«Das hat sie nie bestritten.» Wieder war ein Moment eingetreten, in dem Ada keine Kraft mehr hatte, die Unterhaltung fortzusetzen.

«Ist sie in Frieden gestorben? Sag mir die Wahrheit.»

Ada dachte nach. Es war nicht so gewesen, wie sie es oft beim Heimgang alter Schwestern im Kloster erlebt hatte. Bertrada war aus dem Leben geschieden, ohne zu wissen, was auf sie wartete. Eine Frau, die mehrere Friedelfrauen ihres Mannes auf dem Gewissen und einen Bastardsohn geboren hatte.

«Wir müssen Messen für sie lesen und Arme speisen. Carissime, ich will dich nicht erschrecken. Könige und Königinnen sterben nicht sanft und leise, aber zum Glück haben sie genug Fromme in ihrer Umgebung, die sie hinüberbeten und retten können.»

«Dann weiß ich, was ich zu tun habe.» Er wollte keine weiteren Einzelheiten wissen.

Sie blieben erneut am Ufer stehen und blickten auf das rasch dahinströmende Wasser, auf dem sich zwei Schwäne und einige Enten wiegten.

«Es ist kalt, lass uns hineingehen zu Fastrada und den Kindern.» Ada rieb die kalten Finger an seinen, die angenehm warm waren.

«Hast du gemerkt, dass sie eifersüchtig auf dich ist?»

Sie antwortete nicht. Solche Spielchen waren nicht angebracht. Die Zeiten, in denen sie in dieser Art miteinander gescherzt hatten, waren vorbei.

Je älter sie geworden war, desto mehr Abstand hatte Ada zu ihm gewonnen. Sie war nicht mehr die kleine Schwester, sondern eine Frau, die vieles wusste und durchschaute. Sie bewunderte seine körperliche Kraft, die Fähigkeit, tagelang bei jedem Wetter zu Pferd an der Spitze der Krieger durch Feindesland zu reiten. Bei knapper Verpflegung reißende Flüsse und schlammige Wege zu überqueren, ohne den Mut zu verlieren.

Ada dagegen hasste Unbequemlichkeit, Kälte und schlechtes Essen. Sie reiste, wenn es sein musste, auf die Einladung des königlichen Boten, nicht etwa aus Vergnügen. Die Ferne lockte sie nicht. Wie alle Äbtissinnen des Frankenreichs war sie verpflichtet, einmal im Jahr am Hof des Königs Bericht zu erstatten. Allerdings war sie gerne in Italien, wo es wärmer und luxuriöser zuging als im Frankenreich.

Ada ging schneller und hatte den Arm aus dem ihres Bruders gelöst. Sie war jetzt wieder die Abbatissa von St. Irminen, ganz bei sich, eine Frau mit eigenen Gedanken, eigenen Vorstellungen.

«Bist du verärgert?», fragte er.

«Mir ist nur kalt.»

«Ich möchte nicht, dass meine kleine Schwester böse auf mich ist.»

«Hör auf, so albern mit mir zu reden.»

«Du bist wütend, ich kenne dich doch.»

«Carissime, du hast eine Seele aus Hartholz.»

Ab und zu malte Ada sich aus, sie habe das Frankenreich geerbt und gründete Klöster, erbaute Pfalzen, verteilte Lehen und schrieb Gesetze. Das Frankenreich hätte einen solchen König durchaus verdient, einen schriftkundigen, gottesfürchtigen Mann namens Adalhard oder Adalbert, unfähig zu Brudermord und Falschheit. Sie hatte niemals mit Karl über Karlmanns plötzlichen Tod zum richtigen Zeitpunkt gesprochen, das nicht. Aber sie hatte immer ihre Bedenken gehabt. Karolus hatte seinen jüngeren Bruder gehasst und ihm nicht das Schwarze unter dem Fingernagel gegönnt.

Auch seinem Vetter Tassilo war er nicht wohlgesinnt. Der Bayernherzog und seine langobardische Ehefrau Liutberga mit ihrem glanzvollen Hof in Regensburg waren ihm ein Dorn im Auge. Die beiden waren der Kirche ergeben und stifteten im Alpenland Kloster auf Kloster, die sie mit üppigen Schenkungen ausstatteten. Trotz des Todes seines Ältesten, der als Kind bei einem Jagdunfall umgekommen war, hatte Tassilo weitere gesunde Söhne und hatte Theodo zum Mitregenten ernannt. Karolus zuckte jedes Mal zusammen, wenn der Name fiel. Er schätzte Pippin, seinen buckligen Erstgeborenen, wollte ihn aber nicht zum Nachfolger oder Teilkönig bestimmen. Seine Edlen hätten der Auszeichnung eines Verwachsenen nicht ohne weiteres zugestimmt.

All das beobachtete Ada stillschweigend, und niemand sah ihr die Missbilligung tief in ihrem Herzen an.

Manchmal lehnte sie sich zurück und sah dem Frankenkönig zu, wie er im Kreis seiner Freunde und Berater scherzte und lachte. Man konnte ihn nicht mehr lieben. Er war zu mächtig, zu jähzornig, zu selbstgewiss. Er hatte zu viele Menschen getötet. Er war der Riese aus den Albträumen der Kinder.

Aber er war auch David, jung und übermütig, wendig und ohne Eitelkeit, wenn es darauf ankam.

Wenn er nur immer David gewesen – wenn er nur bis heute David geblieben wäre, der Junge im kurzen Kittel, der die Steinschleuder anlegte!

«Du bist anders als früher.» Karolus zögerte vor dem Weg, der zur Pfalz hinaufführte, und hielt Ada fest.

Die zwei Schwäne schaukelten jetzt auf dem Wasser des Flusses vor ihnen. Ada sah zu ihnen hin. Der eine bog den Hals nach unten und gründelte nach Nahrung.

«Du auch», sagte sie. «Das Amt verändert den Menschen.»

«Wird es wieder so sein – wie früher?», fragte er leise.

«Das wollen wir doch beide nicht. Wir sind froh, dass es hinter uns liegt. Und außerdem – vergiss nicht, dass du gerade erst geheiratet hast.»

«Das ändert nichts zwischen uns.»

«Fastrada nicht, aber das Leben und die Zeit, Bruder.»

Sie schloss die Augen, als er sie küsste, um sein Gesicht nicht zu sehen. Es war vorbei, und sie wussten es beide.

Herstal

Schmunzelnd nahm Elissaios das blausamtene Tuch von einem hölzernen Tablett, jetzt wieder ganz der Zauberer, der ein neues Kunststück vorführt. Auf dem Holz lagen in voneinander abgetrennten quadratischen Abteilungen einzelne Münzen, goldene, silberne und kupferne.

«Ist euch klar, was ihr vor euch seht?» Elissaios gab selbst die Antwort. «Vierhundert Jahre Geschichte des Reiches der Rhomäer.» Er reichte Rotrud eine goldene Münze.

«Lest die Inschrift der Vorderseite, Prinzessin Erythro, und nennt mir den Namen des Dargestellten.»

Rotrud begann zu buchstabieren. «D – N –»

«Euch ist natürlich bekannt, dass dies eine Abkürzung ist, die Dominus Noster aufzulösen ist.»

«Anastasius perp Aug.»

«Anastasius perpetuus Augustus», erklärte Elissaios. «Und was seht Ihr?»

«Die gepanzerte Büste eines Kaisers mit Helm und Perlendiadem und einer geschulterten Lanze.»

«Es ist ein goldener Solidus des Kaisers Anastasius, in Konstantinopel geprägt. Was erkennt Ihr auf der Rückseite?»

Rotrud drehte die Münze um.

«Einen Engel?», fragte Imma.

«Nein, es ist Victoria, die geflügelte Siegesgöttin mit dem Langkreuz in den Händen. Von ihrem Bild ist das der christlichen Engel abgeleitet.»

«Aber die Engel haben doch wirklich Flügel.»

«Die Flügel der Engel sind nur ein Bild, das Menschen sich machen, um sie sich besser vorstellen zu können. Die Engel Gottes sind in Wahrheit geistige Wesen, die keine Flügel brauchen, um allgegenwärtig zu sein.»

«Aber sie müssen fliegen, um vom Himmel auf die Erde zu kommen.»

«Prinzessin Erythro, die Vorstellung eines Oben und eines Unten ist menschlich, nichts als ein weiteres Bild für geistige Vorgänge. Der Himmel ist nicht oben und die Erde nicht unten.»

Rotrud und Imma sahen ihn verständnislos an.

«Der Anblick der Bilder verleitet den Menschen zu irrigen Vorstellungen. Die Bilder verführen zu falschem Denken. Das macht sie so gefährlich.»

Da war es wieder, das Thema der Bilder, das die Mädchen und der Eunuch eine Zeitlang gemieden hatten. Imma senkte den Kopf. Es tat weh zu hören, dass all die Bilder in ihrem Inneren falsch waren. Der Himmel ein farbloses Nichts, die Engel substanzlose Wesen aus Geist? Und die Heiligen, die doch aus Fleisch, Blut und Knochen über die Erde gewandelt waren, auch sie etwa nichts als bleiche Schatten?

«Wir müssen ja nicht alles glauben, was Elissaios uns erzählt», murmelte Imma, als sie mit Rotrud draußen stand.

«Wir müssen nicht alles glauben, aber man sollte doch darüber nachdenken», antwortete Rotrud. «Es könnte ja sein, dass er mehr weiß als unsere Kleriker.»

«Es ist nur eine Vermutung, was er sagt. Unsere Kleriker sind anderer Ansicht.»

«In Konstantinopel denkt man so wie Elissaios. Du weißt, dort werden die Bilder früherer Zeiten zerstört.»

Heißer Schrecken durchfuhr Imma. Wenn sich die Ansichten aus Konstantinopel auch im Frankenreich durchsetzten, würden die Fresken in den Kirchen, die Beggas Vater gemalt hatte, von den Wänden geschlagen, dann würden die Bilder aus den Kodizes gerissen, und die Farben wären überflüssig. Niemand bräuchte dann noch Bilder und Abbildungen. Aber was war die Welt ohne Bilder an den Wänden und in den Büchern?

«So schön, wie Elissaios erzählt, kann es in Konstantinopel nicht sein», sagte Rotrud.

«Möchtest du immer noch dorthin?»

«Es ist meine Bestimmung. Jetzt könnte ich sogar schon Griechisch mit Konstantin sprechen.»

Und was war mit den Bildern im Inneren der Menschen? Waren auch die sündig und verboten?

Regungslos lagerte Kater Kyros auf Elissaios' Schoß, während die weiße Katze zu seinen Füßen schlummerte. Der Raum, in dem die Stunden stattfanden, lag über der Königsaula. Im seitlichen Kamin prasselte ein Feuer und verbreitete angenehme Wärme. Ab und zu fiel ein größeres Holzscheit aufflackernd in sich zusammen.

Sah man zum Fenster hinaus, blickte man auf den Fluss und die Pappeln und Weiden am Ufer. Manchmal, wenn Rotrud eine Antwort nicht wusste, zog der Byzantiner seinen brokatenen Schuh aus und schlug damit wütend auf den Tisch.

Imma horchte hinaus. Von draußen hörte man das Schnauben und Wiehern von Pferden, das Klirren von Schwertern der Krieger, die miteinander für den Kampf übten, das Muhen der Rinder und das Quieken der Schweine, die zum Schlachten getrieben wurden.

Der Tag in der Pfalz war lauter und aufregender als der im Kloster. Männer machten viel mehr Lärm als Frauen bei allem, was sie taten, sie aßen mehr und stritten öfter. Manchmal war es schwer, den schnellen und undeutlichen Sätzen des Eunuchen zu folgen, wenn draußen geschrien und gesungen wurde.

Elissaios brachte den Mädchen die Namen und Rangbezeichnungen der obersten Hofbeamten in Konstantinopel bei.

«Könnte es sein, dass die Menschen in Konstantinopel ernster und strenger sind als hier?», fragte Imma nach dem Unterricht. Elissaios, der dem Kater Kyros kleine Streifen Trockenfisch reichte, seufzte.

«Hm. Es geht anders zu als hier am fränkischen Hof, der leider kein geordneter Hof ist. Jeder rhomäische Hofbeamte hat seinen angestammten Platz und weiß, was er zu tun hat. Bedenke, das Hofzeremoniell geht auf den heiligen Konstantin und seine Vorgänger zurück. In der Pfalz des Frankenkönigs kommen und gehen eine Menge Menschen. Alle sind ständig in Bewegung. Will man ein Gesetz nachlesen, ist das Gesetzbuch Hunderte von Meilen entfernt aufbewahrt. Der fränkische Staat ist eine Baugrube. Alles wird erst geplant, vieles wird aufgeschoben – und die Zukunft ist ungewiss.»

Das letzte Streifchen Trockenfisch war verfüttert. Kater Kyros bettelte weiter.

«Der Frankenstaat ist jung. Vielleicht wird er nicht alt, nur Gott weiß es», fuhr Elissaios fort.

«Willst du uns beleidigen?», fragte Rotrud scharf.

«Nein, das alles ist Eurem Vater bekannt. Aber es wird hundert Jahre dauern und mehr, bis auch hier die Verhältnisse geordnet sind.»

«Mir gefällt es ganz gut, so wie es ist.» Rotrud warf Elissaios einen verärgerten Blick zu.

«Ihr werdet nur noch kurze Zeit im Frankenreich sein.» Jetzt lächelte der Eunuch wieder. «Ihr werdet staunen, wenn Ihr nach Konstantinopel kommt. Und es wird Euch dort sehr gut gefallen.» Elissaios faltete die Hände über dem Bauch und schnalzte dem Kater freundlich zu.

Unerbittlich rückte der Zeitpunkt näher, an dem die Gesandtschaft aus Byzanz die Braut des Erbprinzen an den Hof in Konstantinopel holen würde. Rotrud hätte eigentlich bereits dort sein müssen, doch ihr Vater hatte immer wieder neue Schreiben von seinen Cancellarii abfassen lassen, alle des gleichen Inhalts: Die Braut sei noch zu jung und in den nächsten Monaten der langen Reise nicht gewachsen.

Inzwischen zählte Rotrud eine große Silberplatte mit einer Karte der Stadt Konstantinopel zu ihren Besitztümern, auf der die wichtigsten Kirchen und Plätze, der Kaiserpalast am Goldenen Horn, die Häfen und Stadtmauern aufgezeichnet waren, die Pferdebahn und die Sehenswürdigkeiten.

«Erythro, welchen Rang nimmt Staurakios ein?»

Erythro war der Name, mit dem ihr Verlobter sie in seinen Briefen anredete, und es gefiel Rotrud, diesen zweiten Namen zu haben.

«Der Eunuch Staurakios ist –» Rotrud stockte. «Einer der Feldherren der Kaiserin Irene?»

«Ja, so ist es. Und was sind die Tagmata?»
«Die Leibgarde in Konstantinopel.»
«Imma, wo ist die Chalke zu finden?»

An Rotruds Seite erfuhr Imma die Geheimnisse des byzantinischen Staates.

Dieser Staat hatte so gute Gesetze und so viele Beamte, dass er auch in Zeiten schlimmster Not und Bedrohung weiterfunktionierte. Selbst ohne einen Kaiser an der Spitze wäre weiterregiert, wären Steuern erhoben und Tribute eingezogen worden.

Der byzantinische Solidus, Nomisma genannt, wurde allgemein als Zahlungsmittel akzeptiert.

Konstantinopel selbst war die größte Stadt der Welt mit Plätzen und breiten, eleganten Straßen, mit Kirchen, Palästen, Krankenhäusern, mehreren Häfen und einem Gewirr von Straßen.

Der Hof in Konstantinopel bot seit Jahrhunderten ausländischen Flüchtlingen Schutz und Sicherheit vor Verfolgung, Langobarden, Awaren und Schotten.

Nicht einmal das persische Großreich war imstande, das Imperium der Rhomäer zu erobern. Alle anderen kriegerischen Unternehmungen der Awaren, Slawen oder der germanischen Völker waren immer nur einzelne Einfälle.

«Das rhomäische Imperium», schloss Elissaios die Lektion und lächelte zufrieden, «ruht unter der segnenden Hand Gottes. Der Herr der himmlischen Heerscharen schützt es noch besser als die regierenden Kaiser.»

Die Mädchen sahen auf. Fastrada war eingetreten. Sie, die Tochter des alemannischen Grafen Radulf, war von kleiner Statur. Ihr bodenlanger blauer Umhang aus feiner dichter Wolle war von einer goldenen Fibel mit roten Almandineinlagen gehalten. In ihrem langen schwarzen Haar glänzte eine schlichte goldene Spange. Die Königin der Franken hob den Kopf. «Die Sachsen haben wieder einmal die Verträge gebrochen. Der König muss sofort aufbrechen, um sie zu bestrafen.»

«Ein Winterfeldzug? Müssen wir wirklich mit?», wollte Rotrud wissen.

«Du wirst mit der Familie mitkommen bis zur Pfalz Paderborn. Die Abbatissa und Imma werden nach Trier zurückreisen. Ihre Anwesenheit ist in Paderborn nicht erforderlich.»

«Meine Kleine»

Stärker als früher empfand Imma nach ihrer Rückkehr, wie unaufgeregt das Leben im Kloster verlief. Hier waren keine sächsischen Feinde, die nur darauf warteten, in die Stadt zu reiten und sie mit Feuer und Schwert zu verheeren.

«Ihr wart viel zu lange fort», sagte Gerswind. «Ich hatte schon Angst, du kämst nicht wieder zurück.»

«Wegen Rotruds Heirat in Byzanz?»

«Ich habe mir Sorgen gemacht. Wenn du mit ihr fortgegangen wärst, wäre es hier sehr einsam geworden.»

«Aber du sollst doch auch mit. Eines Tages wird es so weit sein. Dann müssen wir beide ins Reich der Rhomäer, ob es uns recht ist oder nicht. Dort zerstören sie die Bilder an den Kirchenwänden und in den Büchern.»

Rotrud würde außerdem von mindestens zehn Klerikern begleitet, von Dienerinnen und Dienern und adligen Mädchen, wie Imma in Herstal erfahren hatte. Mehrere Wagenladungen Gepäck, Jagdpferde und Lieblingshunde waren für die Zukunft in Konstantinopel bereits vorgesehen.

«Was soll ich in Konstantinopel? Wikbert wird vorher kommen und mich hier herausholen. Und vielleicht bringt er meinen guten Grani mit.»

Imma fühlte sich seltsam leer und traurig. Es gab niemanden, der sie hier herausholen wollte. Es gab nur Beo irgendwo in der Stadt. Aber wahrscheinlich dachte er längst nicht mehr an sie.

Gerswind hatte ihren Wikbert und das Pferd Grani, auch wenn die beiden weit entfernt waren. Sie hatte Eltern und Brüder und feste Vorstellungen davon, wie ihre Zukunft aussah. Ihr, Imma, blieben ihre Farben und die griechische Sprache. Gewiss, da war auch noch die Freundschaft mit Rotrud, diesem flatterhaften, jüngeren Mädchen. Rotrud hatte eine seltsame Art, zu allen Menschen, auf die sie traf, zutraulich und freundlich zu sein. Es war nicht leicht zu erkennen, wem sie sich wirklich verbunden fühlte. Beim Abschied hatte Rotrud keine Trauer darüber erkennen lassen, dass sie jetzt ihren Vater begleitete, während Imma zurück nach Trier reiste. Das Leben der Prinzessin bestand darin, von einem Ort zum anderen zu ziehen und überall Vertraute und Verwandte vorzufinden. Womöglich hatte sie es nie ernst gemeint mit der Bitte, Gerswind, Madelgard und Imma sollten sie nach Konstantinopel begleiten. Auch ohne die drei Mädchen aus dem Trierer Kloster würde sie genug Gefolge und keine Langeweile haben.

Der Schatten der Äbtissin war auf sie gefallen, und die Buchrolle glitt Imma aus der Hand. Sie bückte sich, um sie vom Boden aufzuheben.

Sie hatte sich damit abgefunden, eines von zwanzig Patenkindern zu sein. Trotzdem schlug Immas Herz immer noch schneller vor Aufregung, wenn Ada sie eines Satzes oder einer Frage würdigte. Imma kannte inzwischen ihren Platz im Kloster.

«Du hast große Fortschritte gemacht», sagte Ada von oben herab, und Imma lief rot an. «Große Fortschritte, meine Kleine.» Sie stand jetzt so nah neben Imma, dass Imma sich unbehaglich fühlte. Sosehr sie sich nach größerer Nähe zur Abbatissa sehnte, so unangenehm war es ihr immer, wenn Ada auf sie zukam und mit ihr sprach oder sich neben ihr niederließ.

«Ich habe gehört, dass du Tiere und Bäume zeichnest und mit Farben ausmalst.»

Imma hielt den Blick gesenkt. Es klang wie ein Tadel.

«Lilia hat mir Proben gezeigt.»

Die Äbtissin würde sie jetzt ohrfeigen, so wie sie die anderen Schülerinnen kurz abstrafte, wenn sie etwas Unerlaubtes getan hatten. Imma presste die Lippen aufeinander. Nein, sie würde nicht in Tränen ausbrechen.

«Einige Male hast du einen Bogen Pergament dafür genommen und dich an den Farben des Skriptoriums bedient.»

Immas Herz blieb einen Moment stehen vor Schreck.

«Ich habe einen dieser Bögen aufbewahrt, Imma.» Adas Stimme war so weich, wie Imma sie noch nie gehört hatte.

«Gott hat dir etwas Großes gegeben, die Fähigkeit, Tiere und Menschen wiederzugeben, als seien sie lebendig. Du musst ihm jeden Tag dafür danken.» Adas Stimme war ohne Zorn.

«Das will ich tun», flüsterte Imma.

«Ich möchte, dass du von heute an im Skriptorium ausgebildet wirst. Sobald du das Nötige gelernt hast, sollst du an den Büchern für die Kapelle und die Hofbibliothek mitarbeiten. Du bist zwar noch zu jung, aber wenn du dich demütig bemühst, wirst du diesen Umstand ausgleichen. Du gehörst nicht zu den Hochmütigen, Stolzen, die sich erheben. Dann wirst du mich begleiten auf meinen Reisen, als meine Cancellaria.»

«Ich? Cancellaria? Soll ich richtige Urkunden abfassen?»

«Eines Tages wirst du dazu in der Lage sein. Du, Rotrud und die Schwester des Königs, Gisela, die Äbtissin von Chelles, sind die einzigen Frauen in der Francia, die Griechisch lesen und schreiben können. Die Zeit im Kloster ist für dich vorbei, Imma. Du wirst gelegentlich in seinen Frieden zurückkommen, aber jetzt warten wichtige Aufgaben in der Welt auf dich.»

Christus Triumphator

Im Kloster führte das Leben wie auf einer Treppe langsam aufwärts, zu höheren Weihen, zu größerem Wissen, zu bedeutenderen Pflichten – manchmal bis zur Vollkommenheit.

Von einem Tag auf den anderen saß Imma nun inmitten der Malerinnen, vor sich das schon beschriftete Pergament, die Farben in den Tiegeln und die Pinsel. Marso gab ihr genaue Anweisungen. Die Zeiten, in denen sie geholfen hatte, Farben zu reiben und zu verrühren, waren vorbei. Jetzt war sie hier inmitten der älteren Schreiberinnen. Einige beschränkten sich darauf zu schreiben, während andere mit dem Ausmalen beschäftigt waren.

«Das Schreiben musst du noch einige Zeit üben, bevor du dich an heilige Schriften wagen darfst», erklärte Marso. «Deine Buchstaben sind noch nicht ebenmäßig genug.» Er ordnete an, dass sie jeden Vormittag als Erstes an einer lateinischen Grammatik für die Schülerinnen arbeitete, um den Schwung der Buchstaben zu vervollkommnen.

«Mach dir nichts daraus», flüsterte Schwester Julia ihr zu, eine der Schreiberinnen. «Alle, die hier anfangen, müssen erst ein paar Seiten an der Grammatik weitermachen. Schlimm ist es erst, wenn du endgültig nur Grammatiken abschreiben musst.»

Die Grammatik wurde auf einen schon einmal verwendeten Kodex notiert, dessen Seiten mit einem scharfen Schabemesser sorgfältig von der früheren Beschriftung gereinigt worden waren. Aus diesem Grund waren manche Seiten recht dünn. Beim Auftragen der Tinte musste man aufpassen, dass sie nicht verlief.

Nach der Arbeit mit Kalamus und Tintenhorn war es eine angenehme Abwechslung, Figuren und Ornamente zu malen.

«Ein Drache, dem die Heilige Mutter Ekklesia das Haupt zertritt.» Die rechte Hand auf das Schreibpult gestützt, nickte Marso zufrieden, als er sah, was unter Immas Pinselstrichen entstand. Imma hielt kurz inne und betrachtete die Hand neben sich. Es war die Hand eines alten Mannes, mit bräunlichen Flecken auf der pergamentenen dünnen Haut. Zwischen Daumen und Zeigefinger hatte er eine Warze. Marsos Stimme dagegen klang jugendlich, und seine bernsteinbraunen Augen waren voll Leben und Mutwillen. Sie passten nicht zu einem Mönch. Aber wahrscheinlich musste der Mann, der das Malen und das Schreiben beaufsichtigte, solche Augen haben, Augen, denen nichts entging, die sich nicht schamhaft senkten, sondern die alles abtasteten und durchleuchteten, was sie erblickten.

Marso war weder angenehm noch unangenehm, so wie er auch altersmäßig schwer einzuordnen war. Die Schreiberinnen blickten zu ihm auf, weil er einer war, der das Kloster jederzeit verlassen durfte, vom Bischof selbst beauftragt, mit den Kodizes im Land umherzureisen und Material für die Malerei und für die Schreibarbeiten zu besorgen. Selbst mit dem König hatte er zu tun; gelegentlich überbrachte er wichtige Briefe oder mündliche Botschaften in die Gegenden, in die er reisen musste.

«Welche Farbe hat der Mantel der Ekklesia?», fragte Imma.

Marso antwortete nicht.

«Versuch jetzt, diesen Basilisken abzuzeichnen und hinterher auszumalen. Du sollst nicht von der Vorlage abweichen. Erst musst du Sicherheit gewinnen.»

Der Basilisk geriet sehr gut, Imma wusste es, noch bevor Marso sie lobte.

Sie durfte auch den Teufel malen. Marso wollte, dass sie all seine Eigenschaften so wie auf der Vorlage wiedergab. Dieser Teufel war ein Ungeheuer mit Tierkopf und struppigen Haaren, Schweif und Pferdefuß. In Imma regte sich Widerspruch. Der Teufel des Bildes vor ihr erschien ihr zu harmlos. Es zuckte ihr in den Fingern, dem harmlosen Ungeheuer lange hervortretende Zähne ins Maul zu malen und seine Vorderfüße zu Vogelkrallen umzugestalten, damit er gefährlicher aussah. Aber sie war die Jüngste im Skriptorium und hatte nicht den Mut, einen solchen Vorschlag zu machen.

Unter Marsos Aufsicht wagte Imma sich allerdings schon bald an Heilige, an Bilder der Evangelisten, und eines Tages zeichnete sie das Kreuz mit dem sterbenden Jesus. Sie hatte mit den Entwurfsstiften die Konturen ihrer Darstellung fertig, als Marso neben ihr stehenblieb. Jesu nackter gekrümmter Körper war der von Beowulf. Beowulfs nackter Oberkörper war der einzige Männerkörper, den sie genau kannte, von dem sie jede Rippe betastet und gestreichelt hatte. Man konnte nur zeichnen, was man vorher gesehen hatte. Vielleicht war es sogar so, dass man nur abbilden konnte, was man liebte oder was einem wichtig war. Je mehr Figuren sie zeichnete und je mehr sie ihre Bilder mit denen der älteren Malerinnen verglich, desto mehr begriff sie, dass sie sich nicht zu schämen brauchte.

«Nein», sagte Marso mit dem Blick des Kenners. «So wird es nicht gemacht.»

«Was ist falsch daran?» Imma sah fragend zu ihm hoch.

«Nichts. Die Zeichnung ist zutreffend beobachtet. Du hast einen Sterbenden im Todeskampf abgebildet. Aber bedenke, es geht um Christus. Er triumphiert über den Tod. Auch am Kreuz lebt er.»

«Wie soll ich das ausdrücken?»

«Seine Augen müssen geöffnet sein, die Körperhaltung darf nicht verkrümmt und gequält sein. Er muss Hoheit und Siegeswillen ausstrahlen. Er ist ein König, kein Toter. Er war nie tot, Imma.» Marso lächelte. «Für manche Dinge musst du erst älter werden. Du verstehst immer noch zu wenig vom Geist der Heiligen Schrift.»

Imma zuckte zusammen. Sie wünschte, sie wäre zehn oder zwanzig Jahre älter.

«Du hast noch viel zu lernen, Imma. Jetzt bist du weniger als ein Lehrling. Du hast noch alles vor dir.»

Marso ging weiter und beugte sich über das Werk der Nonne neben ihr.

«Nein, das gefällt mir gar nicht. Du musst noch einmal ganz neu anfangen», hörte Imma ihn sagen. «Die Farben sind zu blass. Hast du sie mit Weiß vermischt? Nein, das solltest du nicht tun. Sie müssen strahlen und glänzen.»

3. Buch

Cancellaria der Äbtissin

Die Begegnung

Lilia war in der letzten Zeit sonderbar gewesen. Ein paarmal hatte Imma sie in dem nach Farben dampfenden kleinen Raum gesehen, wo Schwester Ursula mit anderen Nonnen Farben für die Ausmalung der Kodizes mischte. Imma hatte sich gefragt, was Lilia dort zu schaffen hatte.

Diesmal sah Lilia aus, als hätte sie geweint. So kannte Imma sie gar nicht. Lilia hatte immer ein ausgeglichenes Wesen und war selten traurig oder verärgert.

«Was hast du, Lilia?»

«Du musst mir helfen.» Schon der Ton, in dem Lilia sprach, war ungewöhnlich. Ihr Gesicht war fleckig, und die Augen waren vom Weinen geschwollen.

«Ich helfe dir gern.»

«Die Mädchen. Sie wollen unbedingt auf die Wiese. Du weißt, zum Ballspiel. Ich kann heute nicht mitgehen. Würdest du sie zu ihrem Spielplatz bringen?»

«Ich werde Ada fragen, ob sie es erlaubt.»

«Bitte, Imma, frag sie nicht. Tu es, auch wenn es gegen die Gehorsamsregel verstößt. Nur dieses eine Mal.»

«Ja, aber ...» Imma fühlte sich unbehaglich.

«Madelgard hat die Bälle. Geht am besten gleich.»

So kam es, dass an diesem Septembertag im Jahre des Herrn 785 Imma die Mädchen zum Platz am Fluss führte und Lilia im Kloster zurückblieb.

Imma hatte kein besonderes Geschick darin, mit den Jüngeren umzugehen und Spiele mit ihnen zu machen. Sie freute sich, wenn sie ihnen zeigen konnte, dass sie schneller war und den Ball am weitesten warf. Sie schrie die kleinen Mädchen an, wenn sie zu laut wurden, und heute waren sie entschieden zu übermütig. Imma ohrfeigte die rotblonde Regina, ein aufsässiges Kind, das unendlich langsam hinter den anderen hertrödelte. Regina heulte empört auf. Sie war die Tochter eines Pfalzgrafen, die nur ein paar Jahre auf der Klosterschule ausgebildet werden sollte. Sich in christlicher Demut zu üben war nie ihr Ziel gewesen.

«Ziege mit Pferdegebiss», höhnte Regina. Imma zerrte die Kleine am Arm zu sich und schlug nochmals zu.

«Ich sag es der Äbtissin!», schrie Regina.

«Dann sag es ihr doch.»

Regina lief wütend zu den anderen Mädchen, die sich bereits auf dem Grasplatz verteilt hatten. Madelgard warf übermütig einen Ball durch die Luft und dann gleich den nächsten zu Imma hin.

In diesem Augenblick sah Imma Beowulf. In seinem seltsamen, unverkennbaren, etwas gebückten Gang kam er auf sie zu. Der Ball flog an ihr vorbei und rollte in den Fluss. Imma ließ es geschehen.

«Beo», schrie Imma auf, «Beo!»

Beowulf näherte sich und verzog das Gesicht zu einem beglückten Grinsen.

«Gut, dass du da bist», sagte Imma atemlos und streckte die Hände nach ihrem Ziehbruder aus.

Beowulf blieb scheu stehen, und Imma betrachtete ihn liebevoll. Er trug einen groben wollfarbenen Kittel über braunen Kniehosen. Seine Füße steckten in ledernen Schuhen. Die bis zum Ellbogen nackten Arme waren sehnig und sonnengebräunt. Sein mittelblondes Haar trug er halblang. Der kräftige Schnurrbart gab ihm ein verwegenes Aussehen.

«Wie hast du mich erkannt?»

Wie sie ihn erkannt hatte? Sie hatte immer an ihn gedacht, jeden Tag war sie mit seinem Bild aufgewacht. Imma vergaß kein Gesicht, keinen Körper, keine Landschaft. Was sie einmal gesehen hatte, war in ihr eingeprägt wie ein Münzbild.

Er war älter und größer geworden, aber die Augen, die Hände und die Bewegungen waren unverkennbar die Beowulfs.

«Ich bin im Kloster St. Irminen, seit vielen Jahren. Ich habe Begga seitdem nur noch selten gesehen. Aber sie lebt noch», sagte Imma.

«Ich bin froh, dass ich nichts mehr mit Ubbo zu tun habe. Er war ein- oder zweimal hier am Hafen. Ich habe ihn nicht begrüßt, und er hat mich nicht erkannt. Er wollte mich töten. Damals, im Wald.»

Imma widersprach ihm nicht.

«Er ist alt geworden, ein kleiner krummer Mann, den die Gicht plagt», berichtete Beowulf. «Aber Begga besucht mich ab und zu und bringt Sachen für mich, für die Kinder und für meine Frau mit.»

«Du – hast eine Familie?»

«Wir wohnen nicht weit von hier, etwas über dem Ufer. Ich habe zwei eigene Schiffe, große Lastkähne. Willst du sie sehen? Ich zeig sie dir gern.»

«Heute nicht.» Von der Spielwiese her schrien und lärmten die Mädchen durchdringend. «Ich muss mich um die Schülerinnen kümmern.»

Sie gab ihm die Hand und wandte sich zum Gehen. «Es tut mir leid, aber ich – ich muss jetzt gehen. Ich kann nicht so lange bei dir bleiben. Wir dürfen nicht mit fremden Männern sprechen –» Sie durften überhaupt nicht mit Männern sprechen.

«Ich habe einen Jungen und ein Mädchen», rief Beowulf ihr nach. «Das Mädchen heißt Begga!»

Goldene Reife, Ketten aus Onyx

Frühling und Sommer im Jahr des Herrn 785 dehnten sich endlos für die fünfzehnjährige Imma. Ein Tag ging in den anderen über, und Imma wartete darauf, dass sich etwas Aufregendes, etwas Einmaliges ereignete, doch nichts geschah. Imma kritzelte Pferde und Mädchen mit langem wehendem Haar auf ihr wachsbeschichtetes Schreibtäfelchen und kratzte sie hastig herunter, sobald Marso oder Schwester Ursula nach ihr sahen.

Herbststürme fegten über das Moseltal, und schwere Regenfälle ließen den Fluss anschwellen. Das Hochwasser brachte die Schifffahrt zum Erliegen und überschwemmte die Straßen und Häuser in der Nähe des Ufers. Und jetzt, in dieser späten Jahreszeit, bestimmte die Äbtissin, dass Imma sie als ihre Sekretärin auf einer großen Reise begleiten sollte. Sonst reiste Ada in der wärmeren Jahreszeit, oft auch um Ostern herum, zu einer der Pfalzen, auf der sich ihr Bruder aufhielt. Den Herbst verbrachte sie lieber im Kloster.

«Stell dich auf einige Monate Abwesenheit von Trier ein», hatte sie kurz angebunden zu Imma gesagt. «Es ist nicht nötig, dass du größere Mengen Pergament mitnimmst. Ein kleiner Vorrat genügt. In Attigny ist alles vorhanden, was du brauchst.»

Etwas später erschien die Äbtissin im Schlafsaal, wo Imma gerade die eichene Reisetruhe packte, die Lilia ihr gebracht hatte. Ada hielt einen Umhang aus Otterpelz in den Händen und legte ihn in die eisenbeschlagene Truhe, in die Imma bereits ihre klösterlichen Gewänder, Schuhe und Unterkleider, Schreibgerät, Pinsel und Farben gelegt hatte.

Lilia war mit ihr gekommen und gab ihr einen Stapel Tücher und andere Websachen.

«Was ist mit diesem Pelz?», fragte Imma vorsichtig.

«Du wirst ihn tragen. Draußen ist es kalt. Auf dem Reisewagen zieht es immer, und man wird auch nass.»

«Aber die Regel des heiligen Benedikt verbietet –»

«Du unterliegst nicht der Regel des heiligen Benedikt, mein Kind.»

«Danke, Mutter Abbatissa.»

«Pack diese wollenen Kleider noch dazu und die Beinwickelbänder.»

Imma starrte die edlen Kleidungsstücke verlegen an. «Damit werde ich so aussehen, dass mich niemand mehr erkennt.»

«Du sollst nicht krank werden. Dann stehe ich ohne Schreibhilfe da. Das möchtest du doch auch nicht.»

Ada legte noch ein Paar zierliche Halbstiefel mit pelzverbrämtem Rand in die Truhe und rauschte davon, so als ärgere sie sich über Immas Dickköpfigkeit. Imma nahm die Stiefel in die Hand und roch an dem weichen Leder. Es hatte den wilden, ungestümen Geruch der Welt außerhalb des Klosters. Wenn sie länger hier stünden, würden sie auch vom Weihrauchduft der Klosterluft durchtränkt. Ganz kurz überkam Imma Angst vor dem, was sie draußen erwartete, Angst vor den Blicken der Männer aus stahlblauen Augen, vor dem Wiehern von Pferden, die plötzlich ausbrachen, und vor dem heiseren Kläffen der Hundemeuten. Auch die Hunde waren wild und gefährlich, und man durfte ihnen nicht zu nahe kommen.

Abends beim Essen stieß Gerswind Imma in die Seite. Rotrud habe sie gebeten, mit zum Hofgut Attigny zu kommen, erzählte sie. Auch für Gerswind war es nach einigen Klosterjahren die erste große Reise. Die Äbtissin hatte ihr prächtige Kleider und ebenfalls pelzverbrämte Stiefel und farbige Beinwickelbänder zukommen lassen.

Kichernd las Gerswind Imma den Brief vor:

Rotrud grüßt ihre liebste Freundin Gerswind und hofft, dass sie bei guter Gesundheit ist.

Bitte putze dich ordentlich heraus, wie eine richtige sächsische Edle, wenn du zu uns auf das Hofgut kommst. Ich schicke dir zugleich mit dem Schreiben ein Kästchen mit Onyxperlenketten, eine für dich, die andere für Imma. Ich weiß, Imma wird sich weigern, sie zu tragen, in diesem Fall ist sie aber dazu verpflichtet, denn es handelt sich um Ehrengeschenke von Basileus Konstantin, meinem zukünftigen Ehemann. Außerdem zwei goldene Armringe. Rate, von wem sie sind! Dies ist ein Rätsel, das ich hier noch nicht auflösen will. Nur so viel: Ihr seid zwingend verpflichtet, während der gesamten Reise diese Armringe zu tragen.

Ich kann es gar nicht abwarten, euch bald wiederzusehen, und küsse euch.

Auch Elissaios bestellt herzliche Grüße. Er jammert über die Kälte hier im Norden auf der Eresburg. Außerdem hatten wir viel Regen und große Überschwemmungen. Aber mit Gottes Hilfe ist alles gut ausgegangen. Die Scaraleute haben zahlreiche Kämpfe gegen die sächsischen Aufständischen bestanden, feindliche Burgen erobert, die Straßen und Wege sicher gemacht, und jetzt wird alles gut werden. Widukind und Abbio sind auf dem Weg zu meinem Vater. Wenn ihr rechtzeitig kommt, werdet ihr eine große Überraschung erleben.

Rotrud – Erythro

Mit Gerswind zusammen saß Imma auf dem mit Ochsenhaut überspannten Reisewagen. Die Äbtissin hatte sich weiter hinten bequem gelagert und versuchte zu schlafen. Beide Mädchen waren in Mäntel aus dickem grünem Wollstoff gehüllt; die Luft war an diesem ersten Reisetag mild und der Himmel sanft blau wie sarazenische Seide.

«Es ist nicht so kalt und schrecklich, wie die Äbtissin meinte», sagte Gerswind. Hier draußen klangen die Stimmen ganz anders als im Kloster. Die Worte verhallten im Wind.

Gelbe und rote Herbstblätter flogen auf, während die schweren Pferde vorantrabten. Imma erfreute sich an den Farben des Herbstwalds, dem leuchtenden Weinrot und dem strahlenden Rostbraun aus dem Farbtiegel des Meisters der Farben im Himmel. Hinter ihnen folgte der Wagen von Bischof Weomad. Der Bischof selbst begleitete den Zug auf seinem feingliedrigen Fuchswallach, umringt von berittenen Scaramännern.

«Es kann sein, dass wir beide unser Kloster nie wiedersehen», sagte Gerswind bedeutungsvoll. Die Äbtissin hinter ihnen war eingeschlafen. Die Mädchen hörten ihr gleichmäßiges Schnarchen.

«Was meinst du damit?» Der Gedanke, nie mehr nach Trier zurückzukehren, erschreckte Imma.

«Attigny ist nur die erste Etappe.» Gerswind schwieg.

«Und dann?»

«Wird Rotrud nach Byzanz zu ihrer Hochzeit aufbrechen und uns mitnehmen. So war es doch vereinbart.»

«Glaubst du, Ada weiß davon?»

«Rotrud denkt wahrscheinlich, wenn wir erst einmal bei ihr und ihrem Vater sind, kann sie durch ihn befehlen lassen, dass wir beide nach Byzanz mitkommen.»

«Aber – Ada braucht meine Hilfe.»

«Pah. Es gibt andere Nonnen, die genauso gut schreiben können wie du. Wir sind Rotruds Freundinnen. Denk daran, was wir ihr versprochen haben.»

«Du kannst ja mitgehen, aber ich möchte doch lieber in Trier bleiben.»

Gerswind lächelte spöttisch. «Warte ab, bis wir in Attigny sind. Rotrud wird dich überzeugen, was besser für dich ist.»

Nach wenigen Tagen Reiseweg durch die Wälder des Rheinischen Schiefergebirges überquerten sie auf den schwankenden Holzbohlen einer Brücke aus zusammengebundenen Schiffen den Fluss Maas, der vom Hochwasser bedenklich angeschwollen war. Dann tauchten auch schon die runden Türme des Hofguts vor ihnen auf. Das Hofgut des fränkischen Königs in Attigny sah nicht viel anders aus als das in Ingelheim, auf dem Imma an Adas Seite ein- oder zweimal in ihrem Leben gewesen war. Wachleute patrouillierten vor dem Tor und standen auf den Holzumgängen der Wachtürme. Die Türme waren aus Backstein gemauert, die Häuser aus Fachwerk mit Lehmmauern errichtet. Im Inneren befanden sich auf Palisaden die Holzhäuser der engsten Getreuen. Es gab eine Kapelle und einen Marstall. Pfauen und Fasane stolzierten über den Hof zwischen den Pferden. Reitknechte kümmerten sich um die Pferde und die Maultiere der ankommenden Gäste. Lange hatte Imma nicht mehr so viele Menschen auf einem Fleck gesehen wie hier.

Ein fränkischer Diener führte die Äbtissin mit Imma und Gerswind zu einem der Palisadenhäuser, ein anderer wuchtete das Gepäck der drei Klosterfrauen hinter ihnen die schmale Holztreppe hoch.

«Ihr kennt Euch ja aus. Der König hat verfügt, dass Ihr wieder das Haus bekommt, in dem Ihr immer wohnt, wenn Ihr hier seid. Ihr müsst entschuldigen, es waren einige awarische Gesandte hier. Einer von ihnen hatte Läuse, weswegen wir nach ihrer Abreise alles ausräuchern mussten. Wenigstens sind die Läuse weg. Ich hoffe, Äbtissin, Ihr findet in der Nacht ausreichend Schlaf. Unter der Plattform Eures Hauses bleiben die Herren stehen und führen bis in den Morgen hinein Gespräche. Aber so ist es, wenn viele Menschen auf engem Raum beieinander untergebracht sind.»

Das Holzhaus war in drei kleine Räume unterteilt, in denen bequeme Betten mit Strohsäcken, Wolldecken und Federkissen bereitstanden. Im größten Zimmer befand sich ein gemauerter offener Kamin. Der Diener kniete nieder und begann ein Feuer im Kamin zu entfachen. Die Magd, erklärte er, die das Feuer im Auge behalten werde und sich um die Bequemlichkeit der Damen bemühen solle, werde gleich eintreffen.

«Das ist ein anderes Leben als im Kloster. Jetzt ist es so wie auf Burg Wittekamp», ließ Gerswind sich vernehmen. Offensichtlich gefiel es ihr in der Pfalz des verhassten Frankenkönigs. Die letzten Jahre hatten die Sächsin verändert. Sie sprach nicht mehr von ihren heidnischen Amuletten und Zaubersprüchen, obwohl Imma sicher war, dass sie irgendwo unter ihren Sachen immer noch kleine Thorshämmer versteckt hatte.

«Hör auf mit Burg Wittekamp. Sächsische Burgen sind schmutzige Löcher, verglichen mit fränkischen Königsgütern. Auf eurer sächsischen Burg hat es kein Bad gegeben wie hier», wandte Ada ein, der offenbar alles hier bestens bekannt war. «Mädchen, nehmt eure Waschsachen und Handtücher. Wir werden jetzt ins Bad gehen.»

Zum ersten Mal sah Imma die Äbtissin nackt. Adas üppiger weiblicher Körper hatte nichts Asketisches, nichts dem Himmel Zugewandtes. Die Brüste waren zu groß und zu schwer, der Bauch warf Speckwülste über den Hüften, und die Oberschenkel waren weiß und fleischig. Verlegen wandte Imma sich ab; sie fühlte, dass sie über und über errötet war. Adas Körper war so, wie in den frommen Vorlesungen von Yolanda die weibliche Sünde und das Laster beschrieben war, üppig und lockend. Imma selbst war groß und mager, und ihre Brüste waren hart und klein. Ada stammte über ihren Vater Pippin aus dem Geschlecht der Karolinger. Sie dagegen war das Kind bitterarmer Menschen. Imma stellte sich ihre Eltern vor: ausgemergelte Tagelöhner, die sich nie satt essen konnten, die den Geschmack von Wildbret und Spießbraten nicht kannten.

Ada schritt vorsichtig, einen Fuß vor den anderen setzend, die Stufen hinunter in das große runde Badebecken. Auch das Bad in Attigny war von einer Kuppel überdacht. Doch diese war nicht mit Mosaiken geschmückt, sondern ausgemalt mit Christus im weißen Hirtengewand auf einer grünen Wiese inmitten einer Schafherde. Imma betrachtete das Bild mit kritisch interessiertem Blick. Ob es vielleicht von Beggas Vater, dem Kirchenmaler, stammte?

Das Bad war nicht so aufwändig wie die Piscina der Heiden in Trier, alles war aus Ziegelstein erbaut. Königlicher Luxus waren nur die Marmortreppen, die in das Warmwasserbecken hineinführten. Es gab eine Abteilung für Männer und eine für Frauen. In der wohltuenden Wärme des Wassers wuschen Gerswind und Imma sich gegenseitig die Haare, während eine Dienerin sich um Ada kümmerte.

«Jetzt bleibt euch nichts anderes übrig, als den neuen Schmuck anzulegen», sagte Ada wohlwollend, als die Mädchen in ihren Truhen nach Kleidung suchten. «Rotrud hat euch für morgen früh zu sich bestellt. Sie möchte mit euch zusammen frühstücken.»

«Wo werdet Ihr heute Abend sein?», wollte Imma wissen.

«Ich werde mit Bischof Weomad beim König sein und das kommende Ereignis mit ihm besprechen.»

«Welches Ereignis?»

«Wartet bis Weihnachten, dann wird eure Neugier gestillt.»

Die Taufe der Sachsenführer

Schwere Schritte waren zu hören, Pferdegetrappel, kehlig heisere Männerstimmen, dann immer wieder die Stimmen von Frauen. Von irgendwoher erklang Musik, betörend und schmeichelnd, ganz anders als die kargen, kühlen Psalmengesänge im Kloster. Imma lag unter der Wolldecke auf einem weichen Kopfkissen und fand keinen Schlaf. Ja, es gab hier keinen Unterschied zwischen Tag und Nacht. Trotz der Dunkelheit gingen Menschen unter den Plattformen einher und unterhielten sich lautstark. Im Einschlafen hörte Imma unter sich die Gespräche von Männern, Pferdewiehern und Hundegekläff. Ab und zu lachte jemand laut auf. Imma mochte Männerstimmen. Im Kloster vernahm man fast nur die Stimmen von weiblichen Wesen. Heute war da eine neue Stimme. Sie war kräftig mit einem jubelnden Oberton, selbstsicher. Dann verstummte die Stimme wieder, und Imma empfand einen kurzen Schmerz. Vielleicht kam derjenige nie wieder, vielleicht war es irgendjemand, der nur kurz da war. Die Welt außerhalb des Klosters war riesig und unüberschaubar. Die Menschen kamen und gingen, manche sah man nie wieder, im Kloster dagegen wiederholte sich alles, selbst das, was gesagt wurde. Niemand ging verloren, und alle blieben beieinander, eine Gemeinschaft, die nicht einmal Gott auseinanderreißen wollte.

Ihr Herz schlug schneller.

«Es ist anders», sagte die Stimme auf einmal, und Imma lauschte. «Ganz anders. Er wird ein treuer Vasall sein, jetzt, wo er den christlichen Glauben annimmt und Karolus als Pate die Hand über ihn hält.»

Imma wünschte sich plötzlich, mit dem Unbekannten mit der schönen Stimme zusammen zu sein, in einem kleinen Kloster mit einer angeschlossenen Kirche, jeden Tag morgens mit ihm zu frühstücken, gemeinsam ein Buch zu lesen, und zwar so, dass er ihr daraus vorlas, mittags gemeinsam Suppe aus einem irdenen Topf zu löffeln und Brot hineinzutunken. Ab und zu würden sie innehalten und sich anlächeln. Sie würden zusammen beten und dann hinaus in den Obstgarten gehen ...

«Widukind wird nie ein treuer Vasall sein», polterte ein anderer. «Ein treuer Sachse, das ja. Lass uns eine Wette abschließen, Einhard.»

Einhard. Wie gut, dass sie seinen Namen erfahren hatte.

«Auf was?» Das war wieder er.

«Ich wette, er kommt nicht.»

«Er ist morgen hier. Ein Fass Rotwein aus Mulinheim, wenn er morgen nicht eintrifft, ein kleines wohlgemerkt.»

«Gut, und von mir ein Fass Weißwein aus Ingelheim, ein großes, wenn du recht behältst, Corvulus.»

«Nenn mich nicht Corvulus.»

«Noch bist du ein Corvulus. Unter Karolus' Leuten gibt es viel klügere als dich. Du machst dich unbeliebt, wenn du heraushängst, was sie dir im Kloster beigebracht haben.»

«Corvulus» war kein guter Name. Junger Rabe, Grünschnabel, nein, das passte nicht zu dem Edlen mit der bedeutenden Stimme.

«Keine Angst, ich gehe nach Fulda zurück, zusammen mit meinem Abt.»

Ein Mönch aus Fulda? Du lieber Gott, wie sollte sie jemals

mit einem Mönch gemeinsam am Tisch sitzen und Suppe löffeln? Ob es Sünde war, sich solche Dinge auszumalen? Ob sie es Ada beichten musste? Imma beschloss, es der Äbtissin nicht zu bekennen.

«Sehr weise, Klugscheißer.» Der andere rülpste.

Eine Weile herrschte Stille. Auch Corvulus, der außerdem Einhard hieß, sagte nichts mehr.

Imma lauschte.

«Ich kann mir nicht vorstellen, dass Abbio und Widukind sich unter Wasser halten lassen und als getaufte Christen aus dem Becken auftauchen. Widukind wird es für einen neuen Versuch halten, ihn umzubringen.»

«Nein, Widukind hat verstanden, dass die Zeit seiner Götzen vorbei ist.»

«Gebe Gott, dass sie es wirklich ist. Gebe Gott, dass wir nie wieder dort oben in den Sümpfen Krieg gegen Sachsen führen müssen. Jedes Jahr heißt es, das war die letzte Schlacht. Und im nächsten Jahr geht es wieder gegen sie hinaus – ich bin kein Feigling, aber ich möchte nicht noch einmal hundert Sachsen hintereinander den Kopf abschlagen. Nie wieder. Gott will es nicht. Auch diese Sachsen sind Teil der Schöpfung –»

«Alkuin hat gesagt, es waren über viertausend Sachsen, die gefesselt und niedergemetzelt wurden», sagte der, der Einhard hieß.

«Ich habe sie nicht gezählt. Es waren auf alle Fälle zu viele. Wir rutschten im blutigen Matsch aus, fielen fast in die eigenen Schwerter, jeder hoffte, dass wir endlich fertig wären, aber es hörte nicht auf. Ein fränkischer Freund von mir kam ums Leben, weil einer der Unsrigen ihm versehentlich den Kopf abschlug, so schnell mussten wir kämpfen –»

«Alkuin hat gesagt, es war ein großes Unrecht an Menschen, die sich bereits ergeben hatten.»

«Still, Junge, mach dich nicht unglücklich, du redest ja wie Hario. Willst du Prügel bekommen? Es waren immerhin Aufständische. Sie hatten den Treueid verletzt, den sie geschworen hatten. Da musste man ein Beispiel setzen, zur Abschreckung, verstehst du. Auge um Auge, Zahn um Zahn. Kopf um Kopf. Sie waren elende Verräter, das habe ich jedem ins Gesicht geschrien, als ich, du weißt schon – Trotzdem, es war grauenhaft. Und ich wollte, ich wäre nicht dabei gewesen.»

Alle Schläfrigkeit war von Imma gewichen. Was für ein Mann dieser Einhard mit der männlichen Stimme wohl war? Ein Mann mit breiten Schultern und kantigem Gesicht? Und er hatte Mitgefühl mit den erschlagenen Sachsen. Ob sie ihm je begegnen würde?

Eine dichte Schneedecke hüllte die Wiesen der Maas ein und bedeckte die Stroh- und Ziegeldächer des königlichen Hofguts, als sich der Zug von Norden her über die Schiffsbrücke näherte. Die Rebellenführer Widukind und Abbio trafen genau einen Monat nach der Äbtissin Ada und Bischof Weomad im Hofgut Attigny ein, begleitet von ihren eigenen Gefolgsleuten und den Scaramännern des Königs. Es folgten ihnen Wagen mit Frauen und Kindern.

«Sie kommen!» Gerswind griff nach Immas Hand. «Ich freue mich so.»

Imma und Gerswind waren in ihre grünen Wollmäntel gehüllt. Die pelzverbrämten Halbstiefel wärmten ihre Füße.

«Du freust dich, dass sie getauft werden?» Imma raffte den Mantel enger um sich, der Wind war scharf und durchdringend.

«Ja, es bedeutet, dass sie sicher sind. Als Christen werden sie endlich Freunde der Franken sein und nicht mehr gejagt und verfolgt wie früher.»

Unter den sächsischen Anführern, die Widukind und Abbio begleiteten, war auch Gero, Gerswinds aus der Klosterhaft entkommener Bruder, der vor einem halben Jahr noch gegen die Franken gekämpft hatte. Imma konnte verstehen, was Gerswind empfand. Gerswind hatte ihren Bruder seit Jahren nicht mehr gesehen und musste ständig darauf gefasst sein, dass er getötet oder von fränkischen Kriegern gefangen genommen wurde.

Dicht gedrängt säumten Höflinge, Bediente und Würdenträger des Frankenkönigs den Weg vor dem Eingangstor, um die beiden Sachsenanführer zu begrüßen. Der König stand erhöht auf der Eingangstreppe, neben ihm seine Gemahlin Fastrada; beide waren in fränkisches Königsblau gehüllt und trugen die edelsteingeschmückten Stirnreife. Die dunkelhaarige Fastrada war schwanger. Rotrud, Berta und Gisela, die Töchter des Königs aus der Ehe mit der verstorbenen Königin Hildegard, standen um ihren Vater herum.

«Wer ist die dünne kleine Frau neben Ada?», fragte Gerswind.

«Es kann nur Gisela sein, die Schwester des Königs, die Äbtissin von Chelles.»

«War sie nicht auch mit einem byzantinischen Prinzen verlobt?»

«Ja, aber König Pippin ließ sie nicht gehen, als die Byzantiner kamen, um sie abzuholen.»

«Er muss sehr eifersüchtig gewesen sein, dieser König Pippin», lachte Gerswind. So übermütig wie heute hatte Imma sie selten erlebt.

«Was ist mit deinen Thorshämmern?», fragte sie leise.

«Ich habe sie weggeworfen. Die meisten jedenfalls.»

Widukind war nicht der riesenhafte Recke, als den Imma ihn sich vorgestellt hatte. Vornübergebeugt und mit angezogenen Knien saß er auf seinem Schimmelhengst und warf misstrauische Blicke auf die Franken und ihren König. Sein graublondes Haar war über den Ohren zu einem Flechtknoten festgesteckt. Als er sich vom Pferd schwang und vor der Holztribüne niederwarf, stieß Gerswind einen kleinen Schrei aus.

«Da, siehst du ihn?»

Immas Augen folgten ihrem Blick. Er galt dem großen jungen Sachsen, der sich neben Widukind in den Schneematsch geworfen hatte. Er war größer und breitschultriger als der andere.

«Ist das Wikbert?», fragte Imma.

«Es kann nur er sein.»

Weit über hundert Sachsen waren insgesamt eingetroffen und wurden in der Pfalz ihrem Rang entsprechend einquartiert. Scaramänner ließen die Türen und Fenster keinen Augenblick unbeobachtet und hatten ihre Waffen in Griffweite neben sich.

«Sie lassen mich nicht zu meinem Onkel und zu Gero», sagte Gerswind. Ihre anfängliche Hochstimmung hatte sich aufgelöst.

«Hast du Rotrud gebeten, dass du sie treffen darfst?»

«Sie sagt, Karolus hat es vorerst verboten. Erst nach der Taufe darf ich zu ihnen. Jetzt sind sie fast ununterbrochen mit den Klerikern und Kapellanen zusammen, die sie vorbereiten. Sie müssen noch beten lernen und das Glaubensbekenntnis auswendig können.»

«Ich glaube, alle zittern davor, dass irgendetwas schiefgeht. Dass es wieder nur eine List von Widukind und Abbio ist», murmelte Imma.

«Ich weiß nicht, wie es gutgehen soll, ich hoffe nur, es endet nicht wieder mit einem Blutbad», sagte Gerswind ernst.

«Und hoffentlich sehe ich Wikbert endlich einmal etwas länger. Ich möchte mit ihm sprechen und ihn wenigstens einmal anfassen, verstehst du das?»

«Ihr müsst beten, dass alles gut wird», sagte Ada, die gerade eingetreten war. Auch sie hatte ihre Zweifel an dem Vorhaben ihres Bruders. Es war maßlos, es war verrückt. Halb wünschte sie, dass es trotzdem gelang, und halb, es möchte missraten, nur damit er sah, dass auch er, der große Herrscher, sich irren konnte. Unmöglich, dass Widukind und Abbio, die übelsten Aufrührer, sich reinen Herzens die Taufe wünschten.

Sie ließ sich auf einen Faltsessel fallen und sah zu, wie die Magd ihr die Pelzstiefel von den Füßen zog und ihr die klammen Füße massierte.

«Die Wölfe sollen zu Schafen werden. Gebe Gott, dass es gelingt.» Sie sah auf. «Hol mir bitte eine heiße Milch mit Honig, Kind. Ich habe den ganzen Nachmittag über geredet. Meine Stimme ist rau.» Die Abbatissa schloss die Augen. Es war schön, in solchen Momenten von Imma bedient zu werden.

Sie war so müde, dass sie nicht einmal ihr Gesicht zur Grimasse verzog.

In ihre Wintermäntel gehüllt und mit tief ins Gesicht gezogener Kapuze, streiften Gerswind und Imma durch den Hof der Pfalz. Auf einer hölzernen Bühne vor der Königshalle balancierte ein Gaukler bunte Ringe auf dem Nasenrücken und fing sie abwechselnd mit den Knien wieder auf, um sie erneut hochzuwerfen. Als er geendet hatte, klatschten die Zuschauer und steckten ihm Münzen zu. Der Mann klaubte seine Ringe zusammen und sprang von dem Podest.

Ein bleichgesichtiger Sänger mit halblangem grauschwarzem Haar und einer grauen Filzmütze auf dem Kopf kletterte umständlich hoch, verbeugte sich und griff in die Saiten seines Instruments. Er hatte ein verwegenes Gesicht mit einer Adlernase und buschigen grauen Augenbrauen, die Augenhöhlen waren von Haut überwachsen. Sein Körper war von zierlicher Eleganz und nicht ohne Anmut.

«Hario, du traust dich hierher!» Pfiffe und Zurufe empfingen den Spielmann.

«Ich singe mein neues Lied für euch, das Sachsenlied», erklärte Hario, zog die runde Filzmütze fester über die Ohren und begann. Seine Stimme war heiser und durchdringend. Wie gebannt lauschte Imma, während immer mehr Menschen sich um sie drängten.

Imma fühlte Entzücken über die tänzerisch leichte Melodie; am liebsten hätte sie mitgesungen, wie der Franke, der neben ihr stand und leise mitsummte. Zwei dicke Frauen vor ihr wiegten sich zu den Klängen. Hario sang auf Tiudsk, und Imma achtete zunächst nicht auf die Worte, so sehr war sie mit der Musik beschäftigt.

«Viertausend mussten sterben», sang Hario, und jetzt erst horchte Imma auf.

«Viertausend Köpfe fielen an jenem Nachmittag –»

«Er singt von unseren Leuten.» Gerswind stieß Imma mit dem Ellbogen in die Seite.

«Im blutigen Matsch lagen die Leiber und Köpfe der Ethelinge –»

«Hör auf, Hario!», schrie jemand von hinten.

«Da war kein Erbarmen, nur Rache und Lust auf Blut –»

In die Menge kam Bewegung, und Imma wurde nach vorn geschoben. Frauen schrien auf. Junge Scaramänner sprangen auf die Bühne und schlugen dem Sänger die Leier aus der Hand.

Dann spürte Imma den Griff von Gerswinds Hand. «Wir müssen fort, schnell.»

«Warum?»

«Er hat ein Lied gesungen, das den König beleidigt.»

So schnell wie die Menschen sich um den Sänger versammelt hatten, so schnell löste sich die Menge wieder auf.

«Er hat wunderbar gesungen, auch wenn es ein Lied für die Sachsen war.»

«Ich habe noch nie gehört, dass bei euch Franken so über die Sachsen gesprochen wurde.»

Sie standen jetzt wieder am Fuß der Treppe des Gästehauses.

«Für diese Frechheit kommt er in den Kerker!», rief ein Franke, der an ihnen vorbeieilte. «Der König lässt sich nicht alles bieten!»

«Was ist das?» Gerswind bückte sich und hob ein Stück grauen Filzstoff hoch. «Das ist Harios Mütze.»

«Wie kommt sie hierher?»

Die graue Filzmütze war am Rand eingerissen und blutverschmiert.

Gerswind drehte das zerdrückte Stück Filz in den Händen. «Imma, sie bringen ihn um.»

Hunderte von Wachskerzen brannten, ein Abglanz der Herrlichkeit des Himmels, und hüllten die Pfalzkirche in weiches Licht. Die Goldfarben des Mosaiks mit dem Allherrscher Christus in der Kuppel der Apsis strahlten. Im Flackern der Lichter schien die Halbfigur des Pantokrators segnend Hand und Arm zu bewegen. Die Klänge der Wasserorgel auf der Empore waren majestätisch und ehrfurchtgebietend zugleich. Einige alte Kämpfer neben dem König schnäuzten sich geräuschvoll. Die Eingangstür der Kirche stand weit offen, damit auch das einfache Landvolk aus der Umgebung dem Ereignis zusehen konnte.

Imma betete, die Katastrophe möchte nicht eintreten,

und fürchtete zugleich, ihre Gebete könnten nicht stark genug sein.

In ihren langen weißen Taufgewändern sahen die einstigen Feinde aus wie vom Himmel gesandte Engel. Es war ein komischer und feierlicher Augenblick zugleich, als Widukind und Abbio hintereinander die wenigen Stufen ins Taufbecken hinabstiegen und sich von Hildebad, dem Hofkaplan, dreimal unter Wasser tauchen ließen.

«Widersagst du dem Teufel?», fragte Hildebad den Sachsenführer.

Ohne zu zögern, antwortete Widukind. «Ich widersage dem Teufel und allem Teufelswerk und Donar und Wotan und allen Unholden.»

Von der Kälte des Taufwassers zitterte der Sachse am ganzen Leib. Vielleicht war es auch die Qual, als der Teufel aus ihm hinausfuhr und Christus in ihn einkehrte.

Zur Feier des Weihnachtsfestes trugen die Kapellane und Bischöfe, die das Sakrament der Taufe feierten, weiße Seidengewänder mit goldener Stickerei über der Albe. Zehn Diakone schwenkten bronzene Weihrauchgefäße; unter den Mänteln der fränkischen Männer in den Reihen der Kirche klirrten die Schwerter an den Wehrgehängen.

«Ich widersage», sagte Widukind zum dritten Mal in singendem Tonfall, während Karolus, sein königlicher Taufpate, ihn fest am Arm hielt und die Gelöbnisse des Täuflings bestätigte.

Ein Seufzer der Erleichterung ging durch die Kirche. Widukind war Christ und Untertan des Frankenkönigs geworden. Es war keine List, kein Hinterhalt gewesen, auch nicht vonseiten der Franken. Das Bündnis war besiegelt.

Das Gefolge der beiden, Frauen, Männer, Kinder, Vornehme und Sklaven, alle weiß gekleidet, eine brennende Kerze in der Hand, schritten hinter ihnen zum Taufbad.

«Der Glaube», predigte Alkuin, «ist, wie der heilige Apostel sagt, eine freiwillige Sache, nicht eine erzwungene. Zum Glauben kann der Mensch wohl gezogen, nicht aber gezwungen werden. Natürlich könnte man zur Taufe zwingen, doch das ist kein Gewinn für den Glauben. Ein Mensch im Erwachsenenalter muss für sich selbst antworten, was er glaubt und was er will, und wenn er trügerisch den Glauben bekennt, wird er in Wahrheit sein Seelenheil nicht finden.»

Gerswind weinte. Sie war so ernst, wie Imma sie bisher noch nicht gekannt hatte. Der Weihnachtstag des Jahres 785, an dem die Doppeltaufe der Sachsenführer mit ihrem gesamten Anhang und Gefolge stattfand, würde bestimmt in Erinnerung bleiben.

Vor der Kirche empfing die Hinaustretenden Trommelwirbel und der Jubel von Schalmeien und Flöten. Spielleute aus allen Teilen des Landes spielten auf ihren Instrumenten und sangen dazu. Im Festsaal der Königshalle standen die bekanntesten Sänger auf einer Holzbühne. Als Widukind und Karolus an der Spitze ihrer Getreuen und Familien eintraten, begannen sie mit dem Festlied in tiudsker Sprache. Mit den schellenbesetzten Stiefeln rasselten sie den Takt zu ihren Liedern. Einer der Männer war blind, es war der Friese Bernlef mit seiner Leier.

Ochsen und Schweinehälften wurden, an Spießen gebraten, in den Saal getragen, wo nach ihrem Rang geordnet Sachsen und Franken an langen Tischen tafelten. Die Mundschenken eilten hin und her und schenkten Wein und Bier aus. Die Stimmung wurde immer lauter und fröhlicher, die Luft war dumpf und stickig vom Essensdampf, vom Rauch der Fackeln und vom Schweiß der Menschen.

«Wer ist der Mönch neben Alkuin?», fragte Imma, als Ada für einen Moment neben ihr stehenblieb.

Ada äugte durch den Dunst und den Rauch der Fackeln, der über der Tafel schwebte.

«Es ist Liudger, der den Sachsen und Friesen das Evangelium predigt, er kommt selbst aus dem Norden.»

Benommen saß Imma mit Gerswind am unteren Ende der Tafel, den Ehrenplätzen für Adas Schülerinnen. Viele Franken und Sachsen aus dem Gefolge mussten sich mit Plätzen außerhalb der Halle zufriedengeben.

Imma hatte zu viel Wein getrunken und dazu Unmengen Kastanienbrei und Braten verzehrt. Als ihr jetzt eine Schale Milchbrei vorgesetzt wurde, drehte sich ihr alles vor den Augen. Sie griff nach Gerswinds Arm. Ihr war unendlich übel.

Draußen auf den Stufen der Halle musste sie sich übergeben. Sie kam gerade noch die Holztreppe zur Gästehütte hoch und fand mit Mühe ihr Bett. Gerswind legte die Wolldecke über sie.

«Von heute an wird Frieden zwischen Sachsen und Franken sein», lallte Imma. «Merk dir den Weihnachtstag des Jahres 785.»

«Frieden?» Gerswind lachte bitter. Auch sie hatte zu viel Wein und Bier getrunken. Sie war betrübt, weil es keine Gelegenheit gab, mit Wikbert und ihren Verwandten zu sprechen. «Zwischen Sachsen und Franken? Niemals.»

Hariuha haitika gibu auja

«Was tust du da?»

Imma hatte ihr Klostergewand angezogen und die Ringe abgestreift. Nur die goldenen Armreife, Rotruds Geschenk, hatte sie anbehalten. Sie kniete auf dem Bretterboden und betete das Stundengebet. Erschrocken sah sie auf. Vor ihr stand Ada in einem neuen blauseidenen Gewand mit purpurnen Borten. Das blonde Haar trug sie zwar zusammengebunden, doch einige Strähnen fielen ihr vorwitzig in die Stirn, um die sie ein Purpurband gewunden hatte. Die Äbtissin unterschied sich in diesem Augenblick nicht mehr von den adligen Damen hier. Imma runzelte die Stirn. Wie sie sich in Attigny benahm, sie, die Mutter Äbtissin! Warum trug Ada nicht die Klostertracht?

«Ich muss die Gebete sprechen.»

«Gutes Kind, wir sind hier, um uns zu erfreuen, nicht um auf den Knien zu liegen.»

«Unser ganzes Leben lang müssen wir die Nähe Gottes suchen. Am Ende unserer Tage wird keine Zeit mehr dazu sein.»

«Du sprichst wie Laurentia oder Yolanda.» Ada lachte verärgert auf, und Imma warf ihr einen vorwurfsvollen Blick zu. Galten die Regeln des Klosters etwa nicht mehr?

«Ich will Novizin werden. Ich werde die Gelübde ablegen.»

«Ich habe dir nie dazu geraten. Du bist zu jung. Und außerdem wären es nur die vorläufigen, für einige Jahre. Du könntest auch als Novizin noch zurück.»

«Ich will nicht zurück.»

«Imma, du bist zu lebendig, um den Rest deines Lebens als Nonne zu leben.» Es klang zornig. «Du hast etwas versprochen, ohne zu wissen, was es bedeutet. Ich bin viel älter als du. Ich habe viele Mädchen unter meinen Augen heranwachsen sehen. Glaub mir, ich weiß, wovon ich rede.»

Imma griff nach dem Schleier und bedeckte ihr Haar. Gewiss, sie war der Äbtissin gegenüber zu absolutem Gehorsam verpflichtet, aber dennoch gab es Dinge, die sie allein entscheiden musste.

«Ihr seid von hoher Geburt und habt eine eigene Büßerin, die Euch Eure Sünden abnimmt», sagte sie leise. «Ich bin nur ich selbst und muss mich vor Gott verantworten am Tag des Gerichts.»

Ada verzog das Gesicht. «Was glaubst du denn, wer Gott ist? Er ist ein Herrscher auf einer höheren Stufe als die, die du kennst. Er wird dir das ein oder andere schon verzeihen. Er ist nicht rachsüchtig oder grausam.»

«Woher wollt Ihr das wissen?»

«Weil ich immer in der Nähe von Königen und Herrschern gelebt habe. Pippin war mein Vater, Karolus ist mein Bruder. Die Menschen draußen im Land zittern vor Karolus. Ich, seine Schwester, weiß, dass er milde und gütig ist.»

«Aber nicht zu allen», sagte Imma schnell. «Denkt doch an die Sachsen, die er hinrichten ließ. Es waren viertausend, und hinterher war der Boden blutiger Matsch.»

«Halt den Mund», schrie Ada und schlug Imma zweimal ins Gesicht. «Du bist vorlaut und unverschämt. Außerdem bist du undankbar. Und du bist mir nicht gehorsam. – Es ist dumm von dir, Harios Worte zu wiederholen. Hario lügt und verleumdet.»

Die Schläge mit den beringten Fingern nahmen Imma für einen Moment den Atem.

«Ich bin deine Äbtissin. Du musst tun, was ich dir sage. Sprich nie wieder so über Karolus! Nie wieder!»

Zitternd kniete Imma nieder, als Ada den Raum verlassen hatte. Sie war unfähig zu weinen, ihr Gesicht brannte wie Feuer. Sie betete.

Imma hätte wohl noch länger so ausgeharrt, die Hände gefaltet und regungslos auf dem Boden kniend, wenn nicht die Tür aufgestoßen worden wäre. Ein riesiger junger Sachse hatte den Raum betreten. Mit eingezogenem Kopf stand er da und murmelte einen Gruß.

«Gelobt sei Jesus Christus», wiederholte er, als Imma sich nicht rührte.

Imma erhob sich. Der Riese hatte breite Schultern, halblanges mittelblondes Haar, einen kurzen Backenbart und braune Augen. Vorsichtig berührte er Immas Oberarme, zog sie an sich und küsste sie auf die Wangen, dann auf den Mund. Dann deutete er auf die goldenen Armringe, die sie trug. «Sie sind von mir. Unsere Boten haben sie eurem König übergeben.»

«Rotrud hat sie mir geschenkt», stellte Imma klar.

«Die Hochzeitsreife», flüsterte der Eindringling. Imma überlegte, ob er es auf das Gold der Ringe abgesehen hatte.

«W-wer seid Ihr?», fragte Imma fassungslos.

«Ich bin Euer zukünftiger Ehemann, wenn es Gott gefällt», sagte der Riese. Seine Stimme war angenehm, aber sein Atem roch nach Bier oder Wein. Imma zitterte am ganzen Körper, sie wusste sehr wohl, dass angetrunkene Männer gefährlich sind.

Mit dem Ärmel wischte sie ihr Gesicht trocken und rang nach Atem.

«Seid Ihr wahnsinnig?»

«Komm», sagte der Hüne, «wir sind verwandt. Du hast sicher Hunderte von Geschichten über Wikberts Tapferkeit gehört.» Sein Griff um Immas Arm wurde fester.

«Ich wollte dich schon damals in Trier aus deinem Kloster befreien.»

«Lasst mich.» Imma versuchte ihn abzuwehren, doch der Hüne nahm sie hoch, als sei sie ein federleichtes Nichts und trug sie hinüber in Adas Kammer, wo er sie sanft auf das Bett legte. Wikbert, war das nicht Widukinds Sohn, mit dem Gerswind verlobt war? Immas Gedanken überschlugen sich.

Sie war zu fassungslos, um zu schreien, als der Hüne sich

mit größter Selbstverständlichkeit neben sie legte und ihr die Kleidung vom Körper löste, bis sie ganz nackt war. Seine Hände strichen über ihre Haut. Die Wärme seines Körpers war angenehm.

«Ich bin Wikbert, und du bist Gerswind. Endlich habe ich dich gefunden», sagte er halblaut. Wie muskulös seine Arme waren – fasziniert ließ Imma ihn gewähren. Auf seinem rechten Oberarm war ein Thorshammer in blauer Farbe eintätowiert, auf dem linken zwei Raben und über seiner nackten Brust ein Meerungeheuer. Die Tätowierungen machten all das, was Wikbert tat, noch sündiger und verbotener, als es ohnehin schon war. Imma blieb stumm, wohl wissend, dass sie hätte erklären müssen, dass Gerswind nicht hier war.

War es furchtbar? Nein, das war es nicht. War es angenehm? Es war so wie damals mit Beowulf auf dem Holzboot im Wald. So fremd und heidnisch die Tätowierungen waren, kannte Imma die Bilder doch aus Gerswinds Erzählungen, und auch in Ubbos Haus hatte schließlich ein Thorshammer über der Tür gehangen. Das Meerwesen auf Wikberts Brust hob und senkte sich und wurde eins mit dem Seewesen auf der rot-grünen Tür des Walmdachhauses, in dem Begga sie erwartet hatte.

«Niemand wird uns stören», murmelte der Sachse, und mit einem Mal war das, was er tat, folgerichtig und gut. «Alle sind auf dem Fest. Wir sind ganz allein, und nachher erzähle ich dir, warum ich hierhergekommen bin. Du wirst es hinterher besser verstehen.»

Es hatte nichts von Gewaltsamkeit, als er sie jetzt wieder küsste. Es war sogar schön. Immas Scham und Schmerz von Adas Ohrfeigen lösten sich unter seiner Berührung, und sie hoffte plötzlich, er werde nie aufhören, sie zu liebkosen. Er tat das, wovon sich die Mädchen nachts beim Flackern der Kerze in gedämpftem Ton erzählt hatten, sobald Lilia aus dem Schlafraum gegangen war. Und es war genau so, wie sie es beschrieben hatten. Erst war da ein stechender Schmerz und das Wissen, dass sie es nicht zulassen durfte, dann das, was sie schon kannte, das Immer-schneller-Werden, das Gefühl, auf und davon zu fliegen, dann ein Aufbäumen, das Gefühl, wach zu werden. Zuckend wälzte sich Wikbert zur Seite und zog Imma zu sich heran.

«Vergiss mich nicht, Gerswind», flüsterte er heiser. «Ich bleibe nicht dort, wo sie mich hinbringen. Ich komme zu dir und hole dich.» Er stand auf, noch immer schwer atmend, und zog etwas aus seinem Gewand hervor, eine kleine Metallscheibe, warm von seinem Körper, und drückte sie ihr in die Hand. Dann war er auch schon auf und davon.

Bewegungslos lag Imma auf Adas Bettdecke, erfüllt von Scham und Schrecken über sich selbst und über Wikbert. Ein- oder zweimal läutete die Glocke der Kirche. Der Schein eines Unschlittlichts fiel auf Gerswind, die vom Fest zurückkam.

«Warum liegst du auf Adas Bett? Und warum bist du nackt?»

«Ich – ich weiß nicht.»

«Hast du Fieber?»

«Ich weiß nicht.»

Besorgt musterte Gerswind die Freundin.

«Du musst mit mir kommen. Kannst du gehen, oder bist du zu schwach?»

Imma richtete sich auf, ihr war zu elend, als dass sie hätte weinen können.

«Du hast kein Fieber.» Gerswinds Finger befühlten Immas Stirn.

«Doch.» Imma stützte sich auf Gerswinds Schulter, ging die paar Schritte zu ihrem eigenen Lager und verkroch sich dort unter der Wolldecke wie ein krankes Tier.

Gerswind holte aus dem Topf im Kamin warmen Gewürzwein und hielt Imma einen Becher an die Lippen. Imma trank in kleinen Schlucken, und ganz langsam belebte sich ihr Körper wieder. Schließlich konnte sie den tönernen Becher selbst halten. Er zitterte in ihren Händen. Trotzdem, sie fühlte, wie sie wieder stärker wurde.

«Was ist passiert?», fragte Gerswind voll Misstrauen.

«Nichts ist passiert», hörte Imma sich sagen.

Imma wollte fortfahren, wollte irgendetwas Harmloses fragen, wie das Fest weitergegangen war, aber kein Wort kam ihr über die Lippen. Ihre Zähne klapperten, und sie zitterte plötzlich vor Kälte.

«Du bist krank», sagte Gerswind. «Genau so fängt es immer an.»

Wenige Tage später verließen die beiden sächsischen Mönche die Pfalz Attigny. Imma und Gerswind schauten ihnen lange nach.

Imma war nicht erkrankt. Nach zwei Tagen hatte sie wieder vom Bett aufstehen können. Sie hatte Fleischbrühe zu sich genommen und Hühnerbrust, und ihre Kräfte waren zurückgekehrt. In der Nacht war sie immer wieder aufgeschreckt, jetzt aber, als ihr die kühle Morgenluft über das Gesicht strich, war sie wieder die alte Imma. Das Leben war anders, als sie es sich vor langer Zeit einmal vorgestellt hatte. Nichts war so, wie es auf den ersten Blick schien. Das galt besonders für die Menschen. Es galt für sie selbst. Jeder hatte mindestens zwei Gesichter. Hinter jedem harmlos freundlichen Gesicht verbargen sich unausgesprochene heimliche Wünsche und böse Gedanken.

Ada war nicht nur die fürsorgliche, fromme Äbtissin. Sie war auch leicht zu erzürnen, neigte zu vorschnellen Urteilen und trug bei manchen Gelegenheiten weltliche Kleider und

Goldschmuck wie eine Dame aus der Welt der Edlen. Karolus war nicht nur der strenge, gottesfürchtige Kaiser, sondern auch ein Mann, der zu viel trank und zu laut lachte. Alkuin wiederum hatte eine seltsame Art, jungen Mönchen tief in die Augen zu sehen und sie ohne jeden Grund abzuküssen, dabei war er der klügste Mann am Hof, der das beste Latein sprach. Elissaios schließlich war ein schillerndes Wesen, das heimlich in der Küche Süßigkeiten aß und sich Wein in seine Wohnung mitnahm. Tagelang hatte er nach dem Tod seiner Katze mit verweinten Augen bei der Tafel gesessen. Die theologischen Streitfragen, in denen er so bewandert war, hatten ihn plötzlich nicht mehr interessiert. Diese Gedanken machten Imma das Herz schwer, während sie mit Gerswind wieder auf den Treppenstufen der Kirche stand und versuchte, sich auf das Geschehen im Hof zu konzentrieren. Sie zog sich die Kapuze ihres Mantels tief ins Gesicht. Ihr war, als könnte jeder ihr ansehen, was zwischen Wikbert und ihr vorgefallen war.

«Siehst du ihn, meinen Wikbert?», fragte Gerswind.

Widukind und Wikbert saßen in Reitkleidung auf den Pferden; beiden waren die Haare kurz geschoren und über der Stirn zur kreisförmigen Tonsur rasiert. Obwohl nur die beiden Männer zu begleiten waren, war doch eine Hundertschaft Scaramänner um sie, als würden jeden Moment sächsische Reiter auftauchen, um die beiden zu befreien.

Lächelnd verneigte sich Wikbert vor dem Frankenkönig und seinem Gefolge und winkte den Mädchen zu, die nicht weit von Karolus auf der Eingangstreppe standen. In ihren wollenen Kapuzenmänteln sahen sie alle gleich aus.

«Er wird wiederkommen», sagte Gerswind, während sie zurückwinkte. «Hat Ada nicht immer gesagt, man muss die Gelübde freiwillig ablegen, weil sie sonst vor Gott nicht gelten?»

«Ich glaube nicht, dass dieses Kirchengesetz auch für sächsische Rebellen gilt.»

«Warum nicht? Imma, fällt dir nicht auf, dass es gar kein Gesetz gibt? Es zählt nur der Wille des großen Karolus. Alle zittern vor ihm.»

«Die Abbatissa zittert nicht vor ihm.»

Als sie wieder im Holzhaus war, zog Imma das Geschenk des Sachsen hervor und schaute es zum ersten Mal genauer an. Es war eine goldene Scheibe, etwas größer als eine Münze, mit einer verzierten Öse, durch die eine Lederschnur lief. Ein barbarisch anmutender Kopf im Profil, mit einer Art Helm und einem Horn darauf, war auf der einen Seite zu sehen. Die andere Seite zeigte einen tanzenden Mann inmitten von Schlangen und Vögeln.

«Woher hast du das?» Gerswind beugte sich über die Schulter ihrer Freundin. «Versteck es schnell, damit Ada es nicht sieht. Es ist sächsischer Schmuck, wie ihn die Krieger in der Schlacht tragen. Der Gott da ist Wotan, und der andere ist Saxnoth, der uns in der Schlacht beisteht.»

«Nimm es», sagte Imma. «Es ist für dich. Ein Sachse hat es mir gegeben.»

«Ein Sachse?» Gerswinds Augen leuchteten auf. «Hatte er eine Nachricht für mich? Von Wikbert?»

Imma nickte bedächtig.

«Ich wusste es!», rief Gerswind aus. «Er wird kommen und mich holen. Sieh nur, hier ist eine germanische Inschrift in Runen.» Gerswind drehte das Schmuckstück liebevoll hin und her. «Ein Segenswunsch.»

«Kannst du sie lesen?»

«Ja.» Gerswind sah herausfordernd um sich. «Hariuha haitika gibu auja. Hariuha, der Gefährliches Wissende, heiße ich. Ich gebe Schutz.»

«Ich hasse Karolus! Ich hasse, hasse, hasse ihn!» Gerswind lag schluchzend auf ihrem Bett und schlug den Kopf auf ihr Kissen.

«Das darfst du nicht sagen!»

«Er hat mir Wikbert genommen!»

Imma saß wie erstarrt neben ihrer Freundin. Vielleicht gelang es Wikbert tatsächlich, eines Tages das Kloster zu verlassen, aber wahrscheinlich würde er als Mönch alt und grau werden. Vielleicht konnte Gerswind eines Tages wieder ein weltliches Leben führen. Nur Gott wusste, was die Zukunft brachte.

«Rotrud kann dir helfen.»

«Ich hasse sie alle, auch Rotrud», sagte Gerswind. «Sie versteht gar nicht, wie ich mich fühle. Sie kann sich frei bewegen und tun, was sie will. Ich bin eine Gefangene.»

«Für eine Gefangene geht es dir nicht schlecht.»

«Ich darf goldene Ketten tragen, das ist alles.»

«Du musst beten.»

«Ja.» Gerswind sah sie lange an. «Das werde ich tun. Zu den Göttern der Sachsen, dass sie Karolus und seine Familie vernichten.»

In den Jahren im Kloster, in denen sie Seite an Seite mit anderen Mädchen gelebt hatte, hatte Imma das Seelenleben und Verhalten ihrer Mitschwestern studiert. Die wenigen Männer, denen sie begegnet war, blieben für sie unbegreifliche Wesen mit Eigenschaften, die sie nicht durchschauen konnte. Sie waren Einzelwesen, Ausnahmen, der Jäger Karolus, der Mönch Marso, der bucklige Pippin. Sie hatten etwas von den bösartigen Zwergen und unberechenbaren Königen aus den germanischen Märchen und Sagen. Nur so verstand Imma auch Wikberts verstörende Tat, die sie nicht verstehen konnte. Es war alles zu schnell gegangen. Imma schämte sich und fühlte sich schuldig. Gab es überhaupt Gemeinsamkeiten zwischen den Männern und den Frauen?

In diesen Tagen hörte Imma auf, abends mit dem großen Baumeister zu sprechen. Lächerlich, dass sie geglaubt hatte, er höre ihr zu und antworte ihr. So lächerlich wie die Bedeutung, die sie als kleines Mädchen der Patenschaft der Abbatissa beigemessen hatte. Vor Gott war der Mensch doch eher eine Ameise, eine von Millionen.

Frauen und Mädchen dagegen waren ihr vertraut. Einige von ihnen bewunderte sie, anderen brachte sie Zuneigung, fast Liebe entgegen. Frauen waren bewundernswert und mutig, so wie die Königinnen der Vorzeit: Radegunde, Ingunde und Chlothilde. Selbst dann, wenn sie anders waren, konnte Imma es nachvollziehen und einordnen. Intrigen unter Frauen durchschaute und verstand sie. Ihre körperliche Schwäche und ihr anders ausgeprägter Geist führten sie dazu, mit anderen Mitteln zu kämpfen als die Männer.

Rotrud und Gerswind waren neben Ada die stärksten Persönlichkeiten um sie herum. Rotrud hatte einen wachen Geist und die Gabe, andere Menschen auf ihre Seite zu bringen; zugleich verfügte sie trotz ihrer Jugend über die Fähigkeit, das, was sie wirklich dachte, hinter einer freundlichen Miene zu verbergen. Schon jetzt war sie eine künftige Königin. Sie würde ihre Rolle in Konstantinopel gut ausfüllen.

Gerswind wiederum lebte in ihrer eigenen Welt. Äußerlich hatte sie sich angepasst, meistens hielt Gerswind sich sogar selbst für eine treue Christin, innerlich aber war sie die wilde Sächsin geblieben.

Die rußenden Pechfackeln an den seitlichen Wänden der Königsaula warfen flackerndes Licht und verwegene Schatten über die lange Tafel. Geschmeidig wie ein Luchs bewegte sich der Spielmann Silvio mit seiner Leier durch den Saal und sang eines der alten Heldenlieder auf Tiudsk. Um diese Zeit konnte man nur noch Tiudsk singen, am besten das Lied von Ruoland. Manchmal verlangte der König, dass er das Lied ein zweites Mal vortrug, und warf ihm danach einen Beutel mit Silbermünzen zu, einfach so. Singend stieg er über die Leiber volltrunkener Gäste. Die fränkischen Recken, die mit rotem Kopf schwitzend am Tisch saßen, konnten sich gerade noch auf den Sitzen halten. Nur die ältere Äbtissin horchte auf, als er die Weise vom kühnen Ruoland anstimmte, doch ihr Gesicht verzog sich unmutig. Sie hob die Hand.

Er verbeugte sich vor ihr. «Ihr wollt es nicht hören, Abbatissa?»

«Nicht zum dritten Mal.»

«Wie Ihr wollt.»

Die Äbtissin reichte ihm eine Münze, diesmal, weil er aufgehört hatte. Der Spielmann verdrehte die Augen, als er sie einsteckte.

Ada sah zu ihrem Halbbruder hinüber, der nach einer weiteren Portion Spießbraten griff. Karl war bester Stimmung und nur leicht angeheitert. Fastrada, wie so oft von Zahnschmerzen gequält, hatte sich längst von der Tafel zurückgezogen. Alkuin saß neben seinem Herrn und lachte albern. Er betrank sich nicht wie die fränkischen Krieger, er trank lediglich etwas mehr, als ihm guttat, und erzählte in elegantem Latein schlüpfrige Witze, die für die fränkischen Recken viel zu schwierig waren. Alkuin sah irritiert in das ratlose runde Gesicht seines Gegenübers Meginhard, der den Witz einfach nicht verstanden hatte, und begann auf Tiudsk die Pointe zu erklären.

«Ihr könnt kein Latein?», fragte er schließlich.

«O doch, aber nicht, wenn es so schnell gesprochen wird. Meister Alkuin, Ihr sprecht zu schnell und zu undeutlich.»

Alkuin durchschoss der Gedanke, dass die Umgebung des

Frankenkönigs von zu viel Wein, Bier und der allgemeinen Fresserei geschädigt war. Man hätte die hohen Herren allesamt für Jahre zum Wassertrinken verurteilen müssen, dann stünde es jetzt besser um die Regierungsgeschäfte und das Erziehungswesen im Lande. Wohin Alkuin auch gekommen war, überall waren ihm Geistliche in schmutzigem Gewand mit rotem Kopf entgegengetaumelt. Bei den höheren Klerikern und Äbten war es kaum besser. Wohlgefällig nickte er Ada zu. Ada und Gisela waren Lichtblicke in dieser Welt des Saufens, wie überhaupt die Frauenklöster wohltuend von den von Äbten geführten abstachen, was Bildung und Fleiß anging. Alkuin bedauerte, dass Ada ihn so reserviert behandelte. Umso besser verstand er sich mit der jüngeren Schwester des Königs, die sich in vielen Fragen der Klosterführung von ihm beraten ließ.

Rotrud gähnte. Für ein nicht einmal elfjähriges Kind, fand Ada, gehörte es sich nicht, so lange an der Tafel zu sitzen und den längst nicht mehr untadeligen Reden der fränkischen Edlen zuzuhören.

«Rotrud gehört ins Bett», sagte Gisela streng.

«Frag sie doch. Sie will nicht», rief Karl. «Sie ist immer die Letzte, die aufsteht.»

«Sie ist ein elfjähriges Kind», sagte Gisela.

Karl blickte auf seine jüngere Schwester. Gisela trug die dunkle Nonnentracht, während Ada ihr blaues Seidengewand anhatte. Mit dem glanzlosen roten Haar war sie nach dem Vorfahren Arnulf geraten und nach dem Onkel Karlmann, den es in den besten Mannesjahren ins Kloster von Montecassino gezogen hatte, eine vergeistigte Asketin, den Freuden des Lebens abhold und als einziger Abkömmling Pippins wie dieser von schmächtigem Körperbau. Dennoch gab es hochgeborene Franken, die sich in Gisela verliebt hatten und sie gerne zur Burgherrin gemacht hätten. Vielleicht hatten ja die Gebete ihres päpstlichen Taufpaten Paul in Rom Wirkung getan, dem Pippin das Tauftuch des Säuglings Gisela zugeschickt hatte mit der Bitte, für das geistige und seelische Wohl der Kleinen zu beten. Niemand hatte König Pippins jüngste Tochter ins Kloster gezwungen. Freiwillig hatte sie sich in diese Welt begeben, in der kein Blut floss, wo man freundlich miteinander umging, wo niemand fluchte und keine Köpfe rollten.

Giselas Geist stand dem ihres Bruders und ihrer Eltern nicht nach. Sie war scharfsinnig und in den Künsten bewandert. Manches Gesetz ihres Bruders hatte sie mitformuliert, manches diplomatische Schreiben nach Byzanz eigenhändig verfasst.

Der bucklige Pippin mit dem schönen Gesicht, inzwischen stolze sechzehn, sah noch recht nüchtern aus, während seine jüngeren Brüder, der rotblonde Pippin und der dunkelhaarige Karl, mit glasigem Blick sich kaum aufrecht halten konnten. Karl hatte die Ellbogen auf den Tisch gestützt und hielt mit Mühe die Augen offen. Er war erst dreizehn, aber entschlossen mitzuhalten. Und der andere Pippin wollte mit seinen zwölf Jahren nicht weniger männlich sein als die älteren Brüder.

Ada runzelte die Stirn. Es war schwer, überhaupt zu Wort zu kommen, wenn Alkuin ständig auf Karolus einredete. Seit Tagen schon hatte sie sich vorgenommen, ihren Bruder auf den Sardonyx mit der Familie des heiligen Konstantin anzusprechen. Yolanda hatte recht – der geschnittene Stein mit den drei Schichten war der einzig würdige Schmuck für das neue Prachtexemplar, das Imma ausmalen sollte. Noch lag das Kleinod in der Schatzkammer des Papstes in Rom. Yolanda hatte Ada dringend geraten, in dieser Sache Karolus um Vermittlung zu bitten.

Doch die Abende verstrichen, ohne dass sie auf ihr Anliegen kommen konnte. Es war nicht nur Alkuin, der sie von ihm trennte, nein, es war auch die größer werdende Schar seiner Kinder, von denen die ältesten schon fast erwachsen waren, die schöne Fastrada und die Verwaltungsaufgaben des Frankenreichs.

Ada seufzte und beschloss, sich den Abend nicht mit trüben Gedanken zu verderben.

Sie schätzte geistreiche Gespräche mit Alkuin und Theodulf, deren geschliffenes Latein sie bewunderte. Es bereitete ihr Vergnügen, mit den Großen und Edlen an Karls Tafel Neuigkeiten auszutauschen. Diese Art von gehobenem Klatsch war im Trierer Kloster undenkbar. Und natürlich hatte es seinen Reiz, mit dem einen oder anderen von ihnen zu kokettieren. Gisela hingegen senkte den Blick beim Anblick ansehnlicher Männer oder ging ihnen aus dem Weg. Sie wollte nur Gott dienen. Schon immer war Pippins jüngere Tochter so gewesen. Ganz früh hatte sie sich für das Klosterleben entschieden, obwohl es ihren Eltern nicht recht war. Es war ihr nie um die Machtstellung einer Äbtissin gegangen; Gisela wäre auch als einfache Nonne glücklich geworden.

Gisela war aufgestanden. Sie nickte ihrem Bruder leicht zu und nahm Rotrud an der Hand. Sie strich ihrer Nichte über das dichte blonde Haar und führte sie davon. Ach, dachte Ada. Die Kleine war noch zu jung für das, was ihr bevorstand. Byzanz mit seinen Intrigen, Giftanschlägen, den allmächtigen Eunuchen und der unvorstellbaren Grausamkeit der Strafen, den strengen kirchlichen Gesetzen, Heilige Maria, dafür musste selbst eine fränkische Prinzessin älter und gefestigter sein. Rotrud in ihrer mädchenhaften Unschuld und kindlichen Verspieltheit würde sich dort nicht zurechtfinden. Adas Augen trafen in diesem Moment die ihres Bruders. Er lächelte schief.

«Wir haben wieder einmal das Gleiche im gleichen Moment gedacht», sagte sie.

«Setz dich neben mich», bat er.

Sie bahnte sich den Weg zu ihm. Einer der Pagen schob rasch einen gepolsterten Sitz für sie an die Seite des Königs.

«Kaiserin in Byzanz, sie.» Das schiefe Lächeln stand immer noch in seinem Gesicht.

«Hast du Angst?»

«Am liebsten würde ich es machen wie unser Vater, als die Gesandtschaft Gisela abholen wollte.» Er seufzte. «Aber so etwas kann der Frankenkönig nur einmal in hundert Jahren tun.»

Die zehnjährige Gisela war ihrem Vater weinend um den Hals gefallen und hatte ihn angefleht, sie nicht nach Byzanz zu schicken. König Pippin hatte nach kurzem Bedenken den verärgerten Gesandten erklärt, er bringe es nicht übers Herz, sein Kind fortzugeben. Es war nicht so einfach gewesen, wie Pippin die Geschichte später immer wieder erzählte. Die Angelegenheit hatte zu ernster Verstimmung zwischen beiden Staaten geführt. In den heutigen Zeiten war ein solcher Affront gar nicht möglich. Außerdem war alles längst vorbereitet. Der byzantinische Prinz und Rotrud wechselten reizende Briefe miteinander. Es war sogar etwas wie eine Freundschaft zwischen den beiden entstanden, was auf eine glückliche Verbindung hoffen ließ. Konstantin, das hatten sowohl die fränkischen Spione wie die byzantinischen Gesandten versichert, besaß ein umgängliches, freundliches Wesen. Er war von tiefer Frömmigkeit und seiner Mutter ergeben.

«Rotrud fortlassen –» Karl schüttelte den Kopf.

«Deine Söhne hast du doch auch in ihre Teilreiche ziehen lassen», erinnerte Ada ihren Bruder. «So jung sie auch waren.»

«Pippin Rothaar war nie allein, Adalhard führt die Geschäfte für ihn. Adalhard ist zuverlässiger als ich selbst. Und Ludwig – Ludwig war nie jung. Mit drei Jahren war der Junge erwachsen. Mit vier konnte er reiten und beten. Aber Töchter – Töchter sind keine Söhne, verstehst du. Jeden Tag muss man Angst um sie haben.» Er seufzte auf. «Du weißt nicht, wie Männer draußen in der Welt mit ihren Ehefrauen umgehen. Sie prügeln sie, sie sperren sie ein. Lieber möchte ich ein Hund sein als eine Frau. Was meinst du, soll ich Alkuin mit ihr nach Byzanz schicken?»

«Lass den Schwätzer hier, Rotrud wird er nicht helfen.» Ada lachte. Unleugbar war Karolus seinen Töchtern ein liebevoller Vater; selbst um die, die von längst vergessenen Konkubinen abstammten, kümmerte er sich.

«Die Geschichte wiederholt sich nicht. Diesmal wird die fränkische Prinzessin Kaiserin in Byzanz. Dein Enkel wird, deo volente, am Bosporus herrschen», sagte sie sanft und nahm seine Hand.

«Es gefällt mir trotzdem nicht.»

«Erstens, du schickst sie nicht in die Hölle. Zweitens, es ist noch nicht so weit. Denk an den Glanz und den Ruhm für deine Tochter. Ihre Freundinnen werden sie begleiten. In zehn Jahren, nicht vorher.»

«Die hübsche Sächsin und Imma aus deinem Kloster, das ist gut.» Er wischte sich die Augen. «Nein, ich will nicht daran denken. Selbst in zehn Jahren ist es zu früh.» Es klang so weinerlich, wie er manchmal wurde, wenn er zu viel getrunken hatte.

«Sie wäre eine Geisel in Byzanz. Wenn man sie quält, werde ich es erst Monate später erfahren. Was auch immer geschieht, ich kann ihr nicht einmal helfen.» Er schloss die Augen, dann sprach er leise weiter. «Byzanz ist ein Schlangennest. Eunuchen wie Elissaios haben dort das Sagen. Kaiserin Irene ist eine Frau und Konstantin ein Kind. Irene hört auf das Geschwätz der Langobarden am Hof, die gegen uns Franken intrigieren. Noch kann man Rotrud gar nicht dorthin schicken. Sie ist voll kindlicher Unschuld.»

Ada sah die Dinge anders als er. Irene, die Herrscherin über das Byzantinische Reich, hielt sich dort schon seit einigen Jahren. Ihren amtlichen Schreiben nach zu schließen, war sie willensstark und selbstbewusst.

«Bruder, es ist uns nicht vergönnt, durch das Schlüsselloch der Tür in die Zukunft zu schauen. Gott will nicht, dass wir Wahrsager befragen und den Vogelflug deuten. Das alles», sie sah ihn streng an, «sind heidnische Bräuche, ist Götzendienst und Aberglaube.»

Er legte seine sonnenverbrannte Kriegerhand auf ihre zarte, hellhäutige.

«Aber die Sterne darf auch der Christ sich deuten lassen. Die Sterne lässt Gott für uns leuchten, und die Astronomie ist eine Wissenschaft.»

Ada gab es auf, ihm zu widersprechen, und senkte den Kopf. In den Tiefen seiner Seele war er immer noch ein Heide, so wie die meisten. Die Taufe löschte nicht alles aus, was tief in der Seele noch an heidnischen Vorstellungen lag. Tägliches Gebet und der Besuch des Gottesdienstes genügten nicht, um den Menschen zum Christen zu machen. Reste von Rohheit und Aberglauben hafteten in jeder Seele, am Ende sogar in ihrer. Der Mensch war in diesem Erdenleben bedenklich eng mit der Sünde verbunden.

Imma als Novizin

Die Sachsen hatten Attigny längst verlassen, doch Ada dachte nicht daran, nach Trier zurückzukehren. Sie schätzte es, unter Männern und Frauen zu sein, Pferde wiehern zu hören, Schmuck zu tragen und frivolen Liedern zu lauschen. Das Leben am Hof war voller Überraschungen und Abwechslung. Vor allem genoss Ada die Nähe zu ihrem Bruder. Er fragte sie um Rat in Fragen der Politik, Religion und Medizin. Es zog sie immer wieder da hin, wo Karl sich gerade aufhielt. Sie hatte eine seltsame Angst um ihn, etwas Schreckliches, ein Attentat, eine tückische Krankheit könnten ihm zustoßen. Sie konnte ihn vor seinen Feinden warnen. Sie konnte die meisten Krankheiten kurieren, fast wie ein Arzt. Immer hing der Lederbeutel mit Kräutern und Mixturen an ihrem Gürtel. Noch einen Grund gab es für sie, sich möglichst oft in der Nähe des Frankenkönigs aufzuhalten. Es war die Angst, dass sie nicht da wäre, wenn er starb. Sollte er sterben, furchtbar und kaum auszudenken, war es das Furchtbarste, diesen Tod zu verpassen. An diesem Tag musste so viel geregelt werden, da durfte nichts in die falsche Richtung laufen. Ja, es war gut, wenn sie dann da war.

«Ich weiß wirklich nicht, warum ihr beide nur noch mit mürrischem Gesicht herumlauft. Ihr habt hier fast alle Freiheiten», herrschte sie Imma und Gerswind an, die vor dem Kaminfeuer saßen und sich die Hände rieben.

«Rotrud wartet auf euch. Und Elissaios würde sich freuen, wenn ihr an seinem Unterricht teilnehmt.»

«Wir wollen beide nicht nach Konstantinopel», sagte Imma.

«Halt den Mund, du ungezogenes Ding. Ihr seid undankbar.» Adas Gesicht verzerrte sich vor Ärger. «Macht euch schön und kommt mit.»

Imma duckte sich in Erwartung einer Ohrfeige, aber die Äbtissin war in Gedanken schon bei der Festtafel ihres Bruders. Sie verließ das Palisadenhaus, ohne einen Blick zurückzuwerfen.

«Sie benutzt neuerdings Parfümöl», stellte Gerswind fest. «Sie macht Adalhard Augen.»

«Byzantinisches Parfümöl.»

«Ich habe keine Lust, mitzukommen und nach Männern Ausschau zu halten», schnaubte Gerswind.

«Das musst du nicht. Aber vielleicht ist es besser, wenigstens einen Franken zu heiraten, wenn du ja doch nicht mit Wikbert –»

«Nein», sagte Gerswind fast drohend. «Und wenn es hundert Jahre dauert. Ich warte auf Wikbert.»

Der von Ochsen gezogene Wagen setzte sich schwerfällig in Bewegung. Imma saß zwischen dem Gepäck, ein Stück entfernt von Gerswind. Ada war gerade dabei, sich in eine wollene Decke einzuwickeln. Ein paar Tage zuvor war ein Schreiben aus Trier gekommen. Schwester Rustica bat die Äbtissin darin dringend, baldmöglichst nach Trier ins Kloster zurückzukehren. «Erschreckende und unangenehme Dinge haben sich zugetragen», hatte sie geschrieben. Außerdem war die Aquitanierin verstorben. Sie war friedlich entschlafen, ohne Krankheit, ohne längeres Leiden. Rustica teilte es mit, als sei es eine Nebensächlichkeit.

«Ich kenne Rustica gut genug. Wenn sie so schreibt, ist es ernst. Aber warum diese seltsamen Andeutungen?», hatte Ada gefragt und stirnrunzelnd den Brief ein zweites und drittes Mal vorgelesen. «Wahrscheinlich hat das Hochwasser den Keller überflutet, und die Vorräte sind alle verdorben. Wir müssen unverzüglich zurück nach St. Irminen. Packt die Sachen zusammen, Kinder, und verabschiedet euch.»

Nun waren sie unterwegs nach Trier. Seit die Sachsen Attigny verlassen hatten, hatte Imma sich mit jedem Tag ein wenig von dem Schrecken und dem Schrecklichen erholt. Aber es war ihr nicht mehr möglich gewesen, allein im Gästehaus zu sein. Nun war sie froh, in die Sicherheit des Klosters zurückzukehren.

«Ich habe mich jetzt entschieden, Mutter Äbtissin», begann Imma leise.

«Wofür?» Adas Stimme klang gereizt.

«Für das Noviziat. Ich möchte auch wieder im Skriptorium arbeiten und Bilder malen, für den Rest meines Lebens. Eigentlich kann ich das viel besser als Dokumente schreiben, bei denen es nicht darauf ankommt, ob sie schön geschrieben sind.»

Adas Miene verfinsterte sich.

«Ich bin deine Mutter Äbtissin, Imma. Ich weiß besser als du selbst, was gut für dich ist. Bilde dir nicht ein, du könntest vor den Aufgaben, die auf dich warten, zurück ins Kloster flüchten.»

«Ich bin nicht geschaffen für die Welt.»

«Du musst dich erst an sie gewöhnen. Nach der Ruhe im Kloster war das alles vielleicht zu neu und aufregend für dich.» Ada lehnte sich in ihrem Sitz zurück, legte den Kopf auf das Kissen und schloss die Augen.

«Darf ich Novizin werden?»

Ada hielt die Augen geschlossen und schien zu überlegen. «Du musst an dem Evangeliar arbeiten, du weißt, dem Auftrag Bertradas.»

«Das meine ich nicht. Ich will gerne wieder schreiben

und illustrieren. Aber es ist mir wichtig, Nonne zu werden, eine richtige Sacrata. Jetzt lebe ich im Kloster und bin immer noch eine von den Schülerinnen. Ich kann nicht dabei sein, wenn die Sacratae ihren Klosterdienst erfüllen.»

«Ja, wenn es dein Wunsch ist.» Dann war Ada auch schon eingeschlafen, wie sie immer tat, wenn sie reiste. Imma saß starr vor Glück neben ihr. Sie hatte erreicht, was sie wollte. Hatte sie die Gelübde als Novizin erst einmal abgelegt, war der erste Schritt getan. Sie würde eine richtige Nonne werden, wie Lilia, wie Schwester Rustica, wie die weise alte Yolanda. Und vielleicht gab es den Weg zurück ins Skriptorium, zu der Welt der Bilder und Farben. Sie musste Marso darum bitten, ihr behilflich zu sein. Marso! Er hielt etwas auf sie, er hatte sie oft gelobt. Vielleicht konnte sie mit seiner Vermittlung erreichen, wieder an einem Kodex zu arbeiten. Ohne den Duft nach Farben, ohne Zeichnungen und frisches Pergament war das Leben öde und grau.

Lilias Verhör

Es tat gut, wieder im Trierer Kloster zu sein. Der Duft nach Weihrauch und Wachskerzen umfing sie wieder, so weich und tröstlich wie vor langer Zeit Beggas wollener Mantel.

Imma summte vor sich hin, als sie ihre Kleidungsstücke aus der Reisetruhe zurück in die Truhe im großen Schlafsaal der Schülerinnen ordnete. Madelgard sah neugierig zu. Sie war Begga äußerlich noch ähnlicher geworden, ihr Haar war ebenso fein und hell, ihre Haut ebenso blässlich. Imma hielt unwillkürlich inne. Madelgards Wesen jedoch unterschied sich völlig von dem ihrer Mutter. Das Mädchen, das Begga so ähnlich sah, hatte eine kräftige Stimme und war voll von ungestümem Übermut.

«Du wirst nie eine Nonne werden», entfuhr es Imma.

«Warum nicht?»

«Stell keine dummen Fragen, ich weiß es nun mal. Bring die Ketten und Armreife ins Zimmer der Äbtissin zurück. Ich werde in den nächsten Tagen Armut, Keuschheit und Gehorsam geloben.»

«Schade», sagte Madelgard und strich über die Kette mit den Onyxperlen.

«Ich vermisse hier nichts.»

«Das glaube ich dir nicht.»

«Hier ist Frieden, wenigstens hier», sagte Imma träumerisch.

«Nein, auch hier nicht.»

«Was fällt dir ein, mir zu widersprechen? Du hast keine Ahnung vom Leben.» Imma behandelte Madelgard so, wie Ada sie behandelte. Wenn sie freche Antworten gab, ohrfeigte sie sie zweimal hintereinander und ging schnell aus dem Raum. Manchmal nannte sie sie «Kind», und auf viele Fragen antwortete sie gar nicht. Außer Madelgard ließ sich kein Mädchen so von Imma behandeln. Selbst die jüngeren waren stolz und eingebildet aufgrund ihrer adligen Herkunft. Madelgard aber nahm Immas Ungerechtigkeiten klaglos hin, Imma stellte eine große Autorität für sie dar. Sie war zufrieden, wenn die große Schwester sich überhaupt um sie kümmerte. Selbst Ohrfeigen waren eine Art der Zuwendung.

«Aber ich habe Augen im Kopf. Ist dir nichts aufgefallen?»

«Was hätte mir auffallen sollen?»

«Marso ist nicht mehr im Kloster.»

Heißer Schrecken durchfuhr Imma. Marso hatte immer wieder betont, wie begabt sie als Malerin war. Er hatte sie für das ein oder andere getadelt, ihr aber auch wichtige Hinweise gegeben.

«Wo ist er?»

«Er ist im Kerker.»

«Warum? Was hat er getan?»

Madelgard zuckte die Achseln.

«Irgendetwas wirst du doch gehört haben.» Es war mehr als Neugier, was Imma bewegte.

«Sie sagen –» Madelgard verstummte.

«Was sagen sie?»

«Sie sagen, er hat einen Bund mit dem Teufel geschlossen. Ada wird dir sicher alles berichten. Ich weiß nichts Genaues. Bischof Weomad war wieder im Kloster und hat das Skriptorium ausräuchern lassen.»

«Das Skriptorium?»

«Sie haben die Kodizes ins Feuer geworfen.»

«Das ist unmöglich.»

«Ich habe selbst gesehen, dass die Kodizes aus dem Skriptorium ins Feuer geworfen wurden. Geh in den Kreuzgang und sieh dir die Brandstelle an. Zwischen den Gräbern wurde ein Feuer aus Stroh und Reisig entfacht. Dahinein haben sie die Bücher geworfen.»

«Die Kodizes ins Feuer?»

«Einen nach dem anderen, während der Bischof dabeistand und betete.»

«Aber warum?» Die Kodizes waren von unschätzbarem Wert.

«Die Einbände mit dem Gold und den Edelsteinen wurden vorher abgenommen. Aber das meiste Geschriebene und Gemalte wurde vor den Augen von Weomad in den Kamin geworfen.»

Die Kleine erzählte kein Märchen, um sie zu erschrecken. Imma zitterte am ganzen Körper.

«Warum ist Lilia nicht hier? Und wo ist Schwester Ursula?»

«Ich habe Schwester Rustica in die Hand versprochen, nichts zu erzählen.»

Das trübe Wetter und das düstere Licht des Februars bedrückten Imma noch mehr. Unerhörtes war innerhalb der Klostermauern geschehen. So gesprächig die Schülerinnen sonst waren, diesmal wollte keine erzählen, was sie gehört und gesehen hatte. Sie betrachteten Imma als ein Anhängsel der Äbtissin, ohne eigenen Willen und ohne eigene Gedanken. Wulftrud ging ihr aus dem Weg, und Lilia war verschwunden. Sobald die Rede auf die Lehrerin kam, sahen die Mädchen zu Boden.

«Ich weiß nichts», sagte die Kellermeisterin Beata mit verstörtem Blick, als Imma sie nach Lilia fragte. «Nichts weiß ich, gar nichts.»

Etwas abseits im Kreuzgang stand Laurentia und schlug sich klatschend die Geißel über den nackten vernarbten Rücken.

Eilig schritt die Äbtissin voran, Imma hastete hinterher.

In den Tagen zuvor war Ada fast ununterbrochen bei Bischof Weomad in St. Maximin gewesen und nur zum Schlafen kurz ins Kloster gekommen. Sie hatte Imma nicht mitgenommen und ihr auch nichts über die Besprechungen mitgeteilt. Aus der Art, wie sie an ihrer Unterlippe kaute, wenn sie zurückkam, schlossen alle, dass es um nichts Gutes ging. Die gute alte Fides war an den Abenden, wenn die Äbtissin zurückkam, mit einem Napf Suppe hinter ihr hergelaufen und hatte vergeblich versucht, sie zum Essen zu bewegen.

«Du weißt, dass du zum Stillschweigen verpflichtet

bist?», fragte Ada und ergriff Immas Arm, als sie vor der Tür des Äbtissinnenzimmers angekommen waren.

«Ja, natürlich», antwortete Imma verwundert.

Ada schloss auf. Mit einem Knarren öffnete sich die Tür. Der Raum roch ungelüftet, so als habe während der Abwesenheit der Schwester des Königs niemand gewagt, ihn zu betreten. Dennoch waren die Holzdielen des Bodens blank gescheuert, und kein Körnchen Staub lag auf der Platte des Schreibtischs. Der goldene Reliquienbehälter blinkte auf.

«Deine Aufgabe ist es, in Schnellschrift das Protokoll des Gesprochenen zu erstellen.»

Ada nahm hinter ihrem Schreibtisch Platz, und Imma setzte sich an das Schreibpult.

«Du darfst nichts weglassen und nichts hinzufügen.» Das Gesicht der Äbtissin blieb ernst.

Wieder ging die Tür knarrend auf, und Lilia trat ein.

Ihr Gesicht war verquollen und verweint, und Imma fragte sich erschrocken, was in den Monaten ihrer Abwesenheit vorgefallen war. Lilias Blick suchte den ihren; beschämt senkte Imma die Augen.

«Knie nieder», befahl Ada mit erhobener Stimme.

Lilia sank sofort zu Boden. Ihre Stirn berührte die Holzplanken.

«Du hast Gold gestohlen», begann Ada. «Trifft diese Anschuldigung zu?»

«Ja.» Es war nur ein Hauch.

Immas Hand zitterte, während sie schrieb.

«Über Monate hinweg bist du immer wieder in die Magazine im Keller und in das Skriptorium eingedrungen und hast Gold von dort genommen. Bestätigst du es, oder hast du Einwendungen?»

«Ich bestätige es und bin mit jeder Strafe einverstanden.»

«Langsam. Du bist hier, um zur Aufklärung eines Verbrechens beizutragen. Bevor du bestraft wirst, musst du mir alles sagen, was du getan hast.»

«Ich kann nicht.» Auch das war nur kaum verständliches Flüstern.

«Du musst bekennen, wenn du deine Seele retten willst.»

Die Gestalt am Boden schüttelte sich vor Schluchzen.

«Ich gehe davon aus, dass du das geraubte Gold nicht für dich persönlich verwendet hast. Was hast du damit gemacht?»

Imma und Ada horchten angestrengt hinüber. Doch es kam keine Antwort.

«Als deine Mutter Äbtissin ermahne ich dich, zu sprechen. Es hat Mut dazu gehört, zu stehlen. Hab jetzt den Mut, deine Schuld zu offenbaren.»

Lilias Weinen nahm kein Ende. Mit steinerner Miene lehnte Ada sich zurück. Nicht eine Spur von Mitleid war ihr anzumerken, während Imma sich um Fassung bemühte. Nie hätte sie für möglich gehalten, dass Lilia auch nur ein Stück Brot stahl. Was Ada jetzt gegen die einstige Lehrmeisterin vorbrachte, ging über Immas Vorstellungskraft.

«Bekenne alles, was vorgefallen ist. Oder möchtest du aus meinem Mund hören, was ich in Erfahrung gebracht habe?»

Weinend verharrte Lilia auf dem Boden.

Ada griff nach der bronzenen Glocke und läutete.

Mit verstörtem Blick trat Schwester Beata ein.

«Beata, berichte, was du im Keller gefunden hast.»

«Es war der Nachmittag des Dreikönigstags. Hinter dem Holzstoß für die Küche und die Wärmestube hörte ich ein Wimmern. Ich dachte, es sei ein eingeschlossenes Tier, und begann zu suchen. Was ich fand, war ein in Windeln gehülltes neugeborenes Kind. Es war dem Tode nah.»

Nach diesen Worten begann die Kellermeisterin heftig zu schluchzen.

«Geh wieder hinaus, Beata. Hast du mitgeschrieben, Imma?»

Imma nickte, während Beata davonschlich.

«Es war ein neugeborenes Kind, und es starb wenige Stunden später.» Adas Stimme dröhnte durch den Raum wie die eines Mannes.

Lilia stöhnte auf.

«Es war dein und Marsos schuldbeladenes Kind, zu dem du dich nicht bekennen wolltest, weil du feige bist. Eine Diebin und eine Mörderin, die nach außen versucht, die fromme Lehrerin junger Mädchen zu spielen. Sprich, Lilia, wenn du etwas zu deiner Entlastung vorzutragen hast.»

Jetzt war es völlig still. Ada wartete. Imma kämpfte gegen einen Krampf in ihrer Schreibhand an.

«Wer sein unschuldiges Kind hungrig und frierend zurücklässt, in der Absicht, es ungetauft und elend verhungern zu lassen, hat den Tod und die Hölle verdient.»

Lilia hob den Kopf. Ihre Stimme war erstaunlich klar. «Ist es wirklich tot?»

Der Krampf in der Hand hielt an. Mit ungelenken, hässlichen Buchstaben notierte Imma, was sie vernahm.

«Verhungert», donnerte Ada. «Beata fand es zu spät, weil seine Mutter es hinter die Holzstöße gelegt hatte, wohl wissend, dass man das Kind dort spät oder nie entdecken würde.»

«So schnell verhungern neugeborene Kinder nicht», wandte Lilia ein.

«Widersprich deiner Äbtissin nicht. Das Kind lebt nicht mehr.»

«Wo – habt Ihr es begraben?»

«Das braucht dich nicht zu kümmern.»

«Ich muss es wissen.»

«Was willst du an seinem Grab?» Ada lachte wütend auf.

«Ich will dort für seine Seele beten.»

«Du wirst nie erfahren, wo wir es begraben haben. Warum schreibst du nicht, Imma?»

«Gleich, ich muss nur – muss ich das alles niederschreiben?»

«Es ist ein Verhör, von dem der Bischof eine Abschrift erhalten wird.»

«Meine Tochter war getauft», es klang wie ein Aufbegehren Lilias. «Ich habe ihr den Namen meiner Mutter Duodha gegeben. Und ich wollte sie niemals töten –», ein kurzer Schluchzer unterbrach ihre Ausführungen. «Ich habe Beata in den Keller geschickt und gesagt, ich hätte dort ein Wimmern gehört. Zweimal habe ich sie geschickt, bis sie das Kind fand. Es hat noch gelebt, als sie es brachte, und es schien mir lebhaft und kräftig.»

Auch jetzt ließ die Äbtissin keine Regung erkennen, und Imma begriff, dass das, was hier vorging, schon oft passiert war.

«Kommen wir zu Marso –»

Lilia richtete sich auf und öffnete den Mund.

«Er hat dich verführt und muss der Vater deiner Tochter sein. Ist es so?»

«Ich habe ihn geliebt und liebe ihn noch», erwiderte Lilia mit fester Stimme. «Jemanden zu lieben ist kein Verbrechen.»

«Ich erinnere dich an deine vor Gott abgelegten Gelübde. Beauftragt von deinen Eltern, die dich in dieses Kloster geweiht haben, hast du schon als Mädchen Keuschheit, Armut und Gehorsam versprochen. Nein, du solltest ihn nicht lieben. Marso ist nicht der, den du in ihm gesehen hast. Er hat dich verführt und deine Seele an den tiefsten Abgrund geführt.»

«Ich bin erwachsen. Was geschehen ist, habe ich aus freien Stücken getan.»

Die plötzliche Sicherheit, die Lilia gewann, um Marso zu verteidigen, ließ Ada verstummen. Sie kaute an ihrer Unterlippe.

«Hat Marso dir auch geraten, dein Kind in die Flammen zu werfen?», wollte sie schließlich wissen und beugte sich Lilia entgegen.

«Nein.» Lilias Wangen waren gerötet, und ihre Stimme gewann mit jeder Antwort mehr Festigkeit.

Ada sprach leise, als sei ihr das Vorgefallene selbst peinlich, als schäme sie sich persönlich für Marsos Taten.

«Marso hat viel mehr Kinder gezeugt, als du glauben willst, Lilia. Einige von ihnen haben nur kurz gelebt. Die eigenen Mütter haben sie ins Feuer geworfen, um jede Spur ihres Erdendaseins zu vernichten.»

«Woher wollt Ihr das wissen, Mutter Äbtissin?» Lilias Augen waren schreckgeweitet.

«Du weißt, dass ich hier im Kloster allen die Beichte abnehme. Nein, du wirst die Namen der betroffenen Nonnen nie erfahren. Marso hat nicht nur dich verführt.»

«Und Ihr habt den Mitschwestern die Absolution gegeben und sie weiterhin im Kloster gelassen?»

«Keine von ihnen hatte das Gold des Herrn entwendet.»

Wieder wurde es still im Raum. Lilia hatte die Hände gefaltet und betete lautlos, weinte aber nicht mehr. Imma ließ die Feder sinken.

Plötzlich begann Lilia wieder zu sprechen. Weder Ada noch Imma hatten erwartet, dass sie noch etwas sagen würde. Immas Feder kratzte über das Pergament, während ihre Schreibhand zitterte.

«Obwohl ich eine Nonne bin und in den Dingen der Welt ohne eigene Erfahrung, konnte ich doch die Zeichen deuten, die Gott mir gab. Ich erkannte, in welchem Zustand ich war, und, verzeiht mir, begann, mich auf mein Kind zu ſreuen. Auch nach der Geburt war ich entschlossen, das Leben meiner Tochter zu bewahren.»

«Wie hast du sie geboren?»

«Als die Schmerzen mich überkamen, verbarg ich mich hinter dem Holzhaufen, weil ich wusste, dass man mich dort nicht suchen würde. Ich hatte Tücher und ein frisches Gewand mitgenommen. Der Schmerz nahm mir den Atem, und ich war sicher, ich würde sterben. Nie zuvor hatte ich solche Qualen erlitten.»

«Du hättest eine der Älteren um Hilfe bitten sollen», ließ sich Ada vernehmen. «Eine Geburt ganz ohne Hilfe ist gefährlich für das Leben jeder Frau.»

«Ich hatte mich vorher vertraut gemacht in medizinischen Büchern», bekannte Lilia. «Ich wusste, dass ich die Nabelschnur durchtrennen muss, als das Kind wie durch ein Wunder schließlich hervorgekommen war.»

«Schreib alles mit», befahl Ada mit einem Blick auf Imma, die kurz innegehalten hatte.

«Duodha war mir wichtiger als mein Seelenheil.» Auch jetzt sprach Lilia mit klarer Stimme. «Ich erhob mich mit ihr und trug sie zum Licht, um sie näher zu betrachten. Ihr Gesicht schien mir schöner als das des Jesuskindes. Bei Gott und allen Heiligen, ich habe in meinem Leben nichts Lieblicheres erblickt als dieses Kind. Nur ungern habe ich sie wieder hinter dic Holzstöße gelegt. Sowie ich mich gesäubert und erfrischt hatte, habe ich Beata in den Keller geschickt, obwohl die Gefahr für mich selbst groß war.»

«Glaubst du, sie hat gemerkt, dass du die Mutter des Kindes bist?»

«Es ist möglich», sagte Lilia. «Wenn es so sein sollte, macht ihr bitte keinen Vorwurf daraus.»

Sie erhob sich und trat einen Schritt auf Ada zu. «Mutter Äbtissin, lasst mich wissen, wo mein armes Kind begraben ist.»

«Ich werde es dir sagen, aber nicht heute.» Ada lehnte sich zurück und blickte zur Decke hoch. «Und jetzt sag uns, was du dir dabei gedacht hast, als du das Blattgold gestohlen hast. Du hast es Marso gegeben?»

«Ja.»

«Du hast es in seinem Auftrag gestohlen.»

«Nicht in seinem Auftrag. Ich allein habe es getan.»

«Warum hast du es ihm dann gegeben?»

«Er brauchte das Gold, um gefangene Christen loszukaufen.»

Ada gab einen unwilligen Laut von sich.

«Hat er irgendwelche Beweise gehabt, die dich davon überzeugt haben, dass er das Gold für derlei Zwecke verwendet hat?»

«Für mich gab es nicht den mindesten Grund, an der Wahrhaftigkeit seiner Worte zu zweifeln. Er war es schließlich, der uns Nonnen die heilige Kommunion spendete. Er war der, der Brot und Wein in unserer Kirche regelmäßig verwandelt hat. Mutter Äbtissin, wie hätte ich ihm Misstrauen entgegenbringen können? Ich habe Armut, Keuschheit und Gehorsam gelobt. Auch ihm gegenüber fühlte ich mich zum Gehorsam verpflichtet. In Eurer Abwesenheit, und Ihr wart lange Zeit nicht da, war ich es auch.»

Ada schloss die Augen und verzog den Mund zu einer bitteren Grimasse. Es war ihr anzusehen, wie sie unter Lilias Bekenntnis litt.

«Da ist noch etwas», bekannte Lilia. Jetzt fiel es ihr wieder schwer zu sprechen. «Ihr sollt alles wissen, Mutter Äbtissin.»

«Sprich, Tochter.» Ada kaute wieder an ihrer Unterlippe,

die vom vielen Kauen der letzten Tage wund war. Ada hatte nie an Marso gezweifelt. Gewiss, es war im Laufe der Jahre immer wieder einmal vorgekommen, dass einzelne Nonnen schwanger geworden waren. Meist waren es solche gewesen, die sich aus dringenden Gründen außerhalb des Klosters aufgehalten hatten. Einige hatten sich heimlich bei Nacht entfernt, doch es waren Ausnahmen gewesen. Einmal war Ada sogar sicher, den Übeltäter entdeckt zu haben, einen Pferdeknecht, der Wein ins Kloster geliefert hatte. Der Mann war für Jahre eingekerkert worden. Marso hingegen war über jeden Zweifel erhaben; in all den Jahren war nie ein Verdacht auf ihn gefallen. Im Nachhinein hätte Ada sich am liebsten geohrfeigt. Sie war zu leichtgläubig gewesen, zu beschäftigt mit anderen Sorgen. Yolanda hatte sie immer wieder mit behutsamen Worten gewarnt, sie aber hatte der Klosterältesten ins Gesicht gelacht und sie weltfremd genannt.

«Damals, als Marso mein Beichtvater wurde, war ich in großer Not. Mein Bruder Liutbert war bei einer Fehde ums Leben gekommen, im Zustand der Exkommunikation.»

«Die Sache mit dem Pfarrer.»

«Er erschien mir im Traum und bat mich darum, ihn aus der Hölle, wo er sich befand, zu befreien.» Lilia schwieg erschöpft.

«Tochter, kein Mensch kann eine gefallene Seele aus der Hölle befreien, wie viel er auch betet.»

«So sicher ist das nicht. Bis zum Tage des Gerichts befinden sich alle Seelen in einem Wartezustand, der uns auf der Erde noch die Möglichkeit gibt, ihnen behilflich zu sein. Das habe ich versucht, er ist schließlich mein Bruder, und Marso hat mich dabei unterstützt.»

«Unterstützt.» Ada knirschte mit den Zähnen.

«Zu Marsos Gunsten möchte ich erwähnen, dass meine

Gebete und meine Erniedrigungen zur Erlösung meines Bruders führten.»

Ada schwieg diesmal, nicht gewillt, noch mehr von Marsos Widerwärtigkeiten hören.

«Mein Bruder erschien mir im Traum, um mir mitzuteilen, dass er an einem besseren Ort angekommen ist. Er hat sich auch bedankt. Für Liutberts Seelenheil hätte ich alles getan. Wer steht mir denn näher als meine Geschwister?»

«Deine eigene Seele», sagte Ada.

Nur langsam begriff Imma, wie Marso sich Lilia genähert und sie aus der Gemeinschaft der Nonnen geführt hatte, und auch Ada schien zu verstehen, was die blasse, keusche Lilia dazu gebracht hatte, so viele Klosterregeln zu übertreten.

«Marso war die Schlange im Paradies», sagte Ada. «Er hat dich verführt, so wie es die Schlange einst mit Eva getan hat.»

«Marso ist nicht nur böse.» Lilias Gesicht leuchtete auf. «Und nicht alles, was er zu mir sagte, waren Lügen.»

«Es waren nichts als Lügen, um dich zum Bösen zu verleiten. Du bist das Opfer deiner Gutgläubigkeit geworden. Aber selbst wenn Marso noch so ehrenhafte Gründe gehabt hätte, wäre es ein Verbrechen gewesen, das Gold, das für die Evangeliare gedacht war, für andere Zwecke zu entwenden.»

«Ich weiß.» Lilia senkte den Kopf. «Was auch immer Ihr zu meiner Strafe bestimmt, ich werde sie demütig annehmen und ohne jede Klage ertragen.»

«Für heute bist du entlassen. Bleib in der Zelle, die ich dir zugewiesen habe, und bete für dein Seelenheil und das deiner Tochter.»

«Ich werde auch für Marso beten.»

Arme Verblendete. Ada knirschte mit den Zähnen.

«Ich kann es dir nicht verbieten. Ich aber werde Gott anflehen, dass er ihn, diesen Seelenverderber, in die tiefsten Abgründe der Hölle stößt, wenn es so weit ist.»

Den letzten Satz Adas nahm Imma nicht in das Protokoll des denkwürdigen Verhörs auf. Er war der Abbatissa nicht würdig.

Längst hatte Lilia den Raum verlassen. Imma starrte immer noch auf ihren Bericht.

«Hast du alles niedergeschrieben?», fragte Ada.

«Alles, so gut ich konnte.»

«Als Schreiberin musst du sine ira et studio sein. Ohne Zorn und parteiisches Interesse. Nur eine Betrachterin, die notiert.» Ada lächelte schwach. «Man kann auch das lernen. Du wirst noch viele Verhöre erleben, und du wirst erkennen, dass die Menschen sich ähnlich sind.»

«Aber –»

«Die geborenen Heiligen gibt es auch im Kloster nicht. Der Mensch ist von Geburt aus bereit zu sündigen. Denn die Sünde ist schön und verlockend. Herrlich geschmückt und anziehend kommt sie daher, während die Tugend grau und glanzlos scheint.»

«Welche Strafe steht Lilia bevor?»

«Am liebsten würde ich sie aus dem Kloster verstoßen und zwingen, Marso zu heiraten, ihm Kinder zu gebären und mit ihm zu leben, bis der Tod sie von ihm trennt.»

«Sie wird sich eher aufhängen, als dass sie Marso heiratet, nach allem, was er getan hat», bemerkte Imma.

«Es ist auch deshalb nicht möglich, weil er mit dem Tod bestraft werden wird. Aber ich werde einen anderen Mann für sie finden, dessen Eheweib sie werden muss. Hier im Kloster darf sie nur noch wenige Tage bleiben. Sie wird sich in den Schlaf weinen vor Sehnsucht nach dem Frieden dieser Stätte.»

«Und das Grab von Duodha?»

«Welches Grab?»

«Das, wo Lilias Kind beerdigt ist.»

«Darüber», sagte Ada und erhob sich, «sprechen wir morgen.»

Am nächsten Tag kam Ada nicht mehr auf die Angelegenheit zurück.

So erfuhr im Kloster niemand, ob Lilia mit Adas Bestrafung einverstanden war und ob sie überhaupt Einwendungen gemacht hatte. Mit zusammengepressten Lippen packte Lilia ihre wenigen Habseligkeiten und verließ das Kloster, um zunächst in einer Herberge abzusteigen. Die Nonnen und alle ehemaligen Schülerinnen weinten, als sie sich kurz und eilig von ihnen verabschiedete. Aber hinterher gingen alle ihren üblichen Beschäftigungen nach. Der Unterricht, den früher im Wesentlichen Lilia gegeben hatte, wurde auf mehrere Nonnen verteilt. Auch Imma musste ab und zu einspringen und die jungen Schülerinnen mit der Kunst des Lesens und Schreibens vertraut machen. Die Aufgabe war Imma lästig. Hilflos stand sie der Gruppe kichernder, unruhiger Mädchen gegenüber. Die jüngsten waren fünf, die ältesten fünfzehn. Wie hatte Lilia nur diese Schar temperamentvoller, schwatzhafter Wesen gebändigt? Im Nachhinein empfand Imma Bewunderung. Einige kleinere Mädchen balgten sich auf dem Boden, zogen sich schimpfend an den langen Haaren und kämpften um einen Kalamus. Die älteren saßen mit gelangweilten Gesichtern da und lachten frech, wenn Imma sie bat, doch aufzupassen.

So ausdauernd sie beim Schreiben und Malen war, so ungeduldig war sie jetzt. Imma fühlte sich unfähig, die Fortschritte der Mädchen zu loben und sie zu ermutigen, und bald war sie wieder vom Unterricht befreit, weil die Mädchen sich über sie beklagt hatten.

Einige Tage später wohnten Imma und Beata dem

schlichten Fest bei, in dem die einstige Nonne Lilia mit einem kürzlich getauften sächsischen Gutsverwalter verheiratet wurde, dessen Hofgut hoch im Norden am Hellweg hinter Paderborn gelegen war. Ein Notarius beurkundete, dass Lilia und Ekbert Mann und Frau wurden. In ihrer weltlichen Kleidung war Lilia eine schöne Frau in mittleren Jahren. Sie weinte heftiger, als Bräute üblicherweise weinen, und beim Schmaus und dem Trinkgelage in einer großen Halle nahm sie die Glückwünsche der Verwandten und Freunde ihres Bräutigams mit schwachem Lächeln entgegen. Die Äbtissin Ada hatte ihr sogar eine Mitgift zukommen lassen, zu der zwei Truhen mit Leinentüchern und Kleidung gehörten, ein feiner gewebter Wollmantel mit Kapuze und eingenähtem Pelz sowie Krüge und Kochgeschirr, wie es dem Rang einer Verwaltersfrau zustand. Das kostbarste Geschenk war ein zierlicher Kodex mit Gebeten und Liedertexten aus Immas Hand, den ein Vorsatzblatt mit dem Bildnis des gekreuzigten Jesus zierte. Es war das Blatt, das Imma damals in jungen Jahren unter der Anleitung Marsos gezeichnet und ausgemalt hatte, Beos Körper mit dem lebhaften Gesichtsausdruck des triumphierenden Gekreuzigten.

«Ich werde dir manchmal einen Brief schreiben, Lilia», versprach Imma beim Abschied.

«Darauf freue ich mich.» Lilia umarmte Imma. «Aber bitte lass mich wissen, wo Duodhas Grab ist, sobald du es erfahren hast. Ada hat ihr Versprechen nicht gehalten und mich nicht zu ihm geführt.»

«Ich werde es herausfinden. Ich finde alles heraus, auch wenn es manchmal etwas länger dauert.»

«Schmück es mit Blumen, bitte.»

«Weine nicht, Lilia. Dein Kind bekommt die schönsten Blumen, die ich finde.»

«Bitte, pflanz einen Rosenstock auf das Grab.» Lilia brach

in Tränen aus. Imma umarmte sie zum ersten Mal seit langer Zeit.

«Vielleicht nimmt die Äbtissin mich mit nach Paderborn. Dann werde ich dich besuchen – oder du kommst in die Stadt.»

«Wenn mein Mann es erlaubt –» Lilia warf ihrem Gemahl einen zweifelnden Blick zu. Sein bärbeißiges Gesicht nahm einen Ausdruck von Weichheit an. Sanft legte er die Hand um Lilias Hüfte. Ekbert war kein Etheling, sondern nur ein Friling, was bei den Sachsen einen größeren Unterschied bedeutete als bei den Franken. Imma beschloss, Gerswind auszufragen, die ihr vielleicht Näheres berichten konnte.

«Weine nicht», sagte Ekbert, ich nehme dich irgendwann schon einmal mit nach Trier. Alle zwei Jahre komme ich hierher, um Geschäfte zu machen und meinen Taufpaten zu besuchen.»

Imma hastete in die Kirche, in der um diese Zeit niemand war, kniete an ihrem Platz nieder und versuchte zu beten. Im milden Licht der Wachskerzen erglänzten die Wandbilder der Heiligen. In der Kuppel schwebte unnahbar und streng Christus als Herrscher, ein Schwert in der Hand. Gut, dass es die heilige Irmine und den heiligen Modoald als Helfer und Vermittler gab.

Aller Schmerz brach auf einmal aus ihr heraus. Imma schluchzte und schniefte wie ein betrübtes Kind. Lange Zeit kniete sie so, den Kopf gegen die Holzlehne der Bank vor ihr gepresst. Es dauerte eine Zeitlang, bis sie die Hand auf ihrer Schulter überhaupt bemerkte. Tränenblind blinzelte sie, wer sich neben sie gesetzt hatte. Es war Schwester Fides.

«Was hast du, Kind?», fragte sie.

«Ich weiß es nicht», schluchzte Imma und zog die Nase hoch.

«Sag es mir.»

«Es ist unmöglich.»

«Man kann alles sagen.»

Imma lehnte sich an Schwester Fides' Schulter und versuchte Ordnung in die Gedankenfetzen zu bringen, die auf sie einstürmten wie ein Blätterwirbel im Herbst.

«Nicht auf Lateinisch.»

«Dann sag es auf Tiudsk.»

Imma hörte auf zu weinen. Langsam kehrte Klarheit in ihrer Seele ein. Schwester Fides hatte recht. Es gab Gedanken und Überlegungen, die sie in Tiudsk anstellte, und andere, gewichtige, ernsthafte, elegant formulierte, die sie in Lateinisch ausdrückte. Die einfachen Dinge des Lebens dachte sie auf Tiudsk. Auch wenn sie in Gedanken mit Beowulf redete, war es immer in der Sprache ihrer Kindheit.

«Die Menschen draußen sprechen meistens Tiudsk oder Romans», murmelte sie.

«Das tun wir doch auch im Kloster. In der Küche und im Keller jedenfalls», sagte Schwester Fides sanft. «Wenn ich auf den Markt gehe und Fleisch und Gemüse für den Mittagstisch bestelle, müssen mich die Marktfrauen verstehen. Da geht es nicht darum, Bildung und Gelehrsamkeit zu beweisen. Vergiss nicht, auch Jesus hat zu den Menschen einfach und in Gleichnissen gesprochen, sonst hätten sie ihn nicht verstanden.»

Es dauerte noch eine Weile, dann war Imma so weit, ihren Schmerz in Worte zu fassen.

«Da, wo wir waren, war es schrecklich.» Fides sah sie fragend an.

«In der Pfalz Attigny, wo die vielen Menschen waren, Sachsen und Franken. Aber hier im Kloster ist es nicht besser. Ich dachte, hier sei der Himmel auf Erden, wenigstens hier –»

«Erinnerst du dich, dass ich dich vorher gewarnt habe, mitzugehen?»

Imma fiel es wieder ein. Fides hatte sie immer davor gewarnt, das Kloster zu verlassen und nach draußen, «in die Welt», zu gehen.

Imma nickte.

«Es gibt keinen Himmel auf Erden», sagte Fides mit fester Stimme. «An keinem Ort und zu keiner Zeit. Überall ist es dicht nebeneinander, das Gute und das Böse. Oft genug können wir mit unseren menschlichen Augen beides nicht voneinander unterscheiden. Wenn wir das begriffen haben, sind wir erwachsen.»

«Und Lilia», begann Imma, «dass sie all diese Dinge getan hat, Lilia, du weißt doch, wie sie immer war.»

Fides drückte sie fester an sich. Obwohl Fides eine zierliche alte Frau war, ging doch unglaubliche Kraft von ihr aus. «Es ist sehr schwer, eine Heilige zu sein, Imma. Und es gibt ganz wenige Menschen, die leben wie Heilige. Meistens ist es so, dass die Frauen, die die Stufe der Heiligkeit erreicht haben, vorher gegen den Teufel kämpfen mussten. Oft genug habe ich gesehen, wie sie versucht wurden und machtlos waren. Kein Mensch ist immer stark.»

«Lilia war stark.»

Fides' Worte wurden leiser und verloren sich in beruhigendem Gemurmel. «So wie die Männer im Kampf stolpern und Schild oder Schwert verlieren, so ist es ihr ergangen. Gott wird ihr helfen. Er wird sie nicht verlassen.»

Die Hinrichtung

Alle im Kloster vermissten Lilia. Einige der Schülerinnen weinten abends heimlich ins Kissen, so betrübt waren sie über den Verlust ihrer Lehrerin. Manch eine erinnerte sich noch an Ansgardis, und so wie im Fall der Eingeschlossenen, das wussten sie, durfte auch über Lilia nicht mehr laut gesprochen werden.

Wie sie es gewünscht hatte, hatte Imma mit zwei älteren Mädchen in einer feierlichen Messe die vorläufigen Gelübde für ein Jahr abgelegt. Zusammen mit Wulftrud und Perta nahm sie aus Adas Hand das klösterliche Gewand entgegen, das sie von nun an tragen sollte. Es war aus rauem naturfarbenem Wollstoff. Ein Schleier, der das Haar verhüllte, gehörte dazu. Die drei frisch eingekleideten Novizinnen sahen sich an. Die bodenlangen Gewänder mit den langen Ärmeln hatten sie in Wesen ohne Alter und ohne Geschlecht verwandelt. Sie hatten sich für die Welt des Klosters entschieden; was jenseits der Mauern geschah, bekümmerte sie nicht mehr. Es war ein Abschied, der in diesem Moment schmerzte, aber Imma verspürte auch Freude, dass sie sich entschieden hatte. Klar und deutlich lag der neue Weg vor ihr.

«Von heute an gibt es nur noch zweimal am Tag zu essen», sagte Wulftrud.

Sie gaben sich verschwörerisch die Hand.

«Ob wir es alle drei durchhalten?», sagte Perta. «Man sagt ja, eine von dreien springt irgendwann ab.»

«Ich nicht», sagte Imma.

Schwester Rustica, die Meisterin der Novizinnen, wies den drei neuen Schäflein ihrer Herde ihren Platz im Schlafsaal der Schwestern zu, und es war tatsächlich ein Abschied von Gerswind, die immer noch ihr Bett bei den Schülerinnen hatte.

Die Vormittage verbrachte Imma jetzt wieder im Skriptorium, in dem nicht mehr Marso die Aufsicht führte, sondern eine Nonne aus Rom namens Leontina.

Leontina, eine kleine, energische Person, sprach ein fließendes, wohlklingendes Latein, aber kein einziges Wort Tiudsk. Ihre Stimme war die einer Frau, die gewohnt war, vor anderen zu sprechen und Anweisungen zu erteilen. Imma merkte schnell, dass sie weder die Demut noch die Sanftmut einer Nonne besaß. Auf Widersprüche der Schreibnonnen ging sie nicht ein, überzeugt davon, besser als die Trierer Nonnen zu wissen, was getan werden musste. Sie hatte eine Truhe mit Kodizes mitgebracht, die sie eigenhändig geschrieben und ausgemalt hatte. Über ihren Vorgänger Marso sprach sie nicht, gerade so, als habe sich im Skriptorium vor ihrer Zeit nichts Bedeutendes ereignet.

«Zeig, was du kannst», sagte sie mit ihrer rauen kehligen Stimme, der Stimme eines Mannes. Imma sah erschrocken auf, und Leontina lachte und hielt die Pergamentblätter ins Licht, die Imma ihr zaghaft reichte.

«Die Evangelisten sollten weiße Mäntel anhaben. Ihren Glanz kann man noch mit etwas Gold verstärken», sagte Leontina. Schweigend betrachtete sie Immas Werke. Einmal strich sie mit dem Zeigefinger über die Buchstaben, als wollte sie die Dicke des Farbauftrags prüfen.

«Die Zierbuchstaben gefallen mir noch nicht.»

«Die Zierbuchstaben?», fragte Imma verwundert und blickte auf ihr Blatt.

«Man kann sie raffinierter machen. Man kann, hm, weißt du, was eine Metamorphose ist?»

«Eine Verwandlung?»

«Ja. Dafür eignen sich die Initialen ganz besonders. Ich zeige dir Beispiele –» Leontina griff nach einer Mappe mit Musterblättern und gab Imma eines davon. Es war keine Seite aus einem Evangeliar, sondern ein Muster für Schreiber und Schreiberinnen, auf dem beispielhaft Zierbuchstaben ausgestaltet waren. Marso hatte keine solchen Mappen gehabt, sondern vollständige frühere Schriften benutzt, wenn er den Schreiberinnen Beispiele gezeigt hatte. Die Anfangsbuchstaben waren aus menschlichen Figuren und sonderbaren Tieren gestaltet. Staunend blickte Imma auf die Kapuze einer Figur, die in den Bug eines Schiffes hineinwuchs, dessen Heck sich wiederum in ein Pferd verwandelte.

«Diese Buchstaben sind kaum noch zu erkennen», wandte Imma ein.

«Darum geht es nicht», sagte Leontina. «Wir werden sie von jetzt an so zeichnen. An Talent fehlt es dir nicht. Du bist eine außergewöhnliche Malerin.» Sie schloss die Mappe. «Wirst du an Marsos Hinrichtung teilnehmen?», fragte sie dann beiläufig. Alle zuckten zusammen. Es war die erste Erwähnung des Meisters aus dem Munde seiner Nachfolgerin.

«N-nein», sagte Imma erschrocken.

«Nun, es wird eine Abordnung von Nonnen daran teilnehmen und für ihn beten, während er zerrissen wird.»

Marsos Hinrichtung fand an einem der letzten Februartage im Jahr des Herrn 786 statt. Auch Imma hätte mit hinaus zum Hinrichtungsplatz gehen müssen, so wie die anderen Novizinnen und Nonnen, die mit Ada das Kloster verließen. Ada hatte sie ausdrücklich aufgefordert, mitzukommen, vergaß dann aber im Durcheinander des Aufbruchs, nach ihr zu sehen. Außer der Pförtnerin blieb nur Leontina mit ihrem Stab der Buchmalerinnen und Skriptorinnen zurück.

In der Frühe nach den Laudes schloss Leontina das Gitter

vor der Schreibwerkstatt auf. Aus dem Schatten einer Säule schlüpfte Imma lautlos an ihr vorbei und versteckte sich in der Kammer, in der hinter dem Skriptorium die Pergamente aufbewahrt wurden. Sie hörte, wie die Schreibnonnen den Schreibraum betraten. Eine nach der anderen füllten sie die Hörner mit frischer Tinte, dann rückten sie ihre Sessel, die Fußstützen und Pulte zurecht. Murmelnd schritt Leontina zwischen ihnen auf und ab, und Imma wagte kaum zu atmen.

Wenig später läuteten die Glocken der Stadt, dann hörten sie unvermittelt auf, es war jetzt fast Mittag, und Imma hörte die Todesschreie des Mönchs, die langgezogen über die Stadt gellten, sich an den Häusermauern brachen, anwuchsen und jäh verstummten. Ein Brausen war zu hören, die Gebete und Schreie der Menge. Die Nonnen hielten in ihrer Arbeit inne, wieder wurden die Schreibmöbel hin und her gerückt. Alle knieten nieder und beteten für Marsos Seele.

«Bringe, o Herr, den Verstorbenen über die Stätten voll schrecklicher Qual. Errette ihn aus Finsternis und Dunkel, reiße ihn aus Schmerz und Bedrängnis. Erscheinen möge ihm dein Angesicht im Frieden, und nicht gehe mit ihm ins Gericht, noch untersuche sein Leben nach dem Maßstab der Gerechtigkeit.»

Immas Lippen bewegten sich lautlos mit, dann murmelte sie: «Großer Gott, vergib ihm seine Gier, die nicht aus verschiedenen Dingen bestand, sondern eine einzige war, die Gier nach Gold, nach Macht und nach dem verbotenen Körper der Nonnen.»

Aus ihr unbegreiflichen Gründen hatte Marso die Grenzen des Erlaubten überschritten. Vielleicht war er als junger Mönch scheu, ängstlich und übereifrig gewesen. Vielleicht hatte er erst in seinen späten Jahren das Gegenteil von dem getan, was man ihn in seiner Jugend gelehrt hatte.

Marso war eines der Rätsel, die keine der älteren Nonnen im Kloster den jüngeren erklären wollte. Dabei fühlte Imma, dass Marsos Seele nicht unergründlich war, dass das, was ihn bewegt hatte, besser aufgeklärt worden wäre, statt schamhaft darüber zu schweigen. Eine Predigt in der Klosterkirche über Marsos Taten und Untaten, über das Gute, das er bewirkt, ebenso wie über das Schändliche, das er getan hatte, wünschte sich Imma aus dem Munde der Mutter Äbtissin, die sich in der Welt so gut auskannte. Aber Ada erklärte nichts.

«Lieber Gott», murmelte Imma, «mach, dass ich es eines Tages verstehe.»

Mit schwerem Herzen ging Imma am Abend noch einmal hinaus zu den Gräbern der Nonnen und blieb vor dem Platz stehen, wo die irdische Hülle der weisen alten Yolanda ruhte. Ein Rabe und eine Elster zankten sich krächzend auf dem Dach der Kirche. Die Elster hatte dem Raben etwas abgejagt und flatterte damit davon, während der Rabe versuchte, ihr die Beute in ihrem Schnabel wieder abzujagen. Fasziniert sah Imma den beiden Vögeln zu, wie sie aufeinander zustießen, und ein blutiges Stück Fleisch fiel zu Boden. Immer noch ineinander verhakt, taumelten die Raubvögel auf. Neugierig trat Imma auf den aufgeweichten, noch winterlich braungrünen Februarrasen und bückte sich, um das Beutestück zu betrachten. Es war der blutverschmierte Rest einer Männerhand, aus dem ein Stück Knochen herausragte, und Imma erkannte die Warze zwischen Daumen und Zeigefinger. Schreiend flüchtete sie in den Kreuzgang zurück und hätte beinahe Fides umgerannt, die gerade aus der Kirche kam.

«Was hast du, Kind?»

«Da drüben liegt ein Stück von Marsos Hand. Ich muss –» Imma übergab sich würgend und keuchend, einmal, zweimal.

Die Abbatissa, von Perta und Wulftrud zu Hilfe gerufen, beugte sich ebenfalls über den blutigen Rest von Marso.

«Mutter Äbtissin, was – was sollen wir damit tun? Sollen wir die Hand vielleicht christlich beerdigen?», fragte Schwester Ursula mit stockender Stimme.

Ada warf ihr einen angeekelten Blick zu, war aber sichtlich unbeeindruckt.

«Werft das Stück ins Feuer», befahl sie und wandte sich ab.

Einhard

Ende April des Jahres brach die Äbtissin mit ihrer Cancellaria wieder nach Aquis auf, wo ihr königlicher Bruder sich aufhielt, bevor er gegen die aufrührerischen Sachsenstämme zog.

«Aquis hat ein wunderbares Bad mit heißem Wasser aus tiefen Quellen. Das wird dir gefallen. Imma, warum lachst du nicht mehr?»

«Ich weiß nicht.»

«Seit der Sache mit Marso bist du anders», sagte Ada und sah sie forschend an. Ja, sie hatte sich unleugbar verändert. Schon seit einigen Wochen verzehrte sie heißhungrig jeden Kanten Brot, der ihr in die Hände fiel. Kein Wunder, dass sie so zunahm. Ihr Gesicht war rundlich geworden, ihre Brüste fülliger, wie die einer Frau. Sie gefiel sich selbst nicht mehr. Nicht dass sie wie Wulftrud und Perta heimlich in den metallenen Spiegel schaute, das war gar nicht nötig. Auch ohne Spiegel spürte sie ihren Körper, der ihr täglich fremder wurde, der etwas anderes wollte als sie.

Imma spürte einen Stich in der Brust, als sie mit Ada ein Palisadenhaus unweit der Regia bezog, ganz ähnlich dem in Attigny. Sie sah um sich. Es war beklemmend, allein in einem solchen Haus zu sein; jeden Moment konnten wieder schwere Tritte auf der Treppe sich nähern …

«Mutter Abbatissa!», schrie Imma und stürzte hinaus auf den Treppenabsatz vor der Eingangstür. Ihr Herz klopfte unbändig vor heißer Angst. Hier draußen war alles so frühlingshaft freundlich, dass sie sich sofort schämte für ihren Ausbruch. Wikbert und Widukind waren für immer als Mönche in die Abtei am Bodensee verbannt.

Es war ein strahlend schöner Tag mit singenden Vögeln, blühenden Frühlingsblumen und dem leuchtenden Grün von Büschen und Bäumen. Imma verweilte kurz auf dem kleinen Balkon vor der Holztreppe, dann stieg sie hinunter. Es war gut, in der Nähe der Äbtissin zu sein. Unter dem Haus, zwischen den Säulen, unterhielt Ada sich mit einem Mann. Deutlich konnte Imma die beiden Stimmen unterscheiden.

«Lebt wohl», verabschiedete sich Ada, während ihr unsichtbarer Gesprächspartner im Schatten einer der Holzpfeiler stehengeblieben war.

Mit plötzlich weichen Knien ging Imma in die Richtung, aus der die kräftige Stimme mit dem jubelnden Oberton kam, die eindeutig dem Edlen aus der Umgebung des Herrschers gehörte, Einhard, dem Begleiter von Abt Baugulf. Einhard, dem Mönch. Es war schmerzlich, zurückzudenken. Damals in Attigny, als sie seine Stimme zum ersten Mal gehört hatte, vor der Taufe der Sachsen, war sie noch ein unbefangenes Mädchen gewesen. Doch jetzt?

Imma seufzte leise auf. Erst Wikbert, dann das, was sie von Marso gehört hatte – in wenigen Wochen war sie erwachsen geworden. Die Männer waren wie Tiere, unbegreiflich und fremd, nicht anders als Auerochsen oder wilde Eber, ebenso bedrohlich.

Imma trat näher zu dem Mann hin und schluckte vor Erleichterung.

Es war ein schmächtiger Mann mit halblangen rötlichen Locken und blauen Augen. Über den Schultern trug er einen blassgrünen Mantel, dessen Farbe an Lindenblätter im Mai erinnerte. Die Stimme und der Anblick des Lindengrüns machten Imma einen Moment lang glücklich.

«Seid gegrüßt, zweifellos seid Ihr die Malerin und Schreiberin, die Begleiterin der Äbtissin», begrüßte er sie verschmitzt lächelnd. «Möglicherweise habt Ihr schon von mir gehört. Ich – ich bin Einhard.»

Prüfend betrachtete sie ihn, so wie sie jeden Menschen, den sie neu kennenlernte, erst einmal schweigend musterte. Diese unscheinbare Gestalt mit der außergewöhnlichen Stimme war also Einhard, von dem so oft die Rede war. Er war viel kleiner als sie selbst, und sie sah, dass er keine Tonsur hatte.

Abwartend sah er sie an.

«Ich habe von Euch gehört», sagte Imma und überlegte, ob sie als Novizin überhaupt ein Gespräch mit einem Mann führen durfte.

«Hoffentlich nur Gutes. So wie ich von Euch», antwortete er.

«Was habt Ihr von mir gehört?»

«Gar nicht so viel. Aber ich habe eine Menge gesehen.» Er lachte. «Eure Evangelisten und Initialbuchstaben. Eure Kanontafeln.»

«Vom neuen Evangeliar?»

«Von früheren Arbeiten. Sie werden sehr bewundert. Ihr

könnt stolz sein, dass Ihr an dem neuen Evangeliar arbeiten dürft. Mein Abt Baugulf hat Euch eine Meisterin genannt.»

«Ich – eine Meisterin?» Imma spürte, dass sie rot wurde bis an die Haarwurzeln.

So wie die Stimme des Königs für seinen riesenhaften Körper zu hell und zu dünn war, war die von Einhard sonor und kräftig und passte nicht zu dem schmächtigen Körper. Etwas an dieser Stimme war beunruhigend.

«Alle sprechen von Euch.»

«Von mir?»

«Die Bischöfe von Mainz und Metz haben nach Büchern aus Eurer Hand verlangt. Wie stellt Ihr Euer Blau her?»

«Es ist die gleiche Farbe, die die anderen Nonnen gebrauchen. Ich stelle sie auch nicht selbst her. Schwester Ursula, die Farbmeisterin, tut es, so wie wahrscheinlich in allen Skriptorien, aus zerstoßenem Lapislazuli.» Imma beschloss, ihm keineswegs das ganze Geheimnis zu verraten.

«Euer Blau ist das leuchtendste.»

«Leider habe ich nicht mehr viel Zeit für meine Evangeliare und Psalter. Ihr wisst ja, ich bin die persönliche Schreiberin der Äbtissin und begleite sie auf ihren Reisen.»

«So jung und schon Cancellaria.»

«Zu einer Cancellaria gehört noch mehr.»

«Auch das werdet Ihr bald gelernt haben.»

«Seid Ihr ein Mönch, der die Weihen hat?»

«Nein, ich bin Laie und will es bleiben.»

«Ich – ich werde Nonne sein und die ewigen Gelübde ablegen.»

Einhard senkte den Blick. Beide schwiegen. Er war noch jung, vielleicht genauso alt wie sie.

«Das ist nicht sicher», sagte er, als wollte er ihr widersprechen.

«O doch, ich bin mir sehr sicher.»

Etwas an ihrer Antwort brachte Einhard aus der Fassung. «Eure Abbatissa ist eine erstaunliche Frau», sagte er schließlich.

«Sie ist ihrem Bruder sehr ähnlich.» Imma sprach ganz trocken und sachlich, auch wenn ihr Inneres in Aufruhr war.

«Sie ist eine dieser königlichen Frauen, die viel mehr für das Christentum tun als die Männer. So wie Chlothilde und Radegunde.»

«Ihr meint die heilige Radegunde, die, soviel sie konnte, der Wildheit ihres Gemahls Chlotar entgegentrat?»

«Und die Fränkin Ingunde, die Gattin Hermenegilds, die ihn dazu brachte, dem Arianertum abzuschwören.»

Die Lebensgeschichten dieser Königinnen waren Imma aus den Vorlesungen bei den Mahlzeiten wohlbekannt.

«Die Äbtissin von Chelles und Ada von Trier sind beide bewunderungswürdig», fuhr Einhard unbeirrt fort. «Wobei Ada ja Laienäbtin ist im Gegensatz zu Gisela in Chelles, die alle Weihen hat.»

«Das wusste ich nicht.» Imma war verblüfft, etwas aus Einhards Mund zu hören, was sie hätte wissen sollen. Ada war gar keine Sacrata, deshalb auch der ständige Wechsel der Kleidung. Ada war eine weltliche Frau, die, eingesetzt durch den König, ein Kloster führte. Und ihr war es nicht aufgefallen.

«Was tut Ihr eigentlich hier am Königshof?»

«Ich wäre längst wieder zurück im Kloster Fulda bei meinem Abt Baugulf – aber Alkuin lässt mich nicht fort. Und der König bestellt mich manchmal zu seinem Mittagstisch.»

Imma sah ihn überrascht an.

«Nicht jeden Tag», setzte er hinzu, als wollte er sich vor ihr nicht brüsten.

«Dann freut Euch. So fängt es immer an, wenn er einen seiner Edlen ehrt.»

«Ich bin kein Edler.»

«Warum nicht?»

«Meine Mutter ist eine arme Witwe.» Einhard sprach jetzt mit gedämpfter Stimme.

«Dann freut Euch umso mehr. Vielleicht könnt Ihr eine Edle heiraten. Soll ich die Äbtissin bitten, Euch dabei behilflich zu sein?»

«O nein, nein, auf keinen Fall.»

Einen Moment überlegte Imma, ob sie ihm von ihrer eigenen ärmlichen Herkunft erzählen sollte. Immerhin war sie ein Beispiel dafür, dass das Kind ärmster Menschen es bis zur Cancellaria einer Äbtissin bringen konnte. Aber dann sagte sie sich, dass Einhard immer noch weit über ihr stand, schließlich kannte er die Namen seiner Eltern.

«Habt Ihr gehört, der Seneschall Audulf wird in der Bretagne gegen aufständische angelsächsische Stämme kämpfen?»

Imma schüttelte den Kopf. Im Kloster waren die Kriegszüge der Seneschalle des Königs weit, weit weg.

«Das ist gar kein richtiger Kriegszug. Überall im Reich herrscht Friede.»

«Ja, endlich», sagte sie zerstreut, nur um etwas zu sagen.

«Es heißt, der König plant, nach Italien zum Papst zu reisen. Alkuin wird mich mitnehmen. Eure Abbatissa wird ebenfalls mitkommen.»

Imma schwieg betroffen; Ada hatte ihr von diesen Plänen noch nichts mitgeteilt.

«Alkuin scheint viel von Euch zu halten. Seid Ihr so gut im Lateinischen?»

«Meine Gedichte gefallen ihm. Wollt Ihr sie auch einmal sehen?»

«Ihr schreibt Gedichte?»

«Das tun viele am Hof.»

«Das würde ich mir nicht zutrauen.»

«Ada verfasst welche, Angilbert und sogar Karolus. Versucht es auch einmal. Es ist nicht schwer. Über den Frühling und die Blumen auf den Wiesen – darüber, dass heute ein herrlicher Tag ist, an dem wir uns begegnet sind.»

Klosterkinder

Hast du das Buch des Heiden zu Ende gelesen?» Ada blieb mitten im Kreuzgang stehen. Karolus hatte seiner Schwester einen heidnischen Text in griechischer Sprache zukommen lassen, den Imma der Äbtissin Abschnitt für Abschnitt übersetzte. Da es sich um den Heiden Platon handelte, entschied Ada, die Übersetzung des Textes nicht niederschreiben zu lassen. Man durfte solches Gedankengut nicht anderen zugänglich machen, so vergnüglich es auch war, sich selbst damit zu beschäftigen. Imma wiederum hatte sich heimlich Aufzeichnungen ihrer Übersetzung gemacht.

«Ich bin noch nicht ganz fertig.»

Imma und Ada gingen schon das dritte Mal um den Kreuzgang.

«Konntest du alles gut verstehen?»

«Er schreibt klar und verständlich. Mit Hilfe des Wörterbuchs war es nicht allzu schwer. –Abbatissa?»

Ada nickte Imma freundlich zu, doch Imma starrte nur stumm in den Innenhof. Ein kleines Mädchen lag, auf die Ellbogen gestützt, bäuchlings im Gras und sah zu Schwester Beata auf. Auf dem Grab der ehrwürdigen Yolanda lagen ein roter Lederball und ein lebensgroßer, aus Holz geschnitzter Hase mit langen Fellohren. Die Nonne Beata saß auf einer der Bänke für die Schülerinnen auf dem Rasenstück, wo der Unterricht stattfand, und rührte Brei in einer Holzschale. «Wo kommt das Kind her?», fragte Imma. Vorsichtig ging sie auf das zarte Wesen zu, das mit seinem Spielzeug auf den Gräbern der Nonnen spielte. In dem Gewand aus naturfarbener Wolle und mit dem dunklen Haar sah es aus wie ein vom Himmel herabgesandter Engel.

«Sie bleibt nicht mehr lange hier», sagte Ada fast entschuldigend.

Imma kniete vor dem engelsgleichen Wesen nieder.

«Komm, Denisia, es gibt etwas zu essen.» Beata hob die Kleine auf den Schoß und löffelte Brei in den Kindermund. Das Kind lächelte Imma zu, und auf einmal wusste sie, woher es stammte. Es hatte Grübchen wie Lilia und die bernsteinfarbenen Augen von Marso.

«Sie ist Lilias Tochter – Duodha», sagte Imma, richtete sich auf und blickte zu Ada.

«So ist es. Der germanische Name passt nicht zu ihr. Wir haben sie Denisia genannt nach dem heiligen Dionysius.»

«Warum habt Ihr sie nicht ihrer Mutter mitgegeben?»

«Als Kind aus der Verbindung eines Mönchs mit einer Nonne gehört sie ja wohl in ein Kloster. Oder?»

«Ich weiß nicht. Sie ist ganz allein unter Nonnen und älteren Kindern. Sie wächst ohne Spielgefährten heran.» Und Lilia lebte weit oben im Norden ohne ihr Kind, sie wusste noch nicht einmal, dass es gesund und munter war. Wieder einmal überkamen Imma Zweifel an Adas Weisheit und Gerechtigkeit.

«Sie hat hier genug zu essen und genügend Aufsicht. Es gibt hier weniger Gefahren für ihr Leben als an jedem anderen Ort.» Es klang, als sei es Ada darum zu tun, Denisia vor der feindlichen Welt zu schützen. «Allerdings ist die Beschäftigung mit einem so kleinen Kind nicht gut für unsere

Nonnen und Novizinnen. Denisias Anblick weckt in ihnen die weltliche Lust auf eigene Kinder. Ich bin auf der Suche nach geeigneten Pflegeeltern für sie.»

«Gib sie doch zu Begga.»

«Begga ist alt geworden, außerdem ist das Klostergut fast eine Tagesreise entfernt von hier», sagte Ada schroff. «Nein, Denisia muss noch bleiben, bis ich die richtigen Eltern gefunden habe. Sie ist ein von Gott geschicktes Menschenkind, ich bin für ihr Seelenheil verantwortlich und darf es mir nicht zu leicht machen.»

Imma plagten noch immer unerklärliche Anfälle von Esslust. Mitten in der Arbeit stand sie auf und holte sich in der Küche Möhren, die sie kurz ins Wasser des Brunnens hielt und dann hastig verzehrte. Sie musste es heimlich tun. Als Novizin hätte sie sich mit den zwei Mahlzeiten am Tag zufriedengeben müssen. Gleich nach dem Frühstücksbrei dachte sie schon an die Möhren, bis sie es nicht mehr aushielt und unter einem Vorwand davonschlich. Das war ein Verstoß gegen die Klosterregeln.

«Sieh da, die fromme Imma», sagte Wulftrud, als sie Imma am Brunnen mit der Möhre in der Hand entdeckte.

«Ich kann nicht anders, ich sterbe, wenn ich sie nicht esse», entschuldigte sich Imma.

«Ich wusste von Anfang an, dass du es nicht durchhältst.»

«Es ist nur die eine Möhre.»

«Gestern war es ein ganzer Salatkopf.»

«Wirst du von dem spärlichen Essen denn satt?»

«Satt! Wir müssen die fleischlichen Anfechtungen hinter uns lassen. Wir müssen stark werden, indem wir auf Nahrung verzichten.» Wulftrud dachte einen Moment nach. «Es hat mit dem Noviziat bei dir angefangen. Ich glaube, du wehrst dich dagegen, endgültig den Schleier zu nehmen. Du willst es nicht. Du bist nicht stark genug.»

«Ich kann nicht schreiben, wenn ich so wenig zu mir nehme.»

«Sprich mit der Abbatissa darüber, du siehst sie doch jeden Tag. Imma, es ist keine Schande, wenn man nicht Nonne wird.»

Imma war oft müde und fühlte sich erschöpft, nicht wie sonst voll Energie und Kraft. Ada arbeitete daran, eine Gesetzessammlung ihres Bruders in flüssiges Latein zu übertragen, und Imma schrieb sie auf einzelne Pergamentseiten. Hier ging es vor allem um gute Lesbarkeit und darum, Fehler zu vermeiden.

«Das Buch ist die Erstschrift», erklärte Ada. «Andere Schreiber werden Kopien davon anfertigen. Und die Königsboten bringen die Bücher zu den Grafen bis an die Grenzen des Königreichs.»

Sie starrte Imma an, als sehe sie sie zum ersten Mal.

«Steh auf, Imma», befahl sie.

Imma erhob sich widerstrebend.

«Was ist mit dir? Du hast dich verändert.»

«Inwiefern?», fragte Imma herausfordernd. Es kam vor, dass sie der Äbtissin widersprach. Doch Ada tadelte sie nicht wegen solch ungebührlicher Sätze, sondern sah ihre Schreiberin nur nachdenklich an.

«Du bist dicker geworden.»

«Ich –» Immas Herz klopfte plötzlich schneller. Ihr wurde heiß, fast übel.

«Imma, du bist wirklich dick geworden. Es ist –»

Imma setzte sich wieder hin, nahm den Kalamus und zog das Pergament näher zu sich.

«Du siehst aus, als ob du schwanger wärst. Leg den Kalamus hin und sieh mich an!» Ada trat an Immas Pult.

«Ich bin nicht schwanger», stieß Imma hervor. Doch noch während sie es sagte, wurde ihr klar, dass Ada recht hatte.

«Hat Marso, dieses Ungeheuer, es gewagt, dich anzurühren?» Adas Stimme bebte vor Zorn.

«Nein, niemals.»

«Marso hat es bei allen versucht», sagte Ada gepresst. «Aber es ist vorbei mit ihm. Er ist von vier Ochsen zerrissen worden. Und das ist gut so.»

Krähen, Füchse und wilde Hunde sollten seinen zerstückelten Leichnam auffressen und davonzerren. Bischof Weomad hatte es so angeordnet. Noch immer wurde im Kloster über Marso und seine Schandtaten getuschelt. Einige Nonnen hatten viel geweint und sich jeden Tag gegeißelt.

«Zieh dein Gewand aus.»

Zitternd schob Imma das Gewand hoch, und Ada tastete ihren Bauch ab. Dann legte sie das Ohr über ihren Nabel. Imma stiegen Tränen in die Augen. Deswegen war sie immer dicker geworden. Deswegen die Hungeranfälle und die Müdigkeit. Fast war sie erleichtert, dass sich die merkwürdigen Erscheinungen der letzten Zeit so einfach erklärten.

«Wer ist der Vater deines Kindes?», fragte Ada, nachdem sie Immas Gewand wieder hatte sinken lassen.

«Es gibt keinen Vater», antwortete Imma mit fester Stimme.

«Sogar Jesus hatte einen Vater. Nichts geschieht ohne zureichenden Grund. Die Kinder im Körper der Mutter entstehen nicht ohne einen Mann. Imma, du weißt, wovon ich rede. Jede, die hier im Kloster schwanger wurde, hat es gewusst.»

«Dann prügelt mich», sagte Imma. «Aber ich weiß von nichts.»

«Ich muss es erfahren.» Ada sagte es grob und ohne erkennbare Gefühlsregung. «Du schuldest mir Gehorsam, du hast ihn gelobt.»

«Ultra posse nemo obligatur. Ich kann nur sagen, was ich weiß, und ich weiß es nicht.»

«Willst du damit sagen, dass du den Mann nicht kennst, der über dich hergefallen ist?»

«So ist es.»

«War er betrunken?»

«Ja», sagte Imma und senkte den Kopf, «er roch nach Bier und Wein. Und ich – ich hatte Angst um mein Leben.»

«Warum hast du mir nichts davon gesagt? Wir hätten sofort nach ihm gesucht. Er wäre mit dem Tode bestraft worden.»

«Ich habe mich geschämt.» Und auch jetzt schämte sie sich unendlich.

«Wann und wo ist es geschehen?»

«Es war in Attigny.»

Für einen Augenblick verlor Ada die Fassung. Sie verzerrte ihren Mund, mahlte mit dem Kiefer und biss sich auf die Unterlippe.

«Ich hätte es mir denken können. Wie sah er aus? Erinnerst du dich noch? War es ein Sachse?» Adas Blick war so durchdringend wie noch nie. «Diese Sachsen sind wie die wilden Tiere. Die wenigsten von ihnen sind wirklich gezähmt.»

Einen Moment stockte Imma der Atem. Ada war ganz nahe an der Wahrheit.

«Es war kein Sachse. Eher ein Franke. Aber ich weiß nicht, wer er war. Die Männer sehen alle gleich aus.»

Ada lachte zornig auf. «War es ein Mönch?»

«Nein, eher ein Krieger, einer der Scaramänner vielleicht.»

«Ich glaube dir nicht», sagte Ada. «Du verschweigst mir etwas. Du hättest gleich, als es passiert ist, zu mir kommen müssen. Warum hast du das nicht getan?»

«Ich habe mich geschämt», sagte Imma wieder

«Wie sah er aus? Hat er einen Namen genannt?»

Imma schwieg verstört. Ada ging ein paar Schritte auf und ab.

«Behalte dein Geheimnis für dich – irgendwann wirst du darüber reden wollen. Dann werde ich dir zuhören.»

«Muss ich – muss ich das Kloster verlassen, so wie Lilia?»

«Du bleibst hier.» Es klang wie ein Befehl. Imma wartete auf eine Begründung, doch sie kam nicht. Lautlos bewegte sich Adas Unterkiefer vor und zurück. Imma überlegte, dass es eine bevorzugte Behandlung war, die ihr nicht zukam.

«Und dann?»

Imma wartete, dass sie noch etwas sagte, sie beschimpfte, ihr drohte und sie dann wieder tröstete. Doch Ada schwieg. Nach einer Weile griff Imma zum Kalamus, tauchte ihn in das Tintenhorn und schrieb langsam weiter. Was hätte sie auch sonst tun sollen?

Das Kind wurde am 30. September des Jahres des Herrn 786 geboren. Imma hatte einen Raum im Gästetrakt über der Pforte zugewiesen bekommen, nun, wo sie nicht mehr als Novizin leben konnte. In den Wochen vor der Geburt hatte sie sich bemüht, ihm liebevolle Gedanken entgegenzubringen, doch es war ihr nicht gelungen.

Während der Geburt empfand sie Wut und Zorn auf das Wesen, das sie so quälte, das ihr unerträglich dumpfe, reißende Krämpfe verursachte. Die Schmerzen waren jetzt so gewaltig, dass Imma nichts anderes mehr wahrnahm. Alles, was sie wollte, war, dass der unerträgliche langgezogene Schmerz aufhörte, der ihr den Atem nahm.

Schließlich kam Ada selbst dazu. Zwei ältere Nonnen standen Imma bei und zogen das blutverschmierte zappelnde Wesen aus ihrem Körper.

Von einem Moment auf den anderen brach der Schmerz ab. Der unerträgliche Druck löste sich, und Imma begriff, dass sie gerettet war.

Die Schmerzen hatten endlich aufgehört. Ein wunderbares Gefühl der Erleichterung überkam Imma. Doch sie war zu schwach, dorthin zu sehen, wo ein dünnes Stimmchen aufblökte wie ein eben geborenes Lamm.

«Bringt das Kind unverzüglich hinüber zur Kirche», bestimmte Ada mit rauer Stimme. «Es soll auf den Namen Immed getauft werden.»

Die ängstliche Spannung auf den Gesichtern der Nonnen war verschwunden. Die beiden Alten lächelten gerührt.

«Möchtest du es sehen, Imma?», fragte Ada.

«Nein.»

Ada stand vor ihr und legte ihr dennoch das Bündel auf die Bettkante hin. Sie tat es mit einer Zartheit, die Imma noch nie an ihr gesehen hatte. Fast zärtlich strich die Äbtissin dem Neugeborenen über die Stirn.

«Bischof Weomad wird mit dem Diakon kommen, ich habe nach ihm schicken lassen.»

Immas Hände waren eiskalt.

«Willst du deinen Sohn nicht halten?», erkundigte sich Ada behutsam.

«Bring ihn fort», murmelte Imma. «Ich hasse ihn.» Er hatte ihr Leben zerstört, ihre Pläne. Alles war durch ihn aus dem Lot gekommen. Jetzt konnte sie keine Sacrata mehr werden. Sie wollte ihn nicht, sie wünschte ihn weit fort. Warum lebte er überhaupt? Es wäre besser gewesen, wenn er tot zur Welt gekommen wäre.

Niemand sagte ein Wort.

Immed blinzelte und nieste zweimal hintereinander.

«Er wird nicht hierbleiben», sagte Ada schließlich mit belegter Stimme und blickte auf das zerknautschte rötliche

Gesicht des Winzlings mit den zusammengekniffenen Augen. «Wir werden ihn zu Pflegeeltern bringen. Aber du hast ein Recht auf ihn. Er ist dein Kind. Begga könnte ihn doch aufziehen.»

«Nein.» Imma schrie fast und wollte sich im Bett aufrichten. «Auf keinen Fall. Begga soll nichts von ihm erfahren.»

Ada nahm das in Tücher gewickelte Kind wieder vom Bett und hielt es wie eine Frau, die gewohnt ist, ein Kind zu halten. Kein Wunder bei den vielen Patenkindern, die sie über die Taufe gehalten hatte.

«Schlaf dich erst einmal aus. Dann sprechen wir noch einmal über alles», schlug Ada vor.

«Bring ihn zu Lilia», sagte Imma, und ihre Stimme war dünn und schwach wie selten. Beim Sprechen überlegte sie, ob Ada tun würde, worum sie bat. «Lilia wird gut für ihn sorgen.»

Er wäre versorgt und sie konnte wieder sein, was sie davor gewesen war, Imma, die Klosterfrau.

So kam es, dass, begleitet von Schwester Beata und einer Amme, zu Beginn des Monats Oktober der wenige Tage alte Sohn Immas mit dem seltsamen Namen Immed, ausgerüstet mit Taufgeschenken seiner Patin Ada, den weiten Weg nach Norden antrat.

Das neue und das alte Ziel

Während Lilia und ihr sächsischer Ehemann, die Verwalter auf dem Hofgut am Hellweg, hocherfreut waren über den kleinen Ziehsohn, versuchte Imma, das Kind Immed aus ihrem Gedächtnis zu tilgen. Sie hatte ihren Sohn kaum angesehen. Da war nur ein Gefühl von Erstarrung, Scham und Kälte. Sie wollte ihn vergessen. Es gab nichts, was sie miteinander verband, nichts als ihre Namen, und selbst sein Name war fremd, er war nicht von ihr, sondern von Ada. Beate hatte Imma erzählt, wie sie Immed auf das Hofgut gebracht hatten, wie sehr Lilia bewegt war von dem neuen Ziehkind und wie sie, Beata, ihr den Brief der Äbtissin vorgelesen hatte, in dem sie Lilia bat, für das Kind zu sorgen und es christlich zu erziehen.

Ja, Immed würde es gut haben bei Lilia, hatte Beata gesagt.

«Tut er dir nicht leid?», fragte Gerswind.

«Leid? Warum?»

«Weil er seine Eltern nie kennenlernen wird.»

«So geht es vielen auf Erden. Auch ich kenne meine Eltern nicht.

Aber lass uns nie wieder von ihm sprechen. Er ist weit weg. Er wird nie wieder nach Trier kommen.»

«Und du? Was wirst du tun?»

«Ich will mich vorbereiten und dann die Gelübde ein zweites Mal ablegen. Manches spricht dafür, dass die Äbtissin es mir gestatten wird. Immerhin darf ich weiterhin im Skriptorium an der Handschrift zu Ehren Bertradas arbeiten.»

«Weil keine so gut malt wie du. Leontina braucht dich.»

«Ich möchte endgültig den Schleier nehmen und das Klostergewand anlegen. Wir könnten es doch beide gleichzeitig tun.»

«Ich denke nicht daran.»

«Willst du immer noch heiraten?»

Gerswinds Gesicht war voll Zuversicht wie das eines Kindes vor dem Weihnachtsfest. «Du weißt doch. Ich warte auf Wikbert.»

Die Küchenmeisterin Beata hatte Schwester Julia die Betreuung der kleinen Denisia anvertraut, sie selbst hastete zwischen Keller und Küche hin und her. Auf dem langen Holztisch im Küchengewölbe lagen ausgenommene silbrige Flussbarsche für das Abendessen, und im großen Topf im Kamin köchelten die Kastanien für das Püree. Lange waren nicht mehr so viele vornehme Gäste zu bewirten gewesen. Die Äbtissin von Chelles war mit ihrem Gefolge in Trier eingetroffen. Alle Räumlichkeiten im Gästetrakt über der Eingangshalle waren belegt.

Im Eingang neben dem bauchigen Kupferkessel schöpfte Imma heiße Suppe in die Näpfe der Hungrigen. Heute war sie an der Reihe. Es war ein Werk der Barmherzigkeit, Arme und Gäste zu bedienen wie eine Magd; davon war keine Schwester, keine Novizin und keine der älteren Schülerinnen im Kloster ausgenommen, mochte sie noch so alt oder ehrwürdig sein. Selbst die Äbtissin verrichtete diesen Dienst, so wie sie auch regelmäßig die Füße der Mitschwestern und der Kranken und Armen wusch. Die Armen der Stadt, die sich zu ihrer täglichen Suppenmahlzeit am Holztisch einfanden, mussten zusammenrücken, um den Dienern und Pferdeknechten aus Chelles Platz zu machen. Misstrauisch beäugten die Bettler und Kranken die Ankömmlinge. Die Suppe war heute üppiger ausgefallen als sonst, mit Hühnerfleisch und Gerstengraupen.

Alle hielten unvermittelt inne, als ein Spielmann eintrat. Spielmänner und Gaukler hatten in der Eingangshalle von St. Irminen nichts zu suchen. Der Mann hatte das Gesicht verhüllt und rückte die Kapuze erst in den Nacken, als er zu singen begann.

Imma erkannte die Stimme sofort wieder. Es war Hario.

«Der König der Franken ist unterwegs nach Italien», begann er mit seiner heiseren und doch melodischen Stimme.

Er hob jetzt den Kopf leicht an, und alle sahen, dass er keine Augen mehr hatte, nur zwei leere Höhlen, schwarz und verkrustet wie Schiefer. Hario war geblendet worden. Dennoch bewegte er sich mit Hilfe eines Stockes sicher durch das Gedränge der Menschen in der Halle.

«Der König sucht den Papst auf, und er tut es nicht ohne Grund. Alles, was Könige tun, ist wohldurchdacht. Ist es nicht so?» Hario sang nicht laut, doch in der Halle war es so leise geworden, dass man ihn gut verstehen konnte.

«Alle Feinde sind besiegt, und doch wird Karolus bald schon neues Land erobern und neue Feinde finden. Da ist immer ein Feind, der noch nicht besiegt ist. Ist es nicht so?»

Verhaltene Zustimmung zeichnete sich auf dem Gesicht mancher Zuhörer ab.

«Aber wer hilft dem Feind gegen den König der Franken? Wehe den Feinden der Franken, wehe den Gegnern des Königs! Gott und der Papst sind immer aufseiten des Königs der Franken. Ist es nicht so?»

Alle saßen regungslos da und lauschten. Imma ließ die Kelle sinken.

«Soll es vielleicht gegen die grünen Länder voll Seen und Felder des Herzogs Tassilo gehen? Auch benötigen unsere tapferen Krieger den Reichtum der Langobarden. Ist es nicht so?»

Nach jeder Strophe brauste nun Beifall auf. Dann beendete der blinde Sänger sein Lied voll von Schmähungen gegen König Karolus.

Imma schwankte zwischen Neugier darauf, den Gesang zu hören, und dem Gefühl, Ada erwarte von ihr, einzuschreiten und den Mann hinauszuwerfen oder nach ihr zu rufen, damit er des Klosters verwiesen werde.

Sie war die Cancellaria, sie musste handeln. Sie gab die Kelle zurück in den Suppentopf und trat auf den Blinden zu.

Sie spürte, wie sie rot wurde. Alle Köpfe wandten sich ihr zu.

«Hario, hört sofort auf zu singen und verlasst das Kloster.» Imma versuchte, ihrer Stimme einen festen Klang zu geben, als wäre es die der Abbatissa.

Hario hob den Kopf, sein Mund verzog sich zu einem Lächeln in ihre Richtung hin. Unsanft packte Imma ihn an der Schulter.

«Oh, ich gehe schon», wehrte er ab.

Imma ließ die Hand sinken.

«Wer seid Ihr, schöne Frau?», fragte er.

«Ich bin Imma, die Cancellaria.»

«Warnt mich bitte, bevor Ihr zuschlagt.»

Die Umstehenden lachten laut.

Imma wurde noch röter, als sie schon war.

«Danke dafür, dass ich mein Lied zu Ende bringen durfte, Cancellaria.»

«Es hat mir gefallen.»

Wieder erhob sich Gelächter.

«Grüßt die Äbtissin von Hario, dem Spielmann. Sagt ihr, ich werde den Zug des Königs nach Italien über die Alpen begleiten. Jetzt, schöne Cancellaria, möchte ich mich empfehlen.»

Trotz seiner Worte blieb er stehen.

«Was hindert Euch?», fragte Imma.

«Meine Gebrechlichkeit.» Wie alles, was er sagte, entsprach auch das nicht der Wahrheit. Hario wäre sehr wohl in der Lage gewesen, sich zu entfernen. Widerwillig reichte Imma ihm den Arm. Die Kranken und Notleidenden, die Pferdeknechte und Diener lachten und klatschten, als führten Hario und Imma ein vorher verabredetes Schauspiel auf. Am liebsten hätte Imma dem Sänger einen Tritt verpasst, als er sich an sie lehnte und sich von ihr zur Tür geleiten ließ.

«Hier geht es hinaus.»

«Lebt wohl, meine Schöne. Sagt mir noch, wer Euer Vater ist. Gewiss seid Ihr ja das Kind eines Abts oder eines Herzogs.»

Imma hasste ihn für seine Worte.

«Die Frucht einer verbotenen Liebe», höhnte Hario. «Die schöne Tochter eines hohen Herrn.»

«Meine Eltern sind arme Tagelöhner», sagte Imma. Sie wollte diese Worte jetzt aussprechen – zum ersten Mal in ihrem Leben schämte sie sich nicht mehr. «Sie waren so arm, dass sie mich auf den Stufen der Kirche des Klosters aussetzten. Die Äbtissin fand mich und ließ mich aufziehen.»

«Die gute Abbatissa!», rief Hario spöttisch. «So mildtätig ist sie!»

Der Blinde stützte sich auf seinen Stock, dann tastete er den Boden vor sich damit ab.

«Lebt wohl, Cancellaria. Wenn Gott will, sehen wir uns bald wieder.»

Aus dem Skriptorium drangen Stimmen. Imma erkannte die kräftige Stimme der Äbtissin und die dünnere, aber bestimmte von deren Halbschwester Gisela. Dazwischen war das kehlige Lachen der Meisterin zu vernehmen. Imma sprang hastig die drei Stufen zum Skriptorium hinab.

Die Schreiberinnen drängten sich um Leontina, Ada und Gisela, die mehrere Bücher auf dem langen Tisch im hellen Licht vorn im Raum ausgebreitet hatten.

Leontina schlug beglückt eine Handschrift auf, die die Äbtissin von Chelles mitgebracht hatte. Das große, schwere Buch hatte einen schlichten rindsledernen Einband.

«Die *Aeneis* des Vergil mit Illustrationen. Aber es ist nur eine Leihgabe», erklärte Gisela, «ihr müsst sie ansehen und vielleicht Bilder daraus kopieren.»

«Ist es das Original aus Rom?», wollte Ada wissen.

«Sieht man das nicht?»

«Da ist sehr viel Heidnisches enthalten, nackte Götzen.» Missbilligend blätterte Ada in der Handschrift. Imma schaute ihr über die Schulter und hatte Mühe, einen Blick auf die Darstellungen zu werfen. In wunderbarer Leichtigkeit waren Menschen, Tiere, Landschaften und Ansichten von Städten hingetupft.

«Es ist fast unverantwortlich, ein solches Werk im Kloster zu haben, aber es ist einmalig, von den besten Künstlern gemalt», sagte die rothaarige Äbtissin aus Chelles entschuldigend.

«So ist es mit all der Kunst aus der heidnischen Zeit Roms. Viel zu schön, um sie zu zerstören – aber zweifellos sündhaft.»

«Unsere Schreibnonnen müssen den Kodex dennoch studieren», mischte sich Leontina ein. «Es ist höchste Kunst.»

«Höchste Kunst und auch höchste Sünde. Wie nah diese Extreme beieinanderliegen», sagte Gisela. «Dennoch kann man aus diesem gefährlichen Buch aus alten Zeiten viel lernen.»

«Nun gut», entschied Ada. «Studiert die Bilder, doch es dürfen keine Kopien angefertigt werden. Ohnedies wird Abbatissa Gisela das Buch auf der Rückreise wieder mit nach Chelles nehmen. Dort, liebe Schwester, schließt du es zweifellos im Äbtissinnenzimmer ein.»

«Nein, natürlich nicht. Meine Schreiberinnen und Malerinnen sollen ja daraus lernen.»

«Wie viele sind bei Euch im Skriptorium?», wollte Leontina wissen.

«Über zehn. Einige werden erst angelernt.»

«Sind Vera und Agnes noch da?»

«Ja, auch Althild und Eusebia, Girbalda, Gislild, Agleberta und Adruhic. Sie schreiben zurzeit gerade die Psalmenkommentare des Augustinus ab, ein Buch, nach dem viel verlangt wird.»

«Alle wollen jetzt Bücher haben, nicht nur Geistliche, auch Grafen und Herzöge.» Ada sagte es mit leiser Missbilligung. «Dabei würde solchen Leuten das Evangelium schon genügen.»

«Mit dem Lesen ist es wie mit der Kochkunst», sagte Gisela. «Kaum hat man damit angefangen, genügen die einfachen Genüsse nicht mehr. Meginhardt fragte mich neulich, ob ich ihm nicht die Schriften des heiligen Augustinus ausleihen könnte.»

«Das hat er nur getan, weil Karolus sie sich ständig vorlesen lässt.» Ada lächelte spöttisch über den schlichten Vertrauten ihres Bruders. «Er will sich vor Alkuin wichtigmachen.»

«Adruhic und Agnes haben einst bei mir angefangen», bemerkte Leontina.

Adas Blick fiel auf Imma.

«Warum kommst du so spät?»

«Es hat länger gedauert. Es waren sehr viele bei der Mahlzeit.»

«Seit Jahren bemühe ich mich um ein Exemplar der Vita Sancti Constantini aus der Hand des Eusebius», sagte Gisela sorgenvoll.

«Auch mir ist nie eines davon untergekommen», sagte Ada.

«Es soll diese Vita in arabischer Sprache geben, in der Bibliothek des Kalifen von Bagdad. Isaak, der Jude, der die Gesandtschaft führte, hat uns davon berichtet.»

«Bist du sicher?»

«Yussuf hat es bestätigt; du weißt, einer von den sarazenischen Übersetzern, die unser Bruder beschäftigt, und er würde uns das Buch übersetzen. Doch erst müssen wir eine Abschrift davon haben. Ich bete zu Gott, dass er mir vergönnt, dieses Werk irgendwann noch zu lesen.» Gisela richtete ihre Augen in stummem Gebet zur Decke des Gewölbes.

«Auf Arabisch?», fragte Ada zweifelnd.

«Viele Schriften der Alten wurden von arabischen Gelehrten übersetzt, besonders solche in griechischer Sprache», versicherte Gisela. «In Damaskus und Bagdad lesen sie die Heiden Aristoteles und Platon in arabischer Übersetzung.» Dann wandte sie sich wieder den mitgebrachten Kostbarkeiten zu.

«Schau dir auch dieses Buch genauer an. Es sind die Briefe des heiligen Hieronymus. Wir werden eine Kopie davon für unser Kloster erstellen.»

Imma hatte von diesen Briefen schon gehört. Das Buch war selten; kaum ein Kloster besaß es. Schwester Rustica zitierte gelegentlich Stellen daraus, die sie auswendig kannte.

In einer plötzlichen Gefühlsaufwallung legte Ada den Arm um Immas Schulter. «Es ist so viel zu tun», sagte sie. «Manchmal komme ich mir vor wie in einer Wüste. Wir werden sie mit Büchern bepflanzen, bis man sie nicht mehr wiedererkennt – du und ich.»

Nebelschwaden lösten sich in der Morgensonne des Herbsttages langsam auf. Truhen und Gepäck der Äbtissinnen und ihres Gefolges wurden von den Tagelöhnern, die am Hafen lungerten, auf einen bauchigen Lastkahn verladen. Gisela und Ada suchten sich einen bequemen Platz unter der hölzernen Bedachung im Mittelteil. Beide hüllten sich in dicke Wolldecken und begannen zu lesen. Immas Augen schweiften umher auf der Suche nach Beowulf, doch er war nirgendwo zu sehen. Die bewaffneten Scaramänner aus ihrer

Begleitung erzählten Witze und warfen den Klosterfrauen neugierige Blicke zu.

«Wir werden meinen Bruder begleiten», hatte Ada gesagt. «Bereite dich darauf vor, Italien zu sehen und die Stadt Rom.»

«Jetzt?», hatte Imma irritiert gefragt. «Es geht auf den Winter zu.»

Der Winter war in Italien angenehmer als hier. Imma würde nicht so frieren wie in Trier. Ada lachte kurz auf. Die Truppen würden zusammengezogen. Alles werde sehr schnell gehen. Karolus wollte die italischen Angelegenheiten ordnen und auf eine Delegation aus Konstantinopel warten. Sie würden zusammen in Italien das Weihnachtsfest feiern. Karolus wollte es so. Und Gerswind sollte mitkommen. Und Rotrud.

Imma schob eine Bücherkiste näher an die Äbtissinnen und ließ sich darauf nieder. Gerswind wickelte ebenfalls eine Wolldecke um sich und setzte sich auf die schmale Bank hinter Imma. Richmod, Giselas Cancellaria, verscheuchte einige Landleute, die ihre gackernden Hühner in Holzkäfigen bei sich trugen, aus der Nähe der lesenden Äbtissinnen.

«Ich werde Wikbert begegnen», sagte Gerswind leise und ergriff Immas Hand.

«Mach dir keine Hoffnung, er darf die Klausur nicht verlassen.»

«In der Kirche werde ich ihn sehen.»

«Das ist nicht sicher.»

«Ich weiß es.»

Gerswind trug das goldene Amulett mit den Heidengötzen offen am Hals, Ada war glücklicherweise zu beschäftigt, um auf derlei zu achten.

«Steck deinen Anhänger unter das Kleid. Wenn Ada ihn dir abnimmt, hast du gar nichts mehr von Wikbert», sagte

Imma leise. Gerswind war wie im Fieber, seit sie das Kloster verlassen hatte.

«Aber wenn ich Wikbert gegenüberstehe, dann soll er sehen, dass ich sein Geschenk trage –»

«Gerswind, du stehst ihm erst in vielen Tagen gegenüber. Vielleicht, wenn Gott will.»

«Ich werde ihm so nah sein wie in Attigny.»

Wieder begann Imma zu zittern. Immer wenn die Rede auf Attigny kam, brach ihr der Schweiß aus. Sie wollte Wikbert nicht wiedersehen. Doch ihr Verstand sagte ihr, dass sie auf der Insel Reichenau nicht mit ihm, der schließlich nur ein einfacher Mönch war, zusammentreffen würde.

«Gerswind, mach dir nichts vor. Wir werden ihn überhaupt nicht zu Gesicht bekommen. Weder du noch ich.»

In Gerswinds Augen flackerte etwas, das Imma nicht deuten konnte. Für Gerswind war die Reise eine der wenigen Gelegenheiten, dem ungeliebten Klosteralltag zu entkommen. So bevorzugt sie auch behandelt wurde, blieb sie doch die Gefangene. Mit blitzenden Augen hielt sie nach allen Seiten Ausschau. Da waren plötzlich jeden Tag Pferde, fremde Menschen, sie konnte sich umsehen, fremde Luft atmen.

«Erwarte nicht so viel, sonst bist du nur enttäuscht.»

«Die Götter sind auf meiner und auf Wikberts Seite.»

Auf der Reichenau

Am Tag des heiligen Martin trafen die Äbtissinnen und ihr Gefolge am Bodensee ein. Im Frühnebel dehnte sich der See wie ein aus Silber gewirkter ovaler Teppich.

«Ich werde meinen Wikbert wiedersehen», murmelte

Gerswind. Imma seufzte und warf Gerswind einen fragenden Blick zu. Es gab Nonnen, die sich ganz Gott weihten und von nichts anderem sprachen, Männer, die vom Kriegshandwerk besessen waren, und Mütter, die nichts als ihre Kinder im Kopf hatten. Gerswind befand sich in einem entrückten Zustand, längst hörte sie nicht mehr zu, wenn Imma das Wort an sie richtete.

«Sei still. Sonst geht es dir am Ende wie Ansgardis.»

Die Treiber führten die Ochsen die Straße hinunter zur Anlegestelle, wo schon einige Menschen warteten, vor allem junge Scarakrieger, Geistliche und in Pelze gehüllte fränkische Edle.

Winkend und rufend stürmte ein großgewachsener Edler auf die Ankömmlinge zu. Es war Meginhard, der kahlköpfige Mundschenk des Königs; er hatte die Schwestern seines Königs sofort erkannt und beeilte sich, sie zu begrüßen.

Er half erst Gisela, dann Ada vom Wagen, um sich schließlich Imma und Gerswind zuzuwenden.

«Ist Karolus schon auf der Insel?», fragte Ada.

«Seit vorgestern, mit der Königin und den Kindern.»

«Wie geht es der Königin?»

«Nicht allzu gut. Kopfschmerzen und die alten Probleme mit den Zähnen. Sie leidet sehr, die Arme.»

«Karolus hat nicht viel Geduld mit Kranken. Ich habe einige Schmerzmittel dabei.»

«Sie wird Euch dankbar sein.»

Ada unterdrückte eine spitze Bemerkung. Fastrada war nicht dankbar.

Meginhard half Gisela ins Boot, das der Fährmann am Steg festgebunden hatte. Ada beeilte sich, selbst hineinzuklettern. Sie war noch in der Lage, ein Pferd zu besteigen, und ihre Schneidezähne waren gut. Ihr Herz klopfte ungestüm beim Gedanken an ihren Bruder.

Ada schaute in den blankpolierten silbernen Spiegel, während die Dienerin ihr das Haar kämmte. Es war noch immer kräftig, nicht mehr so hellblond wie in ihrer Jugend, aber wenigstens ohne erkennbare graue Strähnen. Sie lächelte ihr Spiegelbild an. Glücklicherweise sah man nicht, dass ihr drei Backenzähne ausgefallen waren.

Fastrada! Immer kränklich und schlecht gelaunt, und das bei einem Ehemann, der ohnehin dazu neigte, nach anderen Frauen Ausschau zu halten.

Das Bad im hölzernen Zuber war eine Wohltat gewesen. Sie bewegte die Zehen in den leichten Schuhen, die sie innerhalb des Klosters trug. Der sarazenische Teppich unter ihren Füßen mit seinen Pflanzen und geometrischen Mustern war wie eine Liebkosung; zweifellos hatte ihr Bruder ihn mitgebracht und in ihr Gästezimmer legen lassen, ebenso wie die kannelierte Alabasterschale mit den duftenden Äpfeln auf dem kleinen Tisch neben ihrem Bett. Die Einrichtung in Klöstern war der Benediktregel entsprechend einfach und beschränkte sich auf das zum Leben Notwendige.

Störend waren nur die Umbauarbeiten im Kloster, der Haufen Steine im Flur, über den sie gestolpert war. Sie beschloss, den Abt später darauf anzusprechen.

«Der Teppich ist herrlich», sagte die Sächsin und schaute ehrfürchtig auf die kunstvollen Muster unter ihren Füßen. «Viel zu schön, um mit den Füßen daraufzutreten. Eigentlich gehört er in eine Kirche.»

Sie sprach das unverkennbare Tiudsk der Sachsen mit den gelispelten S-Lauten.

«Seit wann bist du getauft?»

«Noch nicht lange. Ich gehörte zur Dienerschaft Widukinds. Er hat mich bei seinem Eintritt ins Kloster dem Abt übergeben.»

«Ach, du bist Klostereigentum.»

«So ist es, Nobilissima Abbatissa.»

Die lateinische Anrede war korrekt, und Ada lächelte unwillkürlich.

«Er war ein großer Herr», sagte die Dienerin leise.

Ein hübsches Ding war sie, blutjung, mit hellen Augenbrauen und farblosen Wimpern über blauen Augen, so wie die Sächsinnen oft aussahen, mit milchfarbener Haut und honiggelbem Haar. Sie glich Gerswind. Irgendwie sahen sie sich alle ähnlich, diese Sachsen und Sächsinnen.

«Worauf wartest du?»

«Ich möchte –»

«Sag es nur.»

«Darf ich die Schuhe ausziehen und barfuß über den Teppich gehen? Er ist so schön.»

«Ja, tu es nur. Und denk daran, seine Schönheit ist nichts als ein Abglanz der Herrlichkeit Gottes.»

«Nobilissma?» Die Sächsin streifte die plumpen Holzschuhe ab. Barfuß sah sie geradezu aufreizend aus in ihrer jugendlichen Schönheit.

«Ja, sprich nur.»

«Ihr seid so gütig.» Die Kleine ging auf und ab und genoss das Gefühl der Wolle zwischen ihren Zehen.

«Genug.» Ada beschloss, der Sache ein Ende zu machen. «An die Arbeit, Mädchen. Du bist Klostersklavin und hast noch eine Menge zu tun. Wie heißt du?»

«Ich bin Mildred», antwortete die Sächsin. Dann klapperte sie in ihren klobigen Holzschuhen davon. Als sie die Tür öffnete, hörten sie beide den schweren Schlag und den Schrei. Mit der Hellsichtigkeit der Liebe wusste Ada, wessen Schrei es war und wem der Schlag gegolten hatte.

An der Brüstung des Innenhofs lehnten Imma und Gerswind, bleich wie der Tod. Ada schrie schrill auf, sie hörte ihren eigenen Schrei, doch sie merkte nicht, dass sie es war, die da schrie. Sie sah nur ihn, und sie sah das Blut. Es lief an seiner Seite herab wie ein Sturzbach nach dem Gewitter. Karolus saß vornübergebeugt am Fuß der Treppe. Neben seinem auch im Sitzen riesenhaften Körper lag der Stein auf den Holzdielen, ein Brocken aus der Mauer von den Arbeiten im ersten Stockwerk des Gästetrakts. Ada starrte auf den Stein.

Von allen Seiten rannten Scaramänner und die Würdenträger der Franken herbei. Ada hastete zu Karolus hin.

«Du darfst nicht sterben», flüsterte sie in sein blutüberströmtes Gesicht. «Ich lasse dich nicht sterben. Siehst du mich, Carissime? Hörst du mich?»

Er sah sie, er hörte sie.

«Es ist nicht schlimm», murmelte er. «Gut, dass du bei mir bist. Geh jetzt nicht fort.»

«Ihr schafft es, David.»

Ada hätte Alkuin am liebsten davongescheucht wie eine lästige Fliege. Aber ihr Bruder hatte bereits seine Hand ergriffen.

«Habt Ihr den Attentäter?», brüllte Meginhard zwei Scaramännern entgegen, die Imma und Gerswind am Arm herbeizerrten.

«Lasst meine Klosterfrauen in Frieden», schrie Ada auf. Erst Alkuin in seiner Aufdringlichkeit, und jetzt noch das.

«Sie waren die Einzigen. Nur sie waren oben, als es geschah», sagte der eine, ein langer Kerl mit einem einfältigen Gesicht.

«Abbatissa», sagte Imma mit klarer und fester Stimme. «Ein Mann war da und beugte sich über die Brüstung und hat etwas geworfen – ich habe ihn gesehen.»

«Wo ist er jetzt?» Ada schluchzte auf.

«Er lief über die Treppe nach unten davon.»

«Da war niemand», widersprach der König.

«Mit Verlaub», sagte Meginhard. «Ihr konntet ihn nicht sehen.»

«Da war niemand. Da war keiner.» Die Stimme des Königs war brüchig.

«Doch», sagte Imma laut und deutlich.

«Wie sah er aus?»

«Er trug ein schwarzes Mönchsgewand.» Immas Augen funkelten vor Entschlossenheit.

«Und du? Hast du ihn auch gesehen, Gerswind?», fragte Ada, erleichtert, dass ihr Bruder so schnell die Sprache wiedergefunden hatte.

Gerswind zitterte am ganzen Leib und hob hilflos die Hände.

«Natürlich hat sie ihn gesehen.» Wieder sprach Imma. «Sie hat versucht, ihm den Stein aus den Händen zu reißen und –»

Gerswind brach in Schluchzen aus.

«Aber sie kam zu spät. Sie konnte gerade noch seinen Arm in eine andere Richtung lenken –»

«Die Sächsin Gerswind hat König Karolus das Leben gerettet», rief Alkuin aus. «Die Kräfte des Guten haben über die Finsternis gesiegt.»

Die durchbrochene Ampel aus vergoldeter Bronze schaukelte leicht an der Decke des gewölbten Raums, in dem das Krankenbett des Königs aufgestellt war. Eine Eisenpfanne mit glühenden Kohlen verbreitete Wärme. Die Vorhänge aus Leder waren zurückgezogen. An seinem Bett standen Ada, Adalhard und der langobardische Leibarzt, ein schöner Mann in mittleren Jahren mit kurzem grauem Spitzbart und wachen blauen Augen. Das Gesicht des Frankenkönigs war fahlgrau. Die Wunde am Hals würde sich nicht entzünden. Ada hatte sie gleich mit Wein und Essig ausgewaschen.

«Wir wissen jetzt, wer hinter dem Anschlag steckt», sagte Karolus langsam und stockend. Das, was ihm widerfahren war, war nicht mit einer Verwundung bei der Jagd oder in der Schlacht zu vergleichen.

«Domine, bleibt ruhig liegen und sprecht nicht zu viel», mahnte der Arzt.

«Was gibst du mir da?» Misstrauisch beäugte der König die Flüssigkeit in dem silbernen Becher, den Ada ihm an die Lippen hielt.

«Nur etwas Mohnsaft, Carissime.»

«Wir wissen es nicht mit letzter Sicherheit», widersprach Adalhard.

«Es ist sehr traurig, den Tatsachen ins Auge zu sehen. Auch für mich, den Verwandten, der bereit ist, auf jedes Argument zugunsten seines Vetters zu hören. Die Männer im Klostergarten hat Tassilo aus Regensburg hierhergeschickt. Wir werden sie weiterhin verhören und aus ihrem Mund vielleicht die ganze Wahrheit erfahren.»

«Was meinst du, Ada?» Karolus wandte sich zu Ada, die sich neben sein Bett gesetzt hatte und auf ihrer Unterlippe kaute. «Wer steckt dahinter?»

«Die Byzantiner», murmelte sie.

Er sah sie ungläubig an.

«Du bist ihnen zu stark. Du hast den Papst auf deiner Seite. Pippin regiert Oberitalien.»

«Nein, Ada. Ich bin sicher, Tassilo hat den Mörder geschickt.»

«Adalhard berichtet, sie haben beide gestanden. Irgendetwas muss falsch daran sein, Täter unter der Folter zu befragen.»

Adalhard nickte.

«Vielleicht waren sie beide beauftragt. Vielleicht haben sie den Mann gemeinsam bezahlt.»

«Hoffentlich wird er gefunden. Welche Dreistigkeit, hier inmitten des Klosterfriedens einen feigen Anschlag auf dich zu verüben.» Ada bebte vor Zorn. Jetzt war sie wieder Teil der Einheit von Bruder und Schwester. Das Unrecht gegen Karolus war auch ein Schlag gegen sie selbst. Er war getroffen worden, zum ersten Mal in seiner Zeit als König. Sie schloss die Augen und horchte auf die Stille des Raums. Draußen über dem See waberte der Nebel. Der Geruch von Rauch lag in der Luft.

«Wie tapfer die Mädchen waren, Imma und die Sächsin», sagte er leise.

«Ich bin stolz auf sie. Die Klostererziehung macht die Mädchen stark. Sie haben Zeit, über vieles nachzudenken. Sie sind klüger als die armen Frauen, die früh verheiratet werden und tagein, tagaus nichts kennen als Sorgen und Mühen.»

«Ist Gerswind nicht das Schwesterkind von Widukind?»

«Ja, ich glaube.»

«Ein wunderbarer Zufall, dass ausgerechnet sie mir das Leben gerettet hat, zusammen mit Imma. Du hast mir immer Glück gebracht, Ada.»

Zwei Tage später konnte Karolus den Arm wieder frei bewegen, und die Wunde am Hals begann zu verheilen. Den Attentäter hatte man nicht finden können, doch die beiden Spione wurden im Kerker weiter verhört unter Anwendung der in solchen Fällen üblichen Mittel.

Karolus ging grußlos an Elissaios vorbei, als der sich vor ihm niederwarf, um ihm seine Bestürzung wegen des Attentats zu bekunden. Rotrud hatte sich mit ihrer Amme Menna weinend in ihr Zimmer zurückgezogen und ließ mitteilen, sie habe nicht mehr vor, nach Byzanz zu gehen. Sie verweigerte jede Nahrung, während Menna ständig neue Krüge dunkles Starkbier verlangte.

Gerswind war immer noch blass und weigerte sich, die Räume im Obergeschoss des Gästetrakts zu verlassen, wo die Äbtissin mit ihr und Imma wohnte. Imma trat ins Zimmer und kündigte ihr an, der Herrscher wolle sich bei ihr bedanken. Gerswind sah ihre Freundin an wie ein gehetztes Wild. Da öffnete sich die Tür, und der König trat ein.

«Bleib nur hier, Imma», sagte Karolus freundlich, als Imma sich zum Gehen wandte.

«Ada hat nach mir gerufen, ich muss –» Es war unhöflich und treulos Gerswind gegenüber, aber Imma flüchtete. Es gab nichts mehr, was sie erklären oder sagen konnte. Sie konnte das, was sie gleich nach dem Unglück gesagt hatte, nicht noch einmal wiederholen.

Ada bemerkte Imma kaum, als sie eintrat. Die Äbtissin von Chelles stand ihr gegenüber. Ihr blasses Gesicht unter den roten Haarfransen war fleckig gerötet.

Die Schwestern standen dicht voreinander, und Ada hatte die Fäuste geballt.

«Was ist an dem Tag, an dem Karolus von der Hand eines Mörders getroffen wird?», schrie Gisela außer sich.

«Es interessiert mich nicht!», schrie Ada zurück. Ihr langes Haar fiel offen über ihre Schultern auf das blauseidene Hofgewand herab. Barfuß stand sie ihrer wie immer dunkel gewandeten Schwester gegenüber. Leise hockte Imma sich auf ein Holzscheit vor dem Kamin.

«Er muss ein Testament schreiben, heute noch. Als König ist er verantwortlich für klare Regelungen.» Es mutete fast komisch an, dass die Schwestern, die normale Alltagsgespräche auf Tiudsk führten, sich jetzt Sätze in gestelztem Kanzleilatein an den Kopf warfen, als ginge es darum, einen Kreis erlesener Zuhörer zu beeindrucken.

«Das werden ihm seine klugen Berater und die Kleriker schon beibringen», gab Ada zurück.

«Sie sind viel zu feige. Wir müssen es tun.»

«Und? Was soll er hineinschreiben?»

«Sehr einfach, Schwester. Wir beide werden die Regentschaft für den ältesten legitimen Sohn führen.»

«Wer sollte das sein? Pippin der Bucklige? Karl der Jüngere? Pippin Rothaar?»

«Es wird der sein, der gerade da ist», sagte Gisela, als ginge es darum, jetzt die endgültige Entscheidung zu treffen. «Wichtig ist, dass wir beide sofort das Nötige veranlassen.»

«Du bist weltfremd, wir sind Frauen – und die Königin ist ohnehin Fastrada.»

«Das Frankenreich braucht keine kränkelnde Schönheit an der Spitze. Es braucht zwei Regentinnen, Pippins Töchter. Uns.»

«Was sagen Adalhard und Wala dazu?»

«Wir haben die Unterstützung der mächtigsten Bischöfe des Frankenreichs. Wir werden das Problem mit dem Papst in Rom besprechen.»

Ada ließ sich auf dem Hocker vor dem Betpult nieder. «Das hört sich vernünftig an, Schwesterlein.»

«Gegen ein vom Papst gebilligtes Testament wird sich kein Franke stellen.»

Ein gütiges Lächeln lag auf den Zügen des Königs. Es gefiel ihm durchaus, dass die Sächsin so verängstigt war. Die fränkischen Nobilissimae waren viel selbstbewusster. Diese hier war anders als die stolze Fastrada, mehr wie seine verstorbene Hildegard, und ebenso blond wie sie. Bei Blonden sah man es gleich, wenn sie rot wurden.

«Was kann ich tun, um Euer Herz zu gewinnen, schöne Sächsin?», fragte Karolus.

Gerswind sah ihn fassungslos an. Mit dieser Wendung ihres Schicksals hatte sie nicht gerechnet. Hariuha haitika gibu auja – es war Wikberts Amulett, das sie schützte. Ganz langsam begriff sie, dass ihr keine Gefahr mehr drohte. Niemand würde sie mehr beschuldigen. Die Cancellaria hatte für sie gebürgt, und aus irgendeinem Grund galt ihr Wort viel.

Karolus trat auf sie zu und schloss sie in die Arme. Sie hatte ihn angelächelt.

«Eine Friedelfrau darf um etwas bitten», sagte er sanft. «Ich werde es dir gewähren. Denn dein Schicksal wird nicht leicht sein. Es wird Neider und Neiderinnen geben. Du wirst Kinder gebären, und auch sie werden von Feinden umgeben sein. Sprich eine Bitte aus. Du sollst noch mehr erhalten – zu deinem Schutz.»

«Aber die Königin –»

«Die Königin?»

«Die Königin Fastrada ist sehr streng, sie duldet nicht –»

«Fastrada zieht nicht mit nach Italien, sie kehrt nach Worms zurück. Du wirst sie kaum sehen. Bist du beruhigt?»

Gerswind sah ihn immer noch misstrauisch an.

«Wie lange muss ich dir dienen?»

«Das weiß nur Gott.»

«Nenn mir die Zahl der Jahre, damit ich weiß, wie lange ich warten muss.»

Gerswinds Miene verriet weder Furcht noch Freude. Die Sachsen dachten anders als die Franken. Karolus versuchte zu verstehen, weshalb sie von ihm eine Jahreszahl genannt haben wollte.

«Fünfzehn Jahre», sagte er lachend. «Ist das zu viel?»

«Fünfzehn Jahre», sagte sie, es klang erschrocken, «eine lange Zeit.»

«In dieser Zeit können wir ungefähr vierzehn Kinder haben.»

«Gewähre mir, dass du den Wikbert, Widukinds Sohn, aus der Klosterhaft entlässt. Und gewähre mir außerdem, dass er ein normales Leben in seiner Heimat führen darf.»

«Als getaufter Sachse und als mein Untertan.»

«Ja, als Euer Untertan.»

«Ihr seid miteinander verwandt?»

«So ist es.»

«Er wird noch zehn Jahre im Kloster bleiben. Aber dann darf er es verlassen. Genügt dir mein Wort?»

«Herr, stellt eine Urkunde darüber aus. Imma soll sie schreiben. Ich bitte Euch darum.»

«Wenn du darauf bestehst.» Er überlegte, ob er ihr sagen sollte, dass sie sich zwei oder drei Klöster von ihm wünschen konnte oder ein Landgut und einen Wald und zwei oder drei Mühlen. Die Sachsen waren merkwürdige Menschen. Äußerlich unterschieden sie sich nicht von dcn Franken, und auch die Sprache war fast die gleiche, aber innerlich waren sie viel ernster, viel schwerfälliger.

Zärtlich sah er sie an, seine Gerswind, seine Sächsin. Sie würde ihn bald von ganzem Herzen lieben, Frauen waren so. Er hatte das ganze Volk unterjocht, er hatte Tausende grausam und ungerecht hinrichten lassen. Und da stand sie, dieses unschuldige junge Wesen, und hatte ihm das Leben gerettet. Ja, Gott hatte es so gefügt, und was folgte anderes daraus, als dass er sie zu seiner Friedelfrau machen würde?

Mit den Augen liebkoste er ihr kräftiges blondes Haar, ihre blasse Haut, ihre hellen Augenbrauen. Sie würde ihn nie verraten. Sachsen verrieten ihre Freunde nie.

An der Spitze seines Heeres zog der Frankenkönig mitsamt seiner Familie, mit den Würdenträgern und Bischöfen des Reichs nach der ungeplanten Verzögerung eilig weiter, um die Alpen noch vor den ersten Schneefällen zu überqueren.

Fastrada, wieder einmal erkrankt, war zurückgeblieben. Von Worms aus konnte sie den Mächtigen des Frankenreichs auf die Finger sehen und die Interessen ihres Gatten wahrnehmen. Im Gefolge des Heeres befand sich auch der achtzehnjährige Ulfberth zusammen mit seinem Lehrmeister, dem Schmied Beringer. Imma traf ihn zufällig, als der Ochsenwagen, auf dem sie mit Gerswind und Ada saß, einen Achsenbruch hatte. Die Krieger mit dem König und den Herzögen an der Spitze waren dem Gefolge und dem Tross bereits über eine Tagesreise voraus.

Imma staunte darüber, dass der Schmied seine Werkstatt mit Altmetall und Truhen auf zwei hochbeladenen Ochsenwagen mit sich führte, die zudem von einer Sonderabteilung Scaramänner bewacht wurden.

Beringer galt als Meister der Schmiedekunst. Seine Schwertklingen waren schärfer und härter, die besten im Kampf. Die fränkischen Krieger ließen sich von ihm die Klingen schärfen und die Metallteile ihrer Rüstungen ausbessern.

«Ohne Waffen können keine Kriege geführt werden», sagte Ulfberth, verlegen lachend. Er sah seinem Vater Ubbo ähnlich, war aber viel gesprächiger und wollte, in der Freude des Wiedersehens, Imma, die fröstelnd vor den Wagen stand, am liebsten in sämtliche Geheimnisse seiner Kunst einweihen. Sie hörte kaum hin, während er auf sie einsprach.

«Müssen wir wirklich über dieses Gebirge hinüber?» Fassungslos sah sie zu den schneebedeckten Gipfeln vor ihr, die wie eine unüberwindliche Wand vor ihnen standen.

«Es führen Wege darüber, und dahinter beginnt ein Tal», erklärte Ulfberth. «Ich war schon zweimal auf der anderen Seite in Pavia bei König Pippin Rothaar. Es ist schön an seinem Hof, viel lustiger als bei Karolus. Sie kleiden sich nicht wie bei uns in Wolle, sondern in leichte Stoffe. Es wird viel mehr gesungen und getanzt. Auch im Winter blühen Blumen vor den Häusern. Freu dich, dass du auch nach Italien kommst. Dort musst du nicht mehr frieren.»

«Gut, dass du hier bist», murmelte Imma.

«Beringer ist ein wichtiger Mann. Er begleitet jeden Kriegszug des Königs. Was ist ein Kämpfer ohne sein Schwert?» Ulfberths Gesicht war hager und kantig, das Kinn noch bartlos, aber die zusammengewachsenen Brauen verliehen Beggas und Ubbos Sohn etwas Finsteres, Entschlossenes.

Jetzt in der Winterzeit rechnete niemand mit dem, was Karolus mit seinen engsten Beratern geplant hatte. Es ging darum, den Rest des langobardischen Reichs zu unterwerfen, dessen Oberhaupt er mit dem gefangenen König Desiderius und dessen größten Teil er mit der Lombardei schon in der Gewalt hatte. Doch die schneebedeckten Gipfel waren zu überwinden. Die Bergluft war klar und kalt, als der Wagen mit Imma und der Äbtissin den Pass überwand.

In der tuskischen Stadt Florentia feierten die Franken Weihnachten, die Jahreszahl änderte sich in 787. Noch vor Ostern erreichte Karolus mit seinen Franken Rom.

Rom – In der Ewigen Stadt

Ein Schwarm Tauben flog über den Köpfen der drei Besucher aus der Francia und ließ sich dann auf den altersschwarzen Tuffsteinblöcken des Stadttors nieder. Auch jetzt im Winter war die Luft mild. Ein paar Wolken zogen gemächlich über den blauen Himmel, und Imma genoss die

Wärme der Mittagssonne und die Tatsache, dass Ada nicht hier war.

Einhard und Yussuf waren gerade erst zu dem Treffpunkt nicht weit vom Lateranpalast gekommen, wo Imma auf die beiden wartete. Yussuf war einer der Übersetzer bei den Syrern, die Karolus für die korrekte Lesung von Bibelurschriften beschäftigte. Er war von kleiner, zierlicher Gestalt mit lebhaften dunklen Augen. Inmitten fränkischer Krieger wirkte er wie ein Mönch, obwohl er keine Tonsur hatte. Jetzt fiel Immas Blick auf den Dolch, den er am Gürtel neben seinem Schreibzeug trug. Trotz dieser Waffe ging etwas Freundliches und Friedliches von ihm aus. Imma wusste nichts von ihm, nur den Namen, mit dem Einhard ihn ansprach, Yussuf. Er war älter als sie beide.

«Was habt Ihr da?» Neugierig beugte Imma sich über eine vergilbte Rolle, die Einhard ihr triumphierend entgegenhielt.

«Ich habe sie in einem verfallenen Kloster gefunden, hinter einem Schrank unter allerlei altem zerfleddertem Schreibzeug, und sie für ein paar Denare erworben.»

«Wieder einer von Euren heidnischen Dichtern?»

«Viel besser.» Einhards Gesicht verklärte sich. «Es ist die Schrift eines römischen Historikers, des Suetonius. Er hat das Leben der römischen Kaiser beschrieben. Die Rolle ist einigermaßen vollständig. Alles ist gut lesbar bis auf ein paar angefressene Stellen. Sie hatten jede Menge Mäuse in der Bibliothek.»

Einhard steckte die kleine Rolle zurück in den Beutel an seinem Gürtel, in dem sich seine Kostbarkeiten befanden.

«Jedenfalls hat Yolanda nicht übertrieben.» Imma sagte es mehr zu sich selbst als zu ihren beiden Begleitern. Vor der gewaltigen Stadtmauer fühlte sie sich klein und unbedeutend in der Stadt, von der sie so lange geträumt hatte.

Seit dem Zwischenfall auf der Insel Reichenau ließ Karolus die neue Friedelfrau Gerswind nicht mehr von seiner Seite. Von einem Tag auf den anderen war Imma vereinsamt. Gewiss, da gab es noch Ada, die sie anschrie oder sie wegen irgendeiner Nachlässigkeit ohrfeigte. All das war nicht schlimm gewesen in den Zeiten, als sie täglich mit Gerswind zusammen gewesen war. Jetzt waren die Tage manchmal unerträglich.

Dass Ada so mit ihr umging, war beleidigend. Imma fiel auf, dass die Äbtissin von Chelles zu Richmod, ihrer Vertrauten, freundlich und höflich war.

«Woran denkt Ihr?», fragte Einhard. Er konnte Gerswind nicht ersetzen, trotzdem war Imma erleichtert, dass die Äbtissin ihr gestattete, mit ihm zusammen Rom zu erkunden.

«An nichts.»

«Ihr macht mir nichts vor. Irgendetwas betrübt Euch.»

«Ihr irrt Euch.»

Die regelmäßige Unterhaltung mit einem Mann war neu für sie. Imma fand Gefallen an dieser Art von sachlichem Gespräch. Anders als Gerswind gegenüber vermied sie allerdings persönliche Themen. Es ging auch darum, einen kleinen körperlichen Abstand zu Einhard einzuhalten, der sich manchmal näher an sie drängte, ihr die Hand auf die Schulter legte oder ihr behilflich war, einen steilen Weg hochzugehen.

Yussuf hielt sich bei den meisten Gesprächen im Hintergrund. Schweigend hörte er zu und gab selten einen Kommentar in seinem gebrochenen, aber gut verständlichen Latein. Er war der erste Sarazene, den Imma persönlich kennenlernte. Wenn Imma und Einhard eine Kirche betraten, um dort zu beten oder an der Messe teilzunehmen, wartete er draußen auf sie. Beim Essen rührte er den leckersten

Schinken und das zarteste Schweinefleisch nicht an und hielt sich stattdessen an Gemüse und Brot.

Gerswind blieb meist in der Umgebung des Königs und begleitete Rotrud. Der König und sein engeres Gefolge wohnten im erst kürzlich erbauten Palatium in der Nähe des Petersgrabes, wo sich auch ein großes Gebäude befand, die Schola Francorum, in der fränkische Kleriker unterkamen, die die heilige Stadt besuchten.

«Wer ist Yolanda?», fragte Einhard.

«Eine Klosterfrau. Sie ist inzwischen verstorben. Sie hat uns von Rom erzählt und von dem Kameo in der Schatzkammer des Papstes.»

«Ah, Ihr meint den Stein mit den Bildnissen des heiligen Konstantin und seiner Familie. Alkuin hat mir alles darüber berichtet.»

«Ich hoffe, wir werden ihn sehen.»

«Der König will ihn unbedingt für seine Schatzkammer erwerben.» Einhard machte eine kleine Pause. «Wollt Ihr anschauen, was ich gestern gekauft habe?», fragte er verschwörerisch und zog ein Säckchen aus seinem Ärmel. Vorsichtig öffnete er es und zog ein winziges Knochenstück heraus.

Imma bekreuzigte sich ehrfürchtig. Einhard verneigte sich vor dem Stück Totengebein auf seiner Hand.

«Eine Reliquie?»

«Ein Kleriker aus dem Gefolge des Heiligen Vaters hat sie mir verkauft. Sie stammt vom Leichnam des heiligen Sebastian.»

«Sie wird Euch Glück bringen, wenn Ihr sie jeden Tag bei Euch tragt.»

«Ich hoffe sehr.» Er lächelte sie an. «Ich habe einen ganz besonderen Wunsch, und den soll mir der heilige Sebastian erfüllen. Ich werde ihn Euch nicht verraten.»

Es gab hier wie in Trier mächtige, aus rotem Ziegel errichtete Gebäude, Torbögen aus riesigen Tuffsteinquadern und marmorverkleidete Bögen. Sie waren weitergegangen und befanden sich unvermutet inmitten einer Schafherde, die das Gras abweidete, das zwischen den Steinen einer alten, stadtauswärts führenden Straße spross. Blökend hüpften einige frühe Lämmer um ihre Mütter.

«Zur Zeit der Römerkaiser lebte hier eine Million Menschen», erklärte Einhard. Seine Art, alles zu wissen und sich zu benehmen, als sei er zwanzig Jahre älter als sie, erheiterte Imma. Der rothaarige junge Mann hatte es inzwischen zum Sekretär Alkuins gebracht und versuchte, sich unentbehrlich zu machen. Wie ein Schatten folgte ihm Yussuf. Er trug selten zur Unterhaltung bei, obwohl er sowohl Tiudsk wie Latein sprach. Und doch nahm er an allen Gesprächen schweigend Anteil. Manchmal blitzten seine Augen belustigt auf. Sein Schweigen und seine ständige Anwesenheit brachten Imma immer wieder für Augenblicke aus der Fassung.

«Und jetzt?»

«Es sind kaum noch zwanzigtausend.»

Viele Häuser der großen Stadt waren unbewohnt und im Laufe der Jahrzehnte verfallen. Prächtige Tempel aus der Römerzeit waren teilweise eingestürzt, die Treppenaufgänge von Unkraut überwachsen und ausgebrochen. Die kostbaren Marmorverkleidungen öffentlicher Gebäude waren weggeschleppt worden, sodass nur noch das nackte rote Ziegelwerk aufragte mit den Löchern, aus denen sogar die eisernen Befestigungsdübel der Marmorplatten entfernt worden waren. Die feindlichen Völker, die über die einstige Hauptstadt hergefallen waren, hatten fast alles von Wert mitgenommen und für sich verwendet.

Aber die Überreste aus den großen Zeiten des Römischen Reiches, die Marmorsarkophage, Triumphbögen und Tempel, verkündeten alle die gleiche Botschaft. Zu ihrer Zeit war das Leben leichter und glücklicher gewesen. Imma sah es den fröhlichen Gestalten auf den Sarkophagen an. Diese Menschen aus Stein waren lebendig, sie atmeten, und ihre Gewänder wurden vom Wind bewegt. Die Künstler der Römerzeit hatten etwas gewusst, was ihren fränkischen Nachfolgern noch verborgen war. Zum ersten Mal fiel Imma auf, wie sehr sich ihre Figuren von den altrömischen unterschieden. Es schmerzte plötzlich, dass ihre Heiligen und Apostel so schwerfällig auf dem Pergament blieben. Leontina hatte Bemerkungen gemacht, die in die gleiche Richtung wiesen. Doch im Skriptorium hatte Imma nicht verstanden, was sie damit meinte.

«Woran denkst du?», fragte Einhard. Er war neben ihr stehengeblieben, ohne dass sie ihn bemerkt hatte.

«Daran, dass ich nichts kann. Die Künstler damals waren Meister, die ohne Beschränkung arbeiteten. Hier fließt alles. Du vergisst, dass du Steine vor dir hast.»

Einhard lachte sein trockenes, verlegenes Lachen. «So ist es.»

«Mir tut es weh.»

«Warum, Meisterin des Kalamus?»

«Weil ich nur eine Stümperin bin.»

«Es gibt immer andere, die besser, schneller, reicher, klüger sind als du selbst.»

Imma setzte sich auf einen Steinquader und senkte den Kopf. Er beugte sich zu ihr. «Es gibt ein elftes Gebot, das die meisten nicht kennen.»

«Und das wäre?»

«Du sollst nicht vergleichen.»

Sie sah erstaunt zu ihm auf. «Warum nicht?»

«Der Mann soll sein Eheweib nicht mit anderen vergleichen, die Mutter ihre Kinder nicht mit denen anderer Mütter. So ist es mit allem. Du sollst nicht vergleichen.»

«Ich wollte, wir könnten für immer hierbleiben.»

«Warum möchtest du das?» Einhard sah zweifelnd zu ihr nieder.

«In Rom kann man alles lernen. Gefällt dir die Stadt etwa nicht?»

«Doch. Aber ich sehe, was ihr fehlt. Sie ist alt und verfallen. Sie stirbt unaufhaltsam. Ich will zurück an den Main. Im Frankenreich ist alles neu und im Aufbau. Unsere Städte fangen gerade an zu leben.»

«Ach was, dort ist gar nichts. Nur Holzkirchen, Hütten und Viehherden. Und hier hast du alles. Sieh dich um.»

«Was will ich mit all den Heidentempeln?»

«So stelle ich mir Jerusalem vor.»

«Noch so eine sterbende Stadt. Mich zieht es auch nicht nach Jerusalem.»

Seine Art, ihr jedes Mal zu widersprechen, beunruhigte Imma. Es war hinterwäldlerisch, geradezu dumm, so zu sprechen wie er, zugleich aber war er klug und gelehrt. Imma fühlte sich überlegen, obwohl er in der Welt lebte und sie meistens im Kloster.

«Diese Figuren auf den Marmorsteinen, die Statuen, die überall in den Ecken liegen, sind wahrer als meine, richtiger. Meine sind plump und falsch.»

«Es kümmert mich nicht.»

«Weil du nicht vergleichst. Um mich zu verbessern, muss ich vergleichen. Ich möchte, dass auch meine Menschen so leichtfüßig, so lebensecht werden.» Schmerzlich empfand Imma ihre Unfähigkeit. Nachdem sie die Bilder und Statuen hier überall sah, würde sie ganz neu anfangen zu zeichnen und zu malen. Alles an ihren Figuren war falsch und ungeschickt. Das, worauf sie vor kurzem noch stolz gewesen war, war barbarisch roh und plump.

«Die Söhne des Romulus waren bessere Künstler als die

Abkömmlinge des Mero. Deshalb will ich versuchen, mein Auge an den römischen Kunstwerken zu schulen. So wie Alkuin sein Latein mit Hilfe der heidnischen Gedichte des Vergilius verfeinert.»

«Das tun wir ja alle. Auch ich lese meinen Suetonius, um schönere Sätze zu bilden. Trotzdem – ist das wirklich wichtig? Zählt es vor Gott?»

«Ja, es zählt. Jetzt, nachdem ich erkannt habe, wie Menschen und Heilige gemalt werden, gibt es keine Entschuldigung mehr.»

Einhard lachte wieder verlegen. «Aber alles, was du gemalt hast, ist sehr gelungen. Für uns Franken genügt es.»

«Ulfberth gibt sich auch nicht zufrieden, wenn es um seine Schwerter geht. Er versucht alles, um die Klingen härter und schärfer zu bekommen. Jeder Handwerker will besser werden.»

«Ich weiß, Beringer und dein Verwandter machen Experimente mit Hühnerkot. Ist das eigentlich nur ein heidnischer Aberglaube oder hilft es wirklich?»

«Ulfberth hat Versuche gemacht. Seine Waffen sind die besten. Er würde nie einen heidnischen Zauber benutzen.»

«Da bin ich anderer Meinung.»

Er sah sie lange, fast zu lange an.

«Rede nicht schlecht über ihn. Er ist mein Bruder.»

«Er ist nicht dein Bruder. Er ist viel geringer als du.»

Das Herz wurde ihr schwer. Einhard wusste immer noch nicht, von wie ärmlicher Abkunft sie, das Findelkind, war. In diesem Moment schmerzte es wieder.

«Alles, was ich bin, verdanke ich Gott und der Abbatissa, die mich zu sich erhoben hat.»

Einhard hob leicht die Augenbrauen an, leiser Spott lag in seinem Blick, und Imma überlegte, woher er seine Selbstsicherheit nahm. Inzwischen wusste sie, dass seine kräftige

Stimme von dieser Selbstsicherheit kam. Einhard war eine starke Persönlichkeit, die Gott in einen schwächlichen Körper gesteckt hatte, vielleicht um ihn vor Übermut zu bewahren.

Das Palatium Karoli erhob sich auf einer kleinen Anhöhe unweit der über dem Grab des heiligen Petrus erbauten Kirche. Noch waren die Holzgerüste für die Bauarbeiten nicht abgebaut. Dem Anbau, in dem sich der Pferdestall befand, fehlten die Dachziegel.

Vom ersten Stock des Palatiums aus konnte man hinüber zum Tiber sehen, der in weitem Bogen um die eigentliche Stadt floss. Das Gebäude neben der Schola Francorum befand sich noch im Bau, bot jedoch jetzt schon genügend Platz zum Repräsentieren und Wohnen für den Frankenkönig und sein Gefolgc. Es gab eine Halle im Parterre und Wohn- und Aufenthaltsräume mit rundbogigen Säulenfenstern im ersten Stock. Im ganzen Gebäude roch es nach frischem Putz und kürzlich verstrichenen Farben.

Die Äbtissinnen wohnten nur einige Türen von ihrem Bruder und seiner Familie entfernt.

Ab und zu war Imma im Gang oder im Treppenhaus Gerswind begegnet. Die Sächsin trug jetzt seidene Gewänder und goldene Nadeln im kunstvoll hochgesteckten Haar und Ketten aus Gold- und Bernsteinkugeln.

Sie waren seit Jahren enge Freundinnen gewesen. Aber immer war da auch ein trennender Riss gewesen.

«Imma!»

Imma blieb stehen, sie versuchte, Gerswinds Blick auszuweichen.

«Warum sprichst du nicht mehr mit mir?»

«Ich kann nicht.»

«Zwischen uns hat sich nichts geändert.»

Imma hätte gerne etwas geantwortet, brachte aber kein Wort hervor.

«Sag doch etwas.»

Imma stand da wie erstarrt.

«Danke, dass du für mich ausgesagt hast.»

Imma hörte Gerswinds Worte. Sie wollte davonlaufen, aber etwas hielt sie zurück.

«Du hast so viel für mich getan.»

«Kommt, Herrin. Wir müssen in die Halle zum Essen.»

Mildred stand neben Gerswind, Imma erkannte sie sofort wieder, die sächsische Sklavin von der Insel Reichenau. Gerne hätte sie gefragt, warum Mildred überhaupt hier war. Noch lieber hätte sie Mildred zurechtgewiesen. Eine Sklavin durfte nicht so dreist zu ihrer Herrin sprechen.

«Wir müssen gehen.» Der selbstgewisse, bestimmte Ton, in dem Mildred sprach, beunruhigte Imma.

In Gerswinds Gesicht flackerte etwas auf, das Imma noch nicht kannte.

Sie sah den beiden nach, Gerswind folgte Mildred wie ein ängstliches Hündchen. Am liebsten wäre Imma hinter ihnen hergerannt, hätte Gerswinds Hand ergriffen und sie gefragt, was es mit Mildred auf sich hatte.

Aber sie waren in Rom, und zwischen ihnen lag das, was auf der Insel im Bodensee geschehen war.

Arechis, der Langobardenkönig in Benevent, hatte den Ernst der Lage begriffen. Er war kein ängstliches Gemüt und kannte die eigenen Stärken. Aber dieser Franke war ein hungriges Raubtier, unersättlich und gierig nach den Schätzen Italiens. Zu allem entschlossen, stand Karolus mit seinen Bewaffneten in Rom und hatte überdies die Unterstützung des Papstes. Dem König, der so verrückt war, mitten im Winter mit einem Heer die Alpen zu überqueren, war alles zuzutrauen. Das

Frankenheer würde unweigerlich in sein blühendes Land einmarschieren und Städte und Land plündern und niederbrennen. Bis die erbetene militärische Hilfe aus Konstantinopel käme, läge Benevent längst in Rauch und Asche. Wieder einmal hatte Gott der Herr sich für alle erkennbar auf die Seite der Franken gestellt. Wie man überhaupt feststellen musste, dass Gott sich gerne auf die Seite der Stärksten begab.

Ada und Gisela thronten erhöht auf prunkvollen Polstersitzen in einer runden Apsis am Ende des Empfangsraums. Hinter ihnen standen Richmod und Imma mit Schreibtafel und Bronzestift, bereit, das Gespräch zwischen den Langobarden und den Schwestern des Königs festzuhalten. Etwas unterhalb auf der ersten Treppenstufe, die zur Apsis emporführte, wartete Adalhard. Die Gesandtschaft von Benevent mit den jungen Königssöhnen Romuald und Grimoald an der Spitze wurde nicht gleich vorgelassen. Die Gesandten führten einen Ochsenwagen voller Geschenke mit sich und einige edle Pferde.

Bewaffnete Scaramänner bildeten einen Gang, durch den sich langsamen Schrittes die langobardischen Brüder näherten, große, breitschultrige junge Kerle, zweifellos tapfere Kämpfer in jeder Schlacht. Jetzt ging es um das diplomatische Geschick der Königssöhne. Vor dem Eingang hatten sie ihre Schwertgehänge ablegen müssen. Ihre Gefolgsmänner mussten vor dem Eingang des Saals warten, eine weitere Demütigung.

Ihre Bewegungen hatten etwas Linkisches, als sie sich ehrfürchtig verneigten. Zuerst kniete Grimoald, der ältere Bruder, nieder, um die Ringe der Äbtissinnen zu küssen. Er war ein muskulöser Jüngling mit scharfgeschnittenen Zügen und goldblondem, weichem Haar, das er wie sein Bruder halblang trug. Zögernd tat Romuald es ihm nach. Trotz seines kräftigen und muskulösen Körperbaus war er blass wie nach einer überstandenen Krankheit. Immas Blick fiel auf die schmalgliedrigen Finger, die auf der ersten Treppenstufe auflagen. Er trug zwei goldene Ringe an der rechten Hand und breite Goldarmreife an den Armen.

«Was führt Euch zu uns?», fragte Ada huldvoll lächelnd und wandte sich dem Älteren zu, während Imma den Blick auf den Jüngeren gerichtet hielt. Vielleicht war er krank oder fühlte sich stärker unter Druck als sein Bruder.

«Unser Vater entbietet Euch und König Karolus die besten Grüße und Wünsche. Er hat einige Geschenke für Euer Haus mitgegeben und hofft, dass sie Euch gefallen.» Grimoald sprach sein Latein fremdländisch und gedehnter, als Imma es gewohnt war. Vielleicht war es aber die richtigere Art; alle in Italien sprachen das Latein so, ansonsten unterhielten sie sich in einem Dialekt, der dem im Westen des Frankenreichs gebräuchlichen Romans sehr ähnlich war.

«Warum ist er nicht selbst gekommen, um dem König seine Aufwartung zu machen?»

«Seid versichert, dass es nicht mangelnde Ehrfurcht vor dem König der Franken ist. Dringende Geschäfte zwingen unseren Vater, in Benevent zu bleiben.» Immer noch führte Grimoald das Wort. Seine Augenlider flatterten.

«Er fürchtet, sich in die Hand des Frankenkönigs zu begeben», sagte Ada kühl. «Eine überflüssige Besorgnis. Karolus hält seine Versprechen auch Gegnern gegenüber.»

Romualds Finger zitterten, Imma sah es deutlich.

«Bezeichnet unseren Vater nicht als Gegner des Frankenkönigs», protestierte Grimoald. «Unsere Häuser stehen in verwandtschaftlichem Verhältnis zueinander. Der Herrscher von Benevent hat für Euch, die Schwestern des Königs, und für Eure Klöster einige Handschriften mitgeschickt und hofft, dass sie Euer Gefallen finden.»

Adas Züge blieben unbewegt.

«Solange er Gegner des Heiligen Vaters ist, wird auch Karolus ihn als seinen Feind ansehen. Der Frankenkönig ist zum Schutz des Papstes verpflichtet. Deshalb hat er keine Mühe gescheut und ist durch Eis und Schnee hierhergeeilt.»

Mit zarter Stimme schloss sich Gisela an: «Leider ist der Heilige Vater durch die Ansprüche der Langobarden bedroht und gekränkt.»

«Ihr irrt Euch. Er war niemals bedroht. Zur Aufklärung dieser Missverständnisse hat König Arechis uns hergesandt. Wir bitten um die Gelegenheit, dem Frankenkönig selbst unsere Aufwartung machen zu dürfen.» Grimoalds Stimme bebte.

«Habt Geduld und vertraut auf die Weisheit des Königs.» Ada lächelte vielsagend. «Unser Bruder ist sehr beschäftigt. Doch die notwendigen Dinge wird er nicht versäumen.»

Grimoald öffnete den Mund, aber die Äbtissinnen winkten huldvoll, und Adalhard ergriff die Hände der Brüder, richtete sie aus ihrer knienden Haltung auf und bedeutete ihnen, sich zu verabschieden.

Mit starrem Gesicht entfernten sich die Brüder durch die Reihe der Scaramänner. Adalhard führte sie hinaus, als wären sie Gefangene.

Romuald war noch blasser geworden. Wovor fürchtete er sich wohl? Vor dem eigenen Vater am Tag der Rückkehr nach Benevent? Vor Karolus?

«Vor dem Krieg», sagte Richmod, als Imma hinterher mit ihr über die Brüder sprach. «Vor der Zerstörung von Stadt und Land.»

«Aber so etwas würde unser König nicht tun.»

«Karolus ist klug und listig wie ein Fuchs. Er wird tun, was getan werden muss. Glaub mir, Gott im Himmel ist gütiger als der Rex Francorum.» Richmod lächelte. «Kriege werden geführt, um den Frieden zu sichern, liebe Imma.»

«Das glaubst du doch selbst nicht.»

Richmod verdrehte die Augen. «Ich muss nicht klüger sein als meine Äbtissin, und du, Imma, solltest es auch nicht versuchen.»

Imma wollte antworten, doch Richmod sprach unbeirrt weiter. «Einer wie uns kommt es nicht zu, wider den Stachel zu löcken. Nur durch sanftmütiges Dienen zeichnen wir uns aus.»

Das Osterfest war vorbei.

Ein lauer Nachmittagswind von den Albaner Bergen strich durch die Rundbogenfenster in den sonnigen Raum mit dem Boden aus großen Ziegelplatten. Hier im Obergeschoss des wuchtigen Eingangstors zum Palatium Karoli war Adas Lieblingsplatz. Eine Holzbank mit Polsterkissen lud zum Verweilen ein. Ohne selbst sichtbar zu werden, konnte man beobachten, wer ein und aus ging.

Murmelnd las Imma der Äbtissin aus den Bekenntnissen des Augustinus vor, als sie den Hufschlag von Pferden und das Knirschen von Wagenrädern im Kies vernahm. Ada, die nur mit halbem Ohr zugehört hatte, öffnete die blauen Augen und erhob sich, als spüre sie die Bedeutung des Augenblicks.

In zerknitterten Obergewändern sprangen zwei vornehme Männer von ihren schnaubenden Pferden. Ein Diener beeilte sich, den eisernen Klöppel gegen das Eingangstor zu schlagen, während der andere Knecht die Packpferde zur Seite trieb.

Die fränkischen Scaramänner zu beiden Seiten des Tors blickten starr geradeaus, als seien die Ankömmlinge unsichtbar.

«Gewährt uns Einlass», fuhr der eine der Botschafter die Wächter an. An der Tonsur sah man, dass er ein Kleriker war. Seine Schuhe und Beinbänder waren von der Reise verschmutzt. Offensichtlich hatten sich die Ankömmlinge nicht einmal die Zeit genommen, sich zu waschen und umzukleiden.

«Was wollt Ihr und wer seid Ihr?» Der Scaramann trat einen Schritt auf den Geistlichen zu.

«Uns schickt Tassilo mit wichtigen Nachrichten für den König der Franken.»

«Wer sind die beiden?», fragte Imma.

«Der eine ist Bischof Arn und der andere Abt Hunrich. Sie sind von Tassilo geschickt.» Ada beugte sich vor. «Vielleicht gelingt es ihnen, Frieden zwischen Karolus und Tassilo zu stiften.»

«Frieden?»

«Keiner von beiden will ihn. Sie brennen nur darauf, übereinander herzufallen. Keiner von ihnen ist besser oder schlechter als der andere», erklärte Ada. «Papst Hadrian wird zwischen den Bajuwaren und den Franken vermitteln.»

«Und was will der Heilige Vater?»

«Er will den Frieden. Er ist Tassilo und seinem Haus fast so verbunden wie Karolus.»

«Und Ihr? Was wollt Ihr, Abbatissa?»

«Gute Frage.» Ada lachte geschmeichelt. «Ich bin für den Frieden, ohne Vorbehalt. Nur –»

Imma sah gespannt zu Ada auf.

«Mein Cousin Tassilo ist nicht weniger ehrgeizig als Karolus. Keiner wird nachgeben. Außerdem will Karolus das Herzogtum Bayern auflösen. Die Agilolfinger waren von jeher Verwandte und Verbündete der Langobarden im Süden. Sie sind falsch und treulos.»

«Aber Tassilo ist doch über seine Mutter auch ein Karolinger. Zählen die Familienbande nichts?»

«Familienbande.» Ada lachte höhnisch auf. «Sie machen ihn am gefährlichsten. Merk dir, die Karolinger sind niemals zufrieden mit dem, was sie haben. Sie wollen alles oder nichts. Sie gehen ins Kloster wie Arnulf von Metz und Karlmann der Ältere, oder sie wollen König der Franken sein wie mein Vater Pippin und mein Bruder Karolus. König oder Heiliger, alles, was dazwischen ist, existiert nicht für sie.»

«Tassilo ist Herzog der Bajuwaren. Seid Ihr sicher, dass er noch mehr will?»

«Er ist der Schwager des Arechis, der Gemahl von Liutperga, der Tochter des Desiderius. Jederzeit kann er sich mit Arechis verbünden und das Reich Pippins des Roten zurückerobern. In Konstantinopel wartet Adelgis nur auf den Tag, an dem er nach Pavia zurückkehrt. Das Attentat auf der Reichenau hat die dunklen Absichten von Byzantinern und Bajuwaren enthüllt. Karolus wird keine Milde walten lassen –» Adas Miene verdunkelte sich. «Imma, nach dem Attentat ist nichts mehr, wie es war.»

«Das Attentat», murmelte Imma verstört.

«Kind», sagte Ada, «die Welt ist nicht gut und freundlich.»

Die Welt war nicht gut und freundlich. Imma lag in der Kammer neben dem Schlafraum der Äbtissin und horchte in die Nacht hinein. Eulen schrien, es war spät. Unten im Hof vor dem Palatium waren die Schritte nägelbeschlagener Schuhe von Wachsoldaten zu hören. Ein Betrunkener torkelte singend vorbei.

Sie war müde und fand doch keinen Schlaf. Ihre Lüge vom Tag des Attentats war wie ein ins Wasser geworfener Stein, der immer weitere Kreise zieht.

Sie hatte keinen Moment überlegt, als sie Gerswind verteidigte. Sie musste es tun, dazu war sie zu lange eng verbunden mit ihr. Und sie hatte nicht angenommen, dass man ihr glauben würde. Viel zu offensichtlich war das, was geschehen war. Aber das Wunder, um das sie einen Augenblick lang zu Gott gebetet hatte, war eingetreten.

Ada und Karolus glaubten ihr.

Irgendwann wollte sie Ada die Wahrheit beichten. Imma nahm es sich vor und verspürte eine gewisse Erleichterung. Nicht morgen, nicht übermorgen, doch irgendwann musste sie es tun. Denn so wie jetzt, mit der großen Lüge auf dem Gewissen, konnte sie nicht weiterleben. Der große Architekt mit Zirkel und Waage, vor langer Zeit ihr Vertrauter, der ihr unfassbarerweise geholfen hatte, kannte die Wahrheit. Wie war es möglich, dass er nicht eingriff? Auch Gerswind lebte mit der Lüge.

Imma warf sich auf die andere Seite.

Aber da waren noch die Spione im Gebüsch vor dem Kloster auf der Insel. Sie kamen wirklich von Tassilo und aus Byzanz. Immas Hände und Gesicht waren heiß. Ihr war, als hätte sie Fieber.

Die Zweige der uralten Zeder rauschten im Nachmittagswind. Auf bequemen Faltstühlen saßen sich der ältere Pippin und seine Tante gegenüber, nur getrennt von einem zierlichen Schachtisch. Imma hatte ein Stück entfernt von den beiden Platz genommen, ebenfalls im Schatten des großen Baums, dessen ausladendes Geäst den kiesbestreuten Innenhof des Palatiums fast ganz ausfüllte. Der Architekt des Bauwerks hatte das Gebäude um den mächtigen Baum herum errichtet, nachdem er zuvor entschieden hatte, ihn stehenzulassen.

Pippin der Ältere legte Adas Dame aus hellem Elfenbein

an den Rand des Spielfelds. Wie immer spielte er konzentriert und geschickt. Trotz des ausgeprägten Buckels war Pippin ein schöner Mann. Er war kleiner von Wuchs als seine jüngeren Halbbrüder, doch sein ebenmäßiges Gesicht war das eines reifen Mannes. Seine Tante Ada hing an ihm viel mehr als an seinen jüngeren Brüdern, die sie nur von den Besuchen bei Hof kannte. Himiltruds Sohn war unter ihren Augen aufgewachsen. Ada hatte zu all den Kindern, die im Kloster aufgewachsen waren, ein besonderes Verhältnis. Auch ehemaligen Klosterschülerinnen, die längst verheiratet waren, schickte sie noch Geschenke und Briefe mit Ermahnungen und freute sich, wenn umgekehrt ein Schreiben an sie eintraf.

«Ada», begann Pippin. «Du weißt am besten, dieser Krieg muss nicht sein.»

«Gerade deswegen wird er stattfinden.»

«Es ist nichts als Neid und Rachsucht, die die beiden Vettern gegeneinandertreibt.»

«Für einen jungen Mann in deinem Alter bist du erstaunlich weise.»

«Ich habe lernen müssen, dass ich ein Verwachsener bin.»

Ada überlegte, ob sie ihm mitteilen sollte, dass sein Treffen mit den Boten Tassilos belauscht worden war. Es war nicht klug gewesen, heimlich mit ihnen zusammenzukommen. Er hatte nicht die Erlaubnis, Gesandte zu empfangen und auf eigene Faust als Unterhändler aufzutreten. Das, was ihn einstweilen schützte, war eine gewisse Narrenfreiheit, das Mitleid seines Vaters dem Krüppel gegenüber, ein Schuldgefühl wegen des Todes seiner Mutter. Doch wenn Pippin sich weiterhin so aufsässig benahm, stand es schlecht um ihn. Karolus' Liebling war nun einmal Hildegards rotblonder Sohn gleichen Namens, der König von Italien.

«Pippin – sag mir ehrlich, was haben sie dir angeboten?»

«Nichts, Tante Ada.»

Ada betrachtete ihren Neffen mit mildem Spott. «Ich kenne dich seit deiner Geburt. Ich habe dir immer angesehen, wenn du gelogen hast.»

«Dann weißt du auch, dass ich dich selten belogen habe.»

«Pippin, sie haben dir etwas angeboten. Was ist es?»

Pippin senkte den Blick, und auch Imma bemerkte, dass er bis an die Haarwurzeln errötet war.

«Dann sage ich es dir. Sie haben dir Cotanis Hand angeboten.»

«Woher weißt du das?», fuhr Pippin auf.

«Weil es das Einzige ist, womit du zu bestechen bist, ein Königssohn, der alles hat, was er sich wünscht.»

«Ich habe nicht alles», sagte Pippin leise.

Bestürzt dachte Imma an die reizende Cotani, Tassilos und Liutbergas Tochter.

«Du fühlst dich enterbt», sagte Ada mit sanfter Stimme.

«Ich bin es, Tante. Alle wissen es.»

«Das kann sich ändern. Dein Vater ist noch jung.»

«Er hat mir alles genommen. Das Erstgeburtsrecht und meinen Namen.»

«Die Erde ist nicht der Ort für Gerechtigkeit, es wird sie dereinst im Himmel geben. Karolus ist stark und klug. Verlang nicht noch Gerechtigkeit von ihm.»

«Mein Bruder Pippin ist König der Langobarden und residiert in Pavia. Karolus' jüngster Sohn Ludwig regiert Aquitanien. Ich darf neben meinem Vater auf die Jagd gehen und bin sein Mundschenk. Königin Fastrada lässt sich die Schuhe von mir binden.»

«Fühle dich geehrt.»

«Ich hasse sie.»

«Leise, Pippin.»

«Tante, sogar den Namen hat mir mein Vater genommen

und ihn auf meinen Bruder übertragen. Wer würde das aushalten, ohne sich zu beklagen?»

Ada schloss die Augen, als überlegte sie, wie sie ihn überzeugen konnte.

«Vergiss die reizende Cotani. Du darfst nicht einmal an sie denken. Sie zu begehren ist Hochverrat.»

Pippins Mund verzog sich. «Wer sie einmal gesehen hat, wird sie begehren», sagte er fast unhörbar. «Meine Großmutter –»

«Hör auf mit Bertrada.»

«Sie wollte mich und Cotani miteinander verbinden. Sie wollte immer den Frieden mit den Langobarden und den Agilulfingern in Bayern.»

« Es sind nicht mehr Bertradas Zeiten.»

«Wer bei Verstand ist, kann diesen Krieg nicht wollen.»

«So darfst du nicht sprechen.»

«Ich will ihn nicht.» Pippin sah seiner Tante unerschrocken ins Gesicht. «Man soll unnötige Kriege vermeiden. Sie kosten das Leben vieler guter Männer.»

«Du bist ein Verwachsener. Der fränkische Adel wird niemals zustimmen, dass du herrschst. Nicht, solange es andere Söhne deines Vaters gibt.»

«Das weiß ich sehr wohl.»

«Sieh Männer wie Adalhard und Wala an. Auch sie sind Karolinger, gescheit und stark. Sie wären nicht mehr am Leben, hätten sie jemals nach der Herrschaft gestrebt.»

«Ich bin der Erstgeborene. Mein Verstand ist klar und hell. Und der Buckel hindert mich nicht daran, den Speer zu werfen und mit dem Schwert zu kämpfen. Tante, ich will herrschen, weil ich dazu fähig bin.»

Ada blickte über den Spieltisch aus Onyx mit dem Schachbrettmuster und fegte die noch stehenden Figuren des Spiels mit der rechten Hand nieder.

«Damals, als ich der Einzige war, hat mein Vater mich Pippin genannt und wollte, dass ich nach ihm Herrscher bin. Damals war ich gut genug.»

«Dummkopf, zu dieser Zeit war dein Vater einer von zwei Söhnen König Pippins, deines Großvaters. Niemand wusste, was die Zukunft bringt. Und außerdem warst du nicht der Einzige.»

«Der andere hieß nur Ruoland, nicht Pippin.» Pippin sah seine Tante finster an. Seine Nasenflügel bebten.

Ada beugte sich vor und schlug zu. Ihr Neffe warf ihr einen verstörten Blick zu und rieb sich die schmerzende Wange. Kein Laut des Protests kam über seine blassen Lippen.

«Sei klug und halte den Mund, damit du in Frieden alt wirst.»

«Abbatissa», stammelte Imma, als Pippin gegangen war. «Ist das alles wahr?»

«Vergiss es sofort», befahl Ada. «Mach dir das Herz nicht schwer.»

«Ich meine etwas anderes. Der Adel – Ihr habt gesagt, keiner der Edlen würde ihn je anerkennen.»

Ada verzog das Gesicht. «Er ist der klügste von Karolus' Söhnen. Gut möglich, dass sie ihn respektieren würden. Aber das darf Pippin niemals wissen.»

«Abbatissa – Ihr habt ihn am liebsten von Euren Neffen.»

«Er ist wie ich. Er denkt erst nach, ehe er zuschlägt, im Gegensatz zu seinem Vater, der erst zuschlägt und dann immer noch nicht denkt. Er kann lesen und schreiben. Ich habe Angst um Pippin.»

«Aber –»

«Pippin kann nicht warten. Ich vermag ihn nicht zu schützen am Tag, an dem er neue Dummheiten macht.»

«Wer, wenn nicht Ihr?»

«Ich bin eine Frau im Kloster. Ohne Hausmacht, ohne

bewaffnete Kämpfer.» Ada erhob sich. Ihr Gewand rauschte auf, Imma trottete hinter ihr her.

Tassilos Boten blieben einige Tage, ohne das Mindeste auszurichten. Der Frankenkönig schäumte vor Wut, als er ihnen entgegenschrie, er wisse alles über Tassilos feigen Mordanschlag. Hunrich und Abt Arn hielten ihre Reden umsonst. Was auch immer sie zu Tassilos Gunsten vorbrachten, Karolus legte es zu seinen Ungunsten aus. Es gelang nicht, einen Friedensvertrag zwischen ihrem Herzog und dem Frankenkönig abzuschließen. Auch Papst Hadrian versuchte zu vermitteln, doch ohne Erfolg.

«Ich habe kein Mitleid mit Tassilo. Nicht nach dem, was er getan hat», sagte Ada leise und verzog den Mund. Pippin der Bucklige und Imma verfolgten mit ihr im Obergeschoss des Eingangsturms die Abreise der Bajuwaren, die ohne Ehrengeleit und ohne Abschiedsgruß der Edlen davonzogen. Selbst die Scaramänner sahen an ihnen vorbei.

Unverrichteter Dinge verließen die bayrischen Gesandten Rom. Die Situation war noch schlimmer geworden. Karolus und seine Berater hatten beschlossen, Bayern anzugreifen.

Als das Heer des Frankenkönigs sich in Richtung Norden bewegte, ritt Karolus wie immer in solchen Fällen an der Spitze voran. Beide Pippins begleiteten ihn, und auch der Bucklige war auf dem Rappen ein schöner Anblick. Ein Stück abgesetzt vom kleinen Trupp der königlichen Verwandten ritt der junge Grimoald, der als Geisel seinem Rang entsprechend großmütig behandelt wurde, jedoch keine Waffen tragen durfte, nicht einmal sein Schwert oder ein Messer im Gürtel. Der blasse Romuald hingegen war zu seinem Vater nach Benevent zurückgekehrt.

Die byzantinische Gesandtschaft

Noch bevor der Zug des Königs die Alpen erreicht hatte, kurz vor einem der oberitalischen Seen, kam auf schweißbedecktem Pferd ein fränkischer Bote herangesprengt. Er meldete eine byzantinische Gesandtschaft. Nein, nicht eine kleine Gruppe von Priestern und Diplomaten nähere sich. Begleitet von zwei Hundertschaften Bewaffneter ritten hohe Würdenträger im Eilmarsch auf das fränkische Heer zu.

«Zwei Hundertschaften?», fragte Adalhard überrascht zurück.

«Es wird von tausend weiteren gemunkelt, die hinter ihnen anrücken», stammelte der Bote. «Schwerbewaffnete und Bogenschützen.»

«Sollen sie nur kommen, die Fischesser vom Bosporus», rief der junge Gerold, ein zart gebauter hellblonder Jüngling mit schwachem Bartwuchs. Als Bruder der verstorbenen Königin Hildegard zählte er zu den engsten Vertrauten des Königs, musste sich aber vor den alten Waffengefährten und den neuen Verwandten der Königin Fastrada täglich aufs Neue beweisen.

Karolus spuckte weit aus und griff an sein Schwert. «Zu wenig», sagte er. «Selbstverständlich werden wir hier anhalten und warten, bis die Boten der Kaiser von Byzanz uns erreichen. Reite ihnen entgegen und führe sie zu mir, Adalhard.»

«Es heißt, sie kommen, um Prinzessin Rotrud abzuholen», berichtete der Bote. «Überall am Weg schmücken die Menschen schon die Häuser mit Palmzweigen, um die Prinzessin zu begrüßen.»

«Heißt es das?» Der König erhob sich und sah den Boten

durchdringend an. «Sie sollen nur kommen, die Meuchelmörder.»

Gisela drängte sich durch die Umstehenden zu ihrem Bruder.

«Was befiehlst du?»

Karolus kniff kurz die Augen zu, und als er eine Grimasse zog, sah er fast aus wie seine Schwester Ada.

«Übernimm du es, die Prinzessin zu überwachen. Fünfzig Bewaffnete sollen um den Wagen lagern, auf dem du sie einschließt.» In einem stummen Hilferuf griff er nach ihrer Hand.

«Auf welchem Wagen soll das geschehen, Bruder?»

«Nimm den in der Mitte mit den Schätzen.»

«Am besten die Kammer mit den heiligen Reliquien», schlug Gisela vor. «Sie ist gut gesichert.»

«Ja, dort soll sie bleiben. Und Imma sperrst du dazu, bis ich den Befehl gebe, die beiden herauszulassen.»

Mit energischen Schritten bahnte die Äbtissin von Chelles sich den Weg durch Wagen, Tross und schnaubende Pferde. Rotrud war ein zwölfjähriges Kind, der Zeitpunkt war ganz ungeeignet. Wieder einmal war Gisela stolz auf ihren Bruder, der sich dem Willen der Byzantiner nicht beugte. Er war so stark wie vor Jahrzehnten König Pippin.

Inzwischen brüllte Meginhard den Scaraführern die Kommandos zu, den Marsch zu unterbrechen und das Lager aufzubauen. Adalhard hatte seinen Fuchs bestiegen und ritt langsam an den überall querstehenden Wagen vorbei.

Ada erhob sich von ihrem Sitz und beugte sich über den Rand des Ochsenwagens. Der lange Zug von Wagen, Tragtieren, Menschen und Reitern war ins Stocken geraten. Überall scherten die Wagen aus, und der Tross verteilte sich zu beiden Seiten der Straße im freien Feld.

Verärgert darüber, dass sie nicht erfahren konnte, woran die offensichtliche Verwirrung lag, rief sie nach Imma. Aber die Cancellaria hielt sich weiter vorne bei Rotrud auf. Missmutig stellte Ada fest, dass kein Bote zu ihr kam, um sie zu unterrichten. Es war unter ihrer Würde, selbst nach dem Rechten zu sehen. Wohl oder übel las sie weiter in dem lateinischen Buch des Heiden Vergilius.

Gerold und Gisela übernahmen die Aufgabe, Rotrud und Imma auf den Wagen mit der verschließbaren Hütte zu bringen, in der sich die Reliquien befanden.

«Nur für kurze Zeit. Betet am besten einige Vaterunser, dann wird euch die Zeit nicht lang», empfahl Gisela.

«Warum werden wir eingesperrt? Was geht hier vor?», fragte Rotrud.

«Es dient deiner Sicherheit», erklärte Gerold.

«Sind die Langobarden im Anmarsch?»

«Frag nicht», sagte Gerold, reichte zwei Schemel in das Gefängnis, und dann schloss sich auch schon die Tür hinter den Mädchen.

«Die Heiligen beschützen uns», sagte Imma und hielt kurz den Atem an. Eine stickige Mischung aus Moder und Weihrauch hing in der kleinen Kammer. Die Tür hatte oben ein durchbrochenes Fenster aus geschnitzten Flechtbandverzierungen, Luxus für die Heiligen. Im schwachen Licht, das durch die Ornamente und die Holzritzen der Seitenwände in den kleinen Raum drang, waren die Kleinodien und Heiligtümer des Frankenreiches versammelt. In mit Goldblech beschlagenen Behältern befanden sich Knochen, Kleidungsreste, Haarlocken und Fingernägel von Heiligen.

«Hörst du Kampfgeräusch?», fragte Rotrud, nachdem sie lange Zeit auf ihren Sitzen verharrt hatten.

«Ich bin mir nicht sicher.» Imma stand an der Tür und versuchte, Aufschluss zu erhalten, was für eine Gefahr ihnen drohte. Doch der Wagen war von johlenden Scaramännern umgeben. Lautstark erzählten sie Witze, würfelten oder spielten unter Gebrüll Fingerangeln.

«Mein Vater hat mir kein Mittagessen geschickt.»

«Ich habe auch keins bekommen», bemerkte Imma.

«Wenn er noch lebte, hätte er mir wenigstens ein Stück Brot von seinem Tisch bringen lassen.» Rotruds Stimme bebte. «Es muss etwas Furchtbares geschehen sein.»

«Die Abbatissa sagt, auf Reisen genügt es, einmal am Tag zu essen.»

«Das gilt für Klosterfrauen, aber ich bin ein Königskind.» Rotrud sprang auf und schlug die Fäuste gegen die Tür. «Ich befehle, dass ein Bote zu meinem Vater geschickt wird», schrie sie den Scaramännern zu.

«Wir dürfen den Wagen nicht verlassen, unter keinen Umständen», die Stimme des Anführers der Männer war wie Donnergrollen. In seinem hochgesteckten dunklen Haar blitzte ein Kamm aus weißem Walfischzahn, offensichtlich handelte es sich um einen Normannen, den es zu den Scaramännern verschlagen hatte.

«Ich habe kein Essen bekommen», herrschte Rotrud ihn an.

«Hohe Prinzessin, hätte ich noch ein Stück Brot in der Tasche, ich gäbe es Euch sofort.» Das Donnern klang jetzt nur noch wie leises Grollen.

Der furchterregende Normanne drehte sich um und entsandte weitere donnerähnliche Sätze in die Umgebung. Kurz darauf kam er mit einem Stück Trockenfisch und einem Becher Wasser an die Tür.

«Nehmt damit schon einmal vorlieb, Prinzessin Rotrud. Ich habe einen Jungen losgeschickt. Er soll Kuchen und Milchbrei für Euch holen. Er wird gleich zurück sein.»

«Danke.» Rotrud griff nach dem Fisch und biss hinein. «Außerdem will ich erfahren, warum wir hier eingesperrt wurden.»

«Ich weiß es selbst nicht.» Der Anführer sprach jetzt mit einer normalen Männerstimme.

«Ihr lügt, wie heißt Ihr überhaupt?»

«Ich bin Roriko, ein Vasall Eures Bruders Ludwig aus Aquitanien.» Diese Mitteilung kam geradezu sanft aus dem Munde des Bewachers.

«Roriko, dann sagt mir, warum man uns wie Hühner vor dem Marder einsperrt.»

Durch das Schnitzgitter hindurch war zu sehen, dass Rorikos Mundwinkel zuckten.

«Ihr lacht uns auch noch aus», stellte Imma fest. Der Aquitanier mit der Bullkalbstimme war eher jünger als sie, mit Pubertätspickeln im Gesicht. Seinen Mantel hielt eine silberne Fibel mit einem verschlungenen Meerungeheuer zusammen. Der Walfischkamm und die verwegene Haartracht gaben ihm etwas Furchteinflößendes und Bedrohliches.

Roriko beachtete Imma nicht. Er beugte sich näher zum Gitter und sprach halblaut auf Rotrud ein. Sosehr Imma sich bemühte, sie verstand doch kein Wort der leisen Unterhaltung.

«Lasst mich hinaus!», schrie Rotrud plötzlich. «Das geht nicht. Ich will selbst bestimmen – ich will sie sehen!»

«Ihr könnt nicht.» Sofort strahlte der Aquitanier mit den Pickeln wieder Autorität aus.

«Dann macht, dass ich es kann», sagte Rotrud hoheitsvoll. «Bringt die Männer hierher.»

«Der König wird es nicht zulassen, außerdem darf ich mich nicht von hier entfernen.»

«Roriko, ich befehle dir hiermit, die Gesandten zu mir zu bringen. Ich will mit ihnen sprechen.»

Der Aquitanier nahm mit einer fahrigen Bewegung den Kamm aus seinem Haar, das sich löste und ihm auf die Schultern fiel. Es war viel länger als bei den Franken üblich und seit langem nicht mehr gewaschen. Imma sah genau, dass er plötzlich rot wurde, als Rotrud ihn herausfordernd ansah.

«Gut», sagte er. Jetzt war seine Stimme knabenhaft, fast brüchig. «Ich will versuchen, was ich erreichen kann.»

«Beeil dich, Roriko.» Durch eine Lücke in den Schnitzmustern versetzte Rotrud ihm einen leichten Schlag auf die Schulter, wie es ihr Vater tat, wenn er einen persönlichen Boten abschickte.

Es wurde dämmerig, als sich der Laienabt Angilbert und der Eunuch Elissaios dem Wagen näherten. Der riesige Angilbert hob den Byzantiner hinauf auf den Wagen mit den größten Kostbarkeiten des Frankenreiches.

«Prinzessin Erythro», keuchte Elissaios, außer Atem.

«Elissaios, du bist es.» Rotrud presste ihr Gesicht an das Gitter.

«Prinzessin Erythro. Ich bin glücklich, Euch wiederzusehen.»

Elissaios war vor zwei Jahren nach Konstantinopel zurückgekehrt. Rotruds Vorbereitung auf das Leben am Hof war aus seiner Sicht abgeschlossen. Nun hatte man ihn als Brautführer der fränkischen Königstochter erwählt. Halblaut sprachen die beiden miteinander auf Griechisch.

«Was hat er gesagt?», rief Rotrud.

«Prinzessin Erythro, ich versichere Euch –»

«Das kann nicht sein! Ich muss sofort zu meinem Vater!»

«Ich darf nur kurz bleiben. Lebt wohl, Prinzessin.» Elissaios nestelte an seinem Reisemantel. «Es tut mir leid, dass wir uns im Zorn voneinander verabschieden müssen.»

«Ich bin nicht zornig auf dich.» Rotrud presste sich noch

enger an die Tür. «Ich nicht. Sag dem Basileus Konstantin –»

«Ich weiß nicht, ob er mich überhaupt anhören wird. Meine Mission ist gescheitert, und man wird mir die Schuld geben.»

«Sag ihm alles, sag ihm, dass mein eigener Vater mich eingesperrt hat, weil er mir misstraut. Eines Tages –»

«Nein. Nicht eines Tages», wehrte Elissaios ab. «Ihr müsst Byzanz und Basileus Konstantin vergessen. Ihr werdet mit einem anderen Mann glücklich werden, einem Franken. Bedenkt, Ihr kennt Konstantin nur aus wenigen Briefen und aus meinen Beschreibungen.»

«Aber zwischen uns war Sehnsucht und Liebe. Viele Jahre lang haben wir aufeinander gewartet, und jetzt –»

«Das ist Politik», sagte Elissaios mit unbewegtem Gesicht. «Versöhnt Euch bald mit Eurem Vater. Und jetzt lebt wohl.»

Rotrud und Imma sahen hinter ihm her. Draußen war es jetzt dunkel, nur einzelne Pechfackeln brannten und warfen tanzende Lichtflecken in die Umgebung, und neben dem Wagen prasselte das Feuer der Scaramänner.

«Er will nicht, dass ich Kaiserin in Konstantinopel werde», stieß Rotrud hervor. Sie sagte es zu Roriko und Imma, die neben ihr standen. Roriko lehnte an der Tür, als sei es sein Auftrag, Rotrud mit seiner Anwesenheit zu trösten.

«Es war meine Bestimmung. Sogar Gott wollte es.» Rotruds Fingernägel bohrten sich in Immas Handfläche. «Ich hasse ihn.»

«Elissaios?»

«Nein. Meinen Vater.» Aufschluchzend warf sie sich an Immas Brust. «Alle müssen tun, was er befiehlt. Das ist ungerecht und grausam.»

Es war ein Schmerz, ohne Gerswind nach Trier zurückzukehren, und zugleich ein gutes Gefühl, als Imma die Eingangstür des Klosters hinter sich zuzog.

Das Kloster war eine überschaubare Einheit. Zwischen Pforte und Kirche mit dem Kreuzgang in der Mitte spielte sich alles ab, was es auch in der großen Welt gab. Alte und Junge, Arme und Reiche trafen hier aufeinander, Gesunde und Kranke, Fromme und Zweifelnde. Es roch nach Weihrauch und Sauberkeit und süßlich mild nach brennenden Wachskerzen, nach flüssigen Farben und Galltinte. Aus dem Refektorium drang der Duft von Gemüsesuppe.

Hunger, Ungeziefer, Unbildung und Verzweiflung waren aus dem Kloster verbannt. Nirgendwo schwebten Spinnweben, nirgendwo lagen Staubflocken. Wie eine Traumwandlerin eilte Imma dem scharfen Geruch der Farben und Tinkturen entgegen. Dann hörte sie schon Leontinas raue kehlige Stimme, die den Nonnen im Skriptorium lateinische Verse diktierte.

Leontina brach mitten im Satz ab und stürmte auf Imma zu, ein Tintenhorn fiel dabei zu Boden und zerbrach. Die Römerin umarmte Imma.

Mit einem Seufzer ließ Imma sich an ihrem Schreibpult nieder. Sie rückte ihren Sessel zurecht, schob das Suppedaneum hin und her, bis es die richtige Position hatte, und tauchte den Kalamus in das Tintenhorn.

«Zufrieden?», fragte Leontina mit breitem Lächeln und zeigte ihre gesunden weißen Zähne.

«Ihr habt alles vorbereitet für mich. Danke.»

«In unserer Malerseele lodert feurige Lava», sagte Leontina. «Ich wusste, dass du hierher zurückkommen würdest.

Du bist wie ich. Es genügt dir nicht, dass du einige Schriften hergestellt und die wildesten Basilisken gemalt hast.»

Imma lächelte, Leontina verstand sie, besser als Ada.

«Das Große der Kunst liegt nicht in dem schon Geschaffenen, sondern in allem, was noch zu schaffen ist.»

«Schwester Leontina, an dir ist ein Mann verloren gegangen.»

«Ich wollte nie etwas anderes sein als eine Frau.»

«Vielleicht ein Priester, einer, der vom Bischof geweiht ist und Sakramente spenden darf.»

Leontina fletschte die Zähne wie ein Hund. «Das, was ich von Gott empfangen habe, sind die Weihen. Oder glaubst du etwa, Gott hätte dir irgendetwas vorenthalten?»

«Es wird ein Evangeliar werden, wie es bis jetzt noch keines gibt», sagte Imma.

«Du bist nicht gerade bescheiden.»

«In Rom habe ich gesehen, wie Menschen gezeichnet werden müssen.»

«In Italien ist das Licht klarer. Dort werden Menschen, Tiere und Gebäude für das Auge deutlicher als hier im nördlichen Dunst und Nebel.»

«Das hast du schon früher gesagt, aber ich habe es damals nicht verstanden.» Imma griff wieder nach ihren Pinseln und probierte ungeduldig die verschiedenen Farben aus.

Das von Bertrada in Auftrag gegebene Evangeliar wuchs von Tag zu Tag weiter. So still die Tage im Skriptorium auch waren, für Imma waren sie die wichtigsten ihres Lebens, erfüllt von Buchstaben und glühenden Farben, von Evangelisten und Fabelwesen.

Sie hatte den Platz mit dem besten Licht eingenommen und schrieb und malte. Während dieser Arbeit vergaß sie manchmal, wer sie war. Es gab nur noch die Buchstaben, den

Text des Evangeliums, ihre Zeichnungen und die Farben. Die Farben verfolgten Imma bis in ihre Träume. Die Farben in den Tiegeln vor ihr waren mehr als die zufälligen Erscheinungen von Licht und Schatten in der Welt. Sie waren der Grundstoff, aus dem alles Sichtbare hervorging. Die Farben waren Gott.

«Imma?»

Imma erwachte wie aus einem Traum und blickte auf. Leontina stand vor ihr.

«Es ist Zeit, zum Essen zu gehen.»

«Ich habe keinen Hunger.» Immas Blick heftete sich auf den scharlachroten Streifen auf dem Pergament vor ihr.

«Steh auf und komm mit. Wenn du am Tisch sitzt, ist auch der Hunger da. Du bist ein Mensch aus Fleisch und Blut. Sogar Laurentia beteiligt sich am Essen.»

Imma erhob sich und räkelte sich wie eine Katze. Ihr Rücken war schmerzhaft verspannt. Es tat gut, die wenigen Schritte durch den Kreuzgang hinüber zum Refektorium zu gehen. Hier draußen, gebrochen durch die Wölbung des Gangs, waren die Farben nur noch Schattierungen, ein schwacher Abglanz der Konzentrate im Skriptorium, schlecht verteilt und blass.

Wie im Flug war die Zeit vergangen. Auch im Schutz der Klostermauern hatte Imma den Tag des Attentats auf der Reichenau nie vergessen: Gerswind mit dem erhobenen Arm, der Stein und Karl, wie er auf der Treppe niedersank, dann das hellrote, schnelle Stoßblut, das über sein Gesicht lief. In der Beichte vor der Äbtissin war sie manchmal nahe daran, ihre Lüge zu gestehen. Jedes Mal war sie wieder verstummt. Es war zu spät für ein Geständnis. Ihre Lüge war zur Wahrheit geworden.

Jedes Wort aus ihrem Mund über das, was auf der Reichenau geschehen war, hätte sie und Gerswind ins Verderben gestürzt. So aber brach das Unheil über Tassilo und seine Familie herein. Sie war jetzt zweiundzwanzig Jahre alt, Cancellaria der Äbtissin und überzeugt davon, dass Tassilo verdient hatte, was ihm widerfahren war.

Immer wieder kamen Nachrichten nach Trier. Tassilo hatte sich geweigert, auf dem Reichstag in Worms zu erscheinen. Daraufhin zog Karolus mit einem gewaltigen Heer nach Bayern. Die bajuwarischen Adligen, wohl wissend, dass ein Krieg gegen die stärkeren Franken ihr blühendes Land verheeren würde, erhoben sich gegen ihren Herzog und huldigten Karolus, womit sich jede kriegerische Handlung gegen die Bajuwaren von selbst verbot.

Tassilo, ein Jahr älter als sein Cousin Karolus, hatte nach dem frühen Tod seines Vaters achtjährig bereits als Herzog der Bayern in Regensburg amtiert. Fünfzehnjährig führte er ein eigenes Kontingent im Langobardenfeldzug seines Onkels Pippin. Im Jahre des Herrn 757 erschien er am Hof Pippins in Noyon, um nicht nur dem Onkel, sondern auch den Cousins Karlmann und Karolus das Vasallentum zu schwören. In seinen letzten Lebensjahren war Pippin mit Eroberungen in Südfrankreich beschäftigt, viel zu beschäftigt, um sich um das entfernte Bayern kümmern zu können, in dem der junge Tassilo seine eigene Politik betrieb, ohne seinen königlichen Onkel vorher um Erlaubnis zu fragen.

Den Feldzug in Aquitanien verließ Tassilo im Jahr 763 ohne Genehmigung in Unfrieden, und später beteiligte er sich nie mehr an fränkischen Kriegen – kein gutes Zeichen.

«Das war *herisliz*, das Schlimmste, was ein Vasall tun kann», erklärte Ada. «Damals war schon zu sehen, dass er unser Feind sein würde.»

«Und warum hat Karolus den Treubruch zugelassen?»

«Er hat ihn nie vergessen. Doch zunächst gab es andere Dinge, die erledigt sein wollten.»

«Die Sachsenkriege.»

«Ja. Tassilo hat seine gerechte Strafe, zu mild in gewisser Weise. Aber die Agilulfinger werden nie wieder unsere Familie bedrohen.»

«Wird Pippin Cotani heiraten?»

«Bist du wahnsinnig! Cotani lebt im Kloster von Chelles, unter den Augen von Gisela. Und ich versichere dir, Gisela ist strenger als ich.»

Ada seufzte kurz. Ihr Lieblingsneffe, dieser junge Idiot, hatte die Hoffnung noch immer nicht aufgegeben. Schlecht für ihn, dass er die Töchter des Bayernherzogs mehrmals gesehen hatte. Mit Cotani hatte er sogar sprechen können, und sein Herz war für sie entflammt. Karolus, wie immer, wenn etwas geschah, womit er nicht gerechnet hatte, schrie Pippin an. Fastrada, ganz auf der Seite ihres Mannes, hatte den Bastard ebenfalls beschimpft und ihn daran erinnert, dass er ein Verwachsener war.

Die zwei jüngsten Söhne lebten bereits mit vornehmen Frauen zusammen und hatten Kinder mit ihnen; darauf hatte Himiltruds Sohn Pippin hingewiesen und mit diesen Worten einen weiteren Wutausbruch seines Vaters ausgelöst.

«Pippin wird es verwinden. Er soll sich eine Friedelfrau nehmen. Das wird ihm sein Vater nicht verwehren.»

Ada ging langsam auf und ab; dabei verzog sie das Gesicht zu einer Grimasse, wie immer, wenn sie nachdachte. Imma schwieg. Es kam ihr nicht zu, einen Kommentar abzugeben.

«Und außerdem, es ist Jahre her. Irgendwann muss Pippin sich damit abfinden. Er schreibt ihr immer noch Briefe. Ein paarmal konnten wir sie abfangen. Karolus hat sie gelesen und war sehr verstimmt.»

«Was hat er denn geschrieben?»

«Nichts als dummes Zeug. Ich muss ihn warnen –»

«Karolus?»

«Nein, Pippin. Er soll endlich aufhören, sich wie ein Narr zu benehmen.» Adas Unterkiefer mahlte. Abwartend sah Imma zu ihr hinüber.

Draußen donnerte es. Ein seltsames Leben führte sie, nicht das einer Nonne und nicht das einer in der Welt lebenden Frau, ein Leben zwischen der Welt des Klosters und der des wandernden Königshofes an Adas Seite. Am liebsten hielt sie sich in Trier auf. Das Klima der Stadt war mild, fast wie in Oberitalien. Im Garten vor dem Kreuzgang gediehen in großen Kübeln sogar Oleander und Feigenbäumchen.

Ada hatte sie immer wieder daran gehindert, die Profess abzulegen.

«Durch deine Tätigkeit bist du gezwungen, dich in der Welt zu bewegen. Du kannst die Gelübde besser erfüllen, wenn du alt bist. Außerdem bin ich nicht der Meinung, dass Gott dich zur Nonne berufen hat.»

«Ich werde den Schleier nehmen, um meinen Frieden zu haben.»

«Frieden – vor wem? Du musst nicht in den Krieg ziehen.»

«Eine Frau, die den Schleier trägt, wird nicht mehr von den Männern belästigt.»

«Auch als Sacrata musst du gegen Versuchungen kämpfen», gab Ada unwirsch zurück.

Der Brief des Khagan

Das Kopieren wichtiger Kapitulare war Imma inzwischen zur Routine geworden. Sie bedauerte es, nicht mehr illustrieren zu können wie in früherer Zeit. Ihre Arbeit war in den letzten Jahren immer weltlicher geworden.

Obwohl sie keine Sacrata war, hielt Imma Abstand von den Männern, mit denen sie immer wieder zu tun hatte. Nach allem, was sie mit Marso und Wikbert erlebt hatte, traute sie keinem mehr.

«Um deine Tugend muss ich mich nicht sorgen», stellte Ada fest. «Du bist gefestigter als meine jungen, geweihten Nonnen.»

«Sie sind noch wie Kinder. Ich – bin uralt.»

«Imma, das ist nicht wahr. Du bist eine hübsche junge Frau. Du brauchst keinen Schleier anzuziehen, wenn du das Kloster verlässt und in der Stadt unterwegs bist. Du kannst dein Haar und dein Gesicht zeigen.»

«Ich werde es nicht tun.»

«Eines Tages wirst du entdecken, dass es freundliche und angenehme Männer gibt.»

«Bitte sprecht nicht von Männern. Wenn ich ihnen begegne, fühle ich mich unter dem Schleier sicherer.»

Ada lachte auf, und Imma wurde rot. Die Äbtissin verstand nicht, wie Imma beim Anblick von Männern Angstzustände und Schweißausbrüche bekam. Einige Male hatte Imma sich sogar unter einem Vorwand entfernt, als Bischof Weomad den Raum betreten hatte. Dabei wusste Imma, dass Weomad fast ein Heiliger war, der nicht einmal in seinen Träumen an Frauen dachte.

Der Donner grollte jetzt stärker, und immer wieder zuckte das Licht eines Blitzes auf.

«Heute musst du mit einem jungen Mönch zusammenarbeiten», sagte Ada gleichmütig. «Nein, ich will nicht hören, dass du dich vor Männern fürchtest. Du wirst sehen, er ist sehr verängstigt. Es wird dir schwerfallen, ihn zum Sprechen zu bringen.»

Imma zuckte zusammen.

«Wir werden ihn hinauf in das Turmzimmer bringen», erklärte Ada. «Es muss sein. Lass meinetwegen den Schleier an, wenn es so leichter ist für dich. Ihr werdet allein sein. Gib dir Mühe, dass er dir hilft. Es ist ein Brief des Khagan an seine Verbündeten, den wir abfangen konnten.»

Ada setzte eine ernste Miene auf. «Die Mönche haben versucht, den jungen Mann zur Mithilfe zu gewinnen. Selbst der Bischof war bei ihm und hat ihn gebeten. Wenn er bis heute Abend nicht bereit ist, das zu tun, worum wir ihn freundlich gebeten haben, werden wir ihn auf die Streckbank legen –»

«Ihr meint, foltern?»

«Es ist der einzige Weg, der uns bleibt. Es geht darum, die Namen von Verschwörern gegen den König und das Frankenreich zu erhalten. Nein, Imma, wir tun es ungern. Also sei uns behilflich, bring den bajuwarischen Mönch zum Reden. Du kannst es. Ich befehle es dir.»

Immas Augenlider flatterten.

«Es hängt sehr viel davon ab. Er muss uns die Namen der Verschwörer gegen Karolus nennen. Und wenn du nichts aus ihm herausbringst, werden wir ihn im Keller so behandeln, wie man es mit einem feindlichen Verräter tut.»

«Das ist nicht christlich.»

«Imma, die christliche Lehre, das Evangelium – das ist die eine Seite. Ich, der König und du, wir stehen auf einer anderen Seite. Ich muss es dir nicht erklären, du begreifst, worum es geht. Du hast dich oft genug in der Welt und am

Hof bewegt. Der Khagan plant einen Einfall in die Länder der Franken. Die Awaren sind Heiden. Sie brennen Kirchen und Klöster nieder, treten die Hostien mit Füßen, schänden die Nonnen. Insofern ist es ein wichtiger Brief. Theodo spricht die Sprache der Awaren. Aus diesem Grund bitte ich dich, mit ihm zusammenzuarbeiten. Er soll den Brief des Khagan an die Verschwörer übersetzen, den du dann bitte neu auf Latein niederschreiben sollst.»

Ein Blitz durchzuckte den Raum, und Imma hielt sich erschrocken an einer Säule fest.

«Es zieht vorbei», sagte Ada mit einem Blick auf den Himmel. Sie lachte verlegen auf. «Ich mag diese Gewitter ohne Regen nicht. Sie bringen nichts Gutes.»

Vom Skriptorium aus führte eine Holztreppe nach oben. Durch einen Gang ging es in einen noch höher gelegenen Raum, in dem in schweren, dunklen Eichenschränken die kostbaren Schriften und Bücher lagerten. Eine weitere schmale Treppe führte in eine kahle Kammer mit weißgestrichenen Wänden, in der sich zwischen zwei Stühlen ein Schreibpult mit dem zugehörigen Schreibgerät befand.

«Hier seid ihr sicher vor Lauschern», sagte Ada und verließ den dämmrigen Raum, der immer wieder vom Licht greller Blitze durchzuckt wurde.

Der Mönch, der eintrat, war ein Riese. Mit gesenktem Kopf, schüchtern wie ein Kind, tastete er sich an der Hand eines älteren Fraters in den Raum.

Seine Stirn war gerunzelt, und seine Hände zuckten so stark wie bei alten Menschen, die die Zitterkrankheit haben.

Der ältere Mönch geleitete ihn zu einem der beiden Stühle vor dem Schreibpult. Dann ging er hinaus. Unendlich langsam nahm der große Mönch Platz, den Blick immer noch zu Boden gerichtet. Sein Haar, das um die Tonsur kräftig wuchs, war dunkelbraun.

«Ich bin Imma», stellte Imma sich vor. «Ich soll dir den Text des Schreibens vorlesen, obwohl ich ihn nicht verstehe.»

«Und ich werde ihn dir übersetzen», sagte der Mönch mit sanfter Stimme.

Unwillkürlich suchte Imma seinen Blick und erschrak. Die Augen des jungen Mannes waren blutige, verschorfte Höhlen. Theodo hatte ihren Schrecken nicht gesehen, doch er zuckte zusammen, gewöhnt, auf die Atmung und die kleinste Bewegung seines Gegenübers zu achten.

«Du bist geblendet», stieß Imma hervor.

«Ich bin Herzog Tassilos Sohn.» Seine zitternden Hände griffen haltsuchend nach dem Pult. «Aber ich kann die Blitze trotzdem sehen, obwohl ich blind bin. Ich spüre sie mit dem ganzen Körper.» Dann schwieg er wieder und senkte den Kopf noch tiefer auf die Brust, als wolle er ihr den Anblick seiner leeren Augen ersparen.

«Ich wusste nicht, dass du hier bist. Ich dachte mir nichts bei deinem Namen. Es gibt viele Theodos.»

Imma beugte sich über den Brief des Khagan und begann die kleine Schrift zu entziffern. In diesem Augenblick prasselte der Regen nieder, der seit Wochen auf sich hatte warten lassen. Mit unglaublicher Wucht trommelte er auf das Dach über ihren Köpfen und lief in der Ecke des Raums auf den Boden.

Imma las mit leiser Stimme die fremdartig klingenden Silben. Dann schwieg sie und wartete. Nur das gewalttätige Prasseln des Regens über ihnen war zu hören. Kein Donner, keine Stimmen, kein Taubengurren.

Die Zeit verging. Unter ihren Füßen stöhnte und wankte das Gebälk, das Mauerwerk knirschte, während der

Donner über ihnen dahinrollte. Wieso ließ man sie so lange allein?

Die Hände am Pult zitterten immer stärker.

«Ich werde unsere Verbündeten nicht verraten.»

«Aber du musst es tun. Es ist wichtig für unseren König und das Frankenreich.»

«Es sind unsere Verbündeten, die Verbündeten der Bajuwaren. Wenn ich die Namen nenne, sind diese Männer verloren.»

Imma las leise murmelnd die fremden awarischen Worte in lateinischer Schrift. Da war nichts, was an Bekanntes erinnerte.

«Pippin.» Jäh verstummte sie. Wie ein Haltepunkt inmitten des unsicheren Bodens aus fremden Worten war da der Name «Pippin». Wer mochte damit gemeint sein? Gehörte er zu den Verschwörern gegen Karolus? Sie sah hinüber zu Theodo, der weiter schwieg.

«Pippin», wiederholte sie. Was, wenn es der Bucklige war?

Wieder saß da einer vor ihr und redete wie Gerswind. Aber diesmal war es einer, der dem Frankenkönig schon Schaden zugefügt und dafür gebüßt hatte.

«Du musst Karolus dankbar sein, dass er dir und deiner Familie das Leben geschenkt hat.»

«Er hat uns nichts geschenkt. Er hat uns alles genommen.»

Die Wucht der Regenwand über ihnen hatte sich noch einmal gesteigert. Das Rinnsal aus der Ecke war zu einem kleinen Bach geworden. Ein einziger Blitz, dem kein Donner folgte, zuckte durch den Raum. Die Helligkeit war so grell, dass Imma gequält die Augen schloss. So musste der Tag des Jüngsten Gerichts sein. Gott wollte verhindern, dass dieser Brief übersetzt wurde. Sie zitterte plötzlich am ganzen

Leib. Immer noch war da der beunruhigende Name «Pippin» mitten im Brief des Khagan, aber es ging nicht mehr darum. Weder um Pippin noch um sonst irgendeinen Namen. Erst musste sie das Unwetter überstehen, dann konnte sie sich wieder um den Brief kümmern.

Theodo sprach weiter, als ginge ihn der Gewittersturm nichts an, als gehöre er in eine andere Welt.

«Er hat unsere Familie ausgelöscht, wie man Kerzen ausdrückt. Wir sind vernichtet, wir alle, obwohl wir leben.»

Imma erhob sich. Sie hatte das Gefühl, sie müsse nachsehen, ob das Kloster noch stand. Der Boden unter ihren Füßen schwankte, als wären sie auf einem Schiff in stürmischen Fluten, sie fiel auf ihren Sitz zurück und klammerte sich am Pult fest.

«Der Khagan», begann sie und brach in Schluchzen aus.

Obwohl es erst später Nachmittag war und es noch hell sein musste, herrschte draußen tiefe Nacht. Imma erhob sich wieder, und diesmal gelang es ihr, die paar Schritte hinüber zur Wand zu gehen. Sie lehnte sich auf die Fensterbrüstung und sah angestrengt hinunter. Auch von unten war ein starkes Rauschen zu hören, während der Regen sich schäumend wie ein Sturzbach auf dem Kirchendach brach. Und dann sah Imma die menschlichen Körper, die auf der Flut vorbeitrieben. Weiß leuchteten Gliedmaßen und Gesichter auf.

Das Kloster hatte im November und im Frühjahr oftmals mit Hochwasser zu kämpfen, wenn das gesamte Moseltal sich bis zu den Weinbergen mit Wasser füllte. Diese Hochwasser waren immer langsam und voraussehbar gekommen. Tagelang stieg dann das Wasser, und man konnte rechtzeitig Möbelstücke und Kostbarkeiten in die oberen Stockwerke der Gebäude schaffen. Manchmal hatte fast die ganze Stadt unter Wasser gestanden. Immer wieder waren auch

Menschen zu Schaden gekommen oder gar ertrunken. Aber meistens konnte man Vorsorge treffen und sich rechtzeitig mitsamt dem Vieh und der beweglichen Habe in Sicherheit bringen. Fürchten musste man sich vor den Unwetterfluten, die ohne Vorankündigung bei Nacht kamen.

«Hast du Angst, Imma?», fragte der Riese plötzlich.

«Ja», schrie Imma. «Etwas Schreckliches ist geschehen!»

Theodo rührte sich nicht von seinem Platz.

«Ich habe vor nichts mehr Angst», sagte er. «Mir ist schon alles passiert.»

«Die Sintflut», stammelte Imma. «Die Sintflut ist über uns gekommen.» Plötzlich spürte sie Theodos schwere Hand auf ihrer Schulter; sie hatte gar nicht bemerkt, dass er aufgestanden und hinter sie getreten war. Auch daran, dass er sie unbefangen berührte, war zu erkennen, dass er unfreiwillig und in vorgerücktem Alter Mönch geworden war.

Imma traute ihren Augen nicht, als sie die Treppe hinuntersah. Die zwei ersten Stufen führten ins Leere. Und sie sah das Geschoss über dem Skriptorium nicht mehr. In der Dämmerung hörte sie nur das Strömen des Wassers.

«Das kann nicht sein.» Imma schrie lauter, als sie wollte.

«Was kann nicht sein?», fragte Theodo tonlos. Er zeigte keine Gemütsregung. Seine Gleichgültigkeit machte Imma wütend und ratlos.

«Wir müssen beten», sagte sie und wandte sich zu ihm um, blickte in das verschattete Gesicht mit den schwarzen Augenhöhlen, das in der Dämmerung aussah wie ein Totenschädel.

«Gott hat sich abgekehrt vom Geschlecht der Agilolfinger», sagte er mit unbeteiligter, sanfter Stimme. «Er hat beschlossen, uns zu vernichten.»

«Es geht nicht um die Agilolfinger; die halbe Stadt steht unter Wasser», schrie Imma ihn an.

«Führ mich die Treppe hinunter», bat er.

«Das ist nicht möglich. Unten strömt das Wasser, und die Treppe ist weggerissen. Wir müssen beten!»

«Wahrscheinlich hilft es, wenn jemand wie du betet. Auf mich hört Gott schon längst nicht mehr.» Theodo tastete sich zu seinem Stuhl zurück.

«Theodo, Karolus hat dir und deiner Familie das Leben gerettet, obwohl deine Eltern die Awaren ins Land gerufen haben. Dafür musst du Gott jeden Tag danken.»

Obwohl es in dem Zimmer dämmrig war, fiel ihr auf, dass er nicht mehr zitterte wie zuvor, als der Mönch ihn in das Zimmer geführt hatte.

«Warum zitterst du nicht mehr, Theodo?»

«Weil ich vor dir keine Angst habe, Imma. Es ist angenehm, mit dir zusammen zu sein. Setz dich wieder zu mir und sprich mit mir, wir können ohnehin nichts tun als abwarten.»

Er hatte recht. Sie waren gezwungen zu bleiben, wo sie waren. Dass die Flut den Raum hier oben mit sich riss, war nicht wahrscheinlich. Aber vielleicht stürzten die Mauern unter ihnen ein und mit ihnen der Boden unter ihren Füßen. Mit einem Seufzer ließ Imma sich wieder Theodo gegenüber nieder.

«Cotani wollte nicht ins Kloster. Man hatte ihr in Aussicht gestellt, die Gemahlin Pippins des Buckligen zu werden, und sie freute sich darauf. Sie haben Briefe miteinander ausgetauscht. Einmal haben sie sich gesehen, sie verstanden sich gut miteinander. Jetzt hat man sie gezwungen, Nonne zu werden. Ist das christlich?»

«Hast du nicht noch mehr Schwestern?»

«Rotrud und Cotani sind meine Schwestern. Sie hatten niemandem etwas Böses getan.»

«Es ist kein Unglück, in einem Kloster zu leben.»

«Alles, was der Mensch nicht aus freien Stücken tut, ist ein Unglück.»

«Kennst du irgendjemanden auf der Welt, der frei ist zu tun, was ihm beliebt?»

«Karolus.»

«Auch Karolus kann nicht tun, was er will.»

«Doch, er kann es. Mehr als du oder ich, viel mehr.»

«Aber er tut es nicht.»

«Was tut er nicht?»

«Er würde lieber auf die Jagd gehen als Kriege führen und tagelang zu Gericht sitzen.»

«Er ist gerne König. Er hat seinen Bruder beseitigt, um alleiniger Herrscher über die Francia zu sein.»

«Karlmann ist gestorben.»

«Im rechten Augenblick. Mit seinem Tod lösten sich sehr viele Probleme, die Karolus vorher hatte. Seine Söhne und Gerberga verschwanden im Kloster. Keiner wagt mehr nach ihnen zu fragen – so wie bald niemand mehr nach Tassilo und Theodo fragt.» Theodo hatte auch diese Worte mit sanftmütiger Stimme gesagt.

«Hast du immer so freundlich Grausamkeiten ausgesprochen?»

«Ich war gleichberechtigter Mitherrscher meines Vaters. Du weißt es vielleicht nicht, aber Papst Hadrian hat mich in Rom getauft und gesalbt. Ich habe früh gelernt, Grausamkeiten freundlich mitzuteilen.»

«Der Papst hat dich getauft und gesalbt?»

«Ja, einige Jahre bevor er Pippin, Hildegards Sohn, taufte und salbte. Aber du siehst, wie tief selbst ein vom Papst gesalbter Herrscher fallen kann.»

Zusammengesunken saß Theodo in der Dämmerung.

«Erzähl mir, wie du aussiehst», sagte Theodo unvermittelt.

«Man sagt, ich sehe aus wie Rotruds ältere Schwester», begann Imma, ohne zu überlegen.

«Dann bist du sehr schön.»

«Das sagen viele.»

«Lass mich deine Haare berühren.»

Es hatte nichts Ungebührliches, sie empfand seinen Wunsch als völlig verständlich und beugte sich zu ihm hinüber. Behutsam tasteten seine großen Hände über ihr Haar. Erstaunlicherweise empfand sie weder Abscheu noch Angst vor ihm.

«Du hast schöne kräftige Haare», sagte er schließlich. «Willst du wirklich Nonne werden?»

«Ja», antwortete sie, ohne zu zögern. «Ich will nicht heiraten und zu einem Mann gehören. Männer sind roh und gewalttätig. Wenn sie so wären wie Mädchen, wäre ich gerne mit einem von ihnen zusammen.»

Theodo lachte leise auf. Es war kein unangenehmes Lachen, durch das sie sich gekränkt gefühlt hätte. Beinahe hätte sie mitgelacht.

«Nicht alle sind roh und gewalttätig.»

Sie schwiegen beide. Noch immer hielten seine riesigen Hände ihren Kopf umfasst. Es war ein gutes Gefühl. Er konnte sie nicht beschützen, aber es war so, als wollte er es tun.

Immer noch rauschte der Regen über ihnen nieder.

«Beantworte mir eine Frage und sei ganz ehrlich.»

«Das will ich tun.»

«Ekelst du dich vor mir? Ich selbst habe Geblendete immer abstoßend gefunden.»

«Als ich dich zuerst gesehen habe, ja. Aber jetzt – nein, jetzt nicht mehr.»

Der Brief des Khagan rollte auf den Boden, als Theodo sein Gesicht dem ihren näherte und mit den Lippen ihr Gesicht abtastete, bis er ihren Mund fand. Imma erwiderte den Kuss. Es war befreiend, beglückend, es zu tun. Es war, als löschte sie in diesem Moment die rauen Berührungen des Hünen für immer aus. Ganz kurz hielt sie inne, dann murmelte sie seinen Namen. Der Khagan und die Namen der Verschwörer, Karolus, das Unwetter, all das zählte nicht mehr. Theodos Berührungen waren so sanft wie seine Worte. Alles, was er tat, war richtig. Alles, was er tat, war gut.

«Wir werden sterben», flüsterte Theodo, «heute oder morgen oder in zehn oder in zwanzig Jahren oder irgendwann, wenn wir ganz alt sind. Vielleicht will Gott den König der Franken bestrafen für das Unrecht an Tassilo und den Seinen», sagte Theodo dann versonnen. Er hatte seine Hände von Imma gelöst und sich auf seinem Stuhl zurückgesetzt. Inzwischen war die Morgendämmerung angebrochen. Das Gewitter hatte aufgehört, und fahles Zwielicht erfüllte den kahlen Raum.

«Mein Vater hat mehr für die Kirche getan als Karolus», fuhr Theodo mit seiner sanften Stimme fort. «Er hat Klöster gestiftet und reich ausgestattet. Jetzt reißt Gottes neue Sintflut die Klöster des Frankenkönigs nieder, um ihm zu zeigen –»

«Lass mich wissen, was der Khagan schreibt», unterbrach ihn Imma, entschlossen, Adas Auftrag zu Ende zu bringen.

«Die, die den Inhalt des Briefs unbedingt kennenlernen wollen, sind womöglich nicht mehr am Leben.» Es klang fast heiter.

«Theodo, sie werden dich foltern, wenn du nicht sagst, was du verstehst, und wenn du die Namen nicht nennst.»

«Aber Imma, sie werden mich sowieso foltern. Wenn ich ihnen die Namen verraten habe, genauso, wie wenn ich sie nicht preisgebe. Sie haben mich schon gefoltert, und sie werden es wieder tun. Ich bin Theodo, der Sohn der Gott verhassten Liutberga und des Tassilo.»

«Ada lügt nicht.»

«Natürlich lügt Ada. Irgendwann wird es auch dir auffallen.»

«Haben sie dich wirklich gefoltert?»

«Mehrere Male. Du weißt, ich war die dreizehnte Geisel der Bajuwaren, und schon als Geisel am Hof führten sie mich in den Keller, schlugen mich zusammen und versuchten aus mir herauszubekommen, was mein Vater gesagt und was er nie gesagt hat. Sie tauchten meinen Kopf in einen Eimer mit Wasser, ich war mir sicher, sie würden mich ertränken.» Theodo lachte bitter. «Ich habe einiges erzählt, was ich besser verschwiegen hätte. Und anderes, nur um sie zufriedenzustellen. Lügen, schnell erfundene Lügen, wie alle Gefolterten.»

Imma überlegte, ob er jetzt log.

«Ein Cancellarius war dabei. Beim Schein einer Kerze notierte er alles, was ich in meiner Not sagte.» Theodo erhob sich und hielt die Hand über seine Augenhöhlen, als ob ihn das Licht blendete.

«Kannst du noch irgendetwas sehen?»

«Nicht sehen. Ich spüre das Licht. Da ist Helligkeit und Klarheit, ich kann nicht begründen, warum es so ist. Aber ich kann Hell und Dunkel unterscheiden, auch ohne Augen. Blinde sind nicht wirklich blind. Sie haben keine Augen und sehen die Farben nicht mehr so wie du. Dennoch sehen sie immer noch mit dem Rest ihres Körpers, vielleicht mit ihrer Seele.»

«Das Wasser ist abgelaufen», sagte Imma. «Aber die Treppe ist weggebrochen.»

«Führ mich dorthin und halte mich fest», bat Theodo.

Langsam und vorsichtig gingen sie zur Abbruchkante des Raums. Zwischen dunklen Wolken blitzte der blaue Himmel hindurch, und Bündel von Sonnenstrahlen stahlen sich dahinter hervor.

«Bleib stehen, hier ist der Abgrund», warnte Imma.

«Ich spüre die Morgensonne auf meinem Gesicht. Lass mich einen Moment hier stehen. Die Sonne, so haben mir unsere Hofgeistlichen erklärt, ist der Abglanz von Gottes Herrlichkeit.»

«Ja, das ist sie zweifellos.»

«Ich spüre sie so wie du und jeder andere Mensch. Gott liebt Theodo, auch wenn Karolus und Ada ihn verfluchen.»

«Sie verfluchen dich nicht, sie wollen dir helfen.»

«Sag mir, wie es unten aussieht.»

Imma sah hinunter. Theodos nackte Füße tasteten über die Kante.

«Es ist sehr tief. Sei vorsichtig. Da ist ein Mauervorsprung. Sicher werden nachher Nonnen mit Leitern kommen und uns hier herausholen.»

«Das ist gut.» Theodo stand immer noch lächelnd da.

Vielleicht betete er, während er sich an der Wärme des sommerlichen Morgens erfreute.

«Danke dafür, dass ich dich berühren und küssen durfte.» Seine Stimme hatte nichts mehr von der Unsicherheit des gestrigen Tages. Merkwürdig, dass ein Mensch sich innerhalb so kurzer Zeit so sehr verändern konnte.

Erst beim polternden Fall seines schweren Körpers begriff Imma, dass Theodo nicht mehr neben ihr stand. Überraschend schnell und zielsicher war er gesprungen, ohne aufzuschreien. Stattdessen gellte Immas Schrei durch das Gewölbe über der Bibliothek. Ihre Knie zitterten, sie stützte sich an der Mauer ab und ließ sich langsam auf den Boden gleiten, zu schwach, um zu stehen.

«Ada, Abbatissa, komm und hol mich hier heraus», flüsterte sie in die Totenstille über den Trümmern des Klosters.

4. Buch
Aquis Grani

Flatternde Tauben

Dichte Schneeflocken trieben über die Gebäude der neuen Residenzstadt. Das Aquis Grani im Winter des Jahres 795 war nicht mehr der ländlich friedliche Ort der vergangenen Jahrzehnte mit ein paar Fachwerkbauten um die römischen Badeanlagen herum. Überall waren in kurzer Zeit Gebäude aus Stein entstanden, königliche Bauten, einer Hauptstadt würdig. Man fühlte sich nach Ravenna oder Pavia versetzt. Der Schnee verbarg den unfertigen Zustand der neuen Sehenswürdigkeiten, die Baugerüste, die Mauerskelette, die gerade begonnenen Türme, und ließ das neue Aquis vollkommener erscheinen, als es bislang war.

Die Menschen, die jahrelang mit dem Frankenkönig von einem Hofgut zum andern, von einer Pfalz zur andern, durch das Land gezogen waren, hatten feste Räume für ihre Arbeiten zugewiesen bekommen, eine Erleichterung für die Notarii und Cancellarii, für die Künstler, Mönche und Nonnen, die mit der Anfertigung kostbarer Schmuck- und Ausstattungsstücke betraut waren. In der ungestörten Ruhe der neuen Örtlichkeiten entstand manch neuer Plan für die Zukunft.

Nach wie vor wohnte der König mit seiner Familie im Granusturm, einem umgestalteten Bau aus römischer Zeit, von dem aus man, ohne selbst gesehen zu werden, die Geschehnisse unten auf dem Vorplatz und vor den übrigen Wohngebäuden überblickte.

Gewiss, es war eine Ehre, zwei Türen neben ihrem Bruder wohnen zu dürfen, wenn sie in Aachen war. Eine Ehre, doch auch wieder eine Selbstverständlichkeit für sie, Pippins Tochter. Ada lehnte sich mit geschlossenen Augen in den

Polsterstuhl zurück und gab sich ihrem liebsten Traum hin. Karolus war unerwartet, schmerzlos im Schlaf verstorben. Die Großen des Frankenreiches standen um diesen Polsterstuhl herum, spendeten ihr Trost und flehten sie an, das verwaiste Reich für eine gewisse Übergangszeit zu lenken. Adalhard hielt ihre Hand. Alkuin erklärte in wohlgesetzten Worten den anderen, warum Adas Regierung die beste Lösung war für alle.

Ada schlug überrascht die Augen auf. Einhard stand unvermittelt vor ihr. Sie hatte ihn nicht kommen hören.

Alkuin war zum Leiter der Hofwerkstätten ernannt worden, und Einhard, der rührige junge Mann aus dem Maingau, leitete die Bauarbeiten und die Beschaffungsmaßnahmen. Und es gab einiges zu beschaffen. Säulen aus Italien, Kunsthandwerker aus Rom und Byzanz. Nächtelang korrespondierte Einhard mit Verbindungsmännern in Ravenna und Benevent.

«Ihr seht unglücklich aus, Abbatissa.»

Ada straffte sich und starrte den Sekretär aus leeren Augen an.

«Was wollt Ihr, Secretarius?»

«Euer Bruder –» Einhard stockte und setzte zögernd den Satz fort, «– befiehlt Euch an seine Seite.»

«Oh, wenn der Herrscher befiehlt, werde ich ihn nicht warten lassen.» Sie machte eine Handbewegung und scheuchte den emsigen Einhard davon.

«Jetzt schon gar nicht», murmelte sie für sich.

Ada verzog den Mund und schaute durch das Fenster hinaus in den Schnee.

Für sie hatte sich vieles anders entwickelt, als sie es sich gewünscht hatte. Nur mit Mühe war es gelungen, das Kloster St. Irminen wiederherzustellen. Schlimmer als die eingestürzten Mauern, die überschwemmten Keller und das zerstörte Skriptorium wogen die menschlichen Verluste. Wie durch ein Wunder war den Schülerinnen und Nonnen in der Kirche und im hinteren Teil des Klosters nichts geschehen. Doch viele Nonnen, die sich im Kreuzgang befanden, hatten ihr Leben verloren. Laurentia hatte man weitab vom Kloster im Geäst eines am Ufer stehenden Baumes gefunden. Mit Gebeten und Einreibungen war es gelungen, sie ins Leben zurückzuholen, ein Glück in all dem Unglück. Seit ihrer langen Ohnmacht allerdings redete die Büßerin wirr. Von einem viel größeren Unglück sprach sie immer wieder, das bald über Trier hereinbrechen würde. Auch dieses Unglück werde vom Fluss her kommen, doch nicht von seiner Quelle her, sondern von der Mündung.

Der gesamte Stadtteil am Hafen war überschwemmt, die kleinen, aus Lehm und Fachwerk erbauten Häuser der Armen waren fortgerissen worden. Wieder einmal hatten die römischen Bauten die Fluten überstanden. Das war das eine, woran Ada schwer trug. Doch das andere wog noch schwerer.

Ein paar Monate hatte Ada versucht, Abstand von ihrem königlichen Bruder zu halten, tief verstimmt über das Unrecht an ihrem Lieblingsneffen. In ihren Augen hatte Karolus übertrieben reagiert. Der tief gekränkte Erstgeborene des Frankenkönigs war zu weit gegangen, als er sich dem Aufstand einiger Bajuwaren angeschlossen hatte. Aber hatten es nicht alle vorausgesehen? Sogar die bajuwarischen Grafen taten nichts anderes, als den unglücklichen Buckligen zu benutzen, über dessen Zurücksetzung längst alle im Frankenreich spotteten und spekulierten. Karolus hatte Himiltruds Sohn falsch eingeschätzt, aufgehetzt von der vor zwei Jahren verstorbenen Königin Fastrada. Obwohl er mindestens zwei Konkubinen hatte, war Fastradas Einfluss auf den alternden König ständig gewachsen. Manch einer aus dem Umkreis des Königs war über ihren plötzlichen Tod erleichtert. Für Pippin kam er zu spät.

Gut, noch war nichts verloren. Der Bucklige war ins Kloster Prüm verbannt, doch Karolus hatte ihn nicht blenden lassen, was bedeutete, dass Pippins Zeit noch kommen konnte. Ada war entschlossen, weiter für die Zukunft ihres Schützlings zu arbeiten. Und so war sie zähneknirschend der Einladung ihres Bruders nach Aquis gefolgt und hatte Imma mitgenommen. Dabei hatte sie sich nach Pippins Verbannung geschworen, nie wieder freiwillig in den Hofkreis des Frankenkönigs zu treten.

Einen Moment lang hasste sie sich dafür, dass sie Karolus so viel verzieh.

Drei Jahre waren seit dem Zwischenfall mit dem Mönch Theodo vergangen, drei Jahre, in denen Imma sich von der Welt an Karls Hof entfernt hatte. Sie beantwortete Gerswinds und Rotruds Briefe; es wäre unhöflich gewesen, es nicht zu tun. Auch Einhard schickte ihr immer neue Botschaften, auf die sie nur knapp antwortete.

In Rotruds Gemach im Granusturm lagen Kleider und dazu passende Schleier über die Truhen hingebreitet; Goldreife und Edelsteinketten lagen achtlos auf dem Boden. Abwartend kauerte eine Dienerin in der Ecke. Draußen auf dem Platz zwischen Turm und Festsaal herrschte dichtes Gedränge, Rufen und Begrüßungslärm.

«Sei nicht so ernst. Du musst mitkommen.» Rotrud griff nach Immas Hand. «Es ist anders, als du denkst. Du wolltest doch meine Geschwister wiedersehen.»

Das Fest an diesem Abend galt Markgraf Erich, dem Sieger über die Awaren, und seinen tapferen Kämpfern. Siebzig schwer mit Beutegold beladene Ochsenwagen hatten die Franken zurückgebracht, dazu Viehherden und lange Ketten von Sklaven. Am heutigen Abend wollten mehrere Sänger tiudske Lobgesänge und Heldenlieder bei Hirsch- und Rehbraten vortragen.

«Ja, aber nicht heute Abend. Du weißt, ich werde die Gelübde ablegen», wandte Imma ein.

«Du hast gesagt, du wolltest die Sänger hören.»

«Aber nicht, dass ich wieder an einem Fest teilnehmen will.»

«Imma – es ist höchste Zeit, dass du einmal erlebst, wie es zugeht. Es ist nicht gefährlich oder bedenklich.» Rotrud lachte hell auf. «Und jetzt ziehst du das blaue Seidenkleid an.»

Imma stand da wie erstarrt. Sie sah wieder die weißen Körper in der reißenden Flut bei dem endlosen Unwetter von damals vor sich. So lange es auch her war, noch immer erschreckten sie jedes Gewitter und jeder Platzregen.

«Gott hat dich gerettet. Bedenke, er hat noch etwas Besonderes vor mit dir. Geh ins Kloster, wenn du alt und hässlich bist.»

Imma wollte protestieren, doch Rotrud zog ihr das raue wollene Gewand über den Kopf und zwang sie fast in das Festkleid hinein. Während die Seide über ihren Kopf rauschte, rang Imma nach Atem. Zitternd und rot im Gesicht tauchte sie aus dem fremdartigen, raschelnden Gewebe auf. Schwerelos schmeichelnd lag der Stoff auf ihrer Haut. Anders als der Wollstoff der Kutte wog er fast nichts. Imma fühlte sich wie nackt. Doch ein Blick in den silbernen Spiegel, den Rotrud ihr vorhielt, zeigte ihr, dass sie angezogen war. Das Blau passte gut zu ihrem blonden Haar. Einen Augenblick fühlte Imma sich in eine Figur aus einer ihrer Illuminationen verwandelt. Farben waren kein toter Stoff auf Pergament oder Leinen. Farben verwandelten, machten lebendig, sie veränderten die Welt. Rot und Grün, Beggas

Farben, bedeuteten etwas anderes als das leuchtende Blau am Königshof oder die Goldtöne in den Kuppeln der Kirchen.

«Jetzt noch das rote Band.» Rotrud zog Imma das purpurne Band über die Stirn, und die ließ es geschehen, weil die Farben im Spiegel auf wunderbare Weise harmonierten. So und nicht anders hätte sie eine Königin gemalt.

Willenlos wie ein Hündchen folgte Imma Rotrud durch den langen überdachten Holzgang, der den Granusturm mit der Königshalle verband. Ihre Schritte wurden schneller und dann – Imma riss die Augen auf. Fast stolperte sie über die zwei Stufen, die in den festlich geschmückten Saal hineinführten, dann befand sie sich mitten in einer Wärme aus Licht, Stimmen und Farben. Ehe sie sichs versah, stand sie mitten im Saal an der Tafel. Rotrud hielt sie an der Hand und zog sie dahin, wo der König stand. Sein Umhang leuchtete in sanftem Blau. Ja, Blau war ihre Farbe.

«Da ist sie ja», sagte der König, «die Taube aus Adas Taubenschlag.»

Berta, Rotruds jüngere Schwester, trug ein dunkelgrünes Seidengewand, und Gisela, die dunkelhaarige jüngste Tochter Hildegards, eines aus Weiß und Blau. Ihren feinen weißen Hals schmückte eine zweireihige Kette aus Granaten und Goldkügelchen. Ada gestikulierte, während sie mit der Äbtissin von Chelles sprach.

Jetzt erklangen jubelnde Töne, und alle Augen wandten sich dem Sänger zu, der auf einer erhöhten Holztribüne Platz genommen hatte. In tiudsker Sprache sang er ein Lied über Heldentaten aus vergangenen Zeiten.

Rotrud ließ Imma nicht los, doch die hätte sich am liebsten an Adas Seite geflüchtet, auch wenn die Äbtissin sie nicht beachtete.

Ein eigenartiges starkes Gefühl stieg in Imma auf. Das

leichte Kleid auf ihrer Haut und der Wein, den Rotrud ihr reichte und von dem sie hastig trank, verwirrten und beglückten sie. Sie warf ihr Haar zurück, so wie Rotrud es immer tat, und lächelte in die Runde.

«Du bist schön», sagte Rotrud anerkennend. «Du solltest auch einen Namen annehmen wie wir, einen neuen lateinischen. Du weißt, ich bin hier Columba.»

«Columba», begann Imma. Der Pokal aus dunkelblauem Glas in ihrer Hand zitterte. «Dann gib mir doch einen.»

«Amica», schlug Rotrud vor. «Lass uns darauf anstoßen, Amica.»

Mit zartem Klingen stießen die Pokale aneinander, der rote und der blaue. Imma merkte, dass der Wein schwer und süß war.

«Wir wollen vergessen, wer wir waren. Jetzt sind wir ganz frei, es ist eine Vorstufe zu dem Leben, das wir dereinst im Himmel führen werden», erklärte Rotrud. «Amica, vergiss Adas Kloster. Du bist an König Davids Hof. Hier gelten andere Gesetze.»

Ein Junge mit ernstem Gesicht näherte sich. Ludwig, der König von Aquitanien. Er war anders gekleidet als die fränkischen Edlen. Die Ärmel seines rund geschnittenen Obergewandes waren kurz und gepufft, so wie sich die Waskonen und die Aquitanier kleideten, deren Herrscher er war. Auch die Kniehosen waren gebauscht. Das alles verlieh ihm ein fremdländisches Aussehen. An eine Säule gelehnt, die Arme auf dem Rücken verschränkt, stand der Übersetzer Yussuf da, den Blick aufmerksam auf sie gerichtet, als hätte er auf sie gewartet. Erschrocken schlug Imma die Augen nieder. Yussuf und Ludwig waren auf diesem Fest die einzigen Fremden.

«Kleiner, trink und vergiss deine Sorgen.» Rotrud winkte einen der Mundschenken heran, der dem jüngsten Sohn des

Königs einen Pokal mit Wein reichte. Er war dunkelblond und braunäugig, im Haar trug er einen Kamm aus Walfischbein, und irgendwie kam er Imma bekannt vor. Plötzlich wusste sie seinen Namen: Roriko.

«Lass mich.» Ludwig stieß den Pokal zurück.

«Es tut Euch gut, Herr», sagte der Mundschenk lächelnd, mit eigenartig tiefer, rollender Stimme, ohne gekränkt zu sein. Er war an die dreißig, etwas älter als Rotrud. Die Fackeln an der Wand des Festsaals beleuchteten sein ebenmäßiges, kantiges Gesicht.

Rotrud küsste ihn übermütig. Ludwig verzog das Gesicht, als er es sah, und wandte sich ab.

«Warum wollt Ihr nicht trinken?», fragte Imma.

«Ich trauere, wie Ihr wissen solltet.»

«Um wen?»

«Um meine Mutter und meinen Bruder.» Sein Gesicht verzog sich schmerzlich.

«Aber Pippin geht es gut. Er ist im Kloster in Prüm.»

«Nehmt zur Kenntnis, dass ich nicht um Pippin trauere, der sich gegen meinen Vater erhoben hat. Er sitzt zu Recht im Kloster. Nein, die Trauer gilt meinem Zwilling Lothar. Alle haben ihn vergessen.»

«Er ist schon lange tot. Er war ja erst ein Jahr alt. Wir müssen uns um die Lebenden kümmern», sagte Rotrud.

Ludwig warf ihr einen Blick zu, voller Schmerz, als hätte sie ihn geschlagen. «Die Lebenden haben doch, was sie brauchen. Meine Aufgabe ist, an ihn zu erinnern. Ich bete jeden Tag für ihn und zünde Kerzen für ihn an.»

«Hör auf, Ludwig. Du übertreibst.» Rotrud schüttelte den Jungen vorwurfsvoll. Er entzog sich ihr so hoheitsvoll, dass es fast komisch wirkte.

«Du kannst dich gar nicht mehr an ihn erinnern. Weißt du, dass du mit solchen Reden jedes Fest verdirbst?» Rotrud kehrte ihrem Bruder den Rücken zu, entschlossen, sich ihre gute Stimmung zu erhalten.

«Ich sehe ihn vor mir. Ich spüre noch seine Berührungen. Er ist mein Zwilling. Er ist mir immer noch nah.» Der Junge sprach wie ein Erwachsener, auch seine betrübte Stimme hatte nichts Kindliches mehr. Imma rechnete nach. Ludwig musste ungefähr siebzehn sein, wirkte durch seinen zierlichen Körperbau aber jünger.

Rotrud plauderte zärtlich mit dem Mundschenk Roriko, dem verwegen aussehenden Mann mit dem keck ins lange dunkle Haar gesteckten Kamm aus Walfischbein. Imma erinnerte sich wieder daran, dass er es gewesen war, der Elissaios damals in Oberitalien zu Rotrud geführt hatte, der Scaramann. Mehr um ihn vom Geschäker der beiden abzulenken als aus Interesse, blieb Imma neben Ludwig stehen.

«Im Gebet in der Kirche bin ich ihm am nächsten.» Ludwig sprach wohl immer noch von dem Zwillingsbruder, der als Einjähriger verstorben war. «An manchen Tagen halte ich es vor Sehnsucht nach ihm kaum aus. Dann widert mich die Feststimmung hier am Hof an. Meine Geschwister sehen nicht, dass das Leben nur eine Brücke ist, die in die bessere Welt hinüberführt.»

Rotrud lachte übertrieben laut. Der Mundschenk lehnte immer noch neben ihr.

«Das ist Roriko, der Graf von Rennes», sagte Ludwig. «Er gehört zu meinen Gefolgsleuten und wird mich auf dem Weg nach Aquitanien begleiten. Seine Tante Yolanda lebte lange Zeit im Kloster bei Eurer Äbtissin.» Er schwieg kurz.

Die weise alte Yolanda, verwandt mit Roriko. Plötzlich empfand Imma Zuneigung zu dem Mundschenken.

«Wie denkt Ihr über das Leben nach dem Tod? Sicher wisst Ihr mehr darüber als ich, schriftgelehrt, wie Ihr seid.»

Imma war nicht in der Stimmung, über das Leben nach dem Tod zu sprechen. Sie fühlte sich sehr lebendig. Ludwig hatte das ebenmäßige Karolingergesicht seiner Brüder Pippin und Karl, aber seine Augen blickten ernst und nach innen gekehrt.

«Ich träume oft von meiner Mutter», fuhr Ludwig fort. «Ich sehe sie dann ganz deutlich und höre ihre Stimme. Aus diesen Träumen nehme ich die Gewissheit, dass sie bei Gott ist und zugleich mir nah.»

«Jedenfalls habt Ihr eine Mutter und könnt um sie trauern. Ich habe nicht einmal das.»

«Jeder Mensch hat Eltern, das gehört zur Natur des Menschen.»

«Aber manche Eltern verstoßen ihre Kinder oder setzen sie aus.»

«Sie tun es nicht aus Bosheit, sondern aus bitterer Armut», sagte der König von Aquitanien sanft.

«Meine Eltern haben mich vor dem Eingang eines Klosters mitten im Winter abgelegt.»

«Etwas Besseres konnten sie für ihr Kind doch gar nicht tun.» Ludwig sprach wie ein weiser alter Mann. Es war kaum zu glauben, dass er der Bruder seiner ungestümen, trinkfreudigen Geschwister war.

«Ich weiß sehr wohl, wie viel Not und Armut es auf dem Land und in den Städten meines Königreichs gibt. Die Wege und Straßen sind voller Bettler und Aussätziger. Die Klöster nehmen Kranke und Alte auf, um die sich die eigenen Kinder nicht kümmern können oder wollen.»

«So redet er immer», kicherte Rotrud. «Er ist als alter Mann geboren worden. Gut, dass er nie der Nachfolger unseres Vaters werden kann.»

«Ich würde am liebsten als Mönch in ein Kloster eintreten und für die Sünden der Welt Buße tun.»

«Wie Laurentia», warf Rotrud ein. «Laurentia büßt für die Sünden unserer Tante Ada. Sie geißelt sich jeden Tag und trägt eine Dornenkrone. Komm jetzt, Amica. Traurigkeit steckt an wie eine Krankheit.»

«Ich unterhalte mich gerne mit Ludwig.» Imma blieb stehen, und Rotrud entfernte sich kichernd.

«Imma ist ein schöner Name. Amica, Columba, Lucia – was soll das?» Der König von Aquitanien wandte sich wieder an Imma. «Ich glaube nicht, dass Ihr das Kind von Bettlern oder Tagelöhnern seid.»

«Warum nicht?»

«Arme Leute hätten ihr Kind nicht vor Adas Kloster abgelegt. Es sind meist vornehme, edle Frauen, die ihre Neugeborenen, die sie mit Liebhabern gezeugt haben, während ihre Männer auf Kriegszügen waren, zu Ada bringen.»

Imma begann vor Aufregung zu zittern.

«Seid Ihr Euch sicher?»

«Ja. Diese Mütter wollen ihre Kinder in die beste Obhut geben und verfolgen ihre Entwicklung aus der Ferne. Sie machen dem Kloster reiche Spenden. Wahrscheinlich weiß meine Tante, wer Eure Eltern sind. Ihr seid so eng mit ihr verbunden – fragt sie doch. Vielleicht antwortet sie Euch, und Ihr erfahrt, von wem Ihr abstammt.»

Da stand er schon wieder, Einhard, der in wenigen Jahren den erstaunlichsten Aufstieg in der Umgebung des Herrschers gemacht hatte. Grußlos schritt die Äbtissin von St. Irminen an ihm vorbei.

«Warum hast du ihn zum Tischgenossen gemacht?» Ada trat näher zu ihrem Bruder.

«Du meinst Einhard?»

«Vor gar nicht langer Zeit hat er noch Urkunden im Kloster Fulda für Baugulf geschrieben. Das könnte er immer noch tun. Stattdessen ist er der wichtigste Mann an deiner Seite geworden.»

«Keiner meiner Franken spricht ein besseres Latein. Alkuin hält große Stücke auf ihn. Weißt du, was Alkuin gesagt hat?»

Ada schnaubte unwillig und verzog verächtlich den Mund.

«Dieser fränkische Jüngling ist wie ich.»

«Alkuin übertreibt immer. Einhard ist noch jung. Überhaupt, Alkuin und die begabten Jünglinge –» Der Angelsachse überschätzte die geistigen Fähigkeiten junger, gutaussehender Männer. Allerdings gehörte Einhard gerade nicht zu den hübschen Jünglingen, mit denen Alkuin sich umgab und die er freudig berührte und küsste, wenn der Abend fortschritt.

«Umso erstaunlicher. Er ist keiner aus der Schar meiner übermütigen Adligen; seine Mutter ist eine arme Witwe. In Fulda fiel er durch seinen Fleiß auf.»

«Sein schneller Aufstieg bis zu deiner Tafelrunde wird ihm zu Kopfe steigen. Sei vorsichtig. Zum Schluss verführt er eine deiner Töchter.»

«Niemals. Welche meiner Töchter wird sich denn einem Bücherleser zuwenden! Berta hat ihren Angilbert, Rotrud ist mit Roriko glücklich. Mir ist vor Einhard nicht bange. Du bist nur eifersüchtig.»

«Carissime, nein. Mein Platz bei dir ist gesichert.»

«Trotzdem hasst du die, die mir nah sind. Am meisten Alkuin.»

«Man kann ihn nur hassen.»

«Entweder lieben oder hassen.» Karolus lachte. Es war ein verärgertes Lachen. «Ich verlange von dir, dass du Einhard freundlich begegnest. Und – hör endlich auf, Pippin zu beschützen. Das mit Pippin gefällt mir gar nicht.» Er hielt inne. «Diese Briefe, die der Dummkopf immer noch an seine Freunde schickt.»

«Hast du wieder welche abgefangen?»

«Ich fange jeden seiner Briefe ab.» Karolus' Blick war jetzt der des Herrschers, kühl und erhaben, in die Ferne gerichtet. «Die meisten davon sind an dich. Warum bist du nur so aufsässig? Gisela würde nie wagen, einen meiner Feinde zu lieben – und ihm Bücher zu schicken.»

Ada überlegte, was sie antworten sollte.

Verärgert winkte er ab. «Carissima, du siehst, ich weiß alles.»

Sesshaft in der Residenz

Der Stein war nicht tot. Nackt und kostbar lag die Säule da wie ein atmendes Wesen. Ihre polierte Oberfläche war wie die Haut einer Frau.

Langsam fuhr der von zwei Ochsen gezogene Wagen an dem Frankenkönig und seiner Schwester vorbei. Ada konnte den Blick nicht von dem weißgrau geflammten Körper der Säule abwenden, während die Geschwister die Baustelle in Aquis abschritten. Sie verstand, warum Karolus die Säulen von weit her kommen ließ.

«Für die Kapella», sagte Karolus stolz, als erwartete er Beifall aus dem Mund der Frau, die ihm näher war als jede seiner Geliebten; der Frau, die ihn über Jahrzehnte begleitet hatte, die den letzten Winkel seiner Seele kannte. «Kein Weg ist zu weit, um die Kapella zu schmücken.»

«Kommen sie aus Rom?»

«Aus den verschiedensten Orten. Das meiste stammt aus Ravenna.»

«Hol Pippin zurück. Im Kloster geht er zugrunde.» Ada war selbst erschrocken über ihren bestimmten Tonfall.

«Du weißt, was er getan hat.»

«Du hast ihn ungerecht behandelt. Nur weil du ihm alle Hoffnung genommen hast –»

«Er hat sich mit den bajuwarischen Großen verschworen, mit meinen Feinden. Und er hatte fast Erfolg damit.»

«Dann erleichtere seine Haft. Schick ihm Bücher. Schreib ihm einen Brief.»

«Du träumst Frauenträume, Ada.»

«Du schwelgst in Männerträumen.»

«Er muss lernen, demütig zu sein. Er soll Ställe ausmisten und Unkraut jäten.»

In Ada brandete der ungestüme Zorn ihrer jungen Jahre auf. Demütig sollten immer die anderen sein, Adalhard und Wala, der Bucklige in seinem Unglück, und natürlich auch sie, Swanas Tochter. Er wusste nicht, wie nahe die Verwandten ihm waren, wusste nichts von ihrem Stolz und ihren Hoffnungen. Er erhob sie zu sich, wenn es ihm passte, und erniedrigte sie nach seinem Belieben.

«Alter Narr. Du hast dich oft geirrt.»

«Kleine Schwester, du verstehst nichts von den Notwendigkeiten der Politik.» Er zog sie an sich. Ganz kurz sog sie seinen Geruch nach Schweiß, Kerzen und Kaminfeuer ein. Ihre Wange berührte seinen Schnurrbart.

«Hör auf», murmelte sie. «Es ist lächerlich.»

«Ja, wir werden alt, Ada», sagte Karl, ohne sie loszulassen, und dann tat er es doch. Er küsste sie, lang, so wie vor Jahrzehnten, ohne Rücksicht auf Zuschauer.

«Nein, du nicht. Aber ich, dein alter Bruder.» Er klang jetzt wieder freundlich, und Ada entschied, ihr Ziel langsamer anzugehen und wieder versöhnlich zu sein.

«Du hast viel erreicht.»

«Willst du mich verhöhnen?»

«Das würde ich nie tun.»

«In den verschiedenen Provinzen der Francia benutzt man immer noch unterschiedliche Münzen, Gewichte, Maße. In den einzelnen Diözesen vollzieht man den Gottesdienst nach eigenen Riten. Die heiligen Texte liegen immer noch in voneinander abweichenden Fassungen vor. Fast jedes Kloster lebt nach seinem eigenen Brauch.» Ada hütete sich zu antworten, er wolle in zu kurzer Zeit zu viel auf einmal erreichen. Ihr Bruder hatte nur zu recht. All diese Missstände mussten verändert werden. Durch sein unstetes Reiseleben war Karolus gut unterrichtet über die Zustände.

«Ich weiß. Die Dinge müssen vereinheitlicht werden.»

«Es ist Zeit, dass der Hof zur Ruhe kommt. Hier in Aquis Grani wird das gelingen. Es wird eine Bibliothek geben, einen Raum für die Gesetzessammlungen, eine Schatzkammer und einen Palast wie in Byzanz oder in Rom. Nicht übertrieben protzig, aber –»

«Vollkommen.»

«Ja. Die vollkommene Pfalz, das vollkommene Kloster – sie werden so gelingen wie die Königshalle in Lorsch.»

«Du warst jahrzehntelang der Frankenfeldherr zu Pferd, jetzt ist die Zeit gekommen, König in der Residenz zu sein. In deinen Jahren soll man sesshaft werden. Nimm dir ein Beispiel an mir –» Ada lächelte schwach. «Ich bin es auch.»

«Für deine Arbeit ist es zwingend notwendig.»

«Weiß Gott.» Ada dachte an das Unglück mit Marso und Lilia. «Ich werde versuchen, oft in Trier zu sein.»

«Ich verbiete dir, Bücher für Pippin nach Prüm zu senden.» Fast drohend sah er sie an.

«Soll er glauben, alle hätten ihn vergessen?»

«Genau das. Sogar Gott hat ihn verlassen, so wie er alle verlässt, die die Hand gegen mich erheben.»

«Denk an Himiltruds Tod!»

Unvermittelt war die Stimmung zwischen ihnen feindselig geworden.

«Und noch etwas – ich bitte dich, mir Imma für das Hofskriptorium in Aquis zu überlassen.»

Es war keine Bitte, sondern ein Befehl, vielleicht sogar eine Bestrafung ihrer Unbotmäßigkeit. Ada verzerrte das Gesicht, ihre Kiefer mahlten.

«Ich will sehen, wann ich sie entbehren kann», sagte sie vorsichtig.

«Das Evangelistar in Bertradas Auftrag soll sie mitbringen», schlug Karolus vor. «Dann kann ich sehen, wie es sich entwickelt hat.»

Die Stimmung veränderte sich aufs Neue. Die Augen des Frankenkönigs leuchteten auf, sein feuriger Eifer riss Ada mit. Ja, er sollte Imma bei sich haben.

«Viermal war ich bis jetzt in Rom. Und jedes Mal kam ich verwandelt zurück. Und jetzt baue ich die ‹Nova Roma› hier in Aquis Grana.» Karolus trat auf das Fuhrwerk zu, das vor ihnen stehengeblieben war. Er strich mit der Hand über die Granitsäule auf dem Wagen. «Sogar einen Lateranpalast wird es neben der Kapella geben.»

«Sind das die Quader aus Köln von den Heidengebäuden, die du hast abreißen lassen?» Ada zeigte auf ein anderes Fuhrwerk mit schön behauenen Kalksteinquadern.

«Gut, dass es so viel Brauchbares ganz in der Nähe gibt. Für den Rest sorgt mein rothaariger Pippin in Italien. Weißt du, dass der gute Junge mir eine Bronzestatue des Gotenkönigs aus Ravenna zuschicken wird?»

«Von Theoderich?»

«Ja. Er war ein großer König, der ähnliche Aufgaben hatte wie ich. Ich werde die Statue so aufstellen, dass ich sie jeden Tag sehe.»

Ada senkte den Kopf. Dem rothaarigen Pippin konnte niemand nachtragen, dass er der Liebling seines Vaters war. Aber er war es, der das Unglück des älteren Pippin besiegelt hatte.

Nach einigem Überlegen entschied sie sich, ihrem Bruder den Gefallen zu tun. So erfuhr Imma, dass sie nicht nach Trier zurückkehren, sondern die nächste Zeit im Hofskriptorium in Aquis arbeiten sollte. Man bitte sie, ihr Können, so erklärte Ada, in den Dienst für die Schreib- und Malarbeiten dort unter der Aufsicht Einhards zur Verfügung zu stellen.

Der Dolmetscher

Die Haustür stand halb offen, eine offenbar slawische Magd fegte die Holzdielen, als Imma mit ihrem wenigen Gepäck eintraf.

Imma hatte eines der vorderen Gebäude aus der Gruppe der Palisadenhäuser zugewiesen bekommen, nicht weit vom Granusturm. Das Holz roch noch frisch und scharf nach Kiefern und Wald. Ein schwarzbraunes Wildschweinfell lag vor dem Bett in der Schlafkammer, und der zottelige Pelz eines erlegten Braunbären zierte den Kaminraum. Die Außentür war mit Flechtbandschnitzereien geschmückt. Wahrscheinlich hatte das kleine Haus vorher ausländischen Gesandten als Wohnung gedient.

Die Truhe mit ihren Schreibgeräten stand schon bereit. Im Kamin flackerte ein Feuer und verbreitete behagliche Wärme. Imma drehte den Schlüssel in den Händen, den Ada ihr mit einer kurzen Wegbeschreibung gegeben hatte, und plötzlich stieß sie einen kleinen Schrei aus. Die Magd stellte den Besen an die Wand und lachte sie an, als hätte sie verstanden, was in Imma vorging. Ihr neues Leben fing an, das Leben ohne Ada.

«Geh nur, geh», sagte Imma und winkte ihr, sie dürfe sich entfernen. Dann schloss sie die Tür, ließ sich auf dem kleinen Faldistorium nieder und sah ins Feuer. Auf einem Wandbord hatte die Magd das Essen abgestellt, eine Schale mit süßem Brei und einen Krug mit kühlem Wasser. Imma erhob sich wieder und schaute sich in den beiden Räumen um. Nirgendwo konnte sie Ungeziefer entdecken. Das Bett war sauber mit weißem Leinen gedeckt. Sie strich mit der Hand über das mit Federn gefüllte Kissen und die Daunendecke, ein Luxus, der den Nonnen im Kloster nicht gestattet war. Ein glücklicher Zufall hatte dieses gut ausgestattete Gesandtenhaus mit seinen Annehmlichkeiten zu ihrem Aufenthaltsort gemacht. Erst jetzt fiel Immas Blick auf den Hund, der plötzlich aufgesprungen war und sie schwanzwedelnd willkommen hieß, ein massiger Vorstehhund mit zotteligen Schlappohren und dichtem goldfarbenem Fell. Als sie sich niederbeugte, um ihn zu streicheln, setzte er sich auf ihren Fuß, legte den Kopf zurück und ließ sich die Kehle kraulen.

«Du gehörst dazu», sagte Imma. «Du bist mein Bewacher.» Blitzschnell leckte die Hundezunge über ihr Gesicht. Sie wollte ihm einen Namen geben, obwohl er sicher schon einen hatte, und zugleich hoffte sie, dass er nicht nur aus irgendeinem Versehen hier war. Zum ersten Mal empfand sie den Wunsch, einen Hund zu besitzen. Fast schämte sie sich dafür.

«Du bist Vigil», murmelte sie. «Und du sollst bei mir bleiben.»

Am Abend dieses Tages legte Imma sich früh in ihr weiches Bett und griff mit der Hand hinab zu Vigil, dem Hund, der neben ihr auf dem Wildschweinfell lag und leise schnarchte. In all den Jahren hatte es ihr gefehlt, so ein Tier, groß und beruhigend, mit löwenfarbenem Fell und einer feuchten, schwarzen Nase.

Imma brauchte kaum Zeit, sich in die neue Welt und die vertraute Arbeit einzuleben. Einhard behandelte sie mit fast schon lächerlichem Respekt.

«Wenn Ihr Material braucht, sagt es unverzüglich, egal, was es ist – ich werde es beschaffen.» Er lachte verschmitzt. «Karolus lässt nicht mit Gold und Edelsteinen knausern, wenn es um die Ehre und das Lob Gottes geht.»

Imma wusste nicht, wie ihr geschah. Das Hofskriptorium, im ersten Stock eines gerade erbauten Steingebäudes gelegen, gleich hinter dem Neubau der königlichen Kapella, war erheblich größer und besser beleuchtet als das Skriptorium im Trierer Kloster. Die Mönche arbeiteten in einem Raum gleich neben dem der Schreibnonnen. Ein Durchgang führte vom einen Saal zum anderen, und Imma war berechtigt, zwischen beiden hin- und herzugehen, da sie die Arbeiten beaufsichtigte. Nur ihr vorbehalten waren die abschließenden Ausmalarbeiten am Kodex der Bertrada.

Im Erdgeschoss befanden sich die Werkstätten der Goldschmiede; über den Skriptoriumsräumen arbeitete im zweiten Stock eine Gruppe von Syrern, Juden und Mauren von der Iberischen Halbinsel und Sarazenen aus den Ländern des Kalifen an der Verbesserung der Texte des Evangeliums. Immer wieder tauchte der Frankenkönig auf, um sich nach dem Stand der verschiedenen Arbeiten zu erkundigen.

Geschäftig ging Imma den Gang entlang. Auf einmal kam eine kleine, zierliche Gestalt die Treppe herunter. Überrascht blickte der Mann auf und sah Imma mit seinen dunklen Augen an. Es war Yussuf. Jeder von ihnen stieß einen halblauten Schrei der Überraschung aus.

«Ihr seid noch hier?», entfuhr es Imma.

Er lachte. «Warum nicht? Ich hoffe, Ihr habt nichts dagegen.»

«Was tut Ihr hier?»

«Die gleichen Dinge wie schon vor Jahren.» Er lächelte geheimnisvoll. «Ich übersetze die Schreiben des Kalifen in Bagdad an den König der Franken und bin Karolus behilflich, Antwortschreiben abzufassen. Und Ihr – was sagt Ihr zu Euren neuen Aufgaben?»

«Es ist hier zu laut», sagte Imma, beunruhigt durch etwas, was sie nicht benennen konnte.

«Das ist es für uns alle. Von allen Seiten wird geklopft, gehämmert und geschrien.»

«Und ständig geflucht.»

«So geht es auch auf den Baustellen in Bagdad zu», sagte er.

Sie schwieg.

«Auch meine Heimatstadt ist noch ganz jung; sie wurde erst vor wenigen Jahrzehnten erbaut», erklärte er.

«Wollt Ihr die Handschrift für Königin Bertrada sehen, an der ich schreibe und die ich illustriere?»

«Das würdet Ihr gestatten?»

«Euer Urteil interessiert mich.»

Schon am nächsten Tag erschien Yussuf an der Seite von Alkuin und Leontina in Immas Arbeitsraum, wo Imma an ihrem Schreibpult saß, den treuen Vigil an ihrer Seite. Der Angelsachse war schon öfter bei ihr gewesen, um sich über den Stand der Arbeiten auf dem Laufenden zu halten. Er hatte jedes Mal kleinere Änderungsvorschläge gemacht, die aber weder aufdringlich noch unangenehm waren. Die Lehrmeisterin aus Trier war gekommen, um zu sehen, ob es Neues in Aquis gab und um eine der Nonnen im Skriptorium mit nach

Trier zu nehmen. Leontina war im Auftrag des Bischofs unterwegs. Sie sollte überall im Land Kodizes an Klöster und Kirchen verkaufen, eine Aufgabe, die ihr gut gefiel und die sie zu Adas Zufriedenheit erfüllte. In sittlicher Hinsicht musste man um die römische Nonne mit der Löwenstimme nicht bangen.

Yussuf beugte sich über die Seiten, nahm sie behutsam in die wohlproportionierten Hände mit den kurz geschnittenen Fingernägeln, und Imma senkte den Kopf, errötete und wartete auf ein Urteil aus dem Mund des Sarazenen.

«Ich halte nichts von diesen Bildern. Sie sind gut gemalt, so gut ihr es in der Francia versteht. Aber sie gehören nicht in die Texte eures heiligen Buches hinein.»

Imma sah überrascht auf. Genau das hatte Elissaios gesagt, damals, als Rotrud ihr Evangeliar mit den wunderbaren Illustrationen aus dem Kloster Chelles in den Unterricht mitgebracht hatte. Elissaios hatte sogar gesagt, die Abbildungen sollten verbrannt werden.

Wie die Juden lehnten offenbar auch alle Muslime die Darstellung von menschlichen Wesen in heiligen Schriften ab. Wieso hatte sie erwartet, dass Yussuf anders reagieren würde?

«Yussuf hat nicht unrecht, scheint mir. Der Mensch kann sehr wohl auch ohne den Anblick von Bildern sein Seelenheil finden, aber nicht ohne Kenntnis von Gott. Außerdem ist jeder zu bedauern, der Bilder braucht, um sich an das Leben Christi zu erinnern, und nicht imstande ist, aus eigener Kraft zu glauben», pflichtete Alkuin dem Übersetzer bei.

«Das mag sein, wie es will. Solche hohen philosophischen Überlegungen haben nichts mit dem Verkaufswert unserer Kodizes zu tun. Je mehr Bilder, je mehr nackte Gestalten im Höllenfeuer, desto besser werde ich diese Werke verkaufen. Darum geht es.» Leontina sah so grimmig in die Runde, als stünde das Verbot, die Kodizes zu illustrieren, unmittelbar bevor.

«Es gibt viele Menschen, die nur die Bilder in diesen Büchern betrachten und durch sie im Glauben bestärkt werden», fügte Imma hinzu.

«Versteht mich recht, ich habe nichts gegen Bilder, die zum besseren Verständnis der heiligen Schriften beitragen. Einfache Gemüter brauchen sie. Doch der Buchstabe wiegt mehr als die leere Form der Bilder, und die Quelle allen Heils ist und bleibt die Heilige Schrift», bemerkte Alkuin.

«Euren beiden letzten Äußerungen stimme ich zu. So sehen es auch die Sarazenen», sagte Yussuf. «So nämlich steht es in Al-Kitab, unserem heiligen Buch.»

Betretenes Schweigen breitete sich aus. Mit den Heiden wollte man nichts gemein haben, und das Buch, das ihnen wichtig war, war keinesfalls heilig.

«Deswegen beschäftigen unsere Maler sich nicht mit der Darstellung von Menschen; bei uns gibt es nur Bilder von Tieren und Pflanzen», erklärte Yussuf.

«Eine einsame Kunst muss das sein, ganz ohne Abbilder von Menschen und Engeln», sagte Leontina vorwurfsvoll.

«So wie die in Konstantinopel», bemerkte Imma.

«Es gibt Gerüchte, Kaiserin Irene liebe die Bilder, anders als ihr Sohn Konstantin, der es mit den Bilderzerstörern hält», berichtete Leontina. Auf ihren weiten Reisen erfuhr sie allerlei.

«Gehen wir, Schwester Leontina.» Alkuin lachte kurz auf. «Es ist Zeit.»

Yussuf war noch geblieben. «Ist der Hund immer bei Euch?», fragte er, als wolle er dem Gespräch eine freundlichere Wendung geben, und beugte sich zu Vigil hinunter.

«Das heilige Buch, von dem Ihr gesprochen habt», begann Imma, «habt Ihr es bei Euch? Hier in Aquis?»

«Ich habe zwei Ausgaben davon bei mir, und außerdem», er lächelte, «kann ich große Teile daraus auswendig hersagen. Beten, wie es bei Euch heißt.»

«Ich würde diese Bücher gerne einmal sehen.»

«Sie sind sehr schön und aufwendig geschrieben», versicherte Yussuf. «Kommt bei mir vorbei. Ich habe auch noch andere Schriften aus meiner Zeit in Syrien, in griechischer und aramäischer Sprache, meist ohne Abbildungen. Der Weg zu mir ist nicht weit, meine Übersetzerwerkstatt liegt nur ein Stockwerk über Euch.»

Gerswind bewohnte unter dem Dach des Granusturms zwei Räume. Als Imma mit Vigil vor der Tür ihrer Freundin stand, war sie außer Atem. Mildred öffnete auf ihr Klopfen und ließ sie in den düsteren Hauptraum hinein. Eine gepolsterte Eckbank lief an zwei Wänden des Zimmers entlang. Ein Kamin an der anderen Seite verbreitete spärliche Wärme gegen die Zugluft aus den Fenstern.

Seit Gerswind zur Friedelfrau des Königs geworden war, diente Mildred bei ihr. Die anfangs schüchterne Mildred benahm sich inzwischen, als sei sie die wahre Herrin.

Die Vorhänge waren wie meistens zugezogen. Gerswind ließ sich selten außerhalb ihrer Gemächer sehen. Imma fragte sich, womit sie eigentlich ihre Zeit verbrachte. Rotrud und Berta nahmen regelmäßig an den Jagden ihres Vaters teil. Geschmückt mit ihren Goldreifen und mit langem offenem Haar, fanden sie gar nichts dabei, Männerhosen und Stiefel zu tragen; jede hatte ihre Jagdspeere dabei und das übrige Gerät. Auch Gerswind besaß inzwischen zwei eigene Reitpferde, Geschenke des Herrschers. Aber sie ritt selten auf ihnen aus und nur in der Begleitung von Mildred.

Wie es sich gehörte, war Gerswind jedes Jahr schwanger

geworden und hatte ein Kind geboren, auf zwei Knaben waren Mädchen gefolgt, doch die Neugeborenen waren kurz nach der Geburt verstorben. Das Unglück, vor allem der Tod der Knaben, hatte Gerswind wortkarg gemacht.

Jetzt stand sie erneut kurz vor der Niederkunft. Ein Geistlicher war jeden Tag bei ihr, um mit ihr für die Gesundheit des Ungeborenen zu beten. Besorgt um das Schicksal des Nasciturus, ließ Karolus Messen lesen, an denen er selbst kniend und leise murmelnd und singend teilnahm. Zwar hatte er inzwischen mindestens fünfzehn durch ihn anerkannte Abkömmlinge, doch Einhard hatte Imma im Vertrauen mitgeteilt, es liege ihm ungeheuer viel an einem Sohn oder einer Tochter aus dem Stamme Widukinds.

«Danke, dass du gekommen bist», sagte Gerswind zur Begrüßung und bedeutete Imma, sich auf die Eckbank zu setzen. Die beiden Frauen nahmen Platz, und Gerswind griff nach einer Stickerei, an der sie offenbar gearbeitet hatte.

«Ich bete jeden Tag für dein Kind», sagte Imma und gab ihrer alten Freundin die Äpfel, die sie beim Spaziergang mit Vigil gesammelt hatte.

Gerswind antwortete nicht. Sie stickte Schlangenlinien auf eine Altardecke und sah nicht von ihrer Arbeit auf. Es wurde gemunkelt, Karls Geliebte sei schwermütig geworden.

«Vielleicht –», Imma stockte kurz, «solltest du das Götzenamulett von Wikbert ablegen. Es hat dir nur Unglück gebracht.»

«Ich weiß am besten, was es mir gebracht hat.»

Die Zeiten, in denen sie vertrauensvoll die Köpfe zusammengesteckt, getuschelt und gelacht hatten, waren unwiederbringlich vorbei.

«Ich bete jeden Tag dafür, dass du glücklich wirst.»

«Ich glücklich? Aber bete nur. Das kann nicht schaden.»

«Gerswind, hör mir zu. Ich will es wirklich. Ich will, dass du wieder so wirst wie früher.»

Die Stickerei fiel auf den Boden Mildred bückte sich schnell und hob sie auf.

«Wir werden nicht wie früher. Weder sie noch ich.» Mildred setzte sich neben Gerswind auf die Bank, als wolle sie Imma zeigen, dass sie überflüssig war. Unwillkürlich rutschte Imma ein Stück von den beiden weg.

«Eines Tages wird Gerswind nicht mehr hier sein», sagte Mildred.

Gerswind schwieg, und in ihrem Schweigen lag Zustimmung. Plötzlich war es ganz still in dem kleinen düsteren Raum.

«Und du, Mildred?», fragte Imma. «Wo wirst du sein?»

«An der Seite von Karolus. Wo sonst?» Mildred warf ihr langes Haar zurück. Sie war schöner als Gerswind, jünger und voller Kraft, während jeder Widukinds Nichte ansah, wie viel Kraft die Jahre als Friedelfrau des Frankenkönigs sie gekostet hatten.

Gerswind lächelte müde. «Ich zähle die Jahre. Jetzt sind es nur noch zwei. Vielleicht erlässt mein Herr mir eins davon», sagte sie. Sie hob den Kopf, und jetzt blitzte es in ihren blauen Augen kämpferisch auf wie damals im Kloster.

«Der Tag wird kommen», sagte sie.

Etwas hielt Imma davon ab, Yussuf in seiner Werkstatt aufzusuchen, so neugierig sie auch auf das heilige Buch der Sarazenen war.

Doch schon bald begegneten sie sich wieder auf dem weiten Platz vor dem Granusturm. Imma war auf dem Weg zu Ada, die sich wieder einmal in Aquis aufhielt. Der Übersetzer kam auf sie zu, er trug einen Kasten mit sich. Imma blieb stehen und zog ruckartig an Vigils Leine. Hechelnd blieb der Hund stehen und sah zu Yussuf auf.

«Ich sehe Euch mit Eurem Hund jeden Tag», begann Yussuf. «Aber Ihr geht wortlos an mir vorbei, wie es sich ja auch gehört. Sagt, ist es Euch vielleicht verboten, mit mir zu sprechen, weil ich in Euren Augen ein Heide bin?»

«Sicher nicht.» Imma überlegte, aber es gab kein derartiges Verbot. Einhard und Alkuin betonten im Gegenteil immer wieder, es sei für Frauen wie sie wichtig, mit Männern zu sprechen und einen gewissen Gedankenaustausch mit ihnen zu pflegen. Hier in den Hofwerkstätten lernte jeder von jedem. Hochmut und Ängstlichkeit waren der Arbeit hinderlich. Es gab noch mehr Andersgläubige in Aquis, die meisten von ihnen jüdische Händler. Sie beherrschten mehrere Sprachen und kannten sich in den Ländern von Outremer aus.

«Ich werde bald kommen, um Eure Bücher anzuschauen», beeilte Imma sich zu versichern.

«Das werdet Ihr nicht tun», sagte er. «Ihr möchtet das Buch weder sehen noch erfahren, was darin steht. Auch Einhard wollte von dem Buch nichts wissen und nichts hören.»

«Ich weiß nicht, ob es gut ist –» Imma griff nach Vigils Halsband.

«Dann bringt doch Euren Hund mit zu mir – obwohl Hunde in meinem Land als unrein gelten.»

«Als unrein?»

«So wie die Schweine. Sie dürfen nicht in die Wohnung der Menschen. Und einen Napf, aus dem ein Hund gefressen hat, muss man siebenmal auswaschen.»

«Dann werde ich Vigil vor der Tür der Werkstatt lassen.»

«Danke für Euer Entgegenkommen. Aber wie gesagt, ich bezweifle, dass Ihr zu mir kommt.»

Imma trat von einem Fuß auf den anderen und nahm die Leine fester. Ada wartete auf sie. Einer der syrischen Übersetzer, eine Rolle in der Hand, kam vorbei, begrüßte Yussuf kurz, ohne Imma zu beachten, und wechselte ein paar Sätze mit Yussuf. Sie sprachen schnell und bestimmt. Fasziniert lauschte Imma den kehligen, fremd klingenden Worten.

«Ist Eure Sprache schwer zu lernen?», fragte sie, als der Syrer sich entfernt hatte.

«Man braucht einen guten Lehrer und die Bereitschaft, sich in dieser Sprache auch mit anderen Menschen zu verständigen, sie zu schreiben und zu lesen.»

«Aber es gibt nicht viele Menschen hier, mit denen man sie sprechen kann.»

«Einige Männer, die hier mit mir zusammen sind, sprechen sie. Einige von ihnen haben ihre Frauen bei sich. Auch in Al-Andalus wird Arabisch von vielen Menschen gesprochen.»

Sie schlenderten langsam über den Hof und blieben schließlich vor der Reiterstatue des Gotenkönigs stehen, die erst vor wenigen Tagen aufgestellt worden war.

«Jede Sprache ist ein lebendes Wesen. Sie stirbt, wenn man sie nicht pflegt und ausübt.» Wieder lächelte er. «So wie die Liebe.»

Imma starrte ihn entgeistert an. Es war, als hätte er eine Tür geöffnet und in einen neuen unbekannten Raum hineingezeigt. Sie hätte sich längst verabschieden müssen. Was war nur über sie gekommen, ihn nach seiner Sprache zu fragen? Immas Herz klopfte. Sie war noch jung, sie konnte diese seltsam kehlige Sprache erlernen, wenn sie sich anstrengte.

«Ich bin unterwegs zur Abbatissa», murmelte sie, um das Gespräch einigermaßen höflich zu beenden.

«Verzeiht, auch ich muss gehen, zu Meister Einhard»,

sagte er. «Vielleicht sehen wir uns ja morgen wieder. Dann sprechen wir über alles, was Ihr noch von mir wissen wollt.»

Sphaerula aurea oder Die Einheit

Leise knurrend hob Vigil den Kopf und streckte dem Ankömmling die Schnauze entgegen.

«Euer Hund scheint mich nicht besonders zu mögen», stellte Yussuf fest und stieg über zwei Truhen voller Schriftrollen, um zu Immas Arbeitstisch zu kommen, an dem sie gerade Farben anrührte. Es war noch früh am Morgen. Draußen vor dem Gebäude sprengte ein Trupp Scaramänner vorbei.

«Ich habe zwar Bedenken, die heiligen Schriften mit Bildern auszuschmücken, aber vielleicht kann ich von Euch etwas lernen. Erklärt mir doch einige dieser schönen Abbildungen, auf die mein Auge hier überall fällt.»

«Das hier ist das Evangeliar des Godescalc.» Imma schob den Kodex näher heran. «Es gehört eigentlich in die Palastkapelle. Wir haben es für ein paar Tage hierhergeholt, um einige der Abbildungen zu kopieren.» Sie schlug die erste Seite auf. «Könnt Ihr die Widmungsverse lesen?»

Yussuf beugte sich über die Seiten. «Eine Schrift, die auf Befehl des Königs entstand?»

«Zu Ostern des Jahres 781 wurde der junge Pippin vom Papst in Rom getauft. Nach der Rückkehr hat der Mönch Godescalc dieses Evangeliar geschrieben. An den Anfang setzte er die Darstellung des Lebensbrunnens –»

«Aber ist dieser Brunnen nicht auch eine Anspielung auf die Taufe des Königssohns?»

«So ist es. Die Zeremonie fand im Baptisterium des Lateranpalastes statt, wo seinerzeit Papst Silvester Kaiser Konstantin vom Aussatz des Unglaubens befreit hat. Aber zugleich ist der Brunnen ein Hinweis auf die Evangelien als das Wasser des ewigen Lebens.»

Imma blätterte die Seiten um. «Bitte beachtet auch die Schrift. Am Ende des Buches sind die Kapitel nicht mit Unzialis, sondern mit der neuen Minuskelschrift geschrieben.»

«Warum das?»

«Man wollte mit den verschiedenen, schwer lesbaren früheren Schriftarten aus der Zeit der Merowinger aufräumen und eine bequeme Einheitsschrift einführen. Karolus ordnete an, nach Möglichkeit nur noch diese eine Schrift zu verwenden, und sie hat sich schnell durchgesetzt. Heute wird in den fränkischen Schreibstuben fast nur noch diese Schrift benutzt.»

«Ihr spracht von der Hofkapelle; was hat es damit auf sich? Ich habe den Unterschied zwischen einer Kirche und einer Kapella nie verstanden.»

«Schon die Merowingerkönige hatten eine Hofkapelle. Sie heißt so, weil dort die *cappa*, der Mantel des heiligen Martin, als Reliquie gehütet wurde. Die Hofgeistlichen, die Kapellani, die dort amtierten, genossen höchstes Ansehen und hatten großen Einfluss auf die Kanzlei. Später kamen zu den Schönschreibern der königlichen Kapelle Buchmaler hinzu, und so entstand die Hofschule der Buchmalerei. Nach dem Godescalc-Evangelistar entstanden hier weitere kostbare Schriften.»

«Aber es gibt auch Skriptorien in vielen Klöstern.»

«So ist es; in Trier, in Chelles und an vielen anderen Orten.»

«Und vergesst das Kloster Fulda nicht.» Einhard war eingetreten und blickte prüfend auf die Arbeiten vor Imma. Er legte einen dicken Lederband vor ihr nieder und warf einen erstaunten Blick auf den Übersetzer.

«Dionysius Aeropagita?», fragte Imma.

Einhard nickte. Yussuf sah ihn fragend an, offenbar sagte ihm der Name dieses Autors nichts.

«Dionysios war der erste Bischof von Athen. Der Apostel Paulus hat ihn bekehrt, er ist also ein Zeitgenosse der Apostel. Das macht seine Schriften so wertvoll», erklärte Einhard. «Dies hier ist nur ein kleiner Teil seiner Werke in griechischer Sprache. Vielleicht gelingt es irgendwann, einen Kodex aus Konstantinopel zu erhalten. Dort besitzt man Sammlungen aller seiner Abhandlungen und Briefe.»

«Ich werde euch ja bald verlassen, um in die ‹runde Stadt›, nach Bagdad, zu reisen, um meinem Herrn, dem Herrscher über die Gläubigen, Bericht zu erstatten», begann Yussuf. «Ich werde unterwegs vielen Händlern begegnen und versuchen, Buchrollen für Euch zu erwerben.»

«Schade, dass wir dich nicht zum wahren Glauben bekehren konnten. Wäre das gelungen, würden wir uns dereinst im Himmel wiedersehen.» Einhard hatte sich ebenso wie Imma und Yussuf auf einem Faldistorium niedergelassen und griff nach einem der Weinbecher, die die slawische Dienerin auf einem Tragegestell hereingebracht hatte.

«Es gibt nur den Einen, Allah, und Mohammed und euer Jesus sind seine Gesandten», sagte Yussuf sanft. «Aber ich will nicht euren Zorn erregen.»

«Sprich nur weiter.» Einhard lächelte das Lächeln des Höflings, der dem Unsinn eines Gesprächspartners zuhört. «Außerdem interessiert mich, zu hören, was es mit eurem Götzen auf sich hat.»

«Er ist kein Götze, sondern der eine Gott, an den auch ihr Christen und die Juden glauben. Bei uns in der ‹runden

Stadt› leben viele Christen und viele Juden. Wir feiern die Feiertage mit ihnen.»

«Das tut ihr?» Imma rückte näher.

«An einem Regentag ist es eine Freude, in Gesellschaft eines Priesters Wein zu trinken», versicherte Yussuf. «Und in den christlichen Klöstern in der Umgebung Bagdads spielen die Mönche viele Spiele, vor allem Tric Trac.»

«Hast du schon einmal Weihnachten gefeiert?», erkundigte sich Imma.

«Ja, alle brennen dann ein Feuerwerk ab und knacken Nüsse, weil Joseph, um Maria während der Wehen zu wärmen, ein Feuer anzündete und neun Nüsse knackte, um ihr zu essen zu geben –»

«Und Ostern?»

«An Ostern begeben sich Muslime und Christen in einer Prozession zum armenischen Kloster von Samalu. Es ist ein prächtiges Gebäude im Nordosten der Stadt inmitten eines Parks. Einmal habe ich dort so gefeiert, dass ich das Land mit einem Schiff verwechselte und die Mauern um mich tanzten. In allen Klöstern gibt es guten Wein, viele Menschen, auch Muslime, kommen gerne in die Klostergärten.»

«So friedlich lebt ihr zusammen?»

«Die Muslime respektieren die Religionen des Buches», erklärte Yussuf. «Es gibt nur *eine* Wahrheit und den *einen* Gott, an den Muslime, Juden und Christen glauben.»

«So weit kann ich dir zustimmen», sagte Einhard bedächtig.

«Stell dir diese Wahrheit als eine goldene Kugel auf der Spitze eines Kirchturms vor, eine *Sphaerula aurea*. Obwohl sie die eine, immer gleiche ist, kann sie von verschiedenen Standorten aus gesehen werden und von ganz verschiedenen Betrachtern, ohne von der eigenen Substanz etwas zu verlieren oder sich zu verändern.»

«Willst du etwa uns bekehren?» Einhard rückte ein kleines Stück weg, während er weiter dem Wein zusprach.

«Ich spreche von der einen Wahrheit und dem einen Gott», sagte Yussuf. «Er hat sich nicht nur den Muslimen geoffenbart, sondern auch den anderen Menschen, den Juden und den Christen. Er hat immer wieder Boten in die Welt geschickt, die sein Wort verkündet haben.»

«Aber an irgendeinem Punkt kommt doch der unterschiedliche Glaube», unterbrach ihn Imma. «Jesus, der in Wahrheit Gottes Sohn ist und den man bei euch nur zum Gesandten Gottes erklärt hat.»

«So ist es.» Obwohl er keinen Wein trank, glühten Yussufs Wangen. «Gott besteht aus sich und allein für sich. Wie leicht einzusehen ist, ist er selbst nicht gezeugt, sondern von Ewigkeiten her existent. Ebenso wenig zeugt er Söhne. Dies ist nur eine menschliche Vorstellung. Jesus war kein Sohn. Er verkündete die Wahrheit als Bote so wie Mohammed –»

«Aber –», warf Einhard ein.

«– aber seine Jünger haben seine Lehren verfälscht.»

«Wirst du wieder zu uns nach Aquis zurückkommen?», fragte Einhard unvermittelt, als wollte er dem Gespräch eine andere Wendung geben.

«Die Reise dauert über ein Jahr. Nur Allah weiß, was die Zukunft bringt. Ich bin nicht einmal sicher, ob ich meine Heimat lebend erreiche.»

Unverhofftes Wiedersehen

Das zerknitterte Gesicht des in Wickelbänder fest eingehüllten Säuglings war vom Schreien gerötet. Gerswinds Tochter war erst ein paar Tage alt und wenige Stunden nach ihrer Geburt auf den Namen Adeltrud getauft worden. Keinesfalls sollte sie als Heidenkind sterben. Doch kein Zeichen einer Krankheit war an ihr zu erkennen, und ihre Stimme war durchdringend laut, ein gutes Zeichen. Mildred wiegte die Kleine auf dem Arm und ging leise murmelnd auf und ab, während die Mutter den beiden keinen Blick schenkte.

«Hast du ein Buch mitgebracht?», fragte Gerswind, als Imma eintrat. «Dann lies mir vor», bat sie.

«Heute keine Evangelientexte. Es sind Liebesgedichte eines römischen Heiden. Willst du sie hören?»

«Ja, bitte.» Gerswind ließ sich auf der Bank nieder, und Imma nahm ebenfalls Platz unter dem Fenster, das Buch in der Hand. Sie blickte hinaus. Ein Riese mit dem halblangen Haar der Freien, gekleidet wie ein Etheling, sprach laut mit den Wächtern am Eingang vor dem Granusturm. An der Stimme erkannte Imma ihn sofort. Sie hatte sie nur einmal vor langer Zeit gehört, es war die Stimme von Wikbert, Widukinds Erstgeborenem. Manchmal hatte sie über ihn nachgedacht und ihn bedauert. Sie ließ das Buch sinken, aus dem sie Gerswind gerade hatte vorlesen wollen.

«Gott erhört die Gebete derer, die ihn ernstlich anflehen, und gewährt ihnen, worum sie mit heißen Tränen gebeten haben. Ja, er erbarmt sich, er, der Erbarmer, der barmherzig ist», murmelte sie.

«Was redest du da vor dich hin?», fragte Gerswind.

«Das stammt von Mohammed, dem Gesandten Gottes.»

«Dem Gesandten Gottes? Davon habe ich noch nie gehört.»

Der Satz Yussufs war Imma eingefallen, als sie sah, wie der Sachse mit eiligen Schritten den Hof durchquerte. Er trug die Tonsur eines Mönchs, doch seine Kleidung aus feinem Wollstoff mit vergoldeten Bortenstickereien, die Kniehosen und der Kittel darüber, zeigten, dass er kein Kleriker mehr war. Das Herz blieb ihr fast stehen, als sie ihn sah. Er hatte sich wenig verändert.

«Warum fängst du nicht an zu lesen?», fragte Gerswind.

Die Eingangstür unter ihnen drehte sich schwer in den Angeln. Schritte hallten durch das steinerne Treppenhaus.

«Wir bekommen Besuch, sächsischen Besuch», sagte Imma stockend. Sie überlegte, wohin sie flüchten konnte. Aber es gab kein Entkommen. Gerswind lächelte. In manchen Momenten fragte Imma sich, was die neue Gerswind mit der kämpferischen jungen Sächsin in Adas Kloster gemein hatte. Da war nur noch die Kette mit dem Goldstück an ihrem Hals mit den sächsischen Göttern, Wikberts Geschenk, an dem Karolus offensichtlich keinen Anstoß nahm.

Wikberts Gesicht war von der Kälte des Novembermorgens gerötet. Er sah sehr jung aus, sehr schön, als er eintrat und sich den Damen vor die Füße warf. Seine Stirn berührte den wollenen Teppich.

«Wikbert!», rief Gerswind überrascht aus.

Imma zog den Schleier über ihr Gesicht und wagte nicht, sich zu bewegen. Ihre Gedanken überschlugen sich. Der junge Sachse mit den Tätowierungen auf der Brust, damals auf dem Fest, war Wikbert gewesen, Wikbert, dem Gerswind versprochen war. Sie aber hatte ihn im Glauben gelassen, sie sei Gerswind.

«Danke, dass ihr mich empfangt», sagte Wikbert mit

wohlklingender Stimme, und Imma brach der Schweiß aus allen Poren ihrer Haut. Wohin konnte sie nur fliehen? Sie wäre davongelaufen, mochte Gerswind von ihr denken, was sie wollte, aber ihre Füße waren wie gelähmt.

Wikbert sah Imma verwirrt an und senkte den Blick. Imma trat einen Schritt zurück.

«Endlich sehen wir uns wieder, Gerswind», sagte Wikbert, die Augen fest auf sie gerichtet.

«Wikbert.» Gerswind sprang von ihrem Sitz auf und schaute von Wikbert zu Imma «Ich bin Gerswind, ich. Woher kennst du Imma?»

«Du weißt, dass wir uns damals in der Pfalz Attigny begegnet sind. Erinnerst du dich noch?» Wikbert streckte Imma die Hände entgegen.

«Hast du Grani mitgebracht?», fragte Gerswind unbeirrt.

«Ja.» Wikbert strahlte über das ganze Gesicht Imma entgegen. Er sah arglos und glücklich aus. «Er steht unten, und wir werden zusammen bei meinen Sachsen leben. Grani ist zu alt, um geritten zu werden, deshalb habe ich noch ein anderes Pferd für dich dabei. Geh ans Fenster, dann siehst du ihn.»

Mit einem Aufschrei ging Gerswind zum Fenster, Imma folgte ihr zögernd. Drei Pferde standen unten im Hof, von einem Jungen bewacht. Eines mit durchhängendem Rücken und verblichenem Fell hob den Kopf und stieß ein triumphierendes Wiehern aus.

«Grani», schrie Gerswind.

«Es gibt kein sächsisches Land, es gibt nicht einmal mehr Sachsen», sagte Imma.

«O doch.» Jetzt hatte Wikbert Immas Hände fest in die seinen genommen, ohne Gerswind eines Blickes zu würdigen. «Wir werden zusammen nach Sachsenhausen gehen und dort leben.»

«Ist das nicht die Ansiedlung der Sachsen an der Furt am Main?», fragte Imma. An vielen Stellen im Frankenreich waren sächsische Siedlungen entstanden, zunächst nur bewachte Lager, zu denen Aufständische mit ihren Familien gebracht worden waren, mit der Absicht, sie möglichst weit von ihrem Stammland zu entfernen.

«Ich bin nicht Gerswind.» Imma war entschlossen, den Irrtum aufzuklären. «Das ist sie.»

«Und du – wer bist du?»

«Ich bin Imma.»

«Sie ist das Kind armer Tagelöhner», ergänzte Gerswind.

Mit flackerndem Blick sah Wikbert von Imma zu Gerswind, von Gerswind zu Imma. Mildred, mit dem Kind im Arm, trat näher.

«Der Tag ist gekommen», sagte sie, und es hörte sich an wie das Urteil eines Grafen in der Gerichtshalle vor dem Angeklagten. «Du musst jetzt gehen.»

Wie eine Schlafwandlerin blickte Gerswind zu Wikbert auf.

«Und diese da ist nur deine Dienerin?», fragte Wikbert.

«So ist es.» Mildred antwortete für Gerswind. «Imma ist Gerswinds Dienerin.»

Wikbert schien mit sich zu kämpfen. Für einen sächsischen Etheling war es bei Todesstrafe verboten, eine Unfreie zu ehelichen.

«Ich will sie trotzdem mitnehmen», beharrte er. «Auch wenn sie Imma heißt und eine andere ist.» Er lächelte Imma an. «Du willst es doch auch.»

Imma krallte die Hände in Vigils Fell.

«Nein», antwortete Mildred für sie. «Ihr nehmt niemanden mit. Weder mich noch Imma. Tut, was die heilige Seherin geweissagt hat und geht mit Gerswind, Odos Tochter.»

«Und das Kind?», fragte Imma.

«Adaltrud bleibt in Aquis. Karolus würde sie niemals von hier fortlassen.»

«Dann lebt wohl.» Gerswind griff nach ihrem wollenen Mantel. Jahrzehnte hatte sie auf diesen Tag gewartet. Zweifellos hatte sie sich die Begegnung mit Wikbert überschwänglicher vorgestellt, und sie hatte auch nicht vor, ihre neugeborene Tochter in Aquis zu lassen. Imma versuchte sich vorzustellen, was in Gerswind vorging, die sich gerade wärmere Schuhe überzog.

«Verschwinde so schnell du kannst.» Mildred sprach leise und drohend. «Ich werde schon dafür sorgen, dass dir deine Sachen gebracht werden. Dein Schmuck, deine Kleider, dein Leinen und deine Pferde.»

«Adaltrud bleibt nicht hier zurück.» Gerswind trat auf Mildred zu und zerrte an dem Bündel mit ihrer Tochter.

«Rühr sie nicht an.»

«Sie gehört mir.»

«Rühr sie nicht an. Sonst schreie ich um Hilfe. Soll ich erzählen, was du mit den anderen Kindern gemacht hast? Soll ich erzählen, wer den Stein damals auf der Reichenau geworfen hat?»

«Adaltrud wird nichts geschehen. Jetzt, wo Wikbert bei mir ist –»

Mildred hatte sich vorgebeugt wie eine zum Sprung bereite Katze. «Zum letzten Mal. Deine Tochter bleibt hier.»

Gerswind senkte den Kopf und ergriff Wikberts Hand. «Lass uns gehen», sagte sie. «Sonst wird uns noch einer von den Wächtern aufhalten.»

Wikbert verabschiedete sich mit einem stummen Nicken in Immas Richtung, dann verließ er mit Gerswind den Raum.

«Wir werden sie nicht wiedersehen.» Mildred hob Gerswinds Stickerei vom Boden auf. «Jedenfalls hoffe ich es.» Die kleine Adaltrud begann hungrig zu wimmern. Eine Amme erschien aus dem Dunkel des anderen Raums, wo sie sich ausgeruht hatte, und nahm das Kind aus Mildreds Armen.

«Glaubst du, sie werden glücklich miteinander werden, sie und Wikbert?» Immas Stimme zitterte bei ihrer Frage.

«Ich bin mir sicher. Und Adaltrud wird leben.»

«Weiß noch jemand, was Gerswind getan hat?» Imma senkte die Stimme.

«Nur ich – und du.»

«Und Karolus? Er wird betrübt sein, dass sie ihn verlassen hat.»

«Er hat längst andere Geliebte. Mich und Adalind. Ich werde ihm so viel erklären, wie er wissen muss.»

Die fremde Schrift

Er ist mein Vater, und obwohl ich ihn so gut kenne wie niemand sonst, verstehe ich ihn nicht.» Gerswinds Abschied lag fast einen Monat zurück. Es ging auf Weihnachten zu. Dauerregen und heftige Winterstürme machten die Arbeit im Skriptorium beschwerlich. Viele Nonnen und Mönche waren erkältet. In ihren mit Dachsfell verbrämten blauen Wollmantel eingehüllt, Fellstiefel an den Füßen, hockte Rotrud auf einem Faldistorium neben Imma im Skriptorium, einen Becher heißen Honigwein in den Händen. Ihr langes blondes Haar fiel ihr offen über den Rücken, als wollte sie sich damit wärmen. «Er will nicht mit mir über Gerswind sprechen. Dabei sehe ich ihm an, wie traurig er ist.»

«Er wird mit Mildred über sie geredet haben.»

«Weißt du noch nicht, was passiert ist? Imma, du denkst

nur an deine Arbeit und bekommst nichts mehr davon mit, was im Granusturm vor sich geht.»

Imma ließ den Kalamus sinken. Sah Rotrud nicht, dass die Arbeiten am Evangeliar immer weiter fortschritten? War es ihr gleichgültig, dass sie die Farben neu mischte und die Evangelisten malte wie niemand vor ihr? Nicht nur die Evangelisten selbst, sondern auch die Throne, auf denen sie saßen, hatte Imma mit reich gefalteten Stoffen ausgestattet, deren Saum von Zickzackfalten bewegt wurden. Den Hintergrund hatte sie mit profilierten Wandstücken bedeckt, in denen kleine Blendfenster eingelassen waren. Die Buchrollen und die Bücher der Evangelisten mit ihren Symbolen hatte sie weit geöffnet. Auf den Rahmen hatte sie Gemmen aus der Schatzkammer des Königs dargestellt. Das alles war königliche Pracht, königliche Kunst, und sie, Imma, hatte sie in jahrelanger Arbeit geschaffen.

Doch Rotrud hatte kein Auge für die Pracht ihrer Bilder. Nein, sie wollte ihr den neuesten Klatsch berichten. Und wahrscheinlich würde sie ihr wieder von Roriko erzählen. Alkuin war vor einigen Monaten nach Tours in sein dortiges Kloster gegangen, um seine Ländereien zu verwalten und das Skriptorium zu beflügeln. Seit er nicht mehr in Aquis war, vermisste Imma die Gespräche mit ihm, seine Hinweise und sein Lob. Ihr wichtigster Gesprächspartner war Einhard. Er konnte ihre Arbeit einschätzen, er verstand, warum sie die Farben so und nicht anders mischte, und bewunderte ihre Fabeltiere.

«Er hat Mildred fortgeschickt. Sie soll zu Gerswind gehen und ihr dienen.»

«Das hat Mildred sich gefallen lassen?»

«Es war ein Befehl. Er war außer sich vor Wut.»

«Glaubst du, er weiß, warum Gerswinds Kinder gestorben sind?»

«Mildred hat es ihm nicht gesagt. Aber er ist nicht dumm. Vielleicht hat er es plötzlich selbst begriffen.»

«Sicher nicht», sagte Imma. «Er würde Gerswind nicht ungestraft mit Wikbert zusammenleben lassen, wenn er die Wahrheit wüsste.» Karolus liebte die Gerechtigkeit und das Recht und schreckte nicht davor zurück, es in der eigenen Familie anzuwenden.

«Und Adaltrud?»

«Er wird sie in ein Kloster schicken, wenn sie etwas älter ist. Jetzt sorgt die Amme für sie.»

Mit einem Seufzer wandte Imma sich wieder ihrer neuen Arbeit zu. Wenn sie sich nicht jeden Tag in den neuen Buchstaben übte, würde sie diese Schrift nie flüssig lesen.

«Was machst du da?» Rotrud war aufgestanden und beugte sich über Immas Schulter. «Das sind arabische Buchstaben. Kannst du sie schreiben?»

«Ich versuche es.»

«Isaak versteht etwas davon. Auch noch einige andere Juden, die in den sarazenischen Ländern Handel treiben.» Rotrud schaute prüfend auf die Schriftzeichen. «Aber es ist sehr schwer, ganz anders als unsere Schrift.»

«Damals, als Elissaios uns die griechische Schrift zu schreiben und zu lesen lehrte, dachte ich, es sei unmöglich, noch eine weitere Schrift zu erlernen. Aber es ist gelungen. Das hat mir den Mut gegeben, es noch einmal zu versuchen.»

«Wer ist dein Lehrer?»

«Der Übersetzer, Yussuf.»

Rotrud schwieg überrascht. «Es gibt in der ganzen Francia vermutlich keine Frau außer dir, die arabische Schriftzeichen lesen kann.» Sie kicherte übermütig. «Und sehr wenige Männer. Gefällt dir Yussuf? Er ist ein schöner Mann.»

Imma sah verwirrt auf. In ihren Augen war Yussuf, obwohl kein Eunuch wie Elissaios, doch so etwas wie ein Einhorn oder ein Elefant. Er kam aus einer unbekannten Fremde und würde wieder dorthin verschwinden. Es war sinnlos, sich mit ihm zu befassen oder auch nur über ihn nachzudenken. Imma entschied, dass er ihr nicht gefallen konnte, so wenig wie sie sich in einen der Engel auf den Innenmauern der Kirche verliebt hätte.

«Man kann etwas von ihm lernen», sagte sie, als müsse sie sich rechtfertigen. «Die Schrift ist von rechts nach links gerichtet, also genau umgekehrt wie die lateinische. Daran muss man sich erst gewöhnen. Anders als bei uns hängen die Buchstaben immer aneinander –»

«Du könntest ihn zum Christentum bekehren», schlug Rotrud vor.

«Daran habe ich noch gar nicht gedacht.»

«Wenn er zurückgeht, wird er dann die Lehre Jesu in Bagdad verbreiten. Du solltest mit Ada darüber sprechen, wie du am besten vorgehst.»

Imma musste daran denken, wie sie versucht hatte, Gerswind das Heidentum auszutreiben. Nein, es war ihr nicht gelungen, eine Christin aus ihr zu machen.

«Ich will ihn nicht bekehren. Ich will die Schrift von ihm lernen und vielleicht, wenn es möglich ist, die Sprache.» Das war mühsam genug und kostete ihren gesamten Eifer. Es gab eine Menge anderer Franken, die Yussuf zum Christentum bekehren konnten.

«Ist er nicht schon einige Jahre hier?»

«Ich weiß nicht.»

«Bist du sicher, dass er nicht ein Eunuch ist?»

«Ich habe nicht darüber nachgedacht. Heilige Maria, Rotrud, warum fragst du solche Sachen?»

«Pass auf, dass du dich nicht in ihn verliebst.»

«Es geht überhaupt nicht um Verliebtheit.» Imma erregte

sich plötzlich über Rotruds Gerede. «Er ist ein Heide. Ich will die Sprache und die Schrift lernen, das ist alles.»

«Das glaube ich dir nicht. Yussuf gefällt dir.»

Die slawische Dienerin kam mit einem Gestell herein, auf dem ein Krug mit dampfendem, heißem Gewürzwein stand, und goss Immas und Rotruds Becher wieder voll. Imma trank ein paar Schlucke und beruhigte sich langsam.

«Kann es sein, dass man sich in das verliebt, was einem selbst fehlt? In das, was man glaubt, ganz dringend zu brauchen?» Immer wieder hatte Imma in letzter Zeit über die Liebe nachdenken müssen. Vielleicht weil sie zu oft die Gedichte der lateinischen Heidendichter gelesen hatte.

«Imma, ich verrate dir ein Geheimnis. Ich habe vor langer Zeit mit Elissaios das Buch eines griechischen Heiden gelesen, in dem es nur um die Liebe geht. Dieses Buch heißt ‹Symposion›, und wenn du willst, leihe ich es dir aus. Darin steht alles, was man wissen muss.»

«Dieses Buch befindet sich auch in Adas Besitz. Ich habe Teile daraus für sie übersetzt, aber nur für sie. Ich durfte die Übersetzung nicht ins Skriptorium bringen.»

«Die Nonnen sollen nicht über die fleischliche Liebe nachdenken.»

«Das war der Grund. Aber das Buch handelt von allen Seiten der Liebe.» Imma seufzte. «Wenn ich Abbatissa wäre, würde ich es den Nonnen vorlesen.» Auch Nonnen dachten schließlich über die Liebe nach. Ada hätte es wissen müssen.

Als Rotrud gegangen war, flüsterte Imma die arabischen Worte in die Dunkelheit, die sie heute gelernt hatte. Weit entfernt von ihr gab es Städte, in denen so gesprochen wurde, Städte und Dörfer, wo die Menschen an den Heidengott glaubten und scharf gewürzte Speisen zu sich nahmen.

Sie fühlte sich leicht und glücklich, erhoben über das Land, in dem sie lebte, wie ein Vogel, imstande, die Welt von oben zu sehen.

Wissen war mehr als Gebet und Arbeit. Wissen verlieh Flügel.

Die Gesandten aus Konstantinopel

Elf Jahre waren seit der Aufkündigung der Eheverbindung zwischen den beiden Herrscherhäusern vergangen, und die Beziehungen zwischen Karolus und Konstantinopel hatten sich fast unmerklich wieder entspannt. Gelegentlich erschienen Gesandte Irenes und Konstantins mit Briefen und Geschenken. Auch der Frankenkönig schickte Pelze und Schmuckstücke mit seinen Emissären nach der Stadt am Bosporus. Der Name «Rotrud» fiel von keiner Seite mehr, und auch von Elissaios war in all den Jahren nicht mehr die Rede gewesen.

Dem Herrscher der Franken war es im Übrigen nur recht, dass ihn die Abgesandten der Kaiserin Irene jetzt, im Jahre des Herrn 798, erstmals in der neuen Residenz in Aquis aufsuchten. So konnten sie sich davon überzeugen, dass der Frankenkönig im Begriff war, ein neues Rom zu errichten. Karolus, erfüllt von Stolz auf die unter seinen Augen entstandenen Bauten, fühlte sich den Herrschern im Osten gegenüber ebenbürtig, in mancher Hinsicht sogar überlegen.

Der Wortführer der byzantinischen Gäste war diesmal Elissaios. Prachtvoll gekleidet ritt er auf einer weißen Maultierstute voran. Ihm folgte sein junger Begleiter auf einem ebensolchen Tier, dem die Herkunft aus den kaiserlichen Ställen der byzantinischen Hauptstadt anzusehen war. Der junge Mann, ein Eunuch von größter Schönheit, hatte sich verschleiert, um vor unziemlichen Blicken sicher zu sein. Sie hatten merkwürdige Sitten, diese Byzantiner.

Die Gesandtschaft überbrachte erlesene Geschenke von Kaiserin Irene für den Frankenkönig und seine Familie, darunter Kodizes in griechischer Sprache, elfenbeinerne Schnitzereien, Reliquien, Rollen mit purpurgefärbter Seide, Prachtgewänder und Perlenschmuck für die Damen und Flussgold von den Flüssen Kleinasiens. Der griechische Priester Theophilos verlas einen persönlichen Brief der Kaiserin Irene, in dem es vor allem um den Frieden ging. Nur mit einem Satz wurde zum Erstaunen der Zuhörer der Tod des Kaisers Konstantin erwähnt. Der Bischof Tarasios bat um die Freilassung seines Bruders, der in Italien als Kriegsgefangener lebte, was Karolus huldvoll gewährte.

Nachdem der Frankenkönig die Gäste gebührend empfangen hatte und ihnen die Gemächer für die Zeit ihres Aufenthaltes zugewiesen waren, bat ein Diener der Prinzessin Rotrud den Eunuchen Elissaios und seinen Begleiter zum persönlichen Gespräch in ihre Zimmer im Granusturm. Außer der Prinzessin war nur Imma anwesend; zwei Dienerinnen huschten hin und her, um Tellerchen mit kaltem Wildbret und Käsestückchen, Nüssen und Obst für die Gäste zu bringen.

Elissaios' einstige Schülerin war nicht mehr das unbeschwerte junge Mädchen, das er vor über einem Jahrzehnt zurückgelassen hatte. Feine Fältchen hatten sich unter ihren Augen gebildet. Sie musste jetzt vierundzwanzig Jahre alt sein. In Konstantinopel waren Mädchen in diesem Alter längst verheiratet; die jungen Fränkinnen allerdings reiften später heran. Elissaios unterdrückte einen Seufzer. Da war ihm das Meisterwerk gelungen, über mehr als tausend Meilen Entfernung die Herzen zweier junger Menschen füreinander zu entflammen, eine wahrscheinlich glückliche Verbindung zwischen dem Prinzen in Ostrom und der fränkischen Prinzessin anzubahnen. Die beiden hatten sich nie gesehen, kannten sich nur aus Briefen und Erzählungen und brannten doch füreinander.

Elissaios' Miene verfinsterte sich. So erging es den besten Plänen der Diplomaten. Jahrelange Vorbereitung, sorgfältiges Tüfteln in der Stille. Dann bekam der Frankenkönig einen roten Kopf, schrie herum, und die Sache war vorbei für immer – oder die Kaiserin wandte sich ab und sprach ihr «Ich habe es mir anders überlegt, lieber Elissaios».

Rotruds Gesicht war fleckig. Mit eigener Hand goss sie dem Eunuchen und seinem immer noch verhüllten, stark parfümierten Begleiter Wein in die gläsernen Trinkgefäße.

«Ah, römische Arbeiten.» Elissaios hob den zierlichen Becher aus hellblauem Glas gegen das Licht der von der Decke herabhängenden Bronzeampel. «Vermutlich aus den Gräbern der Söhne des Romulus bei Gelduba.»

«Ich weiß nicht, woher sie sind», antwortete Rotrud. «Sie wurden rechtmäßig von einem Händler erworben. Mein Vater ist kein Grabräuber.»

Elissaios lachte kurz und trocken auf. Altertümer faszinierten ihn noch immer. Stundenlang konnte er mit dem Buchstabieren einer Münzschrift zubringen. Er kannte sich aus mit den Stellen, wo es solche Kostbarkeiten gab. Gräber aus alter Zeit waren immer noch die beste Quelle.

«Ich habe Euch einige Münzen des heiligen Konstantin mitgebracht», beeilte er sich ihr zu erklären. «Ich weiß, wie sehr dieser Heilige im Frankenreich verehrt wird.»

«Danke, aber heute gelten meine Gedanken mehr meinem einstigen Verlobten Konstantin und seinem Tod», murmelte

Rotrud. «Ich will alles wissen, auch das, was Ihr nicht offiziell habt verlautbaren lassen.»

«Kaiserin Irene ist eine untadelige Herrscherin, voller Weisheit, Güte und Gottesliebe.»

«Daran zweifelt hier niemand», versicherte Rotrud und stellte den Weinkrug mit fahriger Hand zurück auf das Wandbord.

Der junge Gefährte griff sich unter seinen Gesichtsschleier. Dann begann Elissaios zu erzählen.

Am 19. August des Jahres des Herrn 797, einem Samstag, hatten die Verschwörer auf Befehl Irenes Konstantin gefangen gesetzt. In der Frühe brachten sie ihn nach Konstantinopel und sperrten ihn im Palast im gleichen purpurgetäfelten Zimmer ein, wo er geboren worden war. Bis zum Nachmittag beratschlagte Irene mit ihren Offizieren und Eunuchen, was mit Konstantin geschehen sollte. Sollte er in die Verbannung geschickt, sollten ihm die Augen ausgestochen oder sollte er getötet werden?

«Ich war dabei», sagte der Eunuch. «Trotz der Nähe zu Konstantin besaß ich das volle Vertrauen der Kaiserin.»

«Wie ist es so weit gekommen?», fragte Rotrud atemlos.

«Die Kaiserin hatte für ihren Sohn eine Ehefrau ausgesucht: Maria. Zunächst verlief alles nach den Plänen der Kaiserin. Konstantin kümmerte sich nicht weiter um die Regierungsgeschäfte. Wer etwas erreichen wollte, wandte sich an Basilissa Irene. Er regierte zwar, doch nur dem Namen nach war er Basileus. Er wusste nicht, was vorging. Die Generäle nahmen nur Irenes Befehle entgegen. Und vielleicht wäre es noch viele Jahre friedlich so weitergegangen. Alles sprach dafür, dass Konstantin auch als Herrscher der Rhomäer weiterhin der liebe höfliche Junge blieb, der die Ratschläge von Irenes Ministern und dem Patriarchen befolgte. Immer hatte er unterschrieben, was seine Mutter ihm vorlegte, und war, zum Wohle des Reiches und seiner Untertanen, ihrer größeren Weisheit gefolgt.

Doch dann sah er die Tänzerin mit dem roten Haar und verliebte sich sofort in sie, Theodote. Diese junge Frau setzte ihm in den Kopf, wie wichtig er sei. Von einem Tag auf den anderen wollte Konstantin über Dinge informiert werden, die ihn vorher nicht interessiert hatten. Und eines Tages verstieß er seine Ehefrau Maria. Er hatte sie nie geliebt.»

«Ein Kaiser muss seine Gemahlin nicht lieben», antwortete Rotrud streng.

Elissaios warf ihr einen langen Blick zu. «Er hatte in all den Jahren immer noch an Prinzessin Erythro denken müssen. Oft stand er am Fenster und sah hinaus aufs Meer, nach Westen hin in den Sonnenuntergang, und Tränen füllten seine Augen.»

«Ich weiß», sagte Rotrud in die Stille.

«Jetzt aber liebte er Theodote.» Elissaios senkte die Stimme, als er weitersprach. «Er nannte sie Erythro. Und alle am Hof gewannen den Eindruck, dass er erst durch sie zum Mann geworden war. Gegen den Widerstand des Patriarchen und von Irenes Generälen heiratete er die Rothaarige, und schließlich gebar sie ihm einen Sohn.»

Gebannt lauschten Imma und Rotrud der Erzählung des Eunuchen.

Spätestens zu diesem Zeitpunkt, so berichtete Elissaios weiter, beschloss Irene zu handeln. Nein, es genügte ihr nicht, Mitkaiserin ihres Sohnes zu sein. Sie wollte allein entscheiden und die Geschicke der Welt lenken. Und so wartete sie auf den Tag, an dem sie Konstantin gefangen setzen konnte. Auch Konstantin hatte Anhänger und Freunde. Zuerst wurden die Konstantin gewogenen Generäle verhaftet. Alles verlief nach Plan. Nicht umsonst hatte Irene fast zwei Jahrzehnte lang die Regierung geführt. Auch der Patriarch war der Meinung, der Ehebrecher sei unwürdig, Kaiser der Rhomäer zu sein.

Irene setzte sich dafür ein, den Sohn nur zu blenden, und man einigte sich in diesem Sinne. Um die achte Stunde am Nachmittag wurde die Blendung vorgenommen, jedoch mit solcher Grausamkeit, dass der junge Kaiser wenige Tage später verstarb.

«Ich will alles wissen», sagte Rotrud. «Wie haben sie es getan?»

Elissaios schwieg kurz, ehe er mit stockender Stimme die Einzelheiten berichtete. «Eigentlich sollte es der oberste Hofarzt vollziehen. Aber sie ließen es durch zwei Soldaten tun. Konstantin wehrte sich und schrie gellend.»

Den Sterbenden brachte man in der Nacht auf eine der Inseln hinüber in ein Kloster. Der Tod Konstantins zu diesem frühen Zeitpunkt hätte kein gutes Licht auf die Mutter geworfen. Deshalb wurde er geheim gehalten. Stattdessen war von Verbannung auf eine der Inseln die Rede.

«Und – warum hat keiner die Hand für Konstantin erhoben?», fragte Rotrud mit stockender Stimme. «Er hatte doch Anhänger unter den Generälen. Die Truppen hingen an ihm, ihrem rechtmäßigen Herrn.»

«Alle waren wie gelähmt, es hatte keinen Sinn, sich zu wehren. Die Sonne hatte sich verfinstert, und auf dem Meer blieb es dunkel. Tagelang irrten die Schiffe auf See umher, ohne den Hafen zu finden.»

«Du hast meine Frage nicht beantwortet. Seine Leibwache, seine Leute, die mächtigen Familien. Ich meine, er lebte noch, wenigstens ein paar Tage, wenn ich dich recht verstanden habe. Wie heißt die Insel, zu der er gebracht wurde?»

«Prinkipo; es ist die größte und lieblichste der Inseln vor Konstantinopel. Dort betete er, bis er verstarb.»

«Du sprichst von deinem einstigen Herrn, als sei er kein Mensch mehr», mischte sich Imma ein.

«Er war geblendet. Auch im Frankenreich werden Aufwieglern die Augen ausgestochen. Versteht mich, Herrin», jetzt sprach Elissaios wieder zu Rotrud. «Für einen Geblendeten lohnt der Einsatz nicht.»

Rotrud kämpfte mit den Tränen.

«Erzähl mir noch, was aus Theodote geworden ist», bat sie mit stockender Stimme. «Wurde sie getötet, oder hat man sie eingekerkert?»

«Auch das sollt Ihr erfahren», sagte Elissaios mit wichtiger Miene. «Doch bitte ich Euch, bevor ich weitersprече, alle fränkischen Zuhörer aus dem Raum zu weisen.»

Mit einem sanften Wink ihrer Hand bedeutete Rotrud den Mädchen, die sie bedienten, den Raum zu verlassen. Auch Imma stand auf, bereit zu gehen.

«Bleib», befahl Rotrud.

Der verschleierte junge Eunuch neben Elissaios erhob sich und verbeugte sich vor Rotrud, nachdem er den Schleier von seinem Gesicht gezogen hatte.

«Danke für Euer Mitgefühl, hohe Prinzessin», sagte er mit der Stimme eines Mädchens. Rötlich blondes, leicht gelocktes Haar fiel unter dem nach hinten geschobenen Tuch nach vorn. Das Gesicht war zart, mit einer etwas klein geratenen Nase und einem vollen sinnlichen Mund.

«Wer seid Ihr?», fragte Imma, erstaunt über die Schönheit von Elissaios' Begleiter.

«Ich bin Theodote, genannt Erythro, die einstige Tänzerin. Konstantin hat mich angefleht, mich in der Stunde der größten Gefahr auf ein Schiff nach Westen zu begeben und am Hof des Frankenkönigs bei Prinzessin Erythro Zuflucht zu suchen. Verratet mich nicht, Prinzessin. Ihr seid meine einzige Hoffnung.»

«Ihr steht unter meinem Schutz», versicherte Rotrud. «Kein Haar wird Euch gekrümmt werden.»

«Ich bitte außerdem darum, mein Geheimnis zu bewahren. Niemand soll wissen, wer ich bin und woher ich komme.»

Auch Imma reichte der Byzantinerin die Hand und gelobte Stillschweigen.

«Betrachtet mich als ein Gastgeschenk der Gesandtschaft an Euch persönlich», bat Theodote. «Von heute an will ich Euch als Eure Sklavin dienen.»

«Sklavin? Nein, das kann ich nicht zulassen», wehrte Rotrud ab. «Aber Ihr könntet Imma im Skriptorium zur Hand gehen und ihr beim Übersetzen griechischer Schriften behilflich sein. Sucht Euch einen neuen Namen aus.» Jetzt lächelte sie verschwörerisch. «Am Hof von König Karolus haben wir alle neue Namen angenommen, lateinische, biblische, griechische.»

Theodote nickte. «Dann werde ich mir zur Tarnung einen arabischen geben – Rabia.»

Noch am selben Abend zog Theodote, die jetzt Rabia hieß, zu Imma und Vigil in das Palisadenhaus.

Renovatio temporum

Mattes, gebrochenes Licht fiel durch die geschliffenen Alabasterscheiben in den Fensternischen, ein verführerisches Licht, wie Ada es nicht gewohnt war. Rom war in diesem Winter von einem Zauber, dem niemand sich entziehen konnte. Der Anblick der städtischen Pracht, der Umgang mit den Menschen, das ungewohnte Essen, die Musik und die Allgegenwart der Vergangenheit auf Schritt und

Tritt hatten jeden verändert, auch wenn er noch so absichtslos hierhergekommen war.

Die weise alte Yolanda hatte von dieser inneren Verwandlung der Pilger oft genug gesprochen. Doch Ada war mehr als eine Pilgerin. Jeder Tag in der Stadt bewegte, ja verstörte sie.

«Du denkst zu viel, Carissima.» Karolus saß neben Ada vor dem Prunktisch mit der großen Landkarte.

Es war Ende November des Jahres des Herrn 800 – nach dreizehn Jahren war Karolus wieder nach Rom gezogen. Er war inzwischen ein anderer Mann geworden und Italien ein neues Land, in dem der jetzt siebenundzwanzigjährige Pippin viel gebaut und erneuert hatte. Aus Benevent von Herzog Grimoald war diesmal kein Widerstand zu erwarten. Grimoald war Freund und Verbündeter des Frankenreichs, der Karolus alljährlich freiwillig Tribut und Geschenke schickte. Dennoch musste Pippin aus Gründen der Sicherheit die Stellung in Pavia halten, während Karolus mit seinem Gefolge nach Rom ritt. Der Papst kam ihm diesmal bis zum zwölften Meilenstein entgegengeritten. Eine solche Ehre war bisher nur Kaisern widerfahren. Papst Leo war von äußerster Unterwürfigkeit. Noch tagte das Gericht gegen ihn im Lateranpalast, wo Erzkapellan Hildebald mit dem Erzbischof Arn, fünf Bischöfen und drei Grafen die Vorwürfe des römischen Adels gegen Papst Leo wegen sittlicher Verfehlungen untersuchten. Schiedsrichter in diesem Verfahren würde der Frankenkönig sein.

Missbilligend starrte Ada die Landkarte auf dem Pergament an, die vor ihr ausgebreitet lag. Zu zerfasert, zu unregelmäßig, ein unvollkommenes Abbild dessen, was war. So närrisch unüberschaubar hatte Gott die Welt nicht geschaffen.

«Renovatio temporum», murmelte Ada. «Es ist möglich.»

«Was meinst du damit?»

«Säulen. Gerade gepflasterte Straßen. Funktionierende Badeanlagen.»

Es war nicht allzu lange her, dreihundert, vierhundert Jahre, da war die Welt geregelt, kodifiziert und rechtwinklig bis in die letzten Ecken gewesen. Vielleicht war sie nämlich gar keine Scheibe, sondern ein Viereck.

«Alles kommt nur daher, dass du die Schrift kennst und so viele Kodizes im Kopf hast.» Karolus breitete seine muskulösen Arme aus. «Sieh mich an. Ich werde es nie können. Nicht einmal meinen Namen vermag ich zu schreiben – und es geht auch.»

So war er. Er erwartete, dass man ihn mit all dem, was ihm fehlte, liebte, den ungehobelten Kraftprotz, der sich David nennen ließ.

«Als Schriftkundiger wärst du noch besser.»

Er küsste sie auf die Stirn. «Du bist die Einzige, die immer an mir herummäkelt. Keine meiner Friedelfrauen wagt, so mit mir zu sprechen. Gut – Gerswind war so, sie hat mir bei allem widersprochen. Und dann hat sie sich für ihren jungen Verwandten entschieden.»

Ada warf ihm einen scharfen Blick zu. Die Liebe zu Widukinds Nichte war eine Krankheit gewesen. Gott sei Dank war das Schlimmste überstanden.

«Sie ist die Einzige, die dich von sich aus verlassen hat. Deshalb trauerst du ihr nach. Vergiss die treulose Sächsin, sie ist nicht wichtig.»

Er warf ihr einen gequälten Blick zu.

«Wir beide, wir bauen das neue Rom», fügte sie hinzu.

«Der Gedanke gefällt mir sehr. Nur – jetzt, wo wir wirklich auf römischem Boden stehen, schäme ich mich fast, so klein, so kläglich kommt mir mein Aquis vor.»

«Du darfst nicht nachlassen.» Ada lächelte Karolus aufmuntemd zu. Aquis war zuerst ihre Idee gewesen, ihr Plan, ihr heißer Wunsch.

«Das neue Rom muss anders sein als das alte, wenn es der alten Urbs auf den sieben Hügeln auch ähnlich sieht. Mit dem Gold aus dem Awarenschatz in den Händen gibt es keine Grenzen mehr.»

Tausend Schreiber würden die wichtigsten Bücher kopieren und illustrieren. Wasserorgeln würden in allen Kirchen der Francia aufgebaut werden zur Ehre Gottes. Karolus wusste noch gar nicht, wie weit ihre Pläne gingen. Ada gab sich nicht mit Halbheiten zufrieden. Sie war die heimliche Herrscherin an der Seite ihres Bruders, weit mehr als die scheue Gisela in Chelles.

«Wenn du als Knabe geboren worden wärest, Ada», sagte Karolus und lachte verlegen auf, «dann wären wir vielleicht Feinde. Könnte das sein?»

Ja, dann hätten wir uns tödlich gehasst. Allerdings wäre der Kampf längst entschieden. Ada sah ihren Bruder lächelnd an und hütete sich auszusprechen, was ihr blitzschnell durch den Kopf ging. Du, mein David, wärst längst gestorben. Irgendwelche Helfer hätten mir diesen Dienst getan. Der sanfte Karlmann wäre in ein Kloster verbracht worden und ich, Adalhard, würde über den heißen Quellen die Nea Roma erbauen. Meine Tochter wäre die Gemahlin des Kaisers in Byzanz, und meine Söhne würden ihr Haupt vor mir senken.

«Du bist nicht zum Herrschen geschaffen. Dazu bist du viel zu sanft», sagte er, und sie widersprach ihm nicht. «Du denkst nicht einmal daran, zu regieren. Du träumst nicht davon. Die Macht bedeutet dir nichts.»

«So ist es, Carissime. Wir Frauen sind nicht wie ihr.»

«Eine Frau, die herrschen will, könnte ich niemals lieben.»

Ada schloss die Augen, als er ihr ins Gesicht sah. Einen

Moment fürchtete sie sich davor, er könnte ihre geheimen Wünsche erraten.

«Du weißt, was mir noch fehlt», sagte er leise.

«Leo wird es am Weihnachtstag ausführen», sagte sie lächelnd.

«Ich weiß nicht, ob ich das wirklich will. Es ist gefährlich.»

«Die Zeit dafür ist gekommen», sagte sie. «Wir haben lange darüber gesprochen. Die Byzantiner können es nicht verhindern.»

«Nein – eigentlich will ich es nicht.»

«Keine Halbheiten», hörte Ada sich sagen. «Die Kaiserkrone ist ein Symbol für das, was längst eingetreten ist. Irene ist eine schwache Herrscherin. Konstantin ist verstorben und hinterlässt keine männlichen Nachkommen.»

«Es war ein Fehler, dass Rotrud nicht dorthin gegangen ist.»

«Zu spät», sagte Ada. «Gott wollte es so. Manches ist einfacher dadurch, dass sie bei uns ist.»

Unvermittelt wechselte er das Thema, wie immer, wenn er nicht bereit war, eine ihm unangenehme Angelegenheit weiter zu besprechen.

«Hast du mit Leos Schatzmeister die Sache mit dem Kameo geklärt?»

«Wir sind fast fertig.» Sie lächelte geheimnisvoll.

«Will er Geld dafür? Ich habe schon mehrfach angefragt, und immer gab es irgendwelche Hindernisse. Sieh zu, dass der Stein in meine Schatzkammer gelangt.»

«Nicht in die Schatzkammer, sondern auf den Einband von Bertradas Evangeliar.»

«Niemand auf der Welt versteht mich so wie du.» Er seufzte erleichtert auf, voll Vertrauen, dass sie den Kameo nach Aachen bringen würde.

«Es gibt noch einen.» Jetzt lächelte er.

«Alkuin?»

«Ich dachte an Einhard, meinen jungen Cancellarius. Solche wie er, verstehst du –»

Er war einer aus der jungen Generation, ein Altersgenosse seiner Kinder, mit der Erziehung, die Karolus erst möglich gemacht hatte. Ada verstand, was ihr Bruder meinte, und war nicht eifersüchtig auf den jungen Rothaarigen.

«So wie ihn stelle ich mir die Zukunft des Frankenreichs vor», sagte sie neidlos.

Gab es etwas Besseres auf Erden, als im Dezember in Rom zu sein? Einhard sah zu Imma hin, die vor einem uralten Steinblock stand, bemüht, die Inschrift darauf zu entziffern und zu verstehen. Sie hatte die langen blonden Haarsträhnen hinter die Ohren gestrichen und fuhr mit den Fingern über die eingelassenen Buchstaben. Es war eine Inschrift des römischen Kaisers Claudius, der vor undenklichen Zeiten das Imperium Romanum regiert hatte. Seine Inschriften waren besonders schwer zu entziffern, weil dieser Claudius, eigentlich ein Historiker und Gelehrter, zwei etruskische Buchstaben in das lateinische Alphabet eingefügt hatte. Einhard überlegte, ob er ihr von Claudius erzählen sollte. Er kannte nämlich das Leben dieses sonderbaren Kauzes, der durch einen verrückten Zufall Kaiser des Imperiums geworden war und einige Jahre mit Weisheit und Maß regiert hatte. Der Historiker Suetonius berichtete, wie zuletzt zwei Frauen Macht über den alternden, stotternden Mann gewonnen hatten, Messalina und Agrippina, und wie der alternde Kaiser zum Spielzeug in ihren Händen wurde. Das alles endete schließlich mit Mord, Blut und Tränen. Sein einziger Sohn Britannicus wurde das unschuldige Opfer der hinterlistigen Agrippina.

Die Abbatissa von St. Irminen hatte ihn zu sich befohlen und ihm einen ungeheuerlichen Auftrag erteilt. Das Vertrauen, das sie ihm entgegenbrachte, war eine große Ehre. Und eine nicht ungefährliche Verpflichtung. Das, was sie ihm vorgeschlagen hatte, war ohne Zweifel der Höhepunkt seiner bisherigen Karriere. Ja, es würde gutgehen. Dafür hatte er sich verbürgt. Seltsamerweise hatten die Äbtissin und er sich verstanden, ohne dass der Auftrag genau in Worte gefasst worden wäre. Einhard wurde rot vor Aufregung und Beglückung. Seit langer Zeit kamen ihm aber auch höchst weltliche, fast niedrige Gedanken, verursacht durch den Anblick der schönen Imma.

Da stand sie, im Gewand einer Klosterfrau, entschlossen, jeden Mann abzuweisen, und doch eine aufreizende junge Frau. Sie war größer als er, seufzend bedachte er diesen Punkt. Große Frauen hielten in der Regel Ausschau nach breitschultrigen, hochgewachsenen Helden. Aber so war Imma gerade nicht. Sie fürchtete sich vor Männern, das hatte er längst gemerkt. Man durfte nicht aufdringlich oder unverschämt im Gespräch mit ihr sein, sonst hatte man verloren.

Wenn er es genau überlegte, musste er zugeben, dass Imma sich eigentlich nur mit ihm und Yussuf auf längere Gespräche einließ. Da Yussuf ein Heide war, brauchte er sich keine Gedanken zu machen. Imma würde nicht ihr Seelenheil verwirken wegen der dunklen Augen des Mannes aus Bagdad; dazu war sie zu klug und zu fromm.

«Rom ist die Hauptstadt der Welt, das wahre Jerusalem», sagte Imma.

«Rom ist die Vergangenheit – die Zukunft liegt im Norden. Schon zur Zeit des heiligen Konstantin war es mit Rom vorbei. Vielleicht gelingt es Karolus, bei den heißen Quellen in Aquis ein neues Rom zu bauen», sagte Einhard geheimnisvoll, «glanzvoll und neu mit Säulen und Kunstwerken aus dieser verfallenen Stadt – eine Hauptstadt mit Kirchen, Klöstern und Palästen.»

«Vielleicht. Es wird mehr als ein Menschenleben lang dauern.» Imma missfiel die Idee, Säulen und Marmorplatten aus der ehrwürdigen Hauptstadt der Römer fortzubringen. Es waren schon zu viele hier gewesen und hatten sich aus den Schätzen der ewigen Roma bedient.

«Rom», begann Einhard erneut, «ist nicht an einen Ort gebunden. Rom ist eine wunderbare Idee. Rom ist da, wo die Reliquien der heiligen Märtyrer sind, wo die Schrift gepflegt wird, wo Bücher vervielfältigt werden, wo Frauen wie du Pergamentseiten mit dem Evangelium liebevoll ausmalen.» Er schwieg kurz, ehe er fortfuhr. «Und weil Rom langsam vor sich hin stirbt, sind wir im Recht, Schätze aus der sogenannten Ewigen Stadt in die Nova Roma, nach Aquis, zu überführen. So hat es schon der heilige Konstantin getan, als er Konstantinopel zur neuen Weltstadt machte. Wir sind die wirklichen, die neuen Römer – du und ich und unser Dominus Karolus.»

Seine Begeisterung steckte sie nicht an. Er verstieg sich wieder einmal in eine seiner Ideen, und sie konnte ihm nicht folgen.

«Rom ist da, wo Mönche ihre Kodizes zu Höchstpreisen verschachern und die Schreiberinnen anschreien, sie müssten schneller und schludriger arbeiten. Es muss nur so aussehen, als ob es etwas taugt, damit man es verkaufen kann», spottete Imma.

«Wohlgemerkt, es waren nie Marsos Kodizes. Unser Herr Karolus hat sein Gold und Silber und die Kostbarkeiten der Schatzkammer nicht für einen wie Marso zur Verfügung gestellt.»

«Aber ohne solche wie Marso können die Geschäfte nicht

abgewickelt werden», sagte Imma kampfeslustig. «Marso wurde zu Recht von Ochsen zerrissen. Er hat viel mehr getan als Lilia geschändet. Er hat die Wahrheit und den Geist der Evangelien mit Füßen getreten.»

«Er ist bestraft worden. Kirchenraub ist ein schweres Vergehen.»

Imma spürte trotzdem Enttäuschung. Die Kodizes waren nicht mehr das, wofür sie sie in ihrer jugendlichen Begeisterung gehalten hatte. Sie enthielten noch nicht einmal die Wahrheit. Es ging darum, gut verkäufliche, möglichst einheitliche, gefällige Texte ohne Schreibfehler und grobe Irrtümer rasch abzuliefern. Sie mussten Begehrlichkeit wecken – dazu war jedes Mittel recht. Die Sehnsucht nach der Wahrheit und Schönheit spielte nicht die Rolle, die sie sich wünschte. Und nicht viel anders war es mit den Reliquien. An jeder Ecke der Heiligen Stadt wurden alle Arten von Reliquien angeboten, größere und kleinere, und fanden willige Käufer. Selbst einer wie Einhard war der Sucht verfallen, möglichst viele solcher Knöchelchen und Überreste zu erwerben, wie sie so viele andere fromme Pilger befallen hatte.

Die Äbtissin näherte sich mit schnellen Schritten über den hellen Kiesweg.

«Genug geträumt», sagte sie. «Der Schatzmeister kommt gleich. Lasst uns jetzt mit Aelius nach den Schätzen sehen, die er uns angekündigt hat.»

Der Kameo

Das Gebäude, in dessen Kellerräumen sich die größten Schätze der Stadt Rom befanden, lag etwas zurückgesetzt neben der Kirche des heiligen Johannes auf dem Lateranshügel. Uralte Pinien und Zypressen verdeckten die Sicht auf den Eingang. Nur wenige Schritte weiter residierte der Papst in einem hohen Ziegelbau mit einem turmartigen Vorbau, vor dem zwei Bewaffnete Wache hielten.

Der Schatzmeister Papst Leos ging voran und brachte Ada, Imma und Einhard zur Schatzkammer. Er war ein magerer älterer Mann mit vogelartig spitzem Gesicht und einer Raubvogelnase. Seine pergamentene Haut glänzte gelblich im Widerschein der flackernden Öllämpchen, die die steil in die Tiefe führende Treppe schwach beleuchteten.

«Ihr werdet die Tunika des heiligen Johannes und seine Tasse sehen», erklärte Ada den anderen.

«Die Tasse, aus der er getrunken hat?», fragte Imma.

Langsam und umständlich schloss Aelius eine schwere Holztür mit metallenen Beschlägen auf. Sie drehte sich quietschend in den Angeln, und es war Imma, als beträten sie eine Gruft, ein Mausoleum.

Aber es war keine Gruft. Hier unten war es still und kühl und erstaunlicherweise taghell. Das Licht kam aus großen vergitterten Fenstern, hinter denen sich ein mit Kies bestreuter Innenhof öffnete. Blumen und pyramidenförmig geschnittene Buchsbäume wuchsen dort, und die Mitte zierte ein viereckiger Brunnen aus bemoosten Steinplatten.

Aelius mit der Adlernase führte die drei fränkischen Besucher zu einem runden Marmortisch mit zierlichen Löwenfüßen vor dem Fenster am Ende des Raums. Darauf lag ein flacher Holzkasten, wie Imma ihn vor Jahren bei Elissaios gesehen hatte. In den quadratischen Unterteilungen darin waren Münzen ausgebreitet, kupferne, kleine silberne und goldene. Mehrere Marmorköpfe standen neben dem Kasten mit den Münzen auf dem Tisch, außerdem einige von seidenen Tüchern bedeckte Gegenstände.

«Was ihr vor euch seht, sind Reste aus der Schatzkammer der römischen Kaiser», erklärte Aelius. «Die größten Schätze der Stadt allerdings ließ Kaiser Konstantinus in das neue Rom bringen, nach Konstantinopel. Damals gelang es meinem Vorfahren, einige Kostbarkeiten in der Ewigen Stadt zu halten, indem er sie in diese Nebenräume verbrachte. Er war ein stolzer Römer aus dem Geschlecht der Aelier und wusste, dass sie für immer hierhergehören. – Ihr müsst die Hände verhüllen, bevor ihr die Reliquien berührt.» Aelius reichte den Besuchern Tücher aus weißem Leinen, die sie sich über die Hände legten. Dann überließ er sie für ein paar Augenblicke dem Anblick der ausgelegten Kostbarkeiten. Nach einer Weile kam er mit einem kleinen schwarzen Götzentempel in den Armen zurück. Schnaufend setzte er das seltsame Holzbauwerk auf dem Marmortisch ab, zog aus dem Ärmel seines Gewands einen kleinen Schlüssel hervor und öffnete die Eingangstür des Tempels. Verheißungsvoll sah er seine Gäste an.

«Die Tasse des heiligen Johannes?», fragte Ada.

«Seht selbst und verneigt Euch in Demut und Ehrfurcht!» Aelius zog aus dem Behältnis ein viereckiges poliertes Stück Stein hervor und schloss die Augen, als könne er den Glanz nicht ertragen.

Das also war der Kameo, der Wunderstein des heiligen Konstantin.

Einhard griff zuerst danach und betrachtete ihn prüfend.

Dann nickte er ihr ernsthaft zu und reichte ihr das Kunstwerk.

«Das ist er, der Sardonyx.» Aelius lächelte dünn. Unter dem weißen Leinen, das Immas Hände bedeckte, fühlte die Reliquie sich seltsam kühl an.

«Von diesem Stein hat Schwester Yolanda uns erzählt, als ich noch ein Mädchen war», berichtete sie.

Rasch legte sie den Kameo wieder auf den Tisch zurück, als habe sie sich verbrannt. Sie warf einen schnellen Blick auf Ada und Einhard und dachte an die alte Yolanda, die vor den magischen Kräften des Steins gewarnt hatte. Dass die, die den Stein in ihre schmutzigen Hände genommen hatten, danach krank geworden und gestorben seien. Und dass es nicht erlaubt war, den Stein länger anzusehen, dass man nur einen kurzen Blick darauf werfen durfte.

«Es sind die Büsten des heiligen Konstantin und seiner Familie», erklärte Aelius weiter. «Unter ihnen befinden sich die kaiserlichen Adler. Neben der heiligen Helena – sie ist verschleiert – seht ihr den Kaiser selbst mit dem Lorbeerkranz im Haar und dann die Söhne, Konstantinus, Konstantius und Konstans. Konstans, der Jüngste, trägt das Zeichen Christi auf der Stirn, das Chi Rho. Bei seinem Tod ließ Konstantin drei Söhne zurück.» Er schwieg, dann fügte er hinzu: «Wie die Getreideähre durch den Segen Gottes aus dem Weizenkorn wächst und mit ihren Früchten den gesamten Erdkreis erfüllt, so wurde auch der Kaiser in der Nachfolge seiner Söhne vervielfältigt als Konstantin der Sieger, der Große, der Kaiser.»

«Ist es wahr, dass der Stein gefährlich ist?», fragte Imma.

«Wie alle Reliquien kann er Wunder bewirken. Nur den Unwissenden und Respektlosen wird er schädlich werden. Fasst ihn bedenkenlos an. Er wird Euch nichts anhaben.» Aelius lächelte, als wollte er Immas Bedenken zerstreuen.

Scheu betrachtete sie die Reliquie. Schließlich nahm sie sie noch einmal in die leinenbedeckte Hand. Nie zuvor hatte sie etwas Schöneres, etwas Erhabeneres gesehen. Dieser Kameo war im Kleinen das ganze Rom. Hart und elegant, so fühlte er sich an. Die Zeit blieb stehen. Es gab nur noch sie und den Edelstein. Nein, nicht nur sie. Da war noch Ada, die Abbatissa, die ihr in diesem Moment zulächelte.

«Er ist einzigartig.» Ada sprach aus, was auch Imma fühlte.

«Es ist eine Reliquie, etwas, das vom heiligen Konstantin auf uns gekommen ist.»

Ada warf Imma einen erstaunten Blick zu. «Das wollte ich gerade auch sagen.»

«Dieses Stück muss in Rom bleiben», sagte Aelius. «Es ist ein Geschenk des heiligen Konstantin an seine Mutter, die im Lateranpalast ihren Wohnsitz hatte. Es darf nicht von hier weggebracht werden. Es ist untrennbar mit der Ewigen Stadt verbunden.»

Atemlos lauschte Imma. Die gleiche Aufregung hatte sie ergriffen wie Einhard und ihre Äbtissin. Ohne einen Blick miteinander zu wechseln, hatten sie wohl alle den einen Gedanken: Der Kameo musste in Rom sein, dem wahren Rom, dem neuen Rom. Dieses neue Rom aber war jetzt in Aquis Grani. Der Schatzmeister sprach von der Vergangenheit, ohne zu verstehen, dass die Zukunft angebrochen war.

«Wenn der Kameo nicht zu den Geschenken gehört, dann wird Karolus ihn kaufen, was immer der Preis sein soll», ließ Einhard sich vernehmen.

Aelius sah den Sekretär bestürzt an. «Versteht mich doch, Franke. Die Stadt verehrt dem Imperator schon ihre größten

Schätze. Es geht nicht darum, ihm etwas vorzuenthalten, ihm, der so viel für das ewige Rom getan hat.»

«Dann seid nicht kleinlich», sagte Ada. «Das Wohlwollen unseres Herrn ist nicht in Gold aufzuwiegen. Wo wäre dieser Kameo besser aufgehoben als am Herzen des Imperators? Er ist der Erbe des heiligen Konstantin.»

Aelius nahm den Kameo wieder entgegen und legte ihn in den Schrein aus Ebenholz, den Heidentempel, zurück. Dann ließ er die wächsernen langen schmalen Hände auf dem spitzen Giebel des Schreins ruhen, wie um seinen Schatz zu beschützen. Sein Mund war ein schmaler Strich, sein Gesicht mit der scharfen Nase wirkte eingefallen, was ihm noch mehr das Aussehen eines Raubvogels gab.

«Da ist noch etwas», begann er zaghaft, «dieser geschnittene Edelstein mit den Bildnissen ist mit einem Fluch behaftet –»

Einhard lachte trocken.

«O doch», Aelius drückte den Schrein jetzt gegen die Brust, als fürchte er, die fränkischen Gäste wollten ihm die Reliquie auf der Stelle entreißen. «Kein Herrscher soll ihn an sich nehmen. Wer es dennoch tut, den wird das gleiche Schicksal ereilen wie den heiligen Konstantin.»

Alle dachten sie jetzt an die schreckliche Krankheit, den Aussatz. Papst Silvester hatte ihn schließlich durch das Wasser der Taufe davon geheilt.

Behutsam schloss Aelius die Tempeltür des Behältnisses, dann versenkte er den Schlüssel in einem Beutel, den er um den Hals trug.

«Welches wäre das gewesen?», fragte Einhard, der die List des Alten zu durchschauen glaubte, höhnisch.

«Gebt es doch zu, Schatzmeister», sagte Ada kühl, fast gleichmütig, ehe Aelius antworten konnte. «Ihr wollt dem König der Franken dieses Kleinod vorenthalten. Aber was

Ihr auch vorbringt, unser Herr wird den Kameo eines Tages besitzen. Und hütet Euch, den heiligen Konstantin mit Dreck zu bewerfen. Er ist ein Heiliger, an dessen Porphyrsarg Kranke geheilt und Lahme gehend wurden. Seht Euch vor, dass nicht Euch in Eurer Kleinlichkeit der Fluch des Edelsteins trifft.»

Aelius setzte den Schrein in die Nische zurück.

«Ich habe Euch gewarnt.» Ein schwaches Lächeln umspielte die welken Mundwinkel des vornehmen alten Herrn. «Niemand soll sagen, ich hätte Euch nicht gewarnt.»

Die Sterne leuchteten schon am Himmel, als Einhard und Imma eine kleine Taverne erreichten, aus der Gesang und fröhliches Lärmen herausdrangen. An einem Eisenring neben dem Eingang band Einhard seinen Fuchs fest. Die Satteltasche nahm er mit hinein. Drinnen duftete es nach gebratenem und geröstetem Fleisch. Die beiden ließen sich am Ende des rauchgeschwängerten Gewölbes auf einer Holzbank nieder. Ein Diener kam und stellte einen Krug Wein vor sie hin.

«Ich glaube, du hast den Wink der Äbtissin verstanden», begann Einhard.

Imma nickte.

«Der Stein gehört zu Karolus, auch wenn der starrköpfige Alte es nicht einsehen will.»

«Wie sollen wir ihn aber gewinnen, wenn er ihn uns weder schenken noch verkaufen will?»

«Der Stein», sagte Einhard und senkte die Stimme, «wird mit uns in die Francia kommen.»

Imma betrachtete ihn zweifelnd.

«Wir werden uns doch nicht von einem wie Aelius davon abhalten lassen, etwas an uns zu nehmen, was uns zugehörig ist.» Einhard sprach, als ginge es um ein Familienerbstück.

Erst mit dem Sardonyx war die Arbeit am Evangeliar der alten Bertrada abgeschlossen. Sie waren beide fiebrig vor Aufregung. Sie wollten, sie mussten ihn haben. Der heilige Konstantin hatte den Kameo in der Hand gehalten, ihn vielleicht gar mit den Lippen berührt.

«Und dann Papst Leo, dieser Hurenbock. Er ist doch nur noch im Amt, weil Karolus ihn stützt», sagte Einhard verächtlich. «Ein Schwächling, eine Schande für sein Amt.»

«Willst du damit sagen, die Anklagen gegen ihn sind berechtigt?»

Einhard zuckte die Achseln. Imma gefiel die Art, wie er über die wichtigen Dinge in Rom Bescheid wusste. Papst Leo war keine Autorität wie sein wortgewaltiger Vorgänger Papst Hadrian, dessen Tod Karolus beweint hatte wie den eines Bruders. Leo war ein verängstigter alter Mann, abhängig von der Gunst des Frankenkönigs.

«Ich werde morgen abreisen, Imma», sagte Einhard unvermittelt. «Ich werde nicht zur Weihnachtsmesse kommen.» Der Wirt stellte einen Becher Wein vor sie beide hin, als seien sie ein Liebespaar.

«Bitte auch für mich einen», bat Imma, doch der Wirt war schon entschwunden. «Warum hast du es so eilig?»

«Weil ich eine Reliquie zurück nach Aquis tragen werde.» Er sagte es kaum hörbar, und doch begriff sie sofort, was er vorhatte.

«Heute Nacht?»

«Ja. Ich habe alles vorbereitet. Es darf nicht am Widerstand dieser kleinlichen alten Männer scheitern.»

«Weiß der König davon?»

«Manchmal ist es besser, wenn er es nicht weiß.» Schweigend sah er sie an. «Ich nehme es auf mich», sagte er leise. Abwechselnd tranken sie aus dem einen Becher. Der Wein war süß und schwer.

«Fürchtet Ihr – fürchtest du dich nicht?»

«Du kennst mich lange genug. Wen soll ich fürchten außer Gott?»

Fast ehrfürchtig betrachtete sie ihn.

«Ich bin froh, dass du dich entschlossen hast, es zu tun», sagte sie.

«Bete für mich und den Kameo. Und –» Er sah sie bittend an. «Sei dabei, wenn die Männer aus der Schatzkammer treten, und nimm ihn entgegen.»

Er drückte ihr einen schweren Lederbeutel in die Hand.

«Was ist das?», fragte sie, obwohl sie es wusste.

«Das Geld. Du wirst es ihnen geben.»

«Und wann – wann wird es sein?»

«Noch in dieser Nacht. Bevor der Morgen graut.»

«Und dann?»

Er nahm ihre Hand, und sofort spürte sie Zuversicht und Gewissheit.

«Gott will es», sagte er.

Es hatte zu regnen begonnen, als sie aus der Wärme der Taverne auf die Straße hinaustraten. Der Wallach beugte seinen großen Kopf zu ihnen herab und rieb die Nüstern an Einhards Schulter.

Der Frevel

Ein feiner, dünner Nieselregen ging nieder und weichte den Boden unter ihren Füßen auf. Imma hatte den Wollmantel über den Kopf gezogen; ihre ledernen Schuhe waren durchnässt. Zwei Pferdelängen neben ihr stand Einhard im Schatten einer Zypresse, nah genug, um ihm etwas zuzurufen, zu weit, um sich zu berühren. Von seinem Standort aus hatte er den Eingang zur päpstlichen Schatzkammer im Blick.

Dann sah sie die beiden Gestalten. Sie huschten an Einhard vorbei zur Rückseite des langgestreckten Ziegelgebäudes. Immas Herz schlug ihr jetzt bis zum Hals. Es war so weit. Angestrengt blickte sie hinüber zu Einhard, doch der bewegte sich nicht. Über ihr schrie ein Käuzchen, einmal, zweimal.

Imma begann zu beten.

«Lass es gelingen, allmächtiger Herr und Vater, und verzeih uns unseren Diebstahl. Wir nehmen die Schuld auf uns, Einhard und ich. Karolus und Ada wissen nicht, was wir in dieser Nacht tun. Wenn du, allmächtiger Vater, jemanden für den Frevel dieser Nacht bestrafen willst, dann bestrafe uns beide, Einhard und mich –» Imma zog die Nase hoch und erstickte ein Schluchzen. «Herr, vernichte uns nicht», schloss sie mit leiser Stimme. «Denn wir tun es nicht für uns, sondern zu deiner Ehre und zum Wohl des Frankenreichs und seines Herrschers Karolus.»

Ein Poltern war zu hören, so wie Ziegel, die vom Dach fallen, und dann ein langer schmerzlicher Schrei, der kein Ende zu nehmen schien.

Imma trat einen Schritt vor. Auch Einhard kam aus dem Schutz der Zypresse hervor. Sie umarmte ihn. «Hab keine Angst», murmelte sie. «Ich bin bei dir.»

Unbeholfen legte er die Arme um ihren Hals. Beide horchten sie in die Dunkelheit hinein. Dann zog Einhard Imma in das kratzige, harte Nadellaub des Zypressenbaums. Hier war es trocken, ein würziger Geruch belebte sie. Der Regen hatte aufgehört, und klare Flecken zeigten sich am Himmel. Fahles Mondlicht tauchte die Umgebung in gespenstisch kaltes Licht.

«Etwas ist schiefgegangen», sagte er leise. «Ich werde nachsehen.»

«Bleib hier.» Mit aller Kraft hielt sie ihn an sich gedrückt. «Niemand darf uns entdecken.»

«Hörst du etwas?»

Imma lauschte. Nur der Wind zerrte an den Bäumen.

Für einen kurzen Moment vergaß Imma den Kameo. Ihr Kopf lag jetzt auf Einhards Schulter, und sie sog seinen Geruch nach Pferdestall und Weihrauch in sich ein.

«Falls man uns entdeckt.»

«Wer soll uns entdecken?»

«Es gibt Wächter. Man sieht sie nicht von hier. Aber sie sind da», flüsterte er.

«Glaubst du, sie haben die Männer entdeckt?»

«Ich weiß es nicht. Aber falls man uns bemerkt, Imma, denk daran. Wir sind ohne Auftrag. Wir handeln auf eigene Verantwortung.»

«Ich weiß.»

«Man wird uns vielleicht in einen Kerker bringen und foltern.»

Wieder schrie das Käuzchen direkt über ihnen. Mit schweren, weichen Schwingen flog ein Nachtvogel über ihnen hinüber zu den Bäumen vor dem Schatzhaus. Dann war wieder Stille. Nur der Regen, der wieder eingesetzt hatte, rauschte durch die Nacht und plätscherte aus den Wasserspeiern des Gebäudes vor ihnen. Die Finsternis war jetzt undurchdringlich. Wolken hatten sich vor den Mond geschoben.

Imma fröstelte nun nicht mehr, sie spürte die Wärme von Einhards Körper dicht an sich.

Einhards Mund tastete über ihr Gesicht. Sanft küsste er sie auf die Lippen.

«Ich will nicht gefoltert werden», murmelte Imma. «Ich will nicht eingekerkert werden.»

«Aber es könnte passieren», sagte er leise.

«Gott wird uns helfen. Ich habe zu ihm gebetet.»

«Imma, es gibt so viele verzweifelte Menschen auf Erden. Gott kann unmöglich allen helfen, die zu ihm beten.»

«Mir hilft er immer. Und dir auch, wenn du bei mir bist.»

Der Mantel rutschte von Immas Kopf, sie hielt ihn mit den Händen fest und klemmte ihn mit der Gewandfibel über der Brust fest, ohne ihr Gesicht von dem Einhards zu lösen.

Ein heftiger Windstoß ließ die Zypressen ächzen.

«Ich werde sagen, dass du nichts damit zu tun hast. Dann foltern sie nur mich», murmelte er.

«Ich werde sagen, dass ich alles geplant habe. Ich habe den Sack mit dem Geld.»

Ganz langsam löste er sich von ihr.

«Ich muss nachsehen, was passiert ist.»

«Bleib hier, Dummkopf. Bei mir bist du sicher.»

Doch er ging schon mit hastigen Schritten durch den Regen davon.

Unschlüssig blieb Imma stehen, dann rannte sie hinter ihm her in die stockdunkle Nacht. Fast wäre sie über eine Baumwurzel gestolpert, die aus dem Kiesbelag vor dem Schatzhaus hervorstand. Imma verlangsamte ihre Schritte und schob die Füße tastend weiter. Leise Stimmen drangen durch das Geräusch des Regens zu ihr. Der Wind trieb eine Wolke fort, die den Mond verdeckt hatte, und jetzt sah Imma Einhard, er stand mit einem Mönch zusammen.

Ihr Atem wurde schneller. Sie und Einhard hatten den Frevel begangen.

«Ich bin es – Imma.» Sie legte die Hand auf Einhards Schulter, froh darüber, dass ihm nichts geschehen war.

«Etwas Schreckliches ist passiert», sagte er atemlos.

«Der Gefährte von Frater Telesius hier», er deutete auf den Mönch neben sich, «ist von der Leiter gestürzt –»

«Von der Leiter?»

«Sie haben ein paar Ziegel vom Dach abgedeckt und sind mit einer Strickleiter in die Schatzkammer gestiegen», erklärte Einhard, immer noch keuchend.

«Und der Kameo?» Immas Stimme war hoch und dünn vor Verzweiflung. «Ist er zerbrochen?»

«Der Kameo liegt noch in seinem Schrein unten in der Schatzkammer. Aber der Mann ist tot. Er hat sich das Genick gebrochen. Gott sei seiner Seele gnädig. Wir haben nicht viel Zeit.»

Imma reichte Frater Telesius den Sack mit dem Geld. Er ergriff ihn, schüttelte ihn kurz, als könne er auf diese Weise den Inhalt prüfen, dann nahm er ihn an sich.

«Und der Kameo?», fragte Imma wieder. «Wie werden wir –?»

«Wir müssen ihn selbst holen.»

Frater Telesius sprach in seinem zu schnellen römischen Volkslatein auf den fränkischen Sekretär ein.

Einhard ergriff Immas Hand. Telesius schritt voran.

«Wo geht es hin?»

«In die Schatzkammer», flüsterte Einhard. «Hab keine Angst.» Telesius und er bückten sich. Sie schoben eine Bodenplatte hoch, und Einhard zwängte sich langsam durch die Öffnung.

«Komm mit, es ist eine Treppe, die bis zum Plattenboden der Kellerkammer führt.»

Telesius hatte jetzt eine Pechfackel entzündet, deren flackerndes, rußiges Licht moosige Platten zu ihren Füßen beleuchtete.

«Er wartet oben auf uns», sagte Einhard halblaut, «so lange, bis wir fertig sind.»

Imma blieb keine Zeit, Fragen zu stellen. Wie ein Schatten folgte sie Einhard, der sich vorwärtswand. Die Treppe endete am Fuß eines engen Gangs mit trockenem Lehmboden, der wieder leicht aufwärts führte. Kein Lichtstrahl drang mehr hierher.

Imma hielt Einhard an den Schultern zurück. «Ich glaube, Telesius wartet nicht mehr auf uns. Ich rieche die Fackel nicht mehr.»

«Egal, wir müssen uns beeilen.» Zielstrebig schritt er weiter, als könnte er im Dunkel sehen. Imma bemühte sich, dicht hinter ihm zu bleiben.

«Es geht nicht mehr weiter», sagte Einhard plötzlich. Er war stehengeblieben. «Über uns muss es sein. Wir befinden uns direkt unter dem Fußboden der Schatzkammer.»

«Und das bedeutet, wir müssen die Bodenplatte hochstemmen?»

Einhard hatte schon damit begonnen; Immas Hände folgten den seinen. Sie tasteten nach den vertieften Kanten in der Decke über ihrem Kopf und begannen an der Platte zu rütteln. Mit einem bröckelnden Geräusch bewegte sie sich fast unmerklich. Steinchen und Erdklümpchen rieselten in Immas Haar. Die Steinplatte war nicht so schwer, wie sie zunächst befürchtet hatten, sie ließ sich zur Seite hinaus in die Schatzkammer schieben.

«Du zuerst», bestimmte Einhard. Sie spürte seinen Mund ganz kurz auf ihrem Haar, auf ihrer Wange. Dann ergriff er ihren rechten Fuß und nahm ihn in seine beiden Hände. So klein Einhard war, er besaß eine erstaunliche Kraft. Die verschränkten Hände gaben nicht nach, als Imma ihr gesamtes Gewicht hineinsetzte und sich langsam hochzog. Im fahlen Licht des Mondes sah sie denselben Raum vor sich, den sie um die Mittagszeit mit Aelius und der Abbatissa betreten hatte. Imma schaute erst um sich, dann stützte sie sich mit den Ellbogen am Boden ab und kletterte ganz hoch. Dann streckte sie die Hände nach unten und half Einhard ebenfalls nach oben.

Beide blieben dicht beieinander stehen und versuchten, sich an die fahle Helligkeit in der Kammer zu gewöhnen.

«Jetzt müssen wir den ganzen Schrein mitnehmen», sagte Einhard.

«Nein. Der Schrein bleibt hier – so als wäre nichts geschehen.»

Mit langen Schritten ging Imma zur Nische an der Seitenwand gegenüber den Gitterfenstern. «Gib mir dein Messer. Ich weiß, wie man ein Schloss öffnet. Klosterfrauen verstehen sich auf solche Dinge.»

«Hat Lilia euch das gelehrt?» Einhard gab ihr sein Messer und eine schmale Feile.

«Lilia hat uns alles gelehrt.» Mit der Messerspitze tastete Imma das Schloss ab. Dann nahm sie die Feile zur Hand. Wenig später hatte sie den Mechanismus im Inneren des kleinen Verschlusses gelöst und auseinandergedrückt. Die Tür zum Tempel öffnete sich.

«Hast du ein sauberes Tuch bei dir, Einhard?»

«Nimm das.»

Er gab ihr sein Halstuch, und zum ersten Mal in dieser Nacht verließ Imma der Mut. Die Knie begannen ihr zu zittern nach all der Anspannung und Anstrengung.

«Es ist ein Frevel», flüsterte sie. «Wir dürfen es nicht tun.»

«Wir können nicht zurück. Wir haben ihn schon begangen.»

«Willst du den Stein nicht aus dem Kasten nehmen?»

«Tu du es, Imma.»

Ihre Hände waren eiskalt, als sie den Stein ergriff. Er war jetzt warm wie ein lebendes Wesen. Mit beiden Händen nahm sie ihn und legte ihn sanft in das verschwitzte Tuch hinein. Voll Ehrfurcht tat sie es, ohne einen bösen Gedanken. «Für Ada», flüsterte sie, «für Karolus.»

«Für die neue Roma in Aquis», sagte Einhard. «Wir müssen so schnell wie möglich verschwinden.»

Wenig später hatten sie die Bodenplatte wieder an ihren Platz zurückgeschoben und hasteten den Gang zurück, dann die Treppe hinauf. Telesius hatte sich längst aus dem Staub gemacht.

«Gut so», sagte Einhard aufatmend. «Was er tun sollte, hat er getan. Nichts wie weg.»

«Und der Tote dort drüben an der Mauer?» Imma fand, sie sollten wenigstens ein Gebet an seiner Leiche sprechen. «Wir können ihn nicht so liegenlassen.»

«Doch, das müssen wir.» Einhard ergriff Immas Hand, und sie ließ sich von ihm führen. Eine Wolkenwand deckte Mond und Sterne wieder zu. Sie hörten das Pferd im Dunkeln aufschnauben. Wenig später waren sie dort. Erfreut knabberte es an der Hand seines Herrn.

«Es ist uns gelungen», sagte Einhard und schwang sich auf den Fuchswallach. Er reichte ihr die Hand und zog sie zu sich hoch. Imma setzte sich hinter ihn und schlang die Arme um seinen Körper.

«Jetzt sind wir zu dritt – du, ich und der Kameo.» Er beugte sich vor und gab dem Pferd die Sporen.

Imma spürte keine Müdigkeit mehr, sondern äußerste Wachheit, während das Pferd durch den Nieselregen seinen Weg suchte.

Die Nacht war jetzt fahl und durchsichtig. Von ferne waren Bergspitzen zu sehen, und vor ihnen erhob sich das Palatium Karoli.

«Es ist Weihnachten», sagte Einhard und rieb sein Gesicht an ihrem. «Es wird ein wunderbarer Tag für dich werden.»

«Und du?»

«Ich brauche keinen Schlaf. Ich werde reiten, bis ich am Ziel in Aquis bin. Dort sehen wir uns wieder, wenn Gott will.»

Imperator Augustus Karolus

Nach einer verregneten, windigen Nacht strahlte ein wolkenloser blauer Himmel über der Ewigen Stadt.

An diesem Tag, dem Weihnachtstag des Jahres 800, betrat Karolus, begleitet von seinem Ältesten, dem dunkelhaarigen Karl, und unter den Segenswünschen und Jubelrufen der Bevölkerung und der anwesenden Geistlichen mit großem Gefolge die Peterskirche, die im Glanz Hunderter Wachskerzen strahlte.

Papst Leo zog mit seinen Klerikern von der anderen Seite her in die Kirche ein, um am Altar die Messe zu zelebrieren.

Nach der durchwachten Nacht war Imma müde und aufgewühlt zugleich. Keine zwei Stunden hatte sie in ihrem Bett im Palatium Karoli zugebracht, als die Äbtissin sie schon zur Messe mit dem Papst wach rüttelte.

«Du musst mitkommen. Es ist ein wichtiger Tag.»

Mit den Augen suchte Imma nun die Reihen der Franken um Karolus und den jungen Karl ab. Einhard fehlte; vermutlich wussten nur sie und Ada, dass er sich bereits auf dem Weg nach Aquis befand.

Karolus und Karl trugen, anders als sonst, eine goldbestickte weiße Tunika, die ihnen bis zu den Füßen reichte, und darüber einen römischen Mantel aus purpurfarbenem Stoff.

Der Älteste des Frankenkönigs, großgewachsen und dunkelhaarig, von dem Gerüchte wissen wollten, er sei in Wirklichkeit der Patensohn, Karlmanns Sohn mit der Langobardin, wandte sich seinem Vater zu, der ihm kurz zunickte.

Karolus und der junge Karl schritten jetzt zum Altar, beugten die Knie und streiften sich den Stirnreif ab, um ihn während der Messe auf dem Altar abzulegen, eine Geste der Demut, wie sie Gott zukam. Außerdem sollte nach der Messe Papst Leo den, anders als die jüngeren Brüder, noch nicht gesalbten Karl salben.

Ada schnäuzte sich geräuschvoll, als der Chor der weiß gekleideten Novizen mit glockenreinen Knabenstimmen das Kyrie Eleison sang.

Imma stellte sich Einhard auf seinem hochbeinigen Fuchs vor, wie er unaufhaltsam nach Norden stürmte, den Kameo unter dem Mantel verborgen. Dann fiel ihr Blick auf Hario, der sich mit seinem Stock über den Mittelgang schnell nach vorn tastete, ohne dass jemand ihn aufhielt, weil die Scaramänner und Getreuen alle ganz vertieft waren, dem Gottesdienst vor ihren Augen zu folgen. Der Spielmann hielt die zerknautschte Filzmütze in der linken Hand; die rechte umklammerte den Stock. Wieder überkamen Imma Zweifel, ob er wirklich blind war, so sicher bewegte er sich. Doch anscheinend ging es ihm nur darum, möglichst weit vorn die Messe mitzufeiern.

Als die Glocken zur Wandlung läuteten, kniete Imma nieder. Dann schritt sie neben Ada langsam nach vorn an die Marmorbrüstung, wo Papst Leo und die Diakone die Eucharistie austeilten.

Wieder an ihrem Platz, schloss sie die Augen und betete, dass Einhard mit seiner Beute sicher über die Alpen kommen möge. In den Reihen hinter ihr kam Unruhe auf, doch Imma ließ sich in ihrer Andacht nicht stören. Sie senkte den Kopf.

Laute Beifallsrufe und aufbrandender Jubel rissen sie aus ihrer Versunkenheit. Imma hob den Kopf. Irgendetwas war anders als vorher.

«Imperator! Augustus!»

Karolus, den Stirnreif wieder auf dem Kopf, stand jetzt allein vor dem lächelnden Papst Leo, und ganz langsam begriff Imma: Leo hatte den Frankenkönig zum Kaiser ausgerufen.

Der Chor begann den abschließenden Lobgesang, und langsam sammelten sich die Grafen und Herzöge hinter ihrem Herrscher. Der feierliche Auszug aus der Kirche begann. Jetzt trat auch der Spielmann vor. Erstaunlich sicher tastete er sich mit dem ausgestreckten Stock voran.

«Imperator Augustus!», rief er. Es war wie ein Hohn, jeder musste es so verstehen. Nur Karolus empfand es offenbar nicht so, er streckte die Arme nach dem Spielmann aus, zog ihn an sich und drückte ihn herzlich wie einen Verwandten. Das Gesicht des Herrschers war gerötet, seine Augen glänzten. Seine Edlen und seine Scaramänner drängten sich um ihn und riefen die lateinische Akklamation mit: «Ave Imperator, Auguste!»

Jeder wusste, was sie bedeutete.

«Er muss außer sich sein vor Freude», flüsterte Imma Ada zu. Doch die Äbtissin antwortete nicht, sie hastete bereits durch die Reihen der Männer zu ihrem Bruder. Imma erwog kurz, ihr zu folgen, blieb dann aber sitzen. Plötzlich stand der Geblendete wieder neben ihr. Er tastete über ihren Arm und lächelte sie an.

«Die Cancellaria», sagte er.

«Wie habt Ihr mich erkannt?»

«Ich habe meine eigene Art, Menschen zu finden. Ich wittere sie wie ein Jagdhund.»

«Es ist ein Freudentag in der Geschichte der Franken.»

«Ihr sprecht genau so, wie die Cancellaria zu tun hat. Aber das glaubt Ihr doch nicht, wenn Ihr allein seid?»

«Hario, bleibt bitte ernsthaft.»

«Heute werde ich Euch zum Freudenfest begleiten. Wenn ich allein gehe, werden die betrunkenen Franken mich mehrmals umrennen, und ich werde den Tag nicht überstehen. Das meine ich ernst.»

Während er ihr folgte, ließ er ihren Mantel nicht los.

«Sagt mir doch», hörte sie ihn, «wo habt Ihr das Prunkstück denn verborgen, den Kameo?»

Imma blieb so abrupt stehen, dass der Blinde fast gestolpert wäre.

«Seid Ihr wahnsinnig, Hario?»

«Schade, dass ich nicht mehr sehen kann. Aber lasst ihn mich doch wenigstens anfassen, vielleicht heilt er meine Blindheit.»

«Hario!» Es war unmöglich, dass der Blinde sie beobachtet hatte. Wie hatte er von dem Frevel der vergangenen Nacht erfahren?

«Verschwinde, Hario! Verschwinde für immer!»

«Warum schreit Ihr mich an, Schönste der Schönen? Ihr habt ihn doch.»

Imma gab ihm einen Stoß und eilte davon.

Die arabische Schriftrolle

Die Pfalz Aquis lag noch wie im Winterschlaf, schneebedeckt und halb verlassen, als Imma im Februar zurückkehrte. Nur wenige Kamine rauchten. Während der Herrscher in Rom war, wurden alle Geschäfte langsamer betrieben. Karolus war mit seinen Beratern, Klerikern, Cancellarii und großen Teilen des Heeres noch in Italien, wo vieles neu zu ordnen war. Ada, die mit Imma gereist war, verließ den Zug der fränkischen Reisenden in Trier, um im Kloster St. Irminen nach dem Rechten zu sehen.

Melek, der rote Kater des Sarazenen, räkelte sich im Fenster. Yussuf kauerte auf seinem Sitzkissen, beide Arme auf das Schreibpult gelegt, und kritzelte rasch auf das vor ihm liegende Blatt Papier. Imma war inzwischen einige Male bei ihm gewesen und hatte auch das heilige Buch der Sarazenen und andere religiöse Schriften bei ihm angesehen. Er besaß auch ein Buch mit Erzählungen über das Leben des Gesandten Allahs, aus dem er ihr die eine oder andere Stelle übersetzt hatte.

Mittlerweile konnte Imma einige Sätze auf Arabisch sprechen, schreiben und mühsam lesen. Da der Unterricht nur selten stattfand, war sie noch nicht sehr weit gekommen. Seit ihrer Rückkehr hatte sie nur noch an dem Evangeliar der alten Bertrada gearbeitet. Inzwischen wurde in der Werkstatt der Goldschmiede der Ledereinband des Prachtbandes mit Edelsteinen und dem Kameo verziert. Einhard hatte den Kameo an einem Sonntag in der Kirche dem Hofkaplan persönlich übergeben, und Imma bedauerte, dass sie nicht dabei gewesen war. Sie ging dem Sekretär des Frankenkönigs neuerdings aus dem Weg. Die Nähe, die sie in Rom zu ihm empfunden hatte, erschreckte sie jetzt. Sie waren beide wie im Fieber gewesen, als sie zusammen den Frevel begingen. Jetzt war sie stolz darauf, dass die Reliquie nach Aquis gelangt war, aber alles, was damit verbunden war, erschien ihr fragwürdig. In manchen Momenten schämte sie sich.

«Auch du verwendest Papier? Elissaios hat ebenfalls darauf geschrieben. Es kommt mir sehr dünn vor, verglichen mit unserem Pergament.»

«Das ist es auch, aber es ist viel billiger. Es wird in Mühlen hergestellt und kostet fast nichts, deshalb kann man sorglos Entwürfe darauf schreiben und wieder durchstreichen.»

Imma sah ihm erstaunt zu, wie er schnell, ohne lange zu überlegen, die Schriftbögen auf das faserige Schreibmaterial zog.

«Bücher sind deswegen bei uns im Land viel verbreiteter als im Frankenland», erklärte Yussuf. «Sie werden ebenfalls auf das Papier aus den Mühlen niedergeschrieben und überall verkauft.»

«Sie können aber nicht sehr haltbar sein. In ein paar Jahren sind sie verschimmelt und verfault.»

«Sie sind nicht so robust wie die euren, aber in unserem trockenen warmen Klima erhalten sie sich durchaus längere Zeit.»

«Was hast du da, Yussuf?»

Imma griff nach der altertümlichen Papyrusrolle, die neben dem Bogen Papier aufgespannt war, und starrte die für sie immer noch schwer zu lesende Schrift an.

«Eine Abschrift von Eusebius in arabischer Sprache.» Yussuf lächelte Imma an und schrieb weiter.

«Was für eine Abschrift?»

«Es ist eine Beschreibung des Lebens des Römerkaisers Konstantin. Die Äbtissin hat mich gebeten, alles andere hintanzusetzen und sie zuerst fertig zu übersetzen. Einhard wird den Text ins Lateinische bringen, nachdem ich ihn in fränkische Worte gefasst habe.»

«Darauf bin auch ich sehr gespannt. Wirst du mir eine Abschrift zukommen lassen? Mir genügt die fränkische Fassung.»

«Du wirst sie bald haben. Lass mir noch eine Woche, dann bin ich ganz durch damit.»

«Woher kommt die Schrift?»

«Ich habe sie in Alexandria billig erstanden und meinem Herrscher später geraten, sie dem Frankenkönig zum Geschenk zu machen.»

«Wirst du sie –»

Fragend sah Yussuf auf.

«Ich möchte sie zuerst lesen, bevor du sie Ada oder Einhard zeigst.»

«Du möchtest einen Vorsprung vor ihnen haben? Etwas wissen, was ihnen noch verborgen ist?»

«So ist es, Sarazene», sagte sie, so kühl es ihr möglich war.

Sie sahen sich an. Er kannte die Schrift bereits, jeden Satz. Er wusste schon alles. Das empfand sie in diesem Moment sehr klar. Seine Augen waren grau, grau wie Yussufs Wesen.

Sein Blick war so sachlich nüchtern, wie der Blick eines Wissenschaftlers und Dolmetschers unbedingt zu sein hatte. Ob Yussuf jemals einen Mann im Kampf erschlagen hatte? Jesus Maria, warum wollte sie das eigentlich wissen? Sie trat ans Fenster und kraulte Melek am Hals. Unter ihren Bewegungen räkelte sich der Kater und schnurrte.

«Der heilige Konstantin bedeutet Karolus sehr viel.» Der Kater schnappte jetzt leicht nach ihrer streichelnden Hand. Sie war zu ungestüm gewesen. «Wir werden einen Prachtband mit der neu gefundenen Vita für die Hofbibliothek in Aquis schreiben und ausmalen und weitere Ausgaben davon für die Pfalzen und die Klöster herstellen.»

«Lies es erst und entscheide dann gemeinsam mit Einhard und der Äbtissin.»

«Ich habe mich noch nie so auf ein Buch gefreut wie auf dieses.» Der Kater sprang auf den Boden und strich seinem Herrn um die Beine.

Yussuf stieß mit der Hand gegen sein Tintenhorn, und die sämige schwarze Flüssigkeit tropfte auf den Boden. Er hatte einen Fetzen Stoff neben sich, der für solche Zwecke bereitlag, und als er sich erhob, um den Schaden wiedergutzumachen, durchzuckte Imma der Gedanke, dass er den durchtrainierten Körper eines Kriegers hatte. Er gefiel ihr. Auch das stellte sie fast sachlich für sich fest. Er gefiel ihr, obwohl er ein Heide war.

Das Geheimnis der Schenkung

Sieben Tage lang lebte Imma im Glück der Vorfreude auf das Werk, von dem Ada und sie so lange geträumt hatten, der Vita des heiligen Konstantin aus der Hand des Eusebius.

Sie kam auf die Stunde genau nach einer Woche in die Schreibstube des Übersetzers. Wie immer wenn sie zu ihm ging, kam sie ohne Vigil, der sich mit dem Kater nicht vertrug. Glücklicherweise war Yussuf da. Sein Diener ließ sie auf ihr Klopfen ein und geleitete sie zu seinem Herrn, der auf einem Hocker über ein Schreibpult gebeugt dasaß.

Melek fauchte sie an, während Yussuf sich zur Begrüßung erhob und an einen Wandschrank trat. Ohne dass sie danach fragen musste, reichte er ihr mit einem verschwörerischen Lächeln mehrere eng beschriebene Bögen.

«Entschuldige, aber –»

«Ihr möchtet es gleich hier lesen?»

«So ist es.»

Sie ließ sich auf der kleinen Polsterbank nieder, die für Besucher gedacht war, wandte sich dem Licht vom Fenster her zu und begann leise murmelnd zu lesen. Imma hatte Yussufs seltsame Buchstaben von Anfang an bewundert, jetzt aber empfand sie ein noch stärkeres Gefühl, und es war ihr unmöglich, den Text des Eusebius losgelöst von Yussufs Handschrift zu lesen. Ohnehin hatte Imma nicht damit gerechnet, dass das, was sie las, ihr Innerstes so stark berühren würde.

Im Laufe der Jahre war sie zu einer schnellen, gierigen Leserin geworden. Sie musste nicht mehr lange auf Buchseiten starren und über Sinn und Abfolge von Sätzen und Gedanken nachdenken.

Eusebius' trocken-sachliche Darstellung der Vita Constantini wirkte auf Imma wie starker griechischer Wein. Immer wieder hielt sie murmelnd inne und blickte zu Yussuf hinüber, der regungslos dasaß. Als sie geendet hatte, wurde ihr klar, dass sie den Text Einhard zeigen musste, noch bevor Ada oder Karolus ihn sahen.

«Gefällt es Euch?»

Imma starrte Yussuf an. Nichts war mehr, wie es gewesen war, bevor sie die Schreibkammer betreten hatte.

«Es ist wie Gift.»

«Die Wahrheit ist immer wie Gift oder wie Medizin, je nachdem.»

«Mach keine Scherze über etwas, das für uns Christen heilig ist.»

«Es gibt nur *eine* Wahrheit. Sie ist unteilbar, so wie es nur *einen* Gott im Himmel über uns gibt. Auch er ist unteilbar.»

«Er ist dreifaltig, wie Ihr inzwischen wissen solltet.»

Er lächelte sie an. Und sie lächelte zurück. Dreifaltig, unteilbar, einig und einzig. Es gab nur noch sie und Yussuf. Die Schrift fiel ihr zu Boden. Imma beugte sich über Yussuf. Ihre Lippen berührten sein Gesicht, seine geschlossenen Augen.

«Dreifaltig», flüsterte sie.

«Nur er, der Eine, der Einzige, unteilbar.» Sie küssten sich, so wie Ada und der Jäger damals vor Jahren. Imma stellte sich vor, sie sei Ada und Yussuf der Jäger und die Schrift des Eusebius zwischen ihnen auf dem Boden das erlegte Wild.

Ganz langsam kam sie wieder zu sich.

«Die Schenkung», flüsterte sie. «Warum erwähnt Eusebius nichts von der Schenkung?»

«Von welcher Schenkung sprichst du?»

«Von Italien, das Konstantin dem Papst überlassen hat, nach seiner wunderbaren Heilung vom Aussatz durch Papst Silvester.»

«Imma, diese Schenkung hat es nie gegeben.»

«Yussuf», ihre Stimme zitterte, «das kann nicht sein. Es gibt eine Urkunde darüber, auf der die Einzelheiten verzeichnet sind.»

«Imma, diese Urkunde –»

«Ich habe Abschriften davon gesehen.»

«Ich weiß, es gibt viele Abschriften dieses Dokuments. Ich habe sie überprüft, die ursprüngliche Urkunde.»

«Das ist gut.»

«Sie ist eine Fälschung frommer Mönche mit Wissen des Papstes. Ich habe mit einem Mönch aus dem Kloster Sankt Dionysios gesprochen – und nicht nur das. Wenn du die Urkunde, ihren Text, sorgfältig prüfst und mit echten Urkunden aus der Zeit Kaiser Konstantins vergleichst, kommst du zu dem Schluss, dass sie erst viel später angefertigt wurde.»

«Später angefertigt? Aber warum? Ist dir überhaupt klar, was du da sagst?»

«Ist das so schwer zu erraten?»

«Warum, Yussuf?

«Um den König der Franken zu täuschen.»

«Mönche aus einem Kloster haben die Frankenkönige getäuscht? Und der Papst hätte davon gewusst?»

«Was erstaunt dich daran? Bist du überrascht? Du hast doch genug Einblick in die Politik der Frankenkönige. In der Politik geht es nicht zu wie im Nonnenkloster.»

Was wusste er schon davon, wie es in einem Nonnenkloster zuging; auch Nonnen waren Frauen. Aber der Papst war der Stellvertreter Gottes auf Erden, der Nachfolger des heiligen Petrus. Er war anders als ein weltlicher König. In Imma überstürzten sich die Gedanken, und sie empfand Wut auf den Sarazenen, der Dinge erforschte, die nur Christen etwas angingen.

«Yussuf, es kann nicht sein. Einer solchen Lüge wären sie nicht fähig. Einer Lüge mit solchen Folgen. Bedenke, blutige Kriege wurden geführt im Namen dieser Urkunde», hörte Imma sich sagen. Sie hatte das Gefühl, als wenn der Boden unter ihr wankte. «Tapfere Krieger, Franken, haben ihr Leben gelassen, als der Papst sie rief.»

«Trotzdem ist die sogenannte Urkunde nichts als eine Fälschung. Bedenke, um wie viel es für den Papst dabei ging. Ganz Italien sollte sein Eigen sein.»

«Nein», sagte Imma. «Nein. Nein.» Und noch während sie das sagte, verstand sie, dass Yussuf ihr die Wahrheit enthüllt hatte.

Imma schnäuzte sich in den Zipfel ihres Ärmels.

«Warum tut es so weh, zu wissen?»

«Wissen ist kein Honiggebäck», sagte Yussuf gleichmütig. «Wissen kann zerstören. Es kann töten wie eine Waffe.»

«Nichts ist mehr, wie es war.»

«Doch, Imma. Alles ist so, wie es war, auch jetzt, nachdem du weißt. Es war immer so. Diese Handschrift des Eusebius existiert in zwei oder drei Abschriften. Ähnlich wie Suetonius und Einhard hat er darin zusammengetragen, was er erfahren konnte.»

«Karolus wird es nicht aushalten. Er wird zusammenbrechen. Er wird toben. Es wird ein Unglück geben. Er wird –» Immas Finger verkrampften sich.

«Imma, spiel nicht das kleine Mädchen. Du bist eine erwachsene Frau. Gar nichts wird geschehen.»

Immas Inneres war in Aufruhr. «Es ist nicht irgendeine Fälschung, die ein paar Grenzsteine oder einen Acker betrifft. Es ist die größte Lüge seit Beginn der Zeitrechnung. Wenn das, was du sagst, zutrifft, dann sind die Päpste nichts als elende Lügner, dann trifft jeden von ihnen ewige Verdammnis für solche Habgier.»

Yussuf schwieg, ein Lächeln umspielte seine Lippen. Dann beugte er sich zu ihr.

«Schlaf erst einmal darüber. Sprich zu niemandem, jetzt bist du viel zu aufgewühlt.»

«So ist es», sagte sie weinend. «Alles, was man mich – und nicht nur mich – zu glauben gelehrt hat, beruht auf Lüge und Betrug.»

«Nicht alles», sagte er sanft.

«Der Papst ist der besondere Schutzherr der karolingischen Könige, schon seit König Pippin. Karolus hat die damals geschworenen Eide und Versprechungen immer wieder bekräftigt und bestätigt. Es gibt viele Urkunden und zahlreiche Briefe dazu.»

«Ich wollte nicht, dass du so unglücklich bist.» Yussuf zog sie an sich und küsste sie.

«Nicht du hast mich unglücklich gemacht», murmelte sie.

«Imma», sagte er, «es gibt doch noch viel mehr Lügen und Betrügereien als die Habgier der Päpste. Sieh um dich, betrachte die hohen geistlichen Würdenträger, die du kennengelernt hast, betrachte das Leben des Königs Karolus. Was hat das alles mit dem Evangelium zu tun? Die Mächtigen leben nicht nach den Regeln der heiligen Bücher.»

«Bitte sei still. Für heute muss ich genug bedenken.»

«Oder ist Karolus immer barmherzig?»

«So wenig wie dein Kalif in Bagdad.» Sie machte sich von ihm los.

«Wohin willst du, Imma?»

«Zuerst nach Trier ins Kloster. Erst muss Ada davon erfahren.» Ada würde einen Rat wissen. Ada würde alles in die Hand nehmen, sie würde Karolus informieren, und beide zusammen würden sich an Papst Leo wenden – Immas Gedanken überstürzten sich. «Und danach will ich so schnell wie möglich zu Einhard. Ich muss alles mit ihm besprechen.»

«Zu Einhard? Du glaubst, er hilft dir weiter?»

«Er ist sehr klug.»

Imma ging, ohne sich nach Yussuf umzusehen.

Imma als Abbatissa

Drei Tage später hatte Imma auf dem Wagen eines Fuhrmanns Trier an der Mosel, die Stadt des heiligen Konstantin, erreicht. Nur Vigil begleitete sie. Imma stolperte fast, als sie über die Schwelle des Klosters trat, die Übersetzung unter dem Arm.

Ursula kam ihr entgegengeeilt. Trotz ihres vorgerückten Alters hatte sie immer noch etwas von einem wandelnden Schrank, groß und kräftig, wie sie war. Ihre Wangen waren gerötet, und die Haare unter dem Schleier waren nicht richtig befestigt, einzelne Strähnen hatten sich gelöst, was ihr etwas Jugendliches gab. «Imma, du kommst im richtigen Moment. Seit Tagen freuen wir uns schon für dich und beten. Komm schnell ins Zimmer der Äbtissin. Sie wird dir etwas Wichtiges mitteilen. Imma, wenn du wüsstest –»

Imma blieb einen Moment lang stehen und dachte nach. Was konnte es sein? Unmöglich, dass Ada von ihr und Yussuf erfahren hatte. Zum ersten Mal überlegte Imma, was Ada dazu sagen würde. Zwar war die Abbatissa nicht kleinlich, andererseits konnte sie nur entrüstet darüber sein, dass ihre Sekretärin einen Sarazenen liebte. Imma kannte kein anderes Beispiel einer Fränkin, die sich mit einem Heiden aus dem Morgenland eingelassen hatte. Doch, es gab einen Fall, ganz plötzlich fiel es ihr wieder ein, den der weisen alten Yolanda. Imma erinnerte sich dunkel daran, dass Yolanda in ihrer Jugend einen Sarazenen geliebt hatte.

«Es ist etwas Gutes, geh schon», drängte Ursula.

Beklommen trat Imma in Adas Zimmer. Die Äbtissin saß hinter ihrem Schreibtisch, das goldene Reliquiar mit den Zimmermannsnägeln des heiligen Josef in den Händen drehend.

«Imma, ich habe freudige Nachrichten für dich.» Sie strahlte Imma offen und freundlich an und bedeutete ihr, sich zu setzen.

Imma nahm Platz, legte die Übersetzung auf ihren Schoß und faltete ihre Hände darüber.

«Karolus hat dich zur Abbatissa des Klosters der heiligen Priscilla ernannt.»

Imma nickte mechanisch. Sie kannte das Leben der heiligen Märtyrerin Priscilla, die als junge Frau in Rom für ihren Glauben das Leben gelassen hatte. Sie – Abbatissa. Es war ungeheuerlich. Und ebenso ungeheuerlich war, dass sie nichts empfand. Weder Schrecken noch Freude. Da war nichts. Stumm sah sie zu Ada hin.

«Es ist nicht weit von Attigny. Kein großes und kein allzu reiches Kloster. Zwei Mühlen gehören dazu und ein paar Bauernhöfe. Vor allem ein größerer Wald, in dem Schweine weiden. – Aber du sagst ja gar nichts, Imma.»

«Ich bin sehr erfreut», sagte Imma förmlich. Nein, sie war nicht erfreut. Sie war bestürzt und fassungslos. Warum war ausgerechnet sie, eine Unwürdige, zur Äbtissin ernannt worden? Schließlich gab es da ja Immed, den sie geboren hatte, von einem Vater, dessen Namen sie nie verraten hatte. Beim Gedanken an ihren Sohn schossen ihr die Tränen in die Augen. Ada bemerkte es nicht. Wie konnte sie, die Sünderin, überhaupt den Nonnen im Kloster ein Vorbild sein? Ada schließlich hatte kein Kind. Wenn sie von Keuschheit sprach und die Nonnen zur Standhaftigkeit gegenüber den Anfechtungen des Körpers ermahnte, hatte es eine gewisse Glaubwürdigkeit.

«Die Nonnen dort leben nach der Regel des heiligen Benedikt. Sie haben nicht allzu viele Bücher in ihrem Besitz. Der Kaiser hat angeordnet, dass du einige wichtige Vorlagen mitnimmst und zwei oder drei von den Schreibnonnen unseres Klosters. Er stellt sich vor, dass du dort ein weiteres Skriptorium einrichtest. Darin besteht deine hauptsächliche Aufgabe, soviel ich verstanden habe. Du weißt, es werden in Zukunft viele Bücher gebraucht. Bücher mit einheitlichen Texten und kostbaren Abbildungen.»

Imma rang nach Worten.

«Habt Ihr – habt Ihr Immed ganz vergessen? Ich kann

mich nicht gut zum Vorbild für andere Nonnen erheben. Ich bin ein schlechtes Beispiel.»

Ada sah sie nachdenklich an. «Viele Frauen gehen erst nach dem Tod ihres Mannes in ein Kloster. Sie können Äbtissin werden. Vielleicht ist es sogar gut, zu wissen, wie es ist, eine Frau zu sein, und das Leben zu kennen.» Ada lehnte sich zurück und lächelte. «Wann möchtest du abreisen?», fragte sie dann.

«Ich weiß nicht. Ich muss mich erst daran gewöhnen. Ich habe nicht erwartet, Äbtissin zu werden.»

«Ich verstehe dich ja, Imma.» Ada verzog das Gesicht. «Nichts ist besser, nichts ist süßer, als den göttlichen Schatz in der Stille zu durchforschen. Abbatissa sein dagegen bedeutet predigen, tadeln, strafen, erbauliche Reden halten, sich um jede Einzelne bekümmern. Es ist eine Last und eine Plage! Glaub mir, ich verstehe, dass du dich dieser Aufgabe entziehen willst.»

Imma setzte sich auf die Kante des Stuhls und rutschte unruhig hin und her. Wie sollte sie jetzt auf das Werk des Eusebius kommen, das immer noch auf ihrem Schoß lag? Sollte sie es auf dem Schreibtisch niederlegen und ohne weitere Erklärungen den Raum verlassen? Ada würde es später bemerken, zweifellos würde sie es sofort lesen.

«Du siehst abgekämpft und erschöpft aus, Imma. Wahrscheinlich arbeitest du zu viel im Skriptorium in Aquis. Und dann die lange Reise. Leg dich schlafen und lass dir vorher etwas zu essen geben.» Ada lächelte. «Ich komme mit ins Refektorium. Dann können wir uns noch etwas unterhalten. Erzähl mir von Aquis. Wie geht es Rotrud?»

«Ich werde mich gleich schlafen legen. Morgen sprechen wir dann über alles. Auch über das, weswegen ich gekommen bin.»

«Und natürlich über das Kloster der heiligen Priscilla,

dein Kloster. Ich habe so manchen guten Rat für dich. Oder soll ich alles für dich aufschreiben?»

Selten hatte Imma die Äbtissin so gut gelaunt erlebt.

Imma erhielt eines der Gästezimmer über der Eingangshalle des Klosters. In der Nacht tat sie kein Auge zu. Immer wieder spielte sie die Möglichkeiten durch, die es für sie gab. Sie als Laienäbtin in dem kleinen Kloster bei Attigny, wo sie ein neues Skriptorium aufbauen sollte. Vielleicht könnte sie Leontina und Rabia dorthin mitnehmen? Aber erst musste sie Ada die Übersetzung der Eusebiusschrift zeigen. Musste sie es wirklich? Imma brach der Schweiß aus. Diese Schrift würde alles verändern. Vielleicht brach ein neuer Krieg aus. Vielleicht ließ Karolus den Papst absetzen. Etwas musste der Kaiser ja tun, wenn er von dem ungeheuerlichen Betrug der Päpste an den Frankenkönigen erfuhr. Dann wieder dachte sie an Gerswinds und Karolus' früh gestorbene Kinder und an den gestohlenen Kameo mit dem Bild des heiligen Konstantin, des Römerkaisers, der seinen ältesten Sohn und seine junge Frau hatte töten lassen. Der Sardonyx brachte den Herrschern, die ihn besaßen, Unglück. Davon hatte der Schatzmeister, der vogelnasige Aelius, in Rom gesprochen, doch sie und Einhard hatten ihm nicht geglaubt. Im Halbschlaf tastete sie nach der Übersetzung des Eusebius. Sie lag auf dem Stuhl neben dem Bett. Imma fühlte sich schuldig und zugleich verantwortlich für das Schicksal des Frankenreichs. Blut, Tränen, Kriege. Immed, unschuldig wie ein Bullkalb, Lilias Ziehsohn, musste in den Krieg gegen den Papst ziehen, weil sie, Imma, die Handschrift mit der Übersetzung auf den Schreibtisch der Abbatissa gelegt hatte. Es fröstelte sie plötzlich. Erst im Morgengrauen fand sie den ersehnten Schlaf.

Nach der Morgenmesse zog sie sich einen Schleier vor das Gesicht und nahm ihr Frühstück am Tisch in der Eingangshalle ein, wo außer ihr nur ein paar Kranke und Bettler ihr Brot in die Suppenschüssel tunkten. Imma hatte nicht vor, Gespräche zu führen oder Fragen zu beantworten. Langsam schlürfte sie die heiße Morgensuppe aus einer kleinen Schüssel und fasste einen Entschluss. Wenn es ihr auch nicht zukam, ihr, dem Kind der armen Tagelöhner, das es mit Gottes Hilfe bis zur Cancellaria der Äbtissin gebracht hatte, eigene Entscheidungen von solcher Tragweite zu fällen, sie musste handeln. Die Kenntnis der Schrift des Eusebius würde zwangsläufig Unfrieden und wahrscheinlich Krieg auslösen. Nein, Imma wollte nicht für Blut und Tote verantwortlich sein. Also musste die Übersetzung verschwinden. Weder Einhard noch Ada und schon gar nicht Karolus durften sie jemals lesen.

«Du hast Sorgen, Imma, ich sehe es dir an.» Schwester Beata, die den Dienst in der Eingangshalle versah, war am Tisch stehengeblieben. «Sag mir, was dich bekümmert.»

«Das kann ich nicht», fuhr Imma auf.

«Soll ich Euch die Füße waschen?», fragte ein junges hübsches Mädchen mit dunkelblondem Lockenhaar und gelblich braunen Augen und stellte die Schüssel neben Imma ab. Imma brauchte eine Weile, bis sie Denisia, Lilias Tochter, erkannt hatte. Tatsächlich, sie hatte Marsos Raubvogelaugen.

«Wirst du Nonne werden?», fragte Imma.

«Das muss ich wohl», antwortete Denisia. «Nur als Nonne kann ich das Malen und Zeichnen lernen. Jedenfalls hat die Äbtissin es so gesagt.»

«Und warum willst du das?»

«Es gibt nichts Schöneres», sagte Denisia, «das müsst Ihr doch am besten wissen. Ohne Farben ist die Welt nur grau.»

Sie begann Immas Füße zu waschen und mit Öl einzureiben. Als sie fertig war, sah sie zu ihr auf, als erwarte sie ein Lob.

Imma sah nachdenklich auf Denisia mit ihren fast bernsteinfarbenen Augen und den dunkelblonden Locken hinunter und überlegte, was sie der Tochter von Lilia und Marso sagen sollte, doch Denisia kam ihr zuvor.

«Nehmt mich mit in Euer Kloster», sagte sie leise. «Dort wird ein neues Skriptorium entstehen – irgendetwas gibt es dort vielleicht auch für mich zu tun.»

«Ada wird es bestimmt erlauben», versicherte Beata.

«Ich werde es mir überlegen», versprach Imma. Nein, noch war sie sich nicht einmal sicher, ob sie überhaupt jemals zu ihrem Kloster reisen würde.

Denisia und Beata wischten den Tisch ab. Beata hielt einen Moment inne und goss Medizin aus einer Phiole in einen kleinen Becher.

«Was trinkst du da?», fragte Imma misstrauisch.

Mit verzücktem Blick schlürfte die Küchenmeisterin eine dickflüssige, schmutzig graue Flüssigkeit.

«Gegen den Husten, der nicht weichen will. Möchtest du auch einen Schluck davon haben?»

«Erst wenn ich weiß, was es ist. Ein Kräutertrank?»

«Trink erst. Nur dir gebe ich davon.» Beata reichte Imma den winzigen Becher.

Imma hielt die Nase darüber. Der fade Geruch verriet nicht, um welche Kräuter es sich handelte.

«Es ist ein Stückchen Pergament mit der Schrift des verstorbenen Bischofs», flüsterte Beata. «Ich habe es gekocht; der Absud davon heilt alle Krankheiten.»

«Weomad? Er war kein Heiliger.»

«O doch. Schon zu seinen Lebzeiten hat er Kranke geheilt

und Wunder gewirkt. An seinem Grab – Imma, du warst so lange nicht in Trier, wie willst du wissen, was an seinem Grab geschehen ist?»

«Der Bischof war ein Mensch wie du und ich.»

«Alle sagen, er ist heilig. Aus den Dörfern, von weit her kommen Menschen zu seinem Grab. Du weißt selbst, wie gut er war.»

Imma schwieg. Ja, er war gütig gewesen, zu gütig wahrscheinlich. Er hatte der Äbtissin ihre Sünden verziehen. An den Sonn- und Feiertagen hatte er mitreißend gepredigt. Er hatte für Spitäler, Schulen und Gefängnisse in Trier und Umgebung gesorgt und die unzähligen Bettler versorgt. Um die Waisen hatte er sich gekümmert als ihr Vormund, namentlich um die vermögenden, die er vor der Habgier ihrer Verwandten schützen musste. Hochwasserbauten hatte er ausführen und Wasserleitungen herrichten lassen. Er war der oberste Richter, zuständig für die Rechtsprechung, für die ihm unterstehenden Kleriker und alle Prozesse, in die diese verwickelt waren. Aber ungefähr das waren die Obliegenheiten aller Bischöfe im Frankenreich und anderswo.

Er war mutig genug gewesen, ab und an dem König und Ada zu widersprechen. Aber war er deshalb schon heilig?

«Trink nur. Ich habe nicht mehr viel davon.»

«Nein», sagte Imma. «Weomad war ein Mensch, und das, was er geschrieben hat, ist keine Reliquie.»

«So heilig wie der heilige Nicetius», widersprach Beata.

«Nicetius hat sich mit den Merowingerkönigen angelegt und wurde von ihnen verfolgt und verbannt. Er hat für Christus gelitten. Das musste Weomad nicht. Nicht jeder Bischof ist nur deshalb heilig, weil er Bischof ist.» Was für ein leichtgläubiges einfaches Gemüt Beata hatte. Was unterschied sie eigentlich von Gerswind und ihrem heidnischen Aberglauben? «Christus ist es, der dir hilft, nicht dieses Wässerchen. Bete zu Gott und bitte die Engel und die Jungfrau Maria um ihren Beistand.»

«Ja», sagte Ada. «Die Handschrift für die selige Bertrada ist fertig. Der Kameo des heiligen Konstantin verziert den Einband. «Es war nicht leicht, aber unser Werk ist jetzt abgeschlossen. Karolus und ich, wir sind dankbar.»

«Der Kameo ist Diebesbeute», sagte Imma. «Ich bin nicht glücklich darüber.» Imma dachte an die regnerisch feuchte Nacht, als sie mit Einhard unter der Zypresse gestanden hatte, sie dachte an den toten Mönch und daran, wie sie durch dunkle Gänge in die Schatzkammer vorgedrungen waren und den kostbaren Stein gestohlen hatten. Ein Mensch hatte schon sterben müssen für den Kameo. Lag wirklich ein Fluch auf ihm? Mit Beschämung dachte Imma zurück. Der alte Schatzmeister hatte Papst Leo schon bald vom Verschwinden des kostbaren Steins berichtet. Doch der Papst, beschäftigt mit wichtigen Verhandlungen, den neu ausgerufenen Kaiser betreffend, hatte nur abgewinkt. Der Stein war gestohlen worden, und womöglich hatten Franken die Hand im Spiel gehabt. Aber wer hätte das in der festlichen Stimmung und der allgemeinen Dankbarkeit Karolus gegenüber verfolgen wollen? Der Dankbarkeit Karolus und den Franken gegenüber, die Papst Leo gerade erst von seinen Verfehlungen freigesprochen hatten. Sollte Aelius doch jammern, fanden Papst Leo und seine Kämmerer. Der alte Mann hatte Ada und Imma beim Abschied böse Blicke zugeworfen. Aber nach Lage der Dinge bestand keine Möglichkeit, den Kameo zurückzugewinnen.

«Es war die einzige Gelegenheit, dieses einmalige Stück für unser Werk zu bekommen. Mach dir keine unnötigen Gedanken. Ich habe es vor Gott zu verantworten, und Laurentia wird sich ein paar Nächte zusätzlich deswegen geißeln. Damit ist es abgegolten.»

Ein lastendes Schweigen breitete sich zwischen ihnen aus. Imma spürte deutlich, dass sie etwas sagen musste, sie räusperte sich.

«Die kleine Denisia», begann Ada, und ihre Kiefer mahlten. «Du wirst sie in dein Kloster mitnehmen. Sie kann dir behilflich sein. Sie hat geschickte Hände und liest und schreibt sehr gut.»

«Ich will sie nicht haben», wehrte Imma ab. Musste Ada schon wieder ihre Zukunft planen?

«Ich befehle es dir, ich, die Abbatissa.»

«Es ist nicht gut für sie. Lasst sie in ihrer gewohnten Umgebung. In Aquis kennt sie keinen Menschen.»

«Du wirst dich um sie kümmern. Sie soll sich schon einmal in Aquis umsehen und im Skriptorium dort nützlich machen.»

«Ihr habt sie sehr gern, Abatissa?»

«Genug der Worte – ich will, dass sie mit dir ins Kloster der heiligen Priscilla geht. Das ist alles.» Ada schob grimmig den Unterkiefer vor.

Es war eine Falle, so viel begriff Imma. Zweifellos hatte Ada Denisia beauftragt, ihr Bericht zu erstatten über das, was Imma plante.

«Sie soll hierbleiben, bis ich Euch eine Botschaft schicke», entschied sie. «Zuerst muss ich mich in Aquis bei Karolus bedanken und mich von ihm verabschieden.»

«In einer Woche komme ich auch nach Aquis – du weißt, warum.»

Der Plan

Es war ein sonniger, warmer Tag, als Imma zur Mittagszeit wieder in Aquis eintraf. Sie suchte ihr Palisadenhaus auf und begann die beiden Holztruhen mit ihren Habseligkeiten zu füllen. Als sie die eisernen Beschläge einrasten ließ, wusste sie, dass sie nicht in das Kloster der heiligen Priscilla wollte. Vigil drehte sich im Kreis und biss nach Flöhen auf seinen Hinterflanken.

«Einhard hat nach dir gefragt», teilte Rabia gegen Abend mit, während sie sich die Schuhe auszog, um vor dem Kaminfeuer ihren Milchbrei zu löffeln. «Übrigens ist die Handschrift jetzt eingebunden. Ich habe sie in den Schrank im Skriptorium eingeschlossen.»

«Ich werde morgen mit Einhard reden. Heute bin ich zu müde.» Er würde sie nach der Übersetzung des Eusebius fragen, und sie musste ihm eine überzeugende Antwort geben, warum sie sie ihm nicht zeigte. Vielleicht hatte Yussuf auch eine Kopie erstellt und sie dem Sekretär längst zukommen lassen.

«Er war jeden Tag im Skriptorium und hat gefragt, ob du schon zurückgekommen bist.»

Vigil nahm seinen Platz auf der Schwelle vor der Werk- und Wohnstatt des Sarazenen ein, und Imma riss hastig die Tür auf. Erstaunt und erfreut erhob Yussuf sich von seinem Sitzpolster vor dem Schreibpult.

«Was sagt die Abbatissa zur Schrift des Eusebius?»

«Ich habe sie ihr nicht gezeigt.»

Yussuf lächelte. «Diesen Rat habe ich dir nicht zu geben gewagt. Ja, vielleicht ist es besser so.»

«Niemand muss sie sehen. Weder Einhard noch Ada,

noch der Kaiser.» Imma schwieg und nahm Platz auf der für fränkische Besucher gedachten Polsterbank an der Wand.

«Der Kaiser hat mir ein eigenes Kloster überantwortet», begann Imma. «Eine Ehre, die niemand ablehnen kann. Ich kann es selbst kaum glauben, aber ich bin jetzt Äbtissin.» Sie verzichtete darauf, ihm den Unterschied zwischen einer geweihten Äbtissin und einer Laienäbtissin zu erklären, möglicherweise kannte er ihn auch. «Ich werde in den nächsten Tagen aufbrechen.»

Er schwieg und sah sie undurchdringlich an.

«Es ist das Kloster der heiligen Priscilla, ganz in der Nähe des königlichen Hofguts Attigny.»

«Das ist gut», begann Yussuf nach einer Weile, obwohl er eher erschrocken schien. «Es ist die Gelegenheit, ein neues Leben anzufangen, ein neues Leben in einer anderen Gegend.»

«Was willst du damit sagen?»

Yussuf lächelte gequält und drehte an seinem Ring, dem Ring mit dem Bildnis des Kaisers. «Du musst den Nonnen und jungen Novizinnen ein Vorbild sein. Du wirst dich an sie gewöhnen, und bald wirst du nicht mehr hierher nach Aquis kommen, weil du tausend Dinge im Kloster zu besorgen hast. Es wird dir dort gefallen.»

Imma sah auf den Boden, den ein fremdländischer Teppich bedeckte.

«Überleg dir genau, was du tust», sagte er leise.

Das Öllämpchen auf dem niedrigen Tisch in der Mitte des Raums flackerte ein letztes Mal auf und erlosch. Es wurde dunkel im Raum. Draußen in der Dämmerung flatterten Fledermäuse durch den Himmel.

«Du musst dir morgen früh die Handschrift ansehen», sagte Yussuf. «Sie liegt noch im Skriptorium. Der Einband ist jetzt fertig, der Kameo hat eine kostbare Goldumrandung erhalten mit den schönsten Edelsteinen der Schatzkammer. Du wirst sicher noch an der Messe teilnehmen, wenn die Handschrift zum ersten Mal in der Kirche verwendet wird. Karolus wird mit der ganzen Familie dabei sein, und auch die Abbatissa kommt aus Trier, habe ich gehört.»

«Ich will fort von hier», sagte Imma. Der gestohlene Kameo hatte nun also seinen Platz gefunden. Auch jetzt fühlte sie sich unbehaglich, wenn sie an den Frevel dachte, den sie und Einhard begangen hatten.

«Man wird dir die Abreise erst nach der Messe mit der neuen Handschrift gestatten.» Yussuf lächelte. «Dieses Evangeliar hast du fast allein geschrieben und ausgemalt.»

«Einhard und ich haben den Kameo gestohlen. Insofern hat auch Einhard etwas beigetragen. Yussuf, sag mir, wie soll ich bei diesem Gottesdienst dabei sein? Der Kameo ist gestohlen, die Päpste haben die Frankenkönige mit einer gefälschten Urkunde betrogen, und ich –», Imma suchte nach Worten, «ich bin die Einzige, die von alldem weiß.» Sie suchte in seinem Gesicht nach einer Antwort, aber er schaute sie nur regungslos an.

Sie war schuldig, sie war verantwortlich, sie musste das Richtige tun, von ihr allein hing alles ab. Und das alles, weil Ada sie vor langer Zeit von den Stufen vor der Kirche der heiligen Irmine aufgehoben hatte.

«Sei vorsichtig», antwortete Yussuf, «tu nichts Unüberlegtes. Bring dich nicht in Gefahr.»

«Keine Angst, Yussuf. Ich werde nicht mit dir zusammen Aquis verlassen.»

Sie sprachen jetzt leiser, und schließlich tuschelten sie nur noch.

Als der Morgen dämmerte, sah Imma ihren Weg deutlich vor sich. «Ja, ich werde mich von allen verabschieden und so tun, als reiste ich zu meiner Abtei.» Sie dachte noch, dass sie den Kameo mitnehmen musste, und wenn es ihr Leben kostete. Sie musste es tun, für Karolus und seine Kinder. Sie wollte das Unheil von ihnen abwenden. Nur sie konnte es.

«Es fällt mir nicht leicht.»

«Ich weiß», sagte Yussuf.

«Wie lange wirst du brauchen, bis du in Venezia bist?», fragte sie ihn. So viel war ihr klar. Sie würde unabhängig von ihm reisen, ohne seine Hilfe. Sie wollte ihn nicht in Gefahr bringen.

«Schwer zu sagen. Morgen wird man mich verabschieden.»

«Gut, mach dir keine Gedanken meinetwegen. Wer auch immer dich befragt, du weißt nicht, welche Route ich nehme und mit welchem Schiff ich segeln werde.»

«Es beunruhigt mich. Jede Reise ist gefährlich, und deine Reise ist gefährlicher als die eines Gesandten», gab Yussuf zu bedenken.

«Ich nehme es nicht für dich auf mich. Es ist für mich. Ich kann nicht anders», sagte Imma.

«Du tust es auch für mich. Möge Allah dich schützen und dahin führen, wo ich bin.»

Die Übersetzung, sagte Yussuf, wollte er Einhard durchaus noch vor seiner Abreise aushändigen, aber nur den ersten Teil der Vita des Eusebius. Daraus ließen sich keine Rückschlüsse auf die nie geschehene Schenkung des Kaisers Konstantin ziehen.

Es war nicht allein wegen Yussuf, und es war auch nicht nur wegen des Kameo. Es war auch das, was die Kaufleute und Händler in ferne Länder trieb, das, was die Jäger jeden

Herbst auf die Spur von Hirschen und Ebern zog. Imma betete so inbrünstig wie noch nie in ihrem Leben. Sie flehte zu Allah, dem Einen, dem Einzigen, er möge Yussuf beschützen und ihn wohlbehalten an den Hof nach Bagdad zurückkehren lassen. Und sie bat ihn auch darum, Ada, Karolus und Rotrud nur Gutes widerfahren zu lassen. Zum Schluss bat sie ihn, er möge ihre Flucht gelingen lassen und ihr den Diebstahl des Kameo nicht verübeln. An die Zukunft versuchte sie jetzt nicht zu denken. All das, was sein würde, wenn ihr Plan gelang, sofern Gott ihn unterstützte, war schwindelerregend. Eine Zukunft mit Yussuf in dem Land, von dem sie inzwischen so viel wusste und dessen Sprache und Schrift sie inzwischen kannte, würde ein neues Leben sein. Der Weg dahin bestand aus Tausenden von Einzelschritten und gefährlichen Seefahrten. Es gab kein Zurück mehr. Kein Kloster, in dem sie sich ausruhen konnte. Da war nur ein langer Weg mit tausend Ungewissheiten. Gott würde ihr helfen und sie leiten. Freudige Erwartung und große Vorfreude auf das, was vor ihr lag, erfüllte Imma. Der Mensch, der ihr behilflich sein würde, befand sich in Trier. Dort, im Hafen, musste sie ihn zuerst finden.

Das Haus des Schiffers Beowulf war eine schilfgedeckte Hütte auf dem Damm über dem Ufer. Imma und Rabia hatten es schnell gefunden.

Der, den sie suche, sei nicht da, sagte ihr das halbwüchsige Mädchen durch das Heulen des Sturms. Niemand sei zu Hause, nur sie. Zwei riesige Wolfshunde bellten die späten Besucherinnen und deren Hund wütend an. Beowulfs Tochter war von gedrungener Gestalt, sie hatte leicht rötliches Haar und große blaue Augen. Für ein Mädchen waren ihre Hände außergewöhnlich groß und kräftig. «Kommt herein», bat sie und schob sie auch schon in den vorderen der zwei

Räume des einfachen Hauses. Im Kamin brannte ein Feuer. Die Gäste nahmen auf der Bank vor dem Tisch Platz. «Und wo ist dein Vater?», wollte Imma wissen.

«Er wird bei seinem Schiff sein.»

«Bei diesem Wetter?»

«Bei schlechtem Wetter immer. Er hat Angst, dass das Schiff sich losreißt.»

«Wann wird er wieder auf Fahrt gehen?»

«Am Morgen.»

«Und du, wer bist du?»

«Ich bin Begga, seine Tochter.»

«Und deine Mutter?»

«Sie ist vor einigen Jahren gestorben. Meistens lebe ich hier ganz allein, nur ich und die Hunde, und warte, dass einer meiner Brüder oder mein Vater zurückkommt.»

Begga stellte einen Tonkrug mit Wasserwein auf den Tisch und nickte ihnen freundlich zu. Dann drehte sie ihnen den Rücken zu, während sie Schüsseln und Teller in ein Wandregal zurückstellte. Der Raum war verräuchert vom Kaminfeuer. Durch den starken Wind draußen konnte der Rauch nur schlecht abziehen und machte sich im Haus breit. Imma hustete.

«Wer seid ihr?», fragte sie, ohne die Gäste anzusehen.

«Ich möchte es nicht sagen.»

«Müsst ihr fliehen?»

«Vielleicht.»

«Hör zu.» Jetzt hatte Begga sich umgedreht und sah Imma aus großen blauen Augen vorwurfsvoll an. «Das ist nicht wahr. Wenn es so wäre, hättest du das nächste Schiff genommen und würdest nicht auf meinen Vater warten. Sag mir, was du von ihm willst.»

«Ich bin seine Schwester», sagte Imma leise.

Weggefährten

Ein Gewitter zog von Osten über die Berge an den Talkessel heran, in dem die Stadt lag. Von ferne zuckten Blitze über den wolkenbedeckten Himmel. Sturmböen bogen die Kronen der alten Pappeln am Fluss.

Imma und ihre Begleiterin traten aus der Dunkelheit. Ihre Gestalt war verhüllt. Ein Mann zerrte an den Tauen, mit denen sein Kahn an den Eichenpfosten des Kais befestigt war. Der Sturm riss an ihm. Imma ging zu ihm hin und ergriff seine Hand, und Beowulf sah fast erschrocken auf.

«Hast du mich erkannt, Beo?», fragte sie.

«Ah», machte er und stieß ein glückliches Knurren aus.

«Ich muss fort von hier», stieß Imma hervor.

«Aber Imma, ich habe gehört, du bist Abbatissa geworden. Abbatissa.»

«Damit ist es vorbei. Ich muss weit weg, nach Italien und noch weiter.»

Beowulf erzählte ihr von seinen Booten. Er hatte noch zwei Kähne, die unter dem Kommando seiner Söhne irgendwo auf dem Rhein unterwegs waren, aber dieser hier, die «Begga», war unersetzlich, er war ein besonderes Schiff, ein Wesen, fast wie ein Mensch, mit einer Seele und einer Stimme, seit über zwanzig Jahren in seinem Besitz, nach seiner Anleitung angefertigt. Die «Begga» hatte ihn über zwei Jahrzehnte nicht nur ernährt, sondern wohlhabend gemacht. Sie war für ihn, was für einen Krieger das Schlachtross, was für einen Bischof das Bischofskreuz war.

Wie geläufig und zusammenhängend ihr Ziehbruder inzwischen sprach, dachte Imma und sah ihn prüfend an. «Du musst mir sagen, wie ich am besten reise», flüsterte sie dann und schlug den Schleier vor ihrem Gesicht zurück.

«Du bist sehr schön», sagte Beowulf leise.

Sie errötete. Sie hatte nie darüber nachgedacht, ob sie schön oder hässlich war.

«Beo», sagte sie, «nur du kannst mich retten. Ich fliehe vor der Äbtissin Ada und ihrem Bruder. Und außerdem –»

Beowulf schloss einen Moment die Augen und musste blinzeln. Tausendmal hatte er an Imma gedacht. Nicht an die Cancellaria, um Gottes willen, nein, an das Mädchen von damals, seine Schwester vom Klosterhof.

«Und außerdem muss ich den großen Karolus retten. Deshalb muss ich weit fort. Ans Ende der Welt, wo er mich nicht findet.»

Beo runzelte die Stirn, als hätte er Mühe, Immas wirre Erklärungen zu verstehen.

«Er wird dich überall finden, wenn er das will», gab Beowulf zu bedenken.

«Willst du mir trotzdem helfen?»

«Pass auf», sagte er, als sie ihm ihr Ziel genannt hatte. «Du musst zuerst nach Italien. Von Venezia aus segeln die Schiffe hinüber nach Alexandria und von dort –»

«Und das Dokument, das wir brauchen? Die Genehmigung?»

«Es gibt einen, bei dem man sie kaufen kann. Er macht sie so, dass sie wie echt aussehen.»

«Du tust so viel für mich», flüsterte sie erleichtert, als er ihr alles erklärt hatte.

Sie wusste es nicht, aber für sie hätte er sich lächelnd ans Kreuz schlagen lassen.

Der Lastkahn glitt mit der Strömung eilig den Fluss hinunter. Beowulf stand vorn am Steuerruder; die Bootsmänner mit ihren langen Stangen hielten das Boot auf dem richtigen Kurs zwischen den unsichtbaren Felsen. Rabia summte leise vor sich hin. Regungslos lag der Hund zu Füßen der beiden Frauen. Imma trug die Kleidung einer Landfrau und hatte einen Käfig mit braunen Hühnern neben sich. Gebannt schaute sie auf das Wasser, das in der Sonne silbern aufschimmerte. An einem Fluss zu leben bedeutete, ihm irgendwann zu folgen, herauszufinden, wo er mündet, und dann den Weg über einen weiteren Fluss zu nehmen. Einen Wagen zu besteigen und bis zum Ende der römischen Straße zu fahren, bis zur Grenze der Francia. Imma war nicht traurig. Nein, sie empfand ungestüme Freude und Neugier, Orte zu sehen hinter denen, die sie schon besucht hatte, ein neues Meer kennenzulernen und das Land, in dem man die Buchstaben schrieb und die Sprache sprach, die sie erlernt hatte. Jetzt wusste sie, wohin es führte, eine fremde Schrift zu erlernen. Ja, sie hatte die Francia verlassen, als sie sich zum ersten Mal über das Buch mit der fremden Schrift gebeugt hatte. Bücher lesen und Sprachen lernen geschah nicht um ihrer selbst willen. Für eine wie sie, die beides konnte, hatte der große Architekt mit Zirkel und Waage die Flüsse geschaffen und den Menschen aufgetragen, Straßen zu bauen. Imma lächelte in sich hinein. Am Anfang war das Wort, *logos*, und das Wort, der *logos*, war bei Gott. Aber Gott schickte es zu den Menschen herab, und die zogen ihre eigenen Schlüsse daraus.

Reue und Busse

Ada hatte Boten ausgeschickt, die Näheres in Erfahrung bringen sollten. Die Nachrichten, mit denen sie zurückkamen, waren widersprüchlich und wenig hoffnungsvoll. Die einen wussten von einem Überfall auf ein Schiff zu berichten. Andere hatten Gerüchte gehört, Imma sei geflohen. Als Pilgerin verkleidet sei sie hinüber ins Sachsenland gewandert. Vielleicht war sie auch unterwegs ins Heilige Land, einer wollte sie auf einem Schiff unterwegs zum Inselreich König Offas gesehen haben.

Ada schmeckte der Braten nicht mehr, auch den Fisch am Freitag lehnte sie ab, und der abendliche Wein verursachte ihr schwere Träume. Mit mahlenden Kiefern saß sie an ihrem Platz im Refektorium und starrte auf den mit Wasser gefüllten Becher neben ihrem Teller. Was war die Welt noch ohne Imma? Und was wollte sie dereinst im Paradies, wenn sie Imma dort nicht begegnete?

Die Büßerin kam auf sie zugeschlurft, und Ada erhob sich und folgte ihr. Laurentia ging voraus und warf sich im Äbtissinnenzimmer auf den Boden.

«Du kannst aufhören, für mich zu büßen», fuhr Ada Laurentia an. «Nimm die Dornenkrone ab.»

«Schwester Äbtissin, Ihr werdet zur Hölle fahren, wenn ich nicht mehr –»

«Dazu bin ich bereit, Laurentia.»

«Hütet Euch. Sprecht nicht so, der Herr lässt seiner nicht spotten.»

«Ich will da sein, wo meine Kinder auf mich warten.»

«Vielleicht ist Ruoland aber doch im Paradies. Er starb im Kampf gegen die Heiden.»

«Ich will da sein, wo Imma ist», schrie Ada wütend auf.

«Was Ihr auch tut, Herrin, dorthin kommt Ihr nicht. Sie wird in die tiefsten Abgründe des ewigen Feuers kommen.»

«Sei still, Laurentia.»

«Auch Ihr wisst, dass es keine Rettung gibt für sie.»

Die Äbtissin holte aus und schlug Laurentia ins Gesicht. Laurentia schrie leise auf und zuckte zusammen. Der Schlag war hart und ungerecht.

«Keine Rettung?», keuchte Ada, «das werden wir sehen. Der Herr liebt Gold und Edelsteine. Ich werde –»

«Nein», sagte Laurentia unerschrocken, «Gott lässt sich nicht alles abhandeln. Nicht einmal von Königen und Äbtissinnen.»

«Gott ist ein König. Ich weiß am besten, wie man mit ihm verhandelt.»

«Wir werden uns an diesem Ort nicht sehen.»

«Laurentia, was erdreistest du dich!»

Laurentia hatte immer nur gebüßt und geduldet. Sie hatte sich täglich gegeißelt, auf den Knien gelegen und gebetet. Ada erinnerte sich nicht, dass Laurentia sie je getadelt oder ihr widersprochen hätte. Keine war demütiger gewesen als die Büßerin. Doch, ein einziges Mal hatte Laurentia in fast aufsässigem Ton widersprochen, damals, als Ansgardis in die Einzelzelle kam. Es war ein Beschluss des Bischofs gewesen, und Ada hatte Laurentia aufgefordert, wieder zu schweigen.

«Die Ersten werden die Letzten sein, und die Letzten werden zuerst ins Himmelreich eingehen», schrie Laurentia. Blut lief aus ihrem Mund und tropfte auf den Boden. Dann sank sie zusammen.

«Laurentia!» Ada beugte sich über die Nonne. Das Bündel aus verfilztem Haar, schmutzigen Lumpen und fahler Haut regte sich nicht. Laurentia hatte aufgehört zu atmen. Da war kein Kampf, keine Agonie vorausgegangen, nur Adas Schlag in das Gesicht der ausgemergelten Frau.

Beata, die auf die Schreie Adas hinzugeeilt war, konnte nur noch den Tod der Mitschwester feststellen.

Am Abend schloss Ada sich in ihrem einsamen Schlafraum ein, der Einzelzelle der Abbatissa, und weinte bitterlich. Sie war allein mit ihrer Schuld und ihren Sünden. Niemand trug mehr ihre Lasten für sie. So wie sie sich im Kloster damit abgefunden hatte, zahlreiche Arbeiten selbst zu erledigen, so musste sie sich nun auch um ihre Seele selbst kümmern. Laurentias Tod war ein deutlicher Wink Gottes. Jetzt musste sie für sich büßen, sie selbst, mit allem, was sie an Kraft und Vermögen hatte. Es war kein Fehler gewesen, all die Jahre hindurch Laurentia für sich büßen zu lassen. «Einer trage des anderen Bürde», hieß es in der Heiligen Schrift. Wie hätte sie, die Schwester des Königs, ihre Pflichten erfüllen können ohne die Büßerin? Doch was für eine schwere Aufgabe, vor der sie plötzlich allein stand! Überall Verlockungen, zu sündigen, Anfechtungen des Fleisches, vom Teufel geschickte Gedanken, Lust auf Würden und Macht, Grübeleien über einzelne Stellen der Heiligen Schrift, Zweifel daran, ob die heiligen Evangelien die Wahrheit sprachen, Unfähigkeit zur Demut. Es war schon schwer, ein Mensch zu sein, und noch viel schwerer, als Frau zu leben. Ada schlug ihren Kopf gegen die Wand.

Nach drei Tagen des Fastens und Betens wusste die Äbtissin, was zu tun war. Wenig später schloss sie die Tür der Gefangenenzelle am Ende des Gangs hinter ihrem Zimmer auf.

Erst jetzt begriff sie, dass sie Ansgardis jahrelang vergessen hatte, oder nein, sie hatte nicht hingehört, wenn Schwester Ursula von ihr berichtet hatte. Dass die Eingeschlossene stundenlang singend auf und ab gehe, dass sie ständig dicker wurde, obwohl sie wenig zu essen bekam. Dass sie in schrecklichen Tobsuchtsanfällen versuchte, die Tür einzuschlagen, schließlich, dass sich ihr Wesen änderte und sie sanftmütig geworden war wie ein Lamm und sich mit Gebeten und Psalmen in ihr Schicksal ergeben hatte. All das hatte Ursula getreulich erzählt, doch Ada wollte es nicht hören. Manchmal träumte sie von ihr, doch selbst die Traumbilder brachten Ada nicht dazu, sich um die Gefangene zu kümmern.

Adas Herz klopfte ungestüm, als sie die Tür langsam aufschloss. Es war lange her, dass sie sich so gefürchtet hatte. Am liebsten wäre sie umgekehrt. Panik stieg in ihr hoch, schnürte ihr die Kehle zu und erstickte sie fast. Das Blut in ihren Adern wurde dick und schwerflüssig wie Apfelbrei, als bliebe es einfach stehen und weigerte sich, weiterzufließen. Ada keuchte und wusste zugleich, dass ihre einzige Rettung darin bestand, die Tür aufzustoßen. Mit einem Schrei warf sie sich gegen die Tür und fiel in den stickigen Raum.

«Ihr seid endlich gekommen, Abbatissa.» Es war Ansgardis' Stimme, sanft und freundlich. Adas Blut strömte wieder. Sie atmete befreit auf trotz des Schrecklichen, was sie vor ihren Augen sah.

Wie eine Göttin der Vorzeit saß die Gefangene auf ihrem Bett, klobig und unförmig. Sie wiegte ihren Oberkörper leise summend hin und her. Riesige Brüste zeichneten sich unter ihrem Gewand ab.

Obwohl Schwester Ursula oft genug von Ansgardis' körperlichem Zustand berichtet hatte, war die Äbtissin fassungslos. Ansgardis bekam wenig Nahrung gereicht, und doch war sie so geworden. Die grau gewordenen langen Haare reichten ihr bis auf die Hüften. Ihr breites Gesicht war faltenlos und immer noch von großer Schönheit.

«Ansgardis», begann Ada, «ich bin gekommen, um dir zu sagen, dass du frei bist. Du kannst die Zelle verlassen und danach, wenn du willst, auch dieses Kloster. Du bist frei, zu deiner Familie zurückzugehen.»

Ansgardis lächelte sie an, arglos wie ein Kind.

«Der Herr hat meine Gebete erhört», sagte sie mit leiser Stimme. «Ich habe in all den Jahren für Eure Seele gebetet, für Eure Seele und die meiner Mitschwestern, für all die, die mich vergessen haben, auf dass er euch verzeiht, was ihr an mir gesündigt habt.»

Ansgardis erhob sich langsam; trotz ihrer ungeheuerlichen Leibesfülle wirkte diese Bewegung elegant und anmutig.

«Wie auch immer –» Ada beschloss, nicht auf Ansgardis' wirre Reden einzugehen, «du kannst mir folgen. Ich löse deine Gefangenschaft auf.»

«Mutter Äbtissin», Ansgardis hob verlegen ihre fleischigen Arme, «ich kann Euch nicht folgen.»

«Tu es», befahl Ada.

«Mutter Äbtissin, seht doch, mein Körper kann diesen Raum nicht verlassen.»

Mit Schrecken begriff Ada, dass Ansgardis nicht einmal in der Lage war, ihren Körper durch die Tür zu zwängen. «Dann werde ich die Mauer des Raums niederreißen lassen.» Adas Unterlippe zitterte jetzt. Sie war entschlossen, Ansgardis' Gefangenschaft zu beenden.

«Mutter Äbtissin, auch dann werde ich nicht weit kommen», gab Ansgardis zu bedenken. «Lasst mich doch weiterhin in diesem Raum – Ihr könnt ja die Tür offen lassen, damit ich meine Mitschwestern sehen und mit ihnen sprechen kann.»

«Es tut mir leid», flüsterte Ada fast unhörbar. «Es tut mir bitterlich leid. Ich hätte viel früher nach dir sehen sollen.» Ja, so war es. Wäre sie nur früher gekommen, hätte sie das Mädchen schon vor Jahren befreit, wäre Ansgardis nie so unförmig geworden.

«Ihr hattet Angst vor mir, Mutter Äbtissin, deswegen seid Ihr nie gekommen.»

Ada zitterte jetzt am ganzen Körper. Gott hatte ihr ein Zeichen geschickt, und sie musste es verstehen. Gott hatte sie bestraft für ihren Hochmut und ihre Gleichgültigkeit.

«Geht nicht, Mutter Äbtissin. Wohin wollt Ihr?»

«Ich komme gleich zurück. Ich will dir die Füße waschen und dir etwas zu essen bringen.»

«Oh, das ist gut.» Ansgardis bewegte schmatzend die Lippen. «Ich habe immer Hunger, Mutter Äbtissin. Ihr glaubt nicht, wie groß mein Hunger ist. Bringt mir zwei Hühnchen und einen Laib Brot, ich bitte Euch.»

Ansgardis' Beine und Füße waren geschwollen und an den Seiten blau angelaufen.

«Ich möchte im Heidenbad baden», flüsterte Ansgardis. «Glaubt Ihr, dass es möglich ist?»

«Ich werde dich dorthin führen.»

«Ich würde lieber mit Lilia dorthin gehen, so wie früher.»

«Lilia ist nicht mehr im Kloster.»

«Wo – ist sie? Sie ist nicht tot. Ich spüre, dass sie lebt.»

«Lilia ist mit einem Sachsen verheiratet und lebt in der Nähe von Paderborn.»

Ansgardis öffnete den Mund in stummem Staunen.

Sorgsam rieb Ada die Füße der jungen Frau trocken. Unter dem rauen Wolltuch röteten sie sich. Ansgardis bewegte die Zehen und lächelte.

«Ich werde jeden Tag zu dir kommen und deine Füße versorgen.» Ada mahlte mit den Kiefern, als wollte sie ihren Worten Nachdruck verleihen. «Sie müssen mit dieser Salbe behandelt werden, damit die Geschwüre an den Fußsohlen und zwischen den Zehen verschwinden.»

«Aber Mutter Äbtissin», flüsterte Ansgardis, «warum lasst Ihr das alles nicht Schwester Ursula tun?»

«Ich muss es tun.» Ada richtete sich auf. Diesmal würde sie nicht nachlässig sein. Von jetzt an wollte sie nichts mehr versäumen. Gott erwartete es von ihr.

Es waren keine leeren Worte. Täglich kam Ada mit der Waschschüssel und pflegte Ansgardis' Füße. Am nächsten Tag schon machte sie ihr Versprechen wahr: Zwei Tagelöhner betraten unter ihrer Aufsicht die Klausur, schlugen die

Tür von Ansgardis' Zelle aus dem Rahmen und entfernten mit großem Lärm und viel Staub einen Teil des Mauerwerks neben der Tür. Am Abend konnte die Eingeschlossene zum ersten Mal seit Jahren ihre Zelle verlassen. Staunend und schnaufend wankte sie hinaus auf den Gang. Mit Mühe schaffte sie es bis zum Kreuzgang. Dort hielt sie sich an der Brüstung fest und sah hinaus in den friedlichen Garten mit den Gräbern der Nonnen.

«Die Rosenstöcke sind gewachsen», stellte sie leise fest. «Blühen sie, weil ich gekommen bin?»

«Sie blühen, weil Sommer ist», antwortete Ada geduldig. «Komm, lass uns weitergehen, bis zum Eingang der Kirche.»

«Heute nicht. Ich bin schon so weit gegangen. Vielleicht morgen.» Ansgardis klammerte sich immer noch an die Brüstung. «Und Marso? Liest er immer noch die Messe?» Sie zitterte jetzt am ganzen Körper.

«Nein. Marso ist tot. Er ist bestraft worden für seine Sünden. Vier Ochsen haben ihn auseinandergerissen.»

Ansgardis stieß einen kleinen Schrei aus. «Er war der Teufel, ich wusste es, aber niemand hat mir geglaubt.»

«Jetzt wissen wir es alle», sagte Ada. «Es ist Teil unserer Schuld, dass wir ihm so lange vertraut haben.»

«Vielleicht habt Ihr Glück und kommt davon», sagte Ansgardis plötzlich ganz sachlich. «Vielleicht verzeiht Gott Euch, und Ihr müsst in der Hölle nicht auf den Gitterrost, wo die Bösen braten.»

Ada hatte lange nicht mehr auf dem Rücken eines Pferdes gesessen. Mit Mühe schwang sie sich auf den Sattel, um festzustellen, dass es Dinge gab, die man nicht verlernte. Seit langer Zeit zum ersten Mal empfand sie ihrem Bruder gegenüber nicht den leisesten Groll. Imma war verschwunden, und Ada war nach Aquis geeilt, um ihrem Bruder beizustehen.

Karolus winkte ungeduldig, Einhard und Ada folgten ihm in gemächlichem Tempo hinüber zu dem Kiefernwald mit den Tiergehegen, dem Lieblingsaufenthaltsort des alternden Frankenkönigs. Ein breiter sandiger Weg führte durch die Anlage. Die drei ritten jetzt nebeneinander, Karolus in der Mitte.

«Ich glaube nicht, dass sie es getan hat», begann Ada. «Sie ist keine Diebin. Der Kameo hat ihr so viel bedeutet wie uns.»

«Sie kann es nicht getan haben. Vielleicht war es Yussuf, der Übersetzer.»

«Ich lege die Hand für ihn ins Feuer. Warum sollte er eine christliche Reliquie stehlen?» Auch Einhard stand vor einem Rätsel.

Der Diebstahl des Kameos aus seiner goldenen Fassung hatte vielleicht etwas mit Immas Verschwinden zu tun, vielleicht auch nicht.

«Imma hatte nicht den geringsten Grund zu fliehen. Sie war glücklich darüber, Äbtissin zu sein.»

«War sie das wirklich?», fragte Karolus. Für einen König war es wichtig, Söhne zu haben. Doch ihm hatten die Töchter mehr bedeutet. Die Söhne hatten ihn verlassen, zu Feldzügen und um an entfernten Orten zu regieren, es musste so sein. Das hatte er verkraftet. Doch es gab kein größeres Vergnügen, als mit den Mädchen zusammen bei der Tafel zu sitzen und zu essen, während ein Spielmann seine Lieder sang. Keine von ihnen hatte er freiwillig hergegeben. Nicht einmal Rotrud, die schon auf dem Weg gewesen war, Kaiserin von Byzanz zu werden. Und dann Berta mit ihren beiden Bastarden von Angilbert. Die stille Gisela, die goldblonde Theodrada schließlich und Hiltrud, Fastradas schöne Töchter.

Nicht zu vergessen die kleinen Konkubinentöchter, Adaltrud und Rothild.

«Ja, es war das höchste Ziel in ihrem Leben.»

«Das glaube ich nicht.» Auch Rotrud war schwanger, von Roriko, ihrem Liebhaber, dem Grafen von Rennes. Karolus sah jetzt Imma vor sich, die den anderen Töchtern so ähnlich war. Dabei war sie immer ernsthafter gewesen, vielleicht klüger. Womöglich hatte er sie überschätzt, weil sie die Älteste war, und Adas Tochter. Imma und Ruoland waren außergewöhnliche Wesen, vom Himmel auf die Erde gesandt. Karolus versank für Momente in die alten Träumereien. Von ihnen hatte er mehr erwartet als von den anderen Kindern. Dass sie das ausführten, was ihm selbst nicht gelungen war, ohne dass er genau hätte ausdrücken können, was das gewesen wäre. Vorbei. Ruoland war in der Blüte seiner Jahre gefallen. Pippin der Bucklige hatte sich gegen den eigenen Vater verschworen. Imma war spurlos verschwunden. Es war nicht klar und eindeutig, dass sie geflüchtet war. Vor wem eigentlich? Vor ihm und Ada? Es gab noch andere, furchtbare Möglichkeiten. Eigentlich musste er beten, dass sie davongelaufen war. Er sah Ada an.

«Warum nicht? Eine größere Ehre konnte ihr nicht widerfahren auf Erden.»

«Sie ist eine Frau. Sie ist nicht wie du. Sie hat keinen Ehrgeiz.»

«Was hast du, David?», fragte Ada beunruhigt.

Er schlug den Kopf auf den Boden. Einhard stand hilflos neben ihm. Was konnte ausgerechnet er, die Ameise, schon tun, um den Riesen zu trösten? Er schaute auf den bebenden Rücken seines Kaisers und wagte nicht, ihn zu berühren. Ada sprang vom Sattel ihres Pferdes, immer noch leichtfüßig trotz ihres vorgerückten Alters, und kniete neben Karl nieder.

«Was ist es?», fragte sie, obwohl sie es wusste.

«Sie war so schön. Warum habe ich sie weggehen lassen?»

«Sie hat sich von uns allen entfernt. Sie wollte es so.» Sie schüttelte ihn.

«Aber wohin? In die ewige Verdammnis?»

«Zu Yussuf.»

«Was hätten wir auch mit ihr machen sollen? Sie töten? Oder einmauern wie die Langobardinnen? Sie, unser Kind?» Er trommelte mit den Händen auf den Boden.

«Alle habe ich behalten. Berta und sogar Rotrud, die schon mit dem Byzantiner verlobt war. Nur Imma konnte ich nicht halten.»

Er richtete sich halb auf. Tränen liefen ihm über die Wangen und versickerten in seinem Schnurrbart.

«Sie und Ruoland, sie waren die Besten.»

Was machte es Karolus eigentlich aus, zwei Kinder zu verlieren? Andere hatten nicht ein einziges, und er, der Herrscher, dem Gott alles gab, was er je ersehnt hatte, konnte die Schar seiner Nachkommen nicht mehr überblicken, verwechselte ihre Namen und erkannte sie nicht, wenn er ihnen begegnete. Meginhard musste ihm die Namen der Konkubinenkinder zuflüstern, wenn sie herbeisprangen, damit Karolus ihnen ein paar Denare auf dem Weg zur Kirche zusteckte.

Einhard stand regungslos da und starrte ins Leere. «Die, die man verliert, sind immer die Besten», sagte er sanft.

Bagdad Madinat as-Salam

So mühsam und beschwerlich die lange Reise auch gewesen war, der letzte Abschnitt verlief fast mühelos. Von den armenischen Bergen bis zur Kalifenstadt Bagdad glitt das Lastboot den Euphrat hinab; während der Nacht bis zum Mittag ruderten die blinden Ruderer. Danach, in den heißesten Mittagsstunden, trieb das Schiff gemächlich weiter, während die Ruderer auf den Bänken in tiefem Schlaf versanken und der einäugige Steuermann es auf Kurs hielt. In der Mitte des Fahrzeugs befand sich eine Holzhütte für die wenigen Passagiere, in der auch Imma und Rabia, auf ihren Reisetruhen sitzend, vor der Sonne geschützt waren. Manchmal ließen sich Heuschreckenschwärme auf dem Boot nieder. Dann ging die Fahrt tagelang durch die rötlich kahle Wüstenlandschaft. Imma versuchte, auf arabischem Papier die Eindrücke ihrer Reise festzuhalten, aber immer wieder fielen ihr die Augen zu.

Es war ein unruhiger Schlaf.

«Wir hatten bis jetzt meistens Glück», weckte Rabia sie eines Nachmittags aus einem ihrer Albträume.

«Erinnerst du dich noch an den Mönch, dem wir in Aleppo begegnet sind?», fragte Imma.

«Vergesst ihn lieber.»

«Er hat gesagt, der Kameo bringt uns Unglück.»

«Ihr habt ihn falsch verstanden. Ich habe Euch seine aramäischen Worte genau übersetzt.»

«Er hat gesagt, ihr geht von Herrscherhaus zu Herrscherhaus mit diesem Stein, der euch nur Unglück bringt.»

«Er meinte etwas anderes damit», begann Rabia. Aber Imma war nicht zu beruhigen.

Feiner roter Wüstensand durchwehte die Hauptstadt und drang in jede Ritze, setzte sich in die Türschlösser und die Schwellen vor den Türen der Häuser.

Die Stadt, die Imma nach einer langen und mühseligen Reise im März des Jahres des Herrn 802 endlich betrat, war erst vor wenigen Jahrzehnten in einer Schleife des Flusses Tigris am Schnittpunkt alter Handelsstraßen in Form einer Rundstadt neu gegründet worden. Im Mittelpunkt standen die Moschee und der Palast des Herrschers. Die schnell gewachsene Stadt pulsierte von Leben, vom Treiben der Menschen und dem Brüllen der Hammel und Kamele in den Straßen. Bagdad war der Mittelpunkt eines mächtigen Reiches. Es war der Hauptumschlagplatz des west-östlichen Handels. Die mit klingelnden Metallplättchen behängten Lastkamele schwankten durch die Straßen zu einem der Stadttore oder zum Hof eines Handelshauses, wo die Waren unter dem Geschrei der Treiber abgeladen wurden.

Überdies war die Hauptstadt Sitz vielfältiger Gelehrtentätigkeit; es gab mehrere griechisch-arabische Übersetzerschulen.

Die Frau, die, begleitet von ihrer Dienerin und einem löwenähnlichen Hund, nach der Übersetzerschule des Yussuf fragte, unterschied sich äußerlich in nichts von den Frauen in den Straßen der Hauptstadt. Sie trug leichte Schuhe an den Füßen, ein langes Gewand, das ihre Schönheit, und einen Schleier, der ihr goldblondes Haar verhüllte. An ihren Füßen klirrten Goldreife, und ihre zierlichen Hände waren mit breiten Silberringen geschmückt. Sie duftete nach arabischen und syrischen Wohlgerüchen, nach Rosenöl und Narden.

Durch die staubige Hitze des Tages schritten Imma und Rabia die Stufen hoch zu dem mit Koranversen geschmückten rundbogigen Eingang des Gebäudes, wo die Übersetzer und Schreiber bei der Arbeit waren. Man hörte die Stimmen der Vorleser bis auf die Straße. Ein barfüßiger Schüler öffnete auf ihr Klopfen und ließ die Besucherinnen in einen kühlen gekachelten Gang. Die leuchtend blauen und türkisfarbenen Kacheln und der Geruch der Steinplatten erinnerten Imma entfernt an den Frieden von Adas Kloster.

Imma und Rabia ließen sich auf einem teppichbedeckten niedrigen Diwan für Besucher nieder, der Hund rollte sich zu ihren Füßen ein, nur die schwarzen Augen blickten wachsam. Der Junge brachte eiskaltes Wasser und goss es in tönerne Becher. Der gekachelte Gang öffnete sich zu einem kleinen Innenhof, wo Rosenbüsche einen Brunnen umwucherten. Auf dem steinernen Rand des Wasserbeckens hockte ein Affe und kaute eine Frucht. Von irgendwoher erklang das melancholische Spiel einer Laute.

Immas Herz schlug bis zum Hals, während sie darauf wartete, seine Schritte zu hören. Sie hatte dem Jungen gesagt, dass sie darum bitte, Yussuf zu sprechen, und er hatte erwidert, sie solle sich kurz gedulden. Das also war das Haus, das also waren die Räume, in denen er lebte und arbeitete. Es war ein Glück, endlich hier angekommen zu sein, nach so gefahrvoller Reise. Imma lächelte Rabia zu, und Rabia gab das Lächeln zurück.

«Er kommt», hauchte Rabia, und jetzt sah auch Imma die zierliche, verschleierte Gestalt, unverkennbar, den flinken Gang, die Art, sich zu bewegen. Die dunklen Augen über dem Schleier waren auf Imma geheftet, als wollten sie sie in sich aufnehmen.

O Yussuf, dachte Imma, welch ein Glück, dir wiederzubegegnen. Die Welt ist unübersichtlich, undurchschaubar und zu groß für die Menschen – und doch finden die wieder zusammen, die sich von ganzem Herzen lieben.

Sie sprang auf und streckte der Gestalt die Hände entgegen. Jene nahm sie und schlug den Schleier vor dem Gesicht zurück.

«O Saida – wer seid Ihr?», stammelte Imma. Die dunkelgrauen Augen waren nicht die von Yussuf.

«Seid gegrüßt», zu Immas Erstaunen sprach die Frau Lateinisch, «fühlt Euch wie in Eurem eigenen Haus. Ich bin Zeynep, Yussufs ältere Schwester.»

Das lange Warten

Zäh wie der weiße Honig aus Isfahan tropfte die Zeit im Haus der Wissenschaften und der Schrift dahin. Imma mochte es sich kaum eingestehen, und doch wartete sie vom ersten Schrei des Muezzins bis zum *salat al maghreb*, dem fünften Gebetsaufruf am Abend, auf ein Zeichen, auf eine Nachricht, auf irgendetwas von Yussuf.

Seit Wochen lebte sie jetzt schon in Yussufs Haus. Doch der Sommer mit seiner Gluthitze war verstrichen, ohne dass Imma dem Ziel ihrer Reise näher gekommen war. Sie und Rabia waren wie nächste Verwandte aufgenommen worden. Jeden Morgen gingen die Frauen zusammen zur Moschee und beteten einträchtig zu dem Einen, ihrem gemeinsamen Gott, wie Imma ja nun bekannt war. Zeynep hatte ihr und Rabia drei Räume zur Verfügung gestellt. Der Kater Melek lag täglich zu Immas Füßen, ohne sich an Vigil zu stören. Ebenso wie sein Widersacher Vigil war er in die Jahre gekommen, sein Fell war stumpf und grau geworden. Nur wenn er vom Fenster aus in den Innenhof sprang, um hinter einem Vogel herzusetzen, oder wenn er Vigil anfauchte, war er wieder der Alte.

Immer noch war Imma in Ungewissheit über Yussufs Schicksal. Er lebte, so viel ging aus Zeyneps ängstlichen Erklärungen hervor. Doch er befand sich an einem unbekannten Ort, und er war in großer Gefahr. Schon diese wenigen Bemerkungen waren Zeynep nur mit Mühe zu entlocken gewesen. Schreckliche Dinge waren geschehen, die selbst Zeynep nicht genau erfahren hatte und über die sie unter keinen Umständen etwas sagen durfte.

«Ist er in einem Kerker?», fragte Imma.

«Sprich das Wort nicht aus.» Verängstigt sah Zeynep um sich, obwohl sie allein im Raum waren. «Die Wände haben Ohren. Yussufs Leben ist in höchster Gefahr.»

«Aber wer soll uns hier belauschen?», fragte Imma Rabia flüsternd.

«Traut niemandem – Bagdad ist wie Konstantinopel. Es gibt immer eine Verräterin unter den Dienerinnen, eine, die für die andere Seite arbeitet –»

«Wenn ich Yussuf gefunden habe, werde ich mit ihm zurück nach Aquis reisen.»

«Das solltet Ihr keinesfalls. Denkt an den Kameo, den Ihr bei Euch tragt.»

«Er beschützt uns und bringt uns Unglück. Beides zugleich», stellte Imma fest und sah in den Innenhof hinaus, in dem der Brunnen gleichförmig plätscherte. Und obwohl sie es nicht wollte, sah sie wieder den Mönch aus Aleppo vor sich und hörte seine rätselhaften aramäischen Worte.

In manchen Momenten fragte Imma sich, ob Zeynep ihr überhaupt die ganze Wahrheit sagen wollte. Sie wusste zweifellos mehr, als sie ihr sagte. War Zeynep eifersüchtig auf die Geliebte ihres Bruders? Wollte sie Imma fernhalten von Yussuf?

Rabia war nicht davon abzubringen, so wie auf der Reise

auch in Bagdad Immas treue Dienerin zu spielen. «So erfahre ich viel mehr», sagte sie. «Ich komme mit den Sklavinnen aus den Nachbarhäusern ins Gespräch. Man vertraut mir und beantwortet meine Fragen.»

Wieder einmal bewunderte Imma die rothaarige Tänzerin für ihre Verschlagenheit.

«Nur deiner Klugheit ist es zu verdanken, dass wir wohlbehalten hier angekommen sind.» Imma streichelte Rabias Oberarm.

«Ich habe den Hass meiner Schwiegermutter nur dadurch überlebt, dass ich sie durchschaut habe, und mit Hilfe meiner Verbündeten.»

«Deiner Verbündeten?»

«Kaiserin Irene war so mächtig, ich konnte wenig dagegensetzen. Die Geistlichen standen auf ihrer Seite, die Generäle, sogar das Volk. Deshalb musste ich mir Verbündete suchen. Leider konnten sie Konstantin nicht retten.»

«Aber wie sollen wir uns hier Verbündete suchen?»

«Saida», flüsterte die kluge Rabia eines Abends, «gebt Euch nicht zufrieden mit dem, was Zeynep Euch erzählt.»

«Was rätst du mir?»

«Macht Euch selbst auf die Suche.»

«Ich – in dieser Stadt, in der die Frauen noch weniger gelten als bei uns in der Francia?» Einen Moment lang schrak sie zurück. «Eine Stadt, die vor dem Bürgerkrieg steht, in der jeder jedem misstraut?»

«Wir beide.» Rabia lächelte verschwörerisch. «Es gibt Türen, die sich uns öffnen werden.»

Im Winter des Jahres des Herrn 802 schlugen sich die Truppen Harun al-Raschids in Anatolien mit denen des Nikephoros, dem neu ernannten Herrscher von Byzanz, der seine Vorgängerin Irene auf eine Insel im Marmarameer vor Konstantinopel verbannt hatte. Nikephoros hatte sämtliche Verträge Irenes mit dem Abbasidenherrscher aufgekündigt und hatte es abgelehnt, weiterhin Tribut nach Bagdad zu entrichten.

Im Januar des Jahres 803 ließ der Kalif Harun einen seiner engsten Berater und Freunde, Dschafar al Barmaki, hinrichten und die Familie des einstigen Vertrauten niedermetzeln. Mehr als tausend Frauen, Kinder, Freigelassene und Sklaven der Barmakiden wurden umgebracht, ihre Häuser durchsucht, alles, was sie an Geld und Naturalien besaßen, fiel an das Herrscherhaus. Der Sturz der Familie Barmakio hatte sich schon in den Monaten zuvor abgezeichnet, als unter einem Vorwand Vertraute und enge Freunde der Familie des Wesirs verhaftet und gefoltert wurden. Einer von diesen war der Schriftgelehrte und Übersetzer Yussuf.

Ein Frühjahrssandsturm fegte über die Hauptstadt hinweg. Die Fensterläden im Haus der Wissenschaften und der Schrift blieben an diesem Tag geschlossen. Die Schreiber arbeiteten beim Licht flackernder Kerzen und Talglichter.

Der Sturm ließ Zeyneps Kopf schmerzen und hinderte sie daran, zu lesen und ihrer Arbeit nachzugehen. Vigil war neben seine Herrin geflüchtet, ab und zu warf er ihr einen furchtsamen Blick zu. Rabia und Imma saßen im Empfangszimmer, knabberten süßes Gebäck und tranken Mandelmilch aus Tonbechern. Imma kam der Gedanke, dass sie inzwischen ein ganzes Jahr in Bagdad verbracht hatten. Zeynep ging in der ihr eigenen Ruhelosigkeit auf und ab.

«Einige Freunde Yussufs sind noch in Konstantinopel, um dort griechische Handschriften zu erwerben. Dschafar, der Barmakide, hat sie beauftragt. Aber jetzt ist Kaiserin Irene verbannt, und unser Kalif führt Krieg gegen den neuen Herrscher von Konstantinopel. Und Dschafars Körper hängt, in drei Teile gehackt, an den drei Brücken über den Tigris.» Mit einem Seufzer ließ Zeynep sich neben Imma nieder. Doch trotz Zeyneps Traurigkeit geriet Imma in freudige Aufregung, wie immer, wenn Yussufs Name fiel.

«Hat man Irene geblendet?», fragte Rabia hastig.

«Vielleicht. Ich weiß nichts darüber.»

«Kann man nicht in Erfahrung bringen, ob sie geblendet wurde?»

Zeynep warf Immas rothaariger Dienerin einen erstaunten Blick zu.

«Still, Rabia. Geh in die Küche und hol Getränke für uns», fuhr Imma sie an.

«Manchmal fürchte ich mich vor deiner Begleiterin», sagte Zeynep. «Sie ist nicht sanft und freundlich, wie eine gute Dienerin sein soll.» Sie schwieg einen Moment. «Man könnte sie mit einem Mord beauftragen. So eine ist sie.»

«Sie beschützt mich, viel besser als mein Hund.» Imma kraulte Vigils Kehle. Er konnte nichts dafür, dass er alt und feige war.

Später am Abend, nach dem Bad, kam Rabia noch einmal auf die verbannte Kaiserin der Oströmer zurück. Imma lag schon im Bett, die leichte Wolldecke über sich gezogen.

«Sie hat unser Leben zerstört», sagte Rabia. «Sie war keine Mutter, sie war ein Ungeheuer. Sie wollte nichts als die Macht. Ich habe sie gehasst.»

«Du solltest für sie beten.»

«Ich kann nicht.»

«Man soll keinen Menschen hassen», murmelte Imma schläfrig. «Jeder kann jeden Tag damit anfangen, gut zu werden.»

«Klosterweisheiten», sagte Rabia abschätzig.

Groß und gelb wie ein riesiger reifer Kürbis stand der Mond am Himmel. In den Bäumen vor dem Haus sangen noch immer die Zikaden.

Zeynep hatte einige Freundinnen zu ihrem Geburtstag eingeladen, zu einem Fest ganz unter Frauen. Dienerinnen brachten Speisen und Geschirr. Es gab Spargel aus Syrien und gebackenen Euphratfisch, der in Blättern der Bananenpflanze aufgetragen wurde, später Sirupgebäck und Früchte, die Imma erst hier im Land des Kalifen kennengelernt hatte, außerdem Äpfel aus dem Libanon. Eine Dienerin goss aus einer silbernen Kanne Wein in die gläsernen Pokale der Gäste, eine andere kredenzte Eiswasser mit Rosenduft.

Rabia drehte sich im Takt der Trommeln, die zwei dunkelhäutige Musikerinnen schlugen, und die Sängerin Golban sang ein Lied ihres Bruders.

Die Menschen sind nichts weiter
Als ein Haufen lebender Toter, gezeugt von toten Lebendigen.
Der, dessen Familie
Viele Helden hervorbringt, fügt Verwesung hinzu.
Und der kluge Mensch,
Wenn er die Reichtümer der Welt betrachtet,
Unverhüllt, was sind sie denn,
Nichts als erbitterte Feinde, als Freunde verkleidet.

«Ich dachte, dein Bruder Abu Nuwas dichtet nur lustige Trinklieder», bemerkte Imma, als Golban sich vor ihren Zuhörerinnen verneigte. Sie hatte den ersten Pokal Wein geleert, und die arabischen Sätze flossen ihr jetzt mühelos von der Zunge. Die Schwester des berühmten Dichters war klein und zierlich. Ihr schon ergrautes Haar wurde von einem durchsichtigen Schleier bedeckt, und ihre leuchtenden dunklen Augen waren mit schwarzem Kul-Lidstrich betont.

«Auch er hat Gründe, die vergangene Zeit zu beweinen. Seine fröhlichen Kumpane sind verschwunden. Es ist das letzte Lied, das er in Bagdad im Kerker geschrieben hat. Jetzt ist er auf einer Wallfahrt nach Mekka.»

«Und das hat unser Kalif ihm erlaubt?», fragte Yamina. Zeyneps Jugendfreundin biss mit ihren blendend weißen Zähnen in ein sirupgetränktes Mandelplätzchen. Anders als ihre fast hagere Freundin hatte sie einen üppigen Busen und ausladende Hüften. Sie war mit einem höheren Hofbeamten verheiratet. Die immer unruhige Zeynep stand da, unfähig, sich der Ruhe und dem Genuss hinzugeben.

«Harun al-Raschid kann ihm immer nur kurze Zeit böse sein», gab Golban zurück. «Sie sind zu lange miteinander verbunden.»

«Dein Bruder sollte von der Hadsch nicht nach Bagdad zurückkehren», sagte Zeynep. «Er wird den Rest seines Lebens bei den Beduinen in der Wüste fristen müssen.»

Die Damen auf den Diwanen kicherten, wohl erheitert von der Vorstellung, dass der luxusgewöhnte Dichter unter Kamelen in einem Zelt darben musste.

«Besser als im Kerker», rief Golban aus und ließ sich neben Imma nieder. «Der Kalif hat ihm über Jahrzehnte immer verziehen, seine Gottlosigkeit, seine Schamlosigkeit, seine Liebe zu schönen Knaben. Aber das Loblied auf die Barmakiden hätte er lieber nicht schreiben sollen.»

«Sehr richtig», pflichtete Yamina ihr bei. «Das war für Harun schlimmer als Schmähungen gegen den Heiligen Koran.»

«Abu Nuwas ist unfähig zur Lüge.» Golban seufzte. «Deswegen musste er immer wieder einmal eine Zeit im Gefängnis verbringen.»

«Vielleicht sollte auch Yussuf auf eine Wallfahrt gehen», sagte Imma, mutig geworden vom Wein.

Statt einer Antwort sah Golban sie nur traurig an, sie griff zur Laute, die neben dem Diwan lehnte, und stimmte ein paar Töne an.

Für hübsche Jungen habe ich die Mädchen aufgegeben,
für alten Wein das Wasser ganz vergessen,
weit von der graden Straße nahm ich ohne Zögern
den gewundenen Weg der Sünde, weil das Pferd
die Zügel fallen ließ –

Unvermittelt brach sie ihr Lied ab und legte die Laute zu Boden.

«Es fällt schwer, in diesen Zeiten die alten Lieder zu singen. Lass uns lieber still beieinandersitzen und Wein trinken.»

«Der Stern des Edelmuts ist erloschen, die Hand der Wohltätigkeit verdorrt, der Ozean der Freigebigkeit verebbt, seit es die Barmakiden nicht mehr gibt. Der Stern dieser Familie, der dem Führer der Karawane den rechten Weg wies, glänzt nicht mehr am Horizont», rezitierte Zeynep mit leiser Stimme.

«Ich glaube, diese Barmakiden waren so stolz und so mächtig wie Tassilo und Liutberg in Bayern mit ihren Kindern. Tassilo war der Cousin unseres Kaisers Karolus, stark und mutig. Allerdings hat Karolus in seiner Güte die Verwandten nicht hinrichten lassen, obwohl sie sich gegen ihn erhoben haben.» In Imma kam plötzlich Stolz auf. Ja, Karolus war ein gütiger und milder Herrscher, auch wenn die Pfalz Aquis, verglichen mit Bagdad, nur so groß war wie ein Dorf.

«Sie waren die wahren Liebhaber der Falsafa», ließ Zeynep sich vernehmen.

«Falsafa?» Imma sah fragend zu Rabia hinüber. Dieses Wort war ihr fremd.

«Falsafa», lachte Yamina, «du bist Fränkin, du musst alles darüber wissen.»

«So ist es auch, Saida», versicherte Rabia. «Falsafa ist nämlich unser Wort *Philosophia* in arabischer Sprache.»

Zeynep blieb vor dem Diwan, auf dem Imma lag, stehen und beugte sich zu ihr nieder.

«Schon Yahya, der Vater des Barmakiden Dschafar, hatte Ärzte und Philosophen aus Indien kommen lassen und aus Syrien und aus dem Reich der Rum. Dschafar schließlich tat alles, um das Wissen zu vermehren», erklärte sie. «Aber er hat auch Wein getrunken, so wie der Kalif, zweimal in der Woche. Dschafar war so beliebt, dass die Menschen klatschten, wenn er durch eine Straße ging.»

Yamina erhob sich und winkte ihren Dienerinnen, die in der Ecke des Raums kauerten. «Ich muss gehen, der Mond ist nicht mehr zu sehen, und der Morgen graut. Zeynep, sei bedankt, und denk an meine Worte. Vielleicht sollte auch Yussuf auf Wallfahrt gehen.»

«Aber wer sollte den Kalifen darauf ansprechen? Zubaida hat schon alles gesagt, worum ich sie gebeten habe.»

«Mein Mann wird es Dschibril vorschlagen.» Und mit diesen Worten wandte sich Yamina zum Gehen.

Nach und nach brachen auch die anderen Gäste auf. Imma aber fühlte sich jetzt hellwach.

«Zeynep, sag mir, wer ist Dschibril?»

«Der Leibarzt Haruns. Zusammen mit dem Kadi, den Halbbrüdern Haruns und General Harthama gehört er zu den engsten Vertrauten unseres Herrschers.»

Imma überlegte. Warum hatte Zeynep sie bis jetzt nicht zu Yussuf mitgenommen?

«Du willst nicht, dass ich deinem Bruder begegne. Bist du eifersüchtig?»

Als Zeynep sie mit dem klaren Blick ihrer grauen Augen ansah, ahnte Imma, dass sie Yussufs Schwester zu Unrecht verdächtigte.

«Ich bin nicht eifersüchtig», sagte Zeynep.

«Wegen ihm bin ich fast zwei Jahre lang durch die ganze

Welt gereist», schrie Imma. «Du weißt, wo er ist! Führ mich endlich zu ihm.»

Zeynep erhob sich. «Er will nicht, dass du ihn in seinem Zustand siehst.»

«Ich muss ihn sehen, und ich muss mit ihm sprechen!»

«Er wird streng bewacht», sagte Zeynep leise.

«Irgendeinen Weg wird es geben, du gehst doch auch zu ihm.»

«Jeden Freitag, zur Stunde des Gebets», erklärte Zeynep. «wenn nur einer der Wächter vor dem Eingang steht. Einen kann man bestechen; wenn sie zu mehreren sind, ist es nicht möglich.»

«Nimm mich das nächste Mal mit.»

«Er will nicht, dass du ihn so siehst, wie er jetzt ist», murmelte Zeynep. «Seine Haut ist mit eitrigen Geschwüren bedeckt. Sein rechter Arm ist gelähmt –»

«Haben sie ihn gefoltert?»

«Geschlagen, gefoltert, fast ertränkt. Er kann nur mühsam sprechen. Einer seiner Mitgefangenen kümmert sich um ihn, so gut es geht. Ich bringe jedes Mal heilende Salbe für seine Wunden mit und frisches Brot und Früchte. Mehr kann ich nicht für ihn tun.»

«Wann wird er freikommen?»

«Er wartet auf seine Hinrichtung», sagte Zeynep tonlos. «Ich habe Bittschrift über Bittschrift an den Wesir und an den Kalifen selbst gerichtet, ich habe Zubaida angefleht und Briefe an die Schwester des Kalifen gesandt, an Abbasa, auf deren Rat er hört. Alles vergeblich. Nein, auch Dschibril kann nichts für ihn tun.»

«Wenn du nächstes Mal hingehst, bitte –»

«Zu zweit ist es unmöglich. Aber du könntest an meiner Stelle zum Kerker gehen. Es ist nicht einfach. Du musst stark sein, Imma.»

Zur Stunde des Freitagsgebets wartete Imma vor dem schlichten Gebäude aus Lehmziegeln zwischen dem Khuld-Palast und der Großen Moschee. Wenige kleine Fenster waren in die abweisenden wuchtigen Außenmauern eingelassen. Ein bewaffneter Mann bewachte das Portal. Imma, eingehüllt in einen langen Schleier aus dichtem schwarzem Tuch, reichte ihm mit zitternder Hand das viermal gefaltete Papier, das Zeynep ihr gegeben hatte. Der Soldat nahm das Goldstück und steckte es in seinen Ärmel, dann winkte er einem sauber gekleideten halbwüchsigen Jungen.

«Bring sie zu dem Verbrecher», sagte er barsch.

Der Junge ging durch die Toreinfahrt voran, und Imma folgte ihm durch einen schattigen Gang zu einem großen Innenhof, in dem ein weiteres, flacheres Gebäude aufragte.

Der einzige Schmuck des Ziegelbaus war das gekachelte Eingangstor. Über dem hufeisenförmigen Bogen stand eine Inschrift in dunkelblauen langgezogenen Buchstaben. «Hier gibt es keinen Gott», las Imma.

Der Junge öffnete die schwere Tür, hinter der ein Wächter auf dem Boden saß und sich die Zeit vertrieb, indem er gegen sich selbst würfelte. Er nickte ihr zu, und Imma sah sofort, dass auch er blind war wie so viele Menschen, die hier an den beiden Flüssen wohnten. Seltsame Geräusche waren von überall her zu hören. Stöhnen, gepresste Schreie, dumpfe Schläge, das Aufklatschen von Peitschen, zorniges Brüllen. Imma folgte ihrem Führer eine steile Treppe hinab zum Keller des Gebäudes. Hier war es kühl und stickig. Es stank durchdringend nach Urin und Exkrementen. An den Wänden waren in halbrunden Nischen brennende Lämpchen befestigt, die ein trübes, unruhiges Licht verbreiteten.

Unvermittelt blieb der Junge stehen. «Hier ist es. Mach nicht zu lange, ich komme bald und bring dich wieder zurück, Saida.»

Imma blickte hilflos um sich.

«Nicht da. Da.» Er wies in ein dunkles Loch hinter Gitterstäben.

Imma umklammerte die rostigen Gitterstäbe vor ihr und versuchte die Dunkelheit zu durchdringen.

«Yussuf», rief sie leise. «Ich bin gekommen – Imma.»

«Nimm das, Saida.» Der Junge drückte ihr eins der Lämpchen in die Hand und verschwand.

Wimmern und Stöhnen war von weiter hinten zu hören. Imma leuchtete mit dem kleinen Licht in die Zelle hinter den Gitterstäben, zu der ihr Führer sie gebracht hatte. Auf dem Untergrund lag Stroh. Sie erkannte die Umrisse von menschlichen Wesen auf dem Boden. Sie rührten sich nicht. Und dann bemerkte sie die Gestalt, die sich schwerfällig auf sie zubewegte.

«Zeynep?» Sie erkannte Yussufs Stimme sofort. Ja, er war es.

«Ich bin gekommen – Imma.»

Er trat nicht ganz ans Gitter, sondern blieb einen Schritt davor stehen. «Nein», sagte er. «Ich habe eine Krankheit, die meine Haut zerfrisst. Fass mich nicht an.»

«Du weißt, dass ich mich mit Krankheiten auskenne und weiß, wie man sie behandelt.» Es traf nicht zu; um die Kranken hatte Imma sich im Kloster nicht kümmern müssen.

Yussuf kam etwas näher, und Imma streckte die Hand nach ihm aus. Sie spürte den Schorf zwischen seinen Fingern und auf dem Handrücken.

«Wir werden dich hier herausholen. Irgendwie», flüsterte sie.

«Zeynep hat mir von dir und deiner Reise erzählt.» Seine Stimme klang wie immer, hatte aber jede Kraft verloren.

«Es gibt keine Hoffnung, außer auf Allah. Ich werde bald sterben», sagte er.

«Haben sie dich gefoltert?», fragte Imma.

«Es ist vorbei. Jetzt geht es mir gut. Mein rechter Arm ist gelähmt, und auch den anderen kann ich nur mit Mühe bewegen.»

Imma streichelte seine Stirn durch die Gitterstäbe hindurch. Sie senkte die Stimme noch mehr. «Du wirst nach Ägypten gehen, so wie Abu Nuwas. Zeynep wird die Wachen bestechen.»

«Abu Nuwas wird die Flucht gelingen, mir nicht. Es gibt kein Entkommen.» Yussuf sprach mit Mühe, als ob jedes einzelne Wort ihm Schmerzen bereitete. «Ich habe keine Angst vor dem Tod. Ich bin bereit. Der Tod ist besser als dieses Gefängnis.»

Leise Schritte näherten sich, und Imma wusste, dass es der Gefängnisdiener war, der kam, um sie abzuholen. Zu gerne hätte sie noch etwas gesagt, was Yussuf neuen Mut geben konnte. Durch die Gitterstäbe gelang es ihr, ihn zu küssen.

«Ich komme wieder, am nächsten Freitag. Jeden Freitag werde ich kommen. Yussuf, denk an mich. Was auch geschieht, ich bin bei dir –»

Sie weinte erst, als sie wieder draußen vor dem Tor stand und die Schreie der Gefolterten hörte.

Der nächste Freitag, auf den sie so sehr gehofft hatte, war einer der bleischweren ersten Tage nach Yussufs Tod. Einen Tag nachdem Imma ihn besucht hatte, wurde Yussuf hingerichtet. Er starb am Galgen wie ein gemeiner Verbrecher.

«Es tut mir leid, dass du diesen Schmerz aushalten musst, Schwester», sagte Zeynep. «Die Welt ist voller Täuschungen und Trugbilder. Du siehst die Berge und meinst, sie seien fest, und doch gehen sie vorüber wie die Wolken.» Zeynep hatte so viel versucht in der letzten Zeit. Jetzt war sie müde und erschöpft nach dem verlorenen Kampf.

Nach dem Freitagsgebet pflegte sie Zubaida, der Lieblingsfrau des Kalifen, in deren Palast eine Weile vorzulesen und hatte hinterher die Gelegenheit, sich bei Zuckergebäck und Rosenwasser mit ihr zu unterhalten. Zubaida hatte immer wieder versucht, Yussufs Hinrichtung zu verhindern. Aber Haruns Zorn auf die Familie der Barmakiden kannte kein Erbarmen. Tausende ihrer Anhänger und Helfer mussten in diesen Wochen sterben.

Immas Kopf dröhnte. Sie hatte zu lange nicht geschlafen. «Hier ist alles größer und prächtiger als im Frankenreich. Die Städte, die Paläste, die Plätze, es gibt Menschenmassen, wie ich sie nie zuvor gesehen habe. Bagdad hat Tausende von Bädern für die Bevölkerung. Ich hatte mir Yussufs Land anders vorgestellt.»

«Du bist hinter einem Traumbild hergelaufen.»

«Ich bin eher davongelaufen», hörte Imma sich sagen.

«Wovor, meine Schwester?»

«Vor dem Riesen in der eisernen Rüstung. Vor dem König. Außerdem erschien Al Kitab meinem Geist klarer und logischer als sämtliche Schriften im Kloster.» Sie setzte sich auf dem Diwan nieder und weinte wie ein Kind. Schweigend saß Zeynep neben ihr.

«Ich musste hierherkommen, Zeynep. Ich musste alles sehen und Yussufs Sprache aus dem Mund anderer Menschen hören und mit ihnen sprechen.»

Imma trank jetzt von dem eisgekühlten Wasser, das Fatma ihr reichte. Es hatte einen zarten Rosenduft.

«Ich habe die andere Seite der Welt gesehen, die anderen Bücher gelesen und studiert. Wie arm wäre ich geblieben, wenn ich es nicht getan hätte.»

«Du kannst hier bei uns bleiben, wenn du willst.»

«Ich weiß noch nicht, wie ich mich entscheiden werde.»

Imma holte den Beutel unter ihrem Gewand hervor und legte den Sardonyx auf den kleinen Tisch vor dem Diwan.

«Was ist das?»

Zeynep beugte sich über den Kameo.

«Wer sind die Gestalten darauf? Ist es euer Prophet Issa mit seiner Mutter Maria?»

«Es ist der Talisman des Frankenkönigs. Ich – habe ihn damals in Rom für ihn gestohlen. Und ich habe ihn ein zweites Mal gestohlen, weil ich jetzt weiß, dass der Stein ihm Unglück bringt.»

«Das musst du mir erklären, Schwester.»

«Ich weiß nicht, ob ich es kann.»

«Wir haben viel Zeit. Fang einfach an, die Geschichte zu erzählen.»

Fast in den gleichen Worten erzählte Imma nun, was sie wenige Tage später dem Herrscher der Gläubigen anvertraute.

Der Kalif war ein großgewachsener Mann in mittleren Jahren, mit dicken Backen und einem erstaunlich kleinen Mund. Er trug die golddurchwirkte seidene Durraa, ein weites Gewand mit Ärmeln, das vorne mit einem Schlitz und Knöpfen versehen war. Seinen Kopf zierte ein mit Edelsteinen geschmückter Turban. Über die Schultern hatte er den Mantel des Propheten gebreitet, in den Händen hielt er Stab und Säbel, die Abzeichen seiner Macht.

Zeynep und Imma warfen sich nieder und küssten die Füße des Herrschers, woraufhin dieser sich in freundlichem Ton nach dem König der Franken und den Umständen der Reise erkundigte. Nach einer Weile bat er Imma, von der Reliquie zu erzählen, über die Zeynep berichtet hatte.

«Die Bilder des Steins sind Spiegelungen, Täuschungen»,

begann Imma. «Vor langer Zeit wurden sie von einem griechischen Glyptiker geschnitten. Er wollte die Familie eines römischen Imperators auf einem Triumphwagen darstellen. Dieser Kaiser trug den Namen Claudius. Er lebte ganz am Anfang der römischen Kaiserzeit, als es noch nicht viele Christen gab. Er hatte diese Arbeit in Auftrag gegeben, doch bald darauf starb er an einem vergifteten Pilzgericht, das seine Frau ihm gereicht hatte; auch seine Kinder verloren ihr Leben durch Gewalt. Danach lag der Kameo für Jahrhunderte in der kaiserlichen Schatzkammer, bis ein kaiserlicher Steinschneider auf den Gedanken kam, die Familie des Kaisers Konstantin darauf abzubilden. Er musste das Bild nur in wenigen Einzelheiten verändern. Auch die Familie des heiligen Konstantin endete in großem Unglück – in Blut, in Bruderzwist.» Imma hielt kurz inne.

«Sprich weiter», sagte der Kalif. «Was geschah genau?»

«Krispus, der älteste Sohn, wurde beschuldigt, ein blutschänderisches Verhältnis mit seiner jungen Stiefmutter angefangen zu haben. Sowohl Konstantins Ehefrau Fausta wie Krispus mussten sterben. Als sie tot waren, munkelte man, alles sei nur Verleumdung und Intrige gewesen. Helena, die Mutter Konstantins, ließ zur Buße ihrer Schuld eine Kirche auf ihrem Palast errichten. Doch das Blutvergießen ging weiter. Die drei verbliebenen Söhne des heiligen Konstantin, ein Gleichnis der Heiligen Dreifaltigkeit, zogen nach dem Tod ihres Vaters gegeneinander zu Felde. Die Einheit des Römerreichs wurde zerstört, und es kam fortan nicht mehr zur Ruhe.»

«Es gibt keine Dreifaltigkeit, sondern den Einen, den Einzigen», ließ der Kalif durch einen Übersetzer antworten. Der Herrscher sah Imma fragend und nicht ohne Mitgefühl an.

Das Herz wurde ihr wieder schwer, doch sie beschloss, die Geschichte von Pippins Unglück zu erzählen …

Wenig später erschien ein spindeldürres Männchen mit dem Gesicht eines jungen Hahns. Seine Augen waren scharf und durchdringend. Er trug den kurzen, verstaubten Kittel, in dem er eben noch in seiner Werkstatt gearbeitet hatte. Ibrahim warf sich vor dem Herrscher nieder und erhob sich erst, als die Diener ihn an den Schultern hochzogen.

Harun al-Raschid, an seiner Seite sein Schriftgelehrter Abu Said, deutete auf den Sardonyx, der vor ihm auf dem kleinen Tisch lag, und Ibrahim beugte sich nieder, um ihn eingehend zu betrachten. Es war, als wolle er ihn mit seinen eigenartig hellen Augen verschlingen.

«Was sagst du dazu?» Das Gesicht des Kalifen verriet keine Bewegung.

«Es ist ein kostbarer Schmuckstein der Rumi. Einer ihrer Könige ist mit seiner Familie darauf abgebildet. Da sind die Adler, das Zeichen ihrer Herrschaft.»

«Kannst du sagen, um wen es sich handelt?»

«Das ist unmöglich», sagte Ibrahim nach kurzem Nachdenken. «Sie sind sich alle sehr ähnlich.»

«Welche Möglichkeit gibt es, herauszufinden, wen wir vor uns haben?»

Wieder dachte Ibrahim eine Weile nach. «Nun, man müsste die Bildnisse des Steins mit denen von Münzen vergleichen. Die Münzprägungen der Rumi spiegeln die Porträts ihrer Herrscher in unnachahmlicher Weise wider. Sie waren Meister darin, Ähnlichkeiten zu schaffen und Menschen so darzustellen, dass man sie wiedererkennt. Nicht nur die Münzen geben davon Zeugnis, sondern auch viele Statuen und Marmorköpfe, die man noch heute in der Wüste findet.»

«Wird es dir gelingen, einen zweiten Stein zu finden, der diesem ganz ähnlich ist?», fragte der Kalif.

«O mein Herr, es wird Zeit und Mühe kosten, aber es ist möglich. Gott schafft immer wieder Dinge, die sich ähnlich sind. Alles auf Erden ist miteinander verbunden. Irgendwo in der Weite Eurer Schatzkammern liegt ein solcher Stein, oder aber er wird auf dem Basar zu finden sein. Ich werde beten, dass die Suche gelingt.»

«Gesetzt den Fall, er ist gefunden – traust du dir zu, Ibrahim, auf diesem Stein ein Bild dieser Art zu schaffen, eine genaue Kopie, die man vom Original nicht unterscheiden kann?»

Ibrahim vertiefte sich in den Anblick des Kameo. Er wog die Schwere des Auftrags ab, die Gefahr und die Schwierigkeiten.

«Auch das wird gelingen», sagte er schließlich.

«Ihr könnt gehen, Imma und Zeynep», sagte der Kalif. «Wenn Ibrahim fertig ist, wird er euch die Kopie des Steins bringen und dann, Imma, ist für dich die Zeit gekommen, zurück in die Francia zu reisen. Wir werden Sorge tragen, dass du sicher zurückgeleitet wirst.»

«Gestattet mir eine letzte Frage –»

«Sie sei dir erlaubt, Imma.»

«Was wird mit dem Talisman geschehen? Wie wollt Ihr weiteres Unglück verhindern?»

«Tritt vor, Abu Said», sagte Harun al-Raschid und wandte sich zu seinem Schriftgelehrten hin, «und erkläre ihr, was es mit dem Stein und mit dem Unglück, das von ihm ausgeht, auf sich hat.»

Der Schriftgelehrte erhob sich von seinem Sitz neben dem Herrscher und sprach, als habe er sich lange auf die Frage seines Herrn vorbereitet. Angestrengt lauschte Imma der schnellen Rede des Alten. Auf Arabisch sprach Abu Said die Sätze, die sie vor vielen Monaten in Aleppo aus dem Mund des syrischen Mönchs gehört hatte:

«Du gehst von einem Herrscherhaus zum anderen mit diesem Stein, der Unglück bringt.

Über Jahrhunderte hinweg begleitet er den Untergang der Königshäuser, die sich mit ihm schmücken. Um die lange Kette des Unheils zu durchbrechen, muss der Stein weit fort von jeder menschlichen Behausung in die Wüste gebracht oder auf dem tiefsten Grund des Meeres versenkt werden.»

Solche Prachtkameen, fuhr er fort, seien meist in den Händen hellenistischer Herrscher gewesen, deren Dynastien tragisch untergingen.

«Wohin werdet Ihr den originalen Stein bringen?», fragte Imma, als er geendet hatte.

«Er wird in der Wüste vergraben werden mit Gebeten an den Einen, er möge jegliches Unheil vom Herrn der Franken und seinen Söhnen abwenden.»

Imma nickte nachdenklich.

«Ja, er ist von großer Weisheit», sagte Zeynep, als sie wieder im kühlen gefliesten Gang des Hauses der Übersetzungen saßen und eiskaltes Wasser tranken, auf dem Rosenblüten schwammen.

«Er ist grausam und streng, wie alle Herrscher sind. Doch seine Weisheit ist außergewöhnlich.»

Wieder zurück

Imma war jetzt in Himiltruds Zelle, einem der drei immer verschlossenen Räume am Ende des Gangs hinter Adas Äbtissinnenzimmer. Es war Imma, als röche es noch immer nach Tod. Das schlichte Bett stand noch immer an der gleichen Stelle unter dem Kruzifix an der Wand. Ein schmales vergittertes Fenster, mehr ein Spalt als ein Fenster, war oben in der Wand eingelassen. Unwillkürlich blickte sie an die Decke. Der Haken, von dem damals das Seil herabgehangen hatte, war verschwunden. Auf dem Betpult, dem einzigen Möbelstück außer dem Bett, war Bertradas Evangeliar ausgebreitet, eine Pracht in der kargen Zelle. Sein Anblick gab ihr Mut.

Sie rieb sich die schmerzenden Handgelenke. Die Eisen, die man ihr am Kai umgelegt hatte, gleich nachdem sie mit dem Lastkahn hierher nach Trier gebracht worden war, hatten rote Stellen auf ihrer Haut hinterlassen. Imma seufzte. Sie begann zu frösteln.

Sie hatte sich immer vorgestellt, sie würde eine sehr alte Frau werden. Und dass sie, das arme Findelkind, ausersehen war. Dass Gott sie liebte, dass er sie beschützte auf allen ihren Wegen. Doch nun war sie kaum vierzig Jahre alt und würde sterben. Morgen früh, vor Sonnenaufgang, würde sie dem Tod begegnen. Sicher würde die Hinrichtung gleich nach dem Urteil erfolgen. Auf welche Weise man sie wohl töten würde? Imma brach der Schweiß aus. Die Bewaffneten des Kaisers Karolus waren ihr entgegengetreten, als wäre sie eine Verbrecherin. Sie hatten sie hierhergebracht, in das Trierer Kloster, in dem vor langer Zeit alles seinen Anfang genommen hatte. Nein, das Kloster war kein Ort des Friedens. Auch hier galt die Willkür des großen Karolus, eines Mannes, der kaum lesen und nicht schreiben konnte.

Sie fürchtete den Tod nicht; sie hatte manche ihrer Schwestern dahingehen sehen, junge und alte, manche waren vorbereitet, manche wurden vom Tod überrascht. Doch sie, Imma, war noch nicht bereit.

Wo war er jetzt, der Eine, der Einzige, der sie beschützte? Sie befand sich wieder da, wo man den Einen als dreigeteilte Gottheit verehrte. Der Glaube an die Dreieinigkeit Gottes erschien ihr in diesem Moment weder wahr noch falsch, Spiegelfechtereien gelehrter Narren und Theologen, über die der Eine mitleidig lächelte.

Imma kniete sich nieder auf die Sandsteinplatten des Bodens, wo Vigil lag. Sie schloss die Augen und versuchte zu beten. Es gab nur ihn, den Einen, den Einzigen, gewaltig und gewaltsam, erbarmend und bestrafend, verzeihend und vernichtend, undurchschaubar für den Menschen. Der Kopf dröhnte Imma von den Tränen, die sie geweint hatte. Vigil hatte sich neben die Pritsche gelegt, lang ausgestreckt, den Kopf auf den Pfoten. Das lebendige Wesen neben ihr gab ihr etwas Zuversicht, und sie war dankbar, dass man ihn bei ihr gelassen hatte.

Wieder dachte sie daran, wie sehr die Stadt sich verändert hatte und wie schmutzig die Straßen waren, und sie dachte an die groben Gestalten, die sie auf ihrem Weg zum Kloster gesehen hatte.

Auf einmal wurde ihr ganz leicht. Sie saß auf einer Wiese und spielte mit Tannenzapfen. Die Tannenzapfen waren Kühe und Schafe und ein Hund. Über ihr zwitscherten Vögel. Die Strahlen der Sonne spielten auf den Grashalmen unter dem schwankenden Laub der Bäume. Käfer huschten über den Boden. Schmetterlinge wiegten sich in der Luft. Sie war glücklich. Doch plötzlich spürte sie einen Griff im Nacken, und sie wurde gewaltsam hochgehoben. Ein grinsender Riese hatte sie in den mächtigen Händen, hielt sie fest. Sie zappelte und wehrte sich, und er weidete sich an ihrer Angst.

Imma schrak hoch. Ihr Kopf lag auf Vigils Fell. Es war dunkel. Im ersten Augenblick wusste sie nicht, wo sie war. Dann kam die Erinnerung zurück. Ihr alter Albtraum! Sie hatte diesen Traum mit fünf Jahren geträumt, mit sechs, mit sieben, in jedem Jahr ihres Lebens, immer wieder, und war schweißgebadet und schreiend erwacht.

Sie sehnte sich nach Madelgard und nach Einhard. Nach Ada und Rotrud und auch nach Karolus.

Der Riese war groß und mächtig, und sie war so zerbrechlich und hilflos. Niemand kam an gegen die Macht des Gewaltigen. Imma schloss die Augen. Da war die Gefahr und die Angst vor dem Tod. Und dennoch, auch der Riese war nichts als ein von Gott geschaffenes Wesen. Er, der Eine, der Einzige, konnte sie aus den groben Händen retten.

Imma erhob sich langsam, während ihre Augen sich allmählich in der Dunkelheit zurechtfanden, ging zum Betpult und kniete sich hin. Imma versuchte zu beten, doch sie konnte sich auf kein lateinisches Gebet mehr besinnen.

La illaha illala wa Muhammad wa rasullaha! – Es gibt nur einen Gott, und Mohammed ist sein Gesandter, betete sie dann, wie damals, als sie sich vor dem Imam und vor den zwei Zeugen Zeynep und Yamina zu Yussufs Glauben bekannt hatte. Dreimal hatte sie die Schahada, den ersten Satz des Korans, gesprochen.

Das Holz unter ihren Knien war ungewohnt hart. Dort drüben, im Land der Sonne und der Wüste, war es ihr gut ergangen. Was, um Himmels willen, hatte sie zurückgetrieben?

Sie hatte wohl noch nicht abgeschlossen mit dem Land der Franken. Da waren noch zu viele Fragen, die sie der Äbtissin stellen musste. Sie blickte hoch zum Fensterspalt, durch den jetzt das fahle Licht des nahenden Morgens drang.

Vigil jaulte kurz auf, als spürte er die Unruhe seiner Herrin. Sie bückte sich und strich ihm durch das weiche, goldene Fell.

Wenn nur Einhard hier wäre! Aber der war weit weg, drüben im Maingau bei seinen Bauwerken. Hoffentlich würde der junge Bootsführer, der lange, schlaksige Kerl mit seinen frechen Augen und den halblangen braunen Haaren, seinen Auftrag erfüllen und nach Mulinheim eilen, um Einhard ihren Brief zu überbringen. Fatma hatte ihm ja, als sie in Trier angelegt hatten und sie gefangen genommen worden war, einen Beutel mit Silbermünzen als Belohnung mit auf den Weg gegeben. Und Aggo, so hieß der Junge wohl, war auf das nächste Boot moselabwärts gesprungen und hatte sich auf den Weg gemacht.

Sie schüttelte den Kopf. Einhard würde den Herrscher nicht davon abbringen, sie mit dem Tod zu bestrafen. Aber Einhard würde sie verstehen, und er würde Karolus erklären, warum sie nach Bagdad gereist war. Und außerdem musste sie ihm vor ihrem Tod die Wahrheit über den Text des Eusebius berichten. Hoffentlich gewährte ihr Ada ein letztes Gespräch mit dem Rothaarigen.

Es war Morgen geworden. Vom Kreuzgang her hörte sie die Nonnen sprechen.

Die schwere Tür ging auf, und Imma wandte den Kopf. Die Äbtissin Ada trat ein. Sie war gealtert, ihr blondes Haar war grau geworden. Sie trug das schwarze Äbtissinnengewand. Ja, Imma war lange unterwegs gewesen, sehr lange. Einen Augenblick verharrte sie bei der Tür, dann schloss sie sie und trat auf Imma zu. Imma erhob sich vom Betpult, und Ada umarmte sie, froh darüber, dass Imma, das verlorene Schaf aus ihrer Herde, zurückgefunden hatte. Ada duftete nach Wachskerzen und Weihrauch und, anders als die anderen Klosterfrauen, nach einem italischen Lavendelöl, genau so wie früher. Langsam lösten sie sich wieder voneinander.

Auf ihren silbernen Abtsstab mit dem Elfenbeinknauf gestützt, runzelte Ada die Stirn, was eine tiefe, senkrechte Furche eingrub, und ein ständiges Zucken und Zerren lag um ihren Mund, wie immer, wenn sie mit sich kämpfte.

«Unser Buch. Es ist unser Buch.» Die beiden Frauen

richteten ihren Blick auf das Evangeliar, und einen Augenblick erinnerten sie sich an den langen gemeinsamen Weg, an die Jahre mühseligen Kampfes. Das Blattgold, das Imma in der flachen Schale geschmolzen hatte, um dann damit zu schreiben. Und der glänzende Kameo auf dem Deckel. Das Prunkstück aus der geheimen Schatzkammer der Päpste, für den jede von ihnen mehr getan hatte, als christlichen Klosterfrauen gestattet war. Der Kameo mit dem Geheimnis.

«Imma», begann Ada, «in den Dingen des Glaubens duldet Karolus keinen Widerspruch. Er wird dich mit dem Tod bestrafen, wie jeden anderen Abtrünnigen.»

Die Äbtissin versuchte zu lächeln, wie um an die alten, besseren Zeiten zu erinnern. Aber es gelang ihr nicht. Ada, groß und grauhaarig, mit ihrem stechenden Blick aus blauen Augen, war ihrem Bruder ähnlich. Wie er verbreitete sie Ehrfurcht und ängstlichen Respekt, wohin immer sie kam.

«Es ist ihm so wichtig, dass er selbst mit dir sprechen wird, um dann das Urteil zu fällen.»

Ganz kurz glaubte Imma die Stimme des Herrschers zu hören, doch es war nur Ada; auch Tonart und Tonhöhe ihrer Stimme waren der ihres Bruders ähnlich.

In ihren jungen Jahren hatte Imma jedes Mal Herzklopfen bekommen, wenn sie die Äbtissin erblickt hatte. Immer noch war eine Spur davon da, ein kleines flaues Gefühl, sobald Ada den Raum betrat. Welten trennten sie, das Mädchen aus dem Klostergut in der Eifel, und die Schwester des großen Karolus. Imma wusste in diesem Moment, sie würde die Beklommenheit vor der herrischen Frau nie ganz überwinden. Imma blickte auf Adas Hände, die sie vor der Brust gefaltet hatte. Adas Finger waren dick und geschwollen, zu viel Fleisch, zu viel Wein. Imma wusste um ihre schlechte Gesundheit. Sie kannte das Leben ihrer Äbtissin bis hinein in den letzten Winkel, sie hatte ihre Wutausbrüche erlebt und ihre Tränen getrocknet. Und doch gab es zwischen ihnen eine unüberwindliche Kluft. Imma bewunderte Ada unendlich in einem Gefühl, das fast Liebe war, in einer Mischung aus Dankbarkeit und dem Wunsch, ihr ähnlich zu werden.

Manchmal, wenn sie still zugehört hatte, wie Ada die Nonnen belehrte, war ihr, als sei sie selbst diejenige, die sprach, als verschmelze sie mit Ada.

Im Laufe der Jahre hatte Gott der Allmächtige etwas Wunderbares bewirkt. Sie, die kleine ärmliche Imma, war der großen Ada ähnlich geworden, nicht in allem, aber doch in der Art, zu sprechen und zu denken. Und es gab Dinge, von denen sie mehr verstand als die Äbtissin. Die Kunst des Schreibens und des Ausmalens, diese Kunst erst machte sie zu Imma, zu einem neuen Wesen, das sie als Kind nie für möglich gehalten hätte, auf das sie stolz war, soweit Gott einen solchen Stolz zuließ. Und dann war das Unglaubliche geschehen. Der große Karolus hatte Imma eine eigene Abtei zugewiesen, hatte sie zur Äbtissin gemacht.

«Gut, dass du den Kameo zurückgebracht hast. Jetzt ist er wieder da, wo er hingehört», sagte Ada mit einem Blick auf den Sardonyx.

«Dieser Stein entstand unter Kaiser Claudius», begann Imma. «Dargestellt ist seine Familie im Moment seines größten Triumphs. Später ließ Kaiser Konstantin die Figuren umgestalten, um seine eigene Familie in ihnen zu spiegeln. Alle diese Menschen mussten großés Unglück ertragen. Vielleicht sollte man den Sardonyx an einen anderen Ort bringen, in die Schatzkammer –»

Ada sah Imma verständnislos an. «Du darfst das Leben königlicher Familien nicht mit dem Leben gewöhnlicher Sterblicher vergleichen. Könige nehmen mehr auf sich als einfache Menschen.» Dann ging sie doch auf Immas Einwand ein. «Sie sind tapferer als die Furchtsamen. Schließlich müssen sie sie ja beschützen und für sie kämpfen. Aber nun zu dir.» Ada trat näher.

«Noch ist nichts verloren. Es ist nicht schwer, dich und deine Seele zu retten», begann Ada wieder. «Karolus wird über dich richten. Aber wenn du bereust, wenn du Abbitte leistest ...»

Imma bereute nichts. Das, was hinter ihr lag, war ihr Leben. Sie spürte nichts mehr von der kalten Angst der letzten Nacht. Ihr Schicksal war besiegelt. Was sonst konnte es bedeuten, dass sie Karolus berichten sollte? Er war der große Kaiser des Westens. Aber sie hatte den anderen Hof im Osten gesehen, glanzvoller als die Pfalz in Aachen unter dem ewig grauen Himmel. Sie hatte sich weit vorgewagt und war an Orten gewesen, die Ada nie betreten hatte.

Die knotigen Finger der Äbtissin spielten mit dem Goldkreuz, das vor ihrer Brust hing. Es war mit mugelig geschliffenen grünen und dunkelblauen Edelsteinen besetzt, das Brustkreuz einer Königin. Ada liebte den Prunk und die Schönheit und sah darin keinen Widerspruch zu ihren Gelübden. Über die Furche in der Mitte ihrer Stirn lief Schweiß. «Du musst dem Heidengott abschwören.»

Zum ersten Mal seit sie da war, öffnete Imma den Mund. «Ich kann vor Gott nicht lügen. Nicht vor dem Einen und Einzigen, der nicht gezeugt wurde und nicht gezeugt hat.»

Adas Brauen zogen sich zusammen, sodass die Furche auf ihrer Stirn noch tiefer und schärfer wurde.

«Du leugnest Jesus, den Sohn Gottes.»

«Es gibt keinen Sohn.»

Imma und Ada standen einander immer noch gegenüber wie vor einem Zweikampf.

«Zum letzten Mal. Nimm Vernunft an. Tu es für mich, Kind.» Doch Imma war alt genug, um selbst ein Kloster zu leiten, sie war zu wissend, um das demütige kleine Mädchen zu spielen.

Ada war sehr klug. Bestimmt würde sie alles begreifen, wenn sie ihr wirklich zuhörte. Allerdings hatte die Äbtissin ihrer Cancellaria noch nie zugehört. Sie war gewohnt, huldvoll Befehle zu erteilen, Ratschläge oder Bitten auszusprechen. Sie betete vor und hielt Reden; die Gabe des Zuhörens hatte Gott ihr nicht verliehen.

Wieder durchströmte Imma die alte Zuneigung zu der Frau, der sie alles verdankte.

«Imma –» Ada brach ab und suchte nach Worten. Um ihren Mund zuckte und zerrte es wieder. «Du weißt, wie streng der Kaiser straft.»

«Es gibt keine Macht und Stärke außer bei Gott.»

«Du und ich, wir sind schwache Frauen. Sei demütig; es kommt uns nicht zu, die Heilige Schrift ganz neu zu deuten.»

Imma fühlte sich nicht schwach. Auch Ada war nicht schwach wie andere Frauen. Demütig waren die niederen Schwestern in der Küche.

«Hier auf Erden hat Karolus alle Macht und Stärke. Gott hat sie ihm verliehen», sagte Ada.

Niemand war dem großen Karolus so nah wie seine Schwester Ada. Sie konnte alles bei ihm erreichen. Unmöglich, dass er ihr längere Zeit zürnte. «Und Ihr? Der Kaiser wird Euch doch nicht meinetwegen bestrafen», fragte Imma zaghaft.

«Nein.»

Eine Weile standen sie da und schauten sich schweigend an.

«Ehe ich sterbe –», begann Imma.

«Sprich nicht so», murmelte Ada und knetete ihre geschwollenen Hände.

«Ehe ich sterbe, möchte ich noch einmal ein Bad im Heidengebäude nehmen. Werdet Ihr das gestatten?»

«Ich würde dir mehr gewähren, wenn ich es vermöchte.» Adas Stimme brach. Kaum hörbar sprach sie weiter. «Leg deine Hand auf dieses Buch und tu den Schwur, dass du an Gott, den Herrn, an Jesus Christus, den Sohn, und an den Heiligen Geist glaubst und auf ihn hoffst. Jenseits dieses Buches wartet ewige Verdammnis auf dich.»

«Es gibt ein Buch, größer als dieses, und Worte, die erhabener sind, weil sie von Gott kommen – Al Kitab.»

«So darfst du nicht sprechen, wenn du vor ihm stehst, morgen früh. Wegen des Buches der Heiden ist Ruoland gefallen. Seinen Tod wird Karolus nie verzeihen.»

«Viele wurden im Kampf getötet, auch auf der anderen Seite», antwortete Imma kühl.

«Keiner stand uns so nahe wie Ruoland.»

«Vor Gott ist ein Mensch so viel wert wie der andere.»

Ada wandte sich ab. Grußlos verließ sie den Raum und schloss die schwere Eichentür sorgfältig ab. Der Duft nach Lavendelöl und Weihrauch hing immer noch im Raum.

Imma blickte zu dem Buch auf dem Betpult hin und lächelte. Jahre ihres Lebens hatte sie dafür hingegeben. Es hatte ihr alles ersetzt, Geschwister und Eltern, die Natur, all das, was sie vor Jahren zurückgelassen hatte. Sie hatte geglaubt, es gebe nichts Größeres auf der Welt. Und auch für Ada hatte es mehr bedeutet als alles andere.

Dieser Kodex mit seinen pergamentenen Seiten, mit den verzierten Goldbuchstaben und den Purpurausmalungen im Inneren, mit Gold und Edelsteinen und mit dem Kameo auf dem Einband, er war nicht geringer als Al Kitab, das Buch, dessen Worte in ihrem Inneren bewahrt waren so wie das Bild von Yussuf. Langsam gewann Imma wieder Sicherheit. Es gab keinen Tod – nicht mehr, nachdem sie die erhabenen

Worte auswendig wusste und Yussuf sie seiner Liebe versichert hatte.

Imma schloss die Augen. Sie sah Yussuf vor sich, hinter den Gitterstäben, in dem stinkenden Kerker weit fort von hier, und spürte wieder die Geschwüre an seinen Händen, die sie berührt hatte. Sie sah Bilder vor sich, die sie selbst gemalt hatte: einen sprudelnden Brunnen, das weiße Einhorn, Adler, die Gestalten der vier Evangelisten. Die Welt bestand aus farbigen Bildern. Die Bilder, Millionen und Abermillionen, waren nicht nur außen, sie waren in ihr, so wie in jedem Menschen.

Nein, sie wollte noch nicht sterben. Das Paradies, daran zweifelte sie nicht, war schön. Doch das Leben hier auf dieser Erde war schöner. Er, der Eine, der Einzige, würde ihr Kraft und Stärke geben für ihre schwerste Stunde.

Die Müdigkeit hatte Imma überwältigt, obwohl sie wusste, dass jeden Moment die Nonne kommen würde, um sie zum Verhör zu führen. Schließlich hatte sie die Wolldecke auf den Boden gelegt und war darauf niedergesunken. Der unregelmäßige Boden aus Sandsteinplatten war hart; auch die Wolldecke unter ihrem Körper wärmte sie nicht und ließ keinen ruhigen Schlaf zu. Aus dem uralten Untergrund mit den Römergewölben, Heiligengrüften und Weinkellern zog die Kühle von Jahrhunderten hoch in ihren Körper.

Ohne anzuklopfen, war er eingetreten und beugte sich über sie, der Riese aus ihren Träumen. Aber diesmal war es kein Traumbild, er war es wirklich. Doch sie hatte keine Angst. Ruhig betrachtete sie ihn und streckte die Hand nach ihm aus, um seinen Panzer zu berühren. Sie kannte ihn, auch wenn sie nachdenken musste, wie er hieß. Nein, Karolus wäre zu wenig gewesen. Sein Name war Modoald und Chlodwig, Theoderich, Pippin und Karl Martell.

Blut troff von seinen Fingern, Blut klebte zäh und eingetrocknet auf den Brustplatten seines Panzers. Dieser Panzer mit dem schlangengeschmückten Frauenkopf unter dem Hals war der eines Römerkaisers, eines Imperators. Erschrocken und neugierig zugleich betrachtete sie ihn, als sei er ein Bild.

«Willst du erfahren, wer ich bin?» Die Stimme des Gewaltigen kam aus einem gusseisernen Statuenkörper. «Ich bin Dominus noster imperator Caesar.»

«Willst du sagen, du bist der heilige Konstantin?»

Der Riese lachte. «An mir ist nichts Heiliges, kleine Imma. Ich bin sie alle. Mein Name ist Claudius Flavius Constantinus Karolus, und meine Anrede ist Dominus noster.»

«Und Modoald?», fragte Imma.

Der Riese schnippte mit den Fingern. Es klang wie das Klirren von Schwertern. «Modoald war ein frommer Mann aus Trier, immer einen Weinpokal in der Hand. Ein Träumer und Klostergründer.»

«Verachtest du ihn?»

«Er hat nichts mit mir zu tun. Ich bin immer wach, ich führe jedes Jahr meine Kriegerscharen ins Feld.»

«Und deine Rüstung?», fragte Imma weiter, wie ein neugieriges Kind.

«Ulfberth hat sie geschmiedet, es gibt keine bessere. Von Ulfberth dem Waffenschmied spricht die ganze Francia. Möchtest du ein Geheimnis hören?» Er beugte sich tiefer zu ihr und flüsterte: «Dein Ziehbruder liefert Schwerter und Brünnen bis hinauf zu den Normannen. Beowulfs Söhne transportieren sie mit ihren Schiffen, und Feyko, der Friese, der vorgibt, Handel für St. Irminen zu treiben, ist der Vermittler.»

«Das darf niemand wissen.» Heißer Schrecken durchfuhr Imma.

«Willst du noch mehr wissen? Ich sage dir alles.»

«Sei still», fuhr Imma den Gewaltigen an. «Es war genug.»

Der Gewaltige wich zurück, er hatte sie nicht zerschmettert. Imma fiel in tiefen Schlaf.

«Komm, Imma. Er ist jetzt da. Er möchte sofort mit dir sprechen.»

Verschlafen rieb sich Imma die Augen.

Eine ihr unbekannte Klosterfrau war eingetreten. Unter dem Schleier war sie so alterslos und gesichtslos wie die meisten Nonnen, eine *ancilla Dei.* Sie stellte eine Waschschüssel auf den Schemel und einen Becher Milch und einen Kanten Brot daneben.

«Iss das, ehe du gehst, Schwester. Es ist nicht gut, mit leerem Magen Wichtiges zu besprechen. Ich warte so lange auf dich.»

«Wo – wo ist der Kaiser?»

«Im Zimmer oben im Turm.»

«Und die Abbatissa? Wird sie bei dem Gespräch dabei sein?»

«Die Abbatissa ist in der Kirche und betet für deine Seele.»

Imma erhob sich, unfähig zu antworten.

«Auch Rotrud und Madelgard sind bei ihr und beten für deine Rettung.»

Überrascht blickte Imma die Klosterfrau an. «Madelgard ist hier?»

«Ja, sie ist die Friedelfrau von Karolus. Sie hat drei gesunde Kinder», antwortete diese.

Dann öffnete die Nonne die Tür und schob Imma in den Raum. Hier oben war es wärmer als in den unten gelegenen Räumen des Klosters. Die Sonne strahlte durch die seitlichen Fenster, und die Helligkeit blendete Imma fast. Auf den Holzdielen des Turmzimmers lag ein orientalischer Teppich. Karolus hatte auf dem schlichten Holzschemel Platz genommen, auf dem vor langer Zeit Theodo ihr gegenübergesessen hatte. Auf einem kleinen runden Tisch lag die goldene, edelsteinverzierte Reliquienbörse mit den Nägeln aus der Werkstatt des heiligen Josef, die sonst Ada immer bei sich hatte. Karolus legte die rechte Hand auf ein schmales Buch. Imma konnte nicht erkennen, was es war. Es war kleiner als ein Evangeliar.

Der Herrscher über die Francia war ein alter Mann geworden, dessen Finger wie bei Ada von der Gicht knotig und verkrümmt waren. Allein, durch die Größe seiner Gestalt wirkte er immer noch einschüchternd. Und obwohl er keine Abzeichen seiner Macht trug, fühlte Imma sich bei seinem Anblick verzagt und wie ein Kind. Ein Gefühl von Schwäche überkam sie.

Sie warf sich nieder und berührte mit der Stirn den Boden. So geziemte es sich für eine Angeklagte, der der Kaiser ein persönliches Gespräch gewährte. Zaghaft sah sie zu ihm auf.

Mit einem Handzeichen bedeutete er ihr, sie solle sich auf den bereitstehenden Stuhl vor ihm setzen. Der alte Herrscher musterte sie schweigend, als sie sich niederließ, und wieder stieg eine Welle von Angst in ihr auf.

«Damals, nach Ruolands Tod haben wir dich ins Kloster kommen lassen», begann Karolus endlich. «vielleicht war es schon zu spät für die richtige Erziehung. Jetzt, als alter Mann, frage ich mich mehr denn je, was die richtige Erziehung ist.» Er fuhr sich mit der Hand durch den Schnurrbart. «Ich habe versucht, an allen Orten des Frankenreichs Schulen zu errichten, damit möglichst viele Menschen schon in ihrer Jugend lernen können. Es geht darum, sich im Schreiben und

Lesen zu üben, denn im vorgerückten Alter lernt man diese Künste nicht mehr. Aber es geht auch darum, das Kind auf den Weg zu Gott zu führen.»

Imma schwieg abwartend. Worauf wollte der Herrscher hinaus?

«Ich möchte, dass alle Menschen lernen, in den heiligen Schriften zu lesen. Meine Grafen widersprechen mir. Die Söhne der Armen, höre ich, brauchen nicht schriftkundig zu sein. Für die Feldarbeit genügt es, die Arme zu gebrauchen. Nein, sage ich, es ist ein Unrecht, Menschen nur als Tagelöhner und Mägde zu sehen und ihnen Unterricht zu verwehren. So wie sie ein von Gott gegebenes Recht haben, sonntags zum Gottesdienst zu gehen, so muss man ihnen auch ermöglichen, die Schrift zu erlernen, Rechnen und noch mehr. Der Mensch lebt nicht vom Brot allein. Die Schrift ist so wichtig wie Nahrung und Kleidung. Sie ist ein Lebensmittel, ohne dessen Genuss der Mensch ein Tier bleibt.»

«Meint Ihr, alle Menschen sollen schreiben und lesen lernen?»

«Ja. Denn alle haben sie eine unsterbliche Seele, die zu Gott finden will. Man darf ihnen die Schrift so wenig vorenthalten wie das Brot. Du müsstest mich verstehen.»

Imma überlegte. Lesen und Schreiben für alle Menschen – was war ihr eigenes Wissen dann noch, was war Adas und Giselas Gelehrsamkeit, wenn alle sie mit ihnen teilten?

«Ich glaube nicht, dass alle dazu bestimmt sind, schreiben und lesen zu lernen. Es ist schwer, und man braucht viele gute Lehrer. Es ist nur ein Traum, von dem Ihr sprecht.»

«Meine Schwester Ada meinte, er sei zu verwirklichen.» Plötzlich lächelte er. Es war das gütige Lächeln eines freundlichen alten Mannes. «Wenn man selbst den Zugang zum Brot hat, darf man ihn dann anderen Menschen verweigern?»

Doch um all das ging es hier nicht. Gleich würde das Verhör beginnen. Imma versuchte, ihre Verteidigung zurechtzulegen.

«Ich habe die Menschen bewundert, die so viel Wissen in sich sammeln wie du. Meine Schwestern Gisela und Ada gehören in diese Reihe. Und du warst auf dem gleichen Weg wie sie. Es gibt keinen besseren Weg.» Er schwieg und spielte mit der Reliquienbörse.

«Jeder weiß, dass ich große Schätze gesammelt habe, das Gold der Awaren, die Edelsteine des Langobardenschatzes, Walzähne und Elfenbein und vieles mehr. Kennst du meine größten Erwerbungen?»

«Meint Ihr den Kameo?»

Karolus lachte kurz auf.

«Oder die Schriften aus der Schatzkammer der Päpste?»

«Am stolzesten bin ich auf Alkuin, auf Petrus von Pisa und Paulus Diaconus, auf Theodulf und all die anderen Gelehrten. Ich habe sie an meinem Hof versammelt wie Edelsteine. Ich habe sie geehrt und mit Klöstern ausgestattet, wenn sie danach verlangten. Ich habe sogar den Bruder des Paulus freigelassen, als er mich darum bat. Er war ein aufsässiger Langobarde, der seine Strafe im Kerker verdient hatte. Höchst ungern habe ich sie ihm erlassen, aber ich habe es getan, um von der Weisheit des Paulus Diaconus etwas abzubekommen. Er lehrte meine Kleriker Griechisch und meine Kinder Latein und Grammatik. Es war ein hoher Preis. Ich habe ihn gezahlt.»

«Was hat das mit mir zu tun?», fragte Imma und straffte sich. Sie wollte jetzt endlich ihr Urteil erfahren.

«Du gehörst zu den Menschen, die ich bewundert habe und auf die ich stolz war. In kurzer Zeit hast du viel gelernt – und heute weißt du viel mehr als ich. Aber –»

Imma rutschte unruhig auf ihrem Stuhl hin und her.

«Die Weisheit hat dich dazu verführt, über Gott zu spekulieren. Ist es so?»

«Ja, Domine», sagte sie.

«Über die Geheimnisse Gottes aber gibt es nichts zu spekulieren.» Er machte eine Pause und zupfte an seinem Schnurrbart.

«Warum nicht?»

«Bei Gottes Majestät ist die reine Einfalt mehr wert als der Scharfsinn der Philosophen.»

«Gott hat uns aber den Geist gegeben, damit wir denken. Wer einmal damit angefangen hat, kann keinen Punkt setzen und wieder einfältig werden.» Genau deshalb war es ja so bedenklich, alle Menschen schreiben und lesen lernen zu lassen.

«Die Weisheit macht den Menschen jedenfalls nicht besser», knurrte Karolus. «Du weißt mehr als ich, viel mehr. Du hast das Buch des Augustinus über den dreieinigen Gott abgeschrieben und ausgemalt. Trifft das zu?»

«Ja, das trifft zu.»

«Und dennoch bestreitest du die Dreieinigkeit. Ada hat es mir jedenfalls so berichtet.»

«Auch das trifft zu.»

Karolus schwieg. Sein Blick hielt Imma umfasst.

«Die Argumente, die Augustinus vorbringt, sind unwiderlegbar», setzte der Herrscher erneut an. «Sie sind die Wahrheit. Jeder Sarazene müsste sich dieser Wahrheit anschließen, nachdem er das Buch gelesen hat oder nachdem es ihm vorgelesen wurde.»

«Vielleicht», antwortete Imma. Sie bezweifelte, dass er die Werke des Augustinus richtig verstanden hatte. Er war kein Schriftgelehrter, sondern ein Krieger. Er gehörte einer vergangenen Zeit an. Ludwig, Pippin und Rotrud waren die neue Generation im Frankenreich, des Lesens und Schreibens kundig. Pippin Rothaar würde weise und wissend regieren, ganz anders als sein ungebildeter barbarischer Vater mit seinem Traum, alle Menschen lesen zu lehren. Ein neues Zeitalter brach an, zu dem Karolus schon nicht mehr gehörte.

Karolus lehnte sich zurück. Ein zufriedenes Lächeln erschien auf seinem Gesicht und ließ ihn auf einmal jünger aussehen.

«Ich habe einen Auftrag für dich, Imma. Es ist mehr als ein Auftrag, es ist ein Befehl. Du, Imma, meine Tochter, wirst das Werk des Augustinus über den dreieinigen Gott in die Sprache der Sarazenen übersetzen. Bist du dazu in der Lage?»

«Ich denke, schon.»

«Wir werden ein oder zwei arabische Schreiber kommen lassen, die zusätzliche Kopien des Buches anfertigen, und ich werde diese Schriften nach Bagdad senden, damit man sie dort liest. Der Kalif Harun, der mir freundliche Briefe und Geschenke schickt, wird daran interessiert sein, zu erfahren, wie die göttliche Natur beschaffen ist.»

Seltsam, dass der Herrscher, alt und lebenserfahren, wie er war, nicht verstand, dass die Frage, ob einig oder dreifaltig, nicht die entscheidende Frage war. Als ob für den Allmächtigen, Allwissenden irgendetwas davon abhinge, was der menschliche Geist über ihn dachte. Vielleicht war ja selbst die Sache mit dem gezeugten Sohn und dem Heiligen Geist nur ein Bild für den Gläubigen, eines von vielen möglichen Bildern, ohne dass eines davon falscher oder richtiger war als das andere. Aufgabe des menschlichen Geistes war es, zu suchen. Mehr war dem Menschen in der Beschränktheit seines Erdenlebens nicht gegeben.

«Meine liebe Tochter, Kind meiner Sünde.» Karolus erhob sich langsam und schwerfällig, trat auf Imma zu und umarmte sie. Imma erstarrte. *Kind meiner Sünde?*

«Du wirst unverzüglich damit anfangen. Alles, was für diese Arbeit erforderlich ist, soll zu deiner Verfügung stehen.»

«Wo soll sie stattfinden? Hier im Kloster?»

«Nein, du wirst mir nach Aachen folgen. Das Palisadenhaus wurde von niemandem bewohnt, seit du es verlassen hast. Wenn die Übersetzung abgeschlossen ist, kannst du Einhard nach seinem Hofgut im Maingau begleiten, wenn du das willst.» Er sah Imma erwartungsvoll an. Doch Imma schwieg.

Er warf ihr einen langen Blick zu aus alt gewordenen, trüben Augen.

«Du bist diesem Übersetzer nach Bagdad gefolgt – Yussuf. Er war der Grund für deine lange Reise.»

«So ist es.»

«Es kann nur so sein, dass du ihn wiedergefunden hast. Sonst wärst du nicht so lange in Outremar geblieben. Ich will alles über ihn wissen.»

Ein wehmütiges Lächeln flog über Immas Gesicht. Ja, sie hatte ihn wiedergefunden, ihren Yussuf. Unvergleichlich war der Tag gewesen, als sie ihm wiederbegegnet war. So unvergleichlich wie der Schmerz, als Zeynep und sie ihn begraben mussten.

Karolus hatte lange geschwiegen, während Imma sprach. Sie richtete die Grüße des Kalifen an den Herrscher der Franken aus, doch den Kameo erwähnte sie nicht. Sie hatte einen Sardonyx zurückgebracht, der bis in kleinste Einzelheiten dem vergrabenen Original glich. Meister Ibrahim war das Unmögliche gelungen, und Harun hatte ihn fürstlich dafür entlohnt.

Imma sah zu dem Herrscher hinüber. Karolus blickte starr in eine weite Ferne.

Rotrud und Madelgard warteten in der Vorhalle des Klosters, als Imma kam.

«Er hat dich begnadigt! Ist es so?» Madelgards Stimme überschlug sich fast.

«Begnadigt?» Nach der Anspannung der letzten Stunden gelang Imma kein Lächeln. Sie überlegte, ob Ada bereits vom Beschluss ihres Bruders wusste oder gar von Anfang an in Karolus' Vorhaben eingeweiht war.

«Und?», fragte Rotrud. «Was hat er gesagt?»

«Ich erzähle es dir später. Es ging um so viele verschiedene Dinge.» Imma trank hastig etwas Wasser, dann fragte sie unvermittelt: «Redet er alle Äbtissinnen des Reiches mit ‹meine Tochter› an?»

Rotrud senkte den Blick und schwieg.

«Und ‹Kind meiner Sünde› – was soll das bedeuten?»

«Gar nichts.» Rotrud lächelte matt.

«Er ist in die Jahre gekommen und redet manchmal wirr?», fragte Imma behutsam, um Rotruds Gefühle als Tochter nicht zu verletzen.

«Sein Geist ist klarer denn je. Aber Imma, hast du dir denn nie Gedanken darüber gemacht, wer deine Eltern sind?»

«Jeden Tag habe ich zu Gott gebetet, er möchte mich zu ihnen führen – oder wenigstens an ihr Grab.»

«Das hat er getan, Imma. Du kennst sie beide.»

«Ada?», fragte Imma mit bebender Stimme.

«Sie und ihr Halbbruder Karolus in jugendlichem Leichtsinn. Niemand durfte davon erfahren. Deswegen wurde Ruoland zu Pflegeeltern in die Francia gegeben und du, die Jüngere, zu Begga und Ubbo auf den Klosterhof. Du warst nie verlassen und vergessen. Deine Erziehung war so gut wie die der ehelichen Kinder. Du musstest niemals hungern oder frieren.»

Wie immer wenn sie überwältigt war, brachte Imma

zunächst kein Wort hervor. So schön es war, das Kind von Eltern zu sein, die sie schon immer verehrt hatte, so erschreckend war es, die Tochter von Bruder und Schwester zu sein.

«Deshalb musste Laurentia sich ständig geißeln», murmelte sie.

«Du brauchst dir also keine Sorgen um das Seelenheil deiner Mutter zu machen», sagte Rotrud fast heiter. «Und auch Karolus hat Buße getan. Er hat Klöster und Kirchen gestiftet, und oft genug hat der Papst ihm seine Sünden erlassen. Außerdem wussten er und Ada nicht, dass sie Geschwister waren, als sie sich kennenlernten.»

«Für mich ist es schlimm.»

«Könige dürfen mehr als andere Menschen. Sie stehen über den Gesetzen.»

Nein, es war nicht so. Das Gesetz des Einen, des Einzigen galt für alle. Auch Könige, selbst der Papst, waren Diener.

«Ich muss wieder zu ihm.» Imma fühlte sich elender als vorher. «Warum hat er es mir nicht gesagt?»

«Er glaubt, Ada hätte das getan.»

Imma kam ein schrecklicher Gedanke. «Ist es möglich, dass andere davon wissen, wer ich bin? Einhard? Angilbert? Deine Geschwister?»

Rotrud lachte kurz auf. «So ist es, Imma.»

Ihr Leben lang hatte Imma sich danach gesehnt, ihre Eltern kennenzulernen. Jetzt war der Augenblick da, unerwartet und plötzlich, und es war ihr unmöglich, sich zu freuen. Ada und Karolus! Tausendmal hatte sie sich gewünscht, das Kind vornehmer Eltern zu sein, und sie war immer überzeugt gewesen, es seien Bettler oder Tagelöhner, für die sie sich schämen müsste. Sie schloss die Augen und kämpfte die Tränen nieder. Es war furchtbar, solche Eltern zu haben, und noch furchtbarer, dass so viele davon wussten. Laurentia hatte jahrzehntelang büßen müssen, weil es sie, Imma, gab.

Imma wollte die Treppe hinaufgehen, doch dann zögerte sie. Plötzlich war alles anders geworden. Wie sollte sie jetzt mit Karolus sprechen, was sollte sie ihm sagen? Sie wünschte sich weit weg, an einen Ort, wo niemand sie kannte. Sie wünschte, sie wäre tot. Warum nur ließ Gott ein Wesen wie sie gesund und munter heranwachsen? Warum gestattete Gott ihr, froh und glücklich zu sein? Warum gab Gott der Frucht einer blutschänderischen Beziehung Talente, Begabungen und stattete sie mit einem angenehmen und gesunden Körper aus?

«Nein», sagte sie. «Ich kann nicht bei euch bleiben. Es ist zu furchtbar.»

«Doch, das musst du», sagte Rotrud.

«Ich kann nicht. Es ist unmöglich. Ich bin ein Nichts. Gott muss mich hassen.» Während sie es sagte, wusste sie, dass es nicht wahr war. Sie konnte und es war möglich. Sie war auserwählt. Der große Architekt mit Zirkel und Waage liebte sie. Sie würde wieder mit ihm reden wie in alten Zeiten.

«Du brauchst dich nicht zu schämen. Du bist unschuldig an allem.»

«Aber ich – ich bin das Unglück, das aus der Verbindung der beiden entstanden ist.»

«Jeder Mensch wird von Gott in die Welt geschickt als sein Ebenbild. Imma, bezeichne dich nicht als ein Unglück. Du bist es nicht.»

«Ich möchte ein paar Augenblicke allein sein», murmelte Imma. «Ich muss beten.»

Im Kreuzgang war es schattig kühl. Niemand war dort zu sehen. Imma ging hinüber zu ihrem Lieblingsplatz bei den Gräbern der Nonnen, zum Grab der weisen alten Aquitanierin, auf dem der Rosenstock wucherte. Er trug jetzt, im trockenen Hochsommer nur noch wenige, fast welke Blüten.

Ja, es war schön zu leben. Der Tod war kein wirkliches Übel, doch sie war noch nicht alt, und ihre Zeit war noch nicht gekommen.

«Ich will noch einige Bücher abschreiben und andere übersetzen. Ich will Bilder malen. Versteht Ihr mich, Yolanda?»

Yolanda nickte aus ihrer Ferne, wohlwollend und voll Verständnis.

«Ich spreche jetzt eine Sprache, die fast niemand im Frankenreich versteht. Alle wollen gegen die Sarazenen kämpfen, aber keiner war je in ihrem Land, keiner kennt ihre Bücher, keiner hat Al Kitab je gehört. Ist das nicht eine Schande?»

Auch diesmal nickte die weise alte Yolanda.

«Ruoland, der junge Held, von dem die Sänger singen, war also mein Bruder.»

Traurig bestätigte Yolanda auch dies.

«Man hätte es mir früher sagen müssen.»

Eine Eidechse huschte unter dem Rosenstrauch hervor. Mit bebender Kehle sah sie aus glänzenden schwarzen Augen nach oben.

Einhard ging unruhig auf und ab. Die Entscheidung musste längst gefallen sein. Er dachte an das Schicksal von Pippin dem Buckligen, von Tassilo und von Theodo. Immas Verfehlung wog nicht leichter als die ihrer männlichen Angehörigen. Karolus war im Alter keineswegs milder geworden, nein, er war misstrauischer und wachsamer. Einhard kämpfte nicht mehr gegen seine Tränen an.

Endlich öffnete sich die Tür. Karolus reckte sich kurz und ließ sie dann hinter sich zufallen.

«Und?», fragte der Sekretär, als sein Herr die Stufen herabstieg. Der Herrscher über die Francia zog an den Enden seines Schnurrbarts, sein blaues Hemd war zerknittert, von weitem sah er nur aus wie ein hochgewachsener älterer Mann, an dem nichts Herrschaftliches zu erkennen war.

«Ich habe ihr Bedenkzeit gegeben. Aber ich glaube, sie wird das Buch des Augustinus übersetzen und nach Bagdad bringen.»

Einhard wollte noch etwas fragen. Doch hier ging es um die Arcana Imperii, und so schwer es ihm fiel, er musste abwarten.

«Ich weiß nicht, wie sie sich sonst entscheiden wird.» Karolus seufzte. «Sie ist so starrköpfig wie Rotrud und meine anderen Töchter. Hoffentlich bleibt sie bei uns.»

Nur mit Mühe konnte der Sekretär einen freudigen Aufschrei zurückhalten. So redete niemand, der gerade ein Todesurteil verhängt hatte.

Dann sahen sie beide hinüber zu der goldenen Kugel auf dem Dach der Kirche, dem Gleichnis für das Vollkommene, dem schlichten Abbild des kompliziertesten Gedankens. Der Abendhimmel war fast wolkenlos. Ein leichter, erfrischender Wind war aufgekommen.

«Die eine Kugel auf dem Kirchturm», sagte Karolus, «kann von allen ringsum Stehenden gleichzeitig gesehen werden. Jeder richtet seinen Sehstrahl auf sie, und keiner muss zum anderen sagen: Nimm deinen Blick weg, damit auch ich sehe, was du siehst. Alle können sie zugleich schauen. Wenn also so viele Strahlen im Einen zusammenfließen und keiner mit dem anderen zerfließt oder sich mit ihm vermischt, weil jeder Betrachter seine Eigentümlichkeit behält, nimmt es dann wunder, wenn die ganze menschliche Natur in eine unaussprechliche Einheit zusammengebracht wird, während die Eigentümlichkeiten des Körpers, der Seele und des Geistes unverändert bleiben?»

«Ah ja.» Einhard seufzte erleichtert auf. *Sphaerula aurea*. Jeder Mensch sah Gott mit seinen eigenen Augen, auf seine Weise. Vielleicht galt das auch für die verschiedenen Völker. Durfte er diesen Gedanken weiterdenken? Waren solche Gedanken erlaubt?

Ja, das war der Moment des Verstehens und der Verständigung. Nur für ein paar Augenblicke lächelten sie einander an und genossen ihn, und jedem war klar, dass er vergehen würde.

Epilog

Am 28. Januar im Jahre des Herrn 814 starb Karolus nach kurzer Krankheit in seiner Pfalz in Aachen. Mit seinem Tod endete eine der fruchtbarsten Phasen des frühen Mittelalters. Karls Persönlichkeit gelang es, die großen Gegensätze seines Zeitalters zu überbrücken und den riesigen geographischen Raum, über den sich das Frankenreich erstreckte, als politische Einheit zu erhalten und zu sichern. Riesig war dieses Gebiet auch angesichts einer wesentlich geringeren Bevölkerung als heute und schlechter Straßenverhältnisse. Man benutzte noch das römische Straßensystem und, sehr wichtig, die Flüsse und Wasserwege, doch die Straßen waren ebenso wie die römischen Städte mit ihrer Infrastruktur von Wasserleitungen und Kanalisation bereits im Verfallszustand. Beraten und unterstützt von den hellsten Köpfen Europas, baute Karl bis heute wirkende gesetzgeberische und kulturelle Strukturen auf. Er war der seltene Fall eines Herrschers, der an die Kraft der Worte und der Buchstaben, der Literatur und des Wissens glaubte. Der kulturellen Ödnis seiner Zeit setzte er in grenzenlosem Optimismus seine Vision der Renovatio entgegen.

Drei Söhne, Pippin der Bucklige, Himiltruds Sohn, und der rotblonde König von Italien, Pippin, außerdem der erstgeborene Sohn Hildegards, Karl, waren vor ihm gestorben – zum vorläufigen Glück des Frankenreichs, dem die verheerenden Erbfolgekriege der rebellischen Söhne des nächsten Frankenkönigs noch einige Jahrzehnte erspart blieben.

Im Jahr 810 starben kurz hintereinander überdies die erst fünfunddreißigjährige Rotrud und seine Schwester Gisela, die Äbtissin von Chelles.

Boten eilten unverzüglich nach Aquitanien, um den letzten noch lebenden legitimen Sohn Ludwig zu benachrichtigen. Dreißig Tage nach dem Tod des Vaters traf dieser in Aachen ein und wurde von den Verwandten und Pfalzgrafen als Nachfolger seines Vaters anerkannt.

Ganz unumstritten als Nachfolger war Ludwig allerdings nicht; Bernhard, der Sohn seines älteren Bruders Pippin, erfreute sich großer Beliebtheit unter den fränkischen Granden.

Ludwig war schon als Kind ernst und gottesfürchtig gewesen. Während seines ganzen Lebens soll er kaum einmal gelacht haben.

Eine der ersten Regierungsmaßnahmen des jungen Königs bestand darin, die Frauen und Lebedamen aus der Pfalz zu entfernen und auspeitschen zu lassen.

Seinen Schwestern überließ er das jeweilige Erbe, das ihnen der Vater Karolus zugedacht hatte, und schickte sie von Aachen zu ihren Klöstern und Besitzungen fort.

Die jüngsten Kinder seines Vaters, mögliche Rivalen um die Herrschaft, die Söhne der Konkubinen, Drogo, Hugo und Theoderich, ließ er einige Jahre später scheren und mit der Tonsur versehen. Ansonsten behandelte er sie ehrenvoll und verlieh ihnen wichtige Klöster und Bistümer.

Wenn es überhaupt emanzipierte Frauen zur Zeit Karls gab, so waren es die privilegierten Damen des Hofes, insbesondere seine Töchter, allen voran die ältesten, die gelehrte Rotrud und die schöne Berta, die sich ihre Liebhaber selbst aussuchten und mit ihnen unter den Augen des Frankenkönigs Kinder in die Welt setzten. Bei den abendlichen Hoffesten herrschte ausgelassene Stimmung, es wurde so heftig geflirtet, dass Alkuin um das Seelenheil seiner jungen Mönche bangte. Seine letzte Gemahlin, die junge Liutgard, begleitete Karl, prächtig geschmückt und gekleidet, zu Pferd auf seine Jagden, ein wunderschöner Anblick, wie Zeitgenossen uns überliefern.

Höhepunkt in Einhards Leben war die Überführung der Gebeine der in Rom bestatteten Heiligen Petrus und Marcellinus. Über dieses größte Abenteuer seines Lebens verfasste er einen ausführlichen Bericht. Bei Mulinheim, dem späteren Seligenstadt, ließ er eine Basilika erbauen, die die Reliquien beider Heiligen aufnahm, und gründete dort außerdem ein Kloster.

Seine Ehefrau hieß Imma, und die Legende macht sie zu einer Tochter des Frankenkönigs Karl, die mit Einhard angeblich durchbrannte und dem Vater eines Tages bei der Durchreise in Seligenstadt wieder begegnet sei.

Ich habe mich bemüht, die Schreibweise der Namen karolingischer Zeit zu vereinfachen, um den Lesefluss möglichst wenig zu beeinflussen: Ludwig, der jüngste legitime Sohn Karls, wurde zeitgenössisch eigentlich immer Chludwig oder Hludovicus genannt – es war der merowingische Königsname Chlodwig –, und sein Zwillingsbruder Lothar entsprechend Chlothar. Auch die Namen Rotrud und Rotheid wurden mit einem vorgeschalteten H oder Ch-Laut ausgesprochen und ursprünglich Chrotrud, Chrotchaid geschrieben und gesprochen.

Alkuin hinterließ über zweihundert Briefe, viele davon aus den letzten zwanzig Jahren seines Lebens, die er als Abt des Martinsklosters in Tours verbrachte. Er hatte eine hervorragende Ausbildung an der Klosterschule in York erhalten; als Elfjähriger war er ein begeisterter Leser des heidnischen Autors Vergil, und in den Jahrzehnten seines Wirkens entwickelte er für seine Zeit erstaunliche pädagogische Talente. Unter Karl war er so etwas wie ein «Kultusminister». Seine Briefe, erfüllt von Altersweisheit und tiefer Spiritualität, zeigen nicht den lebenslustigen jüngeren Mann an Karls Hof. Alkuin war wohl kein Geistlicher, er hatte lediglich die Weihen eines Diakons, und war in seinen jungen Jahren den Freuden der Welt durchaus aufgeschlossen. Wahrscheinlich war er so wie andere Männer aus Karls Verwandtschafts- und Freundeskreis Laienabt seiner verschiedenen Klöster. Dies gilt auch für die Frauen. Mit Ausnahme von Gisela und Gundrada dürfte es sich bei ihnen meist um Laienäbtissinnen gehandelt haben, denen die Klöster und ihre Erträge vor allem zu ihrer Versorgung zugeeignet oder vererbt wurden.

Im Roman habe ich der besseren Verständlichkeit halber immer wieder Ortsnamen verwendet – Paderborn, Hildesheim u. a. –, die erst etwas später entstanden, eine Schwierigkeit, die kaum anders zu lösen war. Auch «Köln», «Xanten», «Mainz» wurden zur Zeit Karls dcs Großen mit ihren antiken Namen benannt: «Colonia», «Ad Sanctos», «Moguntiacum».

Der historische Roman erscheint mir als ein bedenkliches Unternehmen, wenn die Leserinnen und Leser nach der Lektüre ein unentwirrbares Konglomerat von Fakten, Faktenverdrehungen und Halbwahrheiten im Kopf haben. Deshalb habe ich in Glossar und Zeittafel noch einmal versucht, die historischen Personen und Ereignisse von den teilweise erfundenen Gestalten des Romans zu trennen.

Glossar

Ada: Halbschwester Karls, über die nur bekannt ist, dass sie einem Kloster in Trier vorstand

Ada-Handschrift: Evangeliar in der Trierer Stadtbibliothek, von einer frommen und reichen Frau namens Ada gestiftet. Die Sage erklärt sie zu einer Schwester Karls des Großen.

Adalhard: ca. 750–826, mit Karl zusammen erzogen. Cousin und engster Berater am Hof. Zerwürfnis, als Karl die Tochter des Langobardenkönigs verstieß. Später wieder Versöhnung. Adalhard, der ähnlich wie Bertrada eine langobardenfreundliche Politik beabsichtigte, stand Karls Sohn Pippin von Italien als Berater zur Seite. Sein Hofname ist «Antonius». Sein jüngerer Bruder war Wala. Beide waren Äbte des Klosters von Corbie.

Admonitio Generalis: wohl im Jahr 789 entstandenes berühmtestes Kapitular Karls, nachweislich unter Mitwirkung Alkuins. Das Send- und Mahnschreiben des Königs umfasst 82 Kapitel, richtet sich an Bischöfe, Klerus und das Volk und wurde durch Königsboten verbreitet. Der erste Teil behandelt Gegenstände der kirchlichen Ordnung und das Kirchenrecht. Der zweite Teil beschreibt das Reformprogramm Karls, Kap. 72 geht auf die Pflege der Bildung ein.

Agilolfinger: bayrisches Herzogsgeschlecht, eng verbunden mit dem langobardischen Herrscherhaus. Sie hielten zunächst gegen die karolingischen Hausmeier zum merowingischen Königsgeschlecht. Agilolfinger hielten zwei wichtige Herzogtümer im Alpenbereich mitsamt den zugehörigen Alpenpässen. 788, nach der Unterwerfung Tassilos, schickte Karl d. Große sämtliche Agilolfinger ins Kloster und hob das Herzogtum Bayern auf.

Albe: bodenlanges weißes priesterliches Gewand, mit dem Cingulum (Gürtel) gebunden

Alkuin: ca. 730–804, erzogen an der Kathedralschule von York, 781 begegnet er Karl in Parma, der von seinem Geist und Wissen fasziniert ist. Alkuin steigt zum Leiter der Hofschule auf. Er wirkt mit an der «Admonitio generalis» und inspiriert Karl zweifellos zu einigen seiner großen kulturellen Leistungen. Er dichtet und führt die Hofnamen ein. Der seine ist «Flaccus».

Almandin: roter indischer Halbedelstein, gelegentlich in Glas imitiert

Ambo: erhöhter kanzelartiger Aufbau für Predigt und Evangelienlesung

Ancilla Dei: (lat.) «Magd Gottes», Bezeichnung für Nonnen

Angilbert: ca. 750–814, Hofkapellan Karls, am Hof «Homer» genannt, von Karl mit diplomatischen Aufträgen betraut, Dichter und Laienabt, Liebhaber von Karls Tochter Berta. Der Verbindung entstammen die Söhne Nithard und Hartnit.

Angilram: Erzbischof von Metz

Antependium: Bekleidung der Vorderseite des Altars aus Stoff und anderen Materialien

arcana imperii: Geheimnisse der Herrschaft, geheimes Herrschaftswissen

Arnulf von Metz: Vorfahre Karls, Bischof von Metz, der bald heiliggesprochen wurde

Augustinus: 354–430, Heiliger und Kirchenlehrer. Wichtigste Werke: Confessiones (Bekenntnisse), De Trinitate (Über die Dreifaltigkeit Gottes), De civitate Dei (Der Gottesstaat). Von großem Einfluss auf weitere mittelalterliche Theologen. Karl der Große schätzte seine Bücher, angeblich besonders De civitate Dei.

Basileus: (griech.) König, Kaiser, Titel des byzantinischen Kaisers

Basilisk: giftiger Schlangenkönig, meist in Form eines Mischwesens aus Hahn mit Drachenschwanz

Basilissa: (griech.) Königin, Kaiserin. Titel der byzantinischen Kaiserin Irene

Berta: zweite Tochter Karls und Hildegards. Um 800 hat sie zwei Söhne mit Angilbert.

Bertrada: Gemahlin Pippins, Mutter Karls. Sie verfolgte eine eigene langobardenfreundliche Politik, die der ihres Gemahls Pippin zuwiderlief. Nach dem Tod König Pippins wurde sie diplomatisch aktiv und reiste an den Hof des Langobardenkönigs. Karl hielt seine Mutter in hohen Ehren, verstieß aber dennoch die von ihr als Ehefrau vermittelte langobardische Königstochter («Desiderata») und heiratete die junge Alemannin Hildegard.

Bibelkonkordanz: Zusammenstellung übereinstimmender Stellen aus verschiedenen biblischen Büchern

Byzantiner, Byzantinisches Reich: moderne Ausdrücke, das Reich der «Byzantiner» verstand sich damals als Fortsetzung des Römischen Reichs. Die Herrscher nannten sich «*basileus Rhomaion*», König der Römer, auch wenn allenthalben Griechisch gesprochen wurde. Auch die arabischen Nachbarn der Byzantiner bezeichneten sie als «Rumi», «Römer».

Cancellaria, Cancellarius: zu dieser Zeit eine Art Notar, schriftkundig und gelehrt, im Gefolge des Königs, von Äbten und Äbtissinnen, Grafen etc. Für die korrekte Ausfertigung von Urkunden zuständig und rechtskundig.

Chelles: an der Marne gelegen, von der Gattin des Merowingerkönigs Chlodwig, Chrothilde, gegründetes Kloster. Ab 741–922 diente das Kloster als Einkunftsquelle für Frauen der karolingischen Königsfamilie. In der Zeit von ca. 740–800 war im Kloster ein bedeutendes Skriptorium tätig mit zahlreichen Schreibnonnen.

Denar: römische Silbermünze, in karolingischer Zeit das Hauptzahlungsmittel

Deo volente: (lat.) «wenn Gott will».

Desiderius: Langobardenkönig, Vater der drei (?) mit Karolingern verheirateten Töchter Liutperga (Tassilo), Gerberga (Karlmann), «Desiderata» (Karl). Sein Sohn und Nachfolger Adelgis floh nach Byzanz. Seine weitere Tochter Adelberga war mit Arichis, dem Herzog von Benevent, verheiratet, der sich als Nachfolger der Langobardenkönige sah.

Diedenhofen (Thionville): Königspfalz, in der Karl sich oft aufhielt, 20 km nördlich von Metz gelegen

Dirhem: Silbereinheit des arab. Münzsystems

Einhard: ca. 770 geboren, 840 gestorben, in Seligenstadt am Main begraben. Zunächst 788 und 791 im Kloster Fulda als Urkundenschreiber tätig. Sein Abt Baugulf schickt ihn 794 an den Hof Karls, wo er zunächst Alkuins Schüler wird, dann zum Mitglied des Hofkreises aufsteigt und Tischgenosse des Frankenkönigs wird.

Elissaios: Eunuch aus Byzanz, zugleich Notar, der nach offizieller Besiegelung der Verlobung mit dem byzantinischen Prinzen Karls älteste Tochter Rotrud auf ihre Rolle in Konstantinopel vorbereitete und ihr Griechisch beibrachte.

Epistolar: liturgisches Buch mit sämtlichen Epistellesungen, fortlaufend nach dem Kirchenjahr geordnet

Eusebius von Kaisarea: ca. 260–339 n. Chr.; Kirchengelehrter und Zeitgenosse Konstantins, «Vater der Kirchengeschichte»; 313 Bischof von Kaisarea. Werke: Chronik, Kirchengeschichte, Leben Konstantins (nicht zu verwechseln mit Eusebius von Nikomedia, der den sterbenden Kaiser K. taufte)

Evangeliar, Evangelistar: liturgisches Buch mit vollständigem Text der vier Evangelien

Faldistorium: Faltstuhl

Friedelfrau, Friedelehe: Nebenfrau, Nebenehe

Gerberga: Ehefrau Karlmanns, des jüngeren Bruders Karl. Manches spricht dafür, dass sie eine weitere Tochter des Langobardenkönigs Desiderius war, zu dem sie sich mit ihren beiden Söhnen nach dem Tod ihres Ehemannes vor Karl flüchtete.

Gisela: jüngere Tochter Karls und Hildegards

Gisela: 757–810, Tochter König Pippins und der Bertrada. Einzige überlebende legitime Schwester Karls, der sie in hohen Ehren hielt. Schon als Mädchen trat sie auf eigenen Wunsch ins Kloster ein. Äbtissin von Chelles. Eifrige Briefeschreiberin, in ständigem Kontakt mit Alkuin und der Hofgesellschaft. Sie urkundete selbst und verfügte über einen eigenen Cancellarius.

Graduale: liturgisches Buch mit Messgesängen

Grimoald: Sohn des Arichis, kurzfristig Geisel an Karls Hof, danach Langobardenkönig

Guntrada: Äbtissin. Schwester Adalhards und Walas, somit Cousine Karls, die ebenso wie ihre Brüder am Hofleben teilnahm und von Alkuin den Namen «Eulalia» erhielt

Hadrian, Papst: 772–795. Unter ihm schied der «Kirchenstaat» offiziell aus dem Verband des Oströmischen Reiches aus. Hadrians Pontifikat stand im Schutz des Frankenkönigs, der ihm gegen die Langobarden militärisch beistand. 781 salbte er die jüngeren Söhne Karlmann Pippin (zum König der Langobarden) und Ludwig (zum König von Aquitanien). Innerkirchlich bemühte er sich um die Wiederherstellung der Einheit mit dem Osten und um Vermittlung im Bilderstreit.

In dubio pro reo: (lat.) «im Zweifel für den Angeklagten»

Ikonodule: Bilderverehrer

Ikonoklasmus: Bilderzerstörung

Ikonoklast: Anhänger der bilderfeindlichen Richtung in Byzanz

Incipit: erster Satz eines Textes, der häufig auch den Titel angibt

Irene: Kaiserin in Konstantinopel, Gemahlin Leons IV., regierte ab 780 als Vormund für den minderjährigen Sohn Konstantin, von 797–802 allein. Ließ Konstantin 797 blenden und gefangen setzen. 787 Konzil von Nikaia unter Patriarch Tarasios, bei dem die Bilderverehrung wieder eingeführt wurde.

Kameo: mehrschichtiger Halbedelstein, dessen verschiedenfarbige Lagen für das Bild des Reliefs benutzt werden

Kanontafeln: in meist bogenförmiger Architektur angelegte Stellenkonkordanz der Evangelien

Kapitularien: merowingische und karolingische Königsgesetze

Karolingische Renaissance: Bezeichnung für das Wiederaufleben der Antike an Karls Hof und im Frankenreich. Die Künstler aller Sparten orientierten sich an Vorbildern aus römischer Zeit. Dieser Trend brach mit Karls Tod im Jahr 814 noch nicht ab, sondern setzte sich noch eine Zeitlang weiter fort. Für den Bau der Pfalzkapelle in Aachen ließ Karl Säulen und Kunstwerke aus Italien kommen. Er hatte vor, ein neues Rom, «nea Roma», zu errichten.

Khagan: Anführer, König der Awaren, eines kriegerischen und nomadischen Steppenvolkes, das im Donaugebiet, der ungarischen Tiefebene und den Karpaten seine «Ringe» hatte, befestigte Zentren, wo Schätze und Siedlungen konzentriert waren. Das Reich der Awaren war zur Zeit Karls durch Machtkämpfe unter den Großwürdenträgern geschwächt. Zugleich aber bot es den Feinden des Frankenkönigs Unterschlupf. Viele Langobardenadlige suchten dort Zuflucht. Der Khagan unterstützte auch Tassilo.

Kolumban: geb. ca. 543 (Irland), gest. 615 (Kloster Bobbio). Klostergründer im Frankenreich. Schuf eine äußerst strenge Mönchsregel für das Klosterleben; selbst kleine Fehler der Mönche wurden mit körperlicher Züchtigung geahndet.

Komputistik: Lehre von der Berechnung des Kalenders, wichtig für die Festsetzung des alljährlichen Ostertermins

Konstantin der Grosse: um 280 geb. römischer Kaiser (–337), gründete «Constantinopolis» als neues Rom, ließ sich vor seinem Tod christlich taufen.

Konstantin VI.: Sohn des byzantinischen Kaisers Leon und dessen Frau Irene. Irene regierte zunächst als Vormund des Sohnes (780–790). 797 ließ sie ihn blenden, um allein regieren zu können. Er starb an der Blendung.

Konstantinische Schenkung: «Constitutum Constantini», gefälschte Schenkungsurkunde des Inhalts, Konstantin der Große habe seinerzeit Papst Silvester zahlreiche Schenkungen anlässlich seiner Taufe gemacht. Wohl in den Jahren um die Pippin'sche Schenkung entstanden, jedoch sind Entstehungszeit und der Ort der Abfassung von der Forschung bislang nicht endgültig geklärt. Erwiesen ist jedoch seit Nikolaus von Kues, dass es sich um eine Fälschung handelt.

Kuppa: (lat.) Kelchschale

Langobarden: 568 nach Italien eingewanderte germanische Volksstämme, die vorher im Donauraum ansässig waren. Anfangs von 30 «duces» (Herzögen) regiert, wurden später wieder Könige installiert, zumal die Herrschaft der Langobarden durch Franken und Byzantiner ständig bedroht war. Die im Gegensatz zur romanischen Bevölkerung Italiens ursprünglich arianischen Langobarden gingen nach der Heirat der katholischen Prinzessin Theudelinde mit König Agilulf schrittweise zum Katholizismus über.

Lektionar: liturgisches Buch mit sämtlichen Evangelien- und Epistellesungen, nach dem Kirchenjahr geordnet

Leo III., Papst: er stellte sich von Anfang an unter den Schutz des Frankenkönigs. Am Weihnachtstag des Jahres 800 in Rom krönte er Karl zum Kaiser.

Liudger: 742–809, zwölfjährig begegnete er dem Greis Bonifatius, erst in Utrecht ausgebildet, dann bei Alkuin in York. Von 787 an Missionsleiter in Friesland und Sachsen, ab 805 Bischof von Münster.

Ludwig: jüngster Sohn Karls aus der Ehe mit Hildegard. Schon als kleines Kind wird er in das Teilreich Aquitanien gesendet, um dort mit Hilfe ausgesuchter Berater als König zu regieren. Nach dem Tod Karls wird «Ludwig der Fromme» Kaiser des gesamten Frankenreichs.

MAJUSKEL: Großbuchstaben. Buchstaben in gleicher Höhe ohne Ober- und Unterlängen

MEROWINGER: fränkisches Königsgeschlecht, das durch die de facto regierenden Hausmeier stufenweise entmachtet wurde, bis schließlich Pippin beim Papst anfragte, ob er den letzten Merowingerkönig absetzen dürfe, was ihm dieser zugestand.

MINIUM: die Farbe Rot, von diesem Ausdruck kommt das Wort «Miniaturmalerei».

MINUSKELSCHRIFT: Kleinbuchstaben mit ausgeprägten Ober- und Unterlängen. Die leichte Möglichkeit der Buchstabenverbindung ließ sie zur bevorzugten Schreibschrift werden. Diese Schriftform verdankt einer Reformbewegung am Hof Karls ihre Entstehung. Es war der Versuch, statt der unterschiedlichen merowingischen Schriftarten eine bequeme, gut lesbare Einheitsschrift einzuführen. Eine der großen Kulturtaten unter Karl, deren Folgen noch heute im Schriftbild der Druckschrift fortlebt.

MISCHREGEL: vor der flächendeckenden Einführung der Benediktregel unter Ludwig dem Frommen wurden in den fränkischen Klöstern unter Pippin und Karl dem Großen verschiedene Regeln benutzt. Von Kloster zu Kloster galten unterschiedliche Regelungen des Zusammenlebens.

MODOALD: Bischof und Klostergründer in Trier

NEUMEN: mittelalterliche Notenschrift. Gibt den allgemeinen Verlauf der Melodie wieder.

NOVIZE, NOVIZIN: noch nicht endgültig ins Ordensleben eingetretene «Neulinge». Das Noviziat ist die Zeit der Vorbereitung und Erprobung unter Leitung der Novizenmeisterin oder des -meisters vor der endgültigen Profess.

PAULUS DIACONUS: ca. 720/730–ca. 799, Langobarde aus vornehmer Familie. Reiste 782 an Karls Hof, um die Freilassung seines Bruders zu bewirken. Karl gewährte ihm diese Bitte. Im Gegenzug musste Paulus einige Jahre als Dichter, Berater und Gelehrter bei ihm bleiben. Außer etlichen überlieferten Briefen schrieb er Gedichte und Geschichtswerke.

PETRUS VON PISA: seit 742/44 Diakon am Hof Karls. Unterrichtet den Herrscher als alter Mann in Latein. Verfasser einer lateinischen Grammatik. Verfasser von Briefgedichten an Paulus Diaconus.

PISCINA: (lat.) Schwimmbecken

PRÜM: karolingisches Kloster in der Eifel

PSALLIEREN, DAS: der Gesang der Psalmen

RADEGUNDE: ca. 520–587. Heilige, fränkische Königin, Gemahlin Chlotars I., 555 durch den heiligen Medardus zur Diakonin geweiht. Vom Kloster in Poitiers aus wirkte sie für den Frieden zwischen den Merowingerkönigen.

REFEKTORIUM: von (lat.) *reficere*: wiederherstellen, erquicken, Speisesaal des Klosters für die gemeinsamen Mahlzeiten

RENOVATIO: auch karolingische Renaissance genannt, Karls Versuch, die Antike, wenn auch mit christlicher Betonung, zu neuem Leben zu erwecken. Bildinhalte, gedankliche und literarische Überlieferungen der Römer und Griechen wurden benutzt und gelehrt.

ROLAND (RUOLAND): der junge Markgraf kam achtzehnjährig im Jahr 878 bei Roncesvalles ums Leben, als er in einen Hinterhalt geriet. Die Sage machte ihn zum Sohn Karls und einer Schwester des Frankenkönigs.

RORIKO: Graf von Rennes, damit Gefolgsmann von Ludwig, dem König von Aquitanien, später auch Graf von Maine, Liebhaber der ältesten Tochter Karls, Rotrud

ROTRUD: älteste Tochter Karls und Hildegards, achtjährig verlobt mit dem Byzantinerprinzen Konstantin, später liiert mit Roriko, 800 wird der gemeinsame Sohn Ludwig geboren.

Rotulus: Schriftrolle, Schriftband

Saida: (arab.) Herrin

Sakramentar: liturgisches Buch mit Messgebeten und Texten für das Spenden der Sakramente

Scara: kleine bewegliche Truppe des Königs, zur Ergänzung des Aufgebots der Lehnsleute, die Leibwache Karls, groß genug, auch kleinere kriegerische Expeditionen selbständig durchzuführen, meist junge Männer ohne Familie. Zur Person und zum Hof des Königs gehörig, wurden die «Scharen» oder «Leibwachen» auch vom Hof verpflegt.

Subsellium: kleines Podest zur Erhöhung eines Sitzes

Suppedaneum: Fußstütze

Tassilo: 748–788, Bayernherzog, Cousin Karls, Sohn von Odilo, dem Agilolfinger, und Karls Tante Hiltrud. Verheiratet mit Liutberga, der ältesten Tochter des Langobardenkönigs Desiderius

Tempora mutantur et nos mutamur in illis: (lat.) «Die Zeiten ändern sich, und wir verändern uns mit ihnen.»

Theodo: ältester Sohn Tassilos, Pfingsten 772 von Papst Hadrian getauft und gesalbt, später Mitregent seines Vaters, Geisel an Karls Hof, ab 788 auf Karls Befehl Mönch im Trierer Kloster St. Maximin.

Theodulf: ca. 760–821. Westgote. Seit ca. 780 am Hof Karls, wo er als Dichter und Theologe wirkte. Auch als Königsbote tätig. Wohl Autor der Karl zugeschriebenen «Libri Carolini». Um 800 entstand Theodulfs in fast 50 Handschriften überliefertes Werk «Capitula Theodulfi», eine Art Handbuch für die Pfarrer seiner Bischofsdiözese. Am bedeutendsten wohl sind seine Gedichte, von denen etwa 80 noch überliefert sind.

Tironische Noten: Auf Ciceros Sekretär Tullius Tiro zurückgehende Kurzschrift, die noch in merowingisch-fränkischer Zeit bis hin zu Karl benutzt wurde

Tiudsk: Die Sprache aller germanischen Stämme; auch von Stamm zu Stamm konnte man sich damit verständigen, wie am Beispiel der Hofgesellschaft Karls zu sehen ist. Tiudsk sprach man im familiären Bereich. Im Gegensatz dazu wurde Latein als Amtssprache und für offizielle Amtshandlungen und Dokumente gebraucht. Im Land an der Mosel sprach die Bevölkerung zur Zeit Karls Moselromanisch, das Vulgärlatein der romanischen Bevölkerung, weiter westlich im heutigen Frankreich wurde nur noch Romanisch gesprochen. Karls Frankenreich war von vornherein durch Zweisprachigkeit gekennzeichnet. Das Lateinische hatte insofern auch die Funktion, die romanischsprachige und germanischsprachige Bevölkerung zu verbinden.

Ulfberth: karolingischer Waffenschmied, der seine Schwerter signierte

Ultra posse nemo obligatur: (lat.) «Mehr zu tun, als man kann, ist niemand verpflichtet.» Grundsatz des Römischen Rechts, der auf den Juristen Celsus im Corpus iuris zurückgeht.

Unziale: großbuchstabige Schönschrift, stark gerundete Buchstaben

Wala: jüngerer Bruder Adalhards, Cousin, Berater und Vertrauter des Frankenkönigs. Nach dem Tod seines Bruders Abt von Corbie

Weomad, Bischof von Trier: 762–791. Mitbegründer der Abtei Lorsch. Begraben in Trier, Abtei St. Maximin

Widukind: sächsischer Rebell, der die Sachsenaufstände gegen die Franken immer wieder neu entfachte. 785 ließ er sich, auf ein Friedensangebot hin, in der Königspfalz Attigny mit seinem Gefolge taufen. Es ist nicht ganz sicher, ob, wie von einigen Forschern vermutet, Widukind identisch ist mit einem wenig später für das Kloster Reichenau genannten Mönch Widukind.

Wikbert: Widukinds Sohn

Zeittafel

742: Geburt Karls des Großen.

747: Karls Vater Pippin wird Alleinherrscher im Frankenreich.

751: Der Papst stimmt zu, dass Pippin den letzten Merowingerkönig absetzt. Pippin wird offizieller König der Franken.

768: Pippin verstirbt. Die Söhne Karl und Karlmann teilen das Frankenreich.

771: Karlmann stirbt, seine Witwe flüchtet mit den kleinen Söhnen zum Langobardenkönig Desiderius nach Pavia. Karl wird alleiniger König.

772: Beginn der Sachsenkriege.

773–774: Von Papst Hadrian gebeten, wirft Karl die Langobarden nieder.

778: Feldzug gegen die Araber in Spanien. Auf dem Rückweg gerät Markgraf Roland bei Roncesvalles in einen Hinterhalt.

780: Nach dem frühen Tod von Kaiser Leon werden seine Witwe Irene und der knapp zehnjährige Sohn Konstantin gemeinsame Herrscher in Byzanz.

781: Verlobung zwischen Rotrud und Konstantin.

785: Der Sachsenführer Widukind wird in der Pfalz Attigny getauft.

786: Von jetzt an wird Aachen zur Regierungszentrale ausgebaut.

787: Konzil in Nikäa über den Bilderstreit. Die Verlobung Rotruds mit Konstantin wird aufgelöst (unklar, durch welche Seite).

788: Hoftag in Ingelheim: Herzog Tassilo von Bayern wird nach dem Prozess als letzter Stammesherzog abgesetzt, geblendet und zum Mönch geschoren. Auch seine Ehefrau und die vier Kinder verschwinden in fränkischen Klöstern.

789: Karl zieht gegen die Slaven jenseits der Elbe.

791: Bei Regensburg zieht Karl ein Heer zusammen und unternimmt einen Kriegszug gegen die Awaren.

792: Karl wieder in Regensburg. Aufstand des erstgeborenen Pippin des Buckligen.

794: Synode in Frankfurt verurteilt unter Karls Vorsitz die Beschlüsse des Konzils von Nikäa (787) über die Bilderverehrung. Der Mönch Tassilo dankt nochmals offiziell als Herzog von Bayern ab.
Fastrada stirbt in Frankfurt und wird in St. Alban, Mainz beigesetzt.

795: Eroberung des Awarenschatzes durch Markgraf Erich von Friaul.

796: Tod von Papst Hadrian. Ihm folgt Papst Leo. Erich von Friaul erringt einen großen Sieg gegen die Awaren. Der Schatz der Awaren kommt nach Aachen, und Angilbert schickt einen Teil der Beute dem Papst nach Rom.

799: Papst Leo III. flüchtet aus Rom nach Paderborn zu Karl.

800: Kaiserkrönung am Weihnachtstag in Rom durch den Papst.

804: Ende der Sachsenkriege.

810: Karls Schwester Gisela und seine Tochter Rotrud versterben.

810–811: Karls älteste Söhne versterben: Karl, Pippin von Italien und Pippin der Bucklige.

812: Karl wird von Byzanz als Basileus und Imperator anerkannt.

813: Ludwig, jüngster legitimer Sohn Karls, wird zum Mitkaiser erhoben.

814: Am 28. Januar stirbt Karl in Aachen.

840: Nach dem Tod Ludwigs des Frommen beginnt der Krieg seiner Söhne um das Erbe.

841: Die Normannen verwüsten Aachen.

882: Die Normannen verwüsten im Januar Prüm, am 5. April (Gründonnerstag) Trier, wo sie den Dom und St. Maximin zerstören.

Stammtafel

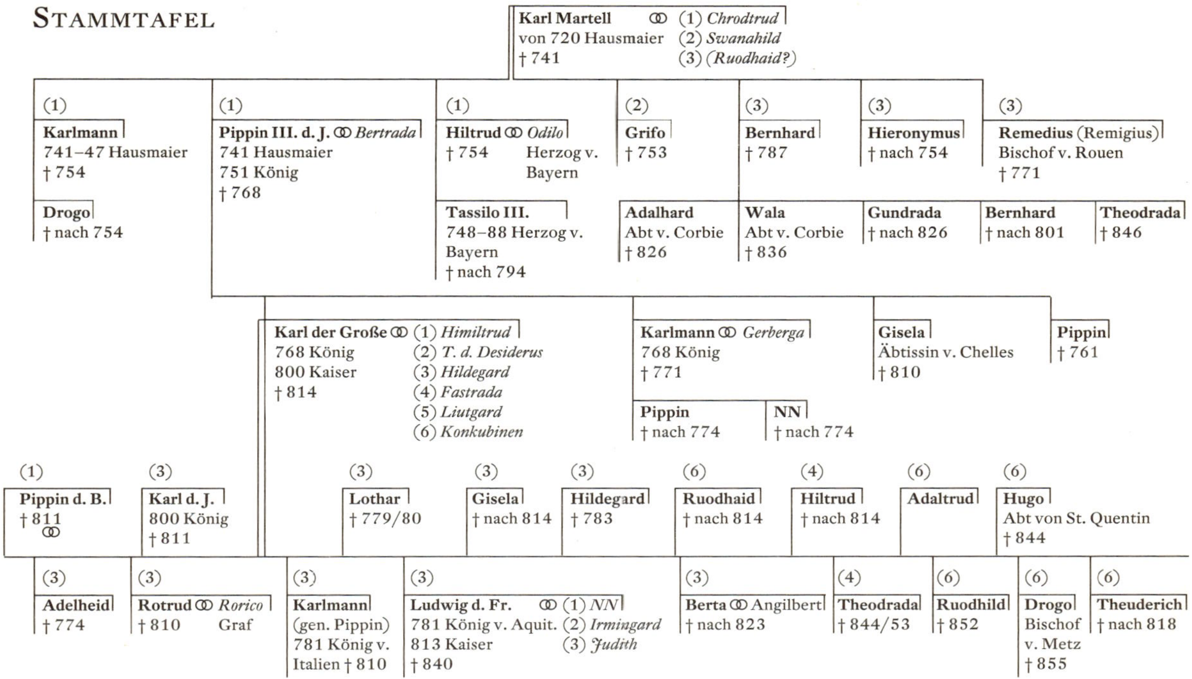

Karl Martell ⚭ (1) *Chrodtrud* (2) *Swanahild* (3) *(Ruodhaid?)*
von 720 Hausmaier
† 741
(1) Karlmann 741–47 Hausmaier † 754
Drogo † nach 754
(1) Pippin III. d. J. ⚭ *Bertrada* 741 Hausmaier 751 König † 768
(1) Hiltrud ⚭ *Odilo* † 754 Herzog v. Bayern
Tassilo III. 748–88 Herzog v. Bayern † nach 794
(2) Grifo † 753
(3) Bernhard † 787
(3) Hieronymus † nach 754
(3) Remedius (Remigius) Bischof v. Rouen † 771
Adalhard Abt v. Corbie † 826
Wala Abt v. Corbie † 836
Gundrada † nach 826
Bernhard † nach 801
Theodrada † 846
Karl der Große ⚭ (1) *Himiltrud* (2) *T. d. Desiderus* (3) *Hildegard* (4) *Fastrada* (5) *Liutgard* (6) *Konkubinen*
768 König
800 Kaiser
† 814
Karlmann ⚭ *Gerberga* 768 König † 771
Pippin † nach 774
NN † nach 774
Gisela Äbtissin v. Chelles † 810
Pippin † 761
(1) Pippin d. B. † 811 ⚭
(3) Karl d. J. 800 König † 811
(3) Lothar † 779/80
(3) Gisela † nach 814
(3) Hildegard † 783
(6) Ruodhaid † nach 814
(4) Hiltrud † nach 814
(6) Adaltrud
(6) Hugo Abt von St. Quentin † 844
(3) Adelheid † 774
(3) Rotrud ⚭ *Rorico* † 810 Graf
(3) Karlmann (gen. Pippin) 781 König v. Italien † 810
(3) Ludwig d. Fr. ⚭ (1) *NN* (2) *Irmingard* (3) *Judith*
781 König v. Aquit.
813 Kaiser
† 840
(3) Berta ⚭ Angilbert † nach 823
(4) Theodrada † 844/53
(6) Ruodhild † 852
(6) Drogo Bischof v. Metz † 855
(6) Theuderich † nach 818